Jenna Preston-Penley

LES MACHINES NE SAIGNENT PAS

ÉDITIONS CRIN DE CHIMÈRE

Illustration © Vincent Lefèvre
Illustrations intérieures © Christophe Ribbe
Relecture et corrections : Hélène Martin

ISBN : 978-2-491874-07-0

Imprimé par MCP Print — Pologne
Dépôt légal : octobre 2021

À ma mère,
ma propre super-héroïne

1. ASCENSION

«Perfection est un mot inconnu de l'être humain ; dire le contraire, c'est se mentir à soi-même.»

Victor Winslow

PROLOGUE

— LE PROJET BLACK VIPER —

« Voici dans ma main le feu divin. Car je saurai, par ces augmentations, ma technologie, rendre à l'Homme sa santé ou sa mobilité. Sa force. Joignons-nous à la machine, utilisons-la pour mieux distancer le Mal et la Mort, transcendons-nous et devenons, enfin, à l'image de Dieu. » — Aryan Coleman Turner.

LE CAPITOLE S'ÉTENDAIT SOUS les yeux d'Aryan. « Sous » était le mot, car du haut de la tour de verre de Pinxit Industries, on dominait le monde. À ses côtés avaient beau s'élever les gratte-ciel de ses semblables, aucun d'eux n'atteignait sa grandeur. Pinxit dirigeait le Conglomérat et par cette facette architecturale, le faisait savoir.

Le Carré des affaires ressemblait à s'y méprendre à une poupée gigogne dont Pinxit serait le cœur. Le quartier était constitué d'immeubles blancs qui se frayaient une place parmi les fameux buildings. Ils se dressaient de loin en loin sur des lignes droites, comme taillées à la règle, et formaient des avenues gigantesques où circulait un fouillis de véhicules. Au milieu de cette éternelle agitation, le train intelligent Starway glissait tranquillement sur son magnétorail.

Assis dans son fauteuil, mains jointes, Aryan tournait à moitié le dos à ses subordonnés, collaborateurs de sociétés alliées qui venaient de s'installer à la grande table ovale de la salle de réunion. Certains sortirent leur tactinote de leur serviette, d'autres des dossiers qui vomissaient des documents abîmés. Un gynoïde en tailleur muni d'un large plateau servait à qui le voulait des mignardises, du thé ou du café. Aryan refusa le sien d'un signe sec de la main.

— Bien, déclara Hermina Scottley. Comme vous le savez certainement, madame la Présidente est en voie de nous renier. Elle est insatisfaite du Conglomérat.

Cette femme dirigeait une société nécessaire à la survie de Pinxit par sa fourniture de matières premières. Vue et décriée comme une vieille fille rigide, elle affichait une mine sévère derrière un entrelacs de rides, et ses yeux, affectés d'aucune joie de vivre, rappelaient sans difficulté ceux d'un animal mort. Elle était évidemment tirée à quatre épingles dans son tailleur sur mesure. Puissante égérie, elle n'en restait pas moins dans l'ombre d'Aryan Turner par pure lâcheté.

— Comme toujours, rétorqua Victor Winslow face à elle.

Hermina lui jeta un regard médusé ; sentiment étrangement visible malgré son infinité vide et grise.

— Elle exigeait notre aide pour mater la rébellion de ces maudits Sons of America. Elle veut des armes pour ses soldats ; or nous ne fournissons que des moyens de renvoyer ceux-ci sur le front. Réparer des hommes est insuffisant pour elle.

Victor, incarnation de cette grande vendeuse de drogue qu'était Winslow Medical, afficha un sourire matois. Un homme dont le charme n'avait d'égal que son génie et surtout, son sale caractère. Conscient de son statut, s'imaginant même pareil, sinon supérieur à Aryan Turner, il n'hésitait jamais à faire montre d'impertinence. Bien à l'aise dans son siège, il fit mine d'ignorer Hermina comme il buvait tranquillement une gorgée de son café.

— Hum, fit-il, manifestement satisfait de sa boisson. Erika Lawson est une enfant pourrie gâtée. Elle voit la guerre comme un jeu et nous comme un moyen de le gagner. Or nous sommes au-dessus d'elle, au-dessus de ses convenances stériles. Notre but est d'aider l'Humanité, non de la détruire. Laissez donc ça à Reichardt-Bauer, ils savent faire commerce de la guerre.

— Vous abandonneriez la Présidente ? grogna Hermina.

— Et pourquoi pas ? envisagea Victor en haussant les épaules.

— Les citoyens lui font confiance. Ils veulent la fin du conflit. Imaginez-vous une seule seconde leur indignation s'ils venaient à constater notre retrait de celui-ci ? Nous perdrions notre clientèle fédérante en un instant. Vous vous fichez de tout cela, Winslow : tous les augmentés ont besoin de vous pour vivre.

Winslow Medical détenait le monopole du médicament antirejet nécessaire à tous les augmentés. Quoi qu'il advînt, sa société resterait debout. Il se fichait éperdument des considérations d'autrui. Victor afficha d'ailleurs un sourire, conscient de son statut d'Intouchable.

— Que faire, en ce cas ? demanda Anselm Wayland. Qu'attend-elle d'autre de nous ?

— Une participation financière ? avança Hermina.

— Hors de question, trancha l'éminence du Trésor corporatiste. La dette de l'État est un gouffre. Y jeter cet argent est le meilleur moyen de ne jamais le revoir.

— Alors quoi ? s'impatienta Scottley. Que voulez-vous proposer à la Présidente ?

— L'avenir, lâcha tout de go Aryan.

Agacé par cette dispute sans intérêt, il se retourna enfin face à ses collaborateurs. Son visage raviné se révélait aussi fermé. Pas un sourire, aucun froncement de sourcil. Sa neutralité, à l'image de son regard artificiel, était une de ses forces. Son seul tic et évident moyen de traduire ses songes, était sa façon de constamment contracter ses muscles maxillaires, à serrer ses dents comme si tout le contrariait. Pinxit devait être dirigée par une main de fer, et Turner en avait une.

Toute la tablée s'était tournée vers lui.

— Monsieur Turner ?

Les coudes rivés aux accoudoirs de son fauteuil, Aryan gardait les mains jointes. Il fixait ses collaborateurs d'un œil acéré.

— Je vous donne raison, Victor. La guerre n'est pas notre commerce. Le Conglomérat cherche avant tout à aider l'Homme et à l'amener vers son futur. Il n'est cependant pas envisageable d'abandonner la Fédération. Elle a besoin de nous comme nous avons besoin d'elle. Commençons par cesser de créer des morceaux de surhommes et de les jeter à des chiens de guerre sans cervelle. Créons-les. Créons de vrais surhommes.

Il fit glisser un dossier au milieu de la table, qui titrait : PROJECT BLACK VIPER. Hermina s'inclina pour le ramener vers elle, mais fut devancée par Victor. Il s'en saisit et se mit à le feuilleter à toute vitesse.

— Quel intérêt, Turner ? Si j'en crois ce torchon, tout cela nous coûtera une fortune. Et pour quoi ? Permettre à des miséreux d'accéder au stade suivant de l'évolution ? Ce n'est pas rentable, même un enfant le verrait. Au cas où vous l'auriez oublié, la quête du profit est l'origine et la finalité de nos sociétés, ne vous en déplaise. Qu'est-ce que ces... Vipers pourraient bien nous apporter ?

Aryan ignora cette crânerie comme s'il en avait l'habitude. Il se contenta de le fixer.

— L'argent est un moyen et non une fin en soi, Victor. Les Vipers écraseront la Rébellion, détruiront nos ennemis d'où qu'ils viennent et feront régner la paix. Ces miséreux, comme vous dites, deviendront des héros. Le peuple raffole de ces figures depuis la nuit des temps. Leur triomphe sera le nôtre. Voilà ce que nous en retirerons. L'admiration, le respect, la gratitude et la loyauté de tous. Tous se rallieront à notre vision : celle d'une humanité meilleure.

Victor demeura manifestement dubitatif tandis que le discours d'Aryan était accueilli par des applaudissements à l'unisson et des exclamations de joyeux lèche-bottes. Les deux hommes se défièrent du regard, mais Victor ne dit mot. Le terme « visionnaire » fut maintes fois prononcé, mais était-ce vraiment l'avenir que de revenir à une ère d'esclavage ? Car au-delà de la loyauté, Victor savait très nettement ce que recherchait Aryan : la dévotion.

CHAPITRE 1

— CAUCHEMAR PERPÉTUEL —

ENCHAÎNÉ DANS LES PROFONDEURS de son inconscience, Skylar entrevoyait les échos d'un traumatisme. Qu'il s'agît de sons sans images ou d'images sans sons, il revivait inlassablement les événements l'ayant mené au coma. Polluée, sa mémoire lui infligeait des figures anéanties, des hommes et des femmes au cœur du combat, réduites à l'état de chair informe par les détonations et la mitraille. Le sang coulait à flots, voilait son regard et entachait cette caricature d'assaut glorieux d'une teinte rougeâtre. Une obscurité tombait, et en elle perçaient des lueurs vives, celles des yeux des robots guerriers, machines sans conscience ni états d'âme, dont les membres surarmés fendaient, déchiraient, massacraient. Il distinguait au milieu des flammes et de la fumée cette silhouette svelte et agile, celle d'un mécha-chien chargé en tubes de dythramine. Il se souvenait d'avoir ouvert grand les yeux d'effroi, d'avoir ordonné « couchez-vous ! », en vain. La créature d'acier avait sauté dans une gerbe de flammes azur, et son exosquelette avait volé en éclat. Il se remémorait une douleur ciblée et intense, de mille entailles, du sang se mettant à couler. Sous le choc, il avait fini par s'évanouir.

Skylar fut accueilli dans le monde des vivants par de désagréables sensations. Celles des tuyaux enfoncés dans son nez et sa gorge ; ce goût de synthétique, amer et vaguement corrosif. Il déglutit bruyamment et regarda alentour. Une machinerie médicale affichait une kyrielle de données en émettant des sons réguliers. Il n'y avait, dans cette sorte de chambre où stagnait une odeur de détergent et de métal, aucun mobilier hormis une chaise. Skylar s'efforça de se redresser et nota, à ce moment, être menotté au garde-fou de son lit. Son cœur rata un battement : il avait saisi.

Il ne se sentait aucunement la force de se débattre. Affaibli par une surdose de sédatifs, Skylar tournait au ralenti, se sentait mou. Jamais il n'arriverait à s'éclater le poignet pour se sortir de là. Cela n'aurait de toute façon servi à rien : cet endroit s'avérait sans réelle issue.

La porte coulissa. Skylar, dont la vue était encore trouble, discerna deux hommes. Il devina un médecin ou un infirmier dans l'ombre d'un inconnu, par le flottement d'une blouse. Plissant les yeux, il s'efforça de mieux voir cet étranger d'allure moins engageante. Il dominait le toubib d'au moins une tête et était vêtu d'une armure de la Fédération.

— Bon retour parmi les vivants, Kenway. Si t'avais clamsé si connement, ça m'aurait chagriné.

Skylar émit un borborygme, tentative d'insulte envers son ennemi : le commandant Trent de l'Autorité.

— Enlevez-lui tout ça, toubib. Lui et moi, on a à causer.

Comme il s'exécutait, Trent s'installa sur la chaise. Sa face carrée, tailladée de cicatrices, était fendue d'un sourire. Sans doute envisageait-il déjà la suite. Torturer Skylar Kenway, figure de la Rébellion et ennemi de son sacro-saint « ordre », était un privilège au-delà de tout autre extra.

— Bien, souffla-t-il. Je vais être clair : tu sais déjà comment tout ça va se passer, j'en suis sûr. Tu as deux choix. Choix numéro un : tu joues le jeu, tu ouvres ta grande gueule pour nous donner des infos et on évitera de t'abîmer. Tu seras détenu ici et, comme tu t'en doutes, exécuté. Je te connais, tu ne diras rien. On en arrive donc au choix numéro deux : je te confie à mes hommes et ils se chargeront de t'arracher des informations. Tu es déjà dans un sale état, il suffira d'un rien pour te réduire en morceaux. T'as été un adversaire de taille, Kenway. Crever comme ça, de façon si crade… merde. Tu mérites mieux.

Skylar resta un moment à fixer le militaire, à se mesurer à lui, à le défier. Il était à sa merci, et sans doute Trent allait-il lui faire regretter cet affront, mais Skylar savait une chose : ses brisures, ses déchirures et sa mort elle-même feraient de lui un martyr.

— Bill, arrête tes conneries. Tu en meurs d'envie.

Le rictus de Trent s'agrandit.

— Choix numéro deux.

Il dodelina de la tête d'un air faussement désolé et se leva.

— Ce fut un plaisir, Kenway.

À force d'y travailler sans relâche, le doc avait fini par s'accoutumer à l'éclairage vif et aveuglant de son labo. Sur son bureau traînait une multitude de documents, et ceux-ci enfouissaient allègrement une tasse de café vide ainsi que des reliefs de son dernier en-cas. Enfin satisfait de son œuvre, il mit fin aux émissions d'hologrammes de son tactinote. Le gadget contenait désormais six fiches détaillées, celles des candidats idéaux au grand projet d'Aryan Turner. Ce chercheur mandaté par ce dernier pour son nouveau dessein avait usé de PATRIOT, une IA créée dans un objectif de fichage mondial, et d'une aide à grande échelle du Conglomérat pour dénicher ces figures glorieuses ou criminelles, nées différentes. Trouver un gène standard grâce à PATRIOT aurait été d'une facilité enfantine, mais pour celui d'un « surhumain dormant », très instable, il fallut recourir à d'autres moyens. Ainsi, Winslow se démena — évidemment sous ordre d'Aryan — pour organiser une vaccination générale contre un virus fictif et mettre à jour ces informations.

À l'instant où le doc rangea son tactinote dans son attaché-case, on vint à sa rencontre.

— Ils l'ont emmené, ça y est ? demanda-t-il.

L'infirmier en chef hocha la tête.

— On se sera donné du mal pour rien.

— Il y a autre chose, Docteur.

L'intéressé redressa la tête. Un silence s'installa, comme s'il fallait se défier de l'information à donner. Les deux hommes s'entre-regardèrent un moment. À l'infirmier d'enfin révéler :

— C'en est un.

Le doc en resta coi. Son collègue avait dégainé son propre tactinote et faisait défiler des données devant ses yeux. À en croire celles-ci, Skylar Kenway était un Varius 4. Autrement dit, ses gènes étaient pour le moment les seuls en mesure de réagir au mutagène *Evolved*. Le toubib marmonna un juron à cette idée. Au vu de sa rareté, le Varius ne saurait être abandonné à la mort. Il fallait saisir cette occasion de créer un dernier agent.

— Je dois joindre Monsieur Turner. Vite.

Un direct du droit rejeta sa tête sur le côté. Une giclée écarlate tacha le sol grisâtre de la salle d'interrogatoire. À moitié sonné, Skylar cilla dans une vaine tentative de chasser de sa vue une multitude de points noirs. Un amalgame de sang et de salive dégoulinait de son menton. Il toussa.

Un homme saisit sa mâchoire dans sa grosse main augmentée et le força à le regarder droit dans les yeux.

— Je peux continuer comme ça encore un moment, l'ami.

— Si tu m'éclates la mâchoire, railla Skylar, j'aurai du mal à causer.

— Je me contenterai des dents.

Il lui colla une énième mandale. À distance des effusions de sang, son camarade était assis sur une chaise à l'envers et mâchait un chewing-gum, tout sourire.

— Il a raison, Kruger. Vas-y mollo ou on va devoir recoller les morceaux.

Le dénommé Kruger amena deux doigts au niveau du torse nu de Skylar. Il écrasa une de ses plaies encore fraîches, y enfonça son index et son majeur avec une délicatesse toute calculée, de sorte à tâter la chair. Skylar serra les dents pour éviter de crier, mais ne sut retenir un gémissement.

…a fait mal, hein ?

…semblait vouloir gober ces doigts intrus. Elle émettait un son de …ant, et crachait un flot intarissable d'hémoglobine. Au terme de tours et de retours interminables, Kruger finit par se retirer. Skylar recouvra son souffle.

— Va falloir changer de méthode, provoqua-t-il. Pour l'instant votre petit jeu est vraiment à chier.

— On s'échauffe, fit Kruger en se saisissant d'un chalumeau, d'ailleurs ça va être ton cas aussi.

Une gerbe de flammes jaillit de cet engin. Elles dansèrent dans les yeux de Skylar, échauffèrent son visage comme animées d'une farouche envie de le mordre. L'adrénaline remonta dans ses entrailles, fit rater à son cœur de nombreux battements. On allait le défigurer, faire fondre ses traits, réduire sa face à un état de masse informe.

— Je ne dirai rien, jura-t-il en défiant Kruger du regard.

— Comme tu voudras.

Au moment où il allait écraser la manette du chalumeau, la porte s'ouvrit sur son commandant, suivi de deux mercenaires d'Harmattan Associés dans leur armure sable.

— Kruger. Wilkus. Ça suffit.

Wilkus abandonna sa chaise.

— O.K. chef, mais il n'a rien dit.

— Ça ne fait rien. C'est l'affaire du Conglomérat, maintenant.

Skylar fronça des sourcils. Être «acheté» par le Conglomérat égalait nettement une mort crade.

— Vous allez me le détacher, et ces messieurs se chargeront de lui.

— Bill Trent se couche face au Conglomérat, rit Skylar. Un abandon si facile.

— Je n'abandonne jamais rien, Kenway. Jamais.

Chapitre 2

— Transcendance par le feu —

« Ces hommes forment une meute et me voient comme leur chienne, mais ils feraient mieux de garder en tête un détail : même les chiennes ont des griffes et des crocs. » — Zeera Elvira Kingsley

Clac clac clac résonnaient ses stilettos sur le sol carrelé. Les pans de sa blouse blanche ondulaient au gré de ses pas. Au pli du col était épinglé un badge à son nom : docteur Zeera Elvira Kingsley. Les gars d'Harmattan Associés s'abstenaient de la défier du regard, voire détournaient celui-ci pour éviter de s'attirer son ire. Ses yeux augmentés, d'un jaune qui tirait sur l'ambre, lui donnaient cet air méchant qui lui avait valu de nombreux sobriquets, entre autres celui de *folle dingue*. Les bleus, ceux encore vierges de toute sa cruauté, succombaient souvent à son charme. Grossière erreur. Il circulait tellement de rumeurs au sujet de Zeera Kingsley que seuls les imbéciles osaient se frotter à elle.

Elle marchait rapidement. Les couloirs de la base d'Harmattan lui semblaient interminables. Une suite de murs blancs et beiges, dénués de toute décoration. Les fenêtres embuées par le froid de l'hiver donnaient sur les terrains d'entraînement. Par cette journée ensoleillée, une vingtaine de soldats y courait au rythme des une-deux, une-deux de leur chef. Bizarrement, l'allure de Zeera se calquait sur cette cadence. Elle fila comme ça, dossiers en main, droit devant.

Harmattan Associés accueillait un ramassis d'ordures de tous horizons, cela dit ses locaux administratifs se révélaient somme toute agréables. Il s'agissait, en fait, de la seule chose engageante dans cette base. Zeera doubla de nombreux bureaux dont les battants de porte affichaient tous une jolie plaque dorée au nom de leur occupant. Elle s'arrêta devant celui du docteur Frédéric Cordier, inspira un grand coup et expira, paupières closes. Les doigts de ses mains augmentées s'ouvrirent et se refermèrent, comme si ce geste allait la calmer. Zeera détestait rendre visite à l'homme infâme que le destin lui avait imposé comme supérieur hiérarchique. Personne ne méritait d'être supérieur à elle — encore moins ce salaud de Français qui la traitait comme une chienne. Sans compter que son petit air suffisant lui donnait envie de lui arracher les yeux. Sans conviction, elle toqua.

— Entrez, entendit-elle.

Zeera poussa la porte et obéit. Un bureau en acajou trônait face à elle. Tout y était soigneusement rangé : dossiers à gauche, classeurs à droite et tactinote au milieu sur un sous-main unicolore d'un bleu insipide. Absence totale de cadre photo ou de toutou à la tête branlante. Pas franchement amateur de déco, Cordier exposait néanmoins fièrement ses peintures New Era. À en croire une flopée de « on dit », il avait été tenté par cet art car Turner y accordait un certain intérêt. Ce fayot en était nettement capable. Le simple fait de le voir ravivait chez Zeera son profond désir de l'évincer, de quitter le cagibi qui lui servait d'office et de s'installer là, à sa place.

Cordier lui tournait le dos. Il regardait dehors et semblait causer tout seul. À son oreille était fixé un ComLink externe. Signe d'une conversation en cours, il émettait un faible éclat rouge.

— Ah ! Enfin, la voilà. Bien sûr ! Un instant.

Cordier gratifia Zeera d'un regard torve. Pendant cette seconde de silence où son interlocuteur basculait d'un ComLink à l'autre, il la toisa.

— Combien de fois vous ai-je défendu de couper votre ComLink ? grommela-t-il. Vous l'avez fait attendre. On ne fait pas attendre monsieur Turner.

Zeera eut un sourire rayonnant.

— Écoutez-vous donc, dit-elle. Quel admirateur.

Une voix résonna dans sa tête.

— Bonjour, Docteur Kingsley.

— Ah ! Monsieur Turner.

— Je vais me montrer clair dès maintenant. Je suis pour ainsi dire très au fait des affaires vous concernant. Vous croyiez votre carrière finie, mais faites-moi confiance, vous n'êtes pas condamnée à rester cloîtrée dans ce repaire de mercenaires. Pinxit Industries est régulièrement à la recherche de nouveaux talents, et vos travaux m'intéressent. J'aimerais vous mettre à l'épreuve. Voyez-vous, j'ai initié un projet. Un projet grandiose, et pour le mener à bien, il me faut des génies comme vous.

— Et que voulez-vous créer, Monsieur Turner ?

Zeera s'était approchée de la fenêtre. Celle-ci donnait sur un autre secteur de la base. Un alignement de hangars se dressait devant elle. L'un d'eux ouvrait ses grandes portes face à une navette qui faisait demi-tour, dirigée par un type minuscule dont la casquette et l'énorme cache-oreilles lui donnaient un air ridicule. Zeera s'appuya nonchalamment contre le rebord et regarda la manœuvre. Sur la piste, un autre appareil était en train de se poser. Ses réacteurs faisaient un boucan d'enfer qu'on entendait malgré le double vitrage.

— Je veux créer des surhommes, Docteur Kingsley, continuait Aryan. Pas de simples augmentés comme vous et moi, non, mieux que ça… des Hommes parfaits. Créez-m'en un, et vous serez engagée.

— Qu'entendez-vous par là ? demanda Zeera en espérant qu'il lui épargnerait un de ses interminables discours.

— Certains voient les anthropoïdes comme des avatars de notre perfection, mais c'est grandement s'induire en erreur. Il manque un élément essentiel à ces machines : une âme. Ce que je veux, tout à fait clairement, c'est une âme dans une machine. Or, nous savons tous deux que c'est impossible…

— À moins de transformer un être humain en machine.

— Exactement, Docteur. Exactement.

Cela impliquait un sacré travail sur le fond comme sur la forme. Créer un cyborg n'était en rien ardu ; le faire penser comme tel et programmer une fidélité absolue à un « créateur » était une tout autre affaire, mais Zeera comptait bien tenter l'expérience. Son attrait pour ce genre de folies était, d'ailleurs, une des nombreuses raisons de son renvoi de l'institut de recherche de Moscou.

— Oh ! Monsieur Turner, roucoula-t-elle, vous avez choisi la bonne personne. Mon cher… collègue, accentua-t-elle nettement, est trop fleur bleue pour ce genre d'entreprises.

Sa façon de guigner Cordier, face fendue d'un sourire moqueur, suffit à le faire enrager. Il serrait les dents comme un clébard de sale humeur, signe d'une évidente envie de la gifler.

— D'où ma décision de vous recruter, Docteur, continuait Aryan.

— D'où votre décision. Écoutez, Monsieur Turner, ce serait avec plaisir, mais… il me faudrait un sujet sur lequel travailler.

Son regard vagabonda à nouveau à l'extérieur.

— Un dossier vous attend dans votre tactinote, fit son interlocuteur. Tout y est détaillé.

Sur ce, il raccrocha. Aryan Turner n'était pas homme à échanger des politesses. Zeera resta interdite. Elle écoutait le bipbip caractéristique annonciateur de la fin de conversation sans savoir comment réagir. Il l'avait choisie elle, et non cet idiot de Cordier, pour son fameux projet. Sa jubilation se hissait à la hauteur de la déception de son supérieur. Depuis le début de l'appel, le docteur la fixait d'un mauvais œil. Zeera se détacha de la scène extérieure pour mieux le regarder. Un sourire étirait ses lèvres pulpeuses.

— Quelle excellente journée, vous ne trouvez pas ?

Sitôt de retour à son labo, Zeera se saisit de son tactinote. Un transfert de données s'y trouvait effectivement en attente. La doctoresse y procéda, obnubilée par sa progression, chaque pourcent ravivant les papillons dans son ventre. Quand l'hologramme d'un visage s'afficha devant elle, elle manqua défaillir. Elle demeura un moment à en admirer chaque trait, comme envoûtée. Pas par sa beauté, plus par l'idée de détruire celle-ci pour la magnifier. Elle se réjouissait d'avance d'écorcher cette peau pâle ; d'étudier, morceau par morceau, cette musculature ; de remplacer cette chair si faible par du métal, de renforcer ces os même s'il fallait les fracasser cent fois.

— Tu seras à moi, Blayne Weston, se susurra-t-elle à elle-même. Entièrement à moi.

Elle fut si obsédée par cet homme, par son envie d'en faire sa chose, qu'elle faillit rater l'heure du repas. Rappelée à l'ordre par son assistant, elle quitta son labo.

Le réfectoire était une vaste pièce qui accueillait les « agents » d'Harmattan à toute heure de la journée. Sa baie vitrée donnait sur le terrain d'entraînement et son gazon abîmé par le gel. Il faisait si froid dehors, et si chaud dedans que le verre semblait suinter. L'éclairage artificiel jaunâtre supplantait les rayons du soleil, soudain bizarrement blafards.

À bonne distance de là, Zeera percevait déjà le brouhaha d'une centaine de voix. À la seconde où la porte s'ouvrit devant elle, ce vacarme assaillit si vivement ses oreilles qu'elle plissa les yeux et fronça les sourcils. Zeera n'était pas amatrice de bruit. Elle aimait le silence, et plus encore la douce musique du matériel de son labo, tel le bourdonnement de la scie à os qui ouvre le crâne d'un sujet ou le sifflement soyeux du scalpel qui fend la chair. Rien n'était plus doux à son oreille.

La salle était bondée. Chaque table définissait le territoire des membres d'une unité. Les soldats restaient entre eux, de même que les chercheurs et les employés. En voyant Zeera passer, un groupe de militaires sembla pris d'un malaise.

— C'est elle ? glissa l'un d'eux à son voisin. La pute qui a esquinté Blackwell.

— Ouais. C'est elle.

Zeera avait causé nombre de mutilations. Pourtant, aucune insomnie ne la guettait à titre de châtiment. C'était son travail : tester, bousiller, reconstruire. Cela dit, des gars d'Harmattan, elle venait d'en abîmer un et jamais en vue d'une augmentation. Une affaire de viol où l'agresseur avait fini par fuir, sa queue en moins. Comment ? Les rumeurs mentionnaient une morsure soigneusement ciblée.

Le visage de Zeera s'orna d'un rictus à ce souvenir. Elle se dirigea vers le self où elle fut servie en nourriture fade et bon marché. Longuement elle regarda son steak baigner dans sa sauce au poivre chimique, entouré de ses petits pois d'un vert artificiel. Elle exhala un profond soupir et non sans snober ses «collègues» à leur table, fila droit devant. Comme d'habitude, Cordier menait la conversation et tous écoutaient comme des chiens loyaux. Sans se défaire de son sourire éclatant, il salua sa nouvelle «semblable» d'un verre levé, très vite imité par tous les autres. Zeera les ignora et s'isola à un espace oublié où se restauraient d'ordinaire des chercheurs de son acabit. Psychiatres et autres retourneurs de cervelle. Elle s'efforça de manger mais, constamment fixée et raillée par Cordier, sentit son appétit s'évanouir. Elle quitta donc la table et effectua les mêmes gestes que d'habitude : aller à la poubelle, jeter les restes, ranger le plateau et s'en aller la tête haute.

Elle sortit du bâtiment. Il faisait un froid de canard dehors, mais elle n'en avait cure. Elle marcha un moment, mains fourrées au fond de sa blouse. Une forte condensation née de son souffle fuyait de son nez et augmentait en intensité au fil de son avancée. Elle finit par s'arrêter à proximité du parking et se mit à fumer une cigarette. Les yeux fermés, elle profita du silence. Un plaisir de courte durée, anéanti à l'instant où une ambulance d'Harmattan se montra. Les couleurs criardes de ses gyros faisaient miroiter les yeux factices de Zeera. Celle-ci fronça les sourcils et s'avança. Quand le véhicule fut immobilisé, un cortège de mercenaires en descendit. Tous affublés d'un brassard où figurait en lettres rouges sur fond blanc, le mot *MEDIC*. Ils sortirent un lit médicalisé où gisait un grand brûlé. La doctoresse resta effacée de sorte à éviter d'encombrer leurs manœuvres, mais ne sut se retenir d'admirer ce malheureux comme un véritable trésor. Elle n'accordait aucune attention aux conversations, comme ailleurs, dans une autre dimension où elle affronterait seule ce corps abîmé. Il en émanait une intense odeur de viande carbonisée sur fond d'ECO-gas. Émoustillée par ces relents, Zeera se mordit la lèvre inférieure.

— Où l'emmenez-vous ? demanda-t-elle.

— Secteur scientifique.

Pensive, sans même en avoir conscience, Zeera leur ordonna de le déposer à son labo. Les soldats la dévisagèrent, dubitatifs.

— Vous êtes Zeera Kingsley ?

— Précisément.

— Bah ça tombe bien, ce gars-là est pour vous.

Zeera les accompagna à son labo. Il était modeste et manquait de matériel, mais elle comptait y remédier dans les plus brefs délais. On lui fit signer un tas de documents qu'elle ne lut même pas, trop obnubilée qu'elle fût par son nouveau jou… sujet.

— Allez-vous-en maintenant.

Elle se saisit d'un tabouret, traîna celui-ci à côté du lit et s'y assit. Son regard restait fixé sur son sujet, si ma-gni-fi-que. Sous son épiderme fissuré, dans des crevasses fumantes sillonnaient des filaments rouge vif d'une musculature encore intacte. Zeera amena sa main au-dessus de son torse et en toucha un fendillement du bout des doigts. Cet homme avait dû endurer une douleur extrême. Souffrir le martyre. Il ignorerait cette sensation désormais.

CHAPITRE 3

— TOUTE DIGNITÉ EFFACÉE —

LE FOURGON S'ARRÊTA ENFIN. Un des garde-chiourme se dressa pour en ouvrir la porte. L'éclat du soleil de midi s'infiltra à l'intérieur et aveugla Skylar, dont un des yeux tuméfiés se mit à larmoyer. Sans un mot, deux de ces hommes défirent ses chaînes. Leur tintement et leur raclement sur le sol de métal assourdissaient à moitié le tumulte extérieur. Là, une navette aux couleurs de Pinxit Industries manœuvrait. Elle fit demi-tour dans un tourbillon de vent et de débris, pour finalement se poser en douceur. À cet instant seulement, un semblant de silence tomba, tout juste dérangé par un ultime bourdonnement de rotors. Toujours sans ordonner, sans même insulter, ces gars en armure poussèrent Skylar en avant, droit vers la gueule de l'aéronef. Quand son hayon fut immobilisé, un officier d'Harmattan descendit. Il fit face au détenu et ne dit mot. Pour un mercenaire, il arborait un air vaguement affable. Son visage triangulaire affichait des traits anguleux, mais soigneusement taillés, à l'inverse de Skylar et de sa face à demi émaciée par un mode de vie rude. Ses yeux azur tirant sur le gris manifestaient une once d'émotion. Cet homme paraissait désolé, comme s'il savait déjà comment ce grand ennemi, face à lui, allait finir.

— Skylar Kenway, salua-t-il.

— Commandant Anderson.

— Trent se garde de l'avouer, mais à ses yeux comme aux nôtres, et surtout aux miens, vous avez été un combattant de taille. Croyez-moi, votre situation me désole : vous méritiez une mort digne. Cette navette va vous mener à une tout autre fin.

Skylar leva un sourcil.

— Vous semblez très au courant de mon « destin »…

Anderson détourna le regard pour mieux observer le cœur de la navette. En contre-jour, il demeurait dans une obscurité relative, chassée par un éclairage bleuté. En faisant miroiter l'armure du commandant, cette lueur lui donnait un air mystérieux.

— Vous avez nettement éveillé l'intérêt d'Aryan Turner, Kenway. Or vous savez comment il est. Autour de lui gravitent tous ces « grands » du Conglomérat. Ces Intouchables. Vous n'êtes rien à leurs yeux : eux se chamailleraient pour votre chair comme des charognards, vous morcelleraient pour mieux vous monnayer… mais Turner, non.

Clap. Clap. Clap. Skylar applaudit au ralenti.

— Belle poésie, l'ami, mais ça ne m'avance à rien. Ça m'est égal, de toute façon. Personne ici ne tirera jamais rien de moi.

Anderson eut un sourire.

— Qui vous a dit que nous voulions tirer quelque chose de vous ?

À ces mots et sur un signe de sa main, ses gars firent monter Skylar. Le hayon sitôt franchi entama sa fermeture et l'engin tout entier s'ébranla dans un grondement. Une voix de robot annonça le décollage. Les soldats autour de Skylar s'installèrent une fois leur détenu attaché et ne dirent mot de tout le voyage. Aussi succomba-t-il très vite à la monotonie et glissa dans le sommeil.

— On se réveille, ordonna soudain un des mercenaires. On est arrivés.

À en juger sa façon de tanguer et le tumulte ambiant, la navette atterrissait. La subite abondance de jour aveugla Skylar et, main en visière, il s'efforça de voir où il se trouvait. Une trombe glaciale s'engouffra à sa rencontre, transit ses moelles. Il ignorait totalement où on l'avait emmené, mais devinait se trouver au milieu de militaires, voire de mercenaires, au vu des attirails alentour et des véhicules de guerre. L'endroit avait l'air égaré au milieu de rien, environné d'une forêt dense enneigée. Un endroit idéal, justement, pour s'adonner à toutes sortes d'aberrations.

Skylar fut accueilli par des mercenaires, taciturnes à l'image de ses geôliers, et deux toubibs. Sans sommation, il fut jeté à genoux devant eux. Un des chercheurs s'avança pour mieux l'observer. Skylar croisa son regard. Aucun mot, aucun rictus ne fut échangé.

— Emmenez-le, ordonna une voix.

Skylar fut forcé de se redresser. Traîné dans un des édifices et au gré de ses couloirs, il vit s'effacer le jour à la faveur des néons. Il croisa un certain nombre de mécha-chiens en faction, comme une dissuasion. Contre toute attente, on se garda de le jeter dans une cellule pour l'y oublier. Il fut conduit dans un labo où une table d'observation attendait sagement sa venue.

— Attendez, rit-il jaune, vous êtes sérieux ? Va falloir m'éclater les deux genoux si vous voulez m'allonger là-dessus !

— On aura toute l'occasion de faire ça, confia un des gardes. Plus tard.

— Allez vous faire foutre ! Lâchez-moi !

Son agitation valut un recours à la force. Jeté en avant, il trébucha et se cogna à la table. Sonné, il devint maniable comme une marionnette. Comme on le redressait, il distingua des figures floues. Une cohorte d'infirmiers s'affairait autour de lui pour retirer ses vêtements. Sitôt enfilée une combinaison numérotée, on ne se donna aucun mal pour étendre son corps fracassé sur la table, où tous ces toubibs vinrent introduire des tubes divers dans ses orifices. Quand tout fut installé, Skylar se retrouva fermement sanglé. Sans défense.

Il gémit un juron.

Le docteur était un homme de taille moyenne, assez ventru et au visage rond, d'allure affable. Il avait tendance à sourire, chose rare à Harmattan Associés. Sur son nez camus, des demi-lunes cachaient ses yeux bruns. Sa mâchoire carrée, entièrement glabre tel son crâne, se cachait sous des joues fournies. Toujours vêtu de sa blouse, il exhalait un mélange d'odeur bizarres. Une sacoche sous l'aisselle, il gagna une salle où ses collègues observaient, par la vitre sans tain, un sujet attaché sur la table. Son sujet.

— Bonjour, Docteur ! s'exclama une infirmière.

Il ne lui accorda aucun regard.

— Le sujet est installé, informa une autre.

— La machine est calibrée ?

— Bien sûr, Docteur. Comme vous le souhaitiez.

— Ce sujet va nous forcer à transgresser nos instructions ordinaires. Le micro est-il en train d'enregistrer ?

— Tout à fait.

Il écrasa une des commandes d'une console face à lui. Le son traversa la glace de sorte à être entendu dans toute la salle adjacente.

— Branchez-le, Messieurs.

Cette voix sortie d'on ne sait où fit frémir Skylar. Il recommença à s'agiter. Il enfonça ses ongles au creux de ses mains et y fit couler le sang. Les sangles d'acier torturaient ses membres ; d'ailleurs, leur chair se violaçait déjà, mais il continuait à tirer. À nouveau se montrèrent des hommes en blanc dont la moitié du visage était dissimulée par un masque chirurgical. Entre ses mains gantées, l'un d'eux tenait une sorte de pistolet où était fixée une monstrueuse aiguille.

— Quel dosage ? demanda-t-il.

— La dose maximale.

— O.K., fit-il en ajustant son injecteur. Sédatif : Quarante milligrammes. Purgatif : Vingt milligrammes. Entendez-vous, Docteur ?

— Que faites-vous ? se révolta Skylar.

Toute tentative de fuite était inutile. Pire, à se débattre de la sorte, il faisait saillir ses veines et facilitait la tâche de son tortionnaire. Sans écouter ses objections, comme s'il n'entendait rien, l'infirmier enfonça son aiguille dans sa chair. La mâchoire de Skylar se serra et ses yeux se révulsèrent. Sa tête retomba lourdement sur la table. Il demeura conscient, mais ressentit une intense faiblesse musculaire et succomba à une forte somnolence.

— Il a un nom, celui-là ?

— Plus maintenant.

— Bah, moins j'en sais… tu connais la suite. T'as fait quoi, ce week-end ?

Skylar avait envie de crier, d'insulter ces fils de chienne, mais aucun mot ne fuyait de sa gorge. Comme si on avait dérobé sa voix, sa bouche s'ouvrait et se fermait sur des sons silencieux. Il ressemblait à du menu fretin arraché à la marée.

— Arrêtez… souffla-t-il enfin en sentant un gel glacé sur son front, son torse et ses membres.

On y collait des électrodes.

Aucun des deux infirmiers ne lui accorda son attention. Sitôt ces tâches achevées, ils s'en allèrent pour mieux abandonner leur nouveau cobaye à sa détresse. Très vite, son organisme réagit à toutes ces drogues qu'on venait de lui administrer. Ses entrailles gémirent de douleur, ses muscles semblèrent fondre, sa tête éclater. Quand Skylar commença à recouvrer une once de lucidité, le docteur entra, sans un mot ni son, mains dans le dos. Comme il avançait vers lui, il se saisit d'une chaise. Le bruit métallique du raclement des pieds résonna dans la pièce.

— Votre intégration comporte trois stades. Briser. Soumettre. Renaître.

Il s'installa à côté de Skylar. Ce dernier, malgré sa vision floue, était en mesure de déchiffrer le badge épinglé à sa blouse. Il y était écrit Dr E. Stevens.

— Ne vous inquiétez pas, Kenway, dit-il. Vous êtes entre nos mains. Sachez que vous représentez un investissement mis sous très bonne garde. Certains pensent, au fond d'eux, que vous êtes une perte de temps, que vous avez trahi le Gouvernement… mais moi pas. Je vous guérirai. Je vous ferai atteindre l'Excellence.

Le scialytique était anormalement fort. Il éblouissait totalement Skylar, dont les yeux commençaient à larmoyer. Le docteur causa et ne fit rien d'autre. Il ne releva aucune mesure, ne commença aucune opération. Il se contenta de donner une petite tape sur l'épaule de l'ex-rebelle, de se lever et de ressortir.

Skylar demeura attaché à la table, ébloui. Son alimentation se fit par intraveineuse, et resta fort en dessous des calories demandées par un homme. Vidé de ses forces, il avait cessé de se débattre, mais la combativité de son for intérieur demeurait intacte, du moins pour le moment. Le grésillement constant et le son régulier de la machinerie médicale anéantissaient toute tentative de sommeil. Il resta donc éveillé, dans une sorte d'état second.

Personne ne vint le visiter de toute la journée. Ou de la semaine. L'absence de lumière du jour eut vite raison de sa conscience du temps qui passe.

Un jour, la porte finit enfin par s'ouvrir. Les assistants du doc entrèrent en silence. Skylar tourna la tête vers eux et n'eut de cesse de rabâcher ces inlassables interrogations qui lui trottaient dans la tête, mais aucun d'eux ne daigna céder à ses instances. Ils n'entraient jamais dans la lumière et se contentaient de vérifier les données enregistrées, changer les perfusions, nettoyer.

— ALLEZ-VOUS ME RÉPONDRE, MERDE ?! finit par vociférer Skylar.

CHAPITRE 4

— PASSION MEURTRIÈRE —

« Un pouvoir confié, délégué ou acheté est toujours factice. Le vrai pouvoir se dérobe et s'érige. Abattez le maître, ceignez-vous de son symbole d'autorité et voyez le monde s'incliner devant vous ; montrez-lui votre force, suggérez assez de peur dans son cœur pour ne jamais être déchu. Le monde des Intouchables, celui du Conglomérat, obéit aux règles de ce jeu. Un jeu où il est dur de gagner, mais facile de mourir. » — Victor Winslow.

PAR SA SILHOUETTE, VICTOR Winslow semble englober la ville, étendue en contre-bas de sa suite et prélassée dans ses émanations toxiques comme une junkie sur un divan. Ce soir-là, il s'efforce d'observer une activité grouillante voilée par le manteau de la nuit. Seuls des éclats criards de néons trahissent des Hommes ou des robots, mâles ou femelles, naturels ou augmentés. Ils marchent dans les allées, s'effacent dans des ombres où jamais on ne les revoit. Un brouhaha de voix, de klaxons et de sifflements d'autos résonne et monte vers le ciel pour s'y éteindre.

Immobile face à la baie vitrée, Victor contemple cette agitation, un verre de whisky en main. L'éclairage du néon de la tour voisine dessine des striures colorées sur ses vêtements et son visage. Au-delà, l'obscurité recouvre ses droits et s'efforce d'engloutir des antennes anti-aériennes. Parfois s'y devine un aéronef par un clignotement ou un sillage au milieu des nuages.

— J'ai tout de suite saisi son jeu, souffle Victor. C'est d'une évidence : au-delà de tous ses objectifs, Aryan cherche à s'entourer de gardiens d'élite pour asseoir définitivement son pouvoir sur nous. Un Intouchable veillé par des monstres ne craignant ni la douleur ni la mort… Il en deviendrait invincible.

À distance, dans le clair-obscur, Reginald, son amant, est allongé sur un sofa. Un membre de sa caste, à la fois malaimé et courtisé pour ses charmes de trentenaire entretenu et fardé telle une célébrité. Son visage aux traits fins, comme taillés par un maître artiste, s'orne souvent d'un sourire de fat si séduisant. Sa chevelure châtaine miroite sous un éclairage tamisé, telle sa barbe soignée dont aucun poil ne se rebelle. Victor fond par un seul échange de regard, succombe à ces yeux artificiels d'un mauve tendre, mais son estocade, c'est son accent germanique si exotique dans ce pays. Un cure-dent entre deux doigts, le geste nonchalant, il pique des olives dans un petit bol pour mieux les picorer. Un sourire en coin fend sa face.

— Il a peur de toi, déclare-t-il.

— Hum, de nous, je dirais, corrige Victor en sirotant son alcool.

Il se détourne de son panorama pour le rejoindre. Le sourire de Reginald s'agrandit à mesure des enjambées de son aimé. Arrivé à son chevet, ce dernier cale ses mains à hauteur de ses flancs pour s'incliner sur lui. Une telle proximité suffit à mêler son souffle au sien. Envoûté par son odeur, par sa chaleur, Victor se sent soudain animé d'une sourde envie.

— On peut ne rien craindre de la douleur, susurre Reginald, mais la mort est une issue inévitable. S'il vient à mener son projet à terme, je trouverai une arme pour abattre ces choses.

— Je fais confiance à ton génie.

— … mais ?

— Il serait plus « simple » d'éliminer la menace dans l'œuf. Si on se débarrasse d'Aryan, même si le Conglomérat maintient son projet, je m'assurerai de régner, de contrôler.

Le sourire de Reginald s'agrandit.

— Je vois, hum… et quel imbécile sera prêt à tenter une telle folie ?

Sans même s'en formaliser, Victor a déjà défait son veston et entrouvert sa chemise. Il fourre sa main en dessous pour tâter une peau consumée par le feu du désir, avide de ses caresses. Il hume son parfum, ce « Gold, for men » aux fragrances si rares et démesurément chères. Cachée par lui, une suave odeur de mâle, concentrée dans des perles de sueur. Reginald meurt d'envie de lui, il le sait, il le sent. Il descend au gré de ses formes suggérées par ses effleurements, arrachant un soupir à son amant.

— J'ai mon idée.

Joueur, Reginald fait danser ses doigts sur le cou de Victor. Au fil de sa courbe, il rassemble ceux-ci de sorte à griffer sa pomme d'Adam d'un index et, sitôt arrivé au niveau du menton, le forcer à redresser la tête.

— Tant de pièces sur l'échiquier… Tant de pions à sacrifier. Je te connais, Victor : tu tuerais père et mère pour diriger ce monde.

Winslow rit.

— Et tu oses me dire ça.

— Je ne cherche pas à diriger. Juste à me divertir.

Sans perdre son sourire, Victor glisse sa main dans le pantalon de Reginald, titillant une virilité déjà éveillée.

— Cela te divertit-il ? minaude-t-il.

— Tu sais comment me parler, mein Liebe.

Ses mots s'évanouissent dans un baiser. Reginald enfouit sa main dans la chevelure de Victor, l'encourageant à poursuivre. Leur front collé l'un à l'autre, il murmure :

— Sois prudent. Tu connais les règles de ce jeu.

— Je les connais.

À une distance raisonnable des gratte-ciel de la maison-mère du Conglomérat s'étalait Hopetown, quartier résidentiel où vivaient des citoyens dont la richesse suffisait à payer la taxe de sécurité et à s'offrir un logement au plus proche du cœur du Capitole. Les rues étaient évidemment bien entretenues, ponctuées çà et là d'arbres et de fleurs assorties au design général. De vastes fontaines ornaient les places où les badauds tuaient le temps. Certains parcouraient même des kilomètres pour rejoindre Paxton's Park et sa forêt artificielle où les fervents combattants de la vie dite « réelle » s'adonnaient à leurs activités primitives de plein air, comme des jeux de ballon ou des courses de cyclisme.

Assis à l'arrière de sa Porsche *Abyss* S5, accoudé au rebord de la vitre et la tête soutenue par sa main, Victor regardait défiler la ville, absorbé par ses songes et le souvenir d'une nuit agréable. Tous ces gens alentour semblaient étrangement distants. Une sensation difficile à saisir, connue des seuls Intouchables. Une sensation de pure et absolue supériorité. À l'image de son cher amant, Victor considérait cette masse comme une multitude de pions dans son jeu d'échecs. Tous sacrifiables pour atteindre et abattre la pièce souveraine.

La cité était entourée par un mur, lui-même surmonté d'un entrelacs de barbelés. L'Autorité gardait ses entrées, aménagées comme des postes de douane. En sortir était facile ; y entrer, tout le contraire. Les gardes arrêtaient tous les véhicules et vérifiaient les identités des passagers tandis que des mécha-chiens leur tournaient autour à la recherche de chargements suspects. Le doute conduisait à l'incarcération immédiate et la moindre tentative de fuite, à l'exécution sommaire.

Le chauffeur de Victor n'eut même pas à réduire l'allure : la barrière se leva automatiquement à son arrivée. La voiture s'engagea donc sur les routes du District Un. Hors des murs commençait à se rencontrer la lie de l'humanité. Victor soupira en voyant sur le bas-côté une jeune femme vêtue d'un treillis et d'une veste poussiéreuse brandir vers sa voiture une pancarte où était écrit « RAINTOWN PLEASE » au marqueur rouge. Il l'ignora comme si elle appartenait au paysage.

Central jouxtait le Capitole comme si elle tentait de s'y greffer. S'enfoncer dans son centre-ville donnait davantage l'impression d'entrer dans un autre monde. Les résidences spacieuses au design épuré s'effaçaient à la faveur d'immeubles tantôt désuets, tantôt délabrés où s'entassaient des familles entières. Les rues se noyaient dans un obscurité stagnante, tout juste éloignées par des réverbères qui grésillaient et crachaient des étincelles. Les sacs poubelles s'empilaient devant les immeubles et vomissaient leur contenu sur la route. Souvent s'entrevoyait un chat ou un chien étique en train d'y fourrer son nez. Victor en vit d'ailleurs un qui fuyait, ébloui par les phares de sa voiture. Il détestait cet endroit, mais devait s'y rendre : il y avait rendez-vous.

Monseigneur était l'identité du « nettoyeur » de la famille Vaugal, éminence du crime organisé de ce côté-ci de la Fédération. L'Autorité refusait de se mêler de ses affaires, par intérêt sinon par réelle crainte, et Vaugal évitait de se frotter à elle en venant troubler son ordre dans la cité-District. Une entente convenable des deux côtés. Vaugal gérait entre autres un marché noir où se vendaient moult produits, des augmentations aux armes en passant par de faux papiers. Victor, lui, cherchait un service d'une tout autre nature.

— Arrêtez-vous là, Adam.

Le chauffeur fit un signe de tête. Il décéléra en douceur, passa au point mort et tira le frein à main. La voiture demeura donc là, immobile et pleins phares allumés tels deux yeux au cœur de l'obscurité. Le moteur cessa bientôt son ronronnement à peine perceptible et le silence tomba.

La portière arrière s'ouvrit soudain. Victor tourna la tête vers *cette* intruse et la fixa. Sa poitrine généreuse était mise en valeur par un tailleur parfaitement ajusté. Elle portait une jupe très simple qui gardait à demi nues ses jambes augmentées dont le métal miroitait malgré le faible éclairage ambiant. L'ossature en acier ultra léger, d'une couleur blanc crème, se mêlait à des muscles factices dont les filaments formaient des motifs arachnéens. Un modèle *Feline Touch* de chez Pinxit Industries, réservé aux athlètes ou, a fortiori, aux assassins. La femme se glissa sur le siège à la gauche de Victor comme si elle y avait été invitée. Il fut alors en mesure de voir son visage : des traits fins relevés par une touche de maquillage. Le fond de teint ne cachait en rien ses taches de rousseur, souvenir de sa chevelure de feu.

— J'aurais juré avoir affaire à un homme, confia Victor.

— Auriez-vous préféré ? gloussa la femme.

Victor ne dit mot.

— La famille sait tout, Monsieur Winslow, même vos petits secrets d'Intouchable, souffla-t-elle. Éva Monseigneur, enchantée.

— Française ?

— J'ai cette chance.

« Chance » était un terme incorrect au vu des circonstances. La France s'était effondrée. Pas de manière immédiate, mais insidieuse. Le crescendo de frustration et de colère de ses ressortissants envers ses figures dirigeantes avait fragilisé son gouvernement. Une aubaine pour certains prétendants au pouvoir, certes, mais pas suffisante pour inciter ceux-ci à agir. Seule l'armée sut prendre des décisions, notamment mettre à mort le Président de la République pour installer une de ses égéries à la place. Gouverné désormais par une «maréchale» impitoyable, ce pays si admiré n'avait définitivement plus rien d'accueillant.

— Votre accent vous trahit, nota Victor.

Il exhuma du minibar une bouteille de Châteauneuf du Pape de 2147 dont il servit deux verres.

— J'aimerais me défaire d'un «associé», sous-entendit-il.

Le visage d'Éva se fendit d'un sourire.

— *Associé*, vraiment? dit-elle. J'aurais dit «supérieur», en fait.

— Personne ne m'est *supérieur*.

Elle émit un rire.

— Allons donc. Vous avez racheté Pinxit Industries?

Victor la dévisagea en silence, noyant sa frustration dans son vin.

— Pas encore, grogna-t-il. Cela dit vous êtes intelligente. C'en devient désagréable.

— Vous attendiez-vous à une écervelée? Vraiment? Vous avez fait erreur une deuxième fois, Winslow. Une troisième même, si vous attendiez de voir la Famille vous débarrasser d'Aryan Turner.

— S'il réussit ses objectifs, roucoula Victor, c'en sera fini de vous. Il veut être admiré de tous, et «tous» ne vous aiment guère. Vous saisissez? Il vous détruira.

— Quels sont ces objectifs?

Victor fit ondoyer son vin dans son verre.

— Vous attendiez-vous, vous aussi, à un écervelé? Si cette information venait à fuiter, je serais fini dans l'instant.

— Oh, très cher.

Sa main effleura la cuisse de Victor. Toute volonté de séduction se fracassa contre un mur de dégoût. Victor s'efforça de cacher sa grimace, aidé par des années d'entraînement au contact de sa femme. Il demeura glacial et inflexible. Éva se rembrunit.

— Je vois. Il va vous falloir d'autres arguments. C'est à Martin de décider.

Victor fit un signe de la main.

— Adam? Laissez madame vous guider. Martin Vaugal nous attend.

— Bien, Monsieur.

Ébahie par cette réaction, Éva croisa les bras.

— Martin a d'autres rendez-vous. Il n'aura peut-être pas de temps à vous accorder.

— Il en aura toujours pour moi.

Orienté par Éva, Adam se dirigea dans la zone la moins sûre de Central. Bientôt ils se retrouvèrent coincés dans un embouteillage causé par le passage d'un i-tram. Victor entraperçut une rame recouverte de graffiti glisser au milieu de la foule. Chargée comme une bétaillère, elle avançait en faisant grincer son rail. Les gens se remirent à grouiller sitôt celle-ci partie, jetant des regards à la fois curieux et prudents à cette voiture intruse. Ils atteignirent une sorte de marché installé à flanc de chaussée, comme si la circulation ne gênait personne. Tous ces gens écœuraient Victor. On échangeait des crédits contre des denrées de qualité douteuse : fruits et légumes « frais » ou secs de fermes G-mod, viande de synthèse, insectes en poudre ou en gelée, épices rances. Çà et là couraient des gosses munis de jouets, tantôt figures de chiffon en sale état, tantôt mini robots et armes en plastique. Les pneus de la Porsche écrasaient des feuilles de chou jetées là, des journaux, des cannettes, des bouteilles et de la merde, mais jamais ne cessait son sifflement soyeux. Elle se faufila comme une ombre entre cette marmaille, s'effaça derrière des cordes à linge chargées et s'arrêta au fond d'une ruelle.

— Seriez-vous mal à l'aise ? taquina Éva.

— Suis-je censé l'être ?

Elle renifla.

— Vous autres, dans vos tours de verre, ne connaissez rien de la vie.

— Assez pour que nous la dirigions.

Victor sortit le premier. Une odeur infecte de pisse, de sueur et d'ordures agressa son nez. Il arracha un mouchoir de la poche de son veston et le colla à son nez. Très amusée par la situation, Éva l'enjoignit à la suivre. Le visage de Winslow se fendit à son tour d'un sourire.

— Je ne m'engagerai pas dans ce cloaque sans protection.

Adam ouvrit le coffre. S'y trouvait un cube de métal noir et rouge gravé au nom de la société d'armement Reichardt-Bauer, modèle IQ450-Zaerus. Il suffit d'un ordre de Victor pour qu'il se déployât. Le robot, un grand mécha-chien, sauta du coffre et s'étira. L'ensemble de son exosquelette était prévu pour le combat. Griffes et crocs acérés, mitrailleuse sous son armature. Il fit ondoyer sa queue, un câble dont l'embout était équipé d'un fer de trente centimètres.

La machine fixa Éva de ses grands yeux carmin, comme s'il la jaugeait.

— Il est mignon, votre clébard, railla-t-elle. Le genre à jouer à la balle, je parie.

— Je ne m'y risquerais pas.

Victor suivit la tueuse comme son mécha-chien fermait la marche. Ils accédèrent enfin au marché noir, semblable à un souk. Ses étals en vrac dégorgeaient leurs marchandises sur l'allée : des augmentations Zhang, Itashi, Pinxit; modèles cérébraux, visuels, pour une meilleure mobilité, force ou vitesse; des armes de moyenne qualité ou tirées des stocks de Reichardt-Bauer; des munitions, cartouches et roquettes; des pièces détachées d'anthropoïdes ou de robots de combat. Éva fut retenue nombre de fois. Tantôt par une femme tatouée aux augmentations disgracieuses, dont le stand regorgeait d'augs militaires; tantôt par un type velu faisant commerce de mécha-chiens morcelés; tantôt par une vieille rabougrie avide d'ajouter d'autres modèles Pinxit à sa collection. Victor vit également un étal de médicaments et de drogues : de l'antalgique à la morphine, de l'excitant à la di-amphet', du shit, du Red, de la métaphédrine et de la cocaïne, en passant évidemment par la neurophine. Il saisit une fiole à moitié craquelée, comme tombée du camion, et en examina l'étiquette. Voir le nom de sa société fut une étrange sensation.

— 'te faut de la neuro? demanda une jeune femme aux multiples piercings et augmentée d'un œil.

Victor demeura un moment silencieux.

— Hé, j'te parle. C'est deux cents crédits la neuro, l'ami.

— Laisse, Lennie, intervint Éva. C'est un ami, il est un peu…

À voir son geste de la main, Lennie afficha un sourire en coin.

— Ouais, j'vois.

Éva entraîna Victor à sa suite.

— Vous êtes déçu du manque à gagner? gloussa-t-elle.

Au fil des ruelles, ils atteignirent un vieil immeuble gardé par deux hommes, un mini-Uzi à la main. En voyant Éva, un sourire vint dérider leur visage.

— Alors Éva, tu nous ramènes un «white collar» comme ils disent, ces Ricains ?

— Il tenait à voir Martin, informa Monseigneur.

— Martin a rendez-vous. T'es au courant, non? Quand il cause à Lady Verona, on ne doit jamais le déranger.

— Va donc dire ça à monsieur, ajouta-t-elle en désignant Victor.

Le second garde prit la parole :

— Y'a sûrement moyen de négocier.

Comme si débourser une «telle» somme était anodin pour lui, Victor garda contenance et amena une main dans la poche intérieure de son veston pour en exhumer un rouleau de crédits. Sitôt ce dernier passé d'une main à l'autre, la petite porte s'ouvrit.

— Le clébard reste là, ordonna un des mafieux.

— Hum, grogna Victor. Croyez-vous résister à une telle machine si elle doit venir à mon secours ?

— Laisse-lui son joujou, Marc.

Il faisait sombre à l'intérieur. Ambiance tamisée pour cet endroit censé combler toute forme de désir : alcool, drogue, jeux d'argent et envies luxurieuses. Au rez-de-chaussée, une sorte de salon doublé d'un bar accueillait une dizaine de malfrats. Certains jouaient aux cartes, d'autres nettoyaient leurs armes ou caressaient, avec autant de minutie, les jambes offertes de putes naturelles ou augmentées. Éva conduisit Victor à un vieil escalier grinçant qui jouxtait le mur rougeâtre à la déco douteuse. À l'étage, une mezzanine ponctuée de portes closes donnait sur la grande salle. Une prostituée était d'ailleurs en train d'observer ces activités, accotée à la rambarde, un verre de vodka à la main.

La musique cyber dissimulait toute conversation, et surtout celles issues du bureau de Martin. Éva y toqua et fut accueillie par un «Entrez!» on ne saurait moins cordial. Elle ouvrit la porte et, d'un signe théâtral, enjoignit Victor à obéir. Une femme en robe corsetée était déjà assise face à un vieil office. Elle fumait une clope fixée à un embout, telle une pin-up des années 1950.

— Oh ! fit-elle d'un ton outré, je me fais voler la vedette par…

— Un col blanc, oui, ajouta Martin. Quel honneur. Je vous croyais du genre à envoyer vos sous-fifres régler vos affaires.

— Les sous-fifres ne sont jamais dignes de confiance.

— Je vois, concéda Martin. Lady Verona ? Veuillez m'excuser, notre conversation va devoir attendre.

Quittant sa chaise, la femme inclina la tête avant de sortir, non sans gratifier Victor d'un regard noir. Sitôt la porte refermée derrière Éva, Martin fit signe à son invité de s'asseoir. Celui-ci resta debout.

— Que puis-je pour vous, Monsieur Winslow ? entama le mafieux.

Sur son office, entouré d'un flingue, d'une paire de balles et d'un verre de scotch à moitié vide, traînaient un cendrier et un paquet de cigarettes. Il en tira une de deux doigts de sa main augmentée et l'alluma en attendant une réponse de Victor.

— J'ai une mission pour votre « nettoyeuse », avoua ce dernier.

— Quel genre d'ordure souhaitez-vous balayer de chez vous ?

— Turner lui-même, avoua Éva.

Sa cigarette figée au-dessus du cendrier, Martin fixa tour à tour Éva et Victor, incrédule.

— Ah ouais ! s'exclama-t-il en faisant trembler sa clope pour en détacher la cendre. Vous croyez vraiment vous arroger Pinxit en tuant Turner ?

— Il y a une nette différence entre « s'arroger » et « contrôler ».

— Je vois. Vous voulez remplacer Aryan par un esprit malléable. Son fils, par exemple.

Victor eut un sourire en coin.

— Par exemple. J'ignorais que vous vous y connaissiez en machinations de *white collars*.

Le malfrat tira une taffe.

— Je m'y connais. Aussi dois-je vous dire une chose : pour une telle affaire, une somme fixe est insuffisante.

Son invité se rembrunit.

— Hé ! Oui ! s'exclama Martin. Vous estimez la tête de Turner à un certain nombre de crédits, mais notre silence… y avez-vous songé ? nargua-t-il en tirant une nouvelle taffe. Trois cent mille crédits pour le « nettoyage » et dix pour cent des bénéfices de Winslow Medical pour le reste. Offre raisonnable.

Poing serré, Victor s'efforçait de garder contenance. Il fulminait. Ses membres fourmillaient et ses nerfs semblaient s'enflammer. Il attribuait cela à son énervement, même s'il avait conscience, au fond, de sentir s'atténuer sa dose de sky-high.

— Cinq pour cent, grommela-t-il.

— J'ai dit : dix.

— Sept.

Silence. Au terme d'un moment de réflexion, Martin souffla une interminable gerbe de fumée.

— Va pour sept.

Il tendit la main. Victor la serra, noyant de moiteur le métal glacé.

— Et une dose de sky-high. C'est cadeau.

Victor Winslow

FEAR NONE * PROTECT THE WEAK

NEVER SURRENDER

CHAPITRE 5

— LA FINE ÉQUIPE —

« Ces Varius 4 sont notre avenir ! Le stade final de notre évolution ! clamait-on déjà. Personne ne naît surhomme. Sans notre mutagène, ces chaînons défaillants de l'Humanité ne sont rien. Sans mon entraînement, ils ne seront rien. » — Haytham Cutlaw.

— Tour de contrôle à Pinxit Êta-dix-neuf-trois : autorisation d'atterrir, O.K.

Une silhouette se détacha du soleil et grandit dans un ciel ondoyant, tel un mirage descendant en direction du tarmac. Le jet de Pinxit atterrit non sans soulever un tourbillon de sable dont le grain vint encrasser tout un escadron de navettes immobile dans le hangar. Haytham se figea face à la volée de marches vers la terre ferme, ajustant ses lunettes de soleil pour mieux estimer son environnement. Cet endroit rejeté au nord de Cuba, telle la marée d'ordures refluant sans cesse sur cette côte jadis envahie de palmiers et de fleurs, abritait entre autres immigrés au sort incertain, un gratin de criminels fédérants. Réserve inégalable de recrues pour Harmattan, surveillée par eux, Santa Isadora faisait office de prison. Il était rare d'en sortir, et encore moins indemne. Soit on signait pour du mercenariat et crevait à la tâche, sinon du bizutage, tantôt enchaîné et noyé dans un mélange de flotte et d'urine, tantôt violé par la garnison faute d'avoir su se défendre ; soit on s'éteignait au fil des jours dans une totale indifférence, faute d'assez de force pour s'engager.

Car la vie était rude, à Santa Isadora. Harmattan gérait tout : donnait du travail, difficile et ingrat, en échange de tickets ; délivrait des rations, dûment achetées par cette monnaie ou par des extras ; veillait à un ordre établi selon sa vision.

Par-delà des grillages, englouti de-ci de-là au gré du jour par l'ombre formidable de la base militaire, s'étendait un bidonville. Ses allées sans aucun sens envahies de chiens, de chats et de volatiles détritivores jouxtaient des masures où vivaient les immigrés. Sales et dangereuses, à la fois par ses racailles en maraude et ses drones de surveillance particulièrement expéditifs en matière de règlement des conflits, elles ne donnaient aucune envie d'y flâner. Par moments, s'il fallait calmer certaines velléités générales, deux mécha-gardes sobrement nommés K-RYB2 et SCY-L1, patrouillaient dans les parages, écrasant sans aucune pitié objets, jouets, animaux et enfants sur leur passage.

Haytham gagna la base par une passerelle, seul moyen d'éviter de se salir en traversant ces quartiers crasseux. Il s'arrêta un instant, appuyé sur la barre de métal à moitié rouillé et observa toute cette misère. Un tout-terrain d'Harmattan cahotait au milieu du chemin en projetant du sable alentour. Un gosse débraillé pleurait, aveuglé par un de ces jaillissements inattendus.

— Tes gars seront présentables, Cutlaw, assura un officier affecté à son escorte. On n'allait tout de même pas exhiber un ramassis de crevards dégueulasses.

Haytham ne fit aucun commentaire. Il se contenta de fermer la marche. Un drone à moitié esquinté leur passa au-dessus avant de s'effacer dans un dédale de cordes à linge. Sitôt à l'intérieur, Cutlaw prit une grande inspiration. La pestilence du bidonville planait encore, dans une moindre et respirable mesure néanmoins. Elle s'amalgamait à des odeurs de nourriture mêlant pain, riz, oignons, ail et assaisonnements divers. Arrivé pile au moment du repas, Cutlaw trouva ses « gars » au réfectoire, en train de se remplir la panse à grand renfort de rabe de *Picadillo*.

Son entrée fut aussitôt remarquée. L'un d'eux, un colosse à la mine renfrognée, glissa à son endroit un regard mécontent, non sans s'accrocher à son bol de riz comme un chien dont on voudrait voler la gamelle. Il réveilla son voisin du coude, un type basané à la carrure nettement plus modeste et dont le moindre centimètre carré de peau devait être tatoué. Ce dernier arqua un sourcil et avisa Cutlaw, attirant de fait l'attention des deux femmes assises face à lui. Le dernier à réagir fut un adolescent jusqu'alors très occupé à créer une monstruosité en mie de pain. Il siffla.

— Wow ! Code rouge, voilà le BIG BOSS !

— Ta gueule, grogna un officier en lui giflant l'arrière du crâne. Hé ! On se bouge, vous autres !

Personne ne réagit.

— Laisse, modéra Haytham. Je m'en charge.

Il saisit une chaise à une table voisine et s'y installa. Une minute s'écoula sans mot dire. À l'inverse, des regards s'échangeaient, interrogatifs. Personne n'avait la moindre idée de l'identité du « BIG BOSS » et à vrai dire, ils n'en avaient rien à faire.

— Comment tu sais ça, toi ? demanda Cutlaw au gamin.

Ce dernier sirota son verre d'eau en guignant Haytham.

— Ben j'ai vu le jet atterrir. Hé ! J'suis pas devin. Puis, pour faire décarrer les mecs d'Harmattan d'un seul ordre, comme ça, faut peser dans le *game*.

Ce gosse-là se nommait Tyndall Kane. À tout juste seize ans, il se retrouvait à Santa Isadora à titre de châtiment pour avoir, entre autres cyber méfaits, dérobé une somme considérable au Trésor fédéral. Cela en violant avec une aisance indécente toute forme de sécurité.

À voir son sourire rayonnant, son camarade d'en face, le colosse, finit par se marrer.

— Il a des couilles, ce gosse.

Sur ces mots, il engloutit une grosse fourchetée de viande. Sûrement s'enfilait-il de la même manière des travers entiers, sans même sourciller. Il avait, à vrai dire, une carrure idoine. Wade Baxter, catcheur clandestin reconnu dans le milieu underground, tombé en disgrâce du fait d'une sombre affaire de drogue et de meurtre, deviendrait sans mal un bouclier de choix pour la future escouade.

— Vous êtes ? renchérit une femme.

Haytham tenta de différencier celle-ci de sa voisine, dont elle était la jumelle. Par force d'habitude, il discerna un signe distinctif dans leur regard. Prédateur pour toutes les deux, mais animal pour une, surnaturel tel celui d'une succube pour sa sœur. Shana, la farouche, et Shasta, la séductrice ; femmes fatales rejetées du gratin russe par suite de vols et d'abus d'éminences.

— Je suis Haytham Cutlaw. Si vous êtes là aujourd'hui, et non en train de manger une ration de riz rance, c'est grâce à moi.

— Tant d'amabilité. Vous sommes-nous redevables ? minauda Shasta.

— Aryan Turner souhaite vous recruter. Il a été séduit par vos prouesses.

Baxter faillit s'étouffer en se gaussant.

— Ha-ha-ha ! Elle est bonne, celle-là !

Son rire communicatif fit son effet. Tous affichaient un sourire mutin. Haytham garda contenance et fit mine de rien. Sa face ne trahissait aucune forme d'agacement et demeurait fermée. Bras croisés, adossé avec nonchalance à sa chaise, il enchaîna :

— J'ai trouvé son choix audacieux. C'est vrai : un Intouchable se fiche d'une vermine comme vous. Pourtant il vous a donné votre chance. Alors, soyons clairs, c'est à vous de choisir : soit vous nous rejoignez et devenez des chasseurs de nuisibles, soit vous restez des nuisibles et attendez d'être dévorés. Sauf si vous crevez avant dans la crasse et la merde, mais ça reviendra au même, à la fin.

Silence. Toute forme de sourire s'évanouit. On recouvra son sérieux.

— Quelle idée Turner a donc en tête ? souffla l'homme tatoué.

Très discret au contraire des autres, Issam Dahir semblait animé d'une certaine sagesse. Étonnant pour un connaisseur aguerri en matière de substances détonantes. Il usait des mots avec une prudence similaire à celle nécessaire à l'installation d'une amorce. Haytham était certain de n'avoir aucun mal à convaincre ce syrien-là. Un fugitif, destiné à se faire fusiller dans sa patrie pour avoir, entre autres, collé une cartouche au dictateur en exercice, était facile à menacer.

— Un désir comme il en a toujours, continua Cutlaw, mais à concrétiser cette fois. Il veut faire de vous tous une unité d'élite.

Shana renifla.

— Une unité d'élite, ricana-t-elle. Avec nous, un ex-islamiste, un gros tas dégoûtant et un ado débile. Quelle joie !

En guise de vengeance, Tyndall éjecta une boulette de mie vers elle.

— Elles auraient une utilité, ces *souki koz* ? demanda Wade.

— … *svolotch*, siffla Shasta entre ses dents.

Un « connard » mérité.

— Chiennes de chèvres ! se marra Tyndall. Énorme comme insulte !

Haytham cogna la table de sa main.

— Ça y est ? Vous avez terminé ? Tout cela est très sérieux, et vous agissez comme des gamins.

— Que donnerez-vous en échange ? renchérit Shasta. C'est aimable de vouloir nous sortir de là, mais vous voulez faire de nous vos esclaves.

— Vous serez grassement rémunérés, argua Cutlaw. Payons-nous des esclaves, Mademoiselle « Blackwood », ou devrai-je dire Kovalenko ?

— Il y a d'autres formes d'esclavagisme, ajouta Issam.

— Alors c'est donc ça, fit mine de s'énerver Haytham. Vous choisissez de finir vos jours ici. Que croyez-vous ? Crever fiers et libres ? Turner se serait-il gouré, et m'aurait envoyé chercher un ramassis d'abrutis ?

— Calmos, l'ami, fit Wade. Parlementer, tu devrais savoir faire, non ?

— On aura d'la thune, O.K., recentra Tyndall, mais on y finira comment dans ton unité d'élite, là ?

Conscient d'avoir affaire à une interrogation gênante, Cutlaw mesura ses mots.

— Vous serez améliorés.

— *Augmentés*, vous voulez dire ? suggéra Shasta d'un ton mielleux.

— *Augmentés*, oui. Il vous faudra subir également d'autres… tests.

— Encore mieux ! clama Shana. On sera des cobayes, maintenant ! *Idi na khouille*, sale menteur de Ricain !

Sa sœur amena une main sur la sienne, s'efforçant de calmer sa colère.

— Pour de vrai, intervint soudain Tyndall, moi j'en suis.

— Quoi ? s'étonna tout le monde.

— On crèvera de toute façon. Qu'on reste ici, se tire ou s'engage… Pfff, c'est la même, et moi j'ai… juré de tout faire pour rester en vie. Or cette connerie d'unité d'élite, c'est le seul moyen pour moi de tenir parole. Alors j'irai.

Silence général et total. Tous regardèrent Tyndall, incrédule.

— Wow, souffla Wade. Putain, gamin, tu m'as troué le cul.

Cutlaw saisit cette occasion inattendue de se faire entendre.

— Alors, donc, vous allez vous débiner ? Laisser un gosse tout seul ?

Silence, à nouveau.

— J'en suis, déclara finalement Issam.

— … moi aussi, ajouta Wade.

— *Menya eto zaebalo*, grogna Shana.

— Elle doit être d'accord, informa Tyndall à Cutlaw.

Ce dernier abandonna sa chaise.

— Parfait. On décolle dans vingt minutes.

Vingt minutes s'écoulèrent et à leur terme, Cutlaw sortit du jet pour mieux admirer sa nouvelle escouade. Ils marchaient droit dans sa direction, tirant des têtes ridicules, à moitié éblouis par le soleil. Il y aurait du travail pour faire d'eux ces surhommes tant attendus, mais Haytham était déterminé. Sitôt tous installés, une femme armée d'un gros injecteur émergea d'une cabine. Elle commença par Tyndall dont elle demanda, d'un signe, la main. Quand il s'exécuta, la toubib enfonça cette aiguille dans son avant-bras. Une forme sombre se glissa sous sa peau comme un parasite et rampa au-delà de sa chair avant de s'y effacer.

— Votre mouchard, expliqua Cutlaw en jetant un regard aux sœurs Blackwood, conscient de leur envie de se faire la malle à la première occasion.

Le jet entama son décollage.

— Au cas où vous vous égareriez, ironisa-t-il enfin.

CHAPITRE 6

— PUZZLE —

— La salle d'incubation ? s'écria Cordier. Vous êtes définitivement cinglée.

Il suffisait d'un effort d'imagination pour déceler un semblant d'éclat de rage dans les yeux jaunes de Zeera. Cette constante manie de faire obstacle à ses objectifs mettait ses nerfs à vif. Elle avait décidé d'utiliser un incubateur pour un test sur son sujet et, avec ou sans autorisation, elle allait le faire.

— Vous avez vu mon cobaye ? se défendit-elle. Il n'y a rien à en tirer. Rien à moins d'utiliser un incubateur et ma technologie.

— Je m'en fiche comme d'une guigne, ma chère. J'ai du travail et ces incubateurs sont à moi.

— Vous irez dire ça à Aryan Turner.

Planté-là, Cordier fulminait.

— Abîmez-en un, cria-t-il, et vous le regretterez ! Amèrement !

— Parfait !

Zeera se dirigea donc du côté de la salle d'incubation. Semblable à un grand hangar, elle accueillait une série de cuves fermées alignées au milieu d'un entrelacs de câbles de tailles et de couleurs variées. Son éclairage était assuré par un ensemble de néons grésillants. Ceux-ci conféraient son ambiance à cet endroit sordide. Un cobaye mijotait d'ailleurs dans son jus. Zeera étudia sa carcasse en voie de désagrégation, dévorée par des microorganismes carnassiers. Le fluide nutritif s'était teint d'un vert jaune dégoûtant où flottaient des morceaux de chair et de résidus humains. Cet homme, ou cette femme, était-il encore en vie ? Avait-il conscience d'être consumé ? Zeera fronça du nez comme si elle sentait une once des émanations de ce cercueil abject.

Anton, son assistant, s'avança. Zeera ignorait où elle avait trouvé ce garçon. À ses yeux, il avait toujours été et resterait à son service. Étudiant idéal, d'allure si innocente derrière sa mine de jeunot et ses taches de son, il n'en demeurait pas moins une *infâme petite salope* à en croire les mercenaires du coin. Il poussait le lit à roulettes de Blayne Weston sans émettre ni objections ni interrogations. Le sujet avait récemment reçu une injection de sédatif. Il dormait donc du sommeil du juste, fût-il artificiel.

— Incubateur numéro trois, Anton : mets-le en route. Solution B12-004.

— Bien, Docteur.

Il s'exécuta illico. À l'instar d'autres chercheurs de son cercle d'imbéciles, Cordier estimait cette solution comme une création sans avenir issue des mains d'une illuminée. Si elle fonctionnait aujourd'hui, Zeera signerait une nouvelle victoire face à son détestable chef. Elle y songeait, son regard égaré dans cet ondoyant rougeoiement.

— Excellent, souffla-t-elle. Aide-moi à l'installer, maintenant.

Blayne fut allongé sur une grille au-dessus de la cuve. Sa chair carbonisée absorbait tout éclairage, celui des néons azur comme leur reflet dans le fluide rouge. Zeera s'affaira à connecter son corps à une série de machines comme Anton fixait une arrivée d'oxygène aux orifices à vif censés avoir été un jour son nez et sa bouche.

— Bien, fit Zeera. Les données sont stables : on y va. Immersion du sujet.

Anton fit descendre la grille. Au fil de sa descente dans cet étrange fluide, Blayne voyait ses chairs abîmées se détacher morceau par morceau pour se mettre à flotter. Il finit par mollement s'étendre au fond de la cuve, inerte, mais encore en vie. Le regard de Zeera était concentré sur lui. Un sourire fendit soudain son visage. Elle admirait cet épiderme être repoussé par une nouvelle couche à l'image d'un animal en cours de mue.

— Ça marche, Anton ! s'exclama-t-elle. J'ai réussi !

Blayne ressentait une douleur au-delà de tout entendement. Ce fluide écorchait tout son être pour venir caresser, filament par filament, ses muscles à nu et contractés à l'extrême. Il cria, mais n'entendit rien sinon une remontée en cascade de bulles vers la surface. Sa mémoire sembla choisir ce moment pour fonctionner.

Il se remémorait Piotr, son pied-de-biche en guise d'arme cognant son visage. Il se remémorait gésir au milieu du salon, à demi inconscient, un concert de cymbales dans son crâne et un chatouillis : celui du sang ruisselant de sa plaie.

— Piotr, arrête ! gémissait sa fiancée.

— Ta gueule !

Blayne se souvenait avoir été saisi au col et soulevé comme un rien.

— Je vais t'enseigner la notion de souffrance, mon vieux, entendit-il murmurer à son oreille.

Odeur d'essence. Sa viscosité mêlée à celle du sang. Une allumette. *Crrrshhh…* étouffe des cris. Ceux de Kayla, sa chère Kayla… Vient la douleur, intense et viscérale. Plus de cris. Sa chair s'enflamme, ses yeux semblent fondre dans leurs orbites, ses viscères détoner comme autant de bombes. Blayne s'efforça de s'extraire à ces souvenirs, comme si se débattre allait changer la donne. Il souffrait mille morts.

— Il s'agite, entendit-il. Sédatif, Anton !

Psssssbhhh. Piston, déflagration. Sensation de froid et enfin… sérénité.

— Ce sont ses souvenirs, Docteur.

— Il faut y remédier. À son réveil, il ne se souviendra de rien.

Zeera fixait sa cuve de ses grands yeux ébahis. Sa solution régénératrice avait fonctionné. Blayne nageait dans ses restes, mais il ressemblait à un nouveau-né, entièrement rose et glabre. Sur ordre de Zeera, Anton remonta la grille.

— Il est sublime, souffla sa maîtresse dont les doigts effleuraient son sujet.

Puissant et inattendu, son désir se diffusa de son intimité. Elle mourait d'envie de toucher Blayne au-delà de toute relation chercheur-cobaye. Cela dit, elle referma soudain sa main comme pour annihiler cette tentation.

— On tente un reset, Anton.

Comme il se retirait pour chercher du matériel, Zeera s'abandonna encore une fois à son admiration pour Blayne. Séduite par cette silhouette si travaillée, mais surtout par ce visage taillé au couteau où se dessinait un air fermé et fier même dans le sommeil, elle se sentait défaillir, céder à ses démons.

Anton revint muni d'une sorte de cercle de métal entrelacé de câbles. Comme il s'affairait à fixer celui-ci au front du sujet, Zeera installait une à une des électrodes sur des zones ciblées de son crâne. Ce terrible engin fut ensuite connecté à une machine au grésillement insoutenable. Anton actionna une manette sous l'ordre de Zeera et Blayne se cambra en gémissant.

— Encore, fit Zeera.

Souffrance intolérable !

— Encore !

Pitié, arrêtez !

— Excellent.

Zeera contourna son sujet dont elle massa la tête.

— Excellent… soufflait-elle à elle-même. Emmenons-le en salle de réveil.

Dr Zeera Kingsley — Rapport du 12 décembre 2170

Sujet : *N° 405-21*

Objet : *test de la solution B12-004*

La solution B12-004 a fonctionné. La chair du sujet a été entièrement régénérée au terme de 4 h 30 de test. L'agent a agi comme je m'y attendais : génération de cellules filles en fonction des souches écartées par la dégénérescence. Le sujet est désormais en bonne santé.

Objet : *reset*

Par suite du traitement en cuve de régénération, j'ai tenté un reset total de sa mémoire. J'essaierai par moi-même et selon les ordres de monsieur Turner, d'instiller dans son crâne des idéaux convenables. Il doit obéir, alors il obéira.

Terminé.

Profondément endormi, Blayne rêvait. Il marchait dans des allées étroites, sillonnant entre des meubles et des étagères. Sur celles-ci étaient entassés de vieux ouvrages, grimoires aux symboles étranges et autres codex d'un âge oublié. Une kyrielle de vieilleries trônait là également : statuettes mutilées dont le regard figé semblait suivre ses déambulations, vases tantôt intacts, tantôt ébréchés ; le tout encrassé par une croûte de poussière et de toiles d'araignées. Parmi ces objets vaguement triés par ère se trouvait un endroit dédié aux souvenirs de l'âge des Héros japonais. Tant d'effigies de samouraïs aux airs sévères, mais nobles ; vaisselle aux couleurs chamarrées et surtout, katanas traditionnels. Blayne en dégaina un avec une infinie délicatesse pour mieux en observer la lame.

Une voix, celle d'un vieil homme au timbre familier, mais au nom inconnu, souffla à son oreille. *Il est à toi.*

À toi.

Blayne se réveilla.

Encore à moitié égaré dans ses réminiscences, il resta une seconde immobile. Quand il mut sa main droite, il entendit un raclement et, d'un regard, constata sa situation. On l'avait attaché au garde-fou du lit. Tel un animal terrifié, il tira avec force et détermination pour se délivrer, en vain. Il regarda alors alentour. Sa chambre ressemblait à celle d'un centre de soins normal, dénuée de décoration et avec comme mobilier ce lit et une machinerie aux émissions entêtantes. Il y avait toutefois une télé en face de lui.

Son lit s'avérait au moins confortable. Un gros oreiller moelleux soutenait sa tête et le matelas à eau se modelait à volonté. Blayne se garda de se fier à ce confort pour se croire en sécurité. Au-delà des menottes, sa combinaison numérotée subodorait des choses désagréables. Pas franchement rassurantes.

Que faisait-il là ? Il ne cessait de se le demander. Son cœur s'emballait et ses entrailles se vrillaient d'angoisse. Son stress se diffusait en lui par vagues successives pour mieux s'abattre sur ses os comme sur une digue. Il retenta de se libérer : tourna son poignet en tous sens, fléchit ses doigts et tira. Inutile.

Zeera se montra soudain et se figea en constatant son état d'éveil. Blayne cessa de se débattre pour détailler cette intruse du regard : stature entretenue et élancée, tenue sans extravagances cachée sous une blouse nickelle. Ses traits triangulaires manifestaient son caractère sérieux et sa verve tranchante, telle cette cicatrice à sa joue droite. Sa seule excentricité résidait dans sa chevelure mi-noir mi-blanc. Son sourire radieux cachait des intentions nettement moins louables.

— Enfin de retour parmi nous ! s'exclama-t-elle.

Blayne ne dit mot. Zeera traîna une chaise du côté du lit et s'y assit pour mieux observer son sujet.

— Où je suis ? demanda tout de go ce dernier. Qui êtes-vous ?

— Questions inévitables, commenta Zeera. Je suis Zeera Kingsley, et tu es à Harmattan Associés. Cela t'aide-t-il ?

Blayne en resta coi.

Ce monde ravagé par moult conflits avait vu naître Harmattan. Créée par des militaires au chômage du fait de la chute de leur gouvernement, cette société fournissait à d'autres des services de sécurité. Bien sûr, au sens très large et à la discrétion de ses collaborateurs. Au fil des contrats, Harmattan avait grandi et était devenue un incontournable en matière de violence monnayable. Régulièrement, des journaux du monde entier mettaient en avant et fustigeaient ses actes de cruauté. Personne n'était exclu d'Harmattan, ni les criminels ni les savants fous. Tous se voyaient offrir une nouvelle identité et par elle, une nouvelle chance. Zeera était de ceux-là.

— Harmattan, O.K., digéra Blayne.

Zeera sembla réfléchir.

— Quel est ton dernier souvenir ?

— Le feu. La douleur.

— Sais-tu comment tu as fini ici ?

Blayne dodelina de la tête. Zeera ressentait son émoi, et estimait celui-ci utilisable : il fallait se glisser dans la faille.

— Allons, Weston. Tu étais un agent de terrain d'Aryan Turner. Ça a éveillé un certain nombre de jalousies et on a voulu t'éliminer. Je t'ai sauvé.

— Qui c'est, Aryan Turner ?

Un faible sourire dérida Zeera. Elle se glissa aux côtés de Blayne et effleura sa joue du revers de sa main. Sa chaleur tiédit immédiatement le métal.

— Oh, mon trésor. Aryan Turner, une figure ! Un géant. Il gère Pinxit Industries, une société d'augmentations maîtresse du marché. Tu travaillais pour lui. Il t'aimait énormément. Comme moi je t'aime maintenant.

Ses doigts descendirent, caressèrent son cou. Son désir flambait à nouveau. Elle mourait d'envie de voir s'il avait conservé son endurance malgré son accident.

Blayne arrêta sa main au niveau du numéro de sa combinaison.

— Je suis votre cobaye.

— Oui, souffla franchement Zeera. Turner veut te renforcer. Tu aurais pu mal tomber : nombre de chercheurs voulaient de toi comme jouet. Ces ordures t'ont cramé vif. Seul mon traitement était en mesure de te rendre comme avant.

— Ben… merci.

— Oh, mais de rien.

Son autre main vint se joindre au jeu.

— Tu as dû tellement souffrir. Tu sais, nous sommes là pour toi, désormais.

Se faufilant sous la couverture, elle vint titiller la virilité de Blayne. Il sentit celle-ci réagir malgré lui. Zeera eut un sourire mutin.

— Je saurais te faire oublier la douleur.

— J'aimerais… j'aimerais dormir.

— Tu es sûr ? roucoula Zeera.

— Certain, trancha Blayne.

Sans insister davantage, Zeera donna une dernière caresse sur sa joue.

Clac clac clac. Elle se retira.

À nouveau seul, Blayne ferma les yeux. Puzzle en vrac et à moitié effacé, ses souvenirs semblaient dénués de sens. Zeera avait sans doute raison. Au fond, elle s'était montrée franche. Et s'il était vraiment un agent jalousé de Turner ? Il y réfléchit, durant des jours et des jours, toujours attaché à son lit et avec pour seule distraction cette damnée télé et ses images subliminales. Pinxit est ta maison. Pinxit est ton amie. Pinxit est ta famille. Zeera s'efforçait de jouer à la gentille. Elle amena même un arbre de Noël artificiel dans sa chambre pour tenter de rendre celle-ci moins terne. Elle veillait à son alimentation, toujours excellente et très différente de celle des mercenaires ordinaires. Elle incarnait

Turner, en fait, et veillait sur lui comme il aurait dû le faire. Car Pinxit était sa maison. Pinxit était son amie. Pinxit était sa famille.

Chapitre 7

— Briser —

Ils sont tous autour de moi
M'encerclant comme des vautours
Ils veulent me briser et délaver mes couleurs
Délaver mes couleurs

Emmène-moi haut et je chanterai
Oh tu fais que tout aille bien, bien, bien
Nous ne faisons qu'un
Oh tu emportes toute la douleur, au loin, au loin, au loin
Sauve-moi si je deviens
Mes démons

My demons — Starset

Skylar maudissait ce foutu scialytique. Ses yeux, aux vaisseaux désormais très visibles, ne cessaient de larmoyer. Essayer de les maintenir fermés était inutile : cet éclat si fort se glissait au-delà de sa chair comme derrière une fine couche de tissu. En séchant, ses larmes avaient formé un glacis sur sa joue. Tristesse manifestée, ancrée, indélébile.

Et il y avait ces gouttes. Une condensation due à la clim se formait constamment au niveau du verre du scialytique, faisant tomber des gouttes d'eau tantôt sur son front, tantôt dans son œil. Toujours le même. *Ploc. Plic. Ploc.* Il en devenait fou.

Humiliation certaine, alliée à une intense, mais irréalisable envie de dormir; alliée à la famine et à la soif; alliée à un isolement total. Humiliation tellement enviable si on osait la mesurer à son traitement à venir.

Un jour, des mercenaires et deux infirmiers entrèrent. Ils trouvèrent un Skylar immobile, encore attaché et relié à ses tuyaux comme un incontinent en fin de vie. Il aurait voulu se débattre, essayer de fuir, mais il s'avérait si faible, si malade. Comme on le détachait pour mieux amener sa carcasse ailleurs, il murmura un mot. Un seul mot.

Annabelle.

Abandonné aux mains des mercenaires, Skylar fut traîné au gré des couloirs. Cillant sans cesse, il voyait défiler des murs grisâtres et des néons comme un taulard cacochyme mené à sa mort. Personne ne croisa leur route. Il entrevit un seul mécha-chien, glacial et taciturne tels ses geôliers.

Il fut finalement jeté comme un déchet dans une salle insonorisée. Six gars d'Harmattan en armure sable attendaient. Réflexe idiot, Skylar essaya de reculer. Une sourde anxiété grandit dans ses entrailles et enserra sa gorge.

Sitôt dégainée leur arme, ces six soldats se mirent en devoir de le tabasser. Skylar essaya de se soustraire à cette violence, mais se retrouva vite submergé. Quand il couvrait un membre, un autre se faisait fracasser. Bientôt, tout son corps fut endolori, et ce malgré ses dérobades. Évidemment, ces hommes étaient conscients de leurs actes et calculaient leurs gestes. Ils évitaient la tête, fendaient des os et déchiraient des muscles, mais jamais au-delà d'une certaine mesure. Tout devait rester soignable; enfin, régénérable, car aucun médecin ne viendrait «soigner» ce détenu.

Ces mercenaires s'assuraient de demeurer déshumanisés. Aucun mot, aucun rire, aucun souffle. Juste cogner, froidement. Skylar demeura conscient, se rattacha aux images floues de ses amis, de sa famille, d'Annabelle.

Au terme d'un délai incertain, la fatigue eut raison des soldats. Skylar termina allongé sur le flanc. Hagard et nauséeux. Son sang ruisselait par endroits et de ses os se diffusait une douleur atroce. Sans état d'âme, ses geôliers revinrent pour le ramener, encore, à sa table.

Une journée entière, il fut abandonné. Assis derrière la vitre sans tain, le docteur Stevens observait et notait le moindre de ses gestes, évidents ou infimes. Il voyait se dessiner, sous ses traits ravagés et colorés de sang coagulé, des signes de détresse intérieure. Puissante et utilisable. Skylar avait cessé de songer, de s'interroger. Il s'accrochait encore à une seule figure, celle de sa femme, de cette Annabelle. Il fallait annihiler cet amour.

Il fut ramené dans la salle où il subit un nouveau déchaînement de violence. Un jour, deux jours, trois jours. Au sixième, on cessa de frapper de façon continue. Les mercenaires se mirent à jouer. On faisait mine de cogner, pour s'arrêter dans son élan et voir Skylar se ratatiner d'effroi. Au-delà d'infliger de la douleur, Stevens s'efforçait d'anéantir son mental, de le terrifier. Et ça fonctionnait : Skylar couvrait son visage tuméfié d'une main fébrile.

Cet « exercice » devint régulier. Au fil des jours, Stevens voyait sa volonté faiblir. Alors il entra dans la salle, pour interroger, constamment :

— Quel est ton nom ?

Réponse.

Coup de matraque.

— Quel âge as-tu ?

Coup de matraque.

— Quand es-tu né ?

Coup de matraque.

— Qui est ta mère ?

Coup de matraque.

— Où habites-tu ?

Coup de matraque.

Bientôt finit par s'étioler cette image d'Annabelle. Skylar se sentit abandonné par ses forces. Sa force.

Jusqu'au jour où, enfin, il s'évanouit.

À son réveil, il se retrouva dans une cellule exiguë et éclairée à outrance. La peur de se faire tabasser faisait gargouiller son estomac déjà fort vide. Recroquevillé tel un fœtus dans un coin, il attendait. La porte de fer s'ouvrit, cette fois sur une toubib entourée de soldats. Elle amena une chaise au milieu de la cellule.

— Asseyez-vous, fit-elle d'un ton sec.

Skylar resta figé. Sous un ordre tacite de la femme, deux gardes s'avancèrent pour forcer Skylar à s'asseoir. La femme commença alors à raser sa chevelure. À demi avachi, Skylar s'abandonnait à elle et regardait, morose, sa tignasse tomber par mèches entières.

— Qui êtes-vous ? demanda la toubib.

Skylar ne dit mot.

Arriva un jour où, accablé de fatigue, il réussit à dormir. Un sommeil difficile, dérangé par une terreur irréelle ; celle, même, du noir des songes. Un refuge, toutefois, où s'évanouissait la douleur. Il fut à son grand désarroi de courte durée car des infirmiers revinrent, cette fois pour traîner ses chairs martyrisées dans une autre salle. Assis de force sur une chaise, face à une table, Skylar se retrouva tout seul.

Au terme d'une attente interminable, Stevens se montra. Il s'installa face à Skylar et demeura silencieux. Ce dernier se sentait observé comme un animal en cage. Il croisait et décroisait ses doigts, enchevêtrait ceux-ci pour calmer son angoisse. Son regard fuyait.

— Bonjour Kenway, dit Stevens. Comment allez-vous, aujourd'hui ?

Skylar ignorait s'il devait rire ou pleurer. Conscient de sa fragilité, Stevens enchaîna :

— Je suis là pour vous aider.

Un cahier glissa sur la table. Le numéro 422-06 et le nom SKYLAR KENWAY figuraient sur la couverture de carton rouge. Un stylo était coincé dans la reliure.

— Je vais vous demander, pour cela, de tout me raconter.

Skylar jeta un regard au cahier comme un chien maltraité.

— Soyez sans crainte, souffla Stevens. Aucun mot inscrit dans ce carnet ne sera un motif de violence sur vous. Allez-y.

Il avisa tour à tour Stevens et son carnet. Sans doute valait-il mieux obéir pour éviter de subir une nouvelle session de tabassage. Alors Skylar amena cet objet de son côté pour en dégager une feuille. Il sentait le neuf et offrait un contact soyeux, vaguement rassurant. Au terme d'un moment à réfléchir, Skylar se mit à écrire.

Je suis Skylar Kenway.

J'ai 31 ans.

Je n'ai jamais connu mon père. Je sais juste comment il est mort. C'était un infiltré, un faux commandant de l'Autorité, torturé et exécuté sitôt découverte sa réelle identité. Il avait réussi à libérer Jesse — note du Dr Stevens : Jesse McLane, la cheffe de la Rébellion — avant d'être arrêté. Alors quand ma mère est morte de chagrin, Jesse a décidé de m'élever comme un de ses gosses, comme Stefan et Kyle.

— Croyez-vous avoir trahi notre Autorité ? demanda Stevens.

— Je… Je crois, oui.

— Je veux la vérité. Vous croyez cela ?

— Je n'ai trahi personne. J'ai combattu et je n'ai jamais fui.

— Je vois. Si vous êtes si sûr de vous, sachez une chose : vous avez trahi la vraie Rébellion, Kenway. Celle contre un chaos inévitable ; contre la ruine, contre l'injustice même de la guerre. Vous « combattiez » pour cela, Kenway, non ?

— Je… oui je…

— En êtes-vous certain ?

— Oui…

— Alors vous avez trahi ! cria Stevens en cognant la table. Écrivez.

J'ai trahi.

Trahi la Rébellion.

Skylar semblait abattu. Stevens amena sa main sur la sienne, effleurant ses doigts tremblants.

— Continuez. Racontez-moi comment vous avez fini entre les mains de l'Autorité.

Quand Jesse est morte à Tallahassee, abattue comme des centaines d'innocents dans un hôpital de fortune, mes frères et moi avons continué son combat. Stefan a toujours été jaloux de moi. Il m'accusait de tout, et même de la mort de Jesse. Jamais il ne m'a considéré comme un membre de la famille. J'en viens à me demander si, cette nuit-là où je suis tombé dans une embuscade…

Skylar arrêta d'écrire.

— Un souci, Kenway ?

— Il m'a trahi, souffla-t-il. Stefan m'a trahi !

— Jamais, trancha Stevens. C'est vous, le traître, dans cette affaire. Vous avez avoué !

— C'est faux ! se défendit Skylar.

— Vous avez osé me mentir ?

— Je… non !

— Attention. Il me suffit d'un geste pour vous faire souffrir à nouveau.

Skylar s'étala sur la table.

— Je… non… non ! Pitié ! Oui, j'ai trahi, je le jure ! J'ai trahi tout le monde ! TOUT LE MONDE ! Je vous le jure !

— Excellent. Continuons.

La séance sembla durer une éternité. Stevens changea de sujet, cessa ses interrogations sur sa vie pour enchaîner sur ses « crimes » de traître. Qu'il s'agît de vrais noms ou de fausses identités, il forçait Skylar à avouer. Il mobilisa d'abord sa mémoire, ensuite son imagination, pour finir par égarer sa conscience dans d'inextricables méandres. Ceux du réel et de l'irréel.

Chapitre 8

— L'odeur du sang attire le requin —

Je gouvernerai le ciel
Je gouvernerai la mer
Je gouvernerai les brisés et les libres

Quand les vagues du temps s'écraseront
Qui prendra le trône ?
Qui réclamera la couronne ?

Abattez le ciel !
Abattez les murs !
Je l'ai regardé s'élever
Et je le regarderai tomber !

Ton or et ta gloire m'appartiennent
Cette vie ne sera jamais la même

I will rule — The Everlove

Rejoint par Éva, Victor regagna Newtown. Engagés dans un tunnel obscur, caressés tantôt par un éclairage de néons orange, tantôt par celui des véhicules, à la fois rouge, violacé ou azur, ils stagnaient. Que Victor fût accoutumé aux embouteillages ne changea rien à son énervement. Pour se calmer, il exhuma de son veston un micro-injecteur dont il enfonça l'aiguille dans sa jugulaire.

— Vous devriez arrêter cette merde, commenta Éva. Vous allez vous cramer la cervelle.

— Triste fin, comme toute chose inévitable, ma chère. Que connaissez-vous donc du sky-high ? Il s'agit d'une drogue d'Intouchable, si je ne m'abuse. Vous êtes des nôtres ?

Éva renifla.

— Je l'ai été, d'une certaine façon.

Pensive, elle observa au-dehors.

— Connaissez-vous cet acronyme, Victor ? Le RAC. *Retour à la chair*, un mouvement anti-augs très en vogue en France. Je suis la fille de son créateur.

— Jean Monseigneur, vraiment ? J'ai tellement ri, ce jour où il a éructé au JT sa volonté de me faire fusiller. « Châtions cette ordure pour avoir réduit notre monde en esclavage », disait-il. Absolument mémorable. J'ignorais qu'il avait une fille.

— Il cache ses affaires de famille comme un truand cache un cadavre. Il a toujours voulu faire de moi sa marionnette, mais le jour où un accident de voiture a arraché mes jambes, il a été contraint de revoir ses objectifs. Quand ma mère a choisi de m'augmenter pour m'offrir un moyen durable de marcher, il m'a renié et a clamé ma mort. Tout ça pour continuer sa croisade ridicule. J'ai donc erré un moment, et dans cette errance j'ai rencontré Martin.

Victor s'alluma une cigarette.

— Et comment liez-vous tout cela au sky-high ? demanda-t-il en tirant une taffe.

— Quelle fut la cause de mon accident, à votre avis ?

Winslow en resta coi. Il jeta un regard à Éva et, soufflant un jet de fumée, ajouta d'un air théâtral :

— Chienne de vie.

Son regard s'attarda au-dehors.

— Bon sang, Adam ! Qu'y a-t-il ?

Le chauffeur inclina la tête de son côté.

— Un accident, Monsieur.

— On ferait mieux de marcher, commenta Éva.

Victor la regarda comme si elle venait de dire une énormité.

— Oh, allons ! Ça vous changera. Prendre l'air comme des gens normaux. Vous avez survécu à Central, vous survivrez ici aussi.

Elle le défiait du regard, sa face fendue d'un sourire mutin.

— Continuez, Adam, ordonna finalement Victor. Je vous retrouverai à la tour.

— Il serait sage d'emmener Zaerus, Monsieur.

— Vous accordez difficilement votre confiance, tança-t-il. Vous méritez votre salaire pour cela.

Là-dessus, il sortit de sa voiture, se retrouvant au milieu d'une voie ultra encombrée, ultra bruyante et ultra nauséabonde. Suivi par Éva, il rejoignit le trottoir et contourna cette masse automobile, non sans chercher son origine. Trois cents mètres suffirent à mettre fin au mystère. Une cohorte s'agglutinait pour voir des flics s'efforcer de dégager un camion-citerne renversé sur la voie. Porteur du nom et des couleurs de Winslow Medical, environné de fumerolles, il se vidait de son contenu azoté dans un glougloutement discret. Un mécha-garde aux gyro allumés maintenait des curieux à distance, rabâchant : « veuillez reculer, zone contaminée » comme un téradisc beugué.

Victor se faufila au travers de la foule, non sans difficulté.

— Quelle guigne ! grogna-t-il. Je suis entouré d'idiots. Quand même un routier est infoutu de conduire correctement une de mes cargaisons, où vais-je ? Hum, et ça y est, me voilà en retard.

— Cela vous incommode-t-il ? titilla Éva.

— Je n'en ai cure.

— Parfait, alors.

Changement d'ambiance au Carré des affaires. Plongé à moitié dans la silhouette de Pinxit, celui-ci grouillait de gens, certes, mais de gens *disciplinés* : des cols blancs à l'image de Victor. Un design alliant bleu et blanc sautait aux yeux. Couleurs de Pinxit, elles remémoraient son hégémonie. Les jardins accueillaient des jacarandas à la floraison céruléenne et des buissons de daturas. Condamnés à leur nudité saisonnière, ces arbres revêtaient désormais un entrelacs de guirlandes bleues. Au milieu se situait une fontaine asséchée pour l'hiver et décorée par des gamins à grand renfort d'elfes de papier et de père Noël en mousse. Gardé par des agents discrets et des mécha-chiens aux teintes assorties, cet endroit se révélait très sécuritaire.

— Charmant endroit, ironisa Éva.

Victor demeura silencieux. Sitôt entré dans la tour, un jingle agressa ses oreilles.

Bienvenue à Pinxit Industries, déclamait une voix suave. *L'innovation à votre service.*

Sur des écrans défilaient en continu des clichés d'Aryan, ignoble aux yeux de Victor dans sa dégaine de conquérant. Commentées par écrit et par une voix off, ces images illustraient sa vie et celle du grand Augustus Turner, premier du nom, créateur des augmentations. Le grand hall était éclairé par des guirlandes et des cierges artificiels. Un hologramme de Père Noël sur son traîneau allait et venait au-dessus et faisait la joie des gamins. Ceux-ci se tenaient d'ailleurs en file pour aller sur les genoux d'un « Santa » en chair, en os et en acier. À l'accueil, une femme affublée d'une oreillette et d'un micro distribuait des flyers aux clients. Son sourire idiot semblait figé sur son visage.

— Je vais informer monsieur Turner de votre arrivée, dit-elle d'un ton enjoué.

— Comme il vous siéra.

Victor conduisit Éva à un ascenseur de service. Une fois confiné à l'intérieur, il avoua :

— Je déteste ces fêtes de fin d'année.

— Que vous êtes grincheux !

— Comme si Noël donnait un cachet à la charité, ces gens se sentent soudain généreux.

— Vous détestez tant de choses, Victor. Les enfants également, je gagerais.

Au terme d'un silence, Victor souffla :

— Il y a de ça aussi.

Il consulta sa montre et, en estimant son retard, afficha un sourire satisfait.

— Vous aimez vous faire désirer ? mutina Éva.

— … de Turner ? Hum. À votre avis ?

Un « ding ! » annonça leur arrivée. Victor s'engagea dans un couloir à demi désert, sillonna entre des salles numérotées et dont la cloison tout en verre offrait une vue dégagée sur leur intérieur. L'une d'elles accueillait Aryan Turner et ses collaborateurs. Il écoutait attentivement Hermina Scottley, ou du moins faisait-il mine. Son attention vacilla sitôt entrevu Victor. Ce dernier entra sans sommation.

— Oh ! s'exclama-t-il. Hermina, mes excuses, je vous ai dérangée.

— Victor ! siffla-t-elle. Vous êtes… !

— … en retard, releva Turner.

— En effet. J'ai été absorbé par... Éva, une chimiste de génie venue de France. Vous savez comment je suis, si on s'avise de m'engager sur ce sujet.

Turner jeta un regard estimatif à Éva. Cette dernière fit mine d'être à son aise malgré un stress aussi inattendu que subit. Cet homme dégageait une aura de danger très différente de celle des truands dont elle avait coutume. Et elle se sentait comme attirée par une force irrésistible.

— Asseyez-vous, ordonna-t-il soudain.

Quand il détourna le regard, Éva se sentit libérée. Elle s'installa, soudain roide, et essuya ses mains moites sur son collant.

— Alors, Mademoiselle… Mademoiselle ? continua Turner.

— Ferdinand, Monsieur. Éva Ferdinand.

— Mademoiselle Ferdinand. Que faites-vous à la Fédération ?

— Elle et moi allons… commença Victor.

Aryan le fit taire d'un geste de la main.

— Cette interrogation s'adressait-elle à vous, Victor ?

Il se rembrunit.

— Si j'en crois Victor, récita Éva, vous souhaitez utiliser son mutagène dans un de vos projets. Je suis ici pour aider, par ma connaissance de ce genre de produits, à le stabiliser.

— Je vois, murmura Turner. Soyez aimable, remémorez-moi la formule de ce mutagène ?

Question éliminatoire. Au-delà du malaise dû au sentiment d'être guettée par tout le monde, Éva sentait ses entrailles se nouer et sa gorge se serrer. Comme si l'air était chargé d'une substance désagréable. Elle en avait le vertige.

— Une formule ? tenta-t-elle. Voyons, Monsieur Turner. Un mutagène, ce sont des centaines de feuillets de formules !

Aryan resta un moment à la fixer. Son regard ne trahissait aucun émoi, aucun songe. Toujours sur le même ton, doucereux, mais calme, il déclara :

— Excellente réponse. Hermina? Continuez donc, je vous écoute.

Quand tout le monde se retira à la fin de la réunion, Turner saisit la main d'Éva pour s'octroyer une demi-seconde d'intimité :

— Que diriez-vous d'un dîner, Mademoiselle ? Si vous êtes dans la confidence de mes projets, il nous faut faire connaissance.

Éva jeta un regard à Victor, à distance. Il fit un discret signe de tête.

— Un dîner ? Vous me flattez. Avec joie, Monsieur Turner.

— Victor ? Je me substitue à vous pour ce soir, n'y voyez aucune offense.

Winslow s'inclina.

— À votre aise.

La nuit était tombée et avec elle venait le froid. Charrié par un vent sec, celui-ci figeait le mercure dans ses valeurs négatives. Publicités tantôt fixes et criardes, tantôt animées ; façades, automobiles et même augmentations, aucune surface n'était épargnée par le grignotage discret du givre. Aryan revêtit son trench-coat et se hâta de guider Éva à sa voiture. Sitôt à l'intérieur, il se frotta les mains pour se réchauffer.

— Quartier Saint-James, Tamara.

Le gynoïde au volant confirma d'un signe de tête et démarra. Hormis un sifflement très léger, signature des autos à IA alimentées par un noyau H4-PUR dérivé des cœurs des meilleurs robots, la voiture n'émettait aucun son et glissait sur la route avec une aisance inégalée. À l'intérieur, Aryan se mit à son aise et durant un interminable moment, observa Éva. Tel un vieux matou retors, il semblait estimer le meilleur moment pour engloutir sa victime.

— Victor sait toujours s'entourer de femmes magnifiques, dit-il enfin. Comme si son rejet du sexe féminin le rendait irrésistible.

— Victor est… ?

— J'ai ouï dire de cette affaire. Persuadée de son infidélité, sa femme exige le divorce. Ah, ces Winslow ont toujours été étranges. Quand la mère était accusée d'inceste, son fils à la fois génie et névrosé congénital couche avec des hommes. J'ai tant de chagrin pour ses enfants.

— Vous semblez le détester.

— Au fond, nous nous détestons tous dans ce milieu.

Aryan ouvrit le minibar.

— Commençons par un verre, voulez-vous ?

— Volontiers.

Il en délogea une bouteille de champagne dont il servit deux flûtes.

— Comment dites-vous, chez vous ? interrogea Éva. Ah, *merry Christmas.*

— Joyeux Noël, renchérit Aryan.

Sous son ordre, son gynoïde les conduisit au Castel Rouge. Prisé de la gent fortunée, cet hôtel-restaurant offrait à ses clients toute la grâce et le délice d'une cuisine française d'excellence. Sa devanture imitait une tour de château de la Renaissance. Chacun de ses étages et des chambres de ce côté-ci de la rue était percé par une croisée. La porte d'entrée elle-même était travaillée : ornée de vitraux, elle illustrait une scène de chasse à courre. Conscient de la constante affluence dans cet établissement, Aryan avait réservé en dernière minute même s'il doutait sérieusement de se voir refuser une table.

Assaillie par une trombe glacée à sa sortie de la voiture, Éva frissonna. Aryan rajusta son manteau d'un geste digne d'un amant. Était-elle en train de le séduire en restant maîtresse de la situation, ou de glisser malgré elle dans une gueule abyssale dont elle peinait à distinguer les crocs ?

— Oh, Monsieur Turner ! s'enjoua le maître de salle à son arrivée. C'est un honneur de vous recevoir. Veuillez me suivre, nous allons vous conduire à votre table.

Comble, la salle n'en demeurait pas moins calme. Les clients conversaient sur un ton de confidence, chuchotant à demi. L'entrechoc des couverts et des accords de piano suffisait à rendre ces échanges inaudibles pour des oreilles indiscrètes. Le serveur amena Aryan et Éva à une table ronde à l'abri des regards et suffisamment proche du musicien. Il les laissa s'asseoir et leur tendit les cartes.

— Ce soir, nous vous conseillons notre médaillon de chevreuil à la sauce chasseur sur sa julienne de carottes au beurre de Guérande et sa mousseline de pommes de terre.

— Commençons par votre *Assiette des délices*, commanda Aryan.

— Bien sûr, Monsieur, nota le jeune homme. Que désirez-vous boire ?

— Un Côte du Rhône de 2154 sera absolument divin, fit Éva.

Étonné par sa connaissance en matière d'œnologie, Aryan cilla. S'attendait-il à moins de la part d'une « chimiste de renom » ? Le serveur griffonna sur son carnet et se retira. Il revint aussitôt, muni d'un ersatz G-mod du grand cru. Ce fut à Aryan de goûter et de décider :

— Excellent. Vous pouvez servir.

Seul face à Éva, il entama la conversation.

— Une chimiste de génie, souffla-t-il, songeur. Vous devriez être renommée, ce genre de choses fait très vite le tour dans notre cercle.

— Je suis assez discrète, mentit Éva.

— Vous avez aidé Victor à concevoir l'*Evolved*, non ?

— Au sens littéral, oui, mais en réalité… j'ai surtout été un soutien pour lui. Il s'est attribué tout le mérite. Je lui en ai voulu et ai voyagé pour évacuer mon désarroi. J'ai vécu un moment en Grande Asie, où je me suis fait augmenter.

— Un modèle Itashi, donc ?

— Oui, mais j'ai très vite changé.

Éva s'efforça de contrôler son malaise pour en tirer avantage. Elle fit mine de raconter un souvenir très douloureux.

— Vous savez, j'ai survécu à ce crash de Shinkansen à Tokyo, en 2164. Sans cette technologie, votre technologie, je serais restée dans un fauteuil roulant toute ma vie.

— Je vois. Vous avez choisi de transcender votre condition, et pour cela, je vous félicite.

Le serveur revint, cette fois muni d'un grand plateau d'argent garni de mini-feuilletés chauds et froids alliant poisson de montagne fumé et crème de poireaux, jambon de Bayonne et tomates à la provençale, olives et poivrons marinés ; de papillotes en feuille de brick fourrées de fromages français et enfin, de toasts au caviar de truite et au foie gras. Aryan saisit un feuilleté entre deux doigts et en croqua une bouchée.

— Ah ! souffla-t-il. Belle France... Que t'ont-ils fait ? Tout ce patrimoine gâché par une folie. Ôtez-moi d'un doute : personne n'a encore tenté d'éliminer ce fossile de maréchale ?

— Pas encore, gloussa Éva. Ce serait difficile.

— Ça finira par arriver.

L'État français et le Conglomérat entretenaient une relation conflictuelle. Ouvertement ou par des manœuvres détournées, la maréchale se défendait contre toute forme d'ingérence dans son gouvernement. Le directeur général de Pinxit « hexagone » avait d'ailleurs fini par se faire sauter la cervelle, fatigué de cette guérilla invisible, mais constante, forçant Aryan à choisir un successeur déterminé à en découdre et surtout, doublé d'une vraie teigne.

— Victor est une sorte de monstre pour nombre de Français. Est-ce aussi votre cas ?

— Oui, avoua Éva.

Une vérité. Un monstre aux yeux de sa famille, des fascistes anti-augmentés, de ses victimes, d'elle-même. Pourtant, face à Aryan, ce sentiment s'évanouissait. Sans mot dire, Turner amena une main sur la sienne et la gratifia d'un sourire. Un maelström de sentiments envahit son cœur et sa tête, et comme son malaise se changeait en confiance, elle s'abandonna. Béate, elle sourit. Tel un marin contrôlé par un chant de sirène, elle voyait une figure ornée d'un sourire séduisant. Celui-ci était, en réalité, teint de cruauté.

Ainsi se refermait la gueule.

Aryan Coleman Turner

Chapitre 9

— Le traître et l'amnésique —

Juste parce que je meurs lentement de froid
Je trouve le chemin vers toi
Je trouve le chemin vers toi

Je sais exactement où aucun humain n'a jamais été
Je suis proche de toi
Je suis proche de toi

Autour de moi, seulement du blanc brillant
Ici, dans les profondeurs de la glace éternelle
J'ai perdu la boussole

Auf Kurs — Oomph!

Allongée contre Blayne, Zeera retraçait, de son index, la courbe de sa mâchoire. Prisonnier d'un carcan de doutes et d'ignorance, le «cobaye» regardait la télé sans y faire réellement attention. Zeera descendait ses doigts au fil de ses formes, toujours attirée par une irrésistible envie de gâter sa virilité et de tester, pour la science, son endurance sexuelle.

— Laisse-moi te faire du bien, chuchota-t-elle.

Sans attendre son consentement, Zeera en vint à effleurer son sexe. Hébété par la fatigue et le sédatif, Blayne s'abandonna à elle, faisant naître un sourire cruel sur son visage. Elle fit donc glisser la couverture pour révéler cette verge reconstituée et se mit en devoir de la combler de caresses. Bientôt ennuyée par la masturbation, elle se mut dans un froufrou pour y mettre la langue. Blayne ferma les yeux et, bouche à demi ouverte, exhala un souffle d'aise. Il commençait enfin à durcir.

Stimulé par un plaisir diffus, son cerveau entra en ébullition. Une scène fut soudain jetée sur ses paupières closes, celle-là même qu'il était en train de vivre à un détail près : il se trouvait avec une autre femme. S'il ne réussissait pas à en distinguer les traits, il était néanmoins sûr de ne pas avoir affaire à une pute. Son cœur s'emballait pour elle à l'instar de son désir.

— A… Attendez ! Ça suffit !

Zeera se figea.

— Qu'as-tu dit ?

Un éclat de colère dansa dans ses yeux jaunes. Blayne lui jeta un regard et la défia, même si elle tenait toujours sa virilité à pleine main et serait parfaitement capable de l'arracher d'une traite si elle le voulait. Le souvenir de cette femme avait ravivé quelque chose en lui, comme si son corps jusqu'alors exsangue s'était soudain retrouvé irrigué par un flot vital.

— J'ai dit : arrêtez.

— Hum…

Zeera estima son érection, ridiculement décevante. Très insatisfaite et courroucée, elle se redressa.

— Tu es mou, de toute façon. Branle-toi tout seul si tu le souhaites, je n'ai que faire d'un ingrat qui pense à une autre.

Une telle humiliation la força à se retirer.

Abandonné, mais toujours attaché, Blayne estima le moment idéal pour tenter une fugue. Il avisa ses menottes du coin de l'œil et se rendit à une évidence : jamais il ne saurait en soutirer la clé, ni aux infirmiers ni à Zeera. Il essaya de s'en défaire, tourna dans un sens, dans un autre, ferma ses doigts, tirailla en vain. Résigné à se fracasser le poignet, il commença à tirer de toutes ses forces. Sa peau neuve s'échauffa d'abord et se mit à rougir. Puis vint le sang qui, pressurisé, gargouillait sous le métal. L'os craqua finalement si fort que Blayne crut avoir rameuté les infirmiers. Il étouffa un cri de douleur et ferma les yeux un instant. Son visage s'était empourpré.

Ses menottes glissèrent de son poignet fracassé et tombèrent sur le garde-fou du lit dans un cliquettement. Pour arrêter son hémorragie, de sorte à éviter de ponctuer son chemin de traces évidentes, il emmaillotta sa main dans la taie de son oreiller. Encore groggy, il se redressa pour mieux se ruer vers la porte. Une oreille collée au battant et un entrebâillement de celui-ci confirmèrent l'absence de gardes. À en croire la télé, il était passé midi : sans doute étaient-ils partis au réfectoire sans attendre la relève. Blayne en profita pour ouvrir la porte et sortir. Il traversa le couloir d'un pas rapide, mais léger et resta attentif au moindre bruit. Au premier angle, il aperçut un mécha-chien en faction. La machine avançait de sa démarche pataude, droit devant. Une énorme tronçonneuse était fixée sur son dos. Blayne décida qu'il valait mieux éviter de s'y frotter et traça sa route.

Il n'avait aucune idée d'où il allait. Ces couloirs se ressemblaient tous. Blancs — de nature à éveiller la méfiance —, surveillés par des intellicams aux rotations inlassables. Le fuyard s'efforçait d'ailleurs de raser les murs pour fuir leur regard. Gauche, droite, gauche et droite encore, entre portes numérotées et volées de marches. Parfois, il évitait un mécha-chien en maraude. Bientôt il se retrouva coincé entre deux factionnaires, dont il entendait la marche, aussi se jeta-t-il dans un escalier menant à un souterrain. Cette seule idée fit monter un frisson au gré de son échine.

Au blanc se substitua un gris sale esquinté par endroits. Parmi moult traces d'usure, il sentit au fil de son toucher des traces de griffure profondément ancrées dans le béton. Il se refusait à croire qu'il s'agissait d'ongles humains, mais, confronté à une évidence, il frémit. Cet escalier déboucha sur un énième couloir, cette fois agrémenté de cellules dignes du secteur d'isolement d'un centre de détention sordide, ou de son couloir de la mort. Il ignorait si elles étaient vides ou non, car seule une ouverture ridicule et évidemment fermée offrait une vue d'ensemble sur leur intérieur. Sûrement devenus fous ou en accord avec leur sort, faute de solution, aucun détenu n'émettait de son. Sauf un, sanglotant au fond du couloir. Attiré sans raison, son cœur douloureux comme atteint directement par cette détresse, Blayne erra à la manière d'un somnambule. Il s'arrêta face à cette cage d'enfer et jeta un œil via son ouverture, dont il retira le cache. Un homme gisait à même le sol en position fœtale. Il était vêtu à son image d'une combinaison de détenu, mais celle-ci se révélait sale et ensanglantée. Sur le mur était grossièrement écrit, en lettres de sang, un mot : *traître*.

En entrevoyant la main de l'homme, écorchée et aux ongles arrachés, Blayne comprit que cette accusation s'adressait à lui-même et qu'il l'avait écrite à l'encre de ses veines.

— Hé… ! souffla-t-il.

À l'affût comme un animal pris au piège, Skylar se redressa dans l'instant et recula. Au-delà d'en constater la présence par son odeur d'urine, Blayne sentait sa peur. Elle émanait de lui, se lisait en lui. Ses yeux aux pupilles dilatées imploraient pitié.

— Hé, du calme. Je ne te veux aucun mal.

— Qui… Qui es-tu ? bégaya Skylar.

— Je m'appelle Blayne. Enfin, je crois. Je n'ai rien de très clair dans la tête, pour le moment.

Skylar se méfiait. S'agissait-il d'un nouveau jeu cruel de ses geôliers ? Il s'avança malgré ses doutes à la rencontre de son visiteur et s'agenouilla pour croiser son regard.

— Et toi ? C'est quoi, ton nom ?

— Moi… moi c'est Skylar.

Blayne avisa la porte. Il fallait une carte d'accès pour la déverrouiller et elle ne saurait être enfoncée. Jamais il n'arriverait à arracher Skylar à cet horrible endroit. Il espérait, au moins, que sa compagnie pût rompre son isolement et apaiser sa souffrance psychique.

— Qu'est-ce qui t'a amené ici ?

Skylar se remit à pleurer.

— Je suis un traître… gémissait-il. Un traître ! J'ai trahi tout le monde !

— Hey, hey, hey ! Calme-toi ! Viens, donne-moi ta main et écoute-moi, O.K. ?

Blayne engouffra sa main par l'ouverture. Skylar resta un moment dubitatif, mais, en réel manque de contact physique, il finit par la saisir. Sa maigreur si parfaitement contrôlée fit un choc à Weston, qui fit mine de ne pas s'en formaliser. Skylar, lui, paraissait très ému de sentir à nouveau de la chaleur humaine.

— Y'a aucun traître ici, chuchota Blayne en étreignant sa main. *Aucun,* tu m'entends ? Cet endroit c'est juste un trou pourri où finissent des gars bien. Et t'es un gars bien, Skylar. Je sais en reconnaître un quand j'en vois un.

Skylar hochait la tête en reniflant. Il avait l'air d'un gosse terrifié.

— Tu me fais confiance, hein ? J'te promets que tu sortiras d'ici. Putain, sois fort, mon frère.

— Intrusion détectée.

Blayne se retourna et tomba nez à nez avec un mécha-chien factionnaire. Son regard s'égara dans ses yeux rougeâtres dénués d'émotions. L'IA le fixait et faisait ondoyer sa queue d'un air menaçant. Sans vouloir en tâter à titre de confirmation, Blayne n'émettait aucune réserve sur le tranchant du couteau fixé à son extrémité.

— 405-21. Vous n'êtes pas autorisé à entrer dans cette zone.

Blayne grogna un juron et se redressa en évitant tout geste brusque. Personne n'ignorait la dextérité meurtrière des mécha-chiens. Conscient de n'avoir aucune chance, le jeune cobaye choisit de se rendre non sans se jurer de retenter sa chance.

— 405-21. Vous n'êtes pas autorisé à entrer dans cette zone.

— Ça va ! J'ai entendu, machine de merde !

Et, comme il était reconduit malgré lui à sa chambre, il cria :

— Sois fort, Skylar !

Zeera redressa ses os d'un geste sec et sans sommation, arrachant à Blayne un gémissement de souffrance. Elle entoura ensuite la zone morcelée de gaze enduite de solution cicatrisante et antidouleur. Elle s'affairait en silence, maussade à l'image d'une mère trahie par un fils ayant juré d'éviter de s'attirer des ennuis.

— Tu es un enfant, Blayne Weston, dit-elle. Comment veux-tu être soigné en faisant l'idiot de la sorte ?

— Arrêtez de me traiter comme un gosse, grommela Blayne.

— Hum.

Ça y était. Passée la confusion, Blayne recouvrait une once de son caractère, estimé par Zeera comme sale, mais tellement amusant. Elle décida de changer de méthode. Si la « maman » était si mal accueillie, elle allait tenter de s'attirer son amitié. Plus, même, si elle réussissait vraiment à faire évoluer leurs affinités.

— Je cherche à t'aider, avoua-t-elle. C'était un ordre de Turner, au début, mais je me suis attachée à toi. Si je te confinais ici, c'était pour ton bien. Certaines choses ici ne doivent être ni vues ni dérangées.

— Ouais. Comme ce malheureux, maintenu en vie d'une façon dont je ne veux rien savoir, enfermé seul dans sa cellule ?

— Quoi ? Qui donc ?

— 422-06, y'avait de tatoué sur son bras, mais son nom c'était Skylar.

Zeera fit mine d'être navrée. « Psychiatrie » signifiait le numéro 22. Un secteur très discret. Contrairement à Cordier, son référent, un certain Ernest Stevens, demeurait très réservé sur ses activités. Rien ne filtrait de la « volière des dingues » comme on la nommait ; rien sinon des rumeurs.

— Je suis désolée, mentit-elle à moitié. Tu n'aurais jamais dû voir cet homme. J'aurais dû m'en assurer. Il est le jouet de chercheurs comme tu ne devrais jamais en voir, des gens cruels. Psychiatres devenus fous par leur attrait malsain des tares humaines. Pitié est un mot dont ils ont oublié le sens. Ils le détruiront, Blayne. Briser sa chair est un début. Leur objectif est d'atteindre son âme elle-même. Tu ferais mieux de l'oublier, car il est déjà mort. À moins de s'égorger lui-même, il mourra de chagrin et d'aliénation. Comme tous les autres.

— Vous. Vous sauriez lui venir en aide.

Elle eut un rire jaune.

— Et comment ? Toi et moi sommes si minuscules ici. J'ai déjà tant de mal à garder cet idiot de Cordier à distance de mes affaires, alors comment veux-tu te faire entendre d'une « caste » au-dessus des autres ?

— Aryan Turner, lâcha tout de go Blayne.

— Haha… Quoi ?

— Il m'aime comme vous m'aimez, vous avez dit. Si j'ai tant de valeur pour lui, il m'écoutera. Alors je vous le demande : agissez pour Skylar. Sortez-le de là.

Zeera demeura coite. Si Skylar se trouvait là, c'était par la volonté même de Turner. Un secret dont elle ne devait rien révéler.

— Comme tu voudras. Je ferai de mon mieux.

Les jours suivants, Blayne subit les assauts de sa conscience. Quand il essayait de dormir, il se remémorait le visage cerné de Skylar et ses yeux injectés de sang. Quand il voulait manger, il rejetait sa nourriture, hanté par sa silhouette décharnée et le contact de sa main osseuse.

Jusqu'au matin de Noël, où Zeera se montra affublée d'un grand sourire.

— Il est d'accord, déclara-t-elle.

Elle mentait, évidemment. Jamais elle n'aurait dérangé Aryan Turner pour ça.

— Turner, enchaîna-t-elle. Il va aider ton ami, à une seule condition.

— Laquelle ? se réjouit-il, décidé à toute forme de concession.

Zeera s'avança et sitôt assise près de lui, saisit un petit pain sur son plateau-repas et le lui fourra dans la bouche.

— Commencer par mieux manger.

Blayne lui jeta un regard interdit. Puis il mâcha, à moitié convaincu.

— Et comme tu as grossi, ajouta Zeera, il va falloir te muscler.

— Fous foulez que je faffe de l'exerfife ? fit Blayne en ingurgitant un morceau de la viennoiserie.

— Les augmentations s'ajustent à toi. Or pour le moment, comme tu es à la fois mou du genou et raide comme tout, on ne saurait te dégotter que des modèles d'agrément. Pour être tout à fait franche, ton entraînement va être dur et douloureux. Tu rentreras ici sur les rotules s'il le faut. Je veux faire de toi un être parfait, et je ne laisserai rien au hasard. Tu es prêt ?

Blayne fit « oui » de la tête et déglutit.

— Excellent ! s'exclama Zeera. Alors on y va.

Blayne se débarrassa des miettes et sauta du lit à la suite de Zeera. Celle-ci le mena à travers les couloirs d'Harmattan. Ils y croisèrent cette «machine de merde» en faction le jour de sa rencontre avec Skylar.

— Bonjour, Docteur Kingsley, dit-elle d'ailleurs.

— Bonjour, IQ670.

— Bonjour, tas de ferraille, grommela Blayne.

Contrairement à lui, tout le monde semblait se retrouver dans ces couloirs. À l'instar de Zeera, les chercheurs marchaient vite et d'une allure déterminée. Peu enthousiasmé à l'idée de s'égarer et de faire une nouvelle découverte morbide, son sujet la suivait sans émettre de commentaires.

Arrivée devant une double porte, elle s'arrêta et la déverrouilla grâce à son badge. Il s'agissait d'une salle d'entraînement souterraine dont l'éclairage était assuré par une dizaine de néons. Blayne entrevit enfin la lumière du jour. Elle filtrait par des fenêtres en hauteur qui donnaient sur l'extérieur. Ces dernières avaient beau être obstruées par trente centimètres de neige, Blayne était satisfait de voir ce mince filet de soleil.

Bien équipée malgré sa modeste taille, la salle présentait tout un attirail de gymnastique qui faisait face à des bancs d'haltères et des barres de tractions. Il y avait même un holotrainer : un terrain spécial où on pouvait personnaliser son entraînement à volonté. Zeera le désigna de la main.

— Cadeau de Pinxit Industries. Ta nouvelle maison !

Elle écrasa une commande sur une console. Tout un râtelier d'armes glissa du mur. Aux flingues de calibres variés s'ajoutaient des lames de toutes sortes et surtout, des katanas. La seule vue de cette arme raviva un étrange sentiment dans le cœur de Blayne et fit monter un frisson d'excitation au gré de son échine. Au-delà d'un déjà-vu, c'était un souvenir. Il ne savait où ni comment, mais il avait déjà touché un tel objet.

Zeera lui fit un signe de tête.

— Choisis ton arme.

Confronté à tout cet arsenal, Blayne effleura la lame avant d'en saisir délicatement la poignée. Son regard en admira les moindres formes.

— Le katana, fit une voix. Excellent choix.

Un homme au fort accent russe venait d'entrer et s'avançait, mains croisées dans le dos. Blayne le détailla du regard. Taille moyenne, musculature saillante cachée par un uniforme. Son visage commun était déchiré du côté droit par une série de cicatrices comme s'il avait été griffé par un fauve. Pilosité et chevelure rasée, seul subsistait un triangle noir au niveau du menton.

Blayne fronça les sourcils.

— Et vous êtes ?

— Instructeur Sevastian Rostov, mais tout le monde me surnomme Reese.

— C'est mon cousin, articula Zeera sur un ton de confidence, au vu du regard dubitatif de Blayne.

— Commençons en douceur, dit-il.

Il fit danser ses doigts sur la console. Une silhouette formée d'une imbrication de triangles verts se manifesta devant lui.

— Tu dois savoir une chose, *tovarich*. Si ces images te touchent, elles te colleront une décharge. Tu vas souffrir, crois-moi, alors fais de ton mieux pour éviter ça ! Allez, *davaï*, *davaï* !

Blayne monta sur le terrain, une aire nue affublée de senseurs discrets et entourée d'un mur de verre. Un entrelacs de rayons verts glissa sur lui de sorte à mesurer une multitude d'éléments et fournir à son vis-à-vis une arme idoine. Chargé sans sommation hormis un « go ! » de Reese, Blayne évita sans difficulté et d'une volte, trancha cet avatar en deux. Premier sang : un sentiment agréable dont il se sentit envahi. Il recouvrait confiance, croyait à nouveau en lui, comme si cette seule arme était un morceau de son être. Il se jurait de vivre une nouvelle ascension et de ne jamais retomber. Puis, au-delà de se démener pour lui, il le faisait pour Skylar. Une cause juste.

Blayne fit tourner son arme dans sa main pour en raviver la dextérité. Il se défendit d'abord, estimant la dangerosité adverse. Parade et chocs modélisés, évitements, entrechats maladroits. Il s'était ramolli, oui. Pourtant, téméraire comme un chien fou, il céda moult fois à son instinct agressif pour assaillir de lui-même. Submergée d'abord, l'IA fit monter la difficulté d'un cran ; alors, elle commença à toucher. Blayne en vint à reconsidérer son audace et à revenir sur la défensive. Envahi à son tour, il encaissa des décharges.

Bientôt la douleur devint intolérable, mais il subissait sans gémir, sans mot dire. À six contre un, la fatigue commença à se faire réellement sentir. Il se noyait dans sa sueur, mais Reese s'en foutait : il allait le renforcer à la dure, à la russe. Jamais il ne consultait sa cousine du regard, conscient de maîtriser la situation.

Zeera était de toute façon réfugiée dans son monde, affairée à noircir des feuillets. Elle écoutait Reese et notait tout en dessinant à la va-vite des morceaux d'armure.

Blayne finit par tomber face au nombre d'adversaires. En entendant son corps s'échouer dans un gémissement, Zeera daigna enfin y jeter un regard. Huit, annonçait le compteur de l'holotrainer. Reese la fixa une seconde.

Elle hocha la tête.

— Encore.

FEAR NONE * PROTECT THE WEAK
NEVER SURRENDER

CHAPITRE 10

— EFFACER L'ARDOISE DE NOS VIES —

POUR TUER L'ENNUI DU voyage, la nouvelle escouade s'était réunie autour d'une table et jouait à un jeu « à la con », selon Shana. Comme Cutlaw était affairé en cabine de pilotage, Wade avait exhumé une gourde de cachaça de son sac et mis ses camarades au défi de s'en envoyer une gorgée s'il touchait juste au sujet d'événements de leur vie. Il commença par le gosse.

— Hum, réfléchit-il à voix haute, t'es un môme abandonné ?

Tyndall resta immobile.

— Ta famille est morte, renchérit Shasta.

Il but une demi-gorgée. L'alcool ravagea sa gorge et tomba dans son estomac comme une gerbe d'essence enflammée. Pourtant il en tira satisfaction comme s'il ressentait déjà son effet vaguement sédatif.

— Juste ta mère ? fit Wade.

Gorgée.

— Un salaud l'a flinguée.

Immobilité.

— Accident ?

Toujours rien.

— Gravement malade, intervint Issam, elle a fini par mourir. Tu as tout fait pour la sauver.

Grosse gorgée.

À le voir se saouler, Wade lui retira sa gourde des mains.

— Comme je l'ai déjà dit : t'as des couilles, gamin.

— T'as aussi perdu quelqu'un ? tenta Tyndall.

Comme il allait boire à sa santé, Wade se figea dans son geste. Hésitant, soudain assailli par le malaise, il malaxa la gourde. Il finit par s'envoyer une gorgée.

— On dit que tu as tué cette personne, souffla Shasta.

— Conneries, trancha Wade. Jamais je n'aurais fait ça.

— C'était ta femme ?

Immobilité.

— Sa sœur, devina Issam.

Grosse gorgée.

— Putain ! jura Tyndall. Il est trop fort à ce jeu !

Comme Cutlaw revenait vers eux, Wade rangea vite fait sa gourde. Shasta jeta un regard dehors ; distingua, par-delà des nuages denses et on ne saurait moins naturels, une concentration d'usines surveillée par des machines. Tout autour s'étendait une forêt grignotée de-ci de-là par des scies à IA. Ils arrivaient.

— On se réveille ! motiva Cutlaw. Atterrissage dans moins de dix minutes !

— Où sommes-nous ? interrogea Shasta.

— Centre de recherche Gamma à Pinxit Êta-dix-neuf-trois, entendit-elle. Zone dégagée.

Au tour de Wade de regarder par le hublot. Escorté par un escadron de drones, le jet amorça sa descente. Le sol s'ouvrit en dessous d'eux comme une gueule affamée et révéla une zone d'atterrissage éclairée par des gyro. Tout autour rôdaient des mécha-gardes et une meute de chiens.

— Wow, s'exclama-t-il. Je me demande si t'as vraiment envie de savoir, la Ruskov.

Sitôt à terre, Cutlaw ordonna à son escouade de filer dare-dare. Au-dessus d'eux se referma un toit de métal dans un vacarme du tonnerre de dieu et, sitôt retenti un ultime fracas, une illusion de silence s'installa. Plongée dans une obscurité tout juste chassée par un éclairage artificiel tantôt clair, tantôt orangé sinon rouge, la future fraternité avança en file indienne au gré des allées numérotées et des couloirs. S'y mêlaient des sons entêtants, constamment les mêmes, comme s'ils se trouvaient coincés dans un énorme moteur en train de tourner. Ou un estomac de métal en digestion. Les canalisations grondaient ; la clim ronflait, sifflait, soufflait ; des voix résonnaient, des cris, des ordres. Une intense odeur de métal montait au nez, comme si on laminait, cisaillait, forgeait sans cesse. Ils croisèrent des ouvriers, tous en tenue de travail et affublés d'un couvre-chef orange, des chariots autoguidés vides ou chargés en armes et munitions de gros calibre.

— Avec tout ça, cria Wade à Haytham, devrait y avoir moyen d'anéantir vos rebelles, non ?

— À l'instar de la vermine, dit Haytham, ces gens semblent grouiller de manière infinie. En tuer est inutile. Il faut éliminer leurs chefs pour dissoudre leur noyau dur ; or ceux-ci sont introuvables. Là, vous intervenez.

— Aryan Turner joue au général, maintenant ? railla Shana.

— Il veut vous changer en figures immémoriales, en héros. Vous êtes là pour mettre fin au conflit et assurer la sécurité de nos citoyens. Pigé ?

— Si vous le dites, bougonna Wade.

Cutlaw leur montra leurs nouveaux quartiers. Engoncées au fin fond de la termitière, des chambres exiguës au confort discutable attendaient d'être réclamées. Entièrement grises, des murs au sol sans omettre des lits aux couvertures en laine G-mod. Une trousse de nécessaire de toilette s'alignait à côté d'un oreiller. Aucun agrément ni élément de Réalité Virtuelle pour changer de décor. Pourtant, les jeunes agents se gardèrent de tout commentaire ou de jouer aux divas. Rien ne saurait égaler la misère de Santa Isadora. Comme il estimaient déjà ce luxe, tâtant des matelas et des oreillers, Haytham leur ordonna de se remettre en rang pour rencontrer une nouvelle tête.

— Voici le docteur Jace Bancroft, présenta-t-il.

À titre de salut, ce dernier redressa ses lunettes d'un geste de l'index. Il demeurait droit, raide et sans doute dur comme un clou de cercueil. Sa chevelure grisonnante était fendue à la raie, trace d'une augmentation cérébrale, ou de toute autre chose moins ragoûtante.

— En mon absence, continua Cutlaw, vous devrez suivre ses ordres. Si vous jouez aux cons, il saura vous le faire regretter et je serai derrière pour en rajouter une couche. Vu ?

— Vu, Boss, confirma Wade.

Bancroft exigea d'abord de s'entretenir avec chacun d'entre eux.

Wade entra le premier dans son labo, faute d'autre volontaire. Il sentit sa gorge se serrer et ses entrailles se nouer sitôt passée la porte. Il régnait une forte odeur de détergent comme si on s'efforçait de dissimuler des exhalaisons nauséabondes. Celles d'un cadavre ? Ou celles des échantillons de cerveaux dans leur formol, là, sur une étagère ? Wade fit mine de rien, même s'il souffrait d'un malaise tenace. Bancroft lui fit signe de s'asseoir sur un fauteuil d'examen. Quand il s'exécuta, un infirmier muni d'une machine à électrodes s'avança.

— Vous faites quoi, là ? grogna Wade.

— Je vais vous interroger, Monsieur Baxter, sur de nombreux sujets. Cette machine me servira à mesurer votre activité cérébrale. C'est tout.

Wade s'efforça de déceler un mensonge dans le regard vitreux du doc, mais il s'avéra fermé comme un coffre-fort. Alors il s'abandonna aux mains de l'infirmier, non sans jurer intérieurement.

— Commençons, voulez-vous ? Parlez-moi de votre famille, Monsieur Baxter.

Armé de son stylet, il se mit à annoter son tactinote, encore et encore au fil des interrogations. Il fit cela pour tous les futurs agents, rabâcher, froidement et pour toute réaction des « hum hum » discrets. Ces entretiens étaient récurrents et Cutlaw veillait à leur exécution.

Pour étioler la méfiance générale, ce dernier tuait ses recrues à la tâche. Ainsi, en se rendant chez Bancroft, elles cessaient de songer à son étrange manège pour envisager, seulement, la silhouette de leur lit. Seul Tyndall résistait, victime d'insomnies. Assez alerte pour cogiter, il finit par réveiller Wade et Issam, confinés dans le même dortoir.

— Hé ! chuchota-t-il. Les mecs, debout !

Le Syrien gémit un mot en arabe.

— Putain… grommela Wade. Casse-toi de là, morveux.

— Ce taré de doc va nous rincer la cervelle, insista Tyndall, et toi tu veux pioncer !

— Si ça se trouve, marmonna Issam, c'est déjà fait.

— Qu'il l'ait fait ou non, renchérit Wade, on est coincés ici. Qu'il fasse son truc, j'm'en carre, j'ai des choses à oublier, à commencer par la bouffe d'hier.

— Va dormir.

Tyndall jeta un œil dans le couloir ; déterminé, une seconde, à tenter une fuite. Son cœur s'emballait, galvanisé par son angoisse et ce désir intense. Il refusait d'oublier sa mère. Personne ne l'y forcerait.

— Si tu fais le con, souffla Wade, tu vas te le manger, ton *reset*, sois-en sûr. Si j'étais toi, je resterais sage, même pour un court moment. On finira par se tirer d'ici.

Tyndall entendait à défaut d'écouter. Il avisa une faction de mécha-chiens dont il entendit la démarche, et finit par se résigner.

— Ce sera déjà fini pour nous, se désola-t-il.

La fatigue finit par avoir raison de lui et de son élan. Remmitouflé dans sa couette, Tyndall glissa dans un sommeil agité où ses tergiversations se changèrent en cauchemars.

Réveil en fanfare au matin, comme d'habitude, mais, cette fois, Cutlaw avait changé. Il savait.

— Chez le doc ! cria-t-il. Vous tous, illico !

Wade s'y rendait toujours en premier. On ne le revit jamais.

— Ça y est, chuchota Tyndall à ses camarades. Ils lui ont retourné le ciboulot !

— Qu'est-ce que tu racontes ? ronchonna Shana.

— Cette nuit, j'lui ai tout dit, tout le jeu malsain du doc et de Cutlaw. Personne ne m'a cru et maintenant, nous y voilà : on est dans la merde. Ça va être ton tour, le Syrien.

Seule Shasta semblait vraiment écouter.

— Vous êtes aveugles ou juste cons? s'énerva Tyndall. Cutlaw nous a affaiblis pour nous rendre dociles et faciliter son taf au doc. Ils vont nous formater, et…

— Tyndall.

Cutlaw se tenait sur le pas de la porte du labo.

— Ramène-toi.

Partagé entre son envie de fuir et son angoisse de se faire tuer s'il tentait une telle folie, Tyndall finit par obéir. Rien ne changeait de l'ordinaire. Bancroft était assis au même endroit, toujours aussi froid et fermé, son stylet en main et son tactinote face à lui. Sitôt Tyndall assis, deux infirmiers ajustèrent ses membres sur le fauteuil, d'où émergèrent deux sangles de métal. Celles-ci le maintinrent fermement, même s'il se mit à se débattre.

— Jamais vous ne me ferez oublier! cria l'adolescent. Jamais!

Sans se formaliser de sa crise, comme s'ils y étaient accoutumés, les deux infirmiers s'affairèrent à le brancher. Bancroft vint à ses côtés et alluma un scialytique au-dessus de lui. Aveuglé par son éclat digne d'une traversée du «tunnel» d'une mort imminente, Tyndall se sentit perdre pied. Son dernier repas remonta dans sa gorge, enflamma celle-ci pour ensuite venir inonder son menton.

Bancroft, très calme, demandait toujours :

— Parlez-moi de votre mère, Monsieur Kane.

Pressurisation.

Boom! Tout détonne dans son crâne.

Souffrance.

Et blanc total.

CHAPITRE 11

— SOUMETTRE —

LES SESSIONS DE TABASSAGE avaient cessé. Skylar naviguait désormais entre sa cellule et cette salle où Stevens le faisait écrire. Les feuillets noircis, tantôt ensanglantés, tantôt gondolés de larmes, finirent par s'accumuler. Toute sa vie était retranscrite dans ce carnet et Skylar s'y attachait comme à un radeau au milieu d'un océan déchaîné. Un océan de sentiments dont les eaux corrosives se jetaient dans un abysse insondable. Celui du doute, de l'ignorance et de la folie.

Un jour, Stevens ordonna de le ramener à sa table. Skylar ne montra aucune forme de résistance et s'abandonna aux infirmiers. Ceux-ci le déshabillèrent, révélant toute la ruine de son être. Entre tuméfactions et cicatrices disgracieuses se distendait sa chair et saillaient ses os. Sa crasse avait rongé ses déchirures et ses innombrables flagellations. Il exhalait une odeur de mort en sursis, mais aucun des toubibs ne semblait s'en formaliser. On se contenta d'enfoncer, au gré des crénelures de sa colonne vertébrale, des sondes reliées à des câbles. Skylar grimaçait de douleur, gémissait dans une indifférence générale. Rallongé sur la table, il y fut rattaché. On dut rajuster ses sangles eu égard à sa maigreur scandaleuse.

Stevens entra et, tel le jour de leur rencontre, s'installa sur une chaise près de lui. Soudain et sans réelle forme d'avertissement, Skylar fut traversé par un électrochoc. C'était comme si on cramait ses moelles. Son hurlement de souffrance résonna dans toute la salle avant de mourir sous forme d'un gémissement.

— Vous savez, dit Stevens, je me donne du mal pour vous, mon ami. Perdu, raté, fini ! Voilà comment tous vous estiment au vu de nos diagnostics. Car vous êtes gravement malade, Kenway.

— Quoi ? geignit Skylar.

— Vous fabulez ! Psychose totale, et même au-delà ! Vous croyez avoir vécu des événements irréels, mais soyez rassuré, il existe un moyen de vous guérir. Il vous faudra y mettre du vôtre, néanmoins. Question facile pour commencer : comment se nomme la femme de votre vie ?

Ça y était. Son ultime muraille allait être abattue.

— Annabelle…

— Annabelle, oui. Existe-t-elle vraiment, cette Annabelle ?

Bien sûr ! eut-il envie de dire. Il tenta de former une syllabe de ces mots, d'en souffler une bribe, mais rien ne vint. La douleur se manifesta à nouveau et il cria à s'en déchirer les cordes vocales. Par instinct, il s'efforça de fuir cette torture. Son corps se cambra, s'agita malgré ses sangles d'acier. Le souvenir d'Annabelle et ceux de leurs moments de joie calmaient son feu intérieur, sa chair et son âme à vif. Skylar ferma les yeux, abandonna son être entier à ces images. Ses mains se détendirent comme s'il était face à elle, sa femme adorée, totalement libre. Comme s'il n'avait jamais vécu mille morts et n'allait jamais en crever.

La voix de Stevens le ramena à la réalité.

— Autre cas concret. À vous entendre et à vous lire, vous étiez un citoyen américain coincé en zone de conflit civil. Vous croyez même, et ce dur comme fer, être un chef de la Rébellion ! Saisissez-vous votre folie, Skylar ? Qui êtes-vous, dites-moi ?!

Semblable à un enfant arraché à sa mère, Skylar sanglotait. Il gardait ses yeux fermés comme s'il réussirait, ainsi, à fuir cette réalité. Une cataracte de souffrance tangible sillonnait au gré de ses formes décharnées. Un flot intarissable à l'instar de sa détresse.

— Ça ne sert à rien ! gronda Stevens.

Penché sur la table, il força Skylar à le regarder. Ses yeux dilatés trahissaient une terreur absolue.

— Vous croyez en vous, Kenway ? Vous croyez être un chef rebelle ?

Il agita son journal sous son nez.

— Vous croyez ?!

Bruit d'allumette. Stevens mit le feu au journal et observa la réaction de Skylar. Ce dernier resta coi, ne dit mot face à cette vie en train de se volatiliser dans une volute de fumée grise.

— Oubliez cette folie. Elle s'est évanouie, maintenant.

— Que… Que dois-je croire, Docteur ?

Stevens sourit. Un sourire franc et chaleureux. Skylar ignorait s'il jouait la comédie ou s'il était vraiment certain d'agir pour lui venir en aide.

— Vous devez arrêter de « croire », Skylar, et embrasser votre vie réelle.

— Je… non… je…

Un signe de tête de Stevens et Skylar encaissa un nouvel électrochoc.

— Augmentez.

Skylar se sentit tourner de l'œil. Stevens continuait d'ordonner et de mesurer sa douleur. Serein face à tant de souffrance, il le fixait, immobile et les mains croisées dans son dos.

— Attention, Skylar. Votre folie sera à jamais synonyme de douleur.

— Arrêtez ! Pitié ! Je vous écouterai ! J'obéirai !

— Bien mieux.

Une aiguille se ficha dans sa chair. Aucune souffrance ne vint, cette fois. Bien au contraire, celle-ci s'effaçait. Skylar se détendit comme s'il glissait dans un sommeil tant désiré. Ses sangles se détachèrent. Soudain libre, il amena sa main devant ses yeux. Un geste anodin, mais tellement, tellement agréable. Il voulait s'enfuir de cet endroit, de ce cauchemar ! Allongé sur la table, Stevens à sa droite, il s'abandonna à des sanglots déchirants.

— Branchez-le.

Comme Skylar frissonnait déjà, Stevens amena une main rassurante sur sa cuisse.

— Vous ne subirez aucune souffrance, assura-t-il.

Ses collègues collèrent une dizaine d'électrodes sur le crâne nu de Skylar et relièrent celles-ci à une machine. Stevens se munit ensuite de son tactinote, moyen pour lui d'observer son activité cérébrale.

— Vous êtes Skylar Kenway. Aryan Turner vous a élevé comme son fils. Vous en souvenez-vous ?

Sa mémoire réagissait. Sur le tactinote, son cerveau modélisé affichait, par zones, des teintes de vert, d'orange ou de rouge. Stevens semblait satisfait.

— Oui, avoua Skylar.

— Il vous a toujours aimé et vous vous êtes dévoué à sa cause. Vous en souvenez-vous ?

— Oui.

Souvenir réel.

— Vous avez été gravement touché au cours d'une escarmouche et vous êtes récemment sorti du coma. Vous en souvenez-vous ?

— Oui.

Illusion absolue.

— Votre tête a subi un choc. Vous avez erré dans votre folie et vos inventions. Vous avez grandement attristé votre Père. Vous en souvenez-vous ?

— Oui…

Cette mention aviva un sentiment de honte dans son cœur. Il recommença à larmoyer.

— Excellent… faites-le dormir, Messieurs.

Une énième injection. Skylar ferma enfin ses yeux pour s'endormir ; fuir ce monde de violence et de tourment. Sommeil artificiel où le rêve était exclu, car son être tout entier s'efforçait déjà de se reconstruire.

Skylar se réveilla sur le sol sale et glacé de sa cellule. Gémissant, cassé comme un jouet fragile, il s'assit en tailleur face à la porte dont le métal renvoyait vaguement son reflet. Pour la première fois en des semaines de « traitement », il revoyait son visage. Ses charmes d'antan s'étaient fanés. Pétales envolés au vent, écrasés et déchirés au gré des aléas, ses traits se réduisaient à une désolation osseuse. Sa carnation devenue blême le fit s'interroger : était-il encore en vie ?

Ses yeux furent comme une confirmation. Ce regard autrefois animé par la rage de vaincre semblait éteint, mais derrière un voile de tristesse, un éclat diffus demeurait. Il voulait vivre.

Encore tremblant, Skylar tendit une main vers cette image, son image. Il en redessina les formes, irrégulières et tranchantes. Comme un couteau. Était-ce là leur objectif, faire de lui une arme ? Comme il s'interrogeait, cette image s'effaça et il en distingua une autre ; celle d'une femme aux cheveux de feu et au visage taché de son, souriante et rayonnante de joie.

— Annabelle… susurra Skylar.

Il resta un moment, main tendue, secoué par une volonté farouche de la toucher. Et soudain écraser son poing sur elle.

— C'est faux ! se criait-il à lui-même. Tu es une illusion ! TU N'EXISTES PAS !

Une intellicam filmait.

Stevens voyait tout. Entouré de ses infirmiers, il admirait son travail. Il avait « guéri » Skylar et s'en félicitait.

— Excellent, se satisfit-il. Mesdames et messieurs, ça y est : je viens de créer un modèle d'obéissance et de fidélité.

Congratulation générale.

— À nous de le reconstruire.

Stevens se rendit en personne à la cellule. Il trouva Skylar à genoux, sa main fracassée contre son torse. Il se mit à sa hauteur et lui souffla doucement :

— Tant de tristesse, Kenway… Vous vous haïssez vous-même. Vous avez honte.

— Oui, sanglotait Skylar.

— Que voulez-vous, en cet instant ?

Stevens le fixa droit dans les yeux.

— Je veux me racheter. J'obéirai à Père, je mourrai pour lui s'il le faut.

— Vous le retrouverez. Bientôt, Skylar.

Il se redressa et aida son sujet à faire de même. Skylar se retrouva enlacé, à sangloter comme un enfant.

Stevens donna des ordres à la volée. Skylar fut conduit aux douches, où on lui offrit un moment de détente. L'eau tiède agit tel un toucher guérisseur. Les gouttelettes roulaient au gré des formes dévastées de sa chair et effaçaient toute sa crasse, toute sa déchéance. La tête contre le mur carrelé, ce fantôme de la Rébellion ferma les yeux.

Ses vêtements dégoûtants furent jetés et il eut droit à de nouveaux. Quand il fut rhabillé, on le mena à une nouvelle cellule. Un endroit confortable à ses yeux. Une couchette moelleuse jouxtait le mur. Un carré de linge attendait d'y être étendu. Il y avait une cuvette nettoyée et un évier, mais également un tabouret où s'asseoir. Skylar se sentit si heureux, comme si on lui faisait un cadeau immense.

À midi, il eut droit à un déjeuner. Rien de faramineux ; une nourriture étudiée pour son stade d'amaigrissement, car son estomac ne saurait résister à une orgie culinaire. Il fixa son riz et son morceau de viande durant une éternité, animé d'un soudain souhait de mourir de faim. Stevens eut tôt fait de le sermonner, et il finit par tout manger. Quand il recommença à grossir, et sitôt jugé assez en forme, il fut entraîné. Tous les jours, il dut se muscler, suivi par un coach. Ses débuts furent difficiles, mais, au fil des séances, il s'habitua ; recouvra endurance, force et agilité. Ses stigmates ne s'effaceraient jamais, mais, cette fois, ils s'incrustaient dans sa musculature sinon dans sa crasse.

Il fut confié à des collègues de Stevens triés sur le volet. Ces médecins se révélèrent d'une grande douceur et gentillesse. Ils l'interrogeaient sans jamais le violenter, et s'efforcèrent de lui faire redécouvrir le monde grâce aux arts, au divertissement et à la Réalité Virtuelle. Ils lui enseignèrent comment se tenir au milieu des Intouchables, comment se montrer en société. Skylar restait très renfermé sur lui-même et taciturne, convaincu d'avoir réellement trahi la confiance de son Père, mais, surtout, traumatisé par son martyr. Il voulait se racheter, par tous les moyens.

Car Stevens avait effectivement réussi. Au-delà d'un vulgaire *reset*, il avait construit une identité.

FEAR NONE * PROTECT THE WEAK

NEVER SURRENDER

Chapitre 12

— Addiction —

— Bien sûr, Monsieur Turner ! minauda Éva par ComLink. Victor sera en famille pour le réveillon, je serai seule. Vous êtes aimable de m'accorder un moment. Oui ! À ce soir.

Retombée dans le silence de sa chambre, Éva resta assise sur son lit à regarder le vide. La seule voix de Turner agissait sur elle comme une drogue. Son cerveau en redemandait et, en son absence, il se montrait mécontent à grand renfort de migraines. Convaincue de fabuler, Éva jeta un regard à sa main et s'effara de la voir trembler. Tout ex-drogué connaissait cette sensation.

Submergée par une vague d'effroi, Éva songea à avertir Victor. Son ComCode s'affichait déjà sur sa rétine. Pourtant, elle n'en fit rien. Qu'allait-elle lui dire ? Qu'elle imaginait être victime d'un stratagème de Turner dont elle ignorait tout ? Il lui rirait au nez. Qu'elle se sentait accro à cet homme comme une ado transie d'amour ? Il la tuerait. Recluse dans sa salle de bain, Éva s'infligea une douche froide pour calmer ses ardeurs. Sans succès.

Elle devait l'éliminer ce soir. Son front collé au mur de la douche, Éva se martela cette idée. Soulagée, elle finit par sortir de la cabine pour s'enrouler dans une serviette. Elle retourna sur son lit pour se réchauffer. Son ComLink vibra au même instant et la tête de Victor s'afficha.

— Éva, ma chère Éva. Je viens d'entendre ma femme parler de vous.

Ainsi, il écoutait tout de même sa femme. Il disait la vérité ou mentait à moitié, car il se trouvait effectivement chez lui. Éva entendait ses enfants jouer derrière lui.

— *Vous serez en excellente compagnie pour le réveillon, hum ?*

— Les nouvelles vont vite, grommela-t-elle.

— *Cela vous étonne ? Les gens de notre caste ont toujours eu une certaine maîtrise du commérage. Enfin ! Vous allez devoir faire un minimum d'effet, alors filez en ville vous trouver une tenue. Je me charge des frais.*

— Votre générosité vous tuera, Victor.

Elle se sentit élever la voix pour se faire entendre malgré sa marmaille déchaînée.

— *Ah ! Bon sang de gosses. Que t'arrive-t-il ? Ta sœur t'a volé ton doudou, mais oui.*

Éva imagina une scène surréaliste. Victor, cette ordure cruelle et égoïste doublée d'un arriviste assez fou pour tuer ses concurrents, enlaçant son fils comme un parent normal.

— *Stella ! Vas-tu calmer ces enfants ? J'ai du travail ! Bien. Éva, je crois en vous. Un échec m'agacerait, donc évitez d'échouer, O.K. ?*

Communication terminée.

— Connard, grogna Éva.

Elle obéit néanmoins. Prête à affronter le cœur de la cité-District, elle sortit de sa chambre. Sitôt à l'extérieur de l'hôtel, elle se sentit agressée par l'agitation ambiante. Les gens allaient et venaient, tantôt dans leur monde ou absorbés par leur conversation ComLink, tantôt pressés par des urgences dont on ne savait rien, mais auxquelles il fallait se soumettre pour éviter d'être renversé. Cette masse grouillante émettait un brouhaha qui, additionné au murmure des véhicules autant à essence qu'à noyau, formait un tumulte assourdissant.

Éva se jeta dans ce flux bigarré où s'entremêlaient naturels et augmentés, gens à la mode, en costume-cravate ou aux tenues exubérantes, discrets ou flashy, avec ou sans gadgets. Elle se dirigea vers une gare de Starway et attendit sa rame, assise sur un banc entre un punk à crête rose et une femme en tenue de fourrure et froufrous, étrangement semblable à son caniche.

La rame se montra. Là où, jadis, se trouvait le pilote, un panel de pixels s'allumait ou s'éteignait au gré des «émotions» de l'IA. Ainsi, ce train souriait ou clignait des yeux comme dans un dessin animé. Sur son flanc défilaient des réclames, tant pour des augmentations Pinxit — *«Pour Noël, rendez sa mobilité à votre parent handicapé! -20 % sur votre chirurgie en clinique Medic'All!»* — que pour des produits Winslow Medical — *«Bi-phénoline, la performance accessible!»* — ou pour la dernière promotion de Walmart — *«Prix choc sur la dinde de Noël, garantie G-mod.»*

Éva monta et, faute d'endroit où s'installer, resta debout. Sitôt le Starway en marche, elle dirigea son attention sur l'extérieur et regarda défiler la ville. Elle ignora la télé et son talk-show : suffisamment de gens s'abrutissaient déjà devant. Thalys Fletcher était en train de raconter la rumeur au sujet des déboires juridico-amoureuses de Victor. *«Oui, c'est un fait!* disait-il. *Stella Winslow veut divorcer, mais nous ignorons encore la raison. Prouesses décevantes de la part de Victor? Ou totale inverse? Serait-elle tombée sur son mari en plein tête à tête avec une maîtresse?»*

Éva atteignit sa station avant de voir ces théories arriver à leur comble. Submergée derechef par la foule, elle marcha droit vers la zone commerciale. Une étendue de gratte-ciel environnait le Carré des affaires sans jamais atteindre sa démesure. Publicités et hologrammes racoleurs inondaient leurs façades de couleurs criardes et, par endroits, un slogan défilait telle une auréole autour de leur flèche. Partout retentissaient des jingles sur fond de mélodie festive. Au centre de cette ville convergeait un monde fou, tantôt pour aller d'une enseigne à une autre, tantôt pour se déchaîner au milieu d'une cohorte de fans sur un remix cyber de *We wish you a merry Christmas* joué par *The industrial chieftains.* Bientôt Éva se sentit étouffer dans cette immensité de surconsommation. Cet inconfort raviva chez elle de mauvais souvenirs. Elle se remémora le *beat* entêtant de ses *raves party* à la Citadelle, la nouvelle face de Paris; et avec lui, cette sensation d'être constamment collée à autrui ou de se noyer dans le vomi pâle d'une surdose de sky-high.

Sitôt entrée dans un centre commercial et confrontée à une foule moindre, Éva s'efforça de se détendre. Autant joindre l'utile à l'agréable : trouver la tenue idéale pour séduire Aryan Turner et le tuer tout en se faisant plaisir aux frais de

Victor. Ainsi rentra-t-elle au terme de trois heures de lèche-vitrines. Une fois tout jeté sur son lit, elle se pomponna avant d'enchaîner des essayages. Robes, gilets et cardigans, bijoux et chaussures, Éva assembla tout, tour à tour, dans des tenues différentes sans réelle satisfaction. Son choix s'arrêta enfin sur une robe violette en écailles à la fois sobre et suffisamment singulière pour coller à la mode fédérante. Perchée sur des stilettos assortis, elle se regarda un moment dans le miroir. Son stress montait, étreignait sa gorge et lui donnait mal au ventre. Se sentir ainsi comme une gamine à son premier rencard la mettait en rogne. Ce soir, elle se jurait de mettre fin à cette mascarade.

Il neigeotait encore. Éva croisa un agent de voirie affairé à nettoyer le trottoir et à dégager des congères rejetées par un chasse-neige en maraude. Elle crut tomber sur un ouvrier de chair et d'os et se désola de voir encore une machine. Cette cité refusait donc tout travail aux humains ?

Elle trouva Aryan au parc. Assis sur un rebord de fontaine, l'Intouchable semblait songeur. Ses gardes veillaient sur lui à distance, seul moyen de lui offrir une illusion d'intimité. Éva en entrevit déjà deux à son arrivée et en devinait d'autres, dissimulés à l'image d'un tireur d'élite présumé dont le viseur ne devait jamais abandonner sa tête. S'avançant vers Aryan, elle fit mine de rien.

— Éva, s'enjoua-t-il. Quelle joie de vous revoir.

— Il en va de même pour moi, Monsieur Turner.

— Permettez ? demanda-t-il en tendant la main.

Éva y jeta un regard. Elle se demanda si une telle perte de contrôle d'elle-même n'était pas due à un contact avec lui. Aryan cachait sûrement des implants sous-cutanés dont elle ignorait tout. Victor s'était montré clair : *« Turner présente toutes les caractéristiques du squale. Il flaire le sang d'une proie affaiblie à des kilomètres. Si un seul de vos membres flirte avec ses mâchoires, vous êtes foutue. Quand il vous tiendra, il jouera un peu avec vous et sitôt ennuyé, vous bouffera. »* Et si c'était ça, son moyen d'action ?

Elle lui donna son bras et cela sembla le satisfaire. Ensemble ils marchèrent au gré des allées du parc ; sillonnèrent au cœur d'une forêt enneigée en direction d'un petit restaurant aux abords d'un point d'eau artificiel. La température ne semblait déranger ni les clients agglutinés en terrasse ni les cohortes de promeneurs près des pontons. Tous tenaient à ne rien rater du feu d'artifice à venir.

Celui-ci commença à la fin du dîner. Aryan s'alluma un cigare et jeta un regard distrait à cette soudaine animation. Toute sa concentration allait à Éva. Il la fixait avec un intérêt certain même si ses yeux n'en montraient rien. Très vite, la jeune femme se sentit à nouveau sous son joug. Elle tenta de résister, mais se noya malgré ses efforts dans la profondeur de ses yeux sombres. Turner eut un sourire enjôleur, subtilement carnassier. Il allait la dévorer, maintenant.

— Le spectacle vous plaît-il, Mademoiselle ?

— Je… Oui, c'est splendide.

— Qu'y a-t-il ? Vous semblez souffrante.

Sa main rencontra la sienne. Heurtée par des émotions aussi contraires qu'inattendues, Éva se sentit défaillir. Elle entendit tout juste Aryan lui proposer de la ramener chez elle. Quand elle voulut répondre, il se levait déjà en enfilant son manteau.

Sitôt de retour chez elle, Éva se rendit à une évidence : elle tenait sa seule chance d'en finir. Sauf urgence, la garde de Turner se garderait de violer « leur » intimité en entrant dans la chambre. Éva décida donc de tenter le tout pour le tout. Elle rejeta de toute sa force l'influence d'Aryan pour recouvrer contenance et planifier son meurtre.

Seule face à lui, elle commença par se pelotonner contre son torse. Aryan amena une main dans ses cheveux et glissa au gré des formes de son visage vers son menton, redressant celui-ci pour la forcer à croiser son regard. Assez abasourdie pour conforter sa confiance, Éva demeura un instant immobile et enfin, l'embrassa. À nouveau, ce fut comme si toute sa retenue s'effondrait, fracassée comme une digue par un raz-de-marée. Passionnée, elle entraîna Aryan à sa suite et tomba sur le lit où elle s'attela à le dévêtir. La main tremblante, elle déboutonna sa chemise pour mieux se faufiler au-delà et découvrir son torse. Puissant et ferme, celui-ci dégageait une chaleur et une odeur masculine envoûtante. Éva sentait sa chair frémir au contact de ses doigts, comme si elle émettait une substance.

— Hésitation, susurra Aryan à son oreille. Ou interrogation ? Une chimiste de génie devrait s'y connaître en matière… d'attirance.

Phéromones, saisit Éva. Turner utilisait-il contre elle une augmentation émettrice de tels effluves ? Une théorie valable. Sinon, comment une tueuse retorse de la mafia se changerait-elle en midinette ridicule ?

— J'aimerais entendre une vérité, Mademoiselle Ferdinand, continuait Aryan. Que manigancez-vous, Victor et vous ?

Ça y était. Il cherchait à la faire avouer. Par un jeu de jambes, Éva fit en sorte de se retrouver au-dessus de lui. Ses mains encadrèrent son visage, survolèrent dangereusement ses yeux pour finalement atteindre son cou. Il aurait suffi d'une once de force et d'un moment ; de serrer, encore et encore, de voir cette ordure rougir et s'étouffer. Il aurait suffi, oui, mais Éva n'en fit rien. Elle n'en avait pas la force.

— Absolument rien, souffla Éva.

Il devait la croire à sa merci. Si Éva voulait trouver une solution à cet accroc malencontreux et se redonner une chance de l'éliminer, il lui fallait jouer le jeu. Baiser cet homme la dégoûtait, mais, consciente de sa situation délicate, elle se fit violence et continua son effeuillage. Aryan semblait jouir de cet instant et surtout, de sa mainmise sur elle. En arrachant sa virilité à son vêtement, Éva s'efforça de la stimuler d'une main. Aryan, lui, s'affairait à téter ses seins comme un gamin. Attisé par le désir, il finit par s'immiscer en elle d'une traite. Éva gémit de douleur, car, malgré son attirance artificielle, son intimité était restée sèche. Aryan le sentit, et cette réalité eut tôt fait de faire grandir son sourire.

— Menteuse, glissa-t-il à son oreille.

Au milieu d'une étendue de gratte-ciel où miroitait une multitude de teintes, l'hôtel *Titanium*, tout en noir et doré, faisait effet d'anomalie, un coin d'ombre dans la lumière. Prisé des cols blancs, cet endroit était connu pour sa discrétion. Son personnel entièrement humain était dirigé par une certaine Sara Volsk, une vieillerie d'Intouchable gardienne de secrets. Il s'agissait de citoyens insurgés dont personne hormis « maîtresse » Volsk ne voulait. Son accord avec l'Autorité lui conférait une main d'œuvre idéale : au lieu d'exécuter ou de châtier ces gens par le fouet, elle leur offrait une chance de se racheter, non sans leur trancher la langue. Une forme d'esclavage insidieuse, car Volsk avait droit de vie et de mort sur eux. Un mot d'elle à l'Autorité ; une dénonciation vraie, à moitié vraie ou carrément fausse, et un muet encombrant finissait aussitôt avec une balle dans le crâne. En réalité, ce pouvoir s'étendait au-delà de ces malheureux, car, du fait de sa connaissance étendue des « incartades » de ses semblables, Volsk détenait un moyen efficace de les réduire à néant.

Bien entendu, elle savait tout de la relation adultérine de Victor. Ce nouvel an ne changea rien à sa coutume du « bon pour silence », extra à dix mille crédits arraché sans vergogne au portefeuille de Winslow, et à sa satisfaction non dissimulée de lui remémorer son dû en le hélant comme un imbécile distrait. Ainsi, comme toujours, Victor retrouva son amant dans un état d'humeur exécrable. Un baiser d'entrée de jeu calma son agacement et chassa ses idées sombres de son crâne. Reginald s'y glissa et devint aussitôt son obsession.

— Toujours une joie d'amadouer le fauve, dit-il dans un souffle.

— Vraiment ? ironisa Victor. Tu crois encore y parvenir si facilement ? Quand je te baiserai, « indolence » ne sera certainement pas le premier mot auquel tu penseras.

— Insolence, en revanche, est une possibilité.

Victor l'attira à lui pour mieux mordiller sa lèvre inférieure. Seul cet homme réussissait à le rendre fou de la sorte, et le flux de drogue dans ses veines n'aidait en rien à diminuer cette furieuse envie de lui. Il voulait goûter à sa peau, s'enivrer de son odeur ; se sentir le posséder et le dominer. Il songeait déjà à moult façons de lui donner du plaisir, mais Reginald était décidé à le faire attendre. Il avait tout à fait conscience de l'état de fébrilité de Victor et, amusé, reculait déjà vers le jacuzzi. Là, il se saisit d'une flûte vide d'un geste théâtral et attendit de la voir dûment servie par un serviteur muet.

— *Komm, mein Liebe*, dit-il. Buvons ! À tes projets, à notre avenir, à nous deux.

Victor sirota son champagne sans jamais détourner le regard de Reginald. Ses yeux artificiels dissimulaient ses émotions, néanmoins Victor était certain de distinguer un éclat joueur dans leur magnificence mauve. Sans se défaire de son sourire, Reginald commença par desserrer sa cravate et la tirer de sa chemise.

Victor saisit tout de suite cette invitation et tira sur le tissu pour attirer son amant à lui. Sans jamais cesser de s'embrasser, les deux hommes se dévêtirent l'un l'autre. Une fois nu, Victor fit mine de gagner le jacuzzi, mais fut arrêté par un signe de Reginald. Soudain gourmand, désireux à son tour de goûter à cette peau embrasée par le désir, il vint embrasser son torse et se mit en tête de descendre au gré de ses courbes pour enfin atteindre sa virilité et la combler d'attention. Victor ferma les yeux et s'y abandonna tout entier. Reginald savait y faire tout comme il connaissait par cœur son seuil de tolérance.

Guidé dans les eaux bouillonnantes, Victor s'installa au fond comme Reginald demeurait sur lui, manifestant nettement son envie de mettre fin au jeu de séduction. Victor resta inflexible ; moyen efficace de sanctionner sa façon de se faire désirer. Il fit monter ce même désir, demeurant un moment à cajoler Reginald de ses mains et de ses lèvres. Il fit d'abord aller et venir sa main sur son sexe pour ensuite s'aventurer au-delà, entre ses fesses. Le gémissement de Reginald l'amusa.

— Je veux t'entendre me le dire, ordonna Victor.

— Je veux te sentir en moi.

— Comme ça ? nargua-t-il en jouant avec ses doigts.

— Plutôt comme ça.

Sa façon de se frotter à lui était évidente. Sans détourner son regard du sien ni effacer son sourire mutin, Victor finit par mettre un terme à sa torture et s'immisça en lui. Reginald se mordit la langue pour retenir un cri de satisfaction. Hélas pour eux, leur ébat fut de courte durée. Victor trouva son rythme au moment où il entendit tambouriner à la porte.

— Victor… gémit Reginald. Tu dois aller voir.

— Putain… ! Jura Victor dans un râle.

Embrumé par l'effet du sexe combiné au sky-high, il sortit du jacuzzi à moitié groggy. Il enfila un peignoir et traversa toute la suite pour ouvrir la porte.

— Éva ! s'exclama-t-il. Quel *plaisir* de vous voir. Comment diable m'avez-vous trouvé ?

— Allons, Victor. Vous suivre est d'une facilité déconcertante.

Elle entra sans demander son reste.

— Certes, confirma Victor. Il en va de même pour notre contrat, j'ose imaginer ?

— J'arrête tout.

Victor en resta coi.

— Quoi ?

— Vous avez oublié de mentionner dans votre *contrat* que Turner a un foutu *Mermaid* !

Yeux fermés, il étreignit son arête nasale entre deux doigts pour tenter de maîtriser sa colère.

— Le *Mermaid* est une légende, dit-il sur un ton étrangement calme. Un délire de geek attardé et alarmiste. Vous êtes tombée sous le charme de Turner, c'est ça ? Ce gros con vous a culbutée entre deux rendez-vous et vous cherchez une excuse pour me faire croire à un viol ?

Éva le gifla, rejetant sa tête sur le côté. À titre de vengeance immédiate, frustré et aveuglé par le sky-high, Victor lui colla une droite. Éva chancela, étonnée par une telle force venant d'un Intouchable. Elle se cogna le dos au mur et mit une seconde à recouvrer contenance.

— Une tueuse de talent, m'a-t-on vanté, snoba Victor en massant sa main. On vous a surestimée, je le crains.

Il la força à le regarder, nettoyant du pouce le sang sur son menton.

— Vous savez, minauda-t-il, votre vie dans cette cité est sous mon contrôle total. Je vous ramènerai au Cartel vivante ou morte ; ça m'est égal, j'aurai les moyens de *rembourser* Martin. Quant à Turner, il sera mort à ce moment-là. Et s'il doit se vider en vous jusqu'à son dernier souffle, alors il le fera. Est-ce clair ? Oh ! Je me fiche de votre avis. Tirez-vous, et ne revenez jamais me déranger pour des conneries.

CHAPITRE 13

— CHASSE À L'HOMME —

QUAND BLAYNE ENTRA DANS la salle d'incubation, il fut saisi par une sensation de déjà-vu. Il observa alentour et, à moitié aveuglé par un éclairage azur, découvrit des cercueils de verre où glougloutaient des liquides bizarres dont l'épaisseur et la couleur changeait en fonction de leurs agents actifs. Affublé de vêtements de sécurité, un gros tuyau en main, Anton terminait d'en remplir un. L'ondoiement entêtant de la solution fit naître le malaise dans le cœur de Blayne. Zeera nota celui-ci d'un regard, mais fit mine de rien, soudain inspirée par le chatoiement d'un fluide orange dans une perfusion.

— Comme c'est excitant ! gloussa-t-elle.

— Qu'est-ce donc ? demanda Blayne, méfiant.

— Création « secret défense » de Victor Winslow. Un mutagène.

Comme il semblait n'y rien entendre, Zeera revint vers lui. Elle amena une main sur son torse et demeura un moment à le fixer, songeuse.

— Je sais, souffla-t-elle. Tu as peur de devenir un monstre. Tu en es déjà un, sache-le : au-delà d'être un miraculé, une différence est inscrite dans tes gènes. Tu es un Varius 4, un surhumain dormant. Aryan le savait, il a toujours voulu faire de toi son « enfant » prodigue. Cela a attisé les inimitiés, la jalousie envers toi.

Sa main se joignait à ses mots, soulignant les courbes d'une musculature offerte. Patchwork de chair raccommodée aux charmes renaissants, Blayne s'abandonna à elle non sans ressentir un dégoût allant crescendo. Aveugle, Zeera finit par effleurer du nez l'arête de sa mâchoire pour mieux s'enivrer de son souffle.

— Je n'ai pas peur.

— Parfait ! s'enjoua-t-elle. Alors, allons-y.

Elle agita la main, intimant à Blayne de la suivre. Il s'exécuta, gagnant une douche où il dut se dévêtir. Souriante telle une engeance du démon face à une scène alléchante, Zeera le rinça à l'aide d'un jet tiède et enduisit par deux fois sa peau d'un savon bizarre. Humide et collant, semblable à un nouveau-né tout juste arraché au ventre maternel, Blayne rejoignit la salle d'incubation. Guidé par la doctoresse, il commença par s'asseoir sur une grille fixée au-dessus des flots azurés. Zeera le fit s'allonger comme Anton se chargeait d'attacher ses membres, et même son cou, grâce à des sangles.

— Sécurité élémentaire, argua-t-elle. Le gène Varius réagit très violemment au contact de l'*Evolved*, donc autant être claire : tu vas en chier. Je vais t'injecter un sédatif; du thanarol, pour être exacte, un truc très recherché des junkies. Le genre à te filer une surdose pour un millilitre d'excès. Cela dit, même cette merde-là sera insuffisante pour calmer ta douleur. Va falloir t'accrocher, trésor.

À en juger sa façon de la fixer, Blayne se fichait de tout ça. Zeera s'amusa de cette témérité. Sans lâcher son regard, elle fit glisser des aiguilles dans moult veines avec une fainéantise vicieuse et les connecta à un réseau de tubes. Le nez fourré de force dans un masque, Blayne se sentit agressé par une arrivée d'oxygène glacé comme un vent montagnard.

— Vas-y, Anton, ordonna enfin Zeera.

Au fil de son immersion, Blayne vit un des tubes se gorger d'une solution bleuâtre. Le thanarol investit son sang, submergea son cerveau et le fit entrer dans un état de somnolence. Il entendait nettement un reflux mêlé à un grondement, mélodie entêtante de l'onde et des machines. Il finit par s'endormir et sombrer dans la noirceur totale d'un monde sans rêves.

Une douleur inégalable le maintint entre sommeil et éveil. Il s'agita comme s'il s'efforçait de fuir sa chair martyrisée. Tout son être semblait morcelé, sa viande déchirée, son ossature fragmentée. Et il criait ! Comme un dément, sans déclencher aucune réaction alentour. Ses organes éclataient, son sang entrait en ébullition et cramait tout dans son flux fou et incontrôlable. Il allait crever, il en était sûr. Prisonnier entre deux eaux dans le néant distordu de sa conscience, il fut assailli par des flashes continus, rythmés par ses élancements. Parmi eux se glissa une image récurrente, celle d'un homme tenant son col et murmurant à son oreille : « Je vais t'enseigner la notion de souffrance, mon vieux. »

Il s'arracha à ce limbe de cauchemar comme un noyé à la force ravivée. Quand il rouvrit les yeux, il distingua la face déformée de Zeera malgré flux et reflux. Sa concentration semblait ne rien craindre, mais, nonobstant cette illusion, Blayne devinait en elle une once d'anxiété. Son regard croisa le sien une infime seconde, dévia vers le tuyau de thanarol en train de se remplir pour lui refiler une dose. Il se refusait à être renvoyé dans le néant, pire ! à oublier, encore. Il se mit donc en tête de se libérer, tirant sur ses sangles comme un forcené. Celles-ci grincèrent et finirent par se casser net au grand étonnement du jeune mutant. Hurlant toute sa douleur et toute sa rage, il émergea des flots et se débarrassa de ses perfusions, insensible aux déchirures de sa chair.

Avec une agilité déconcertante, Blayne sortit de la cuve et s'enfuit. Obnubilé par sa réminiscence, déconnecté de la réalité, il courut au gré des couloirs et chercha une sortie. Ses sens accrus menaçaient de faire éclater sa cervelle : sa rétine cramait face à un éclairage éblouissant ; son ouïe saignait au son de l'alarme ; il frémissait au contact de la clim et du fluide sur sa peau ; il flairait un amalgame d'odeurs, enivrantes ou désagréables, et y goûtait comme si elles glissaient sur son palais.

Semblable à un fauve shooté dans un dédale, il erra. Sur son chemin, il maîtrisa un certain nombre de factionnaires, facilement et non sans faillir leur arracher des membres. IQ670 et sa meute finirent par leur venir en renfort. Blayne en ligne de mire, ils le coursèrent sans relâche. À leur inverse, ses forces finirent par abandonner le mutant nouveau-né. Il revint à lui, mais, animé cette fois par son instinct de survie, il continua à courir. S'agissait-il d'un jeu pour cette meute ? Il commençait à se le demander. Au détour d'un couloir, il jura, confronté à un cul-de-sac. Il fit demi-tour, mais se retrouva face au gros chien de tête et à son arsenal dégainé. Acculé, assuré de vivre ses derniers instants, Blayne ferma les yeux pour se remémorer une dernière fois cette femme sans visage et sentir son cœur battre pour elle.

Zeera entra dans la chambre d'une allure mesurée. Porte refermée derrière elle, elle y demeura un moment accrochée. Pensive, elle finit par exhaler un profond soupir et se diriger vers le lit où Blayne était recroquevillé, son déjeuner intact face à lui. Sitôt installée à ses côtés, Zeera écrasa ses joues dans sa main pour le contraindre à croiser son regard. Sa pommette fendue dont le saignement était interrompu par une suture disgracieuse — Zeera détestait le *Cicatrel* et toute forme de crème de soin —, remémora au jeune mutant l'épisode où il l'avait cognée par accident.

— Ça a fonctionné, se réjouit-elle.

— Je dois m'en aller, déclara Blayne.

Zeera renifla.

— T'en aller ? Pour où ?

— Ça m'est revenu : ce type qui m'a cramé la gueule.

— Alors, c'est donc ça. Tu veux partir le traquer. Bon sang, je t'ai déjà dit d'arrêter de faire l'enfant.

— Il doit payer pour ce qu'il a fait !

— Et il paiera ! cria la doctoresse. Pour tout et même au-delà, mais toi, tu ne dois jamais perdre de vue tes objectifs. Monsieur Turner se donne du mal pour toi. Vas-tu le remercier en te comportant comme un chien fou ?

Blayne affronta son regard.

— Non, cracha-t-il comme si elle venait de l'insulter.

— Parfait ! Tu vas continuer de t'entraîner, et sans discuter ! Je veux que tu te donnes à fond. Laisse-moi m'occuper de ce pyromane.

— Vous ? Toute seule ?

— Je suis née entourée de criminels, révéla Zeera. J'ai tué des brutes autrement plus dangereuses que ton sniffeur de gaseline. Tu as un nom ?

— Koslov. Piotr Koslov.

Elle taquina sa joue sans se défaire d'une subtilité de sourire mêlant sarcasme et cruauté.

— Au travail. Toi et moi.

Sur ces entrefaites, elle se retira. Un homme au nom si usité s'avérerait fort difficile à trouver, mais Zeera détenait déjà un certain nombre d'indices. Elle sillonna moult couloirs où elle interrogea autant de militaires à la recherche de Gary et Ulrick, les ambulanciers qui avaient ramené Blayne. Entre deux « Pfff ! Comme si je savais où ils sont, ces connards ! » elle obtint son information et se rendit au garage. Ulrick s'affairait à décrasser l'intérieur de leur véhicule comme son camarade gardait la tête dans le moteur. Zeera frappa trois fois le capot, surprenant le mercenaire qui s'y cogna dans un concert de jurons.

— Docteur Kingsley, grommela Ulrick. Vous devriez être en train de réduire en morceaux un de vos rats, non ?

— Ça viendra, minauda Zeera. Pour cela, il me faut votre aide, Messieurs.

Elle s'efforça de séduire Gary d'un sourire, sa main effleurant la sienne.

— Vous m'avez ramené un cobaye d'une magnificence inégalée et je vous en remercie.

— … mais vous êtes triste, car il est mort, c'est ça ?

— Triste, je le suis, oui. Si seulement j'avais été en mesure de le maintenir dans un tel état de souffrance ! Je me serais amusée, j'aurais abandonné mes *snuff movies*. Là, au vu de son état de santé mirobolant… je m'ennuie.

La face de Gary se délesta de sa couleur rougeaude. Au-delà de s'interroger sur la folie de Zeera, il entendait ses mots comme une très, très mauvaise nouvelle.

— Quoi ? Vous avez réussi à le sauver… ?

— Oh ! Oui… susurra Zeera. Aujourd'hui, deux ou trois « menus » détails lui sont revenus en mémoire et il est devenu fou de rage. Je me suis dit que vous auriez sûrement une idée du *pourquoi*.

Gary jeta un regard à son collègue ; revenant à sa vis-à-vis, il cilla comme pour recouvrer contenance.

— Aucune idée, mentit-il.

— Tu es sûr? minauda Zeera.

Ses doigts s'allongèrent soudain en microlames dont le fil glissa dans la chair sans difficulté. Calées entre os et autres éléments fragiles, elles menaçaient de tout sectionner au moindre geste idiot. Un cri de douleur très viril de sa victime avertit Ulrick dont la réaction fut immédiate. Il s'avança pour calmer le jeu, mais Zeera l'arrêta net en dégainant un flingue de sa main libre.

— Vraiment sûr? susurra-t-elle enfin.

— O.K., O.K., calmez-vous, Doc, tenta Ulrick en agitant les mains. Ouais, on avoue : on connaît ce gars qui a cramé votre petit protégé.

— J'écoute.

— Il se nomme Piotr Koslov, mais ça, vous le saviez déjà, j'imagine. Il tient une station de gaseline dans un coin paumé au nord de Varsovie : Beniaminów.

— Comment vous le connaissez?

— Gary et moi on l'a rencontré au *Den*, un club à Varsovie où y'a moyen d'assouvir certains fantasmes *borderline*. Koslov y gagne ses extras en transformant des anthropoïdes de récup en objets sexuels.

— Oh! gloussa Zeera. Baiseurs de robots, tous les deux?

— Il nous a tout raconté! gémit Gary. Pour Weston. On était censés se débarrasser de son cadavre le moment venu, contre un rouleau de crédits, mais l'ordre de Turner a tout foutu en l'air. On a dû se grouiller, on a merdé.

— Comme c'est dommage.

Sur ces mots, elle fit un demi-tour de la main. Hachée de l'intérieur, celle de sa victime crachota du sang dans un gargouillement ridicule. Gary cria à la grande satisfaction de Zeera, dont le ricanement cristallin résonna dans le garage comme elle s'en retirait.

— Va falloir te branler de la main gauche, *tovarich*! railla-t-elle.

Elle rejoignit sa voiture, une BMW *Electra* à noyau qui, à l'image de sa propriétaire, dénotait dans ce milieu grossier. Sa carrosserie rouge sang jurait, entourée de kaki et de motifs de camouflage. À vrai dire, ce véhicule faisait montre d'une ressemblance dérangeante avec un écorché : écarlate dehors, rosâtre dedans. Qu'il s'agît d'un modèle encore modeste ne changeait rien à son allure vivante : au-delà des sièges en cuir aux relents de vache G-mod, cette BMW arborait un substitut d'écailles dont le frémissement était censé alerter le conducteur d'un obstacle. Cet effet, activé au démarrage à titre de test, fit sursauter Zeera. Elle activa la conduite autonome et ordonna à son GPS de trouver un garage à Beniaminów. La voiture se mit en route illico.

Son tactinote en main, Zeera se concentrait sur ses dessins. Alliée à la mutation, son armure rendrait Blayne invincible. Pourtant, malgré son regain de motivation, elle ignorait la raison de ses échecs. Comme si ses calculs étaient constamment faussés.

Un moment, elle jeta un regard dehors. Sa voiture esseulée filait droit sur une route environnée de cultures G-mod. Un agri-bot allait et venait en éliminant du maïs détruit par le gel. Un autre donnait du foin à un nombre colossal de moutons on ne saurait moins naturels. Aucun signe de vie humaine.

Zeera écoutait la radio d'une oreille distraite. Polonia.fm rabâchait son armistice de la *petite guerre mondiale*, aussi nommée Euroguerre. Un conflit d'envergure entre la Russie et la communauté occidentale. Agacée à force d'en entendre parler, Zeera se dégotta une station musicale. Quand elle enchaîna un air de *Static Pendulum* et un autre de *One reason why*, son IA l'informa de son arrivée à destination.

Comme attendu, cette station était abandonnée au milieu de rien. Une famille de Manouches y traînait : un adolescent à l'allure déjà adulte alimentait leur voiture-caravane antédiluvienne; sa mère cherchait un casse-dalle à un distributeur et deux gamins jouaient autour en agitant des armes factices et en criaillant. Zeera resta cachée par un amas de cylindres de maïs pourri. Sa vision augmentée dénombra trois garagistes et elle estima ce chiffre suffisant pour un tel endroit. Quand la mater gitane alla régler sa note, Zeera ajusta son zoom pour décoder un nom sur un autocollant fixé au sweat du caissier.

Patiente, elle étudia la situation : démesurément sécuritaire pour Piotr, entouré de ses collègues ou en vue de ces derniers. Si elle tentait d'enlever cet imbécile ici, cette affaire virerait très vite au carnage. Contrariée, Zeera cogna son volant. Elle resta une éternité à guetter, à chercher une ouverture. À la tombée du jour, sa cible se dirigea enfin vers sa voiture, saluant le jeune homme venu tenir le magasin pour la nuit. Elle démarra.

Consciente d'être infiniment moins subtile sans feux, Zeera roula de façon conventionnelle non sans garder une certaine distance. Piotr la mena à Varsovie, cité jadis nid à touristes, désormais gangrenée par la misère. Bitume ravagé par une absence d'entretien, la route les mena à un dédale de masures figées par la froidure dans un silence cristallin. À l'image d'un fantôme, un vent glacé se matérialisait dans la lumière des phares en charriant des détritus.

À un croisement, Zeera se glissa derrière une autre voiture de sorte à maintenir une illusion de circulation normale. Piotr finit par tourner dans une ruelle en cul-de-sac. Se gardant de le suivre, elle resta à cet accès pour mieux observer. Sa cible entra dans un immeuble et en ressortit au terme d'une trentaine de minutes.

Zeera fut cette fois conduite dans la vieille ville. Bars et restaurants issus d'un autre âge illuminaient la rue et y faisaient miroiter des taches verglacées, par-ci par-là. Peu d'habitants flânaient par ce froid, néanmoins certains discutaient à l'entrée de tel ou tel établissement, fumaient une cigarette ou sortaient un chien. Une église sonna vingt-et-une heure.

Piotr s'arrêta enfin. Au fond de la rue, un néon rouge criard annonçait un club très select : le *Den*. Il en émanait un mix cyber au *beat* à la fois assourdissant et viscéral.

Sitôt Piotr entré, Zeera attendit un moment avant de le suivre. Coincée dans la file d'attente entre des échangistes et un gars manifestement sadomaso, elle fit mine de rien pour éviter d'attirer l'attention du vigile. Passée l'entrée, elle relâcha ses nerfs dans un souffle. Elle se retrouva dans une grande salle ronde à étage. Ce dernier donnait sur le rez-de-chaussée et sa scène où trois barres de *pole-dance* accueillaient une danse de gynoïdes. En face, des clients se rinçaient l'œil, installés à leur table. Zeera traversa la salle pour s'attarder au bar. Elle s'assit sur un tabouret et commanda une vodka martini.

— J'aimerais voir un certain Piotr Koslov, dit-elle en agitant un rouleau de crédits.

Guidée par une indication du barman, elle égara son regard à l'étage. À voir cette clientèle aux fantasmes extravagants, elle se remémora des établissements de sa Famille, la *Bratva*. Refouler une femme ou un homme de chair et de sang pour s'adonner à des jeux sexuels avec une machine était certainement une affaire de morale. Zeera n'avait jamais connu ce genre de *contrariétés*, car pour se faire des crédits, Vassili Rostov s'était toujours montré ouvert à toutes formes de délires.

Elle monta une fois son verre vide. Là, au détour d'un dédale de divans où on s'enlaçait et se touchait sans aucune contenance, deux hommes observaient Piotr en train de fouiller l'arrière du crâne d'un gynoïde.

— Voilà, comme ça, elle sera docile, dit-il.

— Quel talent, l'artiste ! Oh, et… y'a moyen de…

— Gonfler ses seins ? traduisit Piotr en voyant son geste. Il me faudrait du matos. Reviens me voir cette semaine, je te trouverai un truc.

— Ça marche, merci.

Comme ils s'en allaient, Zeera se retrouva seule face à Piotr. Il s'alluma une cigarette.

— T'as rendez-vous, Cruella ?

Zeera sourit à cette raillerie, ramenant une mèche argentée derrière sa chevelure noire.

— Rendez-vous ? Oh, non…

— Alors, casse-toi.

— Hum. Tu es sûr ? J'ai une sacrée machine dans mon coffre, mais je n'arriverai jamais à la monter ici. Elle a un système de malade, je te le garantis. Je te croyais curieux et surtout, je t'aurais filé un extra. C'est dommage.

Elle fit mine de s'en aller.

— O.K., O.K., ronchonna Piotr. Passe devant, je te suis.

Bingo. Zeera ouvrit la marche, sûre d'elle et néanmoins assaillie par une sourde angoisse. Si elle se ratait, si Piotr se faisait la malle, elle se retrouverait dans la merde. Consciente de cela, elle mesura son enthousiasme et se focalisa sur son objectif. À la sortie du Den, dans la ruelle où était dissimulé son véhicule, elle enjoignit sa future victime à s'engager en premier. Ses muscles artificiels se contractèrent et elle canalisa sa force dans sa main. Prête à l'inévitable, elle sentit un frisson remonter son échine. Piotr finit par se retourner.

— Alors, t'ouvres ta caisse ou…

Un crochet du droit noya ce dernier mot dans une gerbe sanglante. Piotr chuta en arrière, sur le cul et à moitié sonné. Sans traîner, Zeera saisit sa mâchoire pour le faire taire et enfonça une aiguille d'injecteur dans sa jugulaire. Sa victime se débattit, mais ses yeux finirent par se révulser et elle tomba dans une totale inconscience. Grisée par cet acte, ramenée dix ans en arrière, jour où son père lui enseigna à se débarrasser des gêneurs, Zeera jeta Piotr dans son coffre.

— Abruti, cracha-t-elle.

Sur ces entrefaites, elle fila en trombe en direction d'une ferme G-mod entrevue sur la route où étaient élevés des cochons. Une allée cahoteuse dont les trous étaient submergés de merde menait à une grange énorme. À l'intérieur, trois robots nourriciers engraissaient des cochons dans des enclos minuscules. Agressée par leur odeur, Zeera écrasa son nez au creux de son coude pour tenter de rendre celle-ci tolérable. Elle estima la route des machines, soucieuse de n'éveiller ni leur attention ni celle du fermier, et se glissa dans un enclos.

Piotr gémit un juron.

— Enfin réveillé, se gaussa Zeera. J'ai failli t'abandonner vivant à la gloutonnerie de ces animaux dégoûtants. Chut, ne dis rien !

Elle le gratifia d'un grand sourire et, son index dressé en signe de silence, elle allongea son majeur dont le fil se glissa dans la gorge offerte.

— Oui, comme ça, excellent…

Sa victime émit une série de gargouillis risibles et trembla comme si sa cervelle ignorait soudain la manière de réagir à la douleur. Bientôt, Piotr se noya dans son sang. Ennuyée par ce jeu, Zeera finit par ramener son doigt à elle, tranchant net sa trachée.

— Je me demanderai toujours comment une merde comme toi a réussi à abîmer mon trésor, souffla-t-elle. Au moins, tu meurs dans ton élément.

À défaut d'une exécution de sa main, Blayne serait consolé par ce cliché collector. Zeera méritait au moins cette satisfaction ! Elle y avait sacrifié ses chaussures !

Zeera Elvira Kingsley

Chapitre 14

— Renaître —

Un cœur creux est tout ce que j'ai aujourd'hui
Quelqu'un est venu et en a arraché les veines

Ils l'ont recousu et m'ont mis sur écran
Mais rien ne semble me guérir de la douleur

Venger — Perturbator

Ce soir-là, Skylar ne mangea rien. Pourtant alléchante, une entrecôte et ses légumes refroidissaient sur la petite table de sa cellule. Recroquevillé tel un fœtus sur sa couchette, il fixait sans relâche la confection d'une toile par une araignée. Il s'efforçait de se concentrer sur cet être minuscule pour oublier le traumatisme de sa mutation. Agressé par des réminiscences, il cillait par moments comme pour chasser une illusion. Il revoyait Stevens et ses assistants, immobiles derrière un rideau d'eau mouvante, insensibles à sa détresse. Il s'entendait crier tel un dément, accablé de douleur. Pire, il essayait de se débattre et de fuir, sans succès.

Il ferma les yeux. Son front contre ses genoux, il se rabâcha : « enfin, c'est fini » et s'efforça de se rassurer. Quand il commença à somnoler, Stevens entra en trombe. Skylar resta interdit et cligna des yeux. Guidé par le regard fasciné et vaguement terrifié du docteur, il saisit toute la gravité de la situation en constatant que ses mains s'effaçaient. Affolé, il recula dans un cri et frotta celles-ci comme pour vérifier leur existence et en arracher une substance.

— Calmez-vous, Skylar.

Stevens s'installa à sa droite et, avec une douceur inattendue, étudia une de ces mains invisibles. Il remonta le tissu de la combinaison et constata la fin de l'effet, inégal comme un gommage d'enfant, au niveau du coude.

— Incroyable, murmura-t-il. Essayez de vous effacer tout entier.

— Je… J'ignore comment cela fonctionne.

— Essayez.

Skylar songea à des choses agréables : sortir de cet endroit sordide, sentir à nouveau la fraîcheur du vent sur son visage et la fragrance des forêts ; voir son « père » pour lui montrer tout son amour ; se dévouer à lui, se sacrifier en son nom. L'effet de sa mutation se généralisa, dissimulant toute sa silhouette aux yeux alentour.

— Absolument fascinant, s'enjoua Stevens. Il va falloir étudier ça.

Il amena une main sur la joue de Skylar, à nouveau visible.

— Ayez confiance en moi.

Sur ces mots, il abandonna son cobaye à sa routine. Ses entraînements s'affinèrent comme ils se corsèrent au fil des jours. On délaissa sa force pour améliorer son agilité : exercices de gym et de combat, mais aussi tir et simulations où on lui enseigna à défendre une éminence. Un jeune chercheur aux mains artificielles observait ces séances en griffonnant sans cesse sur son tactinote. Un matin, Stevens emmena Skylar dans son atelier. Le dénommé docteur Laszlo Cieslak était un génie en matière de technologie augmentative. Envoyé ici par Pinxit, il travaillait sans relâche à la fabrication des organes du futur cyborg. Une jambe trônait sur sa surface de travail, entourée d'outils et d'éléments nécessaires à sa construction. Au milieu, un hologramme annoté illustrait son rendu final.

— Asseyez-vous, ordonna Stevens en désignant un siège médical.

Quand Skylar obéit, il enjoignit Laszlo à commencer sa démonstration. Ce dernier fit un grand geste de la main :

— … métamatériau, déclara-t-il.

— Quoi… ? interrogea Skylar.

— Votre peau, c'est un métamatériau. J'exagère, évidemment : en carbone de nature, elle devient un métamatériau au moment où vous vous rendez invisible. Voyez, sur ces images ? Elle change pour courber la lumière et vous effacer. Ah ! Je regorge d'idées pour vous améliorer !

Skylar jeta un regard à Stevens.

— Votre père y tient.

Il se méfiait comme s'il s'était toujours défié des augmentations. Conscient du caractère insensé de cette idée — un enfant d'Aryan Turner devrait suivre son idéal —, Skylar l'oublia. Oui, il allait être augmenté ; il le ferait pour son père, pour être digne de lui.

— J'ai examiné un fait étonnant, renchérit Cieslak. L'astralium, un métal extra-terrestre dont on commence à connaître des secrets, réagit en écho à votre mutation. Voyez, ici et ici ! Il semble… vous imiter. Vous êtes une curiosité, Skylar. Je vais créer pour vous des augmentations sur mesure et, évidemment, des vêtements ajustés à votre condition. Vous êtes O.K. ?

Skylar n'en savait rien. Quel intérêt de lui demander son avis s'il n'avait aucun choix ? Il avait envie de rire jaune. Stevens dut sentir son désarroi, car il amena une main sur la sienne.

— Sacrifier votre chair sera l'ultime gage de votre amour pour votre créateur, Skylar.

Le jeune mutant se sentit assailli par une chaleur subite, évanouie aussitôt survenue. Son cœur s'emballa, comme animé par une exaltation soudaine. Planté face à la dernière marche de son salut, il se trouva ridicule. Quelle folie de rechigner à donner son tribut de chair et de sang à une enjambée de la délivrance ! Un « oui » de sa tête enjoua Cieslak. Ce dernier ferma les yeux et se frotta les mains d'un air surexcité.

— Ça va être d'enfer ! se réjouit-il.

Au fil des jours, ses visites en salle d'entraînement devinrent réellement invasives. Il contraignit notamment son sujet à combattre affublé d'engins de mesure, d'abord aux jambes, ensuite aux mains, pour enfin tenter une combinaison des deux. Au début, Skylar vécut ce test comme une vraie gageure, mais finit par oublier cet exosquelette encombrant. Par la suite, Cieslak s'enferma dans son atelier et ne revint jamais troubler aucun exercice.

Un matin, Skylar sut le moment venu. Une toubib vint le réveiller et se joignit à une douche inhabituelle pour un récurage à grand renfort de solutions odorantes et collantes. Guidé ensuite, à demi nu, dans un couloir où régnait une forte odeur digne d'un cabinet de dentiste, il se sentit saisi à la gorge par une sourde angoisse. Comme déconnecté de la réalité et de lui-même, il avançait. Sans réfléchir, sans se rendre à une évidence terrifiante : aujourd'hui, on allait gravement le mutiler. Quand son escorte armée s'arrêta à distance de Laszlo Cieslak, Skylar marcha vers lui, suivi par la femme. Son sourire enjoué de jeune fou face à un nouveau jouet fit grandir son malaise.

— On y va ?

Sans attendre de confirmation, Cieslak se dirigea dans une salle de chirurgie. Un signe de son assistante enjoignit Skylar à s'allonger sur la table comme son collègue rinçait ses mains. Aucune sangle, rien : il était là car il avait fait ce choix.

— À votre réveil, dit Laszlo en réglant une dernière fois son éclairage, vous serez parfait.

Pressurisation. Regard flou, Skylar vit et entendit une machine aux nombreux membres se mettre en route et tourner autour de lui. Ce son s'éloigna, se changea en écho de réalité dans un corridor de songes. Ensuite, le néant.

Une intellicam enregistrait tout.

— O.K., on y va, murmura Cieslak.

Pour tailler nettement cet épiderme renforcé, Pinxit lui avait fourni des instruments en alliage d'astralium, dont on savait user de la résistance comme du tranchant. Son robot arachnoïde commença par étudier sa cible, chuintant tel un insecte en changeant de bistouri. Arrêté sur un modèle grossier, il incisa à la naissance du bras gauche et continua sa tranchée sanglante sur une ligne invisible avec une précision millimétrée. Cieslak écorcha son sujet, exhibant à un éclairage jaunâtre une musculature frémissante de vitalité. Sitôt sectionnée pour mieux dénuder os et cartilages, son robot fit vrombir sa scie et scinda ceux-ci en deux fractions distinctes. Alors, Cieslak retira ce morceau de chair en fin de vie et le confia à son assistante pour tests ultérieurs. Il délesta ensuite un chariot d'un ensemble d'éléments en astralium aussitôt intégré à son sujet. Une chirurgie menée de façon semblable pour chacun des membres du jeune mutant, le transformant un moment en un vulgaire tronc.

Un état de courte durée, car Cieslak vint y connecter son arsenal. Bras de dernière génération, renforcé entièrement de métal alien, intégrant notamment des lames rétractables. Jambes connexes à la musculature fine et conçue pour la course, l'escalade et la filature silencieuse. Entièrement sur mesure.

Suivi par sa machine, Laszlo enchaîna par une ouverture du torse. Symbole d'un nouvel amour ou d'une totale destruction de cette émotion, il en délogea le cœur, maintenant Skylar en état de vie fictive. Son assistante lui confia un organe artificiel et, non sans sourire d'admiration face à cette machine si ingénieuse, Cieslak s'affaira à la relier à tout un entrelacs de veines et d'artères.

Comme son robot suturait et enduisait ce torse malmené de *Cicatrel*, il se dirigea vers le visage de son sujet. À l'aide d'une sorte de cuiller, il fit sauter son globe oculaire gauche pour mieux reconnecter tous ses filaments à un œil augmenté de teinte glacée. Quand son œil droit eut subi le même traitement, Cieslak en vint au crâne. Il y ouvrit une fenêtre et greffa à son cerveau son relais neural et son ComLink.

Son assistante n'eut de cesse de l'enjoindre à faire des pauses. Passionné par sa création, Laszlo vivait dans un autre monde. « Encore un instant, disait-il, j'aimerais greffer cet organe… Il sera d'une telle magnificence ! » Quand il intégra la dernière connexion nerveuse d'un booster de réflexes à sa colonne vertébrale, il souffla, enfin. Il avait terminé.

Un jour indistinct, Skylar ouvrit ses nouveaux yeux. Sa vision augmentée, au-delà d'offrir une acuité inégalée, affichait une interface similaire à celle d'un jeu vidéo. État système, informations environnementales, données de géolocalisation… *etcetera*. Il se sentit noyé sous cet afflux d'informations. Pire, il se retrouva ébloui. Conduit dans une chambre au rez-de-chaussée, il admirait à nouveau le monde extérieur.

— Comment vous sentez-vous ? demanda Stevens, installé dans un siège.

— Je… souffla le jeune cyborg. Bien… je crois.

Il examina ses mains, faisant mouvoir ses doigts. Son trouble attira Stevens à lui.

— Vous vous y ferez, rassurez-vous…

Skylar n'entendait rien. Son geste mesuré, il sortit ses jambes de son lit et, déterminé à rejoindre une fenêtre pour regarder au-dehors, essaya de se lever. Ses muscles factices réagirent aussitôt avec une aisance désagréable. Lentement, il s'avança vers cette source de soleil et effleura son reflet : ce visage taillé au couteau, cette mine glacée tel cet éclat dans ses yeux, et ces yeux… ceux d'un jouet de chiffon. Un jouet cassé.

— … pour votre guérison.

Skylar fit « oui » de la tête, imité par ce fantôme dans la vitre.

— Je dois m'entraîner, se détermina-t-il. Rien ne doit me retenir : il me faut retrouver Père.

CHAPITRE 15

— AVÈNEMENT —

Regarde-moi me battre comme un guerrier
Regarde-moi m'élever comme un champion
Je viens pour toi

Fais-moi tomber, je me relèverai
Rien ne peut me stopper, je suis le champion

(…)

Je suis plus qu'un survivant

Champion — Tommee Profitt (feat. Nicole Serrano)

— Tu aurais dû me le ramener.

Submergé par une giclée d'eau fraîche, Blayne s'ébroua sans se soucier de Zeera. Celle-ci grimaça, inondée par un mélange de sueur et d'une once de sang. Une grimace née de cet élan d'ingratitude sinon par ce rejet de fluides.

— Il a failli me tuer, mentit-elle. C'était lui ou moi.

— Il savait, ragea Blayne. Pour elle.

Zeera arbora une mine grave comme si cet échec la tourmentait. Elle se réjouissait en réalité, consciente d'avoir anéanti tout espoir de retrouver cette «traînée» en mesure de lui arracher son trésor. Elle amena une main sur sa cuisse, serrant des dents en signe d'une fausse contrariété.

— Cesse de te torturer pour des fantômes, morigéna-t-elle. Ils appartiennent au passé. Attache-toi au présent et songe à ton futur : Aryan Turner a de grands projets pour toi. Tu dois lui faire honneur.

— Quand pourrai-je le voir? Quand sortirai-je d'ici?

Zeera avisa Reese, à moitié concentré sur une conversation ComLink. Quand il eut fini de configurer un émetteur, un hologramme de l'Intouchable investit la salle.

— Bientôt, mon trésor. Bientôt.

Le cœur de Blayne s'emballa. Animé par une envie de se redresser pour mieux s'agenouiller devant son «créateur», il fut retenu par Zeera.

— Il est venu te voir t'entraîner, confia-t-elle. Reese te réserve pour cette occasion un exercice très difficile. Une modélisation d'un de ses champions, ai-je entendu dire, alors, donne ton maximum. Oh! J'ai un cadeau pour toi.

Elle s'éloigna pour revenir munie d'une mallette allongée. Invité à la déverrouiller lui-même, Blayne en découvrit le contenu : deux katanas au design digne d'une arme alien, forgés en astralium. Quand il en saisit un, son manche frémit et une ligne violette s'y illumina avant de virer à un azur très clair et de s'éteindre. Calibré désormais, il ne tolérerait d'être manié par aucune autre main.

— Où en es-tu de ton armure? demanda Blayne.

Zeera se rembrunit. Elle avançait à une vitesse négligeable sinon à reculons. Ses vérifications interminables ne contribuaient jamais à la justesse de ses calculs, constamment erronés, et sources d'illogismes dans son ouvrage. Certaine d'être victime d'une machination à son encontre, elle commençait à soupçonner Anton, dont elle connaissait la dangereuse — et fausse — docilité.

— Ça avance, grommela-t-elle. Je suis en train de la finaliser. Hum, si tu donnais un nom à tes armes? C'est une tradition, non?

Blayne sembla songeur. Confronté à son reflet dans sa lame, il murmura :

— *Uru* et *Fukuro*.

Zeera éluda toute interrogation au sujet de sa maîtrise du japonais.

— Très joli, se contenta-t-elle de commenter. Ça veut dire… ?

— Que je viens de retrouver mes griffes.

— Hum, je vois. Je suis curieuse de voir ça.

Enjoint par Reese, Blayne gagna l'holotrainer d'une allure sûre malgré son malaise. Il sentait le regard d'Aryan sur lui. Assise dans un fauteuil, son image demeurait droite et roide tel son caractère ; néanmoins le mutant sentait dans son observation une certaine obligeance doublée de curiosité.

— Prêt ? demanda Reese.

Blayne confirma sans mot dire. Le terrain se ferma de sorte à l'isoler dans un cube de verre. S'y activa un entrelacs de lignes lumineuses orangées dont le glissement ralentit au fil du calibrage de l'IA. Celle-ci modélisa une silhouette humaine sous forme d'un agencement de minuscules triangles. Blayne salua par réflexe, d'un signe de tête. L'IA réagit illico. Armée de couteaux, elle fila vers lui à une vitesse vertigineuse. Le jeune homme s'attendit à un choc d'une rare violence, mais rien n'arriva. La forme se volatilisa comme si la séance se terminait déjà. Blayne dut se fier à son instinct sinon à ses sens pour coincer cet ennemi soudain révélé dans son dos. À sa façon d'enchaîner des feintes, il saisit son jeu : ce malin cherchait sa faiblesse. Précision chirurgicale et vitesse surhumaine l'obligeaient à faire montre de tous ses talents.

Quand il se mangea une décharge digne d'une entaille au flanc, Blayne enragea et dégagea son adversaire avec force. Blessé, celui-ci rôda comme s'il étudiait la situation. Blayne chargea. Aussitôt évanoui, son ennemi tenta une dérobade, mais fut accueilli par une taillade au torse. Profitant de son effet et de la « douleur » engendrée, Blayne lui enfonça son coude dans le nez et le fit chanceler. Le modèle s'écroula pour mieux rouler et se redresser. Il encaissa une nouvelle charge et résista, lames contre lames. Le challenger mobilisa toute sa force pour le mettre à genoux : en vain. L'IA fit glisser ses couteaux et se décoinça non sans faire vaciller son adversaire. Grâce à ce stratagème, elle fut en mesure de lui infliger maintes électrisations. Blayne eut envie de crier, mais un regard jeté à l'image d'Aryan, à la fois concentrée et estimative, maintint son silence. Il se refusait d'être vaincu par un hologramme de merde ! Yeux fermés une seconde, il réfléchit au style de combat de son adversaire. Agilité. Vitesse. Sournois et furtif. Le genre assassin, fragile face à une force colossale.

Blayne évita une nouvelle danse de surin. Son front fracassa celui du modèle, étourdit ce dernier, mis ensuite à terre d'un balayage de jambes. Vif, son ennemi se relevait déjà, mais Blayne le cloua au sol en enfonçant sa lame dans son dos. Là, il s'installa sur lui et glissa *Fukuro* sous sa gorge. Quand il trancha celle-ci, tout s'éteignit.

Applaudissements.

Blayne jeta un œil à Aryan. Quand il croisa son regard, il mit aussitôt un genou en terre. Tête inclinée, il montra toute sa déférence à son égard.

— Tu t'es grandement amélioré, mon enfant.

— Je fais cela pour vous, clama-t-il. *Père.*

— Ton avenir sera grand, annonça Turner. Au-delà de ta force, ta droiture et ta loyauté feront de toi un sublime héros, je te le garantis.

— Je vous remercie, articula Blayne, joues rosies de gêne.

— Quid de son armure, Docteur Kingsley ?

— J'y travaille, Monsieur. J'y travaille.

— Cessez de traîner.

— Monsieur Turner… ! héla-t-on à l'entrée du gymnase.

Aryan se retourna. Cordier s'avançait d'un air cérémonieux, suivi par une créature musculeuse et englouti par son ombre. Une fourrure drue d'un rouge écarlate couvrait ses membres nus et sa face. Prognathe, celle-ci était muselée et suintait de salive.

Protectrice, Zeera se glissa du côté de Blayne.

— C'est vous… grommela-t-elle. Qui d'autre, suis-je idiote… Qui d'autre aurait volé du mutagène ? Qui d'autre aurait altéré mes calculs ?

— Oh ! Kingsley… roucoula Cordier. Oui, j'avoue avoir subtilisé une dose d'*Evolved* pour mieux montrer à Monsieur Turner votre inutilité. Quant à vos calculs, vous êtes assez *idiote*, comme vous le dites si justement, pour les avoir faussés de vous-même.

— Vous avez fait cela pour retarder mon envol vers la Fédération et vous offrir une session de tests sur un — ou *des* — cobaye. Un cobaye sensé tuer Weston et montrer à Monsieur Turner ô combien vous êtes *meilleur*.

— Si vous le dites.

— Il est sacrément sûr de lui, railla Blayne.

— Ça suffit, intervint Aryan. Je vous accorde dix minutes, Cordier.

L'intéressé s'inclina.

— Bien, Monsieur.

Il délivra sa monstruosité comme un gamin ouvrirait un cadeau de Noël.

— Sois imaginatif, intima-t-il, fais-le souffrir.

Reese arbitra. Placé entre les deux mutants, il annonça : trois… deux… un…

Chargé comme un torero par un animal furieux, Blayne usa de toute son agilité pour s'éviter une mort certaine. Il changea totalement de style de combat. Conscient de ne rivaliser en rien la force de cette chose, il effectua une vraie danse de lames. *Esquive, taille, esquive, taille.* Le monstre s'énervait de ne jamais réussir à le toucher et de subir sans cesse ses déchirures. Quand il lui enfonça *Uru* dans le torse, sa rage fut absolue. Projeté tel un jouet, Blayne atterrit avec grâce et glissa en arrière avant d'encaisser une nouvelle charge. Il évita une main, mais l'autre le saisit à la gorge et le souleva. Gueule ensanglantée, yeux fous, l'homme-fauve écrabouilla sa mâchoire dans un crissement affreux. Blayne s'accrocha à la garde d'*Uru* et enfonça celle-ci au rythme de sa mutilation. Ses joues déchirées par des fragments d'os gorgèrent sa bouche de sang. Ses dents éclatèrent en mille morceaux pour mieux entailler sa langue. *Uru* finit par toucher le cœur ; la monstruosité tomba à genoux, Blayne avec elle, dans une mare écarlate.

— Vous avez échoué, Cordier, entendit-il.

Puis, il sombra.

Un jour, il se réveilla avec une désagréable sensation : celle d'un soûlard accidenté dans un caniveau ou d'un malheureux fracassé par un camion. Une douleur aiguë à l'articulation de sa mâchoire lui arracha un gémissement.

— Putain…

Très différente, nette et agrémentée d'une multitude d'informations, sa vue lui donna la nausée. Il cilla comme pour s'en débarrasser. Une souffrance diffuse le ramena à la réalité. Sa mâchoire ! Il y amena une main fébrile. Lourde. Renforcée. Rivetée. Entière, oui ; *entièrement* en métal.

Anton ronflait dans un fauteuil. Réveillé en fanfare, il criailla de frayeur.

— Qu'a-t-elle fait ? cracha Blayne.

— Elle… Elle a été obligée. Pour vous soigner !

Au fond, il se fichait d'être défiguré. Un soldat se forgeait par le combat, martelé tel un fer sur une enclume de douleur et rincé de sang. Ces augmentations, cadeau de son créateur, allaient le renforcer.

— Où est-elle ?

— Au… Au labo.

— Et ce fils de chienne de Cordier ?

— Viré ! Par ordre de Monsieur Turner, il y a deux jours.

— J'ai dormi…

— Une semaine.

— Bordel…

Blayne relâcha son étreinte et s'élança dans le couloir. Il dénicha effectivement Zeera dans son antre. Un labo croisé avec un office, relativement exigu. Une multitude de dessins traînait, éclairés par des hologrammes semblables, salis par des substances graisseuses et noirâtres. Si Blayne s'était attendu à trouver dans cet endroit des cobayes enfermés dans des cages, il n'en fut rien. En revanche, il entrevit moult pièces détachées et autant d'outils. Zeera, au milieu de tout cela, s'affairait à souder un gantelet dont l'allure était assortie à *Uru* et *Fukuro.*

— Enfin réveillé, railla-t-elle. Je te croyais mort. Bizarrement, tu as survécu.

Elle se retourna vers lui. À une si faible distance, elle sentait leur souffle s'entremêler.

— Tu es… extraordinaire. Je vais finir par te croire invincible, minauda-t-elle.

— Avec ça, je le deviendrai, non ? ajouta Blayne en désignant sa confection en cours.

— Tu le deviendras, oui. Un sublime héros.

Son sublime héros.

Chapitre 16

— Réunion —

La marche d'Haytham résonnait sur le tarmac. Il la rythmait d'arrêts réguliers pour mieux étudier d'un regard estimatif son escouade récemment mutée. Ses membres allaient du titan au gringalet. Quand Wade Baxter engloutissait sa fratrie de son ombre immense, Tyndall Kane faisait office d'avorton. Il n'en demeurait ni moins dangereux ni moins audacieux. Pour un gosse arraché à sa mère, il avait « des couilles » comme disait Wade. Haytham s'était toujours gardé d'en douter, néanmoins il avait émis une réserve sur l'origine de cette témérité. Tyndall faisait certes montre de courage, mais aux yeux du vétéran, sa grande gueule était surtout née de son angoisse sinon d'un naturel vraiment exubérant. Il s'était fourvoyé. Cela, le traitement de Bancroft n'y avait rien changé : Kane restait un sale gosse vanneur et volubile ; nonobstant, la victoire se tenait ailleurs car, face à Aryan Turner, il agissait comme un enfant sagace.

Au milieu, Issam Dahir faisait figure de sagesse masculine. Prétendu islamiste, il ne ressemblait en rien aux extrémistes vus à la télé. Ancien membre d'une unité « kamikaze » destinée à mettre fin au massacre en Syrie, il avait réussi sa mission sans être soutenu ensuite par la communauté occidentale. Une trahison indélébile — et savamment orchestrée par Cutlaw — dont il ne se serait jamais remis sans l'intervention de Bancroft. Aujourd'hui sûr de devoir son salut à Aryan, il semblait avoir trouvé une certaine sérénité.

Beauté fatale, Shasta était jalousée par sa sœur, devenue créature de foire. Sa carnation avait viré au vert et des écailles dures comme du diamant couvraient sa gorge, son ventre et ses jambes par endroits. Affublée de crocs et de griffes, elle était sans cesse animée d'une envie de déchirer de la chair. Prédatrices au sens strict, ces jumelles voleuses avaient viré mangeuses d'hommes. Surtout Shana, accro à leur viande tendre. Elle en avait d'ailleurs démembré trois dans sa cage, à sa renaissance. Électrocutions et sédatifs n'avaient rien donné : seule la voix d'Aryan avait réussi à la calmer. Réussite écrasante de Bancroft ; Haytham en était ressorti éberlué.

— Elle va finir par nous bouffer, railla Tyndall en la voyant s'agiter dans le rang.

La femme-cobra feula à son attention.

— Ouh, je suis effrayé !

— Ça suffit ! trancha Haytham. Vous êtes désormais des agents d'élite, agissez comme tels. Sachez également une chose : deux de vos frères vont vous rejoindre, et ils n'ont rien de tendre. Je vous ai entraînés de mon mieux, mais si vous continuez à jouer aux idiots, ils vous réduiront en morceaux. J'ai parié sur votre victoire au tournoi, alors faites-leur mordre la poussière.

— Le tournoi ? interrogea Issam.

— Le tournoi. Un événement grandiose où s'illustrera votre chef. Vous êtes des *super-héros* pour nos citoyens. Il faut une figure d'exception parmi vous pour vous diriger.

— Quand aura-t-il lieu ? renchérit Wade.

— Cette semaine. Et nous sommes déjà en retard !

Un fracas fit frémir l'aérodrome souterrain. Un ascenseur éleva leur navette, retirée dans un garage-atelier du niveau « moins deux ». Le pilote leur fit un signe de la main en guise de salutation. Cutlaw enjoignit son escouade à monter à grand renfort de « go, go, go! ». La fratrie s'y élança sans demander son reste, suivie par Haytham. Un gyro s'alluma pour annoncer la fermeture du véhicule, effectuée dans un vacarme d'enfer. Sitôt celui-ci verrouillé, une voix de gynoïde déclara : « Bienvenue à bord de Pinxit Êta-dix-neuf-trois. Veuillez attacher vos ceintures ».

Confinée dans une obscurité relative tout juste chassée par des néons azur, la fraternité fut contrainte de s'imaginer — à défaut de se voir — s'envoler loin du centre de recherche. Un certain silence régna, dérangé par un Tyndall fredonnant *Bang Boogy Bang* de Skyndead, dont la mélodie entêtante, mais délicate, vrillait oreilles et cervelle même à travers ses écouteurs. Issam ferma les yeux comme pour somnoler.

Alors, tout alla très vite.

Une secousse semblable à un remous dans le fuselage de la machine. Un remous allant crescendo et changé en une fraction de seconde en raz-de-marée de flammes. L'escouade s'y retrouva confrontée, enfermée dans un cocon. Cette création d'Issam, née de son don de télékinésie, garantit leur survie. Autour d'eux : un cataclysme ; un feu déchaîné consumait leur avion avec rage. Le cocon détona dans une onde et chassa cette destruction concentrée. Privé de ses dernières forces, le Syrien s'évanouit. Tous tombèrent alors en chute libre dans la forêt. Branches fracassées et feuillages dérangés manifestèrent tout le désagrément des arbres. Le nez dans la glaise, les jeunes agents gémirent de douleur en s'efforçant de se relever.

— Ça va ? cria Shasta.

— Comme un charme, grogna Wade.

Shana se redressa et fila vers Issam. Véritablement soucieuse, elle glissa deux doigts griffus au creux de sa gorge.

— Il est vivant, assura-t-elle.

Tyndall geignait. Wade se dirigea de son côté et découvrit sa jambe droite, figée dans un angle étrange.

— Putain... jura-t-il.

— On a eu de la chance, commenta Cutlaw. Sans le Syrien, notre virée aurait mal fini.

— Va falloir vous interroger, grommela Shasta. *Qui* et *comment*. Qui veut nous tuer ? Comment la sécurité a été si aveugle ? Personne ne saurait saboter un de vos engins sans être vu. Je vous suggère de vérifier l'allégeance de vos agents.

— Pour le moment, trancha Haytham, il nous faut y retourner. On s'est crashé à moins de trois kilomètres, alors, marchons.

— T'as entendu ? railla Wade à Tyndall. Va falloir marcher.

Sur ces entrefaites, il le souleva comme un sac.

***

Chargée de sacs de voyage, Zeera jeta un ultime regard à sa chambre ; cet endroit où elle ne reviendrait jamais. Elle traversa le couloir pour la dernière fois et rejoignit Blayne, adossé au mur, un air grave figé sur sa face. Ses songes allaient encore à Skylar, et Zeera le savait. Était-il toujours dans sa cellule, à combattre la folie et l'imminence de la mort ? Aryan Turner avait-il fait un geste pour lui ? Elle lui adressa un sourire, façon de dire « j'ai fait tout mon possible » et lui fit signe de la suivre, direction l'aérodrome. Guidée par de grands gestes d'un agent affublé d'un cache-oreilles ridicule, une navette aux couleurs de Pinxit faisait demi-tour pour mieux atterrir. Blayne derrière elle, Zeera ouvrit la marche vers cette machine au design étrange, très différent de celui des véhicules militaires. Sur son chemin, elle entrevit des « collègues » chercheurs dans l'ombre d'un hangar. Elle ne leur accorda aucune réelle attention, obnubilée par l'idée de s'envoler vers son nouvel avenir.

Blayne avisa à son tour cette gent en blouse blanche. Que faisait-elle là ? Il se le demandait.

Une déchirure au sein des ombres révéla soudain une silhouette familière. Illuminé par un timide éclairage ambiant, Skylar s'avança. Il ne ressemblait en rien à cette ruine dans sa fosse. Il avait recouvré sa stature ; se tenait droit, fier et déterminé à l'évidence à donner sa vie pour son sauveur. Son manteau noir ondoyait au gré du vent, révélant une combinaison assortie et moult fourreaux à couteaux. Blayne saisit alors : ce *champion* dont Zeera avait fait mention, ce modèle affronté et tué ; c'était lui.

— Bonsoir, *Brother*.

Son accent américain dénotait dans l'oreille de Blayne.

— Bonsoir, mon frère. Ainsi, il t'a choisi.

— Oui.

Une amertume enserra sa gorge. Sans lui, cet homme se serait éteint dans une totale indifférence, et Aryan en avait fait son favori ? C'était injuste ! Il se garda de manifester sa jalousie et, pour mieux s'en défaire, accueillit son nouveau frère par une accolade. Il y mit de sa force, comme pour montrer leur égalité.

— Tu le méritais.

Stevens s'immisça entre eux. Skylar se garda de croiser son regard tel un chien maltraité.

— Ainsi, déclara-t-il, je dois vous dire adieu, agent Shadow.

— Adieu, docteur.

— Souvenez-vous : pour être aiguisé, l'acier doit être tendre. Votre Père a fait de vous son arme. Ouvrez-vous à sa cause, restez malléable pour lui et vous garderez votre tranchant à jamais.

Cette figure de style gravée dans son crâne, Shadow monta à la suite de Blayne sans se retourner.

Leur voyage sembla durer une éternité. Quand le pilote annonça leur arrivée, une sourde angoisse étreignit son cœur. Son frère amena une main sur la sienne et, même sans en ressentir la chaleur, il se sentit rassuré. Battue par des trombes de vent et un déluge interminable, la navette s'immobilisa dans un fracas. Blayne descendit le premier et Shadow, mal assuré, s'avança d'une allure mesurée. À l'abri dans la tour Pinxit, il entrevit du monde. Son cœur s'emballa.

Quand il entra, il détailla sa fratrie du regard, reconnaissable à leur combinaison semblable à la sienne, noire à ourlet rouge. Bras croisés, un colosse en armure le fixait d'un air fermé.

Agent Wade.
Nom de code : TANK.

Sa vision augmentée détailla ensuite un homme à sa droite, de stature modeste, mais à la musculature travaillée. Sa chevelure en crête teinte en platine jurait avec son teint moyen-oriental. Sa face et son cou tatoué ne faisaient aucun doute : toute parcelle de peau était idéale pour raconter le périple de son existence.

Agent Issam.
Nom de code : HYPNO.

Encore à droite se tenaient des jumelles. Une semblait normale malgré ses yeux artificiels d'un violet sombre. Sa sœur, en revanche, était affublée d'écailles par-ci par-là sur son visage. Sa carnation verdâtre en disait long sur sa nature.

Agent Shasta.
Nom de code : MANTIS.

Agent Shana.
Nom de code : COBRA.

Un gamin se trouvait enfin là. Âgé de seize ans, à vue de nez ; Shadow l'examina, interrogatif au sujet de sa mutation. Et surtout, il se demanda comment un gosse si jeune y avait survécu. Ce dernier le gratifia d'un clin d'œil.

Agent Tyndall.
Nom de code : NEO.

— Centurion, fit une voix, Shadow. Vous voilà enfin.

Blayne, également renommé, mit un genou en terre face à Aryan. Confondu par son angoisse, Shadow demeura une seconde figé. Aiguillonné soudain par sa raison, il fit de même.

— Père, souffla-t-il.

— Vous voilà *tous*, enfin ! Réunis ici. Savez-vous pourquoi ?

— Pour devenir votre bras armé, suggéra Shadow.

— Oui, mon Ombre, mais au-delà de ça, vous allez devenir nos Héros — avec un grand « h ». Je vais vous ériger en figures immémoriales. On se souviendra de vous comme des fervents combattants de la chienlit et d'une absolue anarchie. Violence, crimes… *Barbarie.* Vous arrêterez tout cela. Vous ferez régner l'ordre sur notre monde et moi, je l'amènerai vers son futur. Il faudra faire des sacrifices, mais le jeu en vaut la chandelle.

— Je sacrifierai tout pour vous, trancha Blayne.

— Pareil pour moi, renchérit Wade.

— Pour nous tous, confirma Issam.

Aryan afficha un sourire en coin.

— Parfait ! s'enjoua-t-il. Avant toute chose, il va falloir désigner votre chef.

CHAPITRE 17

— VICTOIRE AMÈRE —

Les empires s'élèvent, les empires s'abattent
Nous vivons ou nous mourons pour prendre le trône

Empires — Ruelle

LA CITÉ ENTIÈRE VIVAIT une véritable effervescence. Alliés pour obéir aux exigences de Turner, les services marketing des sociétés du Conglomérat s'étaient déchaînés. Publicités à foison, écrans démesurés où se montraient des cyborgs formidables tels des effigies de jeux vidéo, flyers et encarts dans les journaux. La cheffe de cette ruche, une jeune folle shootée à la coke du nom de Sara Ferguson, tournait constamment autour des Héros. Ils étaient également ses créations, d'une certaine façon, comme elle avait dû leur créer une nouvelle identité sur le net. Victor l'observait d'un air tantôt amusé, tantôt courroucé, tel un fauve ennuyé en un instant par son jouet. Aujourd'hui était le jour J, aussi s'avérait-elle d'une excitation inégalable. Quand elle cessait de courir en tous sens, elle engueulait des maquilleuses affairées à choyer ces monstres pour les rendre à minima convenables pour la caméra. Un des cyborgs, dénommé Centurion, affichait une mâchoire en métal absolument disgracieuse. Sara s'était démenée pour la faire dissimuler sous une couche de chair artificielle, mais ses récriminations semblaient être tombées dans une sourde oreille.

— Très joli, la euh… commença Victor en effectuant un geste de la main de sorte à désigner sa mâchoire.

— Vous rigolez ? s'énerva Sara. C'est *moche*. Il monterait nettement dans les sondages, s'il la cachait.

— Beauté au naturel. Combien vous gagnez, avec ça ?

— Suffisamment pour éviter de tout gâcher.

— Vous réussirez à le rendre désirable malgré tout. Au-delà d'être des défenseurs de notre monde, ils sont des stars. Les stars nous font gagner de l'argent. Vous aimez l'argent, Sara ?

— Je… euh… oui, Monsieur Winslow. Je crois.

— Alors, débrouillez-vous pour faire décoller sa cote.

Comme il se retirait, Centurion secoua la tête. À sa gauche, Shadow toussait à force d'être enseveli sous une couche de fond de teint.

— Si je m'étais attendu à ça… se désola-t-il.

— Père nous a mis en garde, *Brother*. On doit se sacrifier.

— Je croyais mourir dans des circonstances mémorables ! Offrir ma vie pour la sienne. Et me voilà transformé en clown.

— Subis ce moment, comme nous tous…

Shadow se tut une seconde, comme absorbé par son reflet dans le miroir. Ses iris couleur de glacier se rétractèrent, signe évident de frayeur. Avait-il vu un revenant ? Pire, *son* fantôme, cette image de lui-même dans son état de démolition absolue ? Paresseusement, il cilla, tel un homme au réveil.

— … pour mieux te défouler ensuite, souffla-t-il enfin.

Son frère le gratifia d'un sourire timide.

— Tu as déjà testé ce credo, devina Centurion. Je te fais confiance.

Yeux fermés, Shadow écouta cette rumeur étouffée du vacarme de la foule. Tel un gladiateur enchaîné au fond des coulisses de l'arène, il l'imaginait folle et furieuse, avide de sang. Tant de mois sans réel contact humain et surtout, tant d'abus commis par ses « semblables » avaient instillé dans son cœur une réelle méfiance sinon un effroi tangible.

— Que nous réserve-t-on ? entendit-il.

— Je l'ignore, *Brother*. Je l'ignore.

Victor et son vigile gagnèrent un ascenseur. Une femme encombrée d'une vieillerie grabataire en fauteuil roulant cria au fond du couloir : « Attendez ! Attendez ! » Il fit mine de n'avoir rien entendu et, non sans sourire à son reflet dans le métal de la cage, rajusta sa cravate.

— Évitons de mélanger torchons et serviettes, se justifia-t-il à lui-même.

Arrivé à son étage, il rejoignit Éva, entourée du reste de sa suite. Son visage était encore abîmé au niveau de son œil, là où la droite de Victor avait touché. Son regard mauvais, dont il s'amusa, annonçait un avenir funeste.

— Vous m'en voulez encore ?

— Ces choses-là ne s'oublient jamais, Victor.

— Vous feriez mieux, ma chère.

Il lui offrit sa main, déterminé à la mener à la tribune d'honneur à la manière d'un homme diligent. Éva refusa comme si elle s'était soudain retrouvée face à un animal venimeux. Alors ils marchèrent ensemble, sans se toucher ni se regarder, pour rejoindre Aryan et ses collaborateurs. Victor se figea telle une victime de vision, confronté à Reginald. Assis, là, deux chaises à côté d'Hermina Scottley.

— Victor, morigéna Turner. Vous alliez rater le début de notre événement.

— Je… euh… Ah oui ? minauda Winslow en recouvrant contenance. Quel dommage.

Il s'assit à gauche de son amant. Quand l'hymne de la Fédération retentit, il glissa :

— Que fais-tu là ? Je te croyais dans le collimateur de Turner.

— Il me rejette de son club, oui, mais je reste un Intouchable.

— Tu sembles contrarié.

— J'ai échoué.

Victor déchiffra son regard. Honte et tourment entremêlés : il avait commis une énormité.

— Cet événement aurait dû être avorté, confia-t-il. Saisis-tu ?

Il saisit, tant il connaissait Reginald par cœur. Ce dernier avait attenté à la vie des Héros. Pire ! Il avait échoué. Un regard glissé vers Turner accentua son malaise : il savait, ou du moins était assailli de gros doutes. Au-delà de ressentir une vague colère contre son amant, Victor faillit défaillir en mesurant toute l'étendue de la menace envers eux. Si ces créatures survivaient au génie de Reginald, rien ne saurait en venir à bout.

Il fit mine de rien malgré son émoi, conscient d'être sous surveillance. Son regard vagabonda dans les gradins, jaugeant la foule. On se serait cru à un match d'envergure des *Mekahawks*, les favoris en matière de droneball.

— Alors, Turner ? roucoula-t-il. Vos Héros savent jouer au droneball ?

Une voix de gynoïde résonna. Aryan invita Victor à écouter d'un signe de la main. Il obéit par curiosité sinon par véritable envie. *« Cette arène fonctionne grâce à la Réalité Virtuelle*, éclaircit la femme comme le terrain se transformait en zone accidentée. *Un environnement dangereux attend vos Héros. Ils devront survivre, chacun pour soi, et atteindre un objectif… »* Un énorme mécha de guerre montra à la caméra un cube éclairé par une faible lueur azur. *« … Ramasser le Cléocube. »*

Confiné dans un corridor d'accès au stadium, Shadow jeta un œil à ce dernier. Au-delà de son dôme, une nuée de drones de Capernian, le media numéro un de la Fédération, rôdait en éclairant la foule. Aveuglé par un amalgame de couleurs criardes, rendu sourd par des noms scandés, agressé par un mélange dégoûtant d'effluves, de fumigènes et de snacks, il se sentit nauséeux. Vaine tentative de se calmer, il s'alluma une cigarette. Son regard glissa vers un écran géant où Thalys Fletcher s'affichait : *« Accueillons maintenant nos champions !* déclara-t-il. *Acclamez Cen-tu-riooooon ! »*

Clameur. Grondement. *« Centurion ! Centurion ! »* cadençait-on. Shadow fit un signe de la tête à son attention ; alors, il monta sur le terrain, guindé comme un gladiateur illustre. Katanas en évidence, il se montra, se *vendit* conformément aux exigences marketing.

— Sers-leur ton air ténébreux, conseilla Wade. À en croire Ferguson, tu fais mouiller ces dames.

Shadow avança, la mort dans l'âme. Il se rabâcha ce conseil et, sitôt confronté à un drone-caméra, mêla couteaux et filaments de fumée pour mettre en évidence dextérité et mystère d'assassin. À écouter Thalys Fletcher, il avait réussi son effet. La ferveur de la foule confirma.

— Très joli, tança Blayne.

— Chacun son délire.

Shadow étudia la situation : face à eux s'étendait une zone anéantie par un conflit, un désert de ruines. Il devinait par-ci par-là des cachettes où tendre des embuscades, des endroits où se mettre à couvert ou à utiliser pour gagner un avantage. À une distance démesurée, il distinguait la masse immense du gardien du Cléocube.

— On va se marrer, commenta Wade.

« Ils sont en position, renchérit le gynoïde. *Coup d'envoi dans quinze… »*

— Que le meilleur gagne, ajouta Issam.

« … dix… neuf… »

— J'vais tous vous fumer ! augura Tyndall.

« … trois… deux… un… »

Boom ! Un canon retentit.

Shadow fut fauché dans son élan et chuta, enchaîné par une suite de maillons sablonneux. Il réagit aussitôt et jeta un couteau à hauteur de sa jambe pour mieux se relever et filer droit derrière Issam, auteur de ce vilain tour. Suivi par Blayne, il se détourna du semblant de route pour se faufiler dans un amas de décombres.

— Lâche, grommela Centurion.

Ce dernier fut accueilli par un nouvel assaut du Syrien. Submergé par un déluge de débris, il recula comme Issam continuait sa course. À défaut de tout dévier, il évita ou encaissa sans ciller. Son adversaire évanoui, il se concentra sur son environnement. Plus de cris de foule, mais un silence relatif comme en extérieur, en vrai terrain vague. Il entendait un vent artificiel créer des tourbillons de sable et charrier des détritus. Son nez frétillait, assailli par une odeur de terre, d'acier, de soufre et de *Cherry Bomb*, tabac favori de son ombrageux frère. Blayne fit mine de rien et avança.

Au sommet d'un vestige de cheminée d'usine, Shadow guettait. Il distingua Wade, confronté à des *Arachnées* de combat. Contrôlé par le mental de Tyndall, ce nid de robots arachnides fraîchement déniché gardait le colosse à distance comme il s'efforçait de se débarrasser des jumelles Blackwood.

Son observatoire frémit soudain et, anéanti par une détonation télékinétique, s'écroula. Poussiéreux, Shadow fut nettement visible pour Blayne et Issam. Cloué au sol par ce dernier, il s'efforça de se dégager, sans succès. Quand Blayne fonça, déterminé à éliminer le Syrien, Shadow leur jeta à tous deux une gerbe de sable. Alors, il nettoya sa crasse pour mieux s'enfuir. À la faveur de cet aveuglement, soigneusement évité de son côté, Blayne colla son coude dans le nez d'Issam. Sitôt celui-ci assommé, il se mit en chasse de son frère, rôdant alentour. À en juger le flux de son odeur, il filait droit vers le Cléocube.

Sur son chemin, Blayne tomba nez à nez avec Shana. À en juger ses écorchures, elle avait vaillamment combattu. Sa sœur ayant déclaré forfait, submergée par une armada de machines agressives, elle demeurait la seule femme en lice.

— Pardonne-moi, frangine, minauda Blayne. Je vais devoir t'abîmer, encore.

Shana renifla. Humait-elle son odeur ou raillait-elle ? Elle gratifia son frère d'un sourire carnassier et, se dandinant de gauche à droite, chercha la meilleure ouverture pour fondre sur lui. Elle finit par se décider et Blayne accusa sa charge. S'engagea un duel d'usure, une danse de griffes et de katanas. Bientôt aveuglée par son instinct animal, Shana commit une erreur fatale. Sa cuisse entaillée, elle s'écroula sur le flanc et, au moment de rouler pour se redresser, fit face à la pointe de *Fukuro*. *Éliminée.*

« *Trois candidats ont été vaincus*, annonça le gynoïde. *La course continue.* »

À la faveur d'une voie royale, Shadow fonça en direction du mécha-garde géant. Un mur fracassé avec fureur sur sa droite révéla Wade. Un œil en moins, ce dernier semblait furieux et déterminé à en découdre.

— Tiens, voilà notre grand ténébreux !

S'il le touchait, Shadow verrait sa victoire s'envoler, il le savait. Il évita donc ses assauts avec grâce et célérité, par un entrechat à gauche, à droite, ou un saut en arrière. Wade cognait tantôt dans le vide, tantôt dans un mur. L'assassin eut tôt fait de se fatiguer de ces échanges stériles, même si elle admirait — et craignait — cette force acharnée. Quand son frère se coinça dans un entrelacs de fils de métal, soutien d'un mur, elle se glissa face à lui et amena un de ses couteaux sous sa gorge.

— Éliminé.

« *Quatre candidats ont été vaincus*, corrigea l'IA. *La course continue.* »

À l'abri derrière un mur morcelé, Blayne avisa le gardien du Cléocube. Comme il réfléchissait à une stratégie, il entendit une feuille morte s'effriter. L'énorme mécha réagit soudain tel un animal dérangé par un insecte invisible. Il moulina et, dans l'instant, un arbre se renversa. À moitié sonné, Shadow se matérialisa. Sortant de sa cachette, Blayne vint à sa rencontre.

— Besoin d'aide, *Brother*?

Celui-ci se redressa en une seconde.

— Alors, ça se joue entre toi et moi, souffla-t-il.

— On dirait. Et contre lui, ajouta son frère en désignant la machine.

Shadow afficha un sourire en coin et, par un de ses tours, s'évanouit dans un tourbillon de fumerolles. Blayne toussa non sans jurer et, désormais « seul » face au mécha, dut affronter sa colère. À défaut de réussir à trancher son armure d'astralium, il monta dessus. Quand il vit son ombre de frère à mi-chemin du cube, il accéléra. Soudain la machine trembla avec force. Shadow chuta rudement, suivi de Blayne. Tyndall se dressa devant eux, déterminé à mettre la machine sous son contrôle.

Sitôt redressé, il courut dans sa direction pour mettre fin à son tour de marionnettiste. Le gardien se mit entre eux, secondé par moult *Arachnées*. Shadow slaloma pour éviter autant d'offensives et glissa dans le sable vers Tyndall, dont il court-circuita la concentration. À sa merci, le jeune hacker se rendit.

« *Cinq candidats ont été vaincus. La course continue.* »

À toute vitesse, Shadow remonta sur la machine encore groggy. Il rejoignit Blayne au sommet, face au Cléocube, et dégaina ses couteaux.

— Abandonne, suggéra-t-il. Rater ce cube, c'est décevoir Père, et cela n'arrivera jamais.

— Justement, *Brother.* Justement.

Sur ces mots, il encaissa une charge. Au vu de la marge de manœuvre réduite sur la tête du mécha, Shadow dut encaisser un certain nombre d'assauts. Son frère déchira son manteau pour atteindre ses membres. Alors, il entailla ceux-ci de sorte à l'affaiblir. Agacé par ces échanges stériles, Shadow finit par décharger toute sa frustration dans un nuage de fumée.

— Ça suffit ! cria-t-il. Ce cube est à moi !

Bruit de métal chahuté. Blayne se rua du côté du Cléocube et trouva Shadow coincé dans une gangue de chaînes. Visiblement, il venait de déclencher ce collet malgré lui. Un sourire gravé sur sa face, Centurion marcha vers sa victoire.

— Quel dommage… railla-t-il.

— Cette victoire ne fera jamais de toi mon chef, grogna Shadow.

Son rival s'arrêta un instant. Poings serrés, il se retint de lui en coller une.

— Ça, j'en ai rien foutre. Sale ingrat.

Sans un regard à Shadow, il arracha le Cléocube de son socle. Comme déconnecté, son gardien tomba raide. Alors, le dôme s'ouvrit, révélant une foule en délire.

« *Centurion gagne le tournoi !* clama Thalys Fletcher. *Quel spectacle, Mesdames et Messieurs !* »

Blayne savoura sa victoire, tout sourire face aux caméras. Ses frères et sœurs se réunirent pour l'acclamer. Seul Shadow évita cette effusion de joie, esseulé à l'abri des regards comme un chien maltraité. Pitoyable.

Victor sirota son verre de Scotch, l'air amusé.

— Vous avez trouvé votre ombre, Turner, ironisa-t-il. Une mauvaise joueuse. À votre image, je gage ?

Aryan abandonna son siège.

— Vous feriez mieux de vous taire, Victor. Perdre est une notion très connue de votre famille, si je ne m'abuse. Vous m'auriez déjà détrôné, sinon.

Éva gloussa.

— Sans commentaire, grommela Winslow.

Turner se retira, suivi de son club de faux jetons. À la sortie de la tribune, Victor ordonna à ses sbires de ramener Éva à sa voiture de sorte à se retrouver un moment seul avec Reginald. À l'abri des regards dans un couloir du stadium, il l'accula contre un mur.

— Es-tu devenu fou ? le sermonna-t-il. Si ces crétins te mettent la main dessus, tu es mort et moi avec, s'ils te subtilisent des informations.

— La dythramine a annihilé toute trace, se défendit Reginald. Ils n'en sauront rien.

— Turner commence à avoir des doutes à mon sujet et donc, au tien, renchérit Victor. Il doit mourir.

— Comment ?

— Éva le tuera ce soir, je te le garantis.

— Cette idiote ? renifla Reginald. Elle saura affronter les Supers ?

— Affronter, non. Soit elle réussira à fuir, soit ils la tueront. Peu me chaut.

— On t'accusera…

— J'ai déjà mes arguments, et d'excellents avocats. Je suis intouchable.

Satisfait de son effet de style, Victor s'en alla. Il rejoignit sa voiture où il fut accueilli par un regard assassin d'Éva. Sa détestation semblait aller crescendo, et il s'en amusait.

— Vous serez débarrassé de moi très vite, asticota-t-il. Vous allez agir ce soir.

— Ce soir ? Au gala de la présidente ? Vous êtes malade ! Il y aura des caméras, des vigiles et surtout : Centurion ! Sans oublier ses « frères » reclus à l'extérieur.

— Justement, ma chère.

Il exhuma du frigo du minibar un étui à verrou digital dont il arracha un tube orange. Songeur, il en regarda le contenu ondoyer entre ses doigts.

— Ces crétins ne sauront rien faire contre ça.

— Vraiment ? Quid de Centurion et de ses sens améliorés ?

— Cette substance est inodore, en théorie. Je n'aurais su faire mieux sans demander à ce héros de malheur de m'assister. Je m'arrangerai pour le garder à distance.

— Vous nous condamnez à mort.

— Seulement vous. Je vous aurais de toute façon tuée si vous aviez filé. Je vous offre une chance de vous en tirer, vous devriez me remercier. Soyez donc enthousiaste, nom de dieu ! Ce soir, ce sera à mon tour de signer ma victoire.

Bijou dans un écrin déjà fastueux, le Palais Présidentiel se dressait au cœur de la cité-District. L'édifice marmoréen toisait ses semblables alentour par sa grandeur démesurée et sa majesté. Ornée de gravures aux détails saisissants, sa façade remémorait une Histoire glorieuse. Une allée gravillonneuse menait à des escaliers arrondis dont la seule rambarde valait déjà des centaines de milliers de crédits. Une statue de pygargue surmontait sa rotonde, jugeant tout visiteur. Tout autour s'étendait un jardin artificiel au design à la française, très carré et ordonné. Le gala se tenait dans une version miniature de ce dernier, sous un dôme de verre grignoté par des rosiers G-mod aux couleurs insolites.

Un escadron de drones de Capernian tournoyait déjà autour dans l'attente du favori de la Présidente. *« Où est donc notre champion ?* se demandait Thalys Fletcher. *Ah, on dirait qu'il arrive ! »*

Un véhicule croisé entre un tank et un 4x4 dernière génération se montra. À l'intérieur se tassait la fraternité. Contrairement à ses semblables, stressés pour leur frère, Shadow demeurait renfoncé dans son coin sans mot dire. Il jeta néanmoins un regard à son chef, estima son armure rutilante et son foulard aux couleurs de la Fédération. Un sourire mutin égaya sa mine maussade. En y songeant, il avait mieux fait d'échouer à ce damné tournoi.

— Joliment ridicule, *Brother.*

Blayne lui adressa un geste obscène.

— Ça suffit, vous deux, trancha Sara Ferguson. Centurion, écoute-moi, recentra-t-elle en cognant son armure. Il y a une foule d'Intouchables, dehors. À leurs yeux, tu incarnes le renouveau du rêve américain, alors, tu gardes un air dominant, tu souris, tu fais des selfies si on te le demande et tu évites de jouer au goujat. Pigé ?

Son sourire forcé amusa ses camarades.

— Quel con ! se marra Wade. Allez, frangin, au charbon !

Centurion sortit en tête du véhicule. Une affluence d'associés et de collaborateurs du Conglomérat, d'investisseurs divers, de nantis, de célébrités et même de militaires se fendit en un couloir autour de lui. Entre crainte et admiration, tous l'observaient comme un dieu vivant. Très vite, Blayne se sentit assailli de vertiges, inhabitué à une telle attention. Il aimait et détestait ça à la fois, envahi par une envie de vomir. Pourtant il souriait, saluait et souriait encore.

Un enfant en costume assorti au tailleur de sa mère tendit soudain un jouet à son effigie. Un malaise tenace grandit dans le cœur du mutant, sensible à cette innocence. Il ignorait tout de sa monstruosité. Confronté à une multitude de regards, Blayne se contraignit à mettre un genou en terre face au gosse et à ébouriffer ses cheveux. Sara eut tôt fait de lui fournir un stylo pour dédicacer sa figurine.

Aux abords du jardin intérieur attendait Erika Lawson, dirigeante de la Fédération. Sublime dans sa robe violette à froufrous et fantaisies victoriennes, telle une femme du XIXe siècle revisitée à la mode fédérante.

— Voici donc mon favori, déclama-t-elle.

Blayne s'inclina.

— Madame la Présidente.

— Venez, intima Erika, gagnons une once d'intimité.

Elle mena la marche sous le dôme. Bientôt, un mélange inattendu d'odeurs agressa son invité : rose, gazon fraîchement taillé, mignardises variées. Il souffla du nez comme pour s'en débarrasser.

— Oh, ma chère, vous voilà. Bien entourée, si j'ose dire.

Un énième Intouchable, différent de ses semblables par une touche d'excentrisme fédérante. Affublé d'une chemise en satin indigo aux reflets mauves, tels ses yeux, il s'assortissait à la tenue d'Erika. Il se faufila entre eux.

— Cher Héros, commença la Présidente, voici Reginald Reichardt, une des nombreuses éminences à défendre au péril de votre vie. Accessoirement, mon fiancé.

Blayne s'inclina derechef, un sourire factice gravé sur son visage.

— Un honneur, Monsieur Reichardt.

— Honneur partagé.

— Ah ! s'exclama soudain Victor.

Attentif au moindre détail, Centurion entrevit une goutte de sang au creux de son cou. Résidu d'injection. À en croire Shadow, très au fait des ragots de couloirs, Victor était un junkie accro au sky-high. Ses yeux dilatés annonçaient son état altéré malgré leur artificialité.

— Voici notre grande célébrité ! déclama Winslow. Alors, dis-moi, comment ça a été d'écraser la fameuse Ombre de Pinxit ?

Blayne se fendit d'un sourire mutin.

— Ce fut un divertissement très agréable.

— Évidemment. À en croire nos marketeux, une certaine tendance se dessine : la « team » Shadow et la tienne. Les réseaux sociaux s'enflamment ! On se croirait au droneball.

— Je suis au-dessus de ça.

— Tu as tout à fait raison. Laissons ces considérations idiotes à la masse sans cervelle. Oh ! Veuillez m'excuser, j'ai encore du monde à saluer.

Il s'éloigna.

Au-delà de fixer Centurion à distance, il envoya ses acolytes à sa merci pour mieux réduire sa vigilance à grand renfort de convenances. On tâtait sa musculature, on gloussait, on s'en divertissait comme d'un automate. Au milieu de la soirée, saisi par un sentiment de force dû à un effet secondaire du sky-high et aveuglé par son désir égoïste, Victor décida de tenter sa chance. Reginald s'immisça sur son chemin, chuchotant :

— Je t'en conjure, renonce.

— C'est le moment ou jamais. Cette discussion a déjà été close.

— Tu cours au suicide ! Bon sang, tu t'es encore shooté au sky-high ?

— Ça me regarde, ça. Accorde-moi ta confiance, et tout ira pour le mieux. Promis.

— Quand cette fichue drogue te contrôle, tu fais toujours des conneries. Comment te faire confiance, sachant cela ?

— Laisse-moi faire, Reginald.

À son grand regret, son amant se défila. Accablé de tristesse, affligé, il le regarda s'éloigner, conscient de sa folie. Victor avisa un de ses sbires, vêtu en garçon, sillonnant au milieu des convives d'une allure naturelle. Conformément à son ordre, il devait avoir joui de la discrétion des cuisines et de leur absence de surveillance pour verser son poison dans une des flûtes du grand millésime destiné à Turner. Il évita tout geste douteux, conscient d'être guetté par des intellicams sinon par Centurion lui-même, et fit discrètement signe à Éva de jouer son rôle. Boisson en main, non sans jeter un regard noir à Victor, elle se dirigea vers Aryan.

— Monsieur Turner? dit-elle d'un ton doucereux. Buvons ensemble, voulez-vous?

— Avec joie, fit Aryan en agréant d'un signe de tête. Cette sauterie est-elle à votre convenance, ma chère?

— Oh, oui, je suis ravie.

Ivre d'attentions, Centurion fit vagabonder son regard alentour. On se mettait constamment entre son créateur et lui à titre de sollicitude. La tentative de court-circuit de sa surveillance fonctionnait à merveille. Par chance, une brèche dans son fan-club lui offrit un moment de vue sur Aryan et Éva. Soudain animé d'une intuition mauvaise, il s'écarta avec force de ses admirateurs pour rôder autour d'eux. Une odeur très désagréable à mi-chemin entre soufre et ammoniac, émanant du verre de Turner, vint titiller ses narines. Il devina très vite sa nature : ni une ni deux, il s'élança vers Aryan.

— Qu'y a-t-il, Centurion?

— Votre verre, annonça-t-il tout de go. On y a ajouté une substance. Poison? Ou drogue.

— Quoi? s'indigna Éva. Comment osez-vous…

— Une accusation grave, nota Aryan. Qu'elle soit vraie ou fausse, Mademoiselle Ferdinand demeure un vulgaire instrument. Qui donc vous a dirigée vers moi, ma chère?

— Je… euh…

— Victor, j'imagine?

Éva se sentit envahie par un malaise à la fois soudain et intolérable. Sous l'effet du *Mermaid*, elle faillit tout déballer, mais, consciente de sa fin inéluctable, réduite en morceaux par Centurion si elle succombait à une telle tentation, elle chercha une issue. Une accroche où se tenir, une saillie au-dessus du vide. Elle fouilla la salle des yeux pour y trouver son détestable commanditaire, seule façon d'attirer toute cette attention sur lui et non sur elle ; seule façon, en fait, de se défiler. Gagné : Turner et son chien de garde firent volte-face vers lui. Obligé de se montrer, Victor n'en demeura moins à son aise.

— Un souci, Éva ? glissa-t-il d'un ton mielleux.

— À en croire ce… cet énergumène, brava la jeune femme, vous essayiez de tuer Monsieur Turner.

— Comment ? éructa Victor. Quelle idée ! Tu es totalement fou !

Partie terminée. Il valait mieux effacer tout élément indélicat dans l'immédiat. Quel foutu monstre, songea Victor en sentant une montée de rage saisir sa gorge. Animé par elle, dans un geste de vexation factice, il tenta de renverser sa flûte incriminée, mais Blayne retint sa main.

— On cause effectivement du verre, hum ? dit-il avec un sourire malin. Comment le saviez-vous ?

— Je…

— Je sens chez vous comme une soif soudaine, nargua Aryan. Buvez donc, à notre santé.

Victor n'en fit rien.

— Cette accusation est intolérable ! vociféra-t-il. Je refuse de me plier à cette ordalie ridicule !

— *Buvez*, insista Blayne.

Sous un regard soutenu d'une assemblée tout souffle retenu, Victor saisit la flûte. Il jeta un dernier regard à Reginald, exsangue comme un condamné, et leva son verre à son attention à titre d'adieu. Ensuite, il siffla son alcool assassin sans demander son reste. Son verre vide, il fit comme si de rien n'était.

— Satisfait ? cracha-t-il. Sur ce, vous m'excuserez, mais j'aimerais m'aérer.

Blayne le ramena à eux sans aucun tact.

— Vous restez ici.

Victor déglutit et se débattit dans l'étreinte du mutant.

— Ça suffit ! cria-t-il. Tu n'as aucun ordre à me do… nner…

Une toux à la fois soudaine et violente mit fin à sa tirade. Il entendit Centurion le railler, mais, rendu sourd par ses régurgitations, il ne déchiffra aucun mot. Alors, il tomba à genoux, sa gorge sillonnée de stries noires, vaisseaux sanguins nécrosés.

— Bon sang ! s'exclama Reginald. Qu'un médecin vienne ! Allez-vous donc le regarder mourir ?

— Il vient d'attenter à la vie d'un Intouchable, déclara Blayne. Il mérite son sort.

— Êtes-vous juge ? Bourreau ? se révolta Reginald. Vous n'avez aucun droit !

— Si, justement, fit calmement Aryan. Il incarne l'Autorité.

À court d'air, Victor étouffa et s'éteignit, cramoisi, constellé de gouttelettes carmines et sa chair envahie d'une toile noirâtre. Ses doigts enroulés autour de ceux de Reginald faiblirent comme sa vie fuyait, et finirent par s'échouer sur des dalles maculées de sang. L'Allemand ne dit mot. Secoué de tremblements de colère et de chagrin, il dut rassembler toutes ses forces pour résister et ne pas s'écrouler en hurlant.

— Et vous croyez être des Héros, souffla-t-il.

Exclue de la sauterie en l'honneur du « grand » Centurion, le reste de la fraternité attendait dehors. Une foule non moins abondante entourait ses membres, demandant des signatures ou des clichés.

Quand ses camarades s'y adonnaient volontiers, obéissant aux directives de Sara Ferguson, Shadow restait à l'écart. Adossé à un arbre du jardin, rejoint discrètement sitôt évitée sa horde de fans, il fumait une cigarette. Quelle agréable solitude, doublée d'une retraite tant attendue, à distance de ces imbéciles et de leurs singeries.

Un tintamarre sans nom attira soudain son attention. La fête tournait mal semblait-il. Intrigué, Shadow s'avança du côté du dôme et, au même instant, vit une silhouette émerger des fourrés. Performante même de nuit, sa vision lui dénonça la catin de Victor, visiblement déterminée à se faire la malle. Tirant une taffe, Shadow dégaina un couteau de son manteau et arma son jet. En une fraction de seconde, un éclair tranchant fusa et s'enfonça à moins d'un centimètre de la jeune femme. Effrayée, elle trébucha et s'écroula.

— Généralement, on attend la fin de la fête et d'être suffisamment ivre pour tomber dans le caniveau, railla Shadow. Où tu allais comme ça ? ajouta-t-il d'un ton malveillant, sa main ancrée dans la chevelure de sa victime.

— Je t'interdis de me toucher, gémit celle-ci, sale monstre !

— Sale monstre, ricana l'assassin. On dirait une gamine. Comme si je hantais les dessous de lit. Allez viens ! fit-il en la ramenant sur lui comme un sac. On va dire bonjour à Centurion.

— Lâche-moi !

— Ta gueule.

Elle s'évertua à cogner son dos, à se débattre comme une furie, sans succès. Shadow s'en amusait même. Une clameur, un concert d'insultes et de cris annonça son entrée en scène. Il sembla avorter une envolée effrontée de Centurion.

— Je vous ramène une fuyarde, fanfaronna-t-il en jetant Éva face au cadavre de Victor. Oh, tu as déjà foutrement ruiné la soirée, *Brother*.

— Il m'a obligée ! gémit Éva, terrorisée par cette vision d'enfer. Je... Je le haïssais comme vous !

— Tu me chagrines, susurra Shadow en maniant un de ses nombreux jouets tranchants.

Sa victime essaya de se redresser pour mieux filer, mais, malin tel un félin, il la traîna vers lui. Son envie de décharger toute sa frustration sur elle devenait entêtante. Il commença par lui coller une droite, suffisante pour la sonner et se soulager. Alors, à genoux derrière elle, il glissa son couteau sous sa gorge.

— Je déteste être chagriné.

— Shadow, cracha Blayne.

L'intéressé jeta un regard indolent à son frère.

— Tue-la. C'est un ordre, ajouta son chef à en juger son subit changement d'humeur.

Sans mot dire, sans réfléchir et de sang-froid, Shadow égorgea sa victime, ce qui déclencha des cris d'effroi et de dégoût. À demi noyée dans son sang, elle s'échoua contre Victor et, confrontée à ses yeux sans vie, agonisa. Une minute, moins, sans doute ; elle n'en sut rien, son regard fixé sur un voile grisâtre et un monde tournoyant, en chute totale.

Rideau.

CHAPITRE 18

— GRANDIR, C'EST SAVOIR MOURIR —

Pureté marmoréenne dans un environnement décadent, discrète malgré tout au milieu de la grandeur démesurée des gratte-ciel, l'église Saint-Sauveur se distinguait comme une flèche d'argent dirigée vers le Paradis. Sa cloche retentit, annonçant la fin de la cérémonie. Alors, elle libéra un cortège restreint d'agents funéraires encombrés d'un grand cercueil rutilant, une cohorte ridiculement mince d'amis n'ayant cure du regard d'autrui et enfin, Stella Winslow ; Fleur, sa fille et Harry, son frère cadet. Tous en noir, tous chagrinés. Ils bravaient ensemble un dégoût général instillé par des médias à la solde d'Aryan Turner.

Exclu, mais non moins là, Reginald se tenait à distance. Caché derrière une colonne du cloître, au milieu du jardin artificiel, il assistait au dernier voyage de son amour. Un vent tiède s'insinuait à sa rencontre, ébouriffait sa chevelure et faisait ondoyer son manteau sombre. Enseveli sous une couche démentielle de fards, son visage terni par le deuil ressemblait à la face d'un jouet d'enfant. Aucun sanglot ni la moindre onde de souffrance cristallisée, comme si son cœur émietté, anéanti, s'était arrêté de fonctionner. Un désir vengeur grandissait dans ce vide immense, dans ce tertre de tristesse, nourri par un terreau de haine et de colère. Celle-ci n'avait de cesse de grandir, érigée par un sentiment de faiblesse et de défaillance.

Reginald demeura jusqu'à la dernière seconde. Il regarda ce cercueil être englouti dans un corbillard chargé de couronnes de fleurs ; suivit des yeux un vol de drone télévisé au-dessus du cortège ; surveilla une foule renfrognée agglutinée derrière un mécha-garde et une rangée de flics. Quand un ultime véhicule noir s'effaça au détour d'une rue, son vigile se faufila derrière lui.

— Monsieur, dit-il, nous devrions y aller.

Reginald fit « oui » de la tête au terme d'un moment de réflexion et, chassé par une trombe de vent chargée de feuilles, se retira.

Victor,

« Écrire, c'est côtoyer les étoiles » me disait ma sœur. Naïve, elle l'était, comme je le suis de croire, en cet instant, réussir à noyer mon chagrin en jetant des mots à la volée. Ce feuillet finira au feu, comme tant d'autres, et j'imagine déjà en voir la fumée s'élever vers toi. Que tu entendes ce que je n'ai su te dire, cette nuit-là.

Je suis ridicule.

Je mentirais, si je te traduisais mon sentiment de ce jour, car celui-ci est indéchiffrable. Je suis en colère contre toi et ta folie des grandeurs ; contre moi et ma faiblesse ; contre notre monde, celui des Intouchables, et son incessant jeu d'échecs. Je suis fatigué de cette course aliénée ; fatigué, dès maintenant, de vivre sans toi.

Qu'aurais-tu fait, si tu m'avais survécu ? Te serais-tu jeté tout entier dans une vindicte contre ces faux dieux ? Aurais-tu sacrifié tes dernières forces pour me venger ? Ou suis-je une figure de candeur à croire en un amour indéfectible dans ce monde fané, là où tu te serais érigé une nouvelle vie sur mes cendres ? Je ne saurais y croire.

Je dois réfléchir, me reconstruire, survivre.

Comme nous l'avons toujours fait.

2. CONSÉCRATION

«La haine est une drogue tonifiante : elle fait vivre, elle donne son souffle à la vengeance. L'indulgence, elle, est une faiblesse mortelle.»

Victor Winslow

FEAR NONE * PROTECT THE WEAK

NEVER SURRENDER

CHAPITRE 19

— L'AMOUR EST UN FLINGUE CHARGÉ —

Je veux guérir
Je veux sentir
Que ce que je pensais n'a jamais été réel
Je veux laisser partir la douleur que j'ai gardée si longtemps

Je veux guérir
Je veux savoir la sensation d'être proche de quelque chose de réel
Je veux trouver quelque chose que je désirais depuis longtemps
L'endroit où j'ai ma place

Somewhere I Belong – Linkin Park

KAYLA REGARDAIT PAR LA fenêtre de sa chambre, l'air absent. À la fin de l'hiver, Varsovie revivait. Jeunes et vieux discutaient et riaient, tantôt en fin de messe, sur la place de la grande église, tantôt autour d'un verre d'alcool au zinc du café du coin. Certains miséreux du ghetto infiltraient la ville pour y mendier, assis sur une volée de marches ou sur un trottoir. Il y en avait un, juste en face de là où vivait la jeune femme. Installé à côté d'une cordonnerie, il accostait tout le monde non sans servir son sourire édenté pour un oui ou pour un non. Kayla admirait son courage. Comment ferait-elle, si elle se retrouvait dans une telle situation ? L'assurance-vie de Blayne touchait à sa fin. Bientôt sans ressource, elle s'était efforcée de trouver du travail, mais aucun embaucheur ne voulait d'elle, conscient d'avoir affaire à de la mauvaise graine. Elle avait juré à Blayne de ne jamais se remettre à voler, mais avait-elle le choix ?

Il était mort il y a un an, et cela lui semblait tout frais. Elle revoyait leur immeuble, consumé par des flammes incontrôlables ; elle entendait ses cris, assourdis par la furie du feu, mais semblable par cette alchimie au mugissement d'un condamné dans un taureau d'airain. Constamment forcée à revivre ce traumatisme dans ses songes, Kayla dormait par intermittence et cessait de s'égarer ou de réfléchir sitôt éveillée. Son ami Jozef avait retrouvé des médicaments dans la chambre de sa fille, triste souvenir de ses crises de détresse à la suite du décès de sa mère. Périmés, mais toujours fonctionnels, ces drogues soulageaient Kayla en anesthésiant sa souffrance, en chassant ses idées noires et lui offrant des nuits sans rêves. Jozef veillait à sa consommation régulière, dans l'attente d'une meilleure solution, tout en s'assurant de ne jamais la retrouver en état de surdose.

Son fils émit un cri dans son berceau. Kayla fit glisser son regard sur lui et lui sourit. Son attention se dirigea ensuite à nouveau vers sa télé et sa chaîne d'informations, dont le journaliste s'excitait sur des « nouvelles exclusives » de la Fédération. Elle s'en étonna, car rien n'en filtrait d'ordinaire. *VitaTrend* et d'autres réseaux sociaux s'enflammaient au sujet d'une affaire de super-héros. Kayla souffla du nez, fatiguée d'entendre autant de conneries dans des médias censés se montrer sérieux. Il en émanait néanmoins une insistance dérangeante. Les images et les vidéos, au-delà d'abonder, s'avéraient excellentes. *Fake news* ou non, elles circulaient. Kayla sentit son cœur s'emballer au moment où elle distingua, au milieu d'un défilé d'effigies, un visage familier au regard d'acier et au front envahi de mèches argentées.

— Blayne… ! souffla-t-elle.

Que lui avait-on fait ? Quelle était cette mâchoire disgracieuse ? Boulonnée, vissée, envahie de métal, sa chair était sillonnée de cicatrices.

— Bon sang ! Il est vivant !

Son enfant gigota en riant. Comblée de joie, Kayla embrassa son front et abandonna sa chambre une minute pour se mettre à chercher Jozef. Ce dernier se trouvait en salle, en train de marteler sa vieille machine à café pour servir un client. Kayla s'assit sur un tabouret face au comptoir, un grand sourire gravé sur sa face.

— Oh là ! Qu'as-tu encore fait comme enfantillage pour être aussi joviale ?

— Blayne est vivant, révéla-t-elle tout de go.

— Quoi ?

— J'ai vu son visage aux infos.

Jozef jeta un regard à la télévision fixée dans un angle du restaurant. Il resta un moment muet, attentif aux dires des journalistes. « *Ces images ont atteint un stade viral grâce à VitaTrend. Il aura fallu moins d'une journée pour gagner un nombre démesuré de réactions et de commentaires. Un tel record écrase même celui de 2072 et de son Effondrement des États-Unis. Ces super-héros suscitent une grande admiration, guidée avec soin par une coalition marketing à la solde du Conglomérat, mais certains s'interrogent : sont-ils un danger ?* »

— Quelles conneries ! rit Jozef. Où tu as vu Blayne, là-dedans ?

— Elle dit vrai, divulgua une voix éraillée.

Kayla se retourna aussitôt. Un homme vêtu d'un pardessus élimé engloutit sa mouillette imbibée de jaune d'œuf et se torcha le menton de sa serviette. Ses mains étaient réchauffées par des gants déchirés et sales, mais la finesse de ses doigts et sa façon de se mouvoir dévoilaient une vérité dont il aurait certainement aimé se cacher. Cet homme était un nouveau vagabond, un survivant de la classe moyenne ou riche, jeté à la rue car il avait tout perdu. Il retira sa capuche pour exhiber sa face ; maigre, taillée par la faim, mais surtout par la haine sinon par la tristesse, crevassée d'yeux gris où se devinait une malveillance doublée de cruauté. La crasse agissait tel un fard ridicule, renfonçant ses joues, durcissant ses pommettes. Kayla sentit un frisson remonter au gré de son échine. Cet homme dégageait une aura dérangeante, comme s'il avait été façonné dans la même veine qu'un scalpel.

— Blayne Weston a survécu, oui, renchérit-il.

— Qui êtes-vous ? demanda Kayla. Comment connaissez-vous mon fiancé ?

L'homme se fendit d'un rictus.

— Vous n'avez aucun intérêt à connaître mon nom, mais si vous y tenez tant : Frédéric Cordier. *Docteur* Frédéric Cordier.

Aveuglée par une soudaine curiosité, la jeune femme retira son café du plateau de Jozef pour le lui amener elle-même. Assise face à lui, elle se fit violence pour affronter son méchant sourire.

— Vous avez soigné Blayne ?

— Soigné ? Ha-ha-ha. On fait difficilement ce genre de choses, là où je travaillais.

— Et vous travailliez… ?

— À Harmattan Associés. Secteur de recherche. Bactériologie, pour ne rien vous cacher. Weston était un de nos cobayes.

Le cœur de Kayla se serra. Bientôt, elle fit ses déductions ; saisit comment son fiancé avait fini doté de super-pouvoirs. Elle cauchemarda, éveillée ; imagina Blayne attaché à une table, relié à des tubes où circulaient un poison. Pire ! Elle le vit devenir fou, enfermé dans une salle exiguë où il subissait des radiations.

— Vous avez expérimenté sur lui.

— Oh, moi, non, déclina Cordier. Une estimée collègue, oui.

Sa grimace s'agrandit.

— Elle l'a remodelé. Ici, et là, ajouta-t-il en désignant son front.

— Il… Il ne se souvient de rien ?

— Rien, non. Ses réminiscences se sont montrées suffisamment insistantes pour envoyer mon « estimée collègue » massacrer son rival.

— Piotr…

— Si j'étais vous, je saisirais ma chance.

— Comment ?

— En intégrant la fraternité.

Kayla se mordit l'intérieur de la joue. Elle ne saurait abandonner son fils, même pour une journée. Quant à faire le deuil de son fiancé, elle ne saurait s'y résigner. Comment vivrait-elle, en voyant constamment Blayne dans les médias, tout en disant à son fils « papa est mort » ? Elle devait agir. Jozef et sa fille, Hilda, étaient des gens de confiance. Garder Iowan une semaine, ou deux… était-ce envisageable ?

— Vous avez vos contacts pour me transférer à la Fédération, j'imagine.

— Oh, oui. Il aurait fallu m'abattre pour m'arracher ça. Certaines dettes ne s'effacent jamais.

Comme elle semblait tergiverser avec sa conscience, il fit glisser vers elle une serviette où il avait inscrit une adresse.

— Écoutez, je suis le seul à même de vous aider. Alors, si vous faites le choix de me suivre… venez.

Sur ces entrefaites, il termina son café et, non sans adresser un sourire en coin à Kayla, se retira.

Confrontée à un dilemme, la jeune femme resta un moment assise à fixer ce morceau de papier. Venue débarrasser, Hilda s'installa à ses côtés.

— J'ai tout entendu, avoua-t-elle. Tu devrais oublier ça, ma chérie.

— C'est ma seule chance de le retrouver.

— C'est dangereux. Le Conglomérat a sûrement investi énormément d'argent pour en faire son jouet. Il refusera de le libérer. Se souvient-il au moins de toi ?

— Je dois essayer, Hilda. Si je me défile, je devrai vivre en connaissance de cause et élever Iowan en voyant son père à la télé, traité comme un esclave dans une cage dorée.

— Et si tu te fais tuer ? Ces agents ont l'air de tout sauf de tendres agneaux.

Kayla étreignit ses mains.

— Je mourrai en sachant mon fils en sécurité. Il grandira chez sa marraine, et il vivra une nouvelle vie.

— Kayla…

— Promets-le moi.

Hilda la regarda droit dans les yeux. Elle y lut une grande détermination derrière un voile de tristesse. Kayla avait raison, elle en avait conscience. Si elle ne faisait rien, son inaction la rongerait et ses remords finiraient par la tuer.

— Promis, souffla-t-elle.

Comme nombre de grandes villes, la tombée du jour avivait une autre face de Varsovie ; une face cachée, voilée de noirceur, noyée dans sa déchéance et ses périls. Honnêtes vagabonds et sans-le-sou abandonnaient leur aire de mendicité aux malfaiteurs en maraude. Afin d'éviter ces désagréments, la gent « aisée » se retranchait dans la vieille ville sous la surveillance d'infatigables mécha-gardes. Kayla était demeurée dans ce district grâce aux économies de son fiancé et à la gentillesse de Jozef. Quand elle sortit du café de ce dernier, elle croisa d'ailleurs un « marcheur » en faction, mitrailleuses en évidence. Son armure était rayée et carbonisée par endroits, stigmates de guérillas urbaines. S'y ajoutaient des graffiti, tags dénués de sens ou obscénités. Comment avait-on réussi à vandaliser une telle machine ?

Son morceau de papier en main, Kayla marchait vite, sans s'arrêter ni réfléchir. Elle s'aventura dans le faubourg où toute notion de sécurité s'effaçait. Il demeurait des intellicams, par-ci par-là, mais certaines s'avéraient aveuglées ou carrément détruites. La jeune femme se montra attentive au moindre son, car même si elle était née et avait grandi dans ce monde, elle restait une proie facile. Un vent froid soufflait, charriant sur la route un mélange de feuilles et de détritus. Un fracas retentit pour mieux annoncer un renard en train de se goinfrer dans une poubelle. Stressée, Kayla accéléra et tourna dans une ruelle en guise de raccourci. Elle finit par atteindre le ghetto et sa parodie de centre de soins. Un édifice en désuétude, à demi abandonné sitôt signée la fin de l'Euroguerre. Ses murs salis par la crasse ambiante s'agrémentaient de fêlures et de moisi. À ses fenêtres, des résidents s'offraient à la caresse du vent, l'air renfrogné, ou venaient y accrocher du linge, immaculé dans ce tableau dégoûtant.

Alentour, des masures de tôle et de matériaux de récup essaimaient, construites sans aucune cohérence. Kayla se faufila au milieu de cet amas de misère tangible, évoluant sur une allée issue d'une route fortement dégradée. Un nombre démentiel de chiens maigrelets rôdait, dévorant des déchets ou des cadavres d'oiseaux.

— Quelle ironie, déclama une voix. Comme la haine, l'amour finit par s'échouer au fond d'une déchetterie.

Silhouette confondue au décor, Cordier était vaguement éclairé par un réverbère grésillant. Il fumait une cigarette, adossé au mur près d'une benne à ordures. Paralysée par son angoisse, Kayla demeura immobile dans un refus viscéral de se faufiler dans cette allée malfamée.

Son vis-à-vis tira une taffe.

— Si j'avais voulu vous faire du mal, ajouta-t-il dans une volute de fumée grise, ce serait déjà fait. Vous êtes venue, donc vous tenez au cyborg d'argent. Je suis là pour vous mener à lui, alors, faites-moi confiance.

— Comment? interrogea Kayla. Comment vais-je le retrouver?

Cordier fit signe de le suivre. Aveuglée par ses tergiversations interminables, la jeune femme resta d'abord à le regarder s'éloigner avant de se décider à le rejoindre. Effacée dans l'obscurité, elle fut aussitôt assaillie par un immense sentiment de malaise. Elle entendait nettement des rats fouiner à grand renfort de saccage, fouiller, filer; des matous feuler ou criailler au gré de conflits territoriaux. Au fil de son avancée, elle entendit des voix, dont des invectives envers un chien agité. Bientôt, elle tomba face à un énorme rottweiler attaché à une chaîne, tenue par un homme à la carrure immense. Un autre gars, moitié moins colossal — mais non moins menaçant —, se tourna. Son œil droit, augmenté et dénué d'esthétisme, fixa Kayla comme un vulgaire objet. Elle jura y voir gravée une croix gammée. Son œil naturel trahissait une furieuse envie de « jouer » avec elle. Une immense cicatrice courait au milieu de sa face ravinée, vieillie par un abus de drogues sinon par son âge. Comme si un individu suicidaire avait tenté de lui fendre le visage en deux. Elle s'orna d'un sourire matois derrière un joint entamé.

— Joli colis, railla-t-il en désignant Kayla du menton.

Son acolyte se dirigea du côté d'un fourgon noir, nu de toute fioriture; totalement discret. Consciente de se trouver entourée de truands sensibles à son angoisse, Kayla garda une mine fermée, même si son cœur s'emballait déjà. Comme Gringalet la guignait d'un air amusé, Cordier jugea utile de commenter :

— Vous avez des ordres.

Son interlocuteur tira une taffe sans mot dire.

— Relax, doc, souffla-t-il enfin. On connaît notre job.

Il tendit la main vers Kayla.

— Amène-toi. Ton carrosse t'attend.

La jeune femme jeta un regard à Cordier. Son regard alliait des sentiments contraires, mais elle sut y déchiffrer sa conjuration : « faites-moi confiance. » Il attendait énormément de sa collaboration ; cette fiancée attristée incarnait sa monnaie d'échange, son moyen de se tirer de sa misère pour recouvrer son statut. Kayla détestait se sentir traitée en objet. Quant à ce néo-nazi, son gorille décérébré et leur fichu clébard, ils ne la rassuraient en rien.

— Écoute, joli cœur, ajouta Gringalet. T'as entendu : on a des ordres. Alors, soit tu nous suis gentiment, soit on te jette dans ce fourgon. Vu ?

À cet instant, Kayla mesura toute sa témérité. Jamais elle n'aurait dû faire confiance à ce chercheur déchu. Coincée, elle saisit la main du néo-nazi, dont le sourire s'agrandit. Il vociféra deux mots en allemand et traîna son « colis » vers le fourgon, où le chien se remit à aboyer. Son acolyte se chargea de le faire taire avant de dégager un endroit confortable pour Kayla.

— Quand me sortira-t-il de ce merdier ? demanda Cordier à Gringalet.

— Quand cet enculé de Turner sera mort.

— On avait un accord… !

— Vous en *avez* un, oui.

Il marmonna un juron, contraint d'observer sans mot dire la retraite de cet infâme sbire. Celui-ci monta à l'arrière du véhicule, dont il cogna la carrosserie afin d'ordonner à son camarade de démarrer. Commença pour Kayla un voyage interminable. Elle ne vit rien du décor, mais eut moult occasions d'admirer son garde-chiourme. Gringalet la fixait, un sourire en coin rivé sur sa vilaine face.

Il finit par lui jeter un sac où se distinguait un vêtement immaculé.

— Allez, enfile-la, ordonna-t-il.

Kayla fronça des sourcils.

— Tu rêves, grommela-t-elle.

— Je vais me faire une joie de t'habiller moi-même, menaça Gringalet.

Sa grimace s'agrandit. Kayla demeura un moment à le défier du regard et, en se gardant de détourner celui-ci, elle déchira le sac pour en sortir une combinaison numérotée.

— Grouille-toi.

Elle obéit malgré elle. Son infâme gardien se « fit une joie » de la mater, à défaut de la toucher, et commenta d'ailleurs :

— Il est sacrément chanceux, ce gros con de cyborg d'argent.

— Jaloux ?

— Pas du tout, ricana-t-il. Si je voulais, je te baiserais ici même.

— Alors, vas-y. Oh, non, tu as *peur*... du gros con, ou de ton commanditaire ?

Bringuebalé par des dénivelés, le fourgon s'arrêta un moment. Kayla entendit des voix et des rires ; entrevit, par l'embrasure de la portière, un faisceau rougeâtre : un mécha faisait le tour du véhicule. Un ordre fut vociféré et le véhicule redémarra. Son moteur eut alors tôt fait de résonner dans un endroit manifestement immense. Kayla s'interrogea, mais un arrêt définitif mit fin aux devinettes. Elle entendit une raillerie de Gringalet, mais n'y accorda aucune attention, soudain déboussolée.

Sitôt descendue du fourgon, elle jeta un regard alentour. Une cohorte d'ouvriers terminait de charger une navette de fret dénuée, elle aussi, de couleurs ou d'emblème. À l'intérieur, un éclairage azur faisait reluire des « cocons » gravés du symbole *CryoGen* alignés au mètre et reliés par un entrelacs de câbles. Une forte odeur de détergent régnait, mêlée à celle du carburant et du métal.

À la faveur d'un moment de solitude, Kayla jeta un regard à un des cocons encore sur chariot. Un son régulier tel un électrocardiogramme en émanait et, sur sa face gauche, un écran affichait une silhouette humaine affublée d'une multitude de chiffres et de courbes. Kayla refusa d'admettre une évidence : dans ces *CryoGen* dormaient de futurs cobayes du Conglomérat.

— Alors, joli cœur, tu t'amènes ?

Gringalet désigna un cocon du menton.

— Comme si j'allais entrer là-dedans.

— Ça a été décidé comme ça. Cordier a été clair, non ? Si tu veux retrouver ton grand amour, va falloir intégrer cette foutue fraternité. Le Conglomérat est gourmand en cobayes, son moyen infaillible de créer et tester de nouveaux Supers. Sauf s'il les utilise comme jouets pour ceux déjà existants, mais ça, c'est du détail. C'est ton occase de t'y infiltrer. Crois-moi, moins tu en sais, mieux toute cette merde marchera.

La jeune femme déglutit ; ravala son animosité, oublia sa fierté. Elle cessa de songer, de s'interroger sur ces stratagèmes dont elle ne saisissait rien. Gringalet avait raison : tout savoir s'avérerait dangereux pour elle. Son cerveau vidé de doutes, marchant droit devant elle par automatisme, elle s'allongea au sein du cocon. Sa dernière image fut cet œil gravé d'une croix gammée ; son dernier son, une raillerie de Gringalet. Alors, un grand silence la submergea.

CHAPITRE 20

— LE VER DANS LE FRUIT —

KAYLA S'ÉTAIT ENDORMIE. ELLE rêvait, revivait inlassablement la dernière scène dont elle se souvenait. Elle revêtait une combinaison faite d'un tissu désagréable au toucher et à la forte odeur de nettoyant. Son visage se tordait de dégoût face au numéro d'identification fixé au-dessus de son sein gauche. Elle se remémorait Gringalet et son rictus, dernière image on ne saurait moins séduisante gravée dans son crâne avant une obscurité totale. Confinée dans ce cercueil aux âcres relents, elle ne voyait ni n'entendait rien.

Sous une secousse inattendue, son cocon se détacha et collisionna ses voisins non sans faire sauter des tuyaux d'air et arracher des câbles. Kayla se réveilla en sursaut. Premier réflexe : essayer de se redresser. Quand elle mesura toute son incapacité à le faire, elle céda à son effroi. *Panique totale.* Son cœur s'emballa. Elle entendait des tirs, au-dehors ; sentait une odeur de cramé, faufilée dans un interstice à la rencontre de son nez. Les indicateurs de son moniteur extérieur virèrent très vite au rouge. *Crise de claustrophobie.* Elle étouffa à force d'essayer de faire sauter le verrou du module, accablée par un sérieux déficit d'air. Elle cria, cogna à s'en arracher chair et os. Elle se sentit sombrer mais, revigorée par l'adrénaline, réussit enfin à se libérer.

Assise à demi, elle essaya de se rasséréner et surtout, de recouvrer son souffle. Au même moment, une salve de mitraille anti-blindage émietta le fuselage de la navette. Aussitôt ratatinée sur elle-même, Kayla évita de justesse une mort immédiate. Une dizaine de cocons fut trouée, et de ces déchirures fuit un mélange dégoûtant de sang et de fluides de synthèse.

Kayla se redressa de son mieux, encore groggy, et se martela un seul mot. *Parachute. Parachute. Parachute.* Une nouvelle secousse eut raison d'elle : elle tomba, entraînée en tous sens, malmenée par la force de gravité. Ils allaient se crasher.

La jeune femme courut en contre-sens et glissa sur de la mousse, là où le système anti-incendie avait tenté d'arrêter les flammes. Là, grignoté par celles-ci, elle découvrit cet objet tant rêvé ; ce sac de survie. *Parachute.* Elle en saisit un et dut faire un gros effort de concentration pour contrôler ses mains tremblantes et attacher ses sangles.

Soudain fendue en deux, sa navette vomit dans le ciel toute sa cargaison. Kayla s'accrocha à un entrelacs de câbles, ses jambes dans le vide. Un vent glacé s'engouffrait par rafales au cœur du véhicule éventré et menaçait sans cesse d'en arracher la jeune femme. La dernière sangle serrée, celle-ci ferma les yeux et s'abandonna à sa chute.

Elle semblait voler comme tout autour d'elle dégringolait dans un sifflement sourd. Une fois tirée de la navette, elle distingua deux drones, affairés à la mitrailler sans s'arrêter.

Le vent la dirigea à distance de cette exécution sommaire. Bientôt elle vit les frondaisons se dessiner au-dessous d'elle. Elle s'y écrasa dans un concert de gémissements végétaux et s'échoua à terre. À demi sonnée, elle mit une éternité à recouvrer contenance. Elle s'arracha de sa toile et s'étala sur le dos, exténuée.

Silence. Au chant de grillons dans des fourrés se mêlait un frémissement de feuilles. Kayla regardait celles arrachées dans son sillage tomber sur son visage en virevoltant.

Une rumeur de ruissellement lui remémora sa soif. Encore endolorie, elle s'efforça de rejoindre un ruisseau dont elle examina les eaux. Sa couleur et son odeur n'avait rien de ragoûtant. Accablée, Kayla s'assit et rassembla ses jambes contre elle. Elle songea aux amours de sa vie et sentit revenir son chagrin. Sans le stratagème de Cordier, comment allait-elle ramener Blayne ? Où était-elle ? Avait-elle seulement atteint la Fédération ?

Il fallait survivre. Certaine d'y trouver tôt ou tard une aide, Kayla rejoignit sa navette, ou du moins sa zone de crash. On allait sûrement venir s'y servir, s'il en restait des éléments utilisables.

Elle distingua une colonne de fumée noire, détachée sur un ciel nocturne vaguement grisâtre. L'aube se montrait. Kayla se mit donc en marche. Cailloux et ronces arrachés déchiraient ses jambes et ses orteils, mais elle n'en avait cure. Elle restait focalisée sur une seule idée : savoir où elle était.

Éventrée, émiettée, la navette gisait au milieu d'un cratère. Une aile dont les rotors tournaient encore sortait du sol. Béant comme une gueule géante, son fuselage anéanti par du gros calibre traînait, un arbre en travers. Toute la cargaison avait valdingué en désordre. Certains cocons avaient résisté au crash et s'enfonçaient désormais à moitié dans la terre meuble. Kayla distingua des moniteurs encore fonctionnels, d'où filtrait un son aigu en signe de fonctions vitales nulles.

Une clameur attira soudain son attention.

Un 4x4 arrivait, suivi par des motos maniées sans aucune retenue par des gars surexcités semblant sortir d'un show de moto-cross. Kayla céda à son instinct et se cacha derrière un morceau de moteur pour mieux observer. Il descendit du 4x4 une dizaine d'hommes armés semblables à des guérilleros. Sur leurs tenues kaki, ils arboraient tous un foulard blanc à l'effigie d'un aigle. Kayla s'attarda sur l'un d'eux, conducteur du 4x4. Un colosse à face de molosse, dont le crâne rasé était tatoué. Il tenait un formidable fusil d'assaut Veyron 4-47 comme s'il s'agissait d'un jouet d'enfant.

— Ratissez la zone, ordonna-t-il. Et on se magne ! Trouvez-moi ce Cléocube. McLane ne veut aucune fuite !

Kayla fronça les sourcils en entendant ce nom. Stefan McLane dirigeait la Rébellion fédérante ! Elle avait donc atteint la Fédération ; ses forêts où se cachaient ces insurgés, à défaut de sa cité-District.

Elle frissonna soudain, arrachée à ses réflexions. Un des soldats écrasait la gueule de son fusil contre l'arrière de son crâne. La jeune femme se garda de tout geste, demeura sagement immobile, conformément à son ordre.

— Drake ! cria-t-il. Vise-moi ça !

Le molosse tatoué se détourna de ses camarades et s'avança vers eux. Kayla fut remise debout, tirée par son col et maintenue à la merci de son agresseur.

— Un des rats a abandonné le navire, on dirait, railla ce dernier en désignant du menton son numéro d'identification.

Elle se retint de réfuter, de crier « je ne suis pas un cobaye ! » et encaissa sans mot dire. Il valait mieux éviter de leur donner une raison de la tuer, s'il leur en fallait une. Sans se formaliser de son silence, comme s'il y était accoutumé, Drake fouilla son treillis d'où il exhuma des cigarettes. Il se figea sitôt son *Zippo* en main, se remémorant des ordres. Aucune trace de leur venue ne devait subsister. Qu'allait-il faire de cette femme ? En la tuant ici même, on retrouverait son cadavre d'une manière ou d'une autre. Que ce soient des chiens de l'Autorité ou, soyons zélés, des Vipers, tôt ou tard on remonterait leur trace et découvrirait leurs activités — et leurs cachettes — dans ce District forestier. Si elle filait, on lui mettrait la main dessus et on la ferait causer — sauf si elle s'avérait elle-même une agente infiltrée.

— On la ramène à McLane, décida-t-il finalement.

L'insurgé derrière elle enfonça sa crosse de fusil dans son dos, de sorte à la faire marcher vers leur véhicule tout-terrain. Il l'y menotta comme un de ses acolytes la gardait à l'œil. Elle ne montra aucune résistance, consciente d'être à leur merci et surtout, de la nécessité de ces gars. Ils connaissaient ces forêts, ils sauraient donc en sortir et elle aussi, de fait. Elle resta donc avachie à les regarder s'activer à la recherche du Cléocube. Ils finirent par trouver ce condensé de mémoire, qui irradiait encore d'un éclat azuréen malgré une couche de suie, et le jetèrent au fond d'un sac.

— On se tire, gueula Drake.

Tous obéirent illico ; en moins de dix minutes, un grand silence retomba sur cette zone de crash. Les rebelles s'effacèrent dans la forêt, dont Kayla découvrit toute la densité. Une nature drue et tassée, comme si elle s'entre-dévorait, avait envahi la «Zone Contaminée»; un ancien État ravagé par la détonation d'un ensemble d'usines où la chimie se mêlait à la folie, et où moult découvertes avaient fui pour mieux transformer la flore — voire la faune — alentour. Au nord de cette Zone s'étendaient d'autres usines : celles du Conglomérat, là où devait atterrir cet avion démantibulé.

Arbres immenses et arbustes étranges déchiraient d'anciennes routes, entièrement sillonnées de végétation à croissance anormale et gondolées de racines. On traversa une ancienne cité, entièrement abandonnée, où gratte-ciel éborgnés et édifices grignotés par une verdure gourmande grinçaient au gré du vent. On finit par descendre dans une cuvette verdoyante où s'alignaient des rangées et des rangées de tente. Y rôdaient des femmes et des enfants, tous vêtus du même uniforme kaki. Au milieu, un centre de détention se dressait. Kayla vit des sentinelles tourner en rond au sommet des miradors. Une vocifération, un ordre, et sa grille fut ouverte face au 4x4. Celui-ci se gara dans une cour gravillonnée devant une entrée, manifestement celle d'une ancienne administration. Libérée de ses menottes, mais non moins «conviée» à obéir, Kayla suivit son escorte.

Elle s'était imaginé un endroit en désordre, investi sans fioriture par ces insurgés. Elle fut confrontée, en totale inverse, à une rigueur militaire. Tout se révéla soigneusement rangé, malgré un mélange singulier entre vie civile et train-train martial, telle cette femme au crâne à demi rasé, affairée à nettoyer son AK-412 à côté du ficus du coin d'accueil. Elle fumait une cigarette, l'air ailleurs.

— Salut, fit-elle à l'attention de Drake. Tu ramènes un cadeau à Stef?

— Ouais. Un rat de labo.

— Jolie, admit-elle dans un souffle grisâtre. Pour une cible vivante, j'veux dire.

Un juron faillit filer entre les dents de Kayla.

— Stefan est là ?

La soldate en revint à son arme.

— À l'étage, avec Chase et Saxon.

Guidée sans ménagement vers un escalier, Kayla suivit sans mot dire. Sitôt à ce fameux étage, là où, jadis, se trouvait la directrice de cet établissement, elle fut en mesure de jeter un œil au-dehors. La cour gravillonneuse de l'administration était dégagée, entourée par une enceinte et surmontée d'une sorte de dôme. Y étaient garés de gros véhicules de guerre, tout-terrain d'excellente facture. Elle en vint à se demander comment ces insurgés, contrairement à des guérilleros isolés, réussissaient à se fournir et à alimenter un tel matériel.

— Entrez ! fit une voix.

Drake obéit illico et entraîna Kayla à sa suite. Ils furent accueillis dans un cadre fastueux où, derechef, se révélait un étonnant mélange de genres. Sur un office de cèdre où trônait encore un chevalet au nom de « J. Hennessy », traînaient des armes de gros calibre et leurs munitions. Sur une table ovale envahie de tasses de café vides, de sachets de rations et de couteaux de combat, un émetteur diffusait une carte tridimensionnelle des Districts environnants. Sur les chaises alentour demeuraient Chase et Saxon, à en juger le nom sur leur uniforme. Un deuxième homme restait debout, mains rivées à la table : Stefan McLane. Son visage anguleux était déchiré, par-ci par-là, de cicatrices. Un vestige évident de rixe au couteau mourait à la naissance de sa chevelure noire, ébouriffée malgré une tentative de mise en ordre. Son regard semblait factice, digne d'un *EaglEye*, augmentation extrêmement coûteuse.

Kayla déglutit, s'efforça de chasser une angoisse soudain concentrée dans sa gorge. Cette figure de la Rébellion, pour ne pas dire *la* figure de la Rébellion, s'entourait d'un genre d'aura dont elle ne parvenait pas à identifier la nature. Elle savait néanmoins quels sentiments s'entremêlaient dans son cœur : la peur sous toutes ses formes. Celle, entre autres, d'un mouton confronté à un semblable étrange, aux mâchoires fort garnies et au discours trompeur.

— Alors, commença-t-il, vous avez trouvé ce Cléocube ?

— Ouais, révéla Drake en jetant son sac sur la table.

— Bien, se réjouit-il ensuite. Et elle, c'est un extra ?

— On l'a trouvée dans la navette. C'est juste un rat de labo, je…

— Kayla, trancha la jeune femme. Je m'*appelle* Kayla.

Le regard du chef de la Rébellion glissa sur elle comme un couteau. Un frisson glacé remonta son échine. *Danger*. Ce gars-là s'entourait d'une véritable aura de *danger* ; elle avait rencontré suffisamment de truands et de tueurs cinglés pour la sentir.

— Kayla, renchérit-il en souriant. Je m'interroge, tu sais… ensuite, je raisonne. Tu as survécu à notre feu d'artifice, c'est déjà un exploit. Cela signifie que tu as été en mesure de sortir de ton *CryoGen* car, petit un, on ne t'a pas droguée et, petit deux, on n'a pas transformé ta cervelle en gelée. Tu ne te souviendrais pas de ton nom, sinon. Qui t'a aidée, à Harmattan ? Qu'essaies-tu d'accomplir en te faufilant chez nos ennemis ?

— Je veux retrouver mon fiancé.

Stefan cilla comme si elle venait de dire une énormité.

— Ouais, insista Kayla. Il vous gêne, ai-je cru entendre, alors si vous voulez vous en débarrasser, aidez-moi.

— Il va falloir te montrer un peu plus claire.

— Je parle du « cyborg d'argent ».

— Centurion ! Ah, ouais !

— Tout ça, je le fais pour le sauver des griffes de cette ordure de Turner !

Stefan demeura une seconde coi, avant d'éclater de rire. Il se servit un verre de whisky et y goûta. Il avait viré de la joie à la sévérité en une fraction de seconde. Comme agacé, il ordonna d'un geste de la main à ses sbires de faire sortir Kayla.

Au-delà d'être une *gêne*, Centurion et ses semblables monstrueux s'avérait *la* solution à la Rébellion. La débâcle se profilait déjà : certains groupes d'insurgés encore instables, plus attachés à leur survie qu'à la cause, se massaient déjà près des QG adverses pour se rendre avec autant de grâce que des chiens coupables venus réclamer le pardon de leur maître. Pire encore, ils perdaient de plus en plus d'alliés au sein de la Fédération. Quand certains vouaient une exécration absolue aux Black Vipers et à tout ce qu'ils représentaient, des imbéciles tombaient dans le piège de la propagande et se persuadaient qu'ils œuvraient réellement pour la Justice.

Kayla incarnait-elle son salut ? Introduire un rat dans l'armure du cyborg d'argent pour en saper la force et mettre fin à son joug ?

Une vibration de ComLink eut raison de sa réflexion.

— *Bonjour, Monsieur McLane.*

— Qui êtes-vous ?

— Vous finirez par le savoir, rassurez-vous. Vous et moi avons à discuter… au sujet d'une certaine demoiselle présente actuellement dans votre QG.

— Comment vous…

— Vous êtes suffisamment caché, oui, mais jamais vous ne deviendrez invisible. Pas pour moi.

— Qui c'est, cette nana ?

— Cette femme est mon instrument, mais, désormais, également un des vôtres. Elle vous dit la vérité. À la différence des cobayes dont vous discutiez, Centurion et ses camarades ont accès à l'extérieur et donc, à des souvenirs. Si vous la glissez entre ses griffes, Mademoiselle Weston saura le détourner de son obéissance…

— Pourquoi elle, et lui, au lieu d'un autre ?

— Le Conglomérat s'est arrangé pour éliminer tout élément fortement perturbateur dans la vie de ses Supers. Mademoiselle Weston est la dernière survivante.

— Hum, et Shadow ?

— Shadow est un cas particulier. Concentrez-vous sur Centurion. Rendez-lui ses souvenirs, il se détournera du Conglomérat et absolument personne n'osera lui résister. Il ne dirige pas les Black Vipers pour rien.

— Alors, donc, vous m'offrez une victoire… gracieusement ?

— Il y aura maintes occasions de rediscuter de cela. Contentez-vous de renvoyer cette demoiselle d'où elle vient, et de l'abandonner aux Supers.

Le regard fuyant, McLane continuait de siroter sans mot dire. Ce gars-là — ou cette femme — essayait de se servir de lui comme d'un jouet. Son ego saignait déjà à cette seule idée. Certes, il obéirait et jetterait Kayla dans la gueule ennemie, mais il avait d'autres objectifs en tête. Si Centurion abandonnait ses chaînes dorées, rien ne le retiendrait, c'était vrai. Ce « rien » incluait McLane ; or il tenait à garder la situation sous contrôle.

Sur son ordre, Kayla fut ramenée dans la salle.

— Il m'est venue une idée, minauda-t-il en terminant son verre. Assieds-toi, ma belle. Toi et moi avons une affaire à conclure.

***

Un vrombissement de rotors trahissait une navette à destination de la Zone Contaminée du District Huit. Blanche, immaculée, mais gravée des couleurs de Pinxit sur sa gouverne de direction. À en juger sa silhouette au design minimaliste et sa discrétion, il s'agissait d'une machine de dernière génération. À l'intérieur, dans sa soute, un vague éclairage éloignait l'obscurité. Les renforts du fuselage accueillaient des sièges, alignés face à face, divisés par un couloir menant à l'arrière.

Centurion et ses camarades — sauf Shadow et Shasta, affectés à une autre mission — y étaient installés. Le chef de la fraternité triturait son Cléocube, durement gagné, dont il avait extrait la mémoire. Grâce à elle, il connaissait tout de ses frères et sœurs, et tout élément nécessaire à sa fonction ; mais, étrangement, un doute troublait ses songes. Comme si une note discordante se glissait dans une mélodie.

Tiré de ses réflexions par une vibration dans sa mâchoire, il se redressa. « Vous êtes à dix minutes de la zone de crash », déclara Cutlaw.

Tyndall sortit de sa somnolence, ou de sa transe à grand renfort de *synthwave*, cillant comme s'il redécouvrait son environnement.

— On se réveille enfin ? railla Centurion.

— Tu étais tellement mignon, minauda Shana en s'inclinant de son côté.

Tyndall voulut se reculer, céder à son instinct face à une créature venimeuse, mais resta figé, absorbé par son charme sauvage. Elle tâta sa tignasse rousse d'un geste maternel. Issam susurra une maxime en arabe, imageant la scène.

— *Parachutage dans trois minutes*, annonça une voix de gynoïde.

— Allez, déclara Centurion, fin de la récréation. On arrive.

Il détacha sa ceinture de sécurité, geste aussitôt imité par ses semblables, et se dirigea au fond du véhicule. Tous, sauf lui, revêtirent leur sac.

— *Parachutage dans deux minutes.*

Un rayon de soleil s'infiltra dans la soute, là où une ouverture se dessinait dans un fracas d'enfer. Le vent s'y joignit, par rafales successives, non sans déstabiliser les agents. Tous regardèrent un feu allumé à hauteur d'yeux.

— *Parachutage dans une minute.*

La fraternité se mit en file indienne, guidée par son chef et, sitôt ce feu devenu vert, elle sauta. Alors, la navette fila, toujours en mode camouflage.

Bras rivés aux flancs, Centurion fendit l'air, rendu à demi sourd par des trombes d'une rare violence. En voyant les cimes, il activa enfin le module « chute libre » intégré à son armure par Zeera. Comme ravagées par un obus, ces ramures cédèrent et chutèrent sur le sol en une myriade de feuilles virevoltantes. Centurion atterrit gracieusement au milieu de cette danse végétale, se redressa et, d'une main, retira des débris de son armure.

— Wow ! s'exclama Tyndall. Putain, c'était génial !

Chacun se débarrassa de sa toile et, aussitôt celle-ci rangée, on se mit en route. À en croire leur mini-carte et son icone clignotante, ils avaient du chemin à faire. Alors, ils marchèrent au rythme du cyborg d'argent, de sorte à atteindre l'avion accidenté en une dizaine de minutes. Ils se surent arrivés en foulant un sol cendreux et surchargé de débris, où des arbres à moitié déracinés avaient flambé. Tyndall examina la machine et siffla :

— Bien cramé, dites donc.

Centurion y jeta un regard circulaire.

— Au travail, ordonna-t-il, et fouillez tout ! Il nous faut ce Cléocube.

Comme ses frères s'exécutaient, il s'attarda sur la carcasse, intrigué par des traces. Ses doigts effleurèrent des trous immenses, dont la moitié était à l'origine de la désagrégation de la navette.

— 72 delta, annonça une voix robotisée.

IQ450-Zaerus, sobrement renommé Zaerus, se glissa derrière Centurion. Ce grand mécha-chien arraché au joug de Victor Winslow s'avérait d'une intelligence incroyable, différente de ses semblables. Il venait d'ailleurs de révéler une information cruciale de lui-même, là où un autre mécha aurait erré sans *réfléchir*.

— Ce calibre a fumé notre avion, ajouta Tyndall.

— C'est du gros de chez gros, commenta Wade. Genre, ça arme des drones.

Centurion se figea dans son geste ; cessa d'examiner, au toucher, l'étendue des dégâts.

— Qui a fait ça, à votre avis ? Les rebelles ?

— Y'a des rebelles dans cette forêt de merde ? Quel intérêt auraient-ils à descendre une navette dont ils ne sauraient rien tirer ?

— Aucun, déclara Centurion. Elle a dû s'aventurer en zone ennemie et se faire courser par leur IA défensive. Quant à savoir s'il y en a dans cette forêt…

Il jeta un regard alentour. La futaie semblait se resserrer sur eux, comme si elle cherchait à les étouffer. À certains endroits, des racines sortaient de terre, difformes et vrillées en tous sens, comme en recherche d'une proie. Le cyborg en vint à se demander s'il rêvait. Quand il vit un arbre en train d'étrangler un oiseau dans sa cime, il admit une évidence : cette végétation mutante était avide de chair.

— À vrai dire, il faudrait être cinglé pour crécher ici, mais il va falloir envisager l'idée. Continuez à chercher.

Sur ces entrefaites, il s'éloigna et se dirigea vers Issam. Un genou en terre, ce dernier était manifestement à la recherche de traces — ou en avait-il déjà trouvé ? Quand il entendit son frère dans son dos, il se redressa.

— Alors ? interrogea Centurion.

— J'ai mon idée d'où est ce Cléocube.

— Je t'écoute.

Sa main tendue du côté du sol, il désigna des traces. Son chef eut un sourire.

— Tank, cria-t-il.

Wade jeta à terre un énorme morceau de fuselage et rejoignit Centurion.

— Ouais ?

— Surveille le coin, je vais suivre ces traces.

— *No problemo*, chef.

Sur ces mots, il enjamba des fourrés et écarta, d'une main, un feuillage fourni pour mieux s'effacer dans cette forêt frémissante. Très vite agacé par cette nature étouffante, fatigué d'être ralenti, il dégaina *Uru* et *Fukuro* de sorte à s'y frayer un chemin à sa façon. Il avançait, le moindre de ses sens en alerte. Bientôt, ces traces vinrent à le guider hors de la forêt, sur un vestige de route, autrement dit : une allée de macadam fendillé par une végétation à croissance incontrôlable et crevassée par endroits. Centurion y jeta un regard estimatif. Comme il ne distinguait rien de concluant, il décida d'essayer la méthode de son

Ombre de frère. Il mit un genou en terre et examina le sol. Au moment où il décela une infime tache d'huile, un froufrou attira son attention. Alors, il resta immobile, feignant n'avoir rien entendu. Le silence aussitôt installé sonna faux à son oreille, comme si on retenait son souffle.

Son regard vira en mode «analyse» afin de révéler des masses de chaleur, et glissa vers les fourrés, où il distingua une voiture accidentée dont les formes se dessinèrent en couleurs très froides. Juste derrière se cachait une silhouette rouge. Humaine. Centurion fit comme s'il n'avait rien vu et soudain, s'élança. Sa cible, une femme à en croire ses formes fines, se figea une infime seconde... et s'enfuit. Elle mesura vite ses chances de le semer : totalement nulles. Contrairement à Shadow, Centurion n'avait aucune fonction de *sprint* avancé : il se débrouillait avec ses jambes de chair et d'os engoncées dans son armure. Il n'eut néanmoins aucun mal à maintenir une certaine allure.

Une racine finit par avoir raison de la femme. Celle-ci s'échoua de tout son long dans les fourrés, non sans crier d'effroi et de douleur entremêlés. Centurion dégaina un de ses couteaux et, à la faveur de ce moment de faiblesse, se rua sur elle. Il la retint par la jambe et la traîna vers lui. Elle se débattit et déversa toute sa colère à grand renfort d'invectives, mais, manifestement amusé, le cyborg y demeura indifférent.

— Je te tiens, chantonna-t-il.

Écrasée à même le sol, Kayla s'efforça de recouvrer son souffle. *Panique totale.* Elle avait cédé à son effroi, à son instinct animal et, en voyant comment son fiancé la traitait en cet instant, elle estima avoir eu raison. Passée la terreur, elle sentit son cœur se serrer et son estomac menacer de se vider. Il l'aurait déjà reconnue; or, il jouait avec elle comme un chat s'amuserait avec une souris.

— Alors, alors, joli rat de labo... tu en as des choses à me dire, j'imagine.

— Lâche-moi!

— Calmos, ou je casse tes membres un par un.

Kayla lui jeta un regard furibond, ignorant comment réagir : céder à la colère, à défaut de maîtriser sa tristesse?

— Qui a descendu la navette?

— Je n'en sais rien, moi ! avoua-t-elle. Une secousse m'a réveillée dans mon module, alors j'en suis sortie. Tout était déjà en train de se casser la gueule, j'ai essayé de survivre !

Centurion demeura coi, à la regarder droit dans ses grands yeux marron. La *procédure* exigeait de la menacer, éventuellement de la tabasser, mais il n'en avait aucune envie. Comme si cette femme lui était familière. Sans un mot, il se redressa, entraînant Kayla à sa suite.

— Tu vas gentiment me suivre.

Se fichant d'être maltraitée, elle se dégagea de son étreinte.

— *Et ?* Tu vas m'arracher des infos et me jeter comme un déchet ? Je ne sais rien, je te dis, mais si tu me garantis de m'aider à sortir de cette merde, je saurais me montrer utile. Genre, donnant-donnant.

— Wow, t'as du cran. Qu'as-tu de si intéressant pour oser marchander ?

Sans jamais cesser de dévisager son fiancé, Kayla exhuma de sa combinaison un cube fissuré, encore sali de suie, mais d'où irradiait un faible éclat. Stefan McLane en avait évidemment extrait toute information nécessaire.

Elle gratifia Centurion d'un sourire mutin.

— Le Cléocube contre une garantie de liberté et de sécurité. Bon marché, non ?

— Autre solution : tu me le donnes, tout de suite, et je décide si je t'aide ou non.

— Alors là, dans tes rêves !

— Je saurais aussi l'arracher à ton cadavre, tu sais.

Elle demeura un moment à le défier du regard. Le cyborg gardait sa main tendue, attendant son dû, un sourire matois rivé sur son visage. Kayla lui remit le cube à contrecœur.

— Suis-moi, ordonna-t-il alors.

Il se mit en marche sans attendre. Kayla, malgré ses jambes toujours à moitié dénudées, trottina derrière lui. Cette forêt commençait sérieusement à la faire suer.

— Où on va ?

Silence. Kayla se rembrunit et se mura dans un silence vexé.

Ils finirent par atteindre une usine désaffectée, abandonnée aux aléas naturels, dont les fenêtres éclatées vous fixaient comme autant d'orbites vides. Ses murs couverts de graffiti étaient fissurés et envahis d'une végétation luxuriante, tachée çà et là d'orange et de noir, comme si la rouille fondait à vue d'œil. Il en émanait une intense odeur de métal abîmé.

La fraternité attendait là. Kayla tomba nez à nez avec Wade, formidable par sa stature et dans son armure. À sa droite, Tyndall était installé en tailleur au sommet d'un camion abandonné, absorbé par son contrôle d'un vieux robot de sécurité. Un mécha-chien de grande taille se tenait assis à ses côtés. Adossée à la cabine dudit véhicule, Shana semblait songeuse.

— Revoilà notre adorable chef, déclara-t-elle.

— J'ai le Cléocube, annonça Centurion.

Tyndall se redressa, subitement intéressé.

— Je te le confie.

Aussitôt jeté, aussitôt saisi.

— Génial!

— Qui c'est, ce joli cœur? minauda Shana.

— Un extra, railla Centurion. Elle a trouvé le Cléocube pour nous. Quel est ton nom, au fait?

Cette interrogation, si anodine, agit tel un crève-cœur pour Kayla.

— Kayla, dit-elle, s'efforçant de garder contenance.

Elle se sentait scrutée, mise à nu par tous ces yeux vitreux dirigés vers elle, acculée comme un animal. Elle en frissonnait, assaillie par un malaise tangible. Centurion s'y montra sensible, si «sensible» seyait à une telle créature.

— On a des angoisses? nargua-t-il.

— On a fait un marché.

— Oh, tout de suite! Relax. Je m'y tiendrai.

— Tu veux la ramener? s'étonna Wade. T'es sûr?

— Au moindre geste, je lui trancherai la gorge, assura Centurion. Tu as entendu, miss?

Elle hocha la tête.

Un vrombissement résonna soudain. Kayla en chercha l'origine du regard ; ne vit d'abord rien, distingua ensuite un ondoiement au milieu des étoiles. Une navette immaculée se révéla comme elle atterrissait au centre de l'aire de déchargement de l'usine.

— On décroche ! s'écria Tyndall en descendant du camion. Vous aurez une autre occase de vous faire des yeux doux !

— Quoi ? s'étonna Centurion.

Shana le gratifia d'un clin d'œil.

— Vous êtes cons. Allez, on y va.

CHAPITRE 21

— VOGUE SUR UNE MER ROUGE —

LE REGARD DE SHADOW s'égara au-delà des nuages. À des kilomètres d'eux se dessinait un entrelacs d'îles et d'atolls, émergés d'eaux azur scintillantes. Agressé par un soleil au zénith, il cilla. Sensible au confort de son maître endormi sinon au sien, il détacha le scratch du ruban autour des rideaux, changeant ainsi d'ambiance dans la cabine du jet. Son regard glissa alors vers Aryan, dont il entendait le souffle calme.

— Tu veilles toujours à son confort, hum ? murmura Shasta, face à lui.

— Toujours, affirma-t-il.

Une note musicale eut tôt fait de le réveiller. Aryan eut un semblant de soubresaut, comme arraché à un rêve agréable. Il se frotta les yeux d'une main pour en chasser les dernières images.

— *Monsieur, nous arrivons*, annonça une voix.

— Bien dormi, Père ? demanda Shasta.

— Très bien.

Le jet amorça sa descente. Shasta écarta le rideau d'un index nonchalant pour jeter un regard au-dehors. Les gratte-ciel au design étrange du centre-ville de La Havane se dressaient en contre-bas, rutilants comme autant de miroirs. Alentour, des immeubles de taille moindre s'étendaient au gré des côtes où grouillaient des cohortes de touristes. Soudain, Shasta fut saisie d'une furieuse envie de farniente, un cocktail à la main. Ça ferait de sacrés clichés sur *VitaTrend.*

— O.K, fit Sara Ferguson. Vous êtes encore une découverte pour la Ligue Sud-Américaine, donc vous allez attirer du monde. Il y aura des ligueurs, mais aussi des touristes. C'est une occasion rêvée de vendre votre image à l'international, montrer à tous la force du Conglomérat. Alors, faites-vous aimer, d'accord ? Ça te concerne surtout toi, Shadow.

Ce dernier grimaça.

— Ton numéro de rival éconduit a été fructueux : ta cote a augmenté de 6 % chez les femmes de vingt à trente ans…

— Je suis là pour veiller sur Père, non pour séduire des gamines.

— Tu as oublié un détail. *Nous* sommes en mesure de cacher vos exactions en soignant votre image. Quand tu feras une connerie, rien ne retiendra les gens de te lyncher ; rien hormis cette image façonnée par nos soins. *Nous*, oui, les marketeux tant détestés. Alors, fais un effort.

— O.K… O.K… grommela-t-il.

— Là où mademoiselle Ferguson a raison, enchaîna Aryan en rajustant ses manchettes, c'est au sujet de notre comité d'accueil. Il faudra te montrer vigilant, mon fils. Évidemment, nous éviterons de traîner : nous nous rendrons d'abord au *Prima Lux* pour nous organiser et, ensuite, nous rejoindrons cette fête, tant vantée, de notre Présidente.

Shasta tâta la jambe de Shadow dans un geste séducteur. Il ne ressentait aucun désir, elle en avait conscience — et s'étonnait d'ailleurs d'une absence de cote chez des religieux conservateurs —, mais adorait essayer, par malice.

— Tu veilleras à la sécurité de Père, hein, mon frère ?

Ce dernier lui jeta un regard vide, comme d'habitude, et déclara solennellement :

— Toujours.

— Alors il n'y a aucune raison de se faire du souci.

Le jet atterrit. Shasta sortit d'abord, suivie d'Aryan. Shadow fermait la marche. Leur véhicule formait un rang au côté de ses semblables, dont un aux couleurs de Reichardt-Bauer. Le magnat des armes, et amant de la Présidente

Erika Lawson était déjà là. Il attendait, entouré de ses vigiles. Il devait avoir trente ans, déduisit Shadow, même si les cernes sous ses yeux violets — certes cachées par du fard — devaient vieillir son visage de dix ans. Confronté à Shadow, il ne dit mot et se contenta d'une observation soutenue, de le jauger comme un maître estime un chien.

— Reginald, salua son *vrai* maître.

Soudain semblable à un automate rouillé, Reginald avisa Turner, sa face fendue d'un sourire factice.

— Aryan. Vous aimez vous faire désirer.

— Évidemment. Y allons-nous ?

Reichardt s'inclina.

— Nous y allons.

Sitôt entrés dans l'aérogare, ils furent agressés par une clameur. Au-dehors, une foule agglutinée attendait de voir ces « héros » dont ils avaient entendu causer à la télé. Cette agitation eut très vite raison de Shadow, assailli par un soudain malaise. Il détestait être ainsi entouré. Pourtant, conformément aux directives de Sara, il *fit un effort*. Il salua, sourit, signa des figurines et des couteaux factices, sourit encore. Shasta, elle, semblait dans son élément. Bain de foule total pour elle, flashée de tous côtés, jetée sur *VitaTrend* comme un morceau de viande à un fauve.

Ils rejoignirent une limousine. Shadow s'installa face à Turner et à côté de Reginald. Bienvenu, le silence eut un effet rassérénant sur lui. Il s'enferma dans son mutisme et observa défiler la ville. Bars et restaurants aux terrasses envahies rasaient la chaussée au côté de commerces, notamment de maillots de bain et d'activités de mer, mais aussi de glaciers et de confiseurs. Les gens, décontractés, allaient et venaient, sans se soucier de rien.

— *À quoi tu penses ?* demanda Shasta par ComLink.

Shadow glissa vers elle un regard en coin.

— *À des rêves.*

L'hôtel *Prima Lux* dominait un des fastueux districts de la ville. Tous les divertissements des Intouchables étaient accessibles à ses alentours. Il s'agissait d'une tour au *design* étrange, torsadé, dont un étage était consacré à une piscine.

La limousine se gara entre ses semblables, à l'entrée, et un service réactif vint immédiatement se charger des sacs. Reginald guida ses convives, sans jamais cesser de discuter avec Aryan. L'endroit suintait la richesse, et si Shasta s'y accoutumait facilement, en souvenir d'une vie de fortune, Shadow se sentait vaguement nauséeux. Son regard s'arrêta une seconde sur son reflet dans un mur de marbre noir gravé au nom dudit établissement et voilé par une cascade. Croyant y distinguer son vrai visage, il en fut dégoûté. Alors, il détourna les yeux. Sans traîner, il suivit Turner jusqu'aux portes d'un ascenseur. Le trio s'y engouffra tandis que Reichardt se retirait enfin.

— Reginald Reichardt, gronda Aryan. Toujours aussi exécrable.

À ces mots, Shadow eut un sourire.

Exilés dans une suite contiguë à celle d'Aryan, Shasta et son ombrageux frère se mirent à leur aise. Shadow resta un moment immobile face à la baie vitrée, admirant mer et cité. Il s'assit ensuite sur son lit et y traîna une valise sombre, aussitôt déverrouillée grâce à son *digipass*. S'y révélèrent des rangées de couteaux effilés.

Shasta roula des yeux.

— Ah ! Les garçons, railla-t-elle. Tu as au moins emmené des vêtements de rechange ?

Shadow grimaça.

— On dirait ma mère.

— En y réfléchissant, si tu te taches de sang, ça fera monter ta cote…

— Chez les nanas de vingt ans ?

— Que veux-tu, elles aiment les mauvais garçons !

Il la rejoignit et amena une main à ses cheveux, dont il fit rouler une mèche entre ses doigts artificiels.

— Et toi, ma sœur ? Qu'aimes-tu ?

Silence. Shasta demeura un moment à le dévisager, sans un mot, avant de glisser sa main au gré des courbes tranchées de sa joue.

— Ta fragilité, souffla-t-elle.

Elle fut gratifiée en retour d'un faible sourire.

— Allez, cessons de flâner.

Quand Shadow s'exila dans la salle d'eau à la suite de sa sœur, des senteurs florales et fruitées y flottaient. Il se versa un bain à son tour et, dans l'attente, se dressa face au miroir. La mine maussade, yeux sans vie, tête vide de songes, il se débarrassa de ses vêtements. Au-delà de la magnificence factice de ses membres augmentés demeurait sa chair. Son dos était sillonné de cicatrices, des flagellations, d'anciens stigmates et de fractures. Comme si la caresse des eaux ravivait sa douleur, il s'y glissa prudemment.

Il eut un semblant de soubresaut en entendant sa sœur entrer. Il refusait de se montrer, d'afficher sa faiblesse. Si sa nudité n'eut aucun effet sur elle, Shasta fut gênée par son état. Elle s'abstint de commentaires et même si son malaise fut de courte durée, Shadow apprécia sa discrétion.

— J'ai oublié mon crayon, dit-elle pour se justifier.

— À ton aise.

À nouveau seul, Shadow s'efforça d'oublier sa sœur et de se délasser. Il ferma les yeux, un instant… où il fut assailli de souvenirs. Il se remémora son séjour dans la cage du docteur Stevens. Ces jours interminables, rythmés par des moments d'intense douleur et d'humiliations. La descente aux enfers de tout son être, victime des affres de la folie.

Aucun sanglot ne vint, malgré une envie féroce.

Soudain fatigué, soucieux de rester éveillé et de ne succomber à ses cauchemars, Shadow sortit de son bain. Il regagna la chambre en ajustant ses vêtements, et y retrouva sa sœur…

— … *magnifique.*

Elle était vêtue à la mode fédérante, d'une robe à la fois grandiose, tout en froufrous et en simili plumes ; et à la fois austère, d'un noir de jais. Elle tourna sur elle-même pour mieux la lui montrer.

— Tu aimes ? Père me l'a offerte. Comme toujours, il a bon goût.

— Comme toujours.

Shadow revêtit son armure ultralégère et y intégra tous ses couteaux. Touche finale : il enfila une chaînette autour de son cou, agrémentée de deux plaques immatriculées à son nom. Un souvenir, sa croix. À cet instant, son ComLink résonna dans son crâne.

— Bien, Père, nous arrivons.

Un ciel étoilé rougeoyait aux derniers rayons du soleil, frontière d'une mer assombrie. S'y dessinaient les contours classieux d'un yacht immense, l'*Adagio*, décoré de fleurs tantôt immaculées, tantôt rouge sang, de guirlandes de globes éclatants et de rubans, signalant où se déroulait la fête. Une escouade de vigiles discrets veillait à sa sécurité. Shadow nota même des tireurs d'élite au sommet du navire.

Ils furent accueillis comme des curiosités, à grand renfort de « oh » et de « ah ». Au contraire d'une foule décérébrée, ces Intouchables-là agissaient comme des collectionneurs face à un objet rare. Il distingua très vite une journaliste dans la masse, suivie par un de ces damnés drones télévisés, aussi s'efforça-t-il de faire son numéro. Il fit danser ses couteaux entre ses doigts dans un entremêlement de fumée et, soudain, en tira un droit vers un cochon grillé, agrémenté d'une pomme dans la gueule, aussitôt fendue en deux. *Applaudissements.*

— Il a le sens de la scène, commenta une femme.

Aryan se retourna et fit face à une Intouchable âgée. Ses cheveux châtains grisonnants s'attachaient en un chignon, et aucune mèche n'en fuyait. Sa face sillonnée de rides annonçait sa vieillesse, et malgré cela elle conservait un certain attrait, relevé au goût d'Aryan par des yeux augmentés d'un violet chatoyant. Comme si tous les sbires de Reginald Reichardt se vêtaient de violet.

— Madame McKellen, salua-t-il. Vous êtes ravissante.

— Shadow vous vole la vedette. À vous comme à votre « mante »…

— Ses talents sont, pour ainsi dire, très visuels, commenta Shasta.

— S'il vise nos ennemis comme ce malheureux cochon, nous n'avons rien à craindre, désormais.

— *Nos ennemis*, vous voulez dire, les rebelles ?

— Évitez donc de dire « rebelles », cela excuse leurs actions : des radicaux, oui, voilà ce dont je fais mention.

— Évitons également toute *radicalité*, intervint Aryan. Il y a, au milieu de cette chienlit, des gens égarés. Ils sont à même d'être sauvés. Remercions pour cela le gouvernement désastreux de Lincoln Lawson.

— Gouvernement désastreux ? Il a tenu ses engagements : travail et sécurité.

— Certes, en suivant un modèle totalitaire, avec sa foutue « notation » sociale et sa réhabilitation par le travail, où criminels et indigents se mêlent.

— Vous étiez à votre aise, mon cher, avec cette main-d'œuvre dans vos usines.

— Cessez donc de croire ces idioties télévisées. Jamais le Conglomérat n'a utilisé des détenus dans sa chaîne. Reichardt-Bauer, en revanche…

Assommée par cette joute, Shasta jeta un regard à Shadow. Il dédicaçait un dessin de lui-même à une gamine, visiblement membre de la famille de Reginald, car celui-ci se tenait à côté.

— Alors comme ça, dit-il sitôt seul face à lui, ton cher maître coucherait avec ma divine femme.

— Vous devriez arrêter d'écouter Thalys Fletcher.

— Oh allons ! Tu connais tous les secrets d'Aryan, non ?

— Ça vous dérangerait ? C'est un mariage d'intérêt, il me semble, non ?

Reginald afficha un sourire matois.

— Comme si tu saisissais toutes les subtilités de notre caste. Tu es un vulgaire clown, une marionnette de la télévision, tâches de ne jamais oublier cela.

Sur ces mots, il se retira, convié avec force à se soumettre à des jeux, notamment celui de la jarretière. On dégagea des meubles à la faveur de la mariée, encombrée par sa robe grandiose en écailles. Objectif de la manœuvre : gagner un droit de retirer une jarretière à grand renfort d'enchères.

Shasta se retira un moment du carré mondain, pour rejoindre son semblable. Sur sa route, elle cogna un garde manifestement égaré.

— Oh, mes excuses, je…

— Sale monstre.

Étonnée par une telle muflerie, Shasta en resta ébahie. Elle regarda ce vigile s'éloigner, immobile, avant d'attendre Shadow.

— Un souci ? nota-t-elle.

— Ces gardes, avoua-t-il. Tu vois leur malaise ? C'est comme s'ils n'avaient rien à faire ici.

— Un d'entre eux vient justement de m'insulter.

Shadow sembla songeur.

— Ils sont censés se montrer… commença-t-il.

— Commodes ? envisagea Shasta.

— Commodes, oui.

— Je vais essayer de leur arracher des infos.

— Entendu.

Shasta erra un moment, comme si de rien n'était, avant de s'avancer vers un duo silencieux, vêtu d'uniformes d'Harmattan et armé de fusils mitrailleurs. Son don s'activa, aussi devint-elle une obsession pour un des deux gaillards, dont la face s'orna d'une grimace — ou d'un sourire.

— Veuillez m'excuser, roucoula Shasta. Êtes-vous de la sécurité ?

Question suffisamment idiote pour décontenancer ces messieurs, dont celui encore conscient de ses gestes jeta un regard à son camarade, par réflexe. Craignait-il déjà de le voir sous contrôle ?

— Oui, Mademoiselle, dit-il. Pouvons-nous vous aider ?

— J'aimerais me rafraîchir… Savez-vous où sont les toilettes ?

— Je… euh…

Voir son acolyte totalement gaga fragilisait sa maîtrise de soi. Il amena une main derrière sa tête et se gratta. Ce geste révéla des gouttes de sang frais sur son uniforme.

— Au niveau − 1, Mademoiselle.

— Je vous remercie.

Sur ces mots, elle ancra dans leur crâne une sérieuse envie de mourir. Un des deux amena son couteau sous sa gorge sans aucune résistance ; son camarade, en revanche, s'efforça d'éjecter cette mante de sa tête. Il suait à grosses gouttes.

— Oh ! Allons, sois gentil, obéis.

— Va te faire foutre, connasse !

Et il se suicida.

Au même moment, une clameur résonna.

La fête dégénéra très vite.

Shadow entrevit un geste, une menace d'un des gardes du grand salon. Il entendit un clic, celui d'une amorce, et réagit aussitôt. Il renversa Aryan sous une table pour mieux lui éviter d'être fauché par une salve de balles. Celles-ci réduisirent en miettes vaisselle, aliments et invités, indistinctement. Les murs se tachèrent d'un mélange gluant de crème fraîche et de sang, ruisselant au gré de trous énormes. Les tableaux tombèrent, fendus. Les statues s'éclatèrent en mille morceaux. Le sol fut recouvert d'éclats divers, du verre aux os, de la mousseline à la cervelle. Une femme à la tête à moitié arrachée s'échoua sur Shadow. Il se débarrassa d'elle comme d'un déchet et, se redressant à demi à la faveur d'une accalmie, dégaina ses couteaux. Il en tira trois, six, sans jamais rater sa cible. Alors, entendant d'autres ennemis arriver, il jeta un fumigène dans la salle et s'effaça dans son nuage grisâtre.

Un cri, un gargouillis, un mort.

Une invective, un cri, un mort.

Un juron, un couteau glissé sur de la chair offerte, un mort.

Quand la fumée se dissipa, Shadow se tenait au milieu d'un tas de cadavres ennemis. Sans se soucier des autres convives, il tendit une main à Aryan. Vaguement ébranlé, ce dernier la saisit vigoureusement. Un filet de sang en dégoulina et macula ses manches.

Voyant Shasta revenir, Shadow déclara :

— Je vais nettoyer ce yacht. Je te confie nos invités, ma sœur.

S'armant d'une mitrailleuse d'un geste maîtrisé, elle fit « oui » de la tête.

Sur ces entrefaites, son frère fila, à nouveau invisible. Son objectif : se débarrasser des tireurs sur le toit. Il se rua dans un escalier et, à en juger le nombre de cadavres étendus à même ses marches, devina avoir affaire à des ennemis aux étages. Il atteignit une mezzanine où se rejoignaient moult escaliers et couloirs, décorée d'arbustes dont le feuillage fauché par la mitraille recouvrait sol, meubles et convives massacrés. Là, deux faux-gardes causaient à mi-voix.

— On doit se tirer. On a fait notre job, non ?

— On attend des ordres de Slade.

Crachat.

— J'l'emmerde, moi, Slade. C'était censé être une mission facile, et il nous a collé deux Supers au cul ! Pas un, *deux*, merde !

— On s'en fout, on a fait notre job, comme tu dis. Alors arrête de râler et reste vigilant, ce connard de Shadow rôde sûrement dans… le…

Sa gorge sembla intacte une seconde, ensuite seulement coula une goutte de sang. Alors, il s'écroula. Son acolyte eut tout juste une occasion de jurer : Shadow lui enfonça son couteau en travers du crâne, sans aucun état d'âme. Il arracha son transmetteur pour mieux écouter ses camarades.

— *L'Autorité arrive*, saisit-il malgré les grésillements. *On décroche !*

Shadow jura à son tour et dévala les marches. Les grésillements de la transmission étaient dus à la machinerie. Grâce à cet indice, il devina comment ces meurtriers allaient s'enfuir : grâce aux jet-skis intégrés au navire.

Les niveaux inférieurs, aménagés pour le service, étaient devenus de vrais charniers. Les cadavres des agents d'Harmattan avaient été abandonnés au PC sécurité, dont les consoles de contrôle étaient constellées de taches de sang. Il émanait de la cuisine un amalgame d'odeurs chassées par celles du sang et du cramé. Shadow enjambait des serviteurs trucidés en s'efforçant au silence, même si éviter des morceaux d'os mêlés aux chevelures, de la cervelle ou d'autres organes méconnaissables s'avérait difficile tant il y en avait de tous côtés.

Une respiration sifflante éveilla sa curiosité. Cédant à un instinct ridicule, il chercha son origine et tomba face à une cuisinière avachie contre un réfrigérateur, submergée de son sang, viscères visibles. Shadow s'agenouilla à ses côtés.

— Ça va aller, mentit-il.

Sans s'attarder, il abrégea ses souffrances en enfonçant un de ses couteaux dans son cœur. Quand il se redressa, un froufrou attira son attention. Sa réaction fut immédiate : entrechat à droite, évitement d'un tir de gros calibre.

— Butez cet enfoiré, merde ! cria une voix.

Shadow entrevit son origine. Un truand d'allure singulière, affublé d'une crête au milieu d'un crâne tatoué. Ses sbires, à son instar, n'arboraient aucune augmentation visible. Comment croyaient-ils réussir à tuer un mutant comme Shadow ?

Ce « chef » se servit d'eux comme d'une distraction pour mieux armer son énorme fusil. Quand sa cible égorgea son dernier ennemi, elle fit face, une fraction de seconde, à la gueule du AK-412. Alors, il tira.

Atteint au niveau du torse, Shadow tituba, déboussolé. Une douleur fulgurante remonta son échine et détona dans son cerveau comme une grenade. Son adversaire réarma, au cas où, mais c'était suffisant. Il était vaincu. Shadow s'écroula, telle une marionnette démantibulée.

— *Shadow?* fit Shasta par ComLink. *Shadow? Où es-tu ?*

Silence total.

Son cœur se serra, assailli par une angoisse grandissante. Elle se dirigea vers Aryan, très affairé à donner son renfort à Reginald pour calmer la fureur de sa femme. Voyant sa fille troublée, il s'éloigna un moment.

— Je n'ai aucune nouvelle de Shadow, avoua-t-elle.

Turner sembla confus. Avait-il été abattu ? Blessé ? Il devait lui venir en aide ; cette ombre avait coûté démesurément cher, il aurait été fou de la jeter ainsi. Un dilemme eut raison de sa réflexion. S'il envoyait sa seule gardienne aux trousses de son frère, il serait en danger. Voir arriver des SUV et des jet-boat de l'Autorité fut un soulagement.

— La situation semble se stabiliser, fit Aryan. Va chercher ton frère.

— Bien sûr.

À ces mots, elle guetta son signal, descendit en enfer. Semblable à un fantôme, exsangue d'angoisse, vêtue d'une robe ensanglantée, elle errait au milieu de ces forces venues « nettoyer » ce yacht.

Son regard vagabonda du côté des cuisines. Comme ailleurs, il y régnait un grand silence, chassé par des grésillements de néons. Ceux-ci éclairaient des mares de sang et leur donnaient une couleur fluo. Sur le feu, des mixtures gâchées cuisaient encore dans des casseroles et des marmites abandonnées. Une variété étonnante de mets commencés, renversés ; de vaisselle déballée, cassée et de gerbes de nourritures s'amalgamaient sur les plans de travail ou à même le sol. La gorge serrée, Shasta les contourna pour mieux entrevoir les cadavres de six mercenaires. À leurs côtés gisait Shadow sur une couche de sang, sur le flanc et étonnamment calme, comme s'il dormait. Son menton était encore taché de sang, mais son flot semblait tari, signe de fonctionnement de son augmentation de soin d'urgence.

— Shadow…!

Shasta tomba à genoux à ses côtés. Elle resta un instant à gesticuler, cherchant le meilleur moyen de toucher son frère sans aggraver son état. Elle choisit de s'abstenir.

— Ça va aller. Je... On va te soigner…

Sous le choc, elle se contentait d'essayer de le rassurer. Alors, Shadow ouvrit ses grands yeux couleur de glace où rien ne se discernait : ni joie, ni tristesse, ni crainte ; rien, néanmoins Shasta y devina tout de même un éclat étrange.

— Annabelle… souffla-t-il.

Elle ne sut comment réagir, ainsi confrontée aux vestiges d'humanité de son frère. Annabelle, s'agissait-il de sa femme ? La douleur — ou autre chose — sembla le ramener à la réalité, car il ferma les yeux à s'en faire mal et gémit :

— Je… non, non ! C'est un mensonge. *Elle n'existe pas !*

— Calme-toi, Shadow. Ça va aller. C'est moi, Mantis.

— R.A.S. On arrive aux cuisines.

Une escouade de soldats en armure noire et or entra. Les viseurs de leurs armes glissèrent sur le visage de Shasta. Celle-ci leur fit immédiatement signe.

— Venez ! cria-t-elle. Il me faut de l'aide !

Une cohorte d'infirmiers intervint illico. Shadow vit du monde s'agiter, entendit des mots : « accrochez-vous » ; « on va vous aider » ; « trente milligrammes » ; « on va le perdre » résonner dans son crâne. Alors, il ferma les yeux.

Chapitre 22

— Le fiel de la vengeance —

Assis dans la grande salle de réunion de la tour Pinxit, Centurion attendait. Vaine tentative de calmer son anxiété, il triturait son Cléocube, devenu son objet anti-stress favori, comme Shadow affectionnait toucher son collier — même si, aux yeux de son chef, cela relevait du masochisme.

Centurion s'efforçait de ne songer à rien. Les écrans muraux étaient éteints, sauf un, maintenant le cyborg éveillé à grand renfort de sombres affaires : attentats, insurrections, Districts mis à feu et à sang. Hormis ce déferlement de violence, un silence relatif régnait.

Son ComLink sonna soudain.

— *Centurion*, dit Shana. *Ils sont là.*

— *J'arrive.*

Il abandonna nonchalamment son siège et s'élança au gré des couloirs, direction un ascenseur. Sur son chemin, deux mécha-chiens en faction le gratifièrent d'une totale ignorance.

Les rares feuilles charriées par le vent sur la zone d'atterrissage furent chassées par les rotors du jet. Celui-ci manœuvra en vol stationnaire, effectua un demi-tour serré et atterrit. Shasta descendit en tête, une mine maussade derrière sa tignasse emmêlée par des rafales glacées. Elle se figea une seconde face à

Centurion et dodelina de la tête. Aryan suivait, arborant un air fermé. Il congédia ses sbires d'un signe de la main et s'arrêta face au chef de son escouade, tête inclinée en gage de soumission.

— Je… commença-t-il. On a attenté à votre vie ? Shadow est-il… ?

À ces mots, telle une révélation, deux infirmiers et un médecin firent descendre un lit à roulettes du jet. Shadow y était allongé, inconscient. Un tube sanguinolent fuyait de sa gorge, entre autres tuyaux. Cette scène surréaliste décrocha la mâchoire de Centurion, médusé de voir son frère, son rival, dans un tel état sans en être fautif. Qui avait osé ? Comment avait-on réussi une telle folie ?

Aryan, constatant son étonnement, exhuma de son veston un obus et sa douille, tous deux d'une dizaine de centimètres et à la texture singulière.

— On nous a trahis, mon enfant. Ces hommes savaient comment abattre ton frère.

Aryan et son fils regardèrent de concert cette ombre inanimée, emmenée au sein de la tour. Un atroce mélange de sentiments assaillit Centurion : de la colère, de la tristesse, de la confusion.

— J'aurais dû être là.

— Oui, mais regretter ne changera rien ; tu seras là pour le venger, c'est essentiel.

— Je serai là, je le jure. Je massacrerai ces enfoirés, faites-moi confiance.

Aryan ne le gratifia d'aucun geste, d'aucun encouragement, favorisant toujours son fils chéri. Centurion en aurait crevé de jalousie en d'autres circonstances.

— J'ai confiance en toi.

Shadow fut abandonné dans une chambre au centre de soins de Pinxit. En y entrant, Centurion ressentit un effroyable malaise. Blanche de tous côtés, des murs aux meubles, sans oublier ses couvertures, elle lui remémorait un linceul. Shadow dormait, du moins selon les machines censées vérifier ses fonctions vitales. Leur *bipbip* régulier résonnait dans un silence de mort. Centurion demeura une éternité assis à ses côtés, à fixer son visage marmoréen, en se flagellant lui-même d'avoir été si inutile.

— Tu t'es attaché à lui, finalement.

Zeera se faufila dans son dos et fit glisser ses doigts au gré des courbes de sa mâchoire. Centurion eut tôt fait de se dégager de son étreinte. Elle s'en amusa, à en croire son rire cristallin. Émanait d'elle une intense odeur de désinfectant, signe avant-coureur d'une volonté de toucher Skylar. Elle était d'ailleurs munie d'un petit plateau en inox où traînaient un bistouri, une sorte de cuillère chirurgicale, un écarteur, une pince minuscule et une cuvette où ondoyait une solution bizarre.

— C'est mon frère, grommela Centurion.

Zeera manifesta tout son désarroi dans un souffle.

— Ses chances de survie sont minces, tu dois en avoir conscience. Oui, je sais, son augmentation de soins d'urgence a été salvatrice, mais il a tout de même perdu énormément de sang. On ignore si son cerveau va tenir le choc.

— Ça m'est égal, tes conneries. Il doit survivre, alors soigne-le. Je me charge de retrouver ces enculés et de leur faire amèrement regretter ce qu'ils ont fait.

Zeera s'avança.

— Justement, je suis là pour une « connerie », vois-tu.

Comme une gamine indécise face à une montagne de friandises, elle effleura ses instruments ; saisit enfin son écarteur, avant de s'incliner au-dessus de Shadow, dont elle tâta une paupière.

— Allons, fais-moi voir tes jolis yeux, trésor.

Centurion arrêta son geste. Elle cilla.

— Quoi encore ? Il te faut des informations si tu veux venger ton frère chéri. Il les a… mais est dans le coma. On doit chercher nous-mêmes. C'est une énucléation, rien de méchant. Il ne sentira rien.

Au terme d'une intense observation, il finit par libérer sa main.

— Bien, enfin, tu me laisses faire mon travail.

Zeera exhiba de force un des yeux de Shadow, inerte comme celui d'un jouet d'enfant. Elle fit glisser sa cuillère dans son orbite et, d'un geste sec, mais mesuré, délogea son globe oculaire. Alors, elle en débrancha les fils, un à un et, sitôt cet organe fragile dans sa main — non sans narguer Centurion —, elle le jeta au fond du bécher. Un traitement similaire fut infligé en face, aveuglant cette ombre soudain inoffensive.

— J'ai toujours aimé les films muets, affirma Zeera.

— T'es vraiment cinglée.

— Je sais.

Elle emmena son « trésor » à une salle d'étude des données. Un endroit restreint aux murs envahis d'écrans et où ronronnaient une multitude de machines. Tyndall y attendait, nonchalamment assis sur une chaise à roulette, mâchant ouvertement un chewing-gum en écoutant un tube de *The industrial chieftains*.

— Ah enfin ! s'exclama-t-il. Je commençais à m'ennuyer ! Vous avez votre matos ?

Zeera montra sa cuvette où roulaient de gauche à droite les yeux de Shadow. Tyndall abandonna sa chaise pour mieux observer ce « truc dégueu ».

— Bon, déclara-t-il enfin, on va connecter ça au terminal juste ici, et on aura accès à toute la mémoire oculaire de Shadow.

Zeera s'exécuta. Une cascade de données défila d'abord, se figea une seconde, défila à nouveau ; ensuite furent visualisées des images. Une conversation avec Reginald Reichardt — Tyndall eut d'ailleurs tôt fait de dire : « il le déteste vraiment » ; un massacre, une danse de couteaux exécutée sans aucune tergiversation, une chasse au terroriste dans des couloirs, une femme achevée, une embuscade, un tir.

— Là !

Tyndall fit un arrêt sur image. À l'abri de ses sbires, un homme muni d'un AK-412 réarmait. Comme son frère se mettait à faire courir ses doigts sur son clavier, Centurion étreignit le rebord de la console, son regard rivé sur sa cible à venir. Une multitude de clichés s'afficha et s'effaça, dans un coin d'écran, au rythme des analyses de PATRIOT.

— Ça y est ! se réjouit soudain Tyndall. On l'a.

Un dossier s'ouvrit en grand, et un nom s'afficha : Carter Slade.

Chapitre 23

— Le tandem idéal —

Un gars de la sécurité en uniforme, suivi de son énorme mécha-chien, sortit d'un ascenseur, face à Kayla et Centurion. Elle avait tout juste entrevu une telle machine à Harmattan, sans vouloir s'y frotter. Elle se révélait très différente de celles du grand hall, sans doute moins commode et déterminée à tuer. À cette vue, Kayla se sut en zone sécurisée, certainement au cœur de la tour Pinxit.

Elle suivit sagement Centurion. Celui-ci sélectionna, sur la console, un des étages catégorisés dans un cadre zébré de rouge et affublé d'une mention «STAFF ONLY». Le cyborg s'adossa à la cage et demeura silencieux, mine songeuse.

Kayla se racla la gorge.

— On… va voir Aryan Turner?

Elle fut accueillie par un regard en coin.

— Oui.

— Que vas-tu lui dire?

Bras croisés, Centurion arbora un air contrit.

— La vérité.

— Tu vas te faire engueuler.

— Oui, mais si je mentais, à condition d'y arriver, ça n'arrangerait rien.

— Tu ne saurais flouer ton « Père », hein ?

Silence.

— Exactement.

L'ascenseur se figea soudain.

— Étage 102, fit une voix robotisée. *Bureaux de la direction. Bonne journée.*

— Viens, ordonna Centurion.

Kayla traîna à sa suite. Attirée par une vue vertigineuse, elle s'y attarda. L'immensité de la cité-District se mesurait aisément à une telle hauteur. Aucune frontière ne se distinguait, comme si elle dévorait le monde entier. Aux environs de Pinxit se dressaient ses semblables : Scottley, Winslow, Reichardt-Bauer… dont les antennes anti-aériennes clignotaient sans cesse en déchirant le manteau nocturne. À leur base s'étendaient la ville et ses voies tantôt anguleuses, tantôt sans aucun sens, surchargées de néons colorés et de réclames. Les gratte-ciel émergeaient de cet agrégat de noirceur, entourés par un train intelligent glissant sur son magnétorail.

Un jet aux couleurs de Wayland Inc. croisa la vue de Kayla en ronronnant. Elle le regarda s'éloigner, songeuse. Centurion, lui, restait insensible à la vue. Comme il avançait, la jeune femme s'efforça de le talonner.

Le couloir s'élargit en ovale, formant une sorte de salle d'attente où régnait une odeur de café. Un ensemble de fauteuils de velours azur, semblables à un éclairage extérieur forcé par le néon « PINXIT INDUSTRIES » fixé à ce même endroit, entouraient une table ronde où traînaient un tactinote oublié, des catalogues de Pinxit et des magazines d'augmentations.

Centurion s'arrêta finalement devant une entrée d'office affublée d'un encart doré où était inscrite la mention « C.E.O ARYAN C. TURNER ». Sa main se dressa, et se ravisa, son être tout entier soudainement assailli par une angoisse fugace.

— Entrez, fit une voix.

Il obéit illico et indiqua à Kayla de faire de même, d'un geste de la main. La jeune femme considéra Aryan Turner, magistral derrière son immense office dont étincelait le vernis. Aucune décoration sans intérêt, aucun fichier abîmé et encore moins de feuilles volantes n'y traînaient. Cutlaw se tenait à ses côtés.

Il avisa Centurion d'un air curieux comme Aryan feignait une totale ignorance, visiblement absorbé par un feuillet issu d'un dossier.

— Père, commença-t-il, je… hum, voici Kayla. J'aurais dû venir vous voir il y a un moment, mais… au vu des récents événements…

Kayla s'interrogea aussitôt à ce sujet. Rien n'avait filtré de la tour ni de ses zones sécurisées. Personne, sauf Aryan, ses enfants et ses confidents, ne savait pour Shadow. Quant à sa com, Sara Ferguson et ses acolytes s'en chargeaient à merveille. Officiellement, Shadow était en mission d'infiltration. À en juger la tension de Centurion, il y avait autre chose, et Kayla s'en doutait.

Quand Aryan fit glisser son regard sur elle, la jeune femme sentit son cœur faire un soubresaut. Elle mesura, par ce seul échange, ô combien cet homme saurait la détruire, s'il le voulait ; et de même, l'envoyer *ad patres* d'un seul ordre. Se sentir ainsi menacée par son amour, doublé du père de son fils, fit naître en elle une colère sourde. Elle demeura néanmoins silencieuse, consciente de jouer sa vie en cet instant.

— Qui est-ce ? interrogea-t-il.

— Elle…

Centurion réfléchit une seconde : mieux valait éviter d'aborder le sujet des cobayes d'Harmattan.

— C'est une survivante de la navette. Elle détenait le Cléocube.

Aryan afficha une mine songeuse.

— Efficace, donc, si elle a mis la main dessus avant vous. Que dois-je me dire, alors ? Que cette fille est meilleure ?

Centurion ne dit mot.

— Y'a rien de tout ça ! s'insurgea Kayla. J'ignorais tout de ce truc, moi, mais ça avait survécu au crash et semblait cher, alors je l'ai volé. J'étais seule au milieu de la forêt, je n'avais rien. Si, par chance, je réussissais à rejoindre la civilisation, il me fallait une monnaie d'échange !

Kayla fut étonnée d'avoir été autorisée à déblatérer son monologue. Outré par son incivilité, Cutlaw avait frémi, déterminé à lui adresser une diatribe cinglante, mais Aryan avait aussitôt ordonné son silence d'un geste de la main. Son mensonge craché, Kayla se tut. Une éternité durant, elle dévisagea Aryan.

Sa face ne trahissait aucun sentiment, à son inverse, enflammée par une colère farouche.

Il en revint au cyborg.

— Où en es-tu de tes recherches ?

À en juger son ton, Centurion saisit : il avait intérêt à satisfaire son maître, ou il regretterait son inutilité.

— J'ai… j'ai l'identité du chef des truands. Un certain Carter Slade, un ex-mercenaire d'Harmattan… comme la majorité de ses gars d'ailleurs.

Aryan s'adossa à son fauteuil, soudain attentif. Cutlaw fit courir ses doigts sur son tactinote et exhiba très vite un visage sillonné de cicatrices et au nez de travers, surmonté d'une crête et tatoué. Ce gars-là était un ancien taulard, eu égard à sa combinaison orange numérotée et son écriteau tendu où était affiché son nom.

— C'est lui ?

— Oui, affirma Centurion.

— Joli CV. Condamné pour terrorisme, dont trois attentats à la dythramine contre des augmentés, entre autres crimes évidemment. Il y a assez pour causer des heures, sinon. Vol à main armée, extorsion, meurtre… *et cetera.* Il a monté son affaire sur un des territoires des Vaugal, à Raintown, District Six. Envoyons-y Centurion et cette demoiselle. — Un regard en coin d'Aryan l'incita à continuer. — Sara Ferguson et ses gars nous fatiguent assez avec des idées de tandems. Ça cartonne sur *VitaTrend*, dit-elle. Si elle survit, tant mieux pour elle, sinon, on aura des images d'enfer pour nos réseaux. Centurion aura juste à la descendre *par accident* s'il le faut.

Silence. Aryan considéra ces mots, sans jamais cesser d'observer Kayla.

— Bien, dit-il enfin, montre-toi utile.

Sur ces entrefaites, et d'un seul geste de la main, il les congédia. Serrant des dents, Centurion fit demi-tour et se retira. Un cataclysme sentimental faisait rage dans son cœur comme dans celui d'un enfant mal-aimé. Kayla ignorait comment réagir. Une fois seule face à lui, dans un ascenseur, elle amena sa main sur la sienne. Son regard agit sur elle comme une caresse malgré son absence de sentiments visibles. Alors, Kayla effleura son armure, redessina sa musculature renforcée d'astralium.

Centurion, s'il ne sentait rien, fut malgré tout saisi d'un frisson. Absorbé par son regard, il oublia ses déboires. Il venait de rencontrer cette femme, mais il voulait veiller sur elle, sans réelle raison. Elle lui semblait si familière…

Éclats citadins et autres néons dansants de réclames contribuaient à une ambiance surnaturelle. Succombant à ses émotions, Kayla enlaça Centurion. Elle ne dit mot, mais ce geste signifiait «je suis désolée». Il fut saisi d'un malaise, sans réussir à se dégager d'une telle étreinte. Alors, il amena une main dans son dos, et demeura ainsi un moment.

— *Étage 54. Laboratoires. Bonne journée.*

L'annonce effraya Kayla comme si elle venait de commettre un délit. Elle s'éloigna à contrecœur de Centurion, fila se retrancher dans un coin. L'ascenseur s'ouvrit sur une doctoresse, et celle-ci entra sans faire attention à eux. Elle commença à défaire ses chaussures de sécurité, définitivement ridicules.

— Ah, franchement, fulminait-elle, je me demande même si ces trucs étaient à la mode en 2120.

Centurion la gratifia de toute son ignorance, malgré une évidente volonté de le séduire. Cette traînée se déchaussait sans se soucier de faire remonter sa robe. Kayla observait son numéro, écœurée.

— Qui est-ce? demanda-t-elle.

Kayla se retint de cracher une insulte, tant son ton dégoulinait d'irrévérence.

— Kayla, ma nouvelle «acolyte», devança Centurion.

La doctoresse afficha un sourire éclatant.

— *Docteur* Zeera Kingsley. — Elle se colla au cyborg et fit courir ses doigts sur son armure. — Et lui, c'est *ma* création.

Centurion dégagea sa main.

— *Création*? se révolta Kayla. Il ne sera jamais une «chose»!

— Ai-je dit cela?

— Vous le traitez comme telle.

Zeera se rembrunit.

— Attends, cette fille me fait la morale, ou je rêve?

Centurion ne sut où se mettre face à ces deux femmes en train de s'enflammer pour lui. La situation finit par se décanter, *merci Seigneur*, sitôt arrivé à la destination de Zeera. Celle-ci s'en alla, furibonde.

— Quelle garce, grogna Kayla.

— Oh, fit Centurion, elle a son caractère, mais, à sa manière, elle m'a sauvé.

La jeune femme se retint d'en rajouter, même si elle en mourait d'envie.

— *Étage −2. Quartiers sécurisés. Bonne journée.*

Tout au QHS était dérangeant. Il y stagnait un mélange d'odeurs, de métal, de détergent et de fluides artificiels. S'y élevaient des sons de toutes sortes, mais surtout de machines, contribuant à une ambiance glaciale. Ses murs étaient gris, tristes et sans agréments. Centurion guida Kayla de couloir en couloir, vers sa chambre, fermée par un système de sécurité rétinien. Son intérieur s'avérait minimaliste, étudié pour un certain confort sans s'égarer dans une décoration outrancière. Un lit soigneusement fait jouxtait un mur. Sur le guéridon intégré, une veilleuse en forme de ruche changeait d'intensité au gré des allées et venues. Un divan et un fauteuil faisaient face à une table miniature agrémentée d'un katana sur son présentoir. Un tactinote y traînait, éteint.

— Reste ici, ordonna Centurion, sitôt Kayla assise. Je vais te chercher à manger.

Et il l'abandonna là.

Il rejoignit le réfectoire réservé à son unité. Attablés et affairés à discuter, s'y trouvaient ses frères et sœurs.

— Ah, siffla Shana, voilà notre grand séducteur.

— Arrête...

— Il ch'est fait engueuler ch'crois, dit Tyndall.

Centurion s'arrêta face au self et ses différents mets, incluant viandes grillées, sautées ou en ragoût ; moult légumes sous autant de formes ; fruits et desserts, toujours sains, choisis avec soin. Soudain, il se rendit à une évidence : il n'avait aucune idée des goûts de Kayla. Ainsi, il mélangea de tout.

— Avale d'abord avant de dire des conneries, gamin.

— Alors, ch'ai raichon !

Centurion se garda de tout commentaire.

— On a des nouvelles de Shadow ? changea-t-il de sujet.

— Son état est stable, se contenta d'affirmer Shana. À en croire nos toubibs, il a la volonté de rester en vie.

— Shadow est têtu.

— À l'entendre, renchérit Issam, il veut mourir de ta main.

— Sérieux les gars, s'exclama Tyndall. On croirait un vieux film de samouraïs. — Il avisa son chef. — Sans offense.

Centurion talocha son oreille, à la grande joie de ses frères et sœurs. Quand retomba un silence, Wade demanda :

— On t'envoie dans le Six ?

— Les nouvelles vont vite.

— À Raintown, ajouta Tyndall. Ferguson court déjà aux trousses de ses gars pour gérer ton infiltration. Genre, en cachant ta euh… — Il encadra sa mâchoire de sa main. — Bref, tu vois ?

— Ouais, je vois.

Centurion se dirigea vers la sortie.

— Sauvez des gens en mon absence, O.K ?

Sur ces entrefaites, il regagna sa chambre, où il retrouva Kayla, emmitouflée dans une couverture, visiblement ailleurs. Ce soudain fumet de nourriture eut pour effet de chasser sa rêverie. Centurion s'avança vers elle et abandonna sur la table son plateau chargé de mets. Kayla l'examina : il y en avait tellement !

— Je t'ai fait un assortiment, comme j'ignorais tes goûts.

— Je… merci… mais… et toi, tu ne manges rien ?

— Il y a assez pour deux.

— Je suis gourmande, tu sais.

Centurion afficha une mine amusée ; considéra, tour à tour, son « invitée » et la nourriture. Kayla était résolument fluette.

— Je vais devoir m'en réserver, alors.

Quand il commença à éloigner ces mets alléchants, Kayla saisit sa main. Ils se fixèrent un moment, comme absorbé l'un par l'autre.

— Une cuillère chacun ? dit Kayla.

Centurion jeta un regard aux assiettes; chercha, d'un air soudain angoissé, et idiot, des couverts.

— J'ai oublié…

— … tes couverts.

— Oui.

Son visage se fendit d'un sourire.

— C'est malin.

Kayla goûta à du ragoût et, satisfaite, servit une fourchette au cyborg. Celui-ci la dévisagea, s'efforçant de ne rien montrer de son étonnement. Il décida de jouer le jeu, même s'il se sentait ridicule. Cette situation n'avait aucun sens. Cela dit, ainsi furent dévorés tous les mets. Il en demeura des miettes… et une fourchette abandonnée.

Centurion en vint alors à retirer son armure. Kayla détourna d'abord son regard, avant de céder à son envie. Elle en fut coite. Quasi aucune cicatrice ne trahissait son calvaire. Comme si tout avait été un vulgaire cauchemar. Kayla se souvenait néanmoins, cette maison en flammes, ces odeurs d'essence et de cramé, son amant criant de douleur…

— Tu m'observes?

Elle cilla. Ses frémissements, dans son ventre et son cœur, se transformèrent en un frisson. Une chaleur incommode monta à son visage et rosit ses joues. Elle s'efforça de se dissimuler sous sa couverture. Centurion, entièrement nu, la lui arracha. Gênée d'abord, Kayla eut finalement un sourire mutin.

— Comme si ça te dérangeait.

— Ai-je l'air dérangé?

— Je… J'ai froid. J'aimerais dormir avec toi…

Ils se dévisagèrent, une seconde, une éternité.

— Une idée alléchante, admit Centurion, mais tu restes une menace. — Il enfila un jogging. — Si j'avais… fait mon travail, tu serais morte.

Kayla sentit son cœur se fendre, mortifiée par un tel refus. Elle s'efforça de relativiser; de se dire : «il est encore fragile, il finira par se souvenir», mais, aveuglée par un brouillard de négativité, elle en vint à se convaincre de se voiler la face. Elle retint son chagrin, étreignant sa couverture de ses mains tremblantes. À Centurion, elle manifesta une fausse désinvolture.

— Comme tu veux.

Elle s'allongea, dos tourné, couverture remontée aux oreilles. Centurion dodelina du chef et souffla tout son désarroi. Alors, il s'installa sur le divan, décidé à dormir malgré la tentation.

Chapitre 24

— Chien de combat —

Yeux fermés, Kayla écoutait un déluge s'abattre sur le fuselage de la navette. Ballottée par le vent, celle-ci tremblait par moments, extirpant la jeune femme de sa somnolence.

— *On arrive dans moins de dix minutes*, annonça une voix dans son ComLink externe.

— Assez dormi, nargua Centurion, installé face à elle.

Sans sa mâchoire en métal, désormais cachée sous un artifice de chair ; affublé de *ReaLens*, censées rendre ses yeux au maximum du naturel, il recouvrait tout son charme. Kayla reconnaissait enfin son amour, même si on avait jugé utile de teindre sa chevelure d'argent dans un noir discret. Centurion, lui, se sentait surtout nu sans son armure et ses katanas.

— Quoi ? geignit Kayla. Je m'économise.

Il se mit à rire.

— Je déconnais.

— Un vrai gosse.

Sans se défaire de son sourire, il redevint sérieux.

— Accroche-toi, dit-il alors.

Le pilote intervint une nouvelle fois.

— *OK, vous descendez et je redécolle.*

La navette manœuvra au milieu des vestiges du jardin d'un centre de soins. Le gazon entièrement anéanti, devenu terrain vague, servait de déchetterie. Les rotors soufflaient des emballages de nourriture, des canettes et un tas d'objets jetés là. Centurion s'avança vers l'arrière, où le hayon commençait à s'abaisser. Une rafale s'engouffra dans l'interstice et le gifla, non sans faire tanguer la navette. Celle-ci se stabilisa au mieux, sans toucher le sol. Ses yeux voilés de mèches, le cyborg en sauta. Aussitôt Kayla descendue à sa suite, le véhicule s'éleva de nouveau dans un vrombissement de moteurs en surrégime, déclenchant une tornade de détritus.

Centurion étudia la zone. L'édifice s'avérait à moitié cramé et surtout, abandonné. À ses fenêtres fracassées fuyaient des rideaux agités par le vent tels des fantômes. Sur ses murs, des graffiti aux noms de moult gangs cachaient çà et là des fissures de formes et de taille variées. S'entrevoyaient des restes de matériel médical, soumis aux aléas de la météo, aux infiltrations d'eau et aux moisissures. Un gang se cachait là-dedans, c'était évident. Au-dehors, taguées elles aussi, des ambulances gisaient inutilisables.

— Comme c'est accueillant, commenta Kayla.

— Tu t'attendais à une sinécure ?

L'interface visuelle de Centurion s'affola. Un ComCode et un nom s'y afficha : H. Cutlaw.

— *Centurion, ta mini-carte vient de se mettre à jour. On s'est démerdés pour y afficher où se cache notre contact, Carl Vitti. Les territoires des gangs sont notés en rouge ; reste discret, évite d'aller y fouiner.*

— *Comme si je m'amusais à fouiner.*

— *Tant mieux ! T'auras déjà suffisamment de chances de te faire tuer comme ça.*

Communication terminée.

— Va te faire voir.

Il se mit en marche, suivi de Kayla. Au gré des allées, ils atteignirent l'entrée, à en juger un guichet déserté et une file de carcasses de véhicules. La ville, amas invraisemblable d'immeubles inachevés et mal entretenus, s'étendait face à eux. Effet des averses ou des voyous, ses rues étaient vides. Seules s'y distinguaient des ombres fuyantes, tête inclinée, dos rond.

— Où on va comme ça ? interrogea Kayla.

— Voir un contact. — Il la dévisagea. — Au fait... je te conseille de suivre mes instructions à la lettre, vu ? Si je te dis de garder ta langue, tu te tais. Si je te demande de faire un truc, tu le fais sans tergiverser.

Kayla se rembrunit.

— Si je t'encombre, il fallait le dire à ton cher « Père » !

— Attention à ce que tu vas dire…

Elle le toisa.

— Sinon… ? Tu vas me tuer ? Pfff, ne te donne pas cette peine. Les voyous du coin se feront une joie de le faire, sauf s'ils me violent d'abord. Ça sera d'enfer à la télé, tu verras !

Centurion exhala son agacement. À bien y réfléchir, même armée, Kayla ne serait jamais une grande menace à ses yeux. Il se délesta donc d'un de ses couteaux, et le lui fourra dans la main.

— Obéis, insista-t-il.

À en croire sa mini-carte, ils ne tarderaient pas à fouler une zone où sévissait un gang. Il s'agissait en réalité d'un ghetto encore plus insalubre que le reste de Raintown. Des fenêtres éclatées des squats émanait une lumière jaune vacillante, identique à celle qu'obtenaient les clodos en faisant cramer des déchets dans des bidons de tôle. Les détritus foisonnaient. Le vent les rejetait contre les murs maculés de pisse et au fond des ruelles infestées de rats. Dans cette ambiance vivotaient des gens qui, la main tendue, réclamaient la charité. Toute cette misère attirait des charognards d'un genre particulier : les dealers. Centurion, s'il ne les entendait pas marchander à mi-voix, les voyait refiler de main en main des substances qui feraient passer la neuro pour de la confiserie. Certains, en l'apercevant, mettaient immédiatement fin à leurs transactions et filaient pour mieux disparaître dans l'ombre.

— On va avoir du mal à rester discret, nota Kayla.

— Ouais, mais notre contact est dans ce coin-là.

Ils atteignirent un squat à l'allure moins dégoûtante que ses semblables. À l'abri du déluge, Kayla souffla d'aise. Malgré sa combinaison imperméable, dont les molécules conservaient la chaleur de son corps, elle avait l'impression d'être trempée. S'essorant les cheveux, elle suivit Centurion. Ce dernier monta deux marches et se figea. Du premier étage émanaient des voix.

— Arrête de regarder la télé… on sait tous que Capernian raconte des conneries. Je te le dis ! Le Capitole a organisé cet attentat sur ce putain de yacht.

Kayla fronça du nez, agressée par une forte odeur de cigarette.

— Et pourquoi ils auraient fait ça ?

— Pour faire de Lawson une martyre ! Galvaniser ses alliés, foutre une branlée aux rebelles !

— Mec…

Les voix se turent. Conscient d'avoir été repéré, Centurion réagit illico et entraîna Kayla dans un coin d'ombre.

— Qu'est-ce qui… commença-t-elle, réduite au silence par une main plaquée sur sa bouche.

Mais force était de constater que, malgré ses efforts, Centurion n'égalait pas Shadow — du moins en matière de dissimulation. L'un des voyous pointa son flingue vers lui.

— Qu'est-ce que tu fous-là, toi ?

Centurion réfléchit à toute vitesse à un mensonge. À court d'idées, il se résigna à dire la vérité.

— J'ai un rendez-vous. Oh et, si j'étais toi, j'abaisserais mon arme. Je ne voudrais pas me faire mal.

— Va te faire foutre !

— Calmos, fit une voix de femme. C'est moi qu'ils viennent voir.

Elle se montra. Un pull à col roulé à l'effigie d'un groupe de rock moulait sa poitrine et ses épaules musclées. Un pantalon déchiré aux genoux dévoilait des jambes augmentées qui lui donnaient une carrure élancée, et dont elle était si fière qu'elle marchait nu-pieds. Leur couleur sienne-beige s'alliait à merveille à son teint mat d'Italienne. Il s'agissait d'un vieux modèle de Zhang-Corp., de la « merde chinoise » à laquelle elle semblait s'être accommodée.

— Bon, vous attendez quoi pour monter ? dit-elle en soufflant une bouffée de cigarette.

Centurion resta un moment à la dévisager, dubitatif. Il se décida enfin à la suivre, gratifiant de son ignorance ses gars qui le regardaient de travers. La femme les emmena à une piaule ridicule, véritable luxe dans ce coin pourri. L'entrée donnait immédiatement sur le salon et la kitchenette. Il n'y avait pas masse de meubles : une table garnie de cartons de pizzas, de canettes vides et de flingues ; un canapé et un fauteuil autour d'une vieille télé qui diffusait un talk-show de Capernian. Le sol était jonché de bouteilles de bière.

La femme s'assit dans le fauteuil.

— Carlotta Vitti, se présenta-t-elle. Mais appelez-moi Carl, comme tout le monde.

Elle tira une taffe interminable.

— Bon… et si nous discutions de ce qui vous amène ici ? Cutlaw et moi avons convenu d'un marché. Vous nous foutez la paix et en échange… je vous conduis à Carter Slade. — Elle sembla pensive. — Carter Slade… ce salopard aime s'attirer des ennemis. J'ignore ce qu'il a fait, et je ne veux pas le savoir, mais si vous avez l'occasion de le liquider, faites-le.

— Je n'ai pas besoin d'être encouragé. J'ai déjà une raison… personnelle, de vouloir qu'il crève.

— Dans ce cas, on est deux. — Elle tira une nouvelle taffe. — Je sais où il se cache, mais je n'ai rien dit à Cutlaw… j'avais moyennement envie de voir l'Autorité ou toute ta smala de Supers se pointer. C'est mauvais pour le commerce, tu vois. Je préférais qu'il m'envoie quelqu'un de… discret.

— Discret comment ?

— J'avais pensé à Shadow, mais ce con est en mission. Bah… un mec qui va pas débouler chez Slade et buter tout le monde, ça fera l'affaire. Ça marche pas comme ça ici.

— C'est quoi ton plan ?

Carl le désigna de l'index.

— Je l'aime bien, celui-là, dit-elle à ses sbires. Écoute… Slade déteste les gens comme nous. Les augmentés. Mais ça ne veut pas dire qu'il n'est pas prêt à se faire du blé sur notre dos. Il gère une arène, à Teague's Bay, où il force des augs à s'entretuer. Si tu veux le trouver, fais-toi attraper. Tu sais te battre, au-delà de toutes leurs espérances, t'auras aucun mal à te faire ta place parmi eux. Slade offre des extras à ses champions.

— En gros, je deviens un animal de foire pour m'approcher de lui... saisit Centurion.

À cette pensée, un sourire flotta sur ses lèvres.

— Ça va me plaire.

Carl l'imita.

— Parfait. Mais si tu ne veux pas avoir l'air suspect, il va falloir te relooker un peu. Ça se voit que tu viens du Capitole.

Il avisa son allure.

— Trop propre, c'est ça ?

— Trop propre, ouais.

Son ComLink sonna.

— *Yo !* salua Tyndall. *Bien, frérot ? Mec, le hacker des Vitti m'a filé des infos. Je les ai intégrées à ta mini-carte. Ça t'aidera à dénicher Slade.*

— Merci, petit frère. Rappelle-moi de te ramener un souvenir de Raintown.

— *Fais gaffe à toi, j't'ai à l'œil !*

Carl abandonna son fauteuil.

— Amène-toi, on va t'habiller.

On lui refila des vêtements en sale état, tantôt déchirés, tantôt tachés, souvent un mélange des deux. Il fut affublé d'un marcel maculé de cambouis, de sorte à mettre sa musculature en valeur, et d'un jean troué. Tout en maquillant son visage, Carl s'expliqua :

— Aie l'air perdu, mais féroce… Erre comme un gars en manque de neuro. Cherche les embrouilles. Attire l'attention ! Tu feras une cible de choix pour les gars de Slade.

Centurion hocha la tête. Elle amena une main amicale à son épaule.

— Avec un peu de chance, tu ne te feras pas tuer.

La pluie s'était calmée. À Teague's Bay ne s'entendaient que les gouttes qui tombaient des gouttières. *Plic… Ploc… Plic…* formant des ondes dans les flaques. Ce son entêtant se mêlait au clapotis de l'eau contre les cargos. Centurion et sa compagne d'infortune s'arrêtèrent près de l'un d'eux, le *Lorelei*, abandonné là à la décrépitude. L'entièreté de sa coque était rouillée et tombait en miettes. Son gouvernail s'enfonçait dans un subtil amalgame d'eau boueuse, d'huile et d'on ne sait quoi qui empestait la mort. Centurion puait tout autant.

— On s'en tient au plan, dit-il en se torchant le visage. Je tiens Slade et ses gars occupés… toi, tu t'infiltres et cherches des infos sur celui qui tire les ficelles dans toute cette affaire.

— Et s'il t'arrive quelque chose ?

— Il ne m'arrivera rien.

Malgré la crasse, Kayla ne résista pas à l'envie de déposer un baiser sur ses lèvres.

— Sois prudent.

Surpris, Centurion ne sut comment réagir.

— Promis, parvint-il seulement à dire.

À ces mots, ils se séparèrent. Le cyborg commença à errer à la manière d'un animal battu. Il essayait d'adopter une démarche erratique semblable à celle d'un augmenté en crise. La tête baissée, il jetait des regards aux environs. Une cohorte de racailles traînait, qui discutant à mi-voix, qui fumant une cigarette, qui marchandant de la drogue ou des armes. Nombre d'entre eux l'ignorèrent, mais à mesure qu'il avançait, l'intérêt grandissait.

Il s'aventura près d'un trio en pleine discussion.

— Hey, vous n'auriez pas de la neuro ?

Ils le détaillèrent du regard.

— Visez-moi ça, siffla un des voyous.

— Ça dépend, fit sérieusement un deuxième. Tu donnes quoi en échange ?

— J'sais pas ? Vous voulez quoi ?

Les rires fusèrent.

— Si t'as pas de fric… y'a moyen de vendre ton cul.

— Essayez, pour voir.

— Oh, c'est qu'il deviendrait méchant !

— Allez, tire-toi.

— Pas sans neurophine, réclama Centurion.

Il en vit un mettre la main au flingue. Un de ses camarades l'empêcha de dégainer.

— O.K, O.K, dit-il. Au poste de douane, en face du *Queen Jane*… y'a un gars qui te donnera ce que tu veux. Maintenant dégage.

Même s'il trouvait douteux ce revirement de situation, Centurion se dirigea du côté du fameux cargo. Comme nombre de ses semblables, le *Queen Jane* était abandonné à l'oubli. Face à lui s'étendait un vieux poste de douane encore encombré de conteneurs. La vieille tôle amplifia soudain des cris, assommant le Viper qui s'était aventuré dans le coin.

Une fille, augmentée à en juger ses jambes, essayait vainement d'échapper à ses agresseurs. Elle rampait à même le sol, cependant qu'eux tiraient des chaînes accrochées à ses chevilles. Les gars ricanaient et la harcelaient d'insultes.

— Si elle combat aussi bien qu'elle chiale, ça va être génial !

— Tu parles, elle va crever au premier round !

Intéressé par ces gars-là, sinon par la gamine qu'ils malmenaient, Centurion se montra.

— Putain ! jura un mec en face. T'es qui, toi ?

— Vous avez de la neuro ? demanda le Viper.

Un infime éclat d'espoir s'était allumé dans les yeux de la fille. Il s'évanouit face au simulacre de bêtise de Centurion.

— Va-t'en, abruti ! cria-t-elle.

Une frappe au visage la fit taire.

— Ta gueule, salope !

— Ouais, on a de la neuro, fit un des voyous d'un ton doucereux en s'avançant vers Centurion. Tu en as besoin, n'est-ce pas ?

Le cyborg acquiesça d'un signe de tête, mimant le désespoir.

— On va t'en donner. Mais d'abord, il va falloir dormir…

À cet instant, une matraque fusa vers son visage. Le mutant se défendit et la retint d'une main. La réaction fut immédiate : il flanqua un coup de tête au voyou, qui en plus de lui péter le nez en faisant jaillir une gerbe de sang, l'envoya patauger dans la flotte. Ses camarades lâchèrent tout, libérant la gamine, et encerclèrent Centurion. Ceux qui n'étaient pas munis de trique ou de pieds-de-biche tenaient des chaînes.

— Tout doux.

— Si vous ne me donnez pas la neuro, je vous explose.

L'un d'eux amena une main dans sa veste, et en extirpa une capsule minuscule remplie d'un liquide bleu.

— Viens la chercher.

Centurion se jeta sur lui comme un drogué. En le renversant, il remarqua qu'une grenade à impulsions électromagnétiques roulait près de lui. Sitôt qu'elle explosa, il fit mine d'être incapable de bouger. Ses rares implants subirent de nombreux bugs : sa vision se brouilla et ses oreilles sifflèrent, mais rien ne l'handicapa vraiment.

À cet instant, l'homme jeté à l'eau s'en extirpa. À titre de vengeance, il lui colla un puissant coup de pied au visage.

— Enchaînez-le, ordonna-t-il. Il va nous être utile.

Voyant Centurion tomber, Kayla faillit s'exposer. Ses doigts étreignirent vivement le coin du conteneur derrière lequel elle se planquait. Elle avait beau se persuader que sa faiblesse n'était qu'une mise en scène, il restait difficile pour une femme d'abandonner délibérément son amant au danger. Alors elle prit sur elle et essaya de rester concentrée, non sans éviter de penser que si elle perdait le contrôle, c'est elle qui finirait en mauvaise posture.

Elle commença par grimper à une échelle fixée à l'arrière de l'imposante boîte de tôle. Arrivée en haut, elle s'efforça de rester à bonne distance des ravisseurs de Centurion. Aucun d'eux n'avisa sa présence, trop occupés qu'ils étaient à se congratuler. Kayla accéléra le pas et s'élança d'un conteneur à l'autre. Les bottes dont elle était équipée réduisirent le bruit de l'atterrissage, de sorte qu'elle enchaîna les enjambées dans une grande discrétion. Elle en vint à rallier les hauteurs du port. Les murs abîmés par le sel et les années s'effritaient sous ses doigts, révélant des prises. Kayla était habituée à ce genre d'exercice. Ça faisait des années qu'elle arpentait les toits de Varsovie pour échapper aux autorités, une fois ses petits coups accomplis.

À croupetons derrière une saillie murale, Kayla observa ses cibles. Ils rejoignirent un gigantesque cargo dévoré par la rouille, mais dont le nom en lettres capitales apparaissait encore : le *Black Jack*. L'accès à bord se faisait par de nombreuses rampes de maintenance. Les voyous y traînèrent Centurion et s'effacèrent sous un fouillis de bâches.

— Neo, interpella-t-elle par ComLink, qu'y a-t-il à bord du *Black Jack* ?

— *Des gens pas très réglo. Mais ça, tu le savais ! C'est un marché noir géant… entre autres. Slade gère ses activités au niveau – 3, près de la salle des machines. Mêle-toi à sa clientèle, tu passeras inaperçue.*

Il lui fallait un déguisement.

À deux pas de sa position, Kayla avisa une trappe. Le métal était tellement abîmé que l'ouvrir fut une épreuve. Sitôt qu'elle céda, elle s'y glissa, pénétrant à l'intérieur d'une vieillerie d'entrepôt où régnait une forte odeur de poisson. Confrontée à une obscurité absolue, elle dut se résoudre à activer l'amplificateur optique mobile généreusement confié par Pinxit. L'appareil émit un *bip* et s'adapta à la luminosité ambiante, permettant à son œil gauche d'y voir comme de jour. Elle erra entre les rayonnages à moitié vides où du matériel naval était abandonné à la décrépitude et des conserves, au pourrissement. Ses pas la menèrent à une réserve destinée aux employés. Elle y trouva des vêtements de travail encore intacts qu'elle s'empressa d'enfiler. Une touche de graisse contribua au réalisme.

Fardée comme une clocharde, elle se dirigea vers le *Black Jack*, imitant ses semblables : mains au fond des poches comme si elle étreignait une arme, mine mauvaise, regard fuyant. À mesure qu'elle s'avançait vers la passerelle gardée, son rythme cardiaque s'affola. Les sentinelles étaient armées de fusils mitrailleurs et examinaient soigneusement la future clientèle de leur chef. Certains subissaient même une fouille et, évidemment, toute capuche était retirée. Une telle sécurité fit monter l'angoisse de Kayla à un tel degré qu'elle voulut faire demi-tour, chercher un autre plan. Elle se sentit soudain épiée de tous côtés, comme si on savait qu'elle était une chienne de Pinxit. Son anxiété devait être perceptible, car l'un des gardes lui jeta un regard…

Et l'arrêta d'une main sur sa poitrine.

Le subtil mélange de cris et de musique cyber qui vrillait sa cervelle n'y changeait rien : c'était comme s'il entendait seulement l'entêtant cliquetis de ses chaînes, si serrées qu'il les sentait mordre à travers sa peau. Centurion roula des yeux, à moitié conscient. Le monde tourna à trois-cent-soixante degrés, entièrement flou. Une envie de vomir le prit aux tripes.

— On se réveille, *Beauty*.

Encore un foutu yankee qui causait comme Skylar. Centurion pensa à jurer, à lâcher un sincère « merde, encore un », mais seul un son grognon lui échappa. Il papillonna des paupières pour recalibrer ses implants oculaires, que l'image cesse enfin de tressauter et de saccader. La première qui s'imposa à son regard fut celle de son vis-à-vis. Un type à l'allure excentrique par sa crête mi dorée mi platine, et par l'œuvre infligée à son corps : tatouages et piercings. Centurion le reconnut immédiatement, presque aussi rapidement que son scanner rétinien : Carter Slade.

— C'est pour ÇA que vous m'avez fait me déplacer ? Une tafiole dormeuse ?

— Tafiole… ?

Le visage de Slade se fendit d'un sourire suffisant.

— Ah, j'ai touché un point sensible. Tu t'es calmé on dirait… constata-t-il en désignant du pouce un de ses sbires dont le nez pansé suintait encore. Paraît que t'es méchant.

— Ouais. J'ai tendance à mordre quand on me fait chier.

Slade avisa ses camarades.

— C'est qu'il fait le malin en plus, nargua-t-il avant d'en revenir à son prisonnier. Tu sais mordre, c'est bien. Maintenant, j'aimerais que tu le fasses… — Il se désigna des deux mains. — À mon ordre.

Les deux hommes s'entre-regardèrent un interminable moment.

— J'y gagne quoi ? demanda Centurion.

Le mercenaire eut un rire.

— Et il a le sens des affaires ! Zack, oublie ce que j'ai dit, ce con-là m'intéresse.

Il se détourna de Centurion, s'en alla poser une fesse sur un coin de table et s'alluma une cigarette.

— Tu veux quoi, l'amplifié ? Pognon ? Drogue ? Le joli cul chromé d'un gynoïde ?

— De la neuro pour commencer, demanda-t-il avant de s'interrompre pour faire mine de réfléchir. Du fric, ouais. Mais je préfère autre chose : la gloire.

Slade arqua les sourcils et… éclata de rire.

— La… gloire ?

Il s'avança vers lui, frôla sa mâchoire camouflée de ses doigts. Le geste fit naître une grimace de dégoût, comme s'il mettait la main à de la merde. Levant le regard, il souffla un jet de fumée dans les yeux du cyborg, qui ne cilla même pas.

— C'est pour ça que t'as joué au mec en manque. Tu voulais m'atteindre ?

Même s'il venait d'être partiellement démasqué, Centurion garda contenance. Il acquiesça d'un signe de tête.

— T'as des couilles, affirma Slade. Ou t'es complétement con. Ça me plaît. — Il retourna s'installer. — Comme tu le sais, je gère ce juteux business de combat d'augs. Si tu deviens mon champion, tu ne seras plus jamais en manque de rien.

Pause. Ils se fixèrent, se jaugèrent mutuellement. Le monde cessa d'exister, il ne restait qu'eux.

— Deal, lâcha Centurion.

Un sourire satisfait illumina le visage de Slade.

— Détachez-le, ordonna-t-il en faisant signe à ses sbires. Faites-le se battre.

Le dénommé Zack obéit, même s'il tirait franchement la gueule.

Centurion essaya de contacter Kayla. Un grésillement lui vrilla les tympans : toutes les communications étaient brouillées, son ComLink bipait en vain. Il n'eut toutefois pas trop le temps d'y penser : déjà Zack l'emmenait visiter les entrailles du cargo. Ses implants oculaires enregistraient les moindres détails de l'endroit en prévision d'une fuite ou d'une collecte d'informations, au cas où Kayla échouerait. Il s'agissait d'une réserve aménagée en repaire. S'y trouvait un confort nécessaire aux voyous : tables où se mêlaient jeux de cartes arrosés et concertations sérieuses ; minibar rempli d'alcools de luxe ; canapés raffinés où se pressaient les silhouettes lascives d'anthropoïdes voués à l'esclavage sexuel. À l'extérieur s'étendaient d'étroits couloirs où saillaient des pièces de machinerie. Malgré leurs incessants ronronnements et autres crachats de vapeurs brûlantes, Centurion entendait nettement les cris de la foule, au fond du boyau.

Là se révéla l'arène. Au cœur d'une pénombre idéale pour les pickpockets et les parieurs de dessous de veste, une foule en ébullition s'amassait au plus près d'un dôme grillagé. Celui-ci crépitait et crachotait des éclairs bleutés, sûrement des I.E.M, qui renforçaient un éclairage rouge et violet digne d'un night-club. La vapeur des machines qui se mêlait à la fumée de cigarette formait un nuage stagnant au-dessus de ce ramassis de raclures. Ça puait la sueur et par-dessus tout, le sang.

Dans la cage, un énorme augmenté armé d'une masse à sa taille venait de jeter à terre un ado qui devait faire un tiers de son poids. Le gamin, dont le bras de chair formait un angle bizarre, essayait de se redresser cependant que son adversaire s'avançait vers lui. La foule gueulait des « à mort ! » et des « tue-le ! » à qui mieux mieux. Centurion grimaça face à ce spectacle, songeant malgré lui à Tyndall.

L'ado fut incapable de se relever. Le colosse lui flanqua un coup de pied et, galvanisé par la foule, souleva sa masse. Un gémissement de pitié fuit des lèvres du gamin et, l'instant suivant, sa tête fut réduite en bouillie.

— Bill le Hachoir, VAINQUEUR ! cria l'animateur des jeux.

Centurion garda les dents serrées, dégoûté de voir un gosse mourir de cette façon. La tâche de débarrasser l'arène de son cadavre revint à un androïde à la mine étonnamment maussade. Il y planta un crochet de boucher et le traîna derrière lui comme un vulgaire morceau de viande.

Sitôt la grille déverrouillée, Zack y poussa Centurion.

— À ton tour, salopard.

— Enlève tes sales pattes de moi...

Il s'avança dignement, sûr de lui et déterminé à faire souffrir ce connard de Bill. L'augmenté le « salua » d'un signe de tête. Centurion le détailla du regard, inattentif aux annonces de l'animateur. L'homme rivaliserait facilement avec Wade, en gabarit et non en noblesse. Des muscles puissants roulaient sous une peau tatouée et tailladée de cicatrices. Sa face taillée au couteau n'avait rien d'agréable à regarder. Il ressemblait à une brute de décoffrage dénuée de cervelle.

— Choisissez votre arme ! gueula l'animateur.

Une boîte remplie de morceaux de cyborgs fut passée à travers une trappe. Bill s'arrogea le droit de piocher en premier, découvrant un doigt augmenté désarticulé.

— Bill a tiré LA HACHE À DEUX MAINS !

Ovations. Centurion fit abstraction de la foule et mit à son tour la main au cambouis, extirpant un renfort d'armure cabossé.

— Jawbreaker a tiré LES DOUBLES LAMES !

Des rires parmi les cris. *Une putain d'ironie*, se dit Centurion en recevant deux couteaux semblables à ceux de son assassin de frère, en moins sophistiqués évidemment. Un sourire étira ses lèvres : au fond, l'arme était parfaite.

Bill se mit en position de combat. Il ne chargea pas tout de suite, comme s'il jaugeait son adversaire. Ce dernier, couteaux bien en main, se mit à lui tourner autour. Il était un combattant polyvalent, à mi-chemin entre le cuirassé et le furtif, cauchemar à la fois de Wade et de Shadow. Cette fois, il allait devoir imiter son rival.

Bill se décida enfin à engager le combat. Centurion se décala de sa charge à la dernière seconde et, d'un élégant mouvement, entailla ses flancs. Son adversaire se retourna alors, fendant l'air de son énorme arme. Il évita de justesse en se courbant en arrière. Le fil de la lame frôla sa mâchoire, en entama la chair artificielle et fit naître une gerbe d'étincelles. À peine déstabilisé, il se redressa en enchaînant les entailles. Bill essayait de le toucher, tranchait du vent. Centurion se rendit compte ô combien ce style de combat était vicieux, certes, mais incroyablement jouissif. Il restait néanmoins fidèle à lui-même, se refusa à attaquer dans le dos. Il commença sérieusement à s'amuser. Se défendre contre Bill n'avait rien de difficile. Il n'avait rien, ni de la force ni de l'adresse de Wade. Il commençait d'ailleurs à fatiguer. Il soufflait telle une forge, et ses charges s'amenuisaient au gré des secondes. Centurion fit le malin. Après tout, il combattait comme son frère. Énervé, Bill essaya une énième fois de le fendre en deux, en vain.

— Tu espères vraiment me tuer de cette façon ? railla Centurion. Va falloir faire mieux que mouliner dans le vide.

Au même moment, Bill le frappa au ventre de son genou. Centurion recula, mais fit tout juste mine d'avoir mal. Il se souvint d'un de ses combats contre Wade et eut envie de rire. Bill le cogna une nouvelle fois, à la mâchoire cette fois. La ferraille dont son genou était constitué vola en éclats contre l'astralium qui ne se gondola même pas. Sa jambe sérieusement endommagée, la brute s'écroula. Centurion le toisa.

— Quelle mauvaise idée de me sous-estimer…

Alors que Bill s'efforçait de se relever, il le maintint au sol de son pied.

— Va te faire foutre…

— C'est ça, tes derniers mots ? Pathétique.

— Tu ferais bien d'appliquer tes propres conseils. De ne pas te surestimer… parce qu'au final, tu n'es qu'un chien. Comme moi.

— Oh, je sais. Plus que tu ne le crois… — Il s'agenouilla et, étreignant Bill, affleura sa gorge de son couteau. — Plus féroce que toi.

À ces mots, il l'égorgea. Le sang gicla, macula sa face impassible.

— Jawbreaker VAINQUEUR ! beugla l'animateur.

Mais Centurion n'entendit rien. Ni cet énergumène ni la foule en délire. Une seule voix comptait, celle de Kayla, au fond de son crâne.

— *Je suis entrée.*

CHAPITRE 25

— MISSION SUICIDE —

LE SALUT DE KAYLA vint du second garde, qui distingua nettement un éclat lubrique dans les yeux de son camarade. «Laisse-la passer», avait-il ordonné et, perdant d'une interminable bataille de regards, l'autre obéit. Kayla monta à bord du *Black Jack*, fourmilière grouillante de voyous où foisonnaient, en toute impunité, les entorses à la loi. L'Autorité avait d'autres priorités qu'anéantir Raintown en détruisant ses petits commerces. Pire! Elle les taxait en échange de sa tolérance et se faisait un maximum d'argent.

Le gang de Slade capturait des augmentés comme des animaux et transformait leur souffrance en monnaie sonnante. Les recycleurs affiliés à son business revendaient les pièces détachées. Des privilégiés revendaient à prix d'or des marchandises volées. En arpentant le navire, Kayla eut tout le loisir d'admirer leurs articles. Il y avait de tout : de la nourriture allant des sacs de rations aux fruits et légumes rares ramenés des serres du Capitole; des cartons de bibelots, de bijoux et de quincaillerie en vrac; des vêtements en état convenable et d'origine relativement douteuse; des armes, énormément d'armes, de calibres différents; mais par-dessus tout, des augmentations arrachées à leurs anciens propriétaires. Les stands étaient collés les uns aux autres et les câbles électriques qui alimentaient leur éclairage tape-à-l'œil serpentaient en plein milieu de l'allée centrale. Ça empestait l'ECO-gas et un subtil mélange de fluides humains.

Les mains enfoncées au fond des poches de sa veste, Kayla faisait mine de flâner. Elle essayait de se fondre dans la masse malgré son inquiétude. Centurion était injoignable depuis trop longtemps. Difficile de rester concentré face à une telle situation. Kayla détournait les yeux au moindre regard insistant ; à croire que les badauds flairaient ses angoisses. Sa vision améliorée scannait la zone malgré les interférences. Une fenêtre clignota soudain. Kayla y vit tout ce que les yeux augmentés de Centurion avaient enregistré.

Elle activa son ComLink.

— Neo, chuchota-t-elle, ce bateau est rempli de gardes !

— *Ouais, j'sais… Voilà où la bande de Slade se planque, tu reçois ?*

— Oui.

— *Devrait y'avoir moyen de s'y faufiler par l'extérieur. Je vais demander à Vitti de nous craquer sa diversion. T'façon, le connaissant, Centurion attirera l'attention du reste du monde comme un grand. On aura une fenêtre d'action, genre dix minutes max. Tout ce que t'as à faire, c'est connecter mon petit joujou à leur réseau.*

— Compris.

En s'abandonnant au flot humain, Kayla gagna la superstructure du rafiot. Des caisses grossièrement empilées sur l'allée condamnaient l'accès à la poupe. La jeune femme veilla à ce que les gardes aient le dos tourné pour se faufiler entre elles. Une forte odeur de poisson en camouflait la contenance véritable — sûrement des armes. Le passage, en plus d'être étroit, se révéla extrêmement glissant à cause du crachin, mais Kayla réussit à s'y frayer. Elle se garda de traîner là, car le jeu des lumières menaçait de dénoncer sa présence aux sentinelles de l'arrière, voire à celles des balcons. Elle risqua une minute à la recherche d'un moyen de faciliter sa descente, qui se révéla un cordage soigneusement enroulé sur son support. Kayla s'en saisit et aussitôt celui-ci noué à la rambarde, elle passa par-dessus bord. À plusieurs mètres en dessous d'elle ondoyaient des eaux noires et dégoûtantes. Les rafales d'un vent dont elle ressentait maintenant toute la force fouettaient son visage.

— *Attention*, prévint Tyndall, ça va secouer, *y paraît.*

L'explosion fit à peine frémir l'énorme cargo. Des jurons fusèrent, là-haut. Des pas s'y mêlèrent : les gardes filaient voir « ce que c'était ce bordel ». Kayla, redoutant d'être repérée, embrassa la coque et cessa même de respirer.

— *La voie est libre. Vas-y !*

Elle s'efforça de se rasséréner, stressée à en sentir ses doigts étrangler la corde. C'était le moment d'assurer, pour Blayne, et pour Iowan. Elle descendit avec prudence et se stabilisa face à un hublot. Les yeux plissés, elle y jeta un regard et, malgré la couche de crasse, distingua le mobilier de la pièce. Un amas de caisses fermées en côtoyait d'autres, ouvertes, où étaient alignées des augmentations dans un écrin de plastique mou. Derrière, l'éclairage faiblard révéla un visage humain dont la seule vue fit s'affoler le cœur de la jeune femme. Il la dévisageait de ses yeux artificiels, un sourire aux lèvres. Il s'agissait en réalité d'un androïde abandonné là, enchaîné, un gros crochet en travers de la gorge. Il était à demi désossé, comme s'il avait servi au tournage d'un *snuff movie*. Son servomoteur apparent dégoulinait d'un fluide bleuâtre d'aspect visqueux. Un gynoïde traînait sur un divan dans une position grotesque telle une poupée désarticulée. Les déchirures de sa peau diaphane dénudaient une ossature métallique qui, là où elle avait résisté, s'avérait couverte de bleus, des coups puissants ayant fait sauter ses veinules.

Un bureau trônait au milieu de tout ce désordre. Il y traînait moult paquets de cigarette, un cendrier rempli de mégots et un amas invraisemblable de magazines pornos. La chaise tournante bougeait encore, signe qu'on l'avait quittée précipitamment. Un tactinote était allumé ; des fenêtres et des programmes ouverts flottaient dans les airs. À côté, un relais ComLink.

Kayla dut s'armer de patience pour s'abstenir de fracasser le hublot à coups de pied. Une once de doigté vint à bout de ce vieux machin rouillé. Elle s'insinua à l'intérieur et se rua vers le bureau. Elle dégagea d'un revers de la main le magazine qui cachait les ports du relais ComLink, et connecta son étrange gadget.

— *Je suis là*, informa Tyndall. *Tout est sous contrôle.*

Les machines environnantes furent aussitôt perturbées, comme en surcharge. Ces vieilleries n'avaient plus la capacité — voire n'avaient jamais été conçues — pour recevoir une telle puissance. Le pouvoir technokinétique de Tyndall s'insinua en elles tel un flux sanguin ; alors, semblables à autant de marionnettes, elles répondaient à son ordre. L'écran intangible du tactinote s'affola : des centaines de fenêtres flottantes s'affichaient ou s'effaçaient au rythme des fouilles de Tyndall.

— Bon sang, souffla Kayla, comment tu fais ça ?

— *Je te l'ai dit, je suis connecté. Imagine le Net comme une sorte de toile neuronale. Je vois ses flux. Je les ressens. Mais y'en a des millions, comme autant de routes dans notre monde tangible. Ce que je t'ai filé, c'est un genre de mouchard pour que je puisse identifier où je dois m'infiltrer. Oh !* Ça y est : j'ai *des infos. Je charge tout ça sur Cléocube.*

— Fais ce que t'as à faire.

Kayla patienta malgré moult protestations de son instinct de survie. Plus elle examinait cet endroit, plus son malaise grandissait. Au-delà de sa déco sordide, il trahissait le caractère des truands qui le fréquentaient. Blayne allait-il finir comme un de ces robots ? Kayla secoua la tête pour mieux chasser cette idée idiote de son esprit. Même désarmé, même diminué, son fiancé réduirait aisément ces charognards en morceaux.

— *Merde… !* jura soudain Tyndall. *Ils arrivent !*

— Concentre-toi.

— *Mais…*

— Obéis !

Il se tut et s'exécuta. Kayla contourna le bureau et rejoignit la porte pour y coller son oreille. Parasitée par les bruits des machines, elle ne perçut que des voix confuses, mais qui se rapprochaient. La porte était un modèle coulissant, contrôlé par réseau et donc par Tyndall : elle resterait fermée tant que le mouchard serait connecté. Kayla fit néanmoins sauter sa poignée, pour éviter toute irruption.

— *Kayla, tu dois te tirer ! Si tu te fais prendre, la mission est foutue !*

Un florilège de jurons se fit entendre de l'autre côté de la porte. Kayla retint un cri en se mordant la langue. Elle étreignit son gadget, déterminée à le retirer, mais retint son geste. Encore une seconde. Encore une. Encore. Les jurons augmentèrent en intensité. On commença à forcer l'entrée.

— *J'ai fini ! Grouille !*

Kayla déconnecta d'un geste et se rua au hublot. En s'y glissant, elle se sentit coincée. Elle haleta, comme victime d'une crise d'angoisse ; essaya d'inspirer plus que la capacité de ses poumons. Si elle ne retrouvait pas contenance, elle serait foutue. Elle ferma les yeux, expira de son mieux. La porte finit par céder.

Centurion empoigna une bouteille d'eau généreusement tendue par Zack et s'en aspergea le visage, secouant la tête comme un chien pour mieux enlever la crasse et le sang qui le maculaient. Une bonne rasade lui fit du bien, apaisa un peu le feu qui brûlait en lui. Il en était à son quatrième combat : Budd, l'androïde chargé de nettoyer la place, traînait derrière lui un cadavre dont le cou était fendu des deux côtés, comme tranché à coup de ciseaux. Centurion ne ressemblait plus qu'à une version corrompue du chef des Vipers, ainsi couvert de merde et d'hémoglobine. Pour rien au monde il ne voulait que son Père le voie comme ça.

La foule comprit très vite quelle mine d'or il représentait. Les mises allèrent en sa faveur : « tout sur Jawbreaker » disait-on aux *bookies* qui faisaient le tour de la salle. Slade lui-même gagna le jackpot en taxant leurs activités.

Cette fois armé d'une faux, Centurion se joua de son adversaire et le décapita. Une gerbe de sang lui gicla au visage et aspergea le premier rang du public, pour son plus grand plaisir. Ça gueulait comme des animaux. Le Viper se torcha les yeux d'un revers de la main. Lui-même se sentait plus bestial qu'humain, désormais. Il avait cédé à ses instincts les plus primaires. Il se dégoûtait.

Une secousse soudaine lui fit perdre l'équilibre. Les plombs sautèrent, plongeant la salle dans le noir. Il y eut un moment de flottement, comme si le monde retenait son souffle. Des grondements, un souffle puissant, et voilà que les flammes jaillirent du fond de la salle. Centurion se figea. Ses yeux lui faisaient voir la fournaise comme un amas rouge vif et dansant. Il fut incapable de bouger. Des tremblements incontrôlés secouaient l'une de ses mains, et il avait la nette impression de tâter de la caresse du feu, d'éprouver la douleur qui en résultait. Il flaira de la chair brûlée, se persuada qu'il s'agissait de la sienne. Il en eut la nausée.

Sitôt le courant réactivé, le système anti-incendie se déclencha. Une pluie d'eau glacée inonda l'arène. La foule effrayée se massa à la sortie. Des animaux. Ils beuglaient et se marchaient dessus, piétinaient ceux qui avaient le malheur de glisser et de tomber. Les eaux réveillèrent Centurion. Papillonnant des paupières, il essaya de dénicher Slade. Inutile : lui et ses gars avaient déjà filé.

— *Cen… rion… !* grésilla la voix de Tyndall dans son ComLink. *… gars… Slade… après Kayla… dois l'aider !*

— Merde... Elle est où ?

— *… donne… l'indication… son traceur…*

Un repère clignota sur sa mini-carte : Kayla avait quitté le navire.

— *T'as les plans… te transmets itinéraire… rapide.*

Centurion se mit à courir à la seconde où la position de Kayla lui fut révélée. Il suivit le chemin indiqué par Tyndall, empruntant des conduits d'aération dont les échelles lui permirent de remonter à la surface. Il émergea à l'arrière du cargo par une trappe grillagée. L'air frais lui fit un bien dont il ne prit pas le temps de se réjouir, se ruant à la rambarde, animé par des considérations plus urgentes. Au moment où il distingua Kayla, engluée dans les eaux sombres de la marina, il entendit des craquements. Derrière lui, deux énormes caisses s'animèrent. Des griffes en sortirent, suivies des pattes et du corps entier de deux mécha-chiens. Des modèles obsolètes, mais parfaitement conservés. Comme ils l'ignorèrent, Centurion crut un instant qu'ils étaient possédés par Tyndall. Mais en les voyant sauter après Kayla, il jura.

Il les poursuivit. Son premier réflexe fut d'amener une main à son dos pour y empoigner *Uru* et *Fukuro*, mais il ne rencontra que du vide. Tant pis, il allait devoir affronter les molosses mécaniques à mains nues.

Il finit par plonger, ignorant la froideur de la flotte, dégoûté par sa viscosité. Autant nager dans du mazout.

— Blayne ! cria Kayla.

L'une des machines saisit sa jambe et la traîna par le fond. Centurion l'atteignit en redoublant d'efforts et vit que Kayla se débrouillait très bien toute seule. Armée d'un couteau, elle frappait à maintes reprises l'œil du mécha, essayant d'endommager son servomoteur. Le cyborg se chargea de son semblable qui venait en renfort. Il visa les interstices de son armure, que son âge rendait vulnérables. La machine mordit son bras, déchira la chair. Centurion, désormais à la surface, le força à lâcher d'un puissant coup de poing au museau. Le mécha couina et, comme s'il enrageait, s'efforça de réduire sa cible en morceaux. Celle-ci empoigna sa queue et le ramena à lui. La machine claqua des mâchoires. Le Viper les saisit et tira comme un forcené dans deux directions opposées, de sorte que dans un bruit de métal déchiré, il lui ouvrit le crâne en deux. Celui qu'affrontait Kayla remonta alors, inerte. Centurion sentit son cœur se serrer, craignant pour la vie de la jeune femme. Un chapelet de bulles l'annonça. Elle sortit soudain la tête de l'eau en gorgeant ses poumons d'air. Centurion la rejoignit immédiatement. À bout de forces, Kayla s'accrocha à lui comme à une bouée.

— On a réussi, dit-elle, essoufflée.

— Bravo, répondit le Viper en la gratifiant d'un sourire presque tendre.

Il l'aida à regagner la rive. Mieux valait se hâter : les gars de Slade rappliquaient. « Elle est là ! » gueulaient-ils. « Les chiens l'ont eue ! » Centurion considéra leurs silhouettes mouvantes et jeta un regard à Kayla.

— Ça ira ?

La jeune femme le dévisagea un moment avant de hocher la tête.

— Ouais… mentit-elle en ramenant ses cheveux décoiffés en arrière. Ouais.

Il fit un signe du menton.

— File, je me charge du reste.

Il la regarda s'effacer à l'ombre d'un amas de conteneurs, peu préoccupé par le comité d'accueil qui se pointait. Il sortit de l'eau comme si de rien n'était, pour se retrouver acculé, des gueules de mini-mitrailleuses et de fusils à pompe en guise de vis-à-vis.

— Bien, bien, bien, fit une voix familière.

Centurion avisa la crête qui se dessinait derrière ses sbires. Ceux-ci s'écartèrent, laissant à leur chef le loisir de toiser son « champion » en face à face.

— Qu'est-ce que c'était que ce bordel ? demanda-t-il après un silence.

— À vous de me le dire.

— Attends, attends… Récapitulons, commença-t-il en se frottant les mains. Tu te pointes chez moi et au même moment, une fouille-merde se montre. Quelle putain de coïncidence, tu ne crois pas ? Le credo principal de la maison Slade ? On ne pose pas de questions. Oh et, avouons-le, je me suis laissé aveugler par la montagne de pognon que tu allais certainement me rapporter. Mais je commence à me dire que toi et l'espionne étiez de mèche pour m'enculer.

— J'ai rien à voir avec elle, se défendit le Viper. Je la poursuivais... et je l'ai tuée, cette salope.

Heureusement, nombre d'éléments allaient en sa faveur et les rares qui le menaçaient étaient confus. Les gars l'avaient vu sauter à l'eau, mais seulement une poignée d'entre eux s'étaient rendus spectateurs de son combat aquatique. Ceux-ci assuraient qu'il avait trimballé un corps inerte. Peut-être s'en était-il débarrassé. Ils l'ignoraient, l'ayant perdu de vue au moment où il avait dû contourner l'étrave pour rejoindre le quai. Comme preuve de sa bonne foi, Centurion tendit un morceau ensanglanté de la combinaison de Kayla. Slade l'accueillit par une mine dubitative, le sourcil levé.

— Tu l'as tuée, répéta-t-il. Et pourquoi t'aurais fait ça ?

— Parce qu'avec cette explosion, elle a ruiné mon combat.

Les deux hommes se fixèrent, l'un s'efforçant de faire fléchir l'autre par un simple regard. Malgré l'inexpressivité des yeux du cyborg, Slade s'échinait à y déceler le mensonge. Centurion priait très fort pour que son honnêteté maladive soit mise en veilleuse, au moins cette fois. Finalement, au terme d'un silence interminable, Carter Slade éclata de rire. Comme il fit un pas vers Centurion, ses gars baissèrent leurs armes. Il entoura les épaules du Viper de son bras et lui tapota la poitrine.

— Ça c'est mon champion. Bon, en attendant un nouveau déluge de sang, doit bien y avoir quelque chose qui te ferait plaisir, hum ?

Centurion fit mine de réfléchir.

— Eh bien… Pourquoi pas une belle fille à baiser ?

Slade le considéra un moment, comme surpris par sa demande.

— Bien sûr, s'enthousiasma-t-il. Zack, emmène-le au club. — Il fit signe à deux de ses sbires de se rallier à lui, et s'en alla. — Dis à Lady Verona que la note est pour moi !

— O.K. Boss, grommela l'intéressé.

Il demanda à Centurion de le suivre d'un geste de la main. Zack incarnait le chien-chien idéal. Il se pliait à la volonté de Slade, même si ça le faisait chier. Son physique se prêtait à l'emploi. Au-delà de son allure de brute, il arborait une face semblable à celle d'un molosse : écrasée, les yeux renfoncés et le nez épaté — et c'était pire depuis que le Viper le lui avait éclaté. Évidemment, comme tous les voyous de son petit « clan », il était affublé de tatouages, y compris en plein visage. Il n'avait franchement rien de séduisant. Voilà qui justifiait sûrement sa grande connaissance de l'allée du bordel.

Le *Seven's Sins* était un strip-club à la frontière de la ville et de la marina. Un endroit où, à l'époque d'un commerce prospère, se rendaient les ouvriers pour se décharger eux-mêmes une fois les cargos vides. On y entrait par une petite porte dérobée au fond d'une ruelle. Mais si celle-ci ne payait pas de mine, le bordel en lui-même se révélait très accueillant. Un éclairage rouge-orangé lui conférait une ambiance mêlant chaleur et érotisme. Le mobilier s'avérait luxueux : des clients s'offraient à boire à un comptoir de bar verni que caressaient les lumières ; des affiches rétro encadrées décoraient les murs eux-mêmes ornés de brocards ; des fauteuils en simili cuir affrontaient des barres de pole dance où se déhanchaient des silhouettes lascives. Tous les goûts étaient satisfaits : naturelles, amplifiées, petites, grandes, fines, grosses.

Dans une salle annexe, une femme semblait tenir des comptes. Elle était vêtue d'une robe en satin et en dentelle agrémentée d'un corset de latex qui relevait sa poitrine. Elle fumait une cigarette telle une pin-up des années cinquante. Centurion l'entendit nettement renifler à son arrivée.

— Qu'est-ce que tu me ramènes encore, Zachary Blake ? lança-t-elle, dédaigneuse, et sans même se retourner.

— Le boss veut que tu t'en charges.

— Je ne suis pas une *dog-sitter*.

Centurion rit intérieurement. Ce ne fut pas le cas de Zack, qui se rembrunit.

— Il paye la note, ajouta-t-il.

La femme, que Centurion identifia comme Lady Verona, se leva. Sa façon de bouger et de fumer lui remémorait Zeera. Il en grimaça.

— Pas mal pour un chien de combat, jugea-t-elle.

— Vous n'êtes pas trop mal non plus... pour une maquerelle.

Elle afficha un sourire presque amusé.

— Tu veux quoi ? demanda-t-elle. Augmentée, naturelle ?

— Les deux me conviennent. Une fille reste une fille, non ?

— Comme tu voudras. Mais d'abord, tu te laves. Tu pues, c'est une infection ! — Elle se pencha vers la grande salle. — Lysana, appela-t-elle.

La fille aux jambes augmentées se figea.

— Oui, Lady Verona ?

— Occupe-toi de lui.

Elle vint vers eux en roulant des hanches. Centurion entendait à peine le chuintement de ses muscles artificiels. Bon sang, d'où lui venaient ces augmentations ? Comment une pute avait les moyens de se les payer ?

— L'abîme pas, grogna Zack. Elles coûtent cher.

— Ouais. Je vais essayer.

À l'étage, des sons de plaisir émanaient de derrière nombre de portes fermées. Lysana mena Centurion à une chambre libre, relativement spacieuse et décorée selon les mêmes codes que la grande salle. Un lit à baldaquins trônait au centre, environné de tapis. La prostituée s'exila un moment à la salle de bain, où une brève manipulation d'un écran tactile fit couler un bain moussant « ambiance romantique » mêlant savons fruités, sels colorés et faux pétales de roses. Elle revint ensuite auprès de son client.

— Je t'aide à te déshabiller ? s'enquit-elle en désignant ses fringues.

Centurion fut assailli par une soudaine angoisse : malgré leur propreté, il détestait montrer ses cicatrices.

— À ton aise.

Dégoûtée par la crasse accumulée ; sang, essence et matières inconnues amalgamées, Lysana se mit à la tâche. Le formidable chef des Vipers finit par se retrouver à nu. Ses cicatrices gâchaient sa beauté plastique, mais il n'en restait pas moins attirant. Lysana succomba au charme de ce patchwork de chair, y faisant courir ses doigts graciles. Elle se déshabilla ensuite elle-même, révélant une poitrine généreuse dont les tétons étaient percés de deux petits anneaux alliés à des perles. Centurion la dévisagea un moment, ne résista pas à l'envie d'amener une main à sa chevelure de feu.

— Si on allait dans le bain ? chuchota-t-il.

Séduite par cette idée, Lysana y guida son client. Avant de le faire s'y asseoir, elle nettoya ses jambes et son sexe, pour mieux caresser celui-ci et demander d'un air gourmand :

— Tu veux que je te suce ?

Centurion en resta interdit.

— Si tu fais ça bien.

Un sourire mutin aux lèvres, elle commença à parsemer sa cuisse de baisers. Centurion rejeta la tête en arrière, les yeux fermés. Il la sentit s'aventurer aux abords de sa virilité, se crispa tout entier sitôt que ses lèvres la rencontrèrent. Celles-ci voyagèrent de l'extrémité à la base, revinrent en arrière. Le Viper frémit, étreignant de ses doigts les rebords de la baignoire. Lysana finit par le prendre en bouche, variant les mouvements de sa langue. Centurion resserra davantage son étreinte, si puissamment que la céramique se fissura. Il essaya de se contenir, même si Lysana entamait désormais un doux mouvement de va-et-vient. Elle titillait délibérément l'extrémité, consciente de la sensibilité du Viper à cet endroit. Le plaisir ne cessa de monter : la garce savait y faire. Au moment où elle sut qu'il allait jouir, elle se figea. Centurion allait s'abandonner à elle, mais une image de Kayla s'imposa soudain à son esprit et il se bloqua entièrement. Étonnée que son sexe recouvre ainsi sa nature flasque, Lysana se redressa.

— Quelque chose ne va pas ?

Emporté par un maelström d'émotions mêlant retombées doucereuses, incompréhension totale et angoisse, Centurion fixait le vide. Son cœur s'affolait dans sa poitrine et une douleur inexplicable lui nouait l'estomac. Sa partenaire, ne sachant comment réagir, se recula un peu.

— Tu as besoin d'un moment ?

— Quoi ?

— Tu as l'air embarrassé.

— C'est rien...

Il quitta le bain en soupirant. Lysana resta un moment immobile à le regarder, incrédule. Elle finit par le rejoindre, entourée d'une serviette et munie d'une deuxième. Centurion la saisit sans un mot et commença à s'essuyer.

— Tu ne me désires pas ? interrogea Lysana.

— Ce n'est pas ça…

— Eh bien quoi ?

— Aucune importance...

— Si tu ne veux pas de moi, dis-le tout de suite.

Centurion la dévisagea.

— Tu tiens vraiment à l'entendre ?

Sa face se déconfit. Vexée, elle empoigna ses maigres vêtements et se retira. Lui, s'en fichait.

Chapitre 26

— Influences —

Tyndall activa son casque connecté, dont il couvrit ses oreilles. Dans son champ de vision apparut un titre défilant : *Lose yourself* de *Meniem*, indiquait-il et, aussitôt, un *beat* entêtant obnubila le jeune Super. Il s'était découvert une passion pour le rap des New Twenties — les années 2120 —, même si, trop souvent, les paroles de ce que certains nommaient une *déjection sonore* ne convenaient pas pour un adolescent de son âge.

Assis face à lui à l'arrière du pick-up, Wade le regardait d'un air pensif au point d'en oublier sa cigarette. Le véhicule noir et or, dans une file de ses semblables, avançait sur un terrain accidenté d'où émanaient d'abondants nuages de poussière. Il tremblait tellement, secoué par la caillasse et les nids-de-poule, qu'il était facile de s'imaginer tomber dans un ravin voisin. Le parfum enivrant d'une végétation aussi dense qu'envahissante remémorait à Wade des fragments d'un passé indistinct. Il se rappelait sa sœur, Édel, et son amour de la nature colombienne ; son unique ancre à la réalité et à la vie, sitôt chassée la drogue de ses veines. Un fugace sentiment de nostalgie s'empara de lui. Édel était morte. Elle ne pouvait qu'être mieux où elle se trouvait désormais.

— Pourquoi on n'a pas pris une navette, déjà ? demanda Tyndall.

Au même instant, ils pénétrèrent dans un épais cumulus de fumée noire. Tyndall toussa, agressé par une forte odeur d'ECO-kérozène, de métal fondu et de plastique carbonisé. Arrêtée dans sa dégringolade au gré du fossé par des arbres et un tapis de fourrés, une navette gisait éventrée.

— Pour ça, ironisa Wade.

Un mécha «pompier» se dandinait sur ses pattes arachnoïdes pour arroser cette carcasse et éviter une propagation du feu. Une cohorte de soldats rôdait près d'une ambulance où venait manifestement de s'éteindre le pilote de l'appareil. Tyndall siffla et ne se priva pas d'un commentaire acide.

— Gaffe, tança Wade, un de ces jours, tu vas sortir une réflexion du genre à Centurion, et il va t'en coller une.

— Y'a aucun risque pour l'instant : vu le résultat de notre petite fouille, il va rester à Raintown encore un moment. Et à son retour — s'il revient —, il y aura un tas d'autres sujets à éviter, j't'assure.

— Quoi, les gars de Carter Slade ont déjà touché à sa petite protégée ?

— Tu rêves ! Il aurait tué tout le monde. Elle est presque peinarde, elle : Vitti a fait jouer son réseau ; du coup, ses contacts qui lui en devaient une lui ont dégotté un job de bookie. Un poste d'observation idéal. En prenant les paris pour Slade, elle a toujours un œil sur Centurion.

— Elle peut surtout le voir se transformer en machine à fric. C'est moche, putain.

— Comme tu dis.

Un tunnel déboucha sur une zone sèche et rocailleuse, mais plutôt dégagée, où un camp de taille avait été monté. Les 4x4 y déboulèrent au milieu de pelotons en maraude, dont la course semblait rythmée par un métronome invisible. Ils finirent par se garer en épis pour mieux vomir une escouade entière armée de fusils d'assaut. Les deux Vipers descendirent avec une nonchalance non dissimulée, tel le mécha-chien de Tyndall qui rallia ce dernier d'un saut paresseux. Alentour régnait une constante agitation comme si un facétieux avait explosé la commande d'alerte rouge. Bien qu'ils fussent semblables à des taches sur un décor martial, les deux Supers ne firent aucun effort pour se mettre dans cette ambiance. Ils arpentèrent l'allée d'une démarche tranquille, curieux quant à leur environnement. Tyndall fut très vite absorbé par la contemplation d'une montagne atypique dont la cime paraissait avoir été fracassée par un projectile céleste.

— Voici le Noyau, eut tôt fait de présenter Jenna Stryker, commandante de la zone.

Sitôt ses « renforts » arrivés dans son QG, elle leur montra immédiatement la modélisation du terrain. La montagne en question concentrait en elle toute une activité, défendue notamment par des canons antiaériens.

— C'est une mine. Celle-là même d'où est extrait ce matériau alien intégré à votre organisme. Il y a trente ans, nos chasseurs d'astéroïdes se sont efforcés d'en détourner un de la Terre. Ils ont échoué, mais ont réussi à éviter de gros dégâts. M-Astralis a emporté une partie de cette montagne — ici, regardez — mais en a surtout pulvérisé une autre pour mieux la remplacer. Au fil de son exploitation, M-Astralis et ses environs sont devenus une véritable forteresse de roc et de métal. Il y a là-dedans un équipement scientifique de pointe, mais surtout énormément de civils — des mineurs en général —, qui s'y sont installés, car ils s'y sentent en sécurité.

— Vu votre situation, ils ont dû changer d'avis, commenta Tyndall en déballant un chewing-gum.

— Oui, confirma Stryker d'un ton imperturbable. Toute la mine est sous contrôle rebelle. Sans doute s'y sont-ils infiltrés après avoir investi un train de fret. Il n'y en a qu'un envisageable : il descend dans la vallée du District Onze, chargé de minerai, et remonte avec du ravitaillement. J'ignore comment ils ont fait. La ville de Terradiance et sa fonderie sont étroitement surveillées.

— Étroitement, hum ?

— Alors, trancha Wade, on est là pour dégager ces connards ?

— Si les rebelles commencent à travailler notre astralium, ce sera la fin, y compris pour vous. Vous devez récupérer cette mine à n'importe quel prix.

— Et les civils ?

Stryker soutint son regard et, par son silence, confirma la notion d'« à n'importe quel prix ». Tyndall fit la moue.

— C'est mauvais pour les affaires, ça, plaisanta-t-il.

— Hum, grommela Wade. Combien y'a-t-il d'accès ?

— Suffisamment pour que ces rats s'échappent dès que la situation dégénérera, l'informa la commandante.

— Je vois. Vous reste-t-il des navettes ?

— Une seule.

— Parfait. On va pouvoir vous sortir de ce merdier.

Observé par une assemblée tout souffle retenu, jeté face au vent montagnard, Tyndall se dressa au milieu de la route. Il ferma les yeux. Son ouïe se ferma aux perturbations environnantes, tel un drapeau qui claquait, un moteur qui ronronnait ou de la caillasse qui tombait au gré d'une pente. Il inspira profondément, s'enivra du parfum des conifères mêlé à un relent de crémation. Il sentit petit à petit se dessiner ce qu'il nommait *la Matrice*, véritable « cerveau » à grande échelle où circulait, au gré d'un entrelacs complexe de « neurones », une énergie tangible. Il voyait nettement un circuit alentour ; une interconnexion dont il était un ultime relais. L'âme des machines. Il en percevait la sensation comme s'il s'agissait de ses propres membres.

— Alors ? demanda Wade, debout à ses côtés, son énorme fendoir-mitrailleur sur l'épaule.

— Go, souffla simplement Tyndall.

Le colosse fit un signe de tête à la commandante, restée en arrière. Une navette décolla dans une tornade de poussière et d'épines de pin. Son pilote demeura circonspect une seconde ; ainsi rôda-t-elle à une distance raisonnable du Noyau, dont les défenses antiaériennes demeurèrent tant inertes que muettes. Elle s'approcha enfin. Une clameur retentit, portée par le vent, suivie par la mitraille. La pierre céda sous cette dernière et dégringola pour mieux se fracasser dans la forêt dans une volute terreuse. La navette anéantit chacune des issues annexes de la mine-forteresse, n'en épargna qu'une seule : celle sur la route des deux Vipers.

Wade empoigna son arme et s'avança. La panique s'empara des insurgés. La majorité d'entre eux resta dans des alcôves aménagées en miradors à flanc de montagne, accrochée à des mitrailleuses sur pied, dans un vain espoir d'abattre le Super sans s'y frotter. Les plus courageux sortirent malgré une récrimination farouche de leur instinct de survie et, à couvert derrière des carcasses automobiles déjà criblées de projectiles, ils arrosèrent Wade de tirs inutiles.

Retranché derrière une égide générée par son armure, il avançait, inexorable. IQ450-Zaerus, contrôlé par Tyndall, fonça droit dans la mêlée. Il sauta par-dessus ces abris de fortune et s'adonna froidement à un massacre. Comme intégré à son mécha, Tyndall se sentait grisé par son agilité, sa célérité et son potentiel mortel. Il maniait couteaux et aiguillons avec une adresse chirurgicale ; tranchait et empalait sans distinction. Bientôt, la maigre force rebelle se replia. Wade foula un chemin parcouru de rigoles sanguines dont la source semblait intarissable. Amoncelés dans des positions grotesques gisaient des cadavres ou des estropiés en voie de le devenir.

Tyndall arriva sans se presser.

— Je commence à comprendre ce que ressent Centurion, déclara-t-il.

— S'il doit massacrer du monde jusqu'à ce que Slade crache le morceau, y'a intérêt qu'il y prenne plaisir, ajouta Wade.

— Arrête, il est fait pour ça, cet enfoiré !

Certes, en théorie, ce n'était guère un moment idéal pour commérer. Cela ne sembla aucunement perturber Wade, qui ponctuait la parlote de Tyndall en fichant, par moment, son immense fendoir au travers d'un rebelle échoué. L'adolescent ne prêtait aucune attention à ces exécutions sommaires ni même au sang dans lequel il marchait, comme si tout cela était normal ; comme si toutes ces vies volées n'avaient aucune importance.

— Grouillez-vous, du nerf ! gueulait-on en face.

Trois gaillards s'efforçaient de faire coulisser dans son rail une énorme porte d'usine. Celle-ci se ferma devant Wade, qui ne sembla nullement s'en émouvoir.

— Cool, se réjouit Tyndall, tu vas pouvoir faire une entrée digne d'un film d'action !

Non sans exhaler tout son désarroi, le colosse empoigna fermement le châssis d'un véhicule abandonné et le souleva dans un concert de crissements et de geignement de mécaniques gondolées. Alors, il le jeta en direction de la porte fermée, qui explosa dans un vacarme du diable.

— Tuez-le ! Tuez cette abomination ! Qu'est-ce que vous attendez, putain ?! cria une voix.

Lassé de ce jeu sans intérêt, Wade dégaina son arme fétiche et chargea. Sa lame fendit le premier ennemi sur son chemin, du cou jusqu'au ventre, et le souleva pour mieux fracasser son corps sur ses camarades.

IQ450-Zaerus sauta sur son épaule et s'en servit comme d'un tremplin afin de se jeter, une fois encore, au cœur de la mêlée. Concentré sur son action, Tyndall demeura aveugle au reste et notamment à une intrusion dans son angle mort. Armé d'un couteau, un insurgé se fraya son chemin au gré des cadavres et amena son arme à sa gorge. Tyndall relâcha son mécha illico. Il garda son sang-froid, au contraire de son agresseur dont la main tremblotait. C'est à la faveur de cette tergiversation intérieure, de ce cas de conscience à tuer un garçon — ou de cette peur à déclencher un courroux vengeur en ratant son coup —, que le Viper enfonça son coude dans ses côtes. Son agresseur recula, trébucha sur un de ses camarades tombés, et se retrouva nez à nez avec la face cyclopéenne d'un robot de défense. Tyndall le salua de la main ; aussitôt retentit un énième coup de feu.

À un niveau inférieur du Noyau, une cohorte de rebelles se démenait pour déblayer une voie ferrée. Le feu de la navette avait anéanti la moindre issue, mais celle-ci s'avérait encore sauvable. En arrière, moteur en marche et conducteur aux aguets, attendait un train dont les wagons étaient chargés en vrac d'éclats rocheux rutilant d'astralium.

— Vite, vite ! Ils faiblissent ! cria une voix indistincte parmi cette assemblée.

Aiguillonné par cette énonciation de vérité sur fond de *ta-ta-ta-ta-ta*, on s'activa.

— Ils doivent tenir, exhorta une autre. Ce train doit sortir d'ici coûte que coûte.

— Et s'ils nous attendent à Terradiance ?

Ta-ta-ta-ta-ta !

— Qu'ils y attendent donc ! On ne descendra jamais à Terradiance.

Silence soudain.

— C'est terminé. Il faut se tirer !

Un dernier rocher fut dégagé ; au train de chasser les derniers résidus. Les rebelles survivants s'y accrochèrent comme il s'efforçait de s'élancer sur son rail et, non sans serrer des dents au moindre accroc contre une caillasse égarée, ils entamèrent chacun des oraisons silencieuses pour sortir de cette mine, et de ces montagnes, vivants.

Wade acheva un dernier mourant, constata :

— Aucun d'eux ne s'est rendu. C'est une grande marque de courage.

— Ou de connerie, rectifia Tyndall en essuyant son front maculé de gouttes de sang.

Aucune effusion de joie ou de « hourrah » ne retentit parmi les civils. Ceux-ci émergèrent de leurs cachettes en faisant montre d'une certaine prudence, ce qui ne fut pas du tout au goût de Tyndall. Péteux ! Ingrats ! estima-t-il face à leurs dos ronds et leurs mines renfrognées, avant d'être saisi par une idée autrement plus insultante.

— Qu'y a-t-il, Neo ? demanda Wade.

— Stryker ignorait comment des insurgés avaient infiltré sa précieuse mine. Je parierais sur une aide extérieure. Genre, civile.

Tel un serpent venimeux qui se faufilerait entre ces jambes massées, un sentiment alarmiste se glissa au sein de la foule. Wade examina celle-ci, chercha un comportement excusable, mais personne n'osait défier son regard.

— C'est vrai ! renchérit Tyndall. Regarde-les, ils font tous la gueule comme des gamins fautifs !

— Est-ce vrai ? murmura son frère à une femme, forçant celle-ci à croiser sa vue.

Question difficile. Le « oui » était synonyme de mort tel un « non » assorti d'un mensonge. Pardonnait-on aux repentis, dans ce monde où n'existait plus aucune morale ? Ces « super-héros » étaient-ils justes, à l'image de ceux montrés à la télé ou dans les films d'il y a tant d'années ?

Elle fit « oui » de la tête.

— Tous ?

Elle n'osa pas répondre.

— Traîtres, assena Tyndall. Vous êtes tous des traîtres !

Son mécha se mit en position d'attaque, couteaux dégainés. À la crainte succéda la peur ; des cris, des conjurations de miséricorde s'élevèrent, mais, parmi eux, Tyndall n'entendait que des aveux. Wade amena une main sur son épaule.

— Il y a des femmes et des enfants, petit frère.

Ils se dévisagèrent.

— Si un seul d'entre eux survit à ça, continua Tyndall, il déformera notre indulgence en faiblesse. Ça en encouragera d'autres à fauter, car ils feront le pari d'une seconde chance : je refuse cela. Aucun d'entre nous n'est *faible.*

Wade croyait entendre Centurion. Il comprit ainsi que son jeune frère prenait exemple sur son aîné. Ce dernier s'était toujours montré sévère, mais juste ; plus dans la sanction que dans le pardon.

— Je fais cela pour notre fraternité, se contenta-t-il de susurrer.

Sur ces mots, il couvrit à nouveau ses oreilles de son casque et mit sa musique au son maximum. Totalement démuni, comme absorbé soudainement par un cauchemar, Wade demeura immobile. Alentour, une foule réduite à un état de troupeau d'ovins face à une meute affamée tenta de s'enfuir en vain. Un cyclone tranchant s'abattit sur elle, tel le couperet du châtiment et de la justice qu'incarnaient les Black Vipers. Ainsi plut le sang dans un déluge ininterrompu, emportant avec lui un relief d'innocence.

Look
If you had
One shot
Or one opportunity
To seize everything you ever wanted
In one moment
Would you capture it
Or just let it slip? (...)

Lose Yourself — Eminem

CHAPITRE 27

— AUGURE DE CLARTÉ —

J'ai traversé l'enfer et j'en suis revenu
Donc si tu me crois faible, tu te trompes
Regarde-moi dans les yeux, l'ami
Et tu verras que tu sais comment ça va se finir

Zero Tolerance — Tommee Profitt (feat Ruby Amanfu)

L'EAU DE LA DOUCHE vira du translucide au rouge et vice versa à mesure que le sang s'y diluait. La tête face au mur, Centurion ne songeait à rien ; et malgré cet effort, des flashes où se déformaient les visages de ses victimes défilaient devant ses yeux clos. Il n'y accordait aucune attention, comme si son mental s'était fermé à de tels effets secondaires. En tant que bookie, Kayla se jurait de voir, de semaine en semaine, son amant abandonner des morceaux de lui-même. Il n'en était rien. Centurion tuait avec une facilité déconcertante, focalisé sur sa mission. La jeune femme commençait sérieusement à douter d'un jour réussir à le reconstruire.

La voix de Zack arracha Centurion à son état méditatif.

— Slade veut te voir.

Il sortit de la douche.

— Il veut me voir ? dit-il suffisamment fort pour se faire entendre. Pourquoi ?

— J'en sais rien ! cria Zack dans son couloir. Je suis pas sa putain de secrétaire !

— Ah bon ? J'aurais cru.

— Connard. Ramène-toi !

Se fichant comme d'un guigne de l'attente de son *patron*, Centurion s'attarda. Il demeura une éternité face au miroir, à observer son visage envahi de cicatrices, ses traits fanés, ses artifices anéantis. Rude réalité.

Sitôt descendu, Zack, toujours renfrogné, l'emmena à la salle où il avait rencontré Lady Verona. Il en ferma la porte et resta à côté comme un gentil chien. Carter Slade était installé à une table ronde, les jambes à moitié croisées dessus. Assise à sa droite, Kayla comptait des crédits en silence.

— Ah ! s'exclama Slade. Voilà mon champion.

— Y'a un problème ?

— Jawbreaker l'Invaincu, fit Slade en écartant les mains comme s'il annonçait le titre d'un film. Tu me rapportes tellement de pognon que je pourrais me torcher avec. Mais dis-moi, un boulot plus… excitant que les arènes, ça te plairait pas ?

— Genre ?

— On appelle ça des *opérations spéciales*, mais, au fond, on s'en tape du nom que ça porte, pas vrai ? L'essentiel c'est ce qu'on y gagne. C'est rien de sorcier. Buter des gens, comme d'hab, mais genre, des gens *importants*.

— Ça me dit.

Slade se redressa, la mine sérieuse.

— Tu vas faire la connaissance du patron.

À ces mots, il saisit une minuscule télécommande et alluma une télévision. L'écran déconna un moment, afficha finalement un visage synthétique dénué de traits.

— Boss, salua Slade.

L'entité resta silencieuse et inerte, comme interdite face à la vision de Centurion.

— Voici donc votre « fameux » chien de combat, dit-elle enfin. Un tueur chevronné, j'imagine, mais sera-t-il doué pour autre chose ?

Sa voix suintait de dédain. Centurion aurait juré entendre un Intouchable.

— Ah ! s'exclama Slade. Il assure, faites-moi confiance.

— Je dois étudier cette idée, je croyais avoir été clair.

— Ouais, je sais, mais…

— J'y reviendrai. Veuillez le faire sortir, désormais, nous avons à discuter.

Slade fit un signe de la main, congédiant tout le monde, sauf son fidèle caniche. Centurion inclina la tête et se retira.

— Êtes-vous un minimum féru de télévision, Monsieur Slade ?

— Pas vraiment, non, admit ce dernier en se versant un whisky.

— Vous êtes, a minima, au courant des objectifs du Conglomérat et de ses « Supers », créés pour défendre nos citoyens. Vous en avez affronté un sur un certain yacht, et vous l'avez tué, grâce à mes conseils.

— Shadow, oui. Le connard invisible.

— Sous vos ordres, du moins le croyez-vous, se trouve son chef d'escouade : Centurion.

— Quoi ? Le cyborg d'argent ? Ça n'a aucun sens… j'en ai entendu causer il y a deux jours. Il visitait un centre de soins dans le District Douze.

— Ils se sont débrouillés pour cacher ses attributs et inonder nos médias d'images ou de montages enregistrés. Il est ici dans le seul objectif de venger son semblable. Vous allez être obligé de vous débarrasser de lui.

— Comment ?

— Sans son armure, il est vulnérable. Profitez-en.

La routine.

La foule s'agglutinait sur la grille du ring. Il en émanait un effluve fauve, dégoûtant sitôt amalgamé aux odeurs de friture rance et de snacks. Elle criait comme une faune de savane massée, jurait ou insultait. Puis, un nom revint, d'abord suggéré, ensuite scandé. Jawbreaker. Jawbreaker ! JAWBREAKER !

Assis sur un monticule de cordages enroulés, Centurion faisait le vide dans sa tête. Il avait fermé ses sens aux agressions sonores et olfactives de ces animaux. Pourtant, comme d'habitude, elles détonèrent dans son crâne avec violence au moment où il mit fin à sa méditation, cela à grand renfort d'eau glacée dans la face. Il s'ébroua tel un chien et se redressa pour se diriger dans la cage. Rien ne changeait de l'ordinaire, néanmoins, sans réellement en connaître la raison, Centurion sentit grandir en lui un sentiment de mauvais augure. Quand Carter Slade monta sur son substitut d'estrade et se saisit de son micro, fait suffisamment inhabituel pour être noté, ce sentiment dérangeant atteignit son summum.

— Chers amis ! clama-t-il. Ce soir s'annonce un combat d'anthologie. Vous avez réclamé de la violence, je vais vous en donner et, mieux encore, celle-ci illustrera votre vengeance. Oh, oui ! Illustrez-vous, dans le sang et la chair déchirée, car ce soir, je ne vous offre ni Jawbreaker ni aucun challenger, mais Centurion, le cyborg d'argent !

Silence relatif. La conscience générale s'éveilla, à son rythme. Bientôt, la foule cessa de marteler ce faux nom, et aux visages enjoués par une idée de massacre se succéda une avalanche de mines effrayantes, ravagées par une exécration totale alliée à la colère.

Centurion jeta un regard à Carter Slade, face fendue d'un sourire fier.

— Tu croyais vraiment t'en sortir comme ça ? tança-t-il. Ici, on joue sur mon terrain, et selon mes règles. Ramenons ce fils de chienne à Pinxit ! cria-t-il enfin. Morceau par morceau, évidemment.

Centurion jura, mais garda son sang-froid. Par instinct, il recula, vers un cul-de-sac. Il entendit résonner des rires dans son dos, notes stridentes en désaccord avec la rage ambiante. Acculé, il fut contraint de mesurer celle-ci, comme un flux de truands fondait sur lui. Il envoya un premier direct du droit dans une trogne déformée, se défendit en usant de toute sa force mutante. Il mobilisa un ensemble de sentiments négatifs, ajouté à sa frustration, et fonça dans la mêlée avec une énergie nouvelle.

Kayla resta médusée un instant. Un instant où tout s'effondra. Par chance, si Carter Slade avait été informé de la vérité sur Blayne, il n'en était rien à son sujet. Elle demeura donc un moment parmi ses sbires, s'efforçant de cacher son angoisse soudaine. Elle devait aider son fiancé, où il finirait submergé et mourrait, fracassé, démembré. Elle n'osait d'ailleurs mesurer combien d'idées sordides devaient végéter dans le crâne de cette cohorte en délire.

Kayla chercha une solution malgré cette urgence. Elle jeta un regard alentour et distingua, dans un coin, une caisse d'armes d'allure vilaine. Lames de toutes formes et de toutes tailles étaient amassées, destinées normalement aux combats sur le ring.

La jeune femme s'effaça de son mieux ; s'éloigna de Slade et de son assemblée pour gagner cette corne d'abondance meurtrière. Un de ses gars la retint, tout sourire, non sans agresser ses oreilles de son rire d'imbécile :

— Où tu vas comme ça, Princesse ? Reste-là, on va se marrer !

Aiguillonnée par une décharge, Kayla frissonna. Elle ferma les yeux une seconde, exhala tout son désarroi et, soudain, enfonça son coude dans les côtes de son ex-collègue. À la faveur de son étonnement, elle se retourna et colla son genou dans son menton, enchaînement suffisant pour le mettre KO. Alors, elle fila sans demander son reste, droit sur la caisse. Slade gueula à un ordre tout juste intelligible à ses gars. Ceux-ci s'élancèrent à sa suite, jetant à terre des clients sur leur chemin, dans une vaine tentative de lui mettre la main dessus. Kayla, agile et non moins accoutumée à la fuite, se faufila facilement au milieu de cette masse. Sa course allait s'achever face à un vigile colossal. Consciente de cette déconvenue, elle se servit de son environnement, notamment de la machinerie du rafiot, pour s'élever. Elle traça sur une canalisation et, sitôt le vigile tourné dans sa direction, elle sauta sur son visage en criant. Elle entoura son cou de ses jambes et usa de la gravité pour le faire tomber. Là, elle se redressa, tira deux semblants de katanas de la caisse et se dirigea vers son fiancé en difficulté.

— Blayne ! héla-t-elle.

Une ouverture. Centurion avisa Kayla d'un air fermé. Elle lui jeta ses armes, dont il se saisit et, sitôt ses mains refermées sur ces manches de fortune, il sourit. Il remercia la jeune femme par ComLink et entama son massacre. Charge, exécution. Charge, exécution. Il nettoya des rangs entiers d'ennemis sans ciller. La foule commença à refluer, cédant à un effroi soudain.

Voir la situation dégénérer de la sorte fut un électrochoc pour Carter Slade. Il avait abattu si facilement Shadow et, maintenant, Centurion annihilait son monde. Ce devait être une affaire de routine ! Il était vulnérable, sans son armure ! *Vulnérable* !

Conscient d'être LA cible, il céda à son instinct de survie et se rua vers la sortie.

— Il s'enfuit! cria Kayla.

Centurion se contraignit à abandonner cette dernière et, dans une ultime charge, se dégagea de la cohue pour se ruer en direction du fuyard. Slade sortit du cargo et tenta d'égarer le cyborg dans le dédale de ruelles; mais, à force, Centurion connaissait cet endroit comme s'il y était né. Slade s'efforçait de ralentir sa course en renversant des obstacles, mais il fallait se rendre à l'évidence : il était fini. Centurion se saisit de lui sans aucune difficulté.

— Fini de jouer maintenant, enfoiré! grogna-t-il sitôt face à lui, écrasé au sol. Tu vas gentiment me suivre… toi et moi on a des choses à se dire.

— Va te faire foutre, cracha Slade.

— Comme tu voudras.

Centurion arma sa main, déterminé à lui casser son sale tarin voire une ou deux dents pour commencer. Carter Slade sourit, serein, et serra soudain la mâchoire.

Crac.

— Putain de merde! jura Centurion.

Il le força à régurgiter. Geste vain : la capsule de poison faisait son effet. Slade commençait déjà à tourner de l'œil. Son rythme cardiaque s'emballa et il eut le souffle court. À chaque tentative de respiration, une salive mousseuse et sanguinolente montait à ses lèvres. La mort l'emporta en moins d'une minute.

Confronté à son cadavre, Centurion ignorait comment réagir. Une colère noire se fraya d'elle-même son chemin dans son cœur, et il ficha ses ongles dans ses mains pour se contenir. En songeant à Aryan, à sa réaction, à son amertume, il céda à une telle ébullition et cogna le crâne de Slade, dont s'enfonça le front.

Il se remit à pleuvoir. Les gouttes tombaient dans un frémissement régulier et nettoyaient Centurion de tout ce sang. Une rumeur d'éclaboussure mêlée à celle des pas résonna au fond de la ruelle. Kayla se montra, essoufflée, en sueur et elle-même maculée. Centurion mit un moment à réaliser sa venue. La jeune femme s'agenouilla à ses côtés et amena une main sur son épaule. Étrangement, ce geste suffit à calmer sa rage.

— Il est mort, constata-t-elle. Tu as vengé Shadow, c'était ton objectif, non ?

— Je devais découvrir comment il savait, pour le métamatériau.

Kayla considéra ce cadavre défiguré dont le regard fixait le ciel.

— Son « Boss » en connaît un rayon sur vous, j'imagine. Qui détient de telles informations, dans votre monde de fou ?

— Certains Intouchables, révéla Centurion.

— Tu as des noms ?

— Énormément. C'est un de mes attributs de chef, obtenu grâce à la mémoire du Cléocube du tournoi. Cela dit ça m'est inutile, autant essayer d'arracher des infos au Conglomérat tout entier. Ces gens-là tentent constamment de s'entretuer, alors va savoir.

La jeune femme se serra contre lui.

— Au moins, on va s'en aller d'ici.

Centurion activa son ComLink.

— *Cutlaw… la mission est terminée. Faites venir une navette.*

— *Enfin ! T'as intérêt à avoir du dossier, Turner ne pardonnera pas un échec !*

Communication terminée.

— Quel sale connard.

Sur ces entrefaites, le tandem se mit en marche. Ils dirent définitivement adieu à Teague's Bay et regagnèrent le centre de Raintown, où Centurion fit signe à un des rares taxis. Un gamin de l'âge de Tyndall daigna les emmener. Le voyage se déroula en silence et dans un malaise absolu. Kayla regardait dehors, appuyée à la portière, cependant que Centurion fixait une vahiné posée sur le tableau de bord. La scène était digne d'un film. Le grand cyborg confiné dans cet espace réduit et la femme fluette en petite tenue à ses côtés.

Le taxi les déposa en face de l'hôpital désaffecté, en banlieue. Ils se mirent à l'abri dans un des halls dans l'attente de la navette. Assis sur un comptoir où traînait encore un vase de fleurs fanées, Centurion fixait un point inexistant, perclus d'angoisse à l'idée d'affronter son créateur. Kayla vint s'installer à ses côtés et se pelotonna contre lui pour essayer de le rassurer. Sans en avoir réellement conscience, Centurion entoura la jeune femme de son bras et ils restèrent ainsi jusqu'à entendre un léger bourdonnement.

Derrière le rideau de pluie, ils distinguèrent la navette de Pinxit qui amorçait son atterrissage. Ils coururent vers le hayon et sautèrent à bord avant la fin de son déploiement. Une obscurité totale les accueillit, mais une fois l'appareil chargé, des loupiottes bleues s'allumèrent. Centurion se perdit dans ses pensées. Installée à ses côtés, Kayla amena une main sur sa cuisse et le contempla, inquiète. Son amant la saisit et croisa son regard. Il s'était déjà rendu à l'évidence que sa présence le rassurait et l'apaisait, mais en la fixant ainsi, quelque chose s'éveilla en lui. Kayla se rapprocha encore, joignit son souffle au sien, se gorgea de ce dernier. Centurion se sentit comme électrisé.

La jeune femme frôla ses lèvres, l'embrassa à peine. Assailli par une envie incontrôlable, Centurion pressa sa bouche contre la sienne. Kayla, reprenant son souffle, entoura son cou de ses bras. Son amant glissa une main au creux de son dos et la garda prisonnière de son étreinte. Elle sentit sa langue se frayer un chemin entre ses lèvres en quête de sa partenaire. Celle-ci dénichée, toutes deux se mêlèrent en un ballet enfiévré. Centurion caressa le dos de sa coéquipière du bout des doigts, effleura les bosses de sa colonne vertébrale. Elle l'invita à se redresser, suffisamment longtemps pour le faire chuter à même le fuselage de la navette dont elle sentait les vibrations.

Étendu sur elle, Centurion sentait le désir grimper à une vitesse folle.

— Combien de temps jusqu'au Capitole ? susurra Kayla.

— Assez pour te donner tout le plaisir que tu mérites...

— J'espère que tu n'as pas perdu de ton endurance.

Elle se mit à le dévêtir.

— Endurance, c'est mon deuxième prénom, plaisanta Centurion au creux de son cou.

— Et Modestie, ton nom de famille.

Il sourit.

— On dirait que tu as appris à me cerner.

— J'ai le droit à une récompense ?

— Ce que tu veux.

Kayla sourit à son tour.

— Tu es ma récompense, abruti.

À nouveau ils s'embrassèrent. Centurion fit glisser sa main au-delà du débardeur de son amante et le remonta doucement. Elle l'aida à s'en débarrasser et commença à redécouvrir son torse de ses mains, non sans dangereusement s'aventurer vers son entre-jambes. Celle-ci trahissait son désir et son impatience. Les choses empirèrent sitôt que Kayla y amena une main pour mieux la caresser et se frotter à elle. Elle était déjà trempée à la seule idée de lui faire l'amour.

Centurion abandonna son cou, vint s'attarder sur ses seins qu'il moucheta de baisers. Il en cajola un, téta le mamelon comme un nouveau-né. Kayla rejeta la tête en arrière en soupirant de plaisir.

Cependant qu'il la touchait, Centurion était assailli de flashes. La vision d'une femme sans visage et qu'il étreignait de la même manière se fit entêtante.

— Prends-moi, murmura Kayla, haletante.

Les mains de son fiancé descendirent au gré de la cambrure de son dos et guidèrent ses hanches. Il s'insinua en elle et elle le chevaucha. Centurion accepta un moment cette domination féminine, mais, cédant finalement à sa fougue, échangea les rôles. Il la combla de mouvements tantôt doux, tantôt vigoureux. Kayla finit par exploser de jouissance, mais son amant se révélant plus long à venir, elle s'abandonna à lui de sorte qu'elle atteignit l'orgasme une deuxième fois. Centurion se figea au moment de se déverser en elle, et s'écroula à ses côtés.

Kayla demeura un moment allongée près de lui pour profiter de sa chaleur.

— Je t'aime, murmura-t-elle.

Centurion, dont la tête était appuyée sur les seins de Kayla comme sur un oreiller, se redressa et la dévisagea.

— Quoi ?

Elle soutint son regard : une façon d'assumer ses dires. Le cyborg se sentit soudainement égaré. Un flot d'émotions le submergea et menaça de le noyer. Confusion. Peur. Affection. La jeune femme amena ses mains à son visage et caressa ses joues.

— Qui es-tu réellement, Kayla ? demanda-t-il.

Elle sourit.

— Juste une petite voleuse.

Centurion

FEAR NONE * PROTECT THE WEAK
NEVER SURRENDER

Chapitre 28

— Tempête, lames et poison —

Un déluge rinçait le Capitole. Les lumières de la ville déteignaient sous ce rideau de pluie, semblant se mélanger entre elles. Dans le ciel sombre ne se distinguaient que les loupiottes rouges des aéronefs en maraude.

À l'arrivée de la navette blanche, des silhouettes se massèrent à la zone d'atterrissage de Pinxit Industries. Parmi elles : Haytham Cutlaw, la face marquée par la gravité de la situation ; Sara Ferguson, fermée ; et Aryan Turner, la mine sévère comme d'habitude. Son assistante se tenait à ses côtés et le protégeait d'un parapluie.

L'appareil manœuvra en sur-place et se posa en douceur. La descente presque paresseuse du hayon révéla les équipiers de l'Opération Raintown. Centurion s'avança, digne malgré un trac évident.

Quelque chose attira soudain son regard. Un spectre revenu d'entre les morts. Une figure émaciée où luisait un regard dénué de vie. Une ombre privée de repos et ramenée à son maître.

Centurion jaugea son frère. Malgré son allure efflanquée, ce dernier semblait remis de son coma. Cet enfoiré était définitivement increvable. Centurion sourit à cette idée : manifestation de joie aussitôt effacée face à Aryan.

— Bon retour chez toi, mon fils.

En gage de toute l'humilité dont il était capable et de toute sa dévotion envers lui, Centurion mit un genou à terre.

— Père.

Celui-ci demeura stoïque ; aucune effusion de joie paternelle ni de félicitations. C'est tout juste s'il daigna poser son regard sur sa création.

— À en croire Cutlaw, tu as échoué à ta mission.

— Pas exactement. J'ai des informations...

— Justifient-elles six semaines de dégradation ? As-tu la moindre idée de ce que ces « informations » m'ont coûté ?

Cet éclat de fureur décontenança Centurion, contraint à chercher ses mots.

— Je me fierai à votre jugement.

— Sage décision.

Sur ces mots, Aryan se détourna de son fils, sans en rajouter. Ce dernier resta un moment médusé ; alors, seulement, arraché à ses songes et à sa flagellation contre lui-même, il entrevit un pli de manteau sombre.

— Bonsoir, *Brother.*

Shadow ouvre les yeux. Leurs iris font des quarts et des demi-tours en chuintant afin de calibrer une vision trop longtemps bannie de la lumière. Un éclat vif l'agresse. Sitôt habitué à lui, l'assassin aperçoit la blancheur du monde où on l'a abandonné. Le silence règne, à peine menacé par le bip régulier d'un électrocardiogramme et par le ronronnement de nombre d'autres appareils. Le cœur de Shadow rate un, deux battements et se serre face à cette atmosphère familière. L'oxygène semble tellement se raréfier dans son masque qu'il se met à suffoquer. Il est si persuadé d'avoir été renvoyé en enfer qu'en voyant ce dispositif et la buée qui s'y forme ou disparaît au rythme de sa respiration, il croit qu'on l'empoisonne. L'électrocardiogramme s'emballe : la courbe de son pouls forme des pics rapprochés dans un bipbip insupportable.

Sûrement alertés, deux hommes en blouse blanche se collent à la porte coulissante. Leur vision mêlée à leur forte odeur d'hôpital aggrave l'état de panique de Shadow. L'un d'eux le maintient fermement à son lit pendant que l'autre se munit d'une seringue.

— Sédatif ! crie-t-il en faisant s'échapper d'un coup de piston un peu d'air mêlé à une goutte de produit.

Il introduit l'aiguille dans la jugulaire de Shadow, qui se détend petit à petit au fil de l'action de la drogue. Sonné, l'esprit flottant au gré d'un nuage soyeux, il voit les deux infirmiers se dédoubler. Parmi leurs silhouettes multiples s'en glisse une énième, une femme qui leur somme de s'en aller. Seul en sa compagnie, Shadow met un moment à la reconnaître malgré ses traits familiers.

— Zeera… souffle-t-il.

— Enfin réveillé, Ombre ? roucoule-t-elle.

— J'ai dormi combien de temps ?

— Assez pour qu'on pense à te recycler.

— Combien de temps ? insiste Shadow.

— Six semaines, trois jours et douze heures.

L'annonce lui fait l'effet d'une claque en pleine figure. Il se sent affreusement mal, comme si on l'étrangle. Une boule se forme dans ses entrailles, si épaisse qu'il en a la nausée.

— Sois tranquille… le rassure Zeera d'un air désinvolte, comme si elle a deviné ce à quoi il pense. Ton Père est très inquiet. Il demande constamment des nouvelles de son fils chéri.

— Et mes frères ?

— Pareil. Enfin… sauf Centurion. Tu comprends, il a des choses à faire. Prendre soin de sa nouvelle conquête demande énormément de temps et une attention qu'il ne saurait te donner…

— Quoi ?

Elle amène une main à ses lèvres, comme si une info confidentielle lui a échappé.

— Oups.

— Mon frère ne m'abandonnerait jamais, s'offusque Shadow.

— Ah, vraiment ? Alors pourquoi n'est-il pas là à te veiller, comme tu l'aurais fait pour lui ?

— Père l'a sûrement envoyé en mission.

— Pas seul. Et tous tes frères sont ici.

La doctoresse vient s'asseoir à ses côtés. Pensive, elle dégage distraitement les draps pour mieux parcourir son torse de ses mains. Chaque marque de coup frôlée justifie une exhalaison de plaisir. Zeera Kingsley jouit de faire souffrir autrui, personne ne l'ignore. Elle vient d'Harmattan, comment en serait-il autrement ? Elle sait quel supplice Shadow a subi, et le seul fait d'y songer la fait mouiller comme une folle. Incapable de réagir et de fermement la repousser, la sédation ayant fait son effet, le Viper la laisse faire même s'il se sent à moitié violé.

— Si je te dis que tu as raison, murmure Zeera en se penchant à son oreille. Qu'il est en mission… mais que c'est sa petite copine qui l'accompagne, me croiras-tu ?

Shadow tourne la tête et la regarde droit dans les yeux. Seul le masque à oxygène sépare leurs lèvres.

— Tu mens, affirme-t-il.

Zeera sourit.

— Tu n'as qu'à demander à ton Père adoré, ironise-t-elle en se redressant. Si tu oses le déranger pour une telle futilité.

Satisfaite d'elle-même, elle se retire ; abandonne Shadow à ses doutes. Une fois encore.

Centurion se redressa.

— Bonsoir... *Brother*, répéta-t-il. Bon retour parmi les vivants.

— Merci, fit Shadow.

L'incarnation même de la concision.

Il avisa Kayla qui, restée en arrière, ne savait pas où se mettre.

— Et toi, je vois que tu as ramené un souvenir de ta dernière mission.

— Un *souvenir*... ? répéta Centurion en fronçant les sourcils. J'ai ramené une *aide*.

Son frère renifla.

— Toi, avoir besoin d'aide ?

— Ça arrive… C'est pour ça que nous sommes une équipe, il me semble.

— Elle ne fait pas partie de l'équipe.

— Shadow… si tu as un problème, dis-le tout de suite, qu'on s'explique.

Les deux hommes se fixèrent. Ni l'un ni l'autre ne céda en baissant les yeux.

— Je n'ai pas de problème, assura Shadow. *Nous* en avons un, et c'est cette fille.

— Tiens donc… et en quoi ? Jusqu'à présent, elle s'est montrée utile.

— Les *espions* font toujours du zèle.

Le mot était lâché.

— Tu me prends vraiment pour un idiot ? tança Centurion. Tu crois que je n'ai pas réfléchi à tout ça ?

— Je crois surtout que tu n'as aucune idée de ce que tu fais.

— Je n'ai pas à me justifier devant toi, Shadow, ni devant quiconque hormis Père.

— Hum, dans ce cas, commence à méditer sur ce que tu lui diras au moment où ta *copine* nous trahira.

Là-dessus, Shadow lui tourna le dos. Ses mots étaient acides, sa voix pleine d'une amertume dictée par la colère. Son frère demeura pantois. Que s'était-il donc passé pour qu'il lui en veuille autant ? Sa méfiance envers Kayla était peut être justifiée, mais… il y avait autre chose.

— Ne me tourne pas le dos, *Brother*, réprimanda Centurion d'un ton glacial.

— Je n'ai aucun ordre à recevoir de toi, rétorqua son semblable.

À quelques mètres de là, Aryan Turner s'était figé. Comme il lui fit signe de l'imiter, ainsi qu'à son assistante, Cutlaw leva un sourcil interrogatif. Son regard, à l'instar de tous les autres, se tourna vers l'échange des deux cyborgs.

— Au contraire, Shadow. Je suis le chef des Vipers. *Ton* chef.

— Il n'y a qu'un seul chef des Vipers, et ce n'est pas toi.

— Redis-le. En face.

Shadow s'arrêta et se retourna, affronta son frère.

— Il n'y a qu'un seul chef des Vipers, répéta-t-il. Et. Ce n'est pas. Toi.

Centurion le rejoignit à pas lents. Comme si la tension émanait réellement des deux hommes, le ciel gronda. La tempête redoubla d'intensité, fouetta leur visage, détrempa leurs os. Le combat de regards continuait : aucun des deux ne flancha. Shadow ne dit mot, il n'en avait pas besoin. Soudain, sans que rien ne prédise son geste, Centurion écrasa sa mâchoire de son poing dans un coup d'une telle force qu'il manqua de la lui déboîter. À peine surpris, Shadow recula d'un pas. Le sang se mit à couler de sa lèvre explosée par l'impact. Il l'essuya du bout des doigts, la face fendue d'un rictus. Son frère enchaîna par un puissant coup à l'abdomen, qu'il ne se donna même pas la peine d'esquiver. Une bile acide lui remonta dans la gorge, s'allia au goût du sang. Il cracha, assailli par une affreuse envie de vomir. Centurion l'acheva par un troisième coup au menton, l'envoyant s'échouer sur le sol.

— Ça suffit ! gueula Cutlaw.

— Non, s'exclama Aryan.

À moitié sonné, Shadow essaya de se relever. Son semblable le maintint à terre d'une frappe à la tempe. La tête dans une flaque d'eau mêlée de son propre sang, il toussa.

— Debout ! cria Centurion. Ne me dis pas que tu en as déjà assez ! À moins que tu ne te sois pas assez reposé !

Il obéit, difficilement. Son corps frémissait, mis au supplice, mais son regard ne changea pas. Simple information pour lui, la douleur ne servait à rien. Il fallait recourir à une autre méthode pour obtenir sa soumission : l'humiliation.

Centurion s'arma d'un couteau.

— Dégaine tes armes.

Le regard plongé dans celui de son frère, Shadow s'exécuta.

Cutlaw se tourna vers Aryan.

— Monsieur ?

— Il faut une certaine poigne pour contrôler Shadow, admit Aryan. Voyons si Centurion en dispose. Nous ne sommes plus, ici, dans un jeu.

— Mais…

Sara Ferguson demanda son approbation pour filmer. Elle essuya un refus.

— Cette rixe doit rester entre nous, déclara-t-il. Aux yeux du monde, Shadow s'est soumis de son plein gré à son leader. Ils forment une équipe soudée où aucune velléité de putsch n'existe.

— Dommage, se désola Miss Marketing.

Cutlaw exhala tout son désarroi et, comme toute l'assemblée, en revint au combat des deux cyborgs.

Centurion tournait autour de Shadow tel un fauve.

— Je vais t'apprendre le respect, grogna-t-il.

Il le chargea à une vitesse fulgurante. L'assassin fut si surpris par l'assaut qu'il fut incapable de l'esquiver. Il arrêta son adversaire en croisant ses propres lames et glissa sur plusieurs mètres en arrière. Sitôt Centurion repoussé d'un coup de pied au ventre, il orienta ses couteaux et les glissa dans un sillon de ses avant-bras, où leurs lames burent une giclée de poison noirâtre. Centurion revint à la charge, hasardant un croche-pied facilement évité. Shadow fit volte-face et le harcela d'un déluge de lames qui s'acheva par un jaillissement d'étincelles au contact de sa mâchoire artificielle. Centurion glissa au sol et, ayant anticipé l'esquive de son frère, saisit une de ses chevilles. S'il tomba, Shadow se redressa immédiatement en position de combat. S'enchaîna une danse des couteaux, Centurion redoublant de rage, accablant Shadow de toute sa frustration et de toute sa colère accumulée ces six dernières semaines. Shadow esquivait ou parait de ses avant-bras, leurs plaques d'astralium geignant au contact des lames ennemies. Son frère finit par lui plonger son couteau dans le flanc, à une distance raisonnable d'un point vital. Même s'il le sentit déchirer ses chairs, Shadow poussa à peine un gémissement. Pire encore, il se l'enfonça lui-même pour se rapprocher de son assaillant et le repousser d'un coup de tête.

Centurion évita de justesse en courbant le dos. Dans le même mouvement, il arracha sa lame du flanc de Shadow pour mieux l'enfoncer dans le haut de la cuisse, là où la chair existait encore, à une distance calculée de l'artère fémorale. L'assassin tailla l'air en représailles, manquant décapiter son adversaire. Il recula ensuite, maladroit et affaibli, du sang giclant de sa jambe déchiquetée. À la faveur de cet instant de faiblesse, Centurion le ceintura et l'écrasa au sol, où il lui empala l'épaule. Shadow se défendit en enfonçant un de ses couteaux au-dessus de la clavicule, mais c'était fini. Centurion se pencha en avant, aggravant leurs blessures, et glissa un couteau sous sa gorge.

— Maintenant, enfoiré d'ingrat, ne remets plus jamais en question mes décisions. Si tu avais un peu plus confiance en moi, tu comprendrais. Je n'ai pas passé six semaines dans une arène de combat, à jouer les bêtes de foire, pour me faire engueuler par toi en rentrant.

— Tu nous as tous trahis en ramenant cette fille ici, cracha Shadow. Je n'obéirai *jamais* à un traître !

— Comment oses-tu me traiter de traître ? hurla Centurion. Comment oses-tu douter *un seul instant* de ma loyauté ?

— Tu n'as pas été capable de la tuer. Alors que tu aurais dû. Tu n'es qu'un faible !

Le cyborg d'argent tremblait de rage. Une rage déchaînée, effaçant jusqu'aux effets du poison de l'assassin. Il se retint de lui éclater le nez, se contentant de resserrer sa lame. Une goutte de sang roula au gré de sa courbe et s'effaça à la pointe, emportée par les eaux diluviennes.

— Si j'étais réellement faible, je te tuerais là, maintenant. Comme un chien. Il me suffirait d'appuyer. J'en meurs d'envie, tu n'imagines pas à quel point. Mais je ne le ferai pas. Parce que ce serait me rabaisser à ton niveau. Tuer sans état d'âme. Si je ne l'ai pas fait, c'est pour une raison. Mais non, il faut que tu m'accables de reproches. Tu crois sérieusement que je l'ai amenée pour ses beaux yeux ? Tu ne cherches même pas à connaître la raison de mon acte. Non, il faut que tu te fasses une déduction hâtive... — Il se tut un instant. — Père m'a fait confiance, lui.

Shadow consulta Turner du regard. Comme il acquiesçait, il ne sut plus quoi penser.

— Tu n'es qu'un crétin, *Brother*, enchaîna Centurion en se relevant. La prochaine fois, réfléchis avant de dire n'importe quoi.

En s'éloignant, il affronta de nouveau Aryan, dont le visage demeura fermé. Inexpressif. Il se contenta de s'en aller, simplement, et sans un mot. Face à une telle indifférence, Centurion serra le poing, dégoûté. Une boule de rage lui obstruait la gorge et lui donnait la nausée.

Shadow se libéra du couteau fiché dans son épaule et se redressa tant bien que mal.

— Est-ce que tu l'aimes ? demanda-t-il à la faveur de leur solitude.

Centurion considéra Kayla, qui semblait retenir son souffle.

— Je n'en sais rien.

Alors, il s'en alla.

CHAPITRE 29

— EN UN INSTANT SE PERD L'INNOCENCE —

QUARTIER « DÉFAVORISÉ » de la cité-District, Bayview ressemblait à une fourmilière à l'ombre de cimes millénaires. Une figure osée à en juger cette absence totale de nature au gré des rues étroites et sinueuses. Sous le regard dédaigneux des gratte-ciel, un microcosme dénué de sens s'étendait. Commerces de détail et de camelote, fast-food et autre gargotes se côtoyaient, étalant leurs couleurs au fil des allées. Un incessant conflit d'éclairage entre néons grésillant et réclames tantôt sur écrans, tantôt par hologrammes, cramait la rétine.

Assis à la terrasse minuscule d'un pub, Reginald alternait entre la fumette et son verre de gin. Son regard mauve demeurait attaché à la chute irrémédiable de gouttelettes d'eau sur une gouttière. Le déluge s'abattait sans discontinuer sur la ville, mais Bayview semblait comme inatteignable, ainsi étouffé au milieu des immeubles.

Au moment d'amener sa cigarette au-dessus du cendrier, il vit ses doigts trembloter. L'air soudain las, il glissa sa main libre dans son manteau et en exhuma un étui rond d'où il fit sortir deux pilules, une jaune et une rouge. Il demeura une seconde à observer celles-ci au creux de sa main, et avala d'une traite, se fichant comme d'une guigne de mêler médicament et alcool.

Son médecin avait été formel : Reginald sombrait. Aussi avait-il prescrit ce concentré de joie factice doublé d'un verrou envers tout autre sentiment. Il avait cessé de ressentir. La vie restait une chienne, il se le martelait cent fois par jour, mais finalement, il s'en fichait. Il « faisait avec » et avançait, tel un fantôme, au milieu d'un grouillement de gens dont il ne voulait rien savoir. Reclus dans son atelier sinon dans sa chambre comme un adolescent malheureux, il fixait ses feuillets et ses schémas inachevés, sans réussir à aligner deux idées cohérentes. Un triste malade s'efforçant de dessiner des armes. Quelle idée. À l'extérieur, il errait, fardé comme un mort dont on tenterait au mieux de cacher la putréfaction. Il incarnait une farce, un mensonge. Victor n'avait jamais cru à cette drogue *à la con*, à ce cachet du sourire distribué par tonnes à un monde en ruine. *Un sourire, Reginald*, disait-il. *Il me serait aisé d'en acheter, mais ils resteraient faux. Ce genre de chose ne saurait se monnayer.*

— Vous semblez si abattu, chantonna une voix féminine.

Il ne daigna même pas se retourner : une façon de remémorer son *rang* à cette monstruosité venue à sa rencontre. Shasta se fraya son chemin entre les tables, tira une chaise et s'installa face à lui. Ses yeux mi-clos fixés sur elle avec une attention estimative, Reginald tira une taffe interminable.

— Vous trouvez ? demanda-t-il, feignant la désinvolture.

— Oh, Reginald, vous jouez si mal la comédie.

— J'avoue être assez affligé de devoir requérir votre aide. J'éprouve comme une désagréable sensation de marcher sur les plates-bandes d'Aryan.

— Je ne suis pas sa propriété.

— Vous croyez ?

Shasta se contenta d'un sourire contrit. Sa cigarette au museau, rivée entre deux doigts, Reginald semblait se concentrer sur son inhalation de fumée, sans jamais détourner son regard de la super-héroïne.

Soudain, il entendit sa propre voix, retransmise dans la télé du pub. Capernian rediffusait des images de sa dernière allocution où, environné de drones et de micros, il disait : « L'attentat dont Madame la Présidente, mes pairs et moi-même avons été victimes, sera le dernier. Je ne saurais assez me répéter : le laxisme du Haut-Exécuteur Seamus Bailey n'est plus à prouver. Sa petite croisade personnelle contre le Conglomérat est un danger pour vous, mes chers concitoyens. Il n'est que trop temps d'envisager une solution, d'élire une figure apte à faire régner ordre et sécurité. Je ne connais que trop bien les différents milieux où se vendent mes armes, aussi suis-je à même de les combattre en fournissant, notamment, une production plus que compétitive à notre Autorité. Pour que cesse la chienlit, unissons-nous, faites que le Cercle me choisisse ! »

Shasta applaudit en écho aux « concitoyens » présents à l'écran.

— Vous savez comment vous vendre, pour un marchand de mort.

Reginald toussota. L'air soudain passionné, il examina sa cigarette.

— Mes amis majors du tabac ont été une excellente source d'inspiration.

— Je suppose que vous attendez de moi un coup de main pour orienter le choix du Cercle.

— Je suppose que cela arrangerait nettement Aryan. Sinon, vous ne seriez pas là.

Shasta arqua un sourcil.

— Pourquoi m'avoir donné rendez-vous dans un tel endroit, si vous vous savez pertinemment observé ?

— Ne trouvez-vous pas aberrant qu'un Intouchable, caste la plus élevée de cette société et, par définition, la plus libre de ses mouvements et de ses choix — discutables ou non —, soit obligé de rester dans son petit monde de fards et de paillettes ? La ville « d'en dessous » a ses charmes, même si mes semblables refusent de l'admettre pour peu qu'ils l'aient vue ailleurs qu'à la télévision.

— Je vous croirais presque en train de défendre le « peuple » !

— Restons sérieux, recentra Reginald en sirotant son gin. J'attends effectivement de vous que vous m'aidiez à conquérir notre Gouvernement.

— Je suis la « propriété » d'Aryan Turner, comme vous l'avez si justement fait remarquer. Pourquoi voudrait-il de vous comme Haut-Exécuteur ? Vous êtes le mouton noir de sa caste.

— Pour deux raisons, ma chère. La première : je suis marié à notre présidente. L'amour de nos citoyens pour elle s'étend à moi, malgré ma réputation. Si le Cercle vote pour moi, il s'attirera leur grâce ; ils croiront que nos vieilleries d'officiels ainsi que le Conglomérat s'intéressent à leur volonté. La deuxième, plus pragmatique : Winslow Medical m'appartient depuis le décès de Victor. Aryan veut s'en assurer le contrôle, car elle est la fondation même de son empire. Me contrôler est gage de stabilité.

— Ainsi, vous êtes contrôlable.

— Vous savez, l'argent contrôle tout, sauf un Intouchable : nos chaînes se forgent de manigances et de services rendus.

— Comme se tisse la corde autour de votre cou.

Reginald esquissa un sourire en coin. Un silence s'installa ; un moment propice au magnat pour regarder la télé où s'entrevoyait désormais, entre une réclame pour des céréales *pro-energy* à l'effigie de Centurion et une pour un shot tout aussi énergisant à l'effigie de Shadow, la suite très attendue d'une escarmouche entre Tank, Hypno et un escadron aérien ennemi au détour d'une ville de réfugiés du District Neuf. L'affaire s'acheva dans un final pyrotechnique digne d'une antique fête nationale.

— Vaste farce que tout cela, souffla Reginald. Quelles atrocités cachez-vous pour acheter la population de la sorte ?

— Rien de plus ignoble que ce que vous allez me demander de faire, ironisa Shasta. Vous me commanderez une tequila pour faire passer la pilule.

Elle le taquina d'un clin d'œil. Reginald se força à sourire et, d'un signe agacé de la main, appela une serveuse.

***

Écrin de nostalgie dans un monde en constante évolution, Braverly accueillait de grands artistes. Les galeries d'art pullulaient et certaines œuvres, par leur volume, agrémentaient même certains carrefours. L'allure vieillotte des immeubles était entretenue telle la sensation de revenir dans le passé. Aux yeux d'Aryan Turner, cet endroit n'avait aucun sens. Il le considérait comme une entrave que l'Humanité persistait à conserver, une page qu'elle refusait de tourner face au futur qui se dressait devant elle.

La salle de gala diffusait une aura grandiose. Ses murs s'ornaient de peintures de mouvements variés et des sculptures protégées par des cubes de verre ponctuaient ses allées. Une estrade accueillait un orchestre de chair et de métal qui jouait de grands classiques. Alentour, des convives rassemblés, tous des gens huppés, discutaient entre eux.

Aryan fut seul un court moment. Ses vigiles étaient des professionnels, et même s'ils le gardaient constamment à l'œil, ils s'éloignèrent et se mêlèrent à la foule pour mieux garder les apparences. Shadow s'était également effacé : une énième entorse aux commandements de Sara Ferguson.

Aryan entra au cœur de la salle, déterminé à rencontrer ces cohortes de faux-jetons et tailler la bavette comme il savait si parfaitement le faire. Il se sentit soudain envahi par un malaise, comme si un serpent venait de se glisser dans son col. Une femme non moins ophidienne, dans l'esprit sinon dans la chair, tenait sa main.

— Bonsoir, dit-elle d'un ton mielleux.

— Mantis.

Clac, clac, clac. Montée sur ses stilettos vertigineux, vêtue de sa robe rouge échancrée au creux du dos et fendue sur la jambe droite, Shasta s'attirait des regards où s'embrasait la jalousie sinon la contemplation primale. Elle incarnait le cliché absolu de la femme fatale ; cliché dont jouait nettement le marketing de Pinxit. Pubs de produits féminins, de fitness et d'instituts, tout était propice pour s'enrichir. *Sois belle et ferme ta gueule*, dénonçaient certains groupes vindicatifs sur *VitaTrend* ; mais Shasta plaisait à la majorité, par son charme et sa dangerosité, admirée comme celle d'un animal joliment cruel. Ainsi se pavanait-elle devant des yeux affamés et des drones avides d'images, souriante tel un arracheur de dents.

— Shadow se cache encore, j'imagine ? demanda Aryan.

— Il n'est pas très friand de compagnie. Donnez-lui quelqu'un à tuer et il rappliquera aussitôt.

— Aryan Coleman Turner ! interpella-t-on soudain.

Une carrure robuste ; fragile équilibre de muscle et de graisse. Une allure de pachyderme dans un magasin de porcelaine alliée à un timbre tonitruant de poissonnier : Seamus Bailey n'avait rien de cette préciosité qui caractérisait les Intouchables. Le regard d'Aryan glissa sur lui avec une indolence propre à son insolence. Il demeura stoïque tel un matador face à un animal excité. Bailey lui serra la main avec une telle force qu'il crut sentir ses os craquer.

— Monsieur Bailey, salua-t-il. Permettez-moi de vous présenter…

— Mantis, évidemment ! Qui ne connaît pas vos Héros, Monsieur Turner ?

Baise-main. Shasta profita de ce premier contact pour planter dans son esprit une graine d'obsession. Il la dégoûtait déjà, mais Reginald s'avérait excellent payeur — au point de la faire saliver sur la place des pétasses de gros calibre de ses campagnes marketing. Un chèque à plusieurs zéros pour de la drague et une once d'entorse au protocole, n'était-ce pas peu cher payé ?

— Monsieur, roucoula-t-elle non sans s'incliner.

— Je vois que l'argent a vraiment une utilité, hum ?

— Oui, admit Aryan. Est-ce pour ça que vous êtes là, Monsieur Bailey ? Voir tout ce qui brille vous attire ?

— Il n'y a pas que le compte en banque qui fasse un homme. Au fond, qui que nous soyons, si nous retirons les ornements et écorchons la peau, nous sommes tous faits de sang et d'os.

— Passez chez Pinxit un jour. Je pourrai vous remplacer vos os.

La face de Bailey se déforma en un rictus. Aryan ne fit montre d'aucune sympathie envers lui. Cet *immonde salopard* le répugnait. Seamus Bailey faisait tout pour que la Fédération demeure sa vision de la Fédération : un État fort, puissant, et propre. *Propre*, exactement. Propre de la « crasse » ; de tout ce qui n'était pas naturel. Aryan se demandait quelle folie avait touché le Cercle pour qu'il en vienne à une telle élection.

— Ne jouez pas à ce jeu avec moi, Turner. Vous avez juste envie que nous nous engagions dans un débat stérile pour croire que vous m'êtes supérieur. Vous ne m'impressionnez pas, vous savez. Dieu ne nous a pas fait naître avec des organes d'acier et de plastique.

— Alors, il faut corriger le travail de Dieu, non ?

Bailey se rembrunit.

— Vous rendez-vous compte d'à quel point ce que vous venez de dire est insultant ?

— Contrairement à vous, je ne prétends pas savoir ce que Dieu veut. J'aide l'Homme, c'est tout. Dieu ne nous a pas non plus créés capables de faire des greffes de peau ou de sauver des vies, mais nous le faisons, car c'est notre devoir.

— Vous confondez tout. Vous ne faites pas le travail du Seigneur, vous vous prenez pour lui. Je suis sûr que ça doit être ça qui vous excite, non ? Rendre la vue aux aveugles ? Construire votre Éden ?

Shasta effleura son poignet de ses doigts, fit germer son obsession. L'officiel demeura un moment à la fixer, interdit, et affronta sa risette dont l'innocence n'avait d'égale que la fausseté.

— Monsieur... souffla-t-elle. Je peux vous appeler Seamus ?

Grâce à ses yeux artificiels, Aryan vit ses rides se détendre et ses pupilles se dilater, comme s'il était victime d'une soudaine et folle passion.

— Ne cherchez pas à lui prouver qu'il a tort, renchérit la Viper. Aryan est un de ces hommes qui, une fois une idée en tête, ne l'abandonnera pas.

— Tu dis ça comme si c'était un défaut, ronchonna Turner.

— Allons, nous ne sommes pas là pour nous énerver et parler de vilaines choses... Pourquoi vous emballez-vous toujours pour rien ?

— C'est vrai, tu as raison… concéda Aryan. Monsieur Bailey, je vous présente mes excuses. Recommençons à zéro, voulez-vous ?

Il leva sa flûte de champagne dans une invitation à trinquer. Bailey s'y plia avec autant de joie que s'il pactisait directement avec le Malin. Sur cet échange, ils rallièrent Reginald Reichardt et son épouse, très occupés à discuter avec deux « artistes » qu'Aryan connaissait pour avoir entendu Victor Winslow mentionner leur *masturbation intellectuelle*. La présidente semblait terriblement ennuyée. Le nez au plus profond de son verre, elle sirotait sans mot dire tandis que son magnat de mari argumentait avec autant de connaissances en la matière qu'un étudiant de première année.

— Aryan, salua-t-il à son tour avec acidité. Enchanté de vous revoir. Je vois que vous êtes en excellente compagnie…

— Toujours.

— Laissez-moi vous présenter Arthur Valmont et sa femme, Élisa T…

— Concubine, corrigea-t-elle. Pas femme.

Cette précision jetée sans grâce réduisit tout le monde au silence. Aryan grinça des dents.

— Ah, Valmont... souffla Shasta. Oui, je connais, ça, c'est très novateur. Une façon sans pareille de se moquer des codes, doublée d'un véritable vent de fraîcheur sur une discipline encroûtée depuis des années !

Aryan cilla.

— Je ne te savais pas amatrice d'art.

— Il y a tellement de choses que vous ignorez sur moi.

Son ton s'était voulu froid et sec, rempli de reproches. À force de côtoyer Turner, et par une sorte de mimétisme, elle s'était arrogé son don de faire mal d'une simple phrase. Elle avait raison : Aryan ne savait pas grand-chose de ses Vipers. Il connaissait par cœur leur état de santé, qu'il s'agisse de données claires et chiffrées ou de notes plus ou moins troubles quant à leurs multiples psychoses ; il connaissait les résultats des rapports qu'une équipe dressait sur eux ; il savait où et quand ils se déplaçaient, mais il ignorait des choses pourtant simples comme leurs aspirations, leurs envies ou même leurs centres d'intérêts.

— Hm. Je ne suis pas d'accord, commenta Bailey. Ces « œuvres » ne représentent rien : ce ne sont que des aplats de couleurs dénués de sens.

— Seamus... soupira Shasta. Vous êtes dur. Les créations de monsieur Valmont ne sont pas que des *aplats de couleurs*. Un tableau… On ne fait pas que le voir. Il y a tant d'interprétations à donner. Une histoire à raconter.

— Comme les augmentés, ajouta Aryan.

— Ah ! s'exclama Bailey après un rire jaune. Nom de Dieu, Turner ! Pourquoi faut-il toujours que vous rameniez tout à l'augmentation ?

— Parce que vous ne comprenez pas ce que cela représente.

Soudain en proie au malaise, tous trouvèrent un attrait non négligeable envers le contenu de leur verre. Seul Valmont semblait s'intéresser de très près à cette escarmouche naissante entre un géant industriel et un traditionaliste aussi encroûté que cet art dont il se moquait.

— Un enfant arrive au monde sans mains, continua Aryan. Pourquoi ? Est-ce la nature qui l'a voulu ainsi déformé ? Il ne pourra jamais faire du piano, ni draguer une fille en jouant de la guitare près d'un feu de camp, ni rejoindre ses amis à un match de rugby. Il lui sera impossible de profiter de ce que la vie, courte et dure, a à lui offrir à son meilleur potentiel.

«Un jeune homme de dix-huit ans, engagé au service de sa patrie, voit sa jeep soufflée par un explosif artisanal. Il perd la totalité de sa jambe droite. Courir, surfer, toutes ces activités qu'il affectionne sont désormais terminées pour lui.

«Un père de famille d'une cinquantaine d'année se fait renverser par une voiture en allant faire les courses de Noël. Son épine dorsale est anéantie, ses côtes ont écrasé ses organes et ses os sont en miettes. Il sera à jamais dans un fauteuil roulant. Il nécessitera une assistance médicale pour des gestes de la vie courante ou ne serait-ce que pour vider ses intestins. Ses enfants grandiront avec l'image d'un père qui ne saura que difficilement bouger la tête.

«Ces trois personnes ont vraiment existé. Toutes sont venues me voir. Toutes ont été implantées. Toutes ont été en mesure d'améliorer leur quotidien et de dépasser toute espérance.

«L'augmentation, ce n'est pas juste une affaire juteuse. C'est le futur. Une amélioration sans pareille de notre condition. Une transcendance ; notre renaissance.

Bailey roula des yeux.

— De bien nobles paroles, Monsieur Turner... Mais, malheureusement, un peu trop centrées sur votre point de vue.

«L'augmentation ne sert pas qu'à supprimer la maladie, le vieillissement voire la mort. Il est vrai que, à vous entendre, c'est une invention géniale, mais... les trois personnes dont vous avez fait mention, elles avaient un certain niveau de vie, non ? Ce n'étaient pas des indigents ? Ils n'ont jamais su ce que c'était, d'avoir faim ou d'être en danger ? Vous voulez améliorer, *transcender* notre condition, certes, mais vous n'offrez pas les augmentations. La vérité, c'est qu'elles ont avant tout pour but de «dépasser» l'Humanité et donc, de dépasser les autres humains.

«Les sportifs naturels sont dépassés. Les ouvriers naturels sont dépassés. Les militaires naturels sont dépassés. Ne vous rendez-vous pas compte vers quelle issue vous nous avez mené ? Les gens normaux, ceux de chair et de sang, sont obsolètes. Ils n'accèdent plus à l'emploi, deviennent des marginaux.

Vos augmentations ont introduit un nouveau critère de discrimination sociale. Dorénavant, il y a ceux qui ont les moyens de se les offrir, et les autres.

« Vous et vos semblables, Monsieur Turner, ne mesurez pas vos actes. Vous êtes aveuglés par vos idéaux ridicules. Aujourd'hui, de multiples industries et autant de services tant privés que publics, reposent sur les augmentations et les entreprises qui les fournissent. Si nous n'arrêtons pas le massacre immédiatement... Bientôt, nous en serons incapables.

Shasta parut soudain excédée. Elle s'éloigna, suivie des yeux par un Reginald satisfait, conscient de sa mise en scène — s'il y en avait vraiment une —, et un Bailey affligé. Ce dernier agita la main d'un air agacé.

— Tout cela est stupide. Messieurs, Mesdames, si vous me permettez.

Sur cette salutation polie, il tourna les talons et se retira. Il suivit Shasta, le cœur dans la gorge, de crainte de la perdre de vue et d'excitation à la seule idée de lui mettre la main dessus. Elle le dirigea presque à sa guise, simplement en faisant de plus en plus grandir en lui son obsession pour elle.

Shasta gagna le parking souterrain et se dirigea du côté de la voiture de Reginald, feignant la détermination comme si elle envisageait sérieusement de s'y réfugier un moment.

— Vous fumez ? entendit-elle sitôt refermée la portière arrière.

Dans son sursaut de frayeur, elle faillit faire tomber son manteau à peine empoigné.

— Je ne suis pas sûre qu'ils autorisent ça dans les parkings... minauda-t-elle.

— Quelle importance ?

Elle sourit. Bailey tendit une cigarette dont elle se saisit, et, serviable, il l'alluma grâce à son *Zippo*. Ils fumèrent, formant des volutes rondelets sinon des mots, les yeux dans le vague.

— Pourquoi avez-vous filé ? interrogea-t-il.

— L'ambiance m'étouffait.

— L'ambiance ? Vous sembliez dans votre élément.

— Je m'en voudrais de vous assommer de mes jérémiades.

— Allons, si vous me dérangiez, je me serais gardé de venir à votre rencontre. Je suis tout ouïe.

— Je voyais déjà des caméras venir nous tourner autour, attirées par votre échauffourée comme des mouches sur une tarte. Je suis fatiguée de toujours devoir me montrer, de sourire, de *mentir*, mais, au-delà de cela, Aryan et sa manie de toujours déclencher des conflits m'agacent.

— Il est ainsi. Son amour des augmentations est un danger, pour lui comme pour son entourage. Je me demandais, d'ailleurs : où vous a-t-il dénichée ? Hm ? Étiez-vous une... enfin... une...

— Une *pute* ? Hm, non.

— Ce n'est pas ce que je voulais dire...

— Vous y avez néanmoins songé.

Il devint rouge.

— Vous n'avez aucune honte à avoir. Vous ne m'insultez pas, vous savez. C'est normal que vous pensiez ça : vous faites comme tout le monde.

— Je suis désolé, c'est maladroit, et...

— Inutile d'être désolé.

Ils tirèrent une taffe chacun de leur côté.

— Je reste curieux, car tout cela demeure flou : où Aryan vous a dénichée ? Qu'êtes-vous à ses yeux ? Sa grande star d'escort-girl ? Belle et intelligente, suffisamment pour faire effet en soirée ?

— Rien de tout cela. Il tient à moi, d'une certaine façon, même s'il n'en montre rien et me traite avec toute son indifférence.

— Quel gâchis, concéda Bailey.

Shasta amena une main sur sa joue. Elle sentait son cœur s'emballer, sa chair devenir moite. Il avait envie d'elle.

— Je me sens gâchée, oui. Oh, et j'ai froid, aussi. Cet endroit est sacrément venteux. Que diriez-vous de continuer notre discussion ailleurs ?

Elle rouvrit la portière. Sous son contrôle, Bailey céda à son instinct. Sa cervelle enrayée, il cessait de l'utiliser à la faveur de son entrejambes. Tout ce que Reginald avait dû faire, c'était ordonner qu'on installe une caméra dans son véhicule. Shasta et sa cible y conversèrent un moment. Elle causa comme il fallait : avec force insinuations. Elle fit la moue au moment opportun. Sans même s'en rendre compte, Bailey entreprit de la toucher. C'était suffisant, du moins aux yeux de Shasta. Voir un « traditionaliste » saliver sur une autre femme, c'était naturellement mauvais pour sa carrière ; mais pas suffisant pour Reichardt.

Bailey s'oublia, commença à la déshabiller. Shasta se défendit, mais sentit son contrôle s'emballer. Son instinct de survie s'éveilla. Elle tenta une gifle comme un froissement de pantalon se faisait entendre, mais son agresseur retint ses mains et la repoussa contre la vitre. Le véhicule se verrouilla. La caméra enregistrait tout, dont le son, et offrait, non seulement aux sbires de Reginald mais aussi à ceux d'Aryan, un affreux spectacle. Cutlaw, sensible aux cris de la jeune femme, retira ses écouteurs, contrairement à Sara Ferguson, totalement concentrée.

Bailey arracha la moitié de sa robe. Shasta griffa sa joue à en faire couler le sang, geste aussitôt sanctionné par un coup de poing. Il écrasa son intimité et acheva de retirer son pantalon. Il allait la violer, ici et maintenant. Shasta, dans un ultime réflexe, enfonça un de ses talons dans ses testicules. Elle mobilisa ensuite toute sa force de Super pour éclater une vitre et s'enfuir. Bailey saisit sa jambe et la frappa, mais la Viper réussit à sortir. Il la suivit. Un coup de feu retentit alors et il s'échoua en criant comme un goret, touché à l'épaule. Alors qu'elle rampait pour mettre le plus de distance entre elle et lui, Shasta jura voir la réalité se troubler, comme parcourue par une ondulation. À cet instant, *il* se dessina ; d'abord ses jambes dissimulées par le pli de son manteau sombre, ensuite sa main armée et son visage. Shadow.

Il resta une éternité planté là à la fixer. Shasta s'efforça de chercher et de déchiffrer un rictus sur son visage, glacé et vide de vie tel son regard. Bientôt se montra une cohorte de curieux. Shadow s'agenouilla aussitôt auprès de sa sœur pour la couvrir de son manteau.

— Où étais-tu… ? demanda-t-elle.

Shadow la dévisagea.

— *Suffisamment près pour tout voir.*

Il marqua un silence.

— *Je suis désolé. J'ai obéi aux ordres.*

Shasta s'accrocha à lui, tiraillée par des émotions tant contraires que violentes ; partagée entre une envie de gifler son semblable et d'éclater en sanglots dans son giron.

— Emmène-la dans la voiture, exigea Aryan.

Shadow s'exécuta, Shasta agrippée à lui dans un vain espoir d'échapper aux drones de Capernian. Agacé par cette insistance malsaine, il en dégagea un d'un revers de main pour mieux installer sa sœur dans leur véhicule. Alors, son premier geste fut de s'allumer une cigarette et de tirer la plus grosse taffe de sa vie. La tête ailleurs, le regard dans le vide, il écoutait les eaux diluviennes tomber et ruisseler au gré des toits, des gouttières et des allées.

Aryan se montra sitôt son témoignage terminé. Shadow lui ouvrit la portière et il s'introduisit aux côtés de Shasta sans lui accorder le moindre regard. Il égara ce dernier au-dehors. Le ciel nocturne était anormalement sombre, envahi d'épais nuages qui crachaient une pluie torrentielle sur le monde. Pas une seule étoile en vue. La cité-District formait les siennes par son éclairage urbain, dont les faisceaux peignaient les rues de couleurs chatoyantes. Un silence propice au malaise régnait dans la voiture, ponctué par moment par un grincement d'essuie-glace.

Aryan jeta un coup d'œil furtif à Shasta. Cutlaw avait entraîné celle-ci à la dure, à l'instar de tous ses enfants ; et il la voyait, maintenant, blottie contre son frère comme une fille fragile. Un maelström d'émotions négatives le submergeait : du dédain, un semblant de colère à voir une telle *chose* réagir ainsi. Pas de la haine, encore moins du dégoût. C'était autre chose.

Une désillusion.

***

La double porte de la salle de commande s'ouvrit paresseusement face à Shadow qui, au premier pas, se figea aussitôt. À la grande table en « U » était installé Centurion, seul. La moitié encore charnue de son visage se contracta en une grimace à défaut d'un réel sourire. Il leva sa main gantée de métal et invita son frère à s'approcher d'un signe de l'index. L'assassin, encore marqué par sa dernière punition, avança malgré une évidente volonté de faire demi-tour.

— J'imagine que je suis trop en avance, envisagea-t-il avec prudence.

— Au contraire, *Brother* : tu es parfaitement ponctuel.

La porte se referma derrière lui dans un fracas. Shadow ressentit soudain toute la détresse d'un animal appâté tombé dans un collet. À en juger le « sourire » de son frère, il allait passer un sale moment.

— Assied-toi, ordonna celui-ci.

Il obéit et, malgré une angoisse émergée *ex nihilo* pour écraser ses tripes, il adopta une posture nonchalante. Un silence s'installa ; silence durant lequel Centurion ne quitta pas son rival des yeux ni ne se départit de son affreux rictus.

— Alors ? demanda Shadow.

— Je… commença Centurion en joignant et déjoignant, par alternance, l'extrémité de ses doigts. Je ne sais pas, je pensais… que tu avais peut-être des choses à me dire. J'espérais t'avoir inculqué la soumission ; mais qu'au-delà de ça, tu croyais assez en moi pour me parler. Je dois être idiot.

— Content de voir que tu l'admets enfin.

Son simulacre de sourire parut fondre, emportant avec lui toute tentative d'ironie et offrant une place nette pour une mine patibulaire.

— Je sais tout, pour notre sœur.

— Hum, et donc ?

Cette façon de lui répondre, alliée à son allure d'ado plus concentré sur sa partie de VR qu'aux remontrances parentales, attisait en Centurion une furieuse envie meurtrière. La notion de morale se révélait ténue dans le monde des Supers, mais il en venait à croire que Shadow en était tout simplement dépourvu. Qu'attendait-il, en réalité, de la part d'un assassin ? Traquer, tuer, mentir : c'était ça, son délire.

— Cobra et Kayla font tout leur possible pour l'apaiser. Elle refuse de voir quelqu'un d'autre, et mieux vaut éviter : on a déjà retrouvé un toubib mort dans sa chambre. Persuadée qu'il salivait sur elle, elle lui a *suggéré* de se fourrer son stylo dans l'œil jusqu'au fond du crâne.

Shadow haussa les épaules.

— Elle est en état de choc, c'est tout.

— Elle répète sans cesse la même chose, renchérit Centurion. Que tu es intervenu au dernier moment. Est-ce la vérité ?

— Je ne dirai pas que c'était le *dernier moment*, je…

— Est-ce la vérité, *Brother* ?

Silence. Shadow mâchonna du vide une seconde, comme s'il *prémâchait* précisément la réponse qu'il allait servir à son chef.

— J'ai agi, se justifia-t-il, c'est suffisant.

— Tu sais ce que m'a dit Kayla ? Que tu as pris du plaisir dans cette affaire.

— Quoi ? s'emporta Shadow. Et tu vas croire une connerie pareille ? Cette pétasse me déteste !

Centurion planta son regard dans le sien.

— Attention, Shadow.

— C'est une agitatrice, enchaîna néanmoins ce dernier. Une menteuse. Une putain d'espionne !

Il exhala toute sa rage dans un soupir interminable.

— Cette fille te perdra, *nous* perdra, murmura-t-il. Et tu ne t'en rends même pas compte.

— Cette fille répare tes conneries en ce moment même, assena Centurion. Combien de fois devrai-je te le répéter : nous formons une fraternité. Elle prime sur tout, en toutes circonstances.

— Elle prime… même sur les ordres de Père ?

— Père ne t'aurait jamais demandé de veiller au viol de sa fille ! fulmina-t-il.

— Et qu'aurais-je du faire ? grogna Shadow.

— Obéir, t'abstenir de faire du zèle.

— … *faire du zèle.*

Il secoua la tête de dépit.

— Ce que tu peux être candide, mon frère. Tu ne sais rien.

— J'en sais suffisamment sur toi pour te rappeler que tu dois tout à Père. Honore-le en commençant par respecter tes semblables.

Quelle que fut sa version, Aryan avait sacrément monté la tête de Centurion. Shadow comprit qu'il n'y avait rien à faire ; que même s'il se défendait avec la ferveur d'un avocat du Diable, il n'obtiendrait jamais gain de cause. Le monde des Intouchables prospérait à grand renfort de manipulations plantées dans un fumier de tricheries. S'il s'y était rapidement familiarisé, comme si une accoutumance à celui-ci avait été inscrite dans son génome au côté du Varius, Shadow peinait encore à en mesurer toute la décadence. Au moins se la figurait-il au contraire de Centurion qui, en effet, ne savait rien.

CHAPITRE 30

— QUAND CAVALE L'APOCALYPSE —

UNE AUDI NOIRE QUITTA la route pour passer le porche du cimetière. Silencieuse telle une ombre, elle n'émettait qu'un doux sifflement doublé d'un crissement de pneus sur le gravier. Une cloche sonna, menaçante comme un glas de fin du monde, au moment où elle se glissa sous la silhouette immense de l'église Saint-Sauveur. Elle se fraya paresseusement son chemin entre des corbillards inoccupés mais non moins sinistres puis, seule sur une allée environnée de gardiens marmoréens et immémoriaux, elle continua, seule. Elle s'arrêta soudain face à une statue d'ange aveugle. Son chauffeur en sortit et aida son passager à faire de même, tenant la portière arrière comme il mettait un pied à terre.

Reginald se tint immobile un moment pour mieux contempler cette étendue lugubre face à lui. Sa chevelure sombre ondoyait au gré du premier vent d'automne, dont le croc mordait sa chair. Il rajusta son manteau et observa, non sans une soudaine et grande mélancolie, une nuée de feuilles déjà grignotées par la mort, voleter dans la rafale.

Rien n'est éternel, Reginald, disait Victor. *Croire à ta divinité dans ce monde décadent ne saurait te faire atteindre une telle consécration. Croire est une affaire de faibles. Il y a encore assez d'imbéciles pour vénérer un Seigneur à jamais invisible, malgré la maladie dont je me nourris et la guerre dont tu fais commerce.*

Reginald retira un entremêlement de cheveux de sa vue afin de mieux admirer le soleil couchant. Il demeura songeur face à cette chatoyante conclusion d'un énième jour, accablé de nostalgie. Si *rien* n'était éternel ; si, tel ce jour, tout avait une fin, il n'aurait su en dire autant de cet abîme de chagrin dans son cœur.

Il n'en parlait à personne. Son psychiatre s'efforçait de le mettre en confiance, de le faire cracher le morceau par de nombreuses séances où, entre allusions et exercices douteux, il analysait sa communication non-verbale. Il n'en avait jamais rien tiré : Reginald restait froid et fermé. «*Que voyez-vous, Monsieur Reichardt ?*» rabâchait-il inexorablement en exhibant son test de Rorschach et son anarchie colorée, moyen infaillible d'aiguillonner son patient et son dégoût de toute forme d'illogisme. «*Rien, Docteur,* mentait Reginald avec autant d'insistance. *Que suis-je censé voir ?*»

Une demeure d'ossements et un trône de cendres. Ainsi se résumait son existence.

Celle-ci n'avait aucun sens.

— Attendez-moi là, Phylas, ordonna-t-il.

Le chauffeur obéit et demeura figé à côté du véhicule, mains croisées. Son maître emprunta une allée soignée et s'abandonna à sa sinuosité, la tête ailleurs. Il croisa le mausolée de la famille Turner où gisait notamment un génie de son rang : Augustus Turner, premier du nom. Un édifice à son image, dont la démesure donnait aux autres sépultures un air de fosse premier prix. Ses colonnes de marbre soutenaient un toit envahi de vigne joliment taillée. Les portraits des défunts, dont le port altier et la mine prétentieuse donnaient à Reginald une envie de vomir, étaient fixés de part et d'autre d'une grille de fer forgé. L'Intouchable s'arrêta un instant. Le regard rivé sur celui du père Turner, il arbora un sourire étrange avant d'abandonner une rose mauve au milieu des gerbes de fleurs tantôt fraîches, tantôt factices. Alors, il continua, toujours tout droit.

Il finit par atteindre un mausolée plutôt moyen, contrairement à son voisinage. Un nouvel ange aveugle en surveillait l'entrée, fermée par un portillon. Il tenait à deux mains une coupelle d'eau diluvienne sinon consacrée. Reginald y trempa ses doigts et se signa, machinal. Sa croyance, sa *confiance* en Dieu s'était étiolée il y a tant d'années, mais il n'avait jamais oublié ces manières et s'était toujours montré déférent envers ses anciens camarades d'église, contrairement à Victor. «*Le Seigneur t'a doté d'un don, Reginald*, avait un jour dit le vieux père Mathias. *Si tu t'abandonnes à ta rage et à ton chagrin, tu finiras par utiliser celui-ci à mauvais escient. Ta famille s'est érigé une demeure d'ossements et règne assise sur un trône de cendres, reliefs d'autant de vies volées. Tu as le moyen de changer cela.*»

Il avait entendu, à défaut d'écouter, et avait cédé. Cédé à la tentation de la facilité; cédé à son égoïsme. Créer des armes, monnayer la mort, avait finalement un effet de catharsis pour lui.

Ses fleurs à la main, il ouvrit le portillon et se faufila dans le tombeau dont la façade, envahie par une glycine, était ciselée au nom de la famille Winslow. Il retira de son manteau mousse ainsi que feuillage morcelé et, la moelle transie par un froid de canard, il le rajusta une énième fois.

Le mausolée mêlait à la fois étroitesse et grandeur. Reginald évoluait à demi courbé, tenu à l'œil par des statues de chérubins. Sa tête effleurait la clé de voûte, arrachait çà et là de la caillasse. Il observait; oubliait fleurs et autres monuments pour mieux s'intéresser aux *mementos*, notamment une gerbe de fleurs agrémentée d'un ruban *«à notre père bien-aimé»*.

VICTOR ALASTAIR WINSLOW
June 2139 – May 2171
Gone, But Not Forgotten

Reginald s'agenouilla et effleura ce mémorial, dernière trace de son amant en ce monde. Alors, il entama à mi-voix la dernière oraison dont il se souvenait dans son idiome natal. Il se recueillit un moment, pour finalement abandonner ses fleurs et jurer, une énième fois, d'offrir à son *Liebe* une vengeance *post-mortem* digne de lui.

Cette visite soulagea une once de sa douleur. Sur le chemin du retour, il se gorgea d'air frais pour se ragaillardir et figer ses traits dans sa continuelle mine austère. Absorbé par ses songes, il ne fit attention ni aux signes de rixe aux abords de sa voiture, ni à une absence inattendue de son chauffeur. Comme celui-ci n'émergeait guère du véhicule, Reginald y entra de lui-même. Un flingue fut illico collé à son crâne.

— Si je vous vois subvoc, menaça-t-on, vous êtes mort.

— *Desert eagle* .50 *Remastered*, énonça Reginald d'un ton serein. Un vieux modèle de 2150, mais efficace. Un tir à cette distance, au-delà de ruiner la sellerie de cette voiture, vous arrosera de sang et de cervelle. Comment vous enfuirez-vous ?

— Fermez-la.

Son agresseur saisit son col et tira dessus afin de dénuder son cou et d'y greffer un gadget. Son interface visuelle se troubla et son ComLink se désactiva.

— Vous allez gentiment collaborer, sinon oui, on va tous finir arrosés, mais on s'arrangera pour vous garder en vie. Que vous regrettiez d'avoir fait le malin. Vu ?

Reginald jeta un regard à cette immonde ordure. Il était vêtu d'un costume-cravate, comme son camarade au volant. Un véritable déguisement ; ridicule tant leur allure ne s'y accordait guère. Celui au revolver arborait une mine de tueur à gage. Un visage carré au nez cent fois éclaté, fendu d'une déchirure de couteau à la joue droite. Chauve et tatoué d'un symbole de taulard au niveau du cou. Son semblable se révélait moins affreux, même si la dégaine de majordome ne lui seyait d'aucune manière. À en juger son teint, il s'agissait d'un natif du Moyen-Orient. Sa chevelure noire avait été gominée pour cette occasion, de sorte à donner une illusion d'entretien. Il n'arborait aucun tatouage ni cicatrice, du moins rien d'évident. Son rôle dans une telle mascarade était tout tracé.

— Vas-y, Adnan, démarre.

Il s'exécuta. Soudain affligé, Reginald se saisit de sa canne — un accessoire élégant au pommeau à tête de chien de chasse — et s'y soutint.

— Je vais devoir embaucher un nouveau chauffeur, j'imagine, déclara-t-il.

— Vous allez devoir, ouais. Celui-là était un dur à cuire. Il s'est sacrément défendu.

— Il était entraîné pour.

Aiguillé par son chef, du moins Reginald estimait son garde-chiourme comme tel, Adnan sortit du cimetière de Pennland Hills et se dirigea au nord de Bayview en évitant les grands axes. Vieux réflexe de truand : mieux valait se garder d'agacer l'Autorité avec un Intouchable en otage et un cadavre dans son coffre. Effort inutile, car malgré leur tourisme, ils finirent par tomber sur un point de contrôle inévitable. Reginald arbora un sourire mutin, motif de rage immédiate chez son agresseur. Ce dernier colla son flingue sous son manteau, affleura sa cuisse en guise de menace. Un seul tir et il se noierait dans un geyser de sang.

— Vous allez nous faire passer, ordonna-t-il.

— Sinon vous allez me faire sauter la jambe, j'ai saisi. Je m'interroge néanmoins sur la sagesse d'une telle décision. Je mourrai, oui, mais vous aussi.

— Ce serait dommage de tous crever aujourd'hui, non ? Obéissez.

Son acolyte se cala au rythme de la file. Quand vint leur tour, un agent en armure cogna à la vitre du véhicule. Adnan la fit descendre et salua d'un signe de tête.

— *Identity Pass*, demanda spontanément le policier.

— Qu'y a-t-il, officier ? fit mine de s'offenser Reginald, aiguillonné derechef par son désagréable voisin.

— Monsieur Reichardt ?

Ahuri par une telle rencontre, il recula une seconde et examina la voiture.

— Le *pass* de votre chauffeur aurait dû s'activer.

— Certes, admit-il. Il *aurait dû*. Suis-je ici pour subir la dysfonction de vos gadgets ?

Sitôt terminée une inspection d'un fourgon, un deuxième agent vint en renfort de son collègue.

— Un souci, Harry ?

— Souci de *pass*, ouais, informa ce dernier.

Son camarade jeta un regard à l'intérieur de la voiture, où la tension déjà tangible monta d'un cran. Un faible crissement de cuir trahit Adnan, dont les mains étreignirent son volant dans une tentative de garder son sang-froid.

— Vous avez changé de chauffeur ?

— Oui, mentit Reginald avec une désinvolture feinte. Cela m'est-il interdit ?

— Il faudra lui donner un *pass*, Monsieur. Cela vous évitera ce genre de déconvenues. Circulez, ajouta-t-il en agitant la main.

Adnan salua l'agent d'un signe de tête, et redémarra sans demander son reste.

— Bien, souffla Reginald. Serait-ce exagéré, désormais, de vous demander de retirer cette arme de ma cuisse ?

— Ouais, clairement.

Au fil de leur avancée dans Bayview, l'Audi *Nerubia* devint un véritable inconvénient. Sa discrétion résidait dans son silence, non dans son allure. Sa carrosserie au design en courbes élégantes rutilait, caressée par des néons et des rétro-éclairages de réclames. Ce genre de véhicule se croisait rarement dans un tel endroit, aussi suscitait-il des regards intrigués.

— On doit se débarrasser de cette caisse.

— On arrive, grommela Adnan.

Sur ces mots, il descendit dans un garage souterrain réservé aux résidents d'un immeuble. Un autre sbire se dandinait comme s'il attendait une marchandise rare ou un coursier. Reginald fut aussitôt aveuglé, sa tête couverte par un sac noir, et tiré dehors sans aucun tact.

— Vous avez traîné, morigéna une voix. Il a été sage ?

— Comme un enfant gâté.

Rires gras. Traîné à leur suite, Reginald marcha sans émettre de commentaire. On finit par le faire s'asseoir ; moment salvateur où on retira sa cagoule. Il cilla, s'efforça de calibrer sa vision assaillie de messages d'erreur, et tomba face à une cohorte de vauriens dont il ignorait tout. Il regarda alentour ; estima, à en croire une forte odeur de renfermé, un éclairage faiblard et un fatras encrassé, se trouver dans une cave. Un truand nettoyait des flingues sur un établi. Un autre chargeait des magasins. Un troisième rangeait des sacs. Soudain, sur un ordre tacite de son chef, Adnan se saisit de Reginald et fourra un cachet de « T-kil » dans sa gorge avant de maintenir celle-ci comme s'il s'agissait du gosier d'une oie. Ses yeux se révulsèrent comme la drogue sédative agressait son cerveau. Reginald vit ce fameux chef s'armer d'un couteau, sa sale face fendue d'un grand sourire.

— Ça risque de piquer un peu, entendit-il résonner dans son crâne.

Il saisit immédiatement : ce malade allait lui retirer son traceur ; là, comme un chevillard, sans réelle anesthésie ni stérilisation. Cette machine était introduite dans un seul objectif de sécurité. Conscient d'une cuisante douleur à venir, Reginald résista à une envie d'annoncer une fin inévitable à ces ordures, car, sitôt retiré de son cocon de chair, ce parasite allait alarmer tant l'Autorité que les Black Vipers.

— On va jouer un peu avec nos copains super-héros, ajouta son ravisseur.

Victime d'une sensation étrange, celle de la douleur atténuée et substituée par une succession de décharges, Reginald frissonna. Il se concentra sur une image agréable pour oublier et éviter par-dessus tout de regarder son avant-bras charcuté. Le T-kil eut tôt fait de combler son désir. Adossé au mur d'en face, Victor observait d'un air amusé. Son visage s'ornait d'un grand sourire cruel ; ce rictus affamé, si réel. Reginald faillit y croire, mais se remémora un détail : jamais Victor ne s'était gorgé de sa souffrance, aussi ignoble fût-il. Jamais.

Un éclairage tamisé s'alluma dans la salle de commande sitôt le jour tombé. Autour de la grande table miroitante était réunie la fraternité. Ses mains jointes sous son nez, Centurion écoutait avec attention le débriefing des dernières missions de ses semblables. Rien d'extraordinaire ; rien de réellement intéressant. Comme Hypno racontait comment il avait mis fin à une tentative de vol de fourgon monétaire, son regard fut attiré par une alerte inhabituelle sur la carte centrale. Au cœur du modèle de Bayview clignotait un traceur.

— On a du travail, annonça-t-il. Reichardt est en difficulté.

— Sûrement déjà en morceaux, commenta Shadow. Bayview n'a rien d'un coin détente pour un Intouchable.

— À vérifier.

— Aucun signal de détresse, ajouta Tyndall. Silence radio.

— Sans doute est-il tombé sur des truands avec un minimum de cervelle, suggéra Wade.

— Alors, *sans doute* nous attendent-ils, renchérit Centurion. Allons-y, et on se grouille ou, effectivement, on va retrouver ce crétin en miettes.

Le véhicule mi-4x4 mi-tank de la fraternité, secondé par deux motos *Sharktail* série 4 dirigées par Centurion et Cobra, sa sœur derrière elle, fila en trombe en direction de la résidence de Bayview. À leur arrivée, deux motos similaires sortirent à fond d'un garage souterrain et s'engagèrent dans des directions différentes. Une monta sur un trottoir où des flâneurs s'écartèrent en criant, gravit un escalier et zigzagua sur une voie réservée. Sa semblable fila à toute allure sur une avenue en travaux.

— *Mes sœurs, on s'en charge*, déclara Centurion.

Une soudaine déviation à gauche, et il monta à son tour sur le trottoir. Saisi d'effroi en voyant la *Sharktail* accélérer vers eux, un des fugitifs commença à mitrailler en arrière, sans réellement regarder où il tirait. Blessés ou tués sommairement, des citoyens tombèrent face à Centurion. Il évita la rafale d'une embardée à droite, et une enfant touchée d'un virage à gauche. Sa moto à demi couchée, il éraflait le sol de sa jambe dans une gerbe d'étincelles.

À la sortie de Bayview, ils atteignirent la gare, véritable monument dressé au cœur de la cité-District, immense édifice de verre rayonnant de mille feux. Ses accès grouillaient de voyageurs et de taxis. En contre-bas s'étendait la *Swift Way*, dont les voies charriaient des véhicules à grande vitesse. Une vision vertigineuse.

Centurion fut alors aidé de deux mécha-chiens noir et or, affiliés à une unité des autorités. Ils fonçaient à travers la foule, déterminés à arrêter ces contrevenants ; essayaient de les coincer, un devant, un derrière. La machine de tête dégorgea des clous et, malgré tous leurs efforts, les fuyards ne réussirent à tous les éviter. Leur moto aux roues déchirées glissa dans un crissement, se renversa, et ils chutèrent durement. Cette déconvenue n'eut aucun effet sur eux : un des deux se munit aussitôt d'un tactinote, exhumé de sa veste, et y fit courir ses doigts. En un instant, les mécha-chiens alliés se retournèrent vers Centurion, déterminés à le réduire en morceaux.

Le mutant jura. Il descendit de sa *Sharktail* en mouvement et jeta celle-ci contre ces satanées machines. Balayées, elles s'échouèrent dans un couinement et un fracas de métal. Sans tarder, Centurion s'élança derrière ses fugitifs au cœur de la gare centrale : une ville miniature confinée sous un dôme. Terrorisés par des tirs de mitrailleuse, des voyageurs couraient en tous sens. Ainsi ralenti, Centurion s'égara.

— Je n'y vois rien ! Éclairez-moi, mes sœurs !

Shasta tenta de se concentrer pour entrer dans la tête des deux fuyards. Bousculée, déconcentrée, il s'avéra difficile d'établir un contact. Elle s'efforça donc de calmer la foule, même si contrôler autant de gens en une seule fois menaçait sa santé mentale. Elle libéra la voie pour sa sœur, déjà très affairée à éviter tout ce monde en s'y faufilant, mais surtout pour Centurion.

— *J'essaie de contrôler toute cette gare*, annonça Tyndall par ComLink, *mais le mec en face me fait chier à m'aveugler en neutralisant mes intellicams. Ils traînaient sur la voie trois, aux dernières nouvelles ! On dira merci à notre sœur : sans elle, j'les aurais jamais trouvés dans toute cette foule en délire.*

— *Génial*, fit Centurion. *Je trace.*

— Là-bas ! cria Shana en désignant un Starway.

— *Grouillez-vous !* intervint Tyndall. *Je suis en train de le perdre ! Comme si... comme s'il y avait des interférences dans la Matrice.*

Shana enjamba une volée de marches d'un escalier de service, déterminée à sauter sur le toit du train. Centurion continua à courir vers sa cible. Celle-ci, certaine de s'en tirer, entra dans la rame non sans gratifier son adversaire d'un geste obscène.

Shana s'élança au dernier moment et atterrit sur le toit, comme attendu, même si elle faillit tomber. Centurion sauta à son tour pour s'accrocher fermement à une rambarde de sécurité. La femme-animal tendit une main secourable. Il monta, mais fut aussitôt forcé de se coucher. La machine filait à toute allure.

— *Neo !* geignit Shana. *Ralentis ce putain de train !*

— On doit entrer là-dedans, estima Centurion en cognant la tôle du toit. S'ils se cachent, autant aller à leur rencontre, non ? Ils ne viendront jamais d'eux-mêmes.

— *Quel merdier*, maugréa Tyndall, *mais je tente un truc. Ça vous donnera un créneau pour avancer. Attention, ça va secouer !*

Il se mit à exécution. À la faveur d'un ralentissement du train, Centurion et sa sœur se redressèrent et coururent droit vers une ouverture de secours, dont il fracassa la fermeture. Soudain une mitraille venue d'en dessous érafla son visage.

— Les enfoirés... souffla-t-il.

Il enfonça son katana dans le toit du Starway, titilla ses ennemis comme sa sœur se glissait à l'intérieur. Il fut accueilli par une nouvelle rafale, dont il n'eut cure tant les balles cognaient son armure sans même une éraflure.

Au fond de la rame, Shana rôda au milieu d'une foule de voyageurs effarés. Ceux-ci la regardaient à la fois comme une monstruosité et une sauveuse. Sans émettre de son, elle leur fit signe de rester calmes et de se garder de la trahir. Alors, elle tomba sur leurs fugitifs, très affairés à essayer de trucider Centurion. Attisée par une envie meurtrière, elle se jeta sur un des deux et fourra ses crocs dans sa gorge, inoculant dans ses veines un venin mortel. Il essaya de se défaire d'elle, voire de la tuer, mais il commença à voir double en une fraction de seconde. Sanguinolente mais rassasiée, Shana siffla vers son camarade survivant. Centurion entra alors en fanfare.

— Je te tiens enfin, chantonna-t-il.

Sa main écrasa sa gorge, maintint son ennemi comme un vulgaire jouet d'enfant.

— Va te faire foutre ! gémit-il.

— Où est Reichardt ?

— J'dirai rien !

— Vraiment ?

Centurion avisa sa sœur.

— Si tu y tiens, je t'offre un tête-à-tête avec ma charmante et venimeuse frangine. Ça te dit ?

Silence. Centurion renchérit :

— Où est Reichardt ?

— Allez crever, toi et tes maîtres esclavagistes !

— Ah, d'accord, mais encore ?

Shana se dandinait d'un air envieux.

— À toi de choisir si je te tue vite ou non.

— Tu sais comment faire causer tes ennemis, toi, grogna son otage.

— Assez, oui.

Centurion raffermit son étreinte sur son cou.

— Où est Reichardt ?

— Je ne dirai rien, sale enculé !

— J'en doute. Croyais-tu vraiment me fuir en t'envoyant ta dose de cyadrine ?

Un éclat d'effroi traversa ses yeux. Centurion désigna Shana du menton, un cachet entre deux doigts et un grand sourire gravé sur sa face écailleuse.

— On va s'amuser, toi et moi, annonça son frère.

À distance de ce gage de souffrances filait toujours la deuxième moto. Soudain coincée par des voitures des autorités, son conducteur tenta une fuite par une zone en construction. Wade s'engagea à sa suite sans se soucier du caractère accidenté du terrain. Leur 4x4 adhérait sans mal à une chaussée normale comme à une route déformée.

Issam sortit à moitié du véhicule et, à grand renfort d'ondes mentales, s'efforça de renverser leurs ennemis. À l'arrière, Zaerus sauta du 4x4 et s'élança à toute vitesse derrière eux. Éviter à la fois des obstacles soudains, issus du sol comme des airs, et la course du grand mécha-chien s'avéra difficile. La moto finit par s'emballer et s'échouer dans un tas de sable. Un des deux fugitifs mit un moment à se redresser, visiblement mutilé. Ce fut suffisant à Zaerus pour les acculer tous les deux. Il demeura face à eux, ramassé sur lui-même comme s'il allait se jeter sur eux.

— Tout doux… dit celui encore entier. Tout doux.

Soudain, il jeta son camarade infirme sur le mécha et fila en direction de sa moto renversée. Celle-ci fut rejetée au diable, dans un amas de détritus de chantier, par Issam. Alors, Wade se saisit du déserteur pour mieux le traîner à sa suite.

Applaudissements.

— Quel style, commenta son semblable.

Wade jeta un regard aux fuyards.

— Ça a marché, ça suffit, non ?

— Ça suffit, oui.

— J'éviterais de sourire comme ça, si j'étais vous, conseilla-t-il.

— Vous ne retrouverez jamais votre foutu magnat, cracha un des prisonniers.

Sourcil dressé, Wade arbora une mine dubitative.

— T'es sûr de ça ?

Aux alentours de Bayview, Shadow cala sa *Sharktail* et en descendit, juste au-dessus d'une entrée d'égout. Il maudissait Centurion de lui avoir confié cette tâche ingrate, certain de subir son ire du fait du mauvais tour joué à Shasta. Petitesse et jeux d'enfants, estima-t-il, mais il n'en demeurait moins obligé d'obéir. Si ces racailles essayaient de ravir Reichardt, une seule solution s'offrait à eux : se faufiler par une voie dérobée. Shadow utilisa donc une échelle d'accès au réseau souterrain, s'efforçant de son mieux d'en oublier les odeurs affreuses. Il marcha sur un rebord de sorte à éviter de s'engluer dans des eaux usées. Leurs exhalaisons lui montaient à la tête et lui donnaient la migraine. Il resta néanmoins concentré et, aux aguets, écouta. Bientôt, il entendit une rumeur, celle des agents de l'Autorité venus en renfort.

Grâce à sa minicarte, il suivit leur progression dans ce dédale. Une formation en étau, destinée à réduire la zone d'action des fugitifs et coincer ceux-ci à sa merci. Une aide nécessaire, surtout, au vu de la difficulté de suivre une trace dans cet endroit ignoble.

— … lax, entendit-il soudain chuchoter. Ces crétins se sont fait avoir.

— Relax ? Comment tu veux être relax, Jake ! On va se retrouver cernés ! Ils ont déjà tué Sergei et Luka.

— Oui, ils se sont sacrifiés pour nous. Alors, arrête de geindre.

Shadow se fondit au cœur des ombres ; attendit, adossé à un mur et couteaux dégainés, de voir ses cibles le devancer. Quatre hommes, Reichardt traîné au milieu. Il se glissa derrière eux. Son mouvement le trahit, aussi un des ravisseurs se retourna pour jeter un regard dans son dos. Un couteau fendit aussitôt son crâne dans une giclée écarlate. Son cadavre s'échoua dans un *plouf* au fond d'un amas d'excréments. Le dénommé Jake mit deux secondes à réagir. Il cligna des yeux, et l'assassin était là. Il y eut comme un instant de flottement où ils s'entre-regardèrent.

— Kenway ? C'est toi ?

Une réminiscence interdite. Une faiblesse, une incertitude, un ébranlement dans sa chair comme dans son âme.

La mine de Shadow demeura fermée. Il s'avança, déterminé à engager un duel et à en finir. Jake mit son torse en joue dans une vaine tentative de le faire reculer. Son sang-froid face à une arme chargée le décontenançait. L'assassin se fichait comme d'une guigne de se faire tirer dessus ; d'ailleurs, il se contenta d'écarter le canon du flingue d'un geste de la main.

— Kenway n'a jamais existé.

Il fondit sur sa cible et enfonça une de ses lames en travers de son crâne. Réduit au silence, forcé de voir la mort arriver, Jake fixa Shadow droit dans les yeux.

— Jamais, insista ce dernier.

Ses deux derniers camarades, médusés par la situation, furent soudain aiguillonnés.

— On se tire ! cria l'un, traînant son otage à sa suite.

Clic, clic, clic, fila une grenade. Shadow s'élança vers eux, mais, au même instant, elle détonna. Une rue s'effondra sur elle-même dans un amas de gravats. Béton, macadam, caillasse entremêlée formèrent un raz de marée d'eau souillée. Agressé par ce fumet et ce nimbus corrosif, Shadow recula pour mieux y voir : sa voie était totalement obstruée. Il jura.

C'était terminé.

***

Bras croisés, adossé à un mur grisâtre et glacé, Shadow fixait une chaise renforcée installée au milieu de la salle. Un silence relatif régnait en ce moment, tout juste dérangé par un ronronnement de machines et un distant grondement de cataracte. Barrage abandonné au cœur d'une zone militaire, cet endroit conviendrait nettement pour leurs affaires.

Shadow entendit venir et, aussitôt, on entra avec fracas. Il glissa un regard vers Centurion, suivi de deux soldats d'Harmattan et d'un détenu en sale état, traîné comme un rien. Une grosse couche de gaze enserrait son genou droit. Un sac voilait ses yeux, comme une manière de le troubler, mais il savait où on l'emmenait. Il exhalait une odeur d'effroi : de larges taches de sueur maculaient son tee-shirt, mêlées au sang et à la crasse. Sitôt installé et attaché par ces mercenaires, il se mit à trembler. Shadow sentit soudain, malgré lui, un malaise se glisser dans son cœur.

— Laissez-nous, ordonna Blayne.

Sa voix détachée mais ferme résonna dans la salle. Une fois «seul», comme il ignorait totalement son frère, il s'avança vers son prisonnier. Ce dernier s'agita en entendant sa venue. Centurion retira le sac de son visage pour mieux en observer la déconfiture. Son teint avait viré au gris et, même s'il s'efforçait de n'en rien montrer, il se faisait dessus. Blayne resta un moment en face à face, un sourire en coin affiché sur sa trogne ferrée. Sans mot dire, il se saisit d'une autre chaise et s'installa devant sa victime.

— Tu es tout de même foutrement dans la merde, déclama-t-il, enfin, sauf si tu te montres… *coopératif*.

Le détenu grinça des dents.

— Je n'ai rien à te dire, assena-t-il.

— Au contraire. Commençons par une évidence. Vous êtes des rebelles, vrai ?

Silence.

Centurion s'inclina en avant, comme s'il voulait créer une certaine intimité entre eux.

— Tu es nerveux, je sais. Y'a tout un tas de trucs, d'idées, dans ton crâne, en ce moment. Une multitude d'interrogations : vais-je te faire *vraiment* très mal ? Vais-je te tuer ? Te relâcher ? Comment réagiront tes camarades, s'ils savent comment tu les as trahis ? Si j'étais toi, franchement, je causerais. Car mourir, ça va vite et la douleur est momentanée, mais souffrir…

— Oui, avoua-t-il.

— On commence sainement, ça me va. Continuons, dans le genre facile. Que voulez-vous faire de Reichardt ?

— Je n'en sais rien.

— Arrête tes conneries.

Sur ces mots, ils se fixèrent, se jaugèrent ; mesurèrent leur ténacité mutuelle. Ce gars-là ne dirait rien, même s'il crevait de trouille : Centurion se fit une raison. Il souffla tout son désarroi et, comme ailleurs, songeur, il attira à lui la tablette où étaient alignés des instruments. Il fit danser ses doigts au-dessus avant de se saisir d'une pince.

— Ouvre la bouche, ordonna-t-il.

Sa victime serra des mâchoires à outrance, souffle court. Centurion se contenta d'écraser son nez entre ses doigts pour le contraindre à obéir et glisser son outil entre ses dents. Il en saisit une et renchérit :

— Que voulez-vous faire de Reichardt ? Parle !

— Fa te faire foutre !

Il commença à tirer, insensible à ses gémissements, et arracha finalement la dent dans un jaillissement de sang. Un cri de souffrance résonna, se diffusa et mourut, changé en un gargouillis ridicule. Il dirigea son instrument sur la dent suivante. Le détenu ferma les yeux, s'efforçant d'oublier sa douleur. Stratagème inutile. Centurion continua.

— On va changer de méthode, annonça-t-il.

Hélés comme autant de chiens, des mercenaires revinrent. Ils détachèrent son prisonnier et lui arrachèrent ses maigres vêtements pour le mettre entièrement à nu. Comme il se débattait, ils le malmenèrent et, sitôt calmé, ils enchaînèrent sa carcasse à un crochet descendu du plafond. Centurion leur fit signe de se retirer, sans un remerciement. Alors, il souleva un jerrican d'eau glacée et en revint à sa victime.

— Bon, tu te décides ?

Une douche froide, faute de collaboration. Un cri déchirant retentit, faiblit en un gémissement. À la faveur de cette chair sensible, Centurion s'acharna, cogna. À court de souffle, son détenu s'efforça de recouvrer contenance. Il dégorgea du sang, toussa, encore à moitié sonné. À un énième tabassage, il s'écria :

— Je n'en sais rien, merde ! Ramener Reichardt, c'étaient les ordres. C'est tout !

Centurion chercha à déceler une vérité dans son regard.

— *C'est tout*, vraiment ?

— C'est tout, oui…

— Alors, tu vas me dire où vous vous cachez, toi et tes camarades.

— … dans tes rêves.

Cri. Souffrance tangible. Centurion venait de déboîter son coude.

— Sale connard ! gémit-il.

— Je sais, mon frère adoré me le dit souvent. Alors ?

— Je ne dirai rien.

Sur ces mots, il cogna à nouveau et vociféra :

— OÙ ?

— Huit ! Le District Huit !

— Au cœur de la forêt mutante ? Tu te fous de ma gueule ?

— C'est la vérité. On… on a un QG dans… dans un centre de détention réhabilité.

— Je vois.

— Pitié, arrête de me cogner…

— Si c'est si gentiment demandé.

Sa chaîne détachée, son détenu s'écroula rudement à terre. Centurion essuya ses mains dans un torchon crade et, sans même un regard pour son frère, ordonna :

— Au suivant.

Reginald Reichardt

CHAPITRE 31

— LA RAISON DE LA GUERRE —

VICTIME DE SON INSOMNIE, Kayla goûta à une solitude matinale. Il était encore très tôt, mais elle devinait déjà la fraternité sur le front, à chasser des criminels ou à offrir d'avance au JT de midi un concentré d'interventions extraordinaires. La tête encore embrumée, elle se rendit au réfectoire, où elle trouva son petit-déjeuner servi sur la table. Quand elle saisit sa tasse de café, elle dénicha un mot écrit de la main de Blayne. «*Mange et rejoins-moi à Paxton's Park.*» Elle savait exactement où le trouver.

Au-delà de le connaître par cœur, sa routine du matin avait été confirmée par une vidéo virale de *VitaTrend*. Un voyeur s'était amusé à le filmer, assis en tailleur sur la jetée d'un point d'eau artificiel, en train de méditer. Rien d'étonnant pour Kayla : son fiancé avait toujours aimé ces moments d'exil, moyen infaillible de calmer son feu intérieur et de se recentrer sur son chemin de vie. Elle s'était réjouie de voir cela, signe évident de rémanence, dans son cœur fragilisé, d'un fragment d'humanité.

Elle engloutit une viennoiserie en moins de deux et alterna café, enfilage de veste, café, veste. Encore envahie de miettes, elle s'élança, déterminée, au fil des couloirs de la tour et, sitôt arrivée au rez-de-chaussée, elle entrevit un Starway arrêté à sa station. Elle courut, comme si attendre moins d'une dizaine de minutes la rame suivante allait changer la donne. Elle monta de justesse et s'installa sur un strapontin, face à FFMTV et ses «*BREAKING NEWS*» racoleuses.

Arrivée à destination, elle sentit son stress monter. Elle s'interrogea sur ce rendez-vous, submergée par une vague de sentiments négatifs ; comme si, soudain, il s'annonçait de mauvais augure. Elle ralentit et marcha sur une allée au gré d'une végétation G-mod digne d'une forêt en friche, dont le feuillage frémissait et formait, effleuré par le vent, une toile tantôt de soleil, tantôt d'ombre. Seule sur ce sentier, elle se sentit assaillie par un malaise. Cet endroit n'avait rien d'angoissant, à la fois calme et investi par des oiseaux chanteurs, mais la jeune femme se noyait désormais dans sa négativité. Quand elle atteignit enfin ce fameux point d'eau artificiel, elle se sentit défaillir. Blayne était absent.

— C'était d'une facilité ! railla une voix. Je suis déçu.

Kayla observa alentour, tenta de découvrir son origine. Elle se retourna et distingua, devant elle, un faible ondoiement au soleil. En s'abandonnant à ses sens, elle flaira une odeur de tabac.

— Comment… souffla-t-elle. Comment tu as réussi à falsifier son écriture ?

— Être augmenté a ses avantages.

Sa mâchoire se serra. Elle ne se faisait aucune illusion sur son objectif final.

— Il saura, cracha-t-elle. Il me vengera.

Shadow ricana.

— Oh, voyons, je n'avais aucune intention de te faire du mal. Centurion finira par connaître la vérité ; et là, il te tuera.

— Quelle *vérité*, *Brother* ?

Il marmonna un juron en voyant Centurion arriver.

— Cesse de te cacher, ordonna ce dernier.

Comme dessiné par un artiste, Shadow se matérialisa face à Kayla. Ses grands yeux couleur d'iceberg et son regard de tueur restaient collé à elle. Il ressemblait à un chien déterminé à abattre sa cible acculée.

— Je te l'ai déjà dit, maugréa-t-il, c'est une foutue *espionne*.

— Ça devient une obsession, mon frère.

— C'est la vérité ! Bon sang, Centurion… réfléchis. Tu as trouvé cette fille dans la forêt mutante du Huit, un Cléocube vierge à la main, et maintenant, Reichardt se fait enlever par des rebelles *du Huit.* Coïncidence ?

« J'ai commencé par interroger nos chercheurs. Aucun cobaye ne garde de souvenir. Aucun. Bordel ! Si ta chérie a encore un mental sain, alors elle a été aidée pour monter dans cette navette. Qui a fait ça ? Quelle en était la raison ? À elle de nous le dire.

« Ce Cléocube a été modifié, confié à elle pour nous induire en erreur. Elle nous a ralentis, nous a menti !

Centurion mesura la teneur du monologue de son semblable. Son visage se ferma.

— Il dit vrai ?

Coincée. Kayla frémit, chercha ses mots, ne trouva rien et recula, se dandina. Shadow saisit son tee-shirt pour mieux la dévisager. Elle affronta son regard, un instant, pour ensuite aviser Centurion et détourner les yeux.

— Oui, il dit vrai.

— J'avais raison, déclara Shadow, face fendue d'un sourire cruel, fier de son effet.

— J'ai fait tout ça pour *nous* ! cria Kayla. Je t'aime, Blayne, comme j'aime notre fils !

— Quoi ?

Terminée, cette mascarade. Centurion afficha une mine médusée, tel Shadow, étonné de la voir connaître ce nom oublié. Un silence gêné, mais menaçant, tomba. Assaillie par une montée de chagrin, Kayla renchérit :

— Tu as bien entendu. Je refuse de voir notre fils grandir sans père, et de te voir constamment à la télé en te sachant arraché à nous. Je saurai te ramener à lui, même si pour ça, je dois affronter ton monstre de frère !

Une gifle de Centurion mit fin à sa tirade.

— Tu mens ! vociféra-t-il. Je n'ai jamais eu de fils ! C'est faux !

Sonnée dans sa chair comme dans son âme par une telle manifestation de violence, écœurée par un goût de sang, Kayla affronta son regard.

— Ces ordures ont même effacé ce souvenir ?

C'en était assez. Excédée, elle cogna son torse avec ardeur, insensible à la douleur de ses déchirures et de ses os fracturés sur son armure.

— … même ce souvenir ? Comment ? Bon sang, Blayne, réveille-toi !

Soudain exténuée, accablée de tristesse et de découragement, elle glissa et tomba à genoux.

— Réveille-toi, je t'en conjure.

Centurion ne sut comment réagir. Il demeura renfrogné, à la regarder se ridiculiser, fermé comme un coffre-fort de sentiments interdits. Il jeta un œil à Shadow, rogue comme de coutume, tiraillé entre une envie de tuer la fille et de filer en courant pour éviter son ire. Il finit par se détourner de Kayla, comme une tentative de la fuir sinon de réellement l'abandonner. Elle, réduite en miettes, s'offrit tout entière au deuil de son amour et éclata en sanglots.

***

Reginald ouvrit les yeux, réveillé par un son désagréable. La porte de sa cellule racla dans son rail et cogna son mur de fixation. Se révélèrent trois soldats, dont deux en retrait derrière le troisième, affublé d'un sourire suffisant. Reginald reconnut facilement Stefan McLane pour l'avoir assez vu à la télé. Le chef rebelle entra et s'installa sur la couchette à une distance raisonnable de son prisonnier.

— Bien dormi, Monsieur Reichardt ?

— J'ai connu mieux.

Son regard glissa vers son membre pansé, dont la gaze était encore imbibée de sang.

— Vous avez mal ?

— Vous vous délectez sans aucun doute de ma souffrance, mais cessons de discuter pour rien, entendu ? Que me voulez-vous, à la fin ?

Son sourire se transforma en grimace.

— Vous avez tant sacrifié pour m'amener ici, enchaîna Reginald. Le jeu en vaut la chandelle, j'imagine.

— *Le jeu en vaut la chandelle*, oui, rabâcha Stefan.

Sur ces entrefaites, il exhuma un caillou oblong et veiné d'argent de sa veste. Il le montra à son détenu comme il le ferait d'une pierre rare.

— Vous connaissez ce métal, cet «astralium» dont sont à moitié faits nos amis Supers. On en a volé une cargaison. Vous allez nous aider, renchérit-il en pointant un index vers le magnat. Créer un arsenal pour nous donner un avantage sur eux.

— Je me garde d'envisager un refus : j'ai déjà eu un avant-goût suffisant de vos méthodes. Je tiens néanmoins à vous mettre en garde. La fraternité me cherche déjà, et elle vous dénichera, c'est inévitable.

— Grâce à vous, on saura faire face, minauda Stefan sur un ton de confidence.

Il abandonna son siège et rejoignit ses sbires.

— Qu'il travaille, ordonna-t-il. Jour et nuit s'il le faut.

Reginald fut conduit dans un atelier. Une cour entière, aire de détente des anciens gardiens, accueillait du matériel de fortune à la fois dans une réserve aux allures de casemate et dans une grande tente attenante, suffisant pour créer des jouets mortels. Un amas de caisses d'astralium attendait d'être transformé, travaillé dans une fonderie démontable. Une cohorte d'ouvriers destinés à suivre ses directives était réunie, et des garde-chiourme semblaient déterminés à veiller à son action constante. Sitôt leur otage mis au charbon, ceux-ci n'hésitaient jamais à venir l'aiguillonner s'il faiblissait. Reginald se livra à sa folie créatrice, tiraillé entre une envie de réellement faire du mal à la fraternité et d'être sauvé par celle-ci. Il commença par enseigner comment fondre ce fameux astralium et en tirer des obus. Il monta ceux-ci sur des douilles de la taille d'un doigt; chargea ces munitions dans des engins certes ordinaires, mais toujours de gros calibre. Son intelligence coucha sur papier des dessins de machines terrifiantes pour mutiler sinon pour tuer. Car une règle existait dans son monde : *un mort se pleure, un infirme fait peur.*

Un «officier» rebelle guettait par moments, accoté à la rambarde d'une passerelle. Un matin, ce fut au tour de Stefan McLane en personne. La tête vide, sa main concentrée sur son œuvre, Reginald lui jeta un regard et entrevit son sourire derrière un mirage. Cette onde de cynisme ajouta à son agacement, déjà fort avancé du fait de la chaleur, de sa crasse et de son statut mis à mal. Trois jours, seulement. Cela semblait faire trois semaines.

Une femme vint soudain à la rencontre du chef rebelle, manifestement alertée par une urgence. Son sourire s'effaça à la faveur d'une mine grave. Il s'élança en direction de leur QG, sa subalterne à sa suite. Il entra dans une salle où une multitude d'écrans flottants entourait deux de ses sbires, dont le regard demeurait rivé sur des informations retransmises.

— Alors ? demanda-t-il tout de go.

Un son régulier annonçait une intrusion, elle-même matérialisée par une flèche rouge sur un radar.

— Une navette, énonça un des agents. Elle vient d'entrer dans la zone.

— On envoie nos drones ? envisagea son camarade.

Stefan garda son sang-froid malgré cette situation anxiogène. Ses ennemis arrivaient, sans doute guidés par Adnan et son unité. Celle-ci avait raté son sacrifice.

— Bien sûr, dédaigna-t-il, donnons à Neo de nouveaux jouets. Autant se flinguer tout de suite. Vous allez désactiver nos défenses et tout mettre en contrôle manuel. Sont-elles armées ?

— Ouais.

— Il va falloir utiliser intelligemment nos munitions d'astralium. On n'a rien d'autre. Qu'ils viennent : je leur réserve un accueil chaleureux.

La clairière créée par le crash récent fut un terrain idéal pour un atterrissage correct. La fraternité descendit de sa navette, en file indienne ; Centurion en tête, suivi de Wade armé de son fendoir-mitrailleur, de Tyndall secondé par son mécha-chien, des jumelles, d'Issam et enfin de Shadow, aiguillonné par des *Papbots* de Sara Ferguson. Ces machines dodues flottaient et tournaient sans arrêt autour d'eux, objectifs grands ouverts, afin de ne rien rater du combat à venir.

Aux environs s'étendait la forêt mutante. Les arbres géants crissaient et grondaient en effectuant des mouvements indolents pour chasser oiseaux difformes et étrangetés volantes. L'avion d'Harmattan était d'ailleurs à moitié englouti par des racines et rongé de mousse à croissance accélérée. Centurion enjamba un relief d'aile et mena la marche. À distance du QG ennemi, il émergea des ombres de la futaie pour se montrer dans une aire cramée de soleil. Ce dernier faisait reluire son armure, dont il choyait la moindre courbe.

Le cyborg étudia ce fameux QG d'un regard circulaire. Ceinturé d'un mur garni de canons antiaériens et d'une cohorte de tireurs, il avait tout d'une véritable forteresse. Aux abords des tentes des civils, des véhicules de guerre et des monticules de sacs de sable couvraient une armada de soldats.

Cette détermination anima en Centurion un sentiment de mauvais augure. Il resta un moment immobile, yeux rivés sur eux. Un vent frais s'engouffra dans sa chevelure argentée et fit danser des feuilles face à son regard. Un *Papbot* filma son visage transi dans une mine sévère, n'en rata aucun rictus, retransmis en direct à la télé. Concentré, il commença à marcher en dégainant ses katanas avec flegme. Une incertitude traversa ses ennemis, dont le premier tir se fit attendre. Centurion trancha le projectile en deux, demeura figé une seconde et, soudain, fila droit devant à une vitesse vertigineuse.

— Quel vantard, commenta Shadow.

Stefan McLane observait ce début de conflit d'un œil attentif. Alentour dans le mirador, deux tireurs d'élite attendaient au côté d'une caisse de munitions d'astralium. Il entrevit Skylar, son « frère » mort et vif à la fois, survivant de son stratagème. Se remémorait-il encore des fragments de sa vie d'avant ? Comment Turner avait-il réussi à en faire son ombre ? Comme il y songeait, il fit signe à ses gars d'armer. Bientôt Centurion serait à sa merci.

— … maintenant, souffla-t-il.

Un tir, un raté ; un deuxième, dans le mille. L'énorme obus se fraya son chemin dans la chair de Centurion sans aucune difficulté. La violence du choc faucha ce dernier dans son élan et le fit s'échouer dans un nuage terreux. Il entendit Shana crier son nom malgré un sifflement suraigu dans ses oreilles ; entrevit Wade, s'aveugla du chatoiement rassurant de son égide auto-générée ; sentit la frange du manteau sombre de Shadow sur sa joue. Il toussa, agressé par la terre dans ses narines. Son frère étudia sa meurtrissure et renifla.

— Voilà comment on feint la mort, *Brother*, railla-t-il.

Shana dégaina un injecteur à embout de sa sacoche. Sans attendre de voir Centurion se remettre du choc, elle enfonça celui-ci dans la perforation de son armure. Elle eut tôt fait de déborder d'une substance rosâtre gluante et d'arracher un geignement de douleur au cyborg. Sous cet effet atroce, ses yeux se fermèrent pour mieux se rouvrir sur le visage goguenard de Shadow.

— Le grand Centurion gémissant comme un enfant, se gaussa-t-il. Quelle scène mémorable.

— Sale connard.

Sa main était néanmoins tendue.

— Grouillez-vous ! cria Wade, arrosé de tirs. Ça commence à être chaud !

Centurion se redressa grâce à son frère. Il jeta un regard au mirador, où il distingua Stefan. Celui-ci semblait à la fois chagriné et satisfait. Il congratula vaguement son tireur et se retira.

— Vivez ce combat comme si c'était votre dernier, mes frères, déclama Centurion.

Sur ces mots, il fonça droit devant, sauta par-dessus un camion militaire et tailla dans le vif des rangs ennemis. Bientôt, Shadow le rejoignit. Trois par trois, des couteaux émergeaient d'entre ses doigts et fauchaient ses cibles avec une justesse inégalée. À une distance dangereuse du mur, il jeta une grenade fumigène, dont le voile servit à Centurion pour s'élancer au sommet grâce à Wade. Il en éventra les tireurs et se jeta dans la mêlée, shooté par un mélange d'adrénaline et d'ivresse du combat.

Un concert de cris retentit. Aux civils terrifiés se mêlait une débandade de soldats. Saisi par une telle urgence, Stefan s'exhiba. Avec force, il arrêta une recrue dans sa fuite ; un geste suffisant pour s'attirer une certaine attention.

— Allez-vous vraiment sacrifier vos familles et vos amis à ces monstres ? vociféra-t-il. Vous avez vu Centurion flancher ! Ils sont vulnérables. Ils sont *mortels* !

Wade enfonça la grille d'entrée, aussitôt démontée par Issam et utilisée comme arme sur les soldats environnants. Un désarroi étreignit ceux-ci mais, rejoints par des camarades, exaltés par Stefan, ils se défendirent.

— On n'arrivera jamais à en descendre un comme ça, se désola néanmoins un de ses sbires.

— On va changer de méthode, dans ce cas. On a toujours notre dythramine et des détonateurs ?

— Ouais.

— Chargez tout sur la réserve d'astralium.

Au calme au sein du centre de détention, Shasta et Tyndall se mirent à la recherche de Reginald. Ils vagabondèrent un moment, écumèrent ce dédale. Shasta forçait les soldats à s'entretuer, à moins de constater avec écœurement toute la minutie de IQ450-Zaerus en matière d'éviscération, comme Tyndall fouillait la « Matrice » à la recherche d'un signal de l'Intouchable.

Surveillé par deux soldat fidèles à Stefan McLane, Reginald attendait son moment dans une cellule des tréfonds. Assis sur une couchette, il effleurait d'un geste machinal la chaînette en or de sa montre.

— La mante et le gamin vont se pointer, entendit-il chuchoter.

— On a intérêt à viser juste.

— Votre *intérêt* serait de me sortir de cette damnée cage, envisagea-t-il.

Un des gars s'exécuta, non sans malmener le magnat à titre de dissuasion : mieux valait pour lui de se taire. Quel échec. Reginald fusilla son geôlier du regard à la manière d'un animal maltraité, mais encore assez fier pour mordre.

— On décroche. Ordre de Stefan. Il faut sortir ce *cabrón* d'ici.

— On abandonne le QG ?

— C'est leur carotte. S'il sort, *ils* sortiront.

— Où on va ?

— À un feu d'artifice.

— O.K., je vois.

Agacé d'être traité de la sorte, Reginald se débattit. Il se dégagea de cette étreinte, non sans déchirer sa chemise, et recula suffisamment pour gagner une seconde.

— Ça suffit ! cria-t-il.

À la faveur d'un certain étonnement général, il arracha le gadget fixé dans son cou et le jeta à terre, encore sanguinolant et amalgamé à sa chair.

Temps mort. Comme si la fraternité entière venait de flairer sa cible.

— Je le tiens, s'exclama Tyndall, arrivé dans une cafète.

IQ450-Zaerus en tête, il se mit à courir, Shasta à sa suite. Le signal se mouvait avec célérité : on essayait d'extraire de là ce damné magnat par tout moyen. Grâcieux tel un démolisseur, Wade réduisit un des murs en miettes. Centurion s'y faufila et atterrit avec agilité en face des rebelles, dont il sectionna les têtes en deux avant toute réaction.

Reginald souffla du nez.

— J'ai failli attendre, maugréa-t-il.

Conscient d'être filmé, Centurion mesura sa colère, même s'il mourait d'envie d'en coller une à cet ingrat. S'il avait mis sa fratrie en danger et s'il avait failli crever aujourd'hui, c'était sa faute. Il se contenta d'une grimace contrite à défaut d'un sourire éclatant pour la caméra.

— On se casse ? demanda Tyndall.

Une nouvelle vague de rebelles, galvanisée du feu de la dernière chance et de rage, menaçait leur retraite. Centurion fit signe à ses camarades. Comme de coutume, il sortit en premier et fonça dans la mêlée. Il y trouva Shadow, très affairé à effectuer sa danse de couteaux. S'il avait déjà encaissé des tirs — ses vêtements étaient déchirés par endroits et suintaient de sang —, il ne semblait jamais faiblir. Centurion vint en renfort, troubla un court moment sa furie meurtrière et allia son style de combat au sien pour dégager une voie à Wade et Reginald. Écrasé par cette armure vivante, ce dernier suivait en se gardant de tout commentaire.

Shadow désigna un des canons antiaériens.

— Je me charge de celui-là.

Sur ces entrefaites, il fila en direction du mur. Il siffla son frère syrien sur son chemin. Celui-ci saisit sa demande et traça un escalier de débris flottant. Shadow sauta de marche en marche avec une vélocité féline et se dirigea vers le canon. Il trancha la gorge d'un des gars à la manœuvre, colla un couteau dans la tête du deuxième, demeurant de glace face aux giclures de sang et de cervelle sur sa figure, avant de fixer sur la machine une sorte de mine à fragmentation. Il sauta directement dans la cour, confiant dans sa musculature augmentée créée pour amortir de telles chutes. Une chaîne de détonations eut tôt fait de retentir. Un final flamboyant pour la télé.

— Stef, annonça une voix au chef rebelle. On a échoué. Ce foutu Intouchable nous a mis dedans.

Stefan mit sa main en visière et jeta un regard au ciel. Un vrombissement y retentit et une tornade d'air chaud se forma au sol. C'était terminé. Arriva la navette, dont la manœuvre s'effectua malgré la mitraille. Wade fit monter Reginald et le reste de la fraternité se joignit à eux. Shadow se figea dans son geste et afficha une mine dubitative.

— On devrait dénicher Stefan McLane, grommela-t-il à Centurion.

— On *devait* secourir Reichardt : mission terminée. On se chargera de ce connard une autre fois.

Shadow jeta un dernier regard en arrière, dérangé par une étrange frustration.

— … fait chier, jura-t-il.

À distance de cette tuerie, chacun s'installa dans son siège et s'abandonna aux affres de la fatigue. Shana se chargea de vérifier si Reginald était entier. Celui-ci, visiblement très agacé de révéler sa faiblesse, se montra exécrable. Centurion le regardait d'un mauvais œil, affalé dans son coin, tout comme Shadow, très affairé à triturer un obus en sale état mais soigneusement conservé. Sitôt éloignée sa sœur, il se glissa du côté du magnat et exhiba ce morceau de métal.

— Je m'interroge, murmura-t-il sur un ton de confidence. Vous avez enseigné à nos ennemis comment nous tuer. Sous la contrainte, j'entends. Cela dit, il y avait dans votre « caste » un *traître* suffisamment intelligent pour synthétiser du métamatériau et en créer une arme. Une de mes failles que ce traître, et certains de ses camarades, sont seuls à connaître. Synthétiser du métamatériau, Victor Winslow savait faire ça. Créer des armes, vous savez faire ça. Quel est donc le lien entre vous deux ? Ou devrais-je dire : la *liaison* ?

Reginald affronta son regard. Au-delà de toute défiance se trouvait une certitude : Shadow savait. Accoutumé aux manigances, entraîné à faire *disparaître* des gêneurs, il était aisé pour lui de nouer entre eux des fils d'intrigues, ou d'en démêler, pour justement arriver à des conclusions et à des suicides organisés.

Reginald tâcha de rester de marbre car, en cet instant, la moindre grimace signerait sa fin.

— Absolument aucun, articula-t-il comme s'il s'adressait à un demeuré.

Silence. Une ombre de sourire, mais aucune de doute.

— *Absolument aucun*, oui, rabâcha Shadow d'un air songeur.

Chapitre 32

— Point de non-retour —

Une foule s'agglutinait sur la *Sky Stairway*, allée montante aux innombrables degrés, dont elle submergeait les monuments. Un escadron de drones de sécurité tournait autour de cette masse, scanners faciaux en action constante, et virevoltait à une distance calculée des statues commémoratives. Parmi celles-ci, au milieu des chefs d'État successifs, s'élevait une effigie démesurée des Black Vipers. Centurion s'y dressait fièrement, entouré de Shasta et Shana dos à dos, d'Issam méditatif, du magistral Wade et de Tyndall, au côté de son robot de combat ; sans oublier Shadow, couteaux dégainés. Au faîte de cette montée, sur fond d'illustres édifices, était érigée une tribune. Vide de son auguste invité, elle s'environnait néanmoins de flics en armure exocombi et de deux mécha-gardes noir et or.

Une clameur retentit soudain et se diffusa dans la masse. Celle-ci se mut, créa un couloir pour la fraternité. Son chef arriva en tête. Un drone vint illico voleter devant ses yeux et chercher un angle d'enregistrement. Centurion désactiva sa visière, rétractée dans son col d'armure, et secoua la tête de sorte à délier sa chevelure.

— Un jour, tu vas vraiment recevoir un contrat de *Colownia*, ricana Shadow.

Son frère lui jeta un regard en coin.

— Ils seront déçus.

La mine songeuse, Shadow faisait danser des filaments de fumée entre ses doigts pour amuser la galerie. Cela fonctionnait, surtout chez les adolescentes.

— Quoi ? minauda-t-il. Tu refuserais de te montrer dans une réclame pour du savon ? Ou, mieux, des fards ? Le mascara t'irait à merveille.

— T'en as naturellement, toi, avec ta gueule cernée, se marra Wade.

Shadow ferma la main, où s'évanouit un nuage de fumée.

— Il en fait déjà pour des rasoirs, renchérit Tyndall.

— Un extra alléchant. À six chiffres, je ne rechigne jamais.

Centurion afficha un sourire en coin.

— Ton salaire est insuffisant ? demanda-t-il.

— Vu sa conso en cigarettes, rien ne m'étonne, ajouta Shasta.

— Allez donc vous faire foutre, maugréa Shadow.

Sur ces mots, ils firent mine de rien ; sourirent à la caméra, signèrent des affiches et des jouets, rassurèrent des fans au sujet de la convalescence de Centurion, *et cetera.* Ils restèrent ensuite en retrait, attentifs à toute forme d'agitation, comme se faisait désirer le Haut-Exécuteur fraîchement nommé. Personne ne connaissait encore son identité ; aucune info n'avait fuité.

Pas feutré, altier ; démarche victorieuse, la nouvelle main du Gouvernement gravit les marches avec indolence. Il rajusta machinalement ses manchettes et sa cravate et se montra enfin. Vêtu d'un costume tout neuf et d'une cravate mauve assortie à ses yeux, Reginald ne ressemblait en rien à cette ruine retrouvée au QG rebelle.

— C'est lui, assena Shadow à mi-voix. Le traître.

— Tu dis ça comme si tu en avais la certitude, nota Centurion.

— J'en *ai la certitude.*

Vers minuit, Sara Volsk termine son travail au Titanium. *Elle revêt son manteau, saisit son sac à main d'où elle déloge la clé de sa voiture et cherche, d'un regard circulaire, son* pass *sur le comptoir d'accueil. Un tintement attire son attention : derrière, nonchalamment adossé contre le meuble, se matérialise Shadow. Son visage s'orne de son meilleur sourire étincelant, le* pass *et son porte-clé dans la main.*

Sara exhale tout son désarroi face à une telle rencontre.

— Qu'est-ce que tu veux ? demande-t-elle.

Shadow arbore une mine songeuse.

— Vous en connaissez un rayon sur Victor Winslow, y paraît.

— Quelle importance ? Cet imbécile est mort.

— Ses objectifs, pour ainsi dire, ont survécu. Qui se chargera de leur réussite ? Vous le savez.

Volsk dresse un de ses sourcils cendreux.

— Ce genre d'information a un coût, annonce-t-elle. Une ombre devrait savoir cela.

— Je le sais.

Shadow glisse sa main dans son manteau, non sans tétaniser la doyenne du marché aux confidences. Il exhume un rouleau de crédits soigneusement attaché et le lui jette comme on donne un os à ronger à un chien. Volsk en mesure le contenu d'un seul geste et souffle du nez.

— Tu me prends pour un de tes truands ? morigène-t-elle. Je vends des secrets, pas de la confiserie.

Son vis-à-vis semble contrarié. Il serait si facile de malmener une telle femme, d'arracher ces informations entre un gémissement et un cri de douleur, mais elle demeure une Intouchable. Elle saurait faire jouer ses relations et exécuter la principale loi de son monde : celle du Talion. Le visage soudain fermé, vide de toute émotion et surtout de toute négativité dont Volsk pourrait se servir, Shadow réitère son manège : main dans le manteau, froufrou, jaillissement ex nihilo *de centaines de milliers de crédits.*

— Bien mieux, estime Volsk. Que souhaites-tu entendre ?

— Que venait-il faire chez vous ?

— Il trompait sa femme, avoue-t-elle non sans une once de flegme.

— Vous ne m'apprenez rien.

— Avec un homme.

Shadow semble décontenancé par une telle révélation.

— Cela te délange ? minaude l'ukrainienne.

— C'est assez… inattendu. Il a donné des enfants à Stella.

— Il est inutile d'être un génie en chimie pour savoir comment forcer sa virilité à réagir comme il faut.

— Et donc, il se tapait un gigolo ?

— *Contrairement au vieux Wayland, il ne s'est jamais entouré de femmes de petite vertu — ou d'hommes, dans notre cas. Il avait un amant. Un Intouchable, comme lui.*

— *Vraiment ?*

— Da. *Il le surnommait son* Liebe. *Un certain petit génie allemand, dirigeant d'une grosse multinationale.*

— *Reichardt.*

— *Tu vois, une ombre sait trouver les secrets toute seule.*

Shadow avisa son frère et, au terme d'un silence, révéla :

— Une source d'informations intarissable m'a raconté des choses. J'avais déjà des doutes sur Reichardt. C'est mon job, de fouiner dans le linge sale des Intouchables, et lui, crois-moi, il est tout sauf «intouchable», justement. Il se faisait culbuter par Victor Winslow.

— L'enculé !

— J'ai failli crever à cause de lui. En y réfléchissant, sa mise en scène à Cuba était un moyen infaillible de renforcer ses discours sécuritaires. Se faire enlever par ces cons de rebelles a nettement aidé, d'ailleurs. Quant à ta chère Kayla, elle a servi à semer la zizanie entre nous. Qui d'autre aurait eu les moyens de forcer Harmattan à transférer un faux cobaye dans nos usines…

— Évitons le sujet «Kayla»…

— Elle est innocente, martela Shadow contre toute attente.

— J'ai bien entendu ? s'étonna Centurion.

Son frère arbora un air désinvolte.

— Sinon, je la tue, si tu veux.

Aussitôt émise une telle éventualité, il fut saisi au col. Un sourire cruel se dessina sur sa face.

— Quoi ? J'ai dit un truc de travers ?

Reginald causait sans discontinuer ; abordait des sujets variés, mais se concentrait surtout sur des objectifs de sécurité. Comme une déclaration de guerre tacite, il tourna vaguement la tête vers la fraternité, croisa leurs regards.

— … notamment discuter de nos nouvelles égéries, disait-il. Cette unité doit rester sous notre domination ; aussi va-t-il falloir instaurer un cadre à son ingérence dans notre vie et nos affaires.

— Ben voyons, grommela Shadow.

Centurion relâcha ce dernier et se racla la gorge. Il avisa Aryan dans un carré VIP de la tribune et souffla à son frère :

— Il est au courant ?

L'assassin dodelina du chef.

— Je devais vérifier un dernier doute, avant ça. Reichardt nous a tous utilisés pour être nommé Haut-Exécuteur. Il va falloir découvrir ses raisons.

Personne, sauf une cohorte d'agents de sécurité, ne vagabondait au sein du Palais présidentiel en cette heure tardive. Reginald marchait au gré des couloirs d'une allure pressée malgré un effort de retenue. Ses pas résonnaient sur le dallage marbré ; un son énervant doublé d'un aiguillon constant, comme un vent collé à ses semelles, au souffle rébarbatif et chargé des mots «*dépêche-toi*». Son chemin croisa celui de factionnaires en uniforme, certains côtoyés par un mécha-chien. Il ne suscita chez eux aucun intérêt, sinon un courtois «*Bonsoir, Monsieur le Haut-Exécuteur*».

Grâce à son *pass* durement gagné, il entra dans la salle des archives. Il y jeta d'entrée un regard circulaire et entrevit deux dénivelés au niveau du plafond, trace évidente d'une installation de tourelles défensives. Une IA veillait sur cet endroit. Il nota également un infime grésillement, signature d'une alarme infra-rouge en activité. Sur le moment, il se félicita d'avoir fait tout ce chemin et d'avoir tant sué pour éviter de se faire réduire en miettes par un damné robot.

Cette salle ronde était agrémentée de dizaines de casiers dont le contenu rendrait fou de joie un conservateur de musée ou un receleur de secrets. Parmi d'illustres manuscrits étaient consignés des documents délicats, autant de moyens de faire chanter des grands de ce monde. Reginald était là pour un de ceux-là.

Il erra un moment, noyé dans ce concentré de connaissances ; chercha dans un certain nombre de casiers, pour déjouer la méfiance des intellicams, comme s'il ignorait où était caché ce fameux dossier. Il savait. Il avait tout fait pour.

Aussi finit-il par le dénicher : un fichier sans fioritures, dans une chemise jaune. Reginald étudia son contenu, grava dans son crâne la moindre formule. Un cliché de ses augmentations oculaires s'avéra séduisant, néanmoins il s'abstint, se défiant d'elles. Si Tyndall entrait dans son relais neural, tout serait fini. Il accorda donc toute sa confiance à sa mémoire absolue.

Arrivé au dernier feuillet, il referma la chemise et la rangea. Sur ces entrefaites, il se dirigea vers la sortie, toujours observé par une multitude d'yeux. Il regagna sa voiture où patientait son chauffeur.

— Allons-y, Sidney, direction la Citadelle.

Sans un mot, il démarra.

***

Assise contre un mur et emmitouflée dans une couverture, Kayla gardait son regard dans le vague. Consignée dans une chambre telle une adolescente turbulente, elle attendait. Elle craignait toute forme de visite, même de la cantinière, tourmentée par le spectre de Shadow et de ses poisons. Elle ne mangeait rien et cela ne semblait déranger personne. Un sentiment d'abandon grandit en elle au fil des jours, et elle en vint à saisir d'elle-même une réalité dérangeante : le danger ne viendrait jamais de Shadow, mais d'elle. Chagrin, solitude et folie amalgamés finiraient par la tuer.

Ce jour-là, comme de coutume désormais, elle n'accorda aucune attention à la porte soudain ouverte. Un son, une démarche familière força néanmoins sa tête à se redresser. Centurion entra. Son visage demeurait fermé, mais Kayla, sensible à des détails moins éclatants, devinait chez lui une noble intention. Son cœur s'emballa aussitôt ; elle fit mine de rien, mais garda son regard rivé au sien comme elle assistait à son ingression dans son coin d'intimité. Centurion mit un genou à terre face à elle pour mieux amener une main à sa joue. Yeux fermés, Kayla goûta à ce contact, si froid fut-il, comme à une friandise. Elle en tira une joie enfantine, et se réfugia malgré un cri de son instinct de survie, contre son cyborg d'amant. Centurion ancra une nouvelle fois son regard dans cette mer agitée d'émotions ; dans ces iris encore naturels et diserts, criants de vérité et d'amour pour lui. Il joignit son souffle au sien, s'enivra de son odeur, de sa chaleur. Alors, il céda à son envie et finit par embrasser cette femme, fantôme de ses nuits.

— J'ai toujours cru en toi, murmura-t-elle.

— S'il me faut te croire, toi, tu dois me montrer notre fils.

— Je le ferai, mais… Que dira Aryan Turner ?

Centurion la fit taire d'un index glissé sur ses lèvres. Elle saisit immédiatement : il allait enfreindre une ribambelle de règles.

Tyndall se débrouilla pour détourner Cutlaw de son agenda et fausser ce dernier. Il attribua une mission factice à son chef, moyennant un service futur. À la faveur de cette fenêtre d'action inattendue, Centurion entraîna Kayla à sa suite dans un jet. Il y rencontra un pilote inhabituel ; un acolyte du gamin — tenu par une sombre affaire de dette —, certes volubile, mais silencieux au sujet de sa mission.

Au survol de Varsovie, Centurion jeta un regard au-dehors ; distingua, malgré un éclairage urbain faiblard, un centre-ville ancien. Un ensemble d'immeubles actuels côtoyait des vestiges d'un autre âge et, au-delà, s'étendait un ghetto. Un amalgame de détritus, édifices de tôle, de carton et de misère.

Son cœur se serra et sa tête souffrit de migraine, comme assaillie de réminiscences difficiles. Kayla effleura sa main, s'efforça de se montrer rassurante. Elle se souvenait, elle aussi, de tout ce malheur et de toute cette douleur.

— Je ne sais rien de toi, s'émut Centurion, et tu sais tout de moi. Qui suis-je vraiment ? Cette réalité, racontée par Zeera, est-elle vraie ? Ai-je vraiment été un des favoris d'Aryan Turner, jalousé et abattu ?

Question fatale. Kayla garda un moment le silence, chercha ses mots, consciente de la dangerosité de ses révélations. Qu'arriverait-il si elle détruisait, immédiatement, toutes ses convictions ? Si Blayne se rebellait contre son maître, il se ferait tuer. Sa force ne saurait vaincre la fraternité réunie.

— Oui, mentit-elle donc.

Au fond, était-ce si grave, de mentir ?

Le jet amorça sa descente et, au terme d'une manœuvre dans un tourbillon de feuilles tombées, atterrit sur une route aux abords de la cité. Centurion sortit le premier. Il jeta un regard alentour, s'enivra de ces odeurs familières, et ouvrit la marche. « *Traînez pas trop*, avertit leur pilote. *Le créneau est serré !* »

Kayla trottina pour rejoindre son fiancé et lui montrer la voie. Ils se faufilèrent au milieu des taudis du ghetto, guettés comme des étrangers par des familles aux abois. Un enfant enguenillé se figea face au cyborg, main tendue et mine chagrinée. Habitué à signer des jouets ou des affiches à son effigie, Centurion mit une seconde à saisir sa demande. Kayla glissa deux crédits dans sa main et il fila illico, non sans la remercier d'un signe de tête silencieux.

C'était un tout autre monde. Loin du faste et de la comédie. Loin des caméras et de *VitaTrend*. Centurion se sentait mis à nu, comme s'il retournait à ses sources. Et c'était effectivement le cas. Enfant des rues, il se reconnaissait dans cette indigence sans même s'en souvenir.

Aux miséreux se succédèrent des SDF, de vrais fortunés pour ainsi subsister au sein de la ville. Certains se faufilaient même dans le district des « riches », surveillé par des mécha-gardes, de sorte à jouir de leur veille et éviter des voyous ou d'autres racketeurs. Ces gens-là reconnurent Centurion pour avoir vu sa trogne à la télé d'un bar. Aussi fut-il accueilli par des mines tantôt effrayées, tantôt admiratives.

Kayla entra dans un café. Une clochette annonça son arrivée.

— Kayla ! s'enjoua Jozef à sa vue. Tu es revenue, eh dis ! Tu as retrouvé B…

Centurion se montra à son tour ; immense, déroutant, *impressionnant* dans son armure.

— B… lay… ne.

Il se contenta de saluer d'un signe de tête. Blême comme un « cul de laitier » du point de vue de Kayla, Jozef resta tétanisé devant son vieil ami. Centurion entra dans l'établissement et observa, alentour, tel un enfant dans une confiserie. Il était animé de cette sensation de connaissance alliée à une volonté farouche de tout redécouvrir. Il effleura une table de ses doigts armurés ; frissonna, sourit malgré lui.

— Où est Hilda ? demanda Kayla.

— Bah, dans ta chambre, informa Jozef.

Elle enroula ses doigts autour de ceux de son fiancé et ficha son regard dans le sien, comme pour demander : «*Prêt?*» Centurion fit «oui» de la tête, et ils se dirigèrent vers un vieil escalier grinçant, à deux doigts de céder, ainsi malmené par ce goliath de métal. Ils distancèrent un certain nombre de chambres et se figèrent face à la dernière, numérotée 14. Kayla entra. Une jeune fille aux cheveux châtains nattés était assise dans un rocking-chair, un nourrisson dans son giron. Centurion resta ébahi dans l'embrasure.

— C'est… c'est mon fils? souffla-t-il.

— Oui, avoua Kayla. C'est Iowan.

Le grand cyborg essaya d'articuler un mot, mais rien ne sortit. Il demeurait là, comme du fretin arraché aux eaux, à s'émerveiller. Un enfant si minuscule, si adorable : son fils, sa faiblesse absolue. Kayla étreignit sa main et le guida à sa suite. Hilda leur servit un sourire étrange, telle une joie factice. Aveuglés par leur félicité, aucun des deux amants ne nota son chagrin et son mascara coulé. Elle confia le nourrisson à Centurion et recula, s'effaça. Bouleversé, celui-ci ne sut comment réagir. Comme une tentative de le décoincer, Hilda envisagea :

— Vous voulez lui donner son biberon?

— Je… commença Centurion. J'ignore si je sais faire ça.

— Ça n'a rien de sorcier, gloussa Kayla.

Ahuri de se retrouver dans une telle situation, il tenta malgré sa gaucherie de nourrir son enfant. Avec une douceur méconnue, il introduisit la tétine entre ses lèvres et le regarda téter avec avidité. Cette scène lui arracha un sourire idiot.

Toussotement.

Ce seul son suffit à faner son sourire. Il retira la tétine, soudain soucieux.

— Je suis maladroit…

Toussotement.

Un entrelacs de veines noirâtres commença à se dessiner et, au fil des secondes, se densifia sur les membres du garçonnet.

— … non, non, non! cria Centurion, conscient des origines de ces signes.

Son minois se tordit de douleur et de chagrin. Il cria, toussa, cria et toussa encore. Très vite, du sang se mêla à sa toux et orna de couronnes carmines des canards souriants cousus sur sa couverture. Kayla cria à son tour, rabâcha son nom comme une conjuration du sort, ses joues inondées.

Centurion tenta de faire recracher cet infâme poison, en vain. Bientôt, son fils tout juste retrouvé s'étouffa dans son sang et s'éteignit dans un dernier soubresaut.

Un silence régna, un instant. Centurion se sentit désorienté, arraché à ce monde, jeté au vent comme une feuille. Cahoté entre réalité et cauchemar, il n'entendait rien sinon des cris et des sanglots. Un écho macabre.

— Qu'as-tu fait ? susurra-t-il à Hilda.

Elle s'était retranchée dans un coin, consciente de son acte et de son destin. Acculée face au cyborg et à elle-même, elle tenta de se justifier :

— J'ai été forcée, geignit-elle.

— Tu as choisi de tuer un enfant.

Il dissimula celui-ci dans sa couverture, tel un voile mortuaire, au terme d'une admiration intense. Jamais il ne verrait grandir cet être, la chair de sa chair et le sang de son sang. Jamais ils ne riraient en asticotant Kayla ou en jouant avec ses camarades de classe ; jamais il ne lui enseignerait comment écrire, comment jouer au foot, comment draguer une fille. Terminées avant même d'exister, ces journées père-fils où ils auraient mangé de la confiserie devant une intégrale de films, raconté des énormités et joué en réalité virtuelle. Terminés, ces rêves. Terminée, cette vie.

Ces visions assaillirent Centurion comme une nuée mortifère. Soudain, à une vitesse vertigineuse, il saisit la nounou à la gorge et la souleva d'une main.

— Je… suis… désolée… articula-t-elle difficilement.

— Tu n'as aucune excuse.

Il s'efforçait de se refermer, de tarir un flot de sentiments négatifs et contraires, issu de son cœur tel un flux sanguinolent. Il s'était cru insensible à la douleur, mais celle-ci détrônait toutes celles jamais ressenties. Il réussit néanmoins à faire taire ses émotions, à emprisonner celles-ci dans un coffre au fond de son âme. Ses doigts se refermèrent, ses griffes d'astralium plongèrent dans la chair d'Hilda dont il sentit gondoler la trachée. Alors, comme il écrasait ces organes si frêles et déchargeait sa rage, il entrevit Kayla. Son enfant contre elle, elle fixait Centurion de ses grands yeux désormais mornes. Céder à un désir semblable au meurtrier de son fils n'était en rien une solution. Sans même exhaler son désarroi, il rejeta Hilda comme un vulgaire déchet.

— À toi de vivre avec ça, désormais.

Sa tristesse devenue colère, il sortit de cette chambre maudite et descendit. Il croisa Jozef, alarmé par tous ces cris, et n'échangea aucun mot.

— Où tu vas ? s'exclama Kayla à sa suite.

— Je vais mettre fin à cette vendetta.

Il la distança, mais entendit :

— Je viens avec toi !

Il se retourna aussitôt et, d'une main, la maintint éloignée.

— Tu restes ici.

— Cette affaire nous concerne tous les deux ! s'insurgea la jeune femme. C'était *notre* enfant !

— Je refuse de te sacrifier.

— Je me sacrifierai avec toi.

Centurion céda face à son regard. S'y déchiffrait une détresse évidente, mais également un farouche désir de vengeance. Cette mère en ruine était déterminée à châtier le monde entier.

— Comme tu voudras, admit-il.

À son retour au QG, Centurion fut accueilli par Shadow. Ce dernier mesura en une fraction de seconde son état mental, par un seul regard, jeté à lui et à Kayla ensuite. Son frère suintait un mélange de colère et d'inimitié : mieux valait éviter de s'attirer son ire.

— J'ignore où tu étais, déclara-t-il, mais tu sembles déterminé à tuer des gens.

— Un seul suffira. Et il me faudra ton aide, celle de mon meilleur élément.

Shadow cilla. Son « chef » admettait-il enfin sa valeur ? Il se sentait estimé, mais cette joie avait un étrange goût de fiel.

— Que t'est-il donc arrivé, *Brother*, pour te donner envie de m'honorer ainsi ?

— Reichardt a tué mon fils.

Une telle annonce décontenança Shadow. Il demeura muet, à fixer Centurion d'un air vide. Un fragment de son être sembla concevoir sa douleur, car il détourna le regard, mais s'abstint de tout « désolé » malvenu. Il devait rester fort.

— Je veux savoir tuer comme vous, annonça Kayla tout de go.

— Comme nous ? s'étonna Centurion.

Shadow afficha un sourire matois.

— Hum, elle voulait dire : *comme moi.*

3. LOI DU TALION

«La clémence est une forme d'amour fugace et si aisément regrettable. Bonifiée au fil des âges, la vengeance se déguste, affinée et mûre, tel un nectar de grand vignoble.»

Victor Winslow

CHAPITRE 33

— LE MOISSONNEUR —

AU-DELÀ DU FASTE DU cœur de la Citadelle ; au-delà du ghetto et de son indigence se dressait l'Annexe, un centre de détention réservé aux augmentés. Situé à distance des Boucliers, au milieu d'une aire désertifiée par une surenchère de chute d'obus, elle-même doublée par un terrain militaire et son aérodrome, il ressemblait à une verrue sur un épiderme asséché. Une des activités des détenus consistait à une admiration rêveuse des navettes, tel un intense désir d'évasion, comme si s'envoler se révélait accessible. Une d'elles décollait d'ailleurs et, dans un vrombissement du tonnerre de Dieu, gagnait en altitude sous nombre d'yeux, dont ceux de Cameron. Semblable à ses « camarades », ou du moins aux candides parmi eux, il s'accrochait fermement à son envie de fuir cet endroit. Car malgré ses origines, il se figurait n'avoir rien à faire ici, ainsi traité comme une ordure.

Survivre dans un tel milieu exigeait de se faire des amis. À son arrivée, Cameron avait donc abordé certains anciens ; jamais de gros truands, toujours de soi-disant victimes du système. Il avait notamment rencontré Rafael, un Ligueur d'origine, condamné pour recel. « C'était tombé du camion ! » se défendait-il volontiers sans mentionner le contexte de cette fameuse chute. Il s'agissait du reste d'un sacré menteur et d'un tricheur. Comme Cameron « *comptait des mouches* » selon Rafael, celui-ci jouait au poker avec Jackie, le gringalet des cuisines, et Matt

Bons-tuyaux. Ce dernier jeta soudain un regard par-delà son jeu, y revint ; s'en désintéressa à nouveau et se figea, intrigué par une arrivée inattendue. Son gros œil augmenté chuinta.

— Les gars, visez-moi ça.

Attiré à son tour, Cameron glissa ses doigts dans des interstices de la grille pour s'y accrocher, tel un animal de zoo stimulé par un mouvement de foule. Une Bugatti *Alto* sortit de l'ombre du bâtiment administratif et, dans un crissement de gravier malmené, s'engagea sur une allée à une distance raisonnable de la promenade. Elle était escortée de trois matons armés et de Teigneux, une saleté de mécha-chien à la gueule de travers, mais à la morsure facile. Cameron fronça les sourcils : tout cela s'annonçait de mauvais augure.

— Bordel, jura Jackie en jetant une de ses cartes, doit y avoir une sacrée vedette, dans cette caisse. Les matons se chient dessus.

— Une *sacrée vedette*, oui, se dit Cameron.

Une des vitres arrière descendit d'une dizaine de centimètres, suffisamment pour exhorter un des matons à tendre une oreille et écouter ce fameux visiteur. Il fit nombre de fois « oui » de la tête, comme s'il agréait sans réserve aux dires — ou doléances — de celui-ci. Un dernier mot, et la voiture continua son chemin, devança sa suite pour s'effacer hors de vue des prisonniers.

Cameron frissonna, agressé par une sueur froide.

— Hé ! El inglés ? s'exclama une voix.

Arraché à sa réflexion, il cilla et fit volte-face à Rafael. À moitié allongé, celui-ci fixait son ami d'un air soucieux. Comme Cameron gardait sa mine ébahie, il se redressa sur ses jambes au design insectoïde. Entendre gémir cette musculature d'entrée de gamme suffit au jeune anglais pour se réveiller.

— Ça va, Rafael. Relax.

Pur mensonge.

— Promenade terminée ! annonça une voix artificielle. Retournez à vos cellules.

Surveillée par deux matons en exocombi, la cohorte de détenus obéit. Chacun regagna sa cage sans faire de vagues, sous peine de châtiment. Billy Crème-anglaise, ce « gros con » comme disait Rafael, demeurait en mémoires, récemment réduit en miettes par une meute de mécha. Une évasion ratée : on ne s'enfuyait jamais de cette taule. Ainsi, aujourd'hui, on se tenait à carreau. Ce n'était de toute façon guère une habitude, pour Cameron, de se distinguer. Sitôt renfermé, Rafael s'étendit sur sa couchette, un magazine de moto cent fois relu en mains. Absorbé par celui-ci, il en vint à oublier Cameron, dont le regard vagabonda dans le couloir.

— Un souci, l'*Englishman* ? entendit-il soudain.

Il s'accouda à la grille de sa cellule, de sorte à mieux voir son voisin. On le surnommait Frank le Boucher. Un tueur en série dont toutes les entailles des membres augmentés commémoraient une victime. Étonnamment intelligent, malgré un surnom censé induire le contraire.

— Pas le moins du monde, feignit Cameron.

Le Boucher renifla.

— Alors, t'es foutrement con. On a de la visite, et ça promet du grabuge.

— Qui était dans cette voiture ? Tu le sais.

Silence. Les infos n'étaient jamais gratis, dans ce milieu. Cameron fit donc glisser un minuscule sachet dans sa paume. S'assurant de n'être vu d'aucun gardien, et à la faveur d'un mouvement de retour d'une intellicam, il jeta celui-ci à Frank. Aussitôt dans sa main, il se volatilisa.

— Un Intouchable, daigna-t-il enfin révéler.

— Hum, et donc ? On est des animaux pour eux. Si ça se trouve, il venait nous voir comme un gosse va au zoo.

— Si ça se trouve, ouais. J'te donne cette info, tu te la carres où tu veux, mais j'te conseille de te faire minus. Ces connards-là, s'ils t'ont dans le nez, ils te feront finir comme Billy Crème-anglaise, et vu comme t'es gaulé, t'auras jamais assez de gras pour calmer ces foutus clébards.

Comme un gardien arrivait, ils firent mine de rien. Cameron se retira sur sa couchette et demeura songeur. Frank avait raison : un Intouchable n'abandonnait jamais son faste pour visiter des indigents ou des taulards sans raison. Une sourde angoisse enserra son estomac et fit remonter un goût âcre dans sa gorge. Il se sentit soudain réellement en danger, comme ce jour d'été où avait éclaté une émeute à cause d'une sombre affaire de clim. Il se tortura un moment, regretta, et finit par oublier.

— Heure du repas ! vociféra un gardien.

Étage par étage, dans un silence religieux, les détenus émergèrent des cellules pour se diriger vers le réfectoire, étroitement surveillés par la Sécurité. Cameron voulut se joindre à eux, par automatisme, mais un Vigilant se mit en travers de son chemin et effectua un geste négatif de la main.

— Toi, tu restes là, ordonna-t-il derrière sa visière fumée. Ce soir, tu déménages.

— Qu… Quoi ?

— T'as parfaitement entendu.

Il se retint de résister, même si une telle nouvelle le médusait. Une mandale d'un Vigilant suffisait à calmer de fortes têtes — ou moins fortes, tout était sujet à faire usage de violence, ici. Rafael semblait ébranlé. Il demeurait immobile sur le pas de leur cage commune, comme s'il se figurait voir son ami pour la dernière fois.

— Tire-toi, grommela le gardien.

Cameron se rassit. Son regard erra sur ses mains augmentées, étrangement moites — du moins dans sa tête. Cette affaire, ces non-dits, mettaient ses nerfs à mal. Bientôt, deux gardiens accoururent, munis de chaînes et de menottes. Cameron s'abandonna à eux, à ces entraves, sans un mot.

— Où vous m'emmenez ? osa-t-il enfin demander.

— Ta gueule.

Gestes alertes, dénués de tact. Cameron fut traîné au gré des couloirs, où il entrevit une dernière fois ses camarades. Un maton eut tôt fait de gueuler, menaçant d'en « foutre un au trou » s'ils continuaient à flemmarder. À vrai dire, cette *élite* de la Sécurité intérieure française ne se distinguait jamais par sa magnanimité, mais sa sévérité ressortait à certaines occasions. Aujourd'hui en était une.

Cameron fut conduit à un fourgon uni dénué de la moindre couleur officielle. Il y fut installé de force et enchaîné. Alors, son chauffeur démarra. Aveugle sans fenêtre, ce malheureux détenu ignorait tout de son voyage. Une gageure de se faire une idée d'où il se rendait, ou de se souvenir comment rebrousser chemin. Il fit confiance à d'autres sens : des dénivelés trahissaient une chaussée mal entretenue ; de rares sifflements et grondements de moteurs signifiaient un éloignement de la civilisation. Un écho annonça son arrivée dans un souterrain. Sitôt ce fourgon d'enfer arrêté, des mercenaires d'Harmattan en armure sable en détachèrent Cameron. Ses yeux se gorgèrent de sel, agressés par un éclairage éclatant. Il entrevit néanmoins un électrocardiogramme stylisé sur un mur — celui de Winslow Medical ; alors, il mesura combien sa situation était alarmante. Il gémit, se débattit. Un revers d'un des mercenaires calma ses ardeurs, mais aucun mot, ni même un « ta gueule » ne fut vociféré. Juste le silence, froid, inhumain.

Son voyage se termina dans une nouvelle cellule, étrangement similaire au trou. Glacée, obscure et sordide. Son instinct de survie s'ébranla : il devait sortir de là. Cette seule idée rabâchée vrillait son cerveau. Son front suait à grosses gouttes et des frissons d'effroi remontaient son échine. À force d'examiner son environnement, de chercher une sortie tel un rat dans une cage, il se rendit à une évidence : il était coincé. Il s'efforça de se calmer, sa tête collée contre un mur et un maelström de songes en guise de soudaine obsession. Il la sentit à ce moment : une vitre sans tain, soigneusement camouflée. Cédant à la peur, il se mit à cogner.

— Laissez-moi sortir ! Je vous en prie !

Abandonné, Cameron s'assit dans un coin et essaya de se calmer. Il attendit. Quoi ? Il n'en savait rien. Sa fiancée n'avait eu de cesse de rebattre ses oreilles au sujet des atrocités commises par Winslow Medical. Il craignait d'avoir à y faire face, maintenant et pour son dernier souffle.

À une heure indistincte, il fut tiré de sa rêverie par un fracas. Une femme se montra, escortée par deux soldats d'Harmattan. À en juger son attirail et sa mallette de matériel, il s'agissait d'un médecin. Ou d'une chercheuse.

— Il y a deux façons de mener cette entrevue, commença-t-elle en amenant un tabouret à côté de Cameron. Soit vous êtes docile et aucun mal ne vous sera fait… — Elle enfila des gants de latex. — Soit vous essayez de me résister et ces charmants soldats vous montreront *qui* commande ici. Est-ce clair ?

— Qu'allez-vous fai…

Elle le fit taire en étreignant ses joues d'une seule main.

— Silence.

Elle se munit d'un coton imbibé d'alcool et l'écrasa sur sa carotide. Parmi tout son matériel, Cameron s'attarda sur une seringue. La femme s'en saisit et y transvasa le contenu d'un flacon. Au moment de subir l'injection, il se défendit, arrêta cette main intruse. Pas un geignement. Pas une seule grimace.

Elle fit signe aux mercenaires, déterminés à intervenir.

— Je croyais avoir été claire, dit-elle d'un ton glacial. Qu'ils vous tabassent ou non, le résultat sera identique : j'arriverai à vous faire cette injection. Seule différence, dans un cas vous subirez des fractures diverses; dans l'autre, seule l'aiguille de cette seringue vous fera souffrir.

— Comme si j'allais vous croire…

— Vous êtes obligé. Croyez au moins ceci, car j'essaie de vous aider : vos os ne nous sont d'aucune utilité. Ces hommes sauront les réduire en morceaux tout en vous maintenant en vie et en état de conscience. Ils l'ont déjà fait. Collaborez, et vous serez encore en mesure de marcher.

Cameron la fixa un moment, elle d'abord, les mercenaires ensuite, et s'abandonna finalement à son sort.

Personne d'autre ne vint le voir. Pourtant, il se sentait observé; comme si, tout souffle retenu, on attendait *quelque chose.*

Il commença par se sentir affreusement mal. Il tenait tout juste debout, assailli de vertiges et d'électrochocs dans ses jambes. Sa sueur coulait comme un torrent, intarissable, inondait ses vêtements. Il mourait de froid, essayait de se réchauffer malgré une chaleur étouffante. Puis vinrent des illusions. Auditives, d'abord : des voix, des cris; des engueulades et des accusations. Retranché dans un coin, Cameron essaya de se rassurer. S'ajoutèrent des visions par couches successives : des taches de sang, des visages, des cadavres entiers et des monstres. Une migraine atroce. Son cœur affolé. Ce fut comme un déclic dans sa cervelle. Persuadé d'être en train de mourir, il se jeta vers un mur aléatoire, vers cette damnée vitre sans tain, et se mit à cogner. Sa force accrue y créa un entrelacs de fissures ; alors retentit une détonation. Trois autres furent nécessaires pour le voir enfin s'écrouler.

En sécurité, toute une assemblée avait assisté à cette scène ignoble. Trois chercheurs terminaient de noter leurs observations. Entre eux se tenait un Intouchable fasciné.

Reginald amena sa main sur la vitre, là où celle, artificielle, de Cameron glissait pour toucher le sol.

— Intéressant, murmura-t-il.

Il ne cessa une seule seconde de fixer ce « sujet ». Assommé de sédatifs, il resta allongé à même le sol. Sitôt la chercheuse aventurée dans sa cellule pour vérifier ses fonctions vitales, il essaya néanmoins de la trucider. Une décharge de taser eut raison de sa combativité. Elle retenta son auscultation une fois cette crise *a priori* terminée.

Une grande satisfaction enivra Reginald. Victor avait déjà fait mention du *trinitum* et de son potentiel destructeur, mais voir cette merveille enfin synthétisée et testée le grisait. Il allait s'inscrire dans la postérité, tel son amant, comme némésis de Turner et de sa cohorte d'Intouchables. Il montrerait à tous une réalité : *personne* ne saurait résister à son don créateur combiné au génie de son amant, même défunt. Il envisageait de noyer ce monde dans son sang et sa détresse, tel Victor. Alors, il mourrait soulagé, sinon consolé.

Chapitre 34

— Retour au naturel —

Shadow se tenait debout, immobile au milieu du ring, non sans un flegme évident. Patient, mais affublé néanmoins d'une mine agacée, il attendait. Aucun son, sauf une distante soufflerie et un *ronron* de machinerie, ne troublait la sérénité de cet endroit. Le centre d'entraînement de Pinxit. Pourtant, Shadow se mut ; dressa sa main droite d'où fuirent des filaments de fumée noire.

— Pas assez discrète.

Il fit volte-face à Kayla. Claqua des doigts. L'âcre nimbus se volatilisa dans ses yeux et se faufila dans ses narines. Elle toussa, recula par réflexe.

— Pas assez de contrôle.

Shadow enchaîna par un crochet du droit. Son élève réagit, évita cette agression — et d'ainsi sentir ses dents voler en éclats ; tenta un direct du gauche, contre-offensive arrêtée, illico, dans son élan.

— Pas assez vive.

Elle gémit, son membre retourné. En un geste de son détestable professeur, elle se retrouva cul par terre.

— Connard, geignit-elle de colère et de douleur entremêlées.

— Pas assez créative, ironisa Shadow.

Son regard glissa sur elle, arrogant, dédaigneux. En cet instant, il ressemblait à un de ces caïds du ghetto satisfaits de martyriser une nouvelle tête. Il s'inclina vers elle, tendit une main secourable pour mieux la retirer, non sans la gratifier d'un sourire goguenard.

— Relève-toi, ordonna-t-il. Sauf si tu veux faire ton chemin ainsi, à te traîner. Comme une chienne.

— Tu oses dire ça, maugréa Kayla.

— Au moins, je sais mordre. Allez, debout !

Aiguillonnée par son venin et sa déloyauté, enragée, elle se redressa. Shadow tourna autour d'elle à la manière d'un fauve, visiblement déterminé à la faire suer sang et eau. Il s'effaça, comme gommé de la réalité, et murmura :

— Tu dois faire confiance à ton instinct.

Une gifle fusa *ex nihilo*. Kayla chancela.

— Pas comme ça.

Sitôt remise de ses émotions, elle erra un moment ; s'efforça, comme conseillé, de faire confiance à son instinct. Ses sens s'éveillèrent peu à peu. Elle sentit d'abord une infime odeur de tabac, charriée par la clim. Sur sa gauche, en confirmation de cette première sensation, elle entendit un tissu se froisser. Elle avisa alors un monticule de matériel et, soudain, tira en sa direction un de ses couteaux de jet. Shadow se matérialisa, celui-ci en main. Il le fit tourner entre ses doigts artificiels, et déclara :

— C'est mieux. Vas-tu y arriver si je me montre *vraiment* silencieux ?

Kayla arqua un sourcil.

— Tu cherches à excuser tes faiblesses ?

Shadow renifla.

— T'es comme mon crétin de frère, dis donc. Une grande gueule.

Il fourra sa main dans son manteau et en exhuma un étui de métal gravé d'une fleur de cerisier embrasée, cachet des fameuses *Cherry Bomb*. Il en sortit une desdites cigarettes, enchaîna des gestes de fumeur endurci, comme y amener une flammèche tirée d'un vieux *Zippo*. Il tira une taffe interminable et recracha un nuage de fumée par le nez.

— Il essaiera de faire de toi une combattante respectable, souffla-t-il d'un air songeur. Honneur, dignité, va savoir… il y a tellement de conneries dans sa tête. Seulement, va falloir intégrer une chose, joli cœur : nos ennemis mettent toute leur élégance dans la mascarade de leur vie, dans leurs mensonges, non dans leur façon de tuer. Tu sais tout cela.

Kayla écouta. Honneur, dignité ; elle se fichait de telles règles, dédiées à une autre cour — celle de combattants émérites du gabarit de Centurion. Elle voulait éliminer cette ordure de meurtrier d'enfant en jouant sur son terrain s'il le fallait. Parfois, il faut savoir combattre le mal par le mal. Elle devait y songer très fort, car Shadow ajouta :

— Souviens-toi d'une seule chose, néanmoins : ces eaux sombres où rôdent tous ces dévoreurs de vies, de fric et d'innocence sont tentantes, mais tu ne deviendras jamais un d'entre eux en y nageant. Alors, évite de t'y noyer.

Sur ces mots, il se dirigea vers la sortie.

— On en a terminé pour aujourd'hui, annonça-t-il. Je suis attendu.

La demeure d'Aryan Turner dénotait, grandiose au milieu des résidences — certes déjà fort fastueuses — d'Highstar. L'édifice était une construction au-delà de toute notion de modernité, tout en lignes et en courbes élégantes, fait de matériaux *nextgen* et alimenté en énergie renouvelable. Quant à la sécurité : aucune défaillance envisageable ou tolérée. Les intellicams surveillaient H24 les alentours au gré de leur inlassable rythme de rotation. Patrouilles de gardes et de mécha-chiens, systèmes de reconnaissance infrarouge, *et cetera.* Tout était calculé.

Avachi dans un fauteuil de cuir de sa véranda, Aryan Turner regardait dehors. L'éclairage extérieur, sensible au déclin du jour, s'alluma par intermittence. L'Intouchable cilla, accoutuma ses yeux artificiels à cette absence d'éclat. Par-ci par-là, des illuminations orangées attiraient son regard : des citrouilles d'Halloween agrémentaient certains jardins, sauf chez lui, évidemment, où on ne s'encombrait jamais de traditions surfaites. Son fils, Clay, avait déserté, de toute façon. Sa vieille sorcière d'ex-femme, Jana, s'en était assurée, du moins pour ce soir. Cela tombait à merveille, car Aryan avait un rancard et un autre fils à garder, à observer même, tant il le trouvait sublime. Shadow exhibait toute sa magnificence sans même en avoir conscience. Il se tenait adossé au mur à côté d'un foyer artificiel, mine fermée, mais un tantinet rêveuse. La danse des flammes de ce dernier faisait miroiter ses mains d'astralium et animait dans ses yeux une étincelle farouche. Il ne disait mot ; se contentait de veiller sur Aryan et d'attendre son ordre.

— Monsieur, elle arrive, informa un vigile en costume-cravate.

Aryan avisa sa montre.

— En retard, constata-t-il.

Shadow dressa un sourcil. Au même moment, il vit une Audi *Nerubia* rouge manœuvrer dans la cour. Sitôt arrêtée, son conducteur en sortit à la va-vite pour mieux ouvrir la portière arrière. Zeera Kingsley se révéla au rythme d'une star du vieil Hollywood. Ses stilettos résonnèrent sur le sol dallé. *Clac* : une jambe. *Clac* : la seconde. Elle sortit du véhicule au terme d'une éternité d'attente. Un croissant argenté au milieu des nuages fit illico ressortir la dureté de son visage ; ses joues creusées et ses traits taillés au couteau. Elle semblait agacée ; autrement dit, d'excellente humeur.

Elle ferma la portière d'un geste désinvolte, telle une diva, et rallia Aryan sur le seuil de la demeure. Elle s'imagina déjà être un centre d'attention. Aussi se figura-t-elle voir un vigile fixer ses jambes interminables comme un de ses collègues se concentrait sur son chemisier décolleté. Il n'en était rien ; ces gars-là gardaient constamment un air neutre et s'ils songeaient à déshabiller une femme, c'était pour mieux dénicher des armes dans ses sous-vêtements. Zeera évalua chacun d'entre eux d'un regard et déclama :

— Monsieur Turner, vos chiens sont en rut.

Alors, elle entrevit Shadow. Un sourire amusé, franchement effronté, dérida son visage.

— *Pas tous*, corrigea-t-elle.

Aryan conserva une mine fermée.

— Vous les excuserez, déclara-t-il.

Sur ces mots, il se détourna d'elle et s'éloigna pour gagner son salon. Seul face à elle, Shadow afficha à son tour une grimace. Il ordonna aux vigiles de la fouiller d'un geste de la main.

— Tu devrais faire ça toi-même, morigéna Zeera.

— Je déteste me salir.

Passé ce moment désagréable, elle entra, non sans gratifier Shadow d'un regard dédaigneux. Elle fut débarrassée de son manteau par une servante, et guidée par elle au cœur du salon. Une de ses semblables achevait d'arranger une table ronde garnie d'entrées ; une deuxième versait un whisky à Aryan et deux dernières faisaient office de mobilier, droites tels des échalas contre le mur. Zeera s'installa à gestes mesurés dans un divan, comme si elle était chez elle, et fit la moue :

— Je me suis toujours demandé… commença-t-elle. Ton « ombre » a-t-elle encore une queue ?

Une telle interrogation jetée ainsi à la volée médusa Shadow. Il était accoutumé à entendre des échos de fans de Centurion — de gros crétins — très friands de railleries sur sa rigidité et sa frigidité, mais jamais ce sujet dégradant n'avait atteint Aryan. Les Intouchables se gardaient d'aborder ce genre de frivolité, à moins d'y mettre des formes et des esclaffements gênés.

— Primordiale, comme interrogation, admit-il.

— Oh, allons… Tout le monde se le demande, non ?

Il effectua un geste indifférent de la main. Bras croisés, mâchoire contractée, Shadow siffla entre ses dents :

— Ouais, j'en ai une.

Sur ces mots, son regard vide d'ordinaire se chargea de dégoût et s'ancra dans celui de Zeera. À défaut d'être intimidée, celle-ci émit un gémissement envieux, assaillie de fantasmes. Aryan la ramena à la réalité :

— Satisfaite ?

— Ça viendra, gloussa-t-elle.

Une soubrette termina son dressage par un alignement de fourchette et s'inclina.

— Monsieur, Madame, dit-elle, votre dîner est servi.

Comme son créateur et son odieuse invitée s'installaient à table, Shadow s'isola. À demi debout, à demi assis sur un divan, il admirait la végétation du jardin nimbée de son manteau nocturne. Ses doigts tâtaient son collier d'un geste machinal ; ces deux fragments de métal grossier où était gravé son matricule — 422-06 — et son *nom* — Shadow. Cette chaîne symbolisait son calvaire, là où avait été crucifiée sa folie, mais aussi sa joie de vivre et surtout, sa liberté. Elle remémorait sa renaissance, et sa déchéance. Il la triturait comme on touche sans cesse une cicatrice. L'odeur des mets, mêlant truite de montagne en sauce, pommes de terre sautées — sans omettre leur sauce à la crème fraîche et à la ciboulette ; gambas flambées à l'anis et riz fondant à la crème ; lui montait au nez sans même déclencher la sensation de faim. On l'avait entraîné à ça. Seul le goût — ou, pour être exact, son absence — du gruau, du riz gluant et du pain rassis, derniers aliments tolérés jadis par ses dents fragilisées, demeurait ancré dans sa mémoire. Il s'était figuré aimer une tarte aux fraises, dont il avait donné la moitié à Annabelle pour mieux rire de son nez submergé de crème. Joie illusoire. Beauté fantasmée. Sa folie, si insidieuse, s'était montrée illimitée.

— Qu'en est-il de la fille ?

Ce sujet sensible réveilla Shadow. Ses yeux se murent enfin, dévièrent vers un reflet de Zeera dans la vitre. Sa fourchette en main, celle-ci mangeait sans détourner son regard de lui. L'assassin fit mine de rien.

— Sois rassurée, murmura Aryan, il ne dira rien.

— Vraiment ?

— Une ombre obéit à son maître.

— Il aurait dû tuer cette garce, maugréa Zeera.

— Une éventualité séduisante, j'en conviens, mais dangereuse. Je ne doute aucunement de son art, mais jamais Shadow n'aurait réussi à cacher *ad vitam* son méfait à Centurion. Sa fidélité en aurait été ébranlée, se serait teinte de rancœur envers moi, sinon d'inimitié, et toute la fraternité aurait suivi. Je dois garder le contrôle.

— Quel contrôle ? Elle menace tout mon travail ! Si Centurion démêle ses souvenirs…

— Alors, tu auras mal fait ton *travail*, justement. Cette demoiselle a pour seul objectif de retrouver son fiancé et redonner un père à son enfant. Shadow m'a raconté son échec : elle doit dorénavant réfléchir, altérer sa réalité pour amadouer le fauve. Un mensonge en succède un autre, et ainsi se tisse la toile d'une vie nouvelle.

— Que vas-tu faire, alors ?

— J'imaginais lui fournir un toit, continua Aryan d'un air songeur, à elle et à sa « famille » : Centurion vit grâce à mon argent et à celui de notre marketing. Il m'aurait été redevable et aurait vu en moi une miséricorde illimitée. Qu'il joue donc au *papa*, je m'en contre-fiche. Je tiens ses chaînes dorées dans ma main, ajouta-t-il en arrachant la tête d'un crustacé. L'intervention de Reichardt a chamboulé tout cela, mais est nettement allée en ma faveur.

— Tu te réjouis de la mort du gosse ?

Question fatale. Shadow sentit un frisson mordre son échine, angoissé à la seule idée d'entendre « oui ». Il se gifla mentalement : comme si son créateur était d'une telle cruauté !

— Bon sang, Zeera, cet acte était odieux ! s'enflamma Aryan. Reichardt a toujours été une ordure, un trait nécessaire pour s'emmouracher de Victor Winslow, mais jamais je ne me serais attendu à un telle ignominie. Centurion vit pour se venger, désormais, aussi mon aide sera-t-elle utile. Une fois encore, il verra en moi un père généreux : ainsi se raffermira mon *contrôle*.

— … te réjouir, non, mais t'en servir, oui ! gloussa Zeera.

— Je dois veiller à son avenir. Il est mon fils.

Elle exhala son désarroi.

— J'ai saisi : cette conne va vivre.

C'en était assez. Shadow avait vu évoluer ses sentiments envers Kayla : son dégoût et son animosité s'étaient changés en détestation, et celle-ci en une sorte d'embryon d'amitié assorti de méchanceté gratuite. On ne changeait guère si facilement une ombre assujettie à la désobligeance et à la violence. Il se sentait seul détenteur du droit de la maltraiter, à grand renfort de mandales comme de mots acerbes.

— Je vais en faire une des nôtres, trancha-t-il tout de go.

Cette annonce médusa Zeera. Bouche grande ouverte tel du fretin échoué, elle se tourna vers Aryan pour confirmation, et dodelina du chef.

— Ça n'a aucun sens.

— Justement, affirma Turner. La transformer en notre égérie sera un atout majeur. Elle incarnera la femme mutilée, mais forte, déterminée à se reconstruire. La « mère » déchirée, sauvée de son affliction par mon Conglomérat.

— Un énième objet commercial. Je m'en doutais.

Qu'elle y croie donc ! Qu'elle s'imagine, encore, avoir une chance avec Centurion ! Shadow s'en fichait. Il se félicitait toutefois d'avoir défendu son élève. Un sentiment étrange étreignit son cœur, et se volatilisa aussitôt. Une sorte d'allégresse, comme une réelle fierté.

Ces mots mirent fin au dîner. Sur ces entrefaites, Zeera se glissa derrière Aryan et se mit à roucouler telle une adolescente transie. Penchée sur lui, elle fit descendre ses mains sur son torse et titilla allègrement sa ceinture.

— J'aime ton machiavélisme, chuchota-t-elle. Si tu me montrais d'autres de tes... astuces de domination ?

Aryan demeura insensible à ses avances, même si Zeera commençait à souffler dans son cou. Ils finirent néanmoins par s'embrasser. Shadow ne sut retenir une moue écœurée, mais, sans commentaire ni son, il se retira pour leur accorder un moment d'intimité.

Sa cravate en main, Zeera entraîna Aryan vers un sofa. Assise sur son entrejambes, elle envisagea de retirer son chemisier, cessant ses embrassades, pour mieux enchaîner celles-ci sans vergogne. Elle fit glisser sa main de sa chevelure vers son cou, où ses senseurs notèrent une certaine moiteur sous la forme de gouttes de sueur. Aryan s'essoufflait déjà. Zeera imagina un désir non contenu, mais en amenant une main à sa virilité, molle et inerte, elle mesura son erreur.

— Aryan...

Un carcan d'anxiété vint enserrer son cœur, déjà emballé, et sa gorge soudain sèche et gonflée. Craignait-elle de voir son « amant » mourir ici même, ou de subir en une fraction de seconde la colère de son fidèle chien de garde ?

— Aryan ! cria-t-elle en s'efforçant d'allonger celui-ci. Shadow !

L'assassin se montra illico et, gratifiant Zeera de toute son ignorance, accourut aux côtés de son créateur inanimé. Il réagit avec célérité, entraîné par ses geôliers d'antan à gérer ces situations, et, sitôt rassuré de sentir sa carotide réagir sous ses doigts, il installa délicatement Aryan sur un flanc.

Zeera recula. Son regard accusateur se tourna dangereusement vers elle et soudain, sans avertissement aucun, il écrasa son cou pour mieux la coller au mur, d'où une gerbe d'ouvrages dégringola des étagères. Son visage rougi par une circulation sanguine arrêtée ; son souffle court dû à sa trachée malmenée, Zeera essaya d'articuler un mot.

— Je… n'y suis… pour rien…

Ses yeux artificiels, vides tels ceux d'un jouet sordide, ne trahissaient aucun sentiment, mais Zeera devinait aisément sa colère. Shadow allait la tuer de sang-froid, ici et maintenant.

— Je… te… le jure !

Il la dévisagea sans desserrer ses doigts, mais, comme elle commençait à voir flou, il finit par relâcher son étreinte. Zeera se ratatina devant lui, à genoux, une main sur son cou rougi.

— Je te crois.

Aucun geste secourable, aucune main tendue. Sa gorge comme obstruée, Zeera toussa et s'efforça de recouvrer son souffle. Elle finit par se redresser, encore titubante, pour mieux être saisie au col de son chemisier.

— Tu es médecin. Soigne-le.

Secouée d'un frisson, Zeera défia Shadow du regard, refusa de se faire marcher dessus de la sorte. Comment osait-il traiter ainsi une femme de son rang ? Elle était réellement *supérieure*, contrairement à cet imbécile aux artifices évidents. Une femme forte, malmenée par une vie d'enfer. Une survivante ! Elle se souvenait de « 422-06 », dans sa cellule à Harmattan ; ce cobaye geignard encrassé de merde et d'urine. Ce vulgaire rat.

— Grouille-toi ! gronda-t-il.

Aiguillonnée malgré ses songes de domination, Zeera dut ravaler sa fierté pour se glisser au côté d'Aryan. Elle amena une main à son front.

— Il a de la fièvre… commença-t-elle. Il frissonne. Je distingue des signes de douleur. Sans matériel, je ne saurais faire un diagnostic…

— Vas-tu vraiment m'obliger à te violenter ?

— Tais-toi donc, imbécile ! Hum, des vaisseaux de son front et autour des yeux sont gonflés. Il y a comme…

— Quoi ? Parle !

— Un rejet.

Shadow dodelina de la tête.

— Sa dernière injection date de ce matin.

— Rejet *suraigu*. S'il a vraiment eu sa dose… alors on a un putain de problème.

Chapitre 35

— Baptême du feu —

Pressé, Haytham Cutlaw zigzaguait au gré des couloirs ; évitait des agents d'entretien somnolents sur leur machine, des officiels subjugués par leur ComLink et des secrétaires au ragot facile. Bientôt, il atteignit un étage fort calme : celui où se situait la salle de commande de la fraternité. La porte s'ouvrit sur six agents déjà attablés. Leurs regards dévièrent illico vers Cutlaw, et ne cessèrent de le fixer comme il avançait dans la salle. Assis face à lui, Centurion arborait une mine grave.

— Où est Shadow ? demanda-t-il.

Son frère ne ratait jamais une réunion et s'y manifestait toujours très en avance. Un retard considérable ou une absence injustifiée s'annonçait de mauvais augure.

— Monsieur Turner est souffrant, informa Cutlaw. Shadow est resté à son chevet.

Centurion demeura figé une seconde ; accusa cette nouvelle comme son soudain regain de jalousie. Encore une fois, son frère était favorisé par leur créateur. Sa mâchoire se contracta malgré lui, signe infime de son animosité. Il ferma les yeux pour chasser ce sentiment négatif et se recentrer.

— Qu'est-il arrivé ? interrogea Wade.

— Il rejette ses augmentations, avoua Cutlaw.

Silence général.

— Genre, comme ça ? s'étonna Tyndall.

Centurion jeta un regard à Shasta. Celle-ci paraissait souffrir d'un intense malaise, malmenée par une sorte d'angoisse. Elle triturait un stylo d'un air gêné.

— Qu'y a-t-il, ma sœur ? s'alarma-t-il.

— Je… Je me suis arrêtée ce matin au café de Jenny, tu sais, au coin de la rue Wills, au sud d'Highstar. Une augmentée y a fait un malaise : je suis intervenue. Un truc me dérangeait, chez cette femme. Elle semblait en excellente santé ! Elle s'était fait greffer des jambes de course, sirotait un shaker de vitamines et faisait attention à son régime. Son cœur a failli s'arrêter, j'ai dû faire venir du secours. Quand j'ai interrogé un ambulancier, il a dit comme vous : rejet d'augmentations.

— Y'en avait-il d'autres ?

Shasta confirma d'un signe de tête.

— Coïncidence ? envisagea Tyndall.

— Va savoir, dit Centurion. Reichardt dirige Winslow Medical. Il a la main sur une ressource vitale pour nous et il cherche vengeance, mais il a conscience de notre vigilance et est suffisamment malin pour éviter de sacrifier toutes ses chances dans une tentative d'assassinat grossière. Alors…

— Une contamination générale ?

— Ça m'étonnerait, réfléchit Cutlaw. Il y a des contrôles. La production de neuro est très encadrée. Ça reviendrait aussi à anéantir Winslow Medical et à commettre un suicide social.

— Il est assez fou pour ça, j'imagine, estima Centurion.

— S'il voulait semer la mort, Père et ces augmentés auraient déjà succombé, non ? sonda Shasta.

— Vont-ils seulement survivre dans les jours à venir ? Son objectif reste flou, mais, à mon avis, on a intérêt à élucider ça vite fait.

Centurion se leva.

— Je vais rejoindre Shadow. Patrouillez, venez en aide aux augmentés malades, et trouvez-moi ce fils de chienne d'allemand.

L'écho d'un vrombissement remonta des entrailles de la tour Pinxit. Son garage souterrain éjecta une moto *Sharktail* dont Centurion tenait le guidon. Il dévala le trottoir et s'engagea sur la route, où il se faufila entre une multitude d'autres véhicules. Bientôt, il atteignit la *Swift Way* où il s'abandonna à la vitesse. Il la ressentait comme s'il était directement relié à son engin. Son interface visuelle diffusait tout, derrière sa visière. Le cyborg incarnait sa machine en cet instant. Il ne songeait à rien ; absolument rien, sinon à une évasion vitale. *Essentielle.*

Son enfant, cet être si minuscule, si innocent, était mort dans son étreinte. Il obsédait ses cauchemars, de nuit et maintenant de jour, constamment. Centurion entendait encore ses cris, étouffés dans un gargouillis de sang ; son cœur au rythme affolé, et soudain violemment arrêté. Il revoyait son minois se faner, ses couleurs se gâter. Sans son fils, son monde était devenu fade, grisâtre tel un cliché d'antan.

Il sortit de la *Swift Way* à deux kilomètres d'Highstar. Il y entrevit notamment des gosses, dans des jardins, en train de tailler des citrouilles d'Halloween. Celles-ci regardaient droit devant elles grâce à des triangles creusés dans leur face rondelette, et affichaient des sourires en dent de scie. Centurion sentit son cœur se fendre : jamais il ne fabriquerait de créatures joliment effrayantes, d'effigies de carton coloré ou de costume de monstre pour son fils. Jamais. Reginald Reichardt s'en était assuré.

Centurion accéléra, regarda ses rêves avortés et ses doutes s'effacer dans un flou de vitesse. Une envie de sangloter monta dans sa gorge, mais il se retint, encore, et ferma son âme à la douleur. Arrivé à destination, il affichait à nouveau une mine fière et déterminée. Il entra dans la cour, où il distingua une voiture familière : celle du docteur Collins. Alentour, une cohorte de vigiles rôdait, aux aguets. Le service d'Aryan se révéla discret, en revanche, comme pour éviter des ennuis. Centurion devinait ceux-ci au premier étage, incarnés par son frère. Il monta, gagna un corridor où il vit une soubrette s'effacer dans une pièce, des vêtements en main ; entendit le tintement des couverts et sentit diverses odeurs de nourriture. Pain grillé, chocolat chaud et café.

La chambre d'Aryan était ouverte. Centurion entra et, comme il s'y attendait, vit Shadow à genoux, regard fixe sur son créateur. Il avisa son visage. Si son frère s'avérait résistant à un sommeil insuffisant sinon inexistant, cette nuit avait visiblement eu raison de ses forces. Cernes sous les yeux, teint terne et aigreur de chien. Il avait veillé Aryan toute la nuit, sans ciller. Il semblait gracieusement ignorer Collins, très affairé à changer une perfusion.

— Comment va-t-il ? consulta Centurion.

— Son état est stable, rassura le toubib.

— Alors, il s'agit vraiment d'un rejet ?

— Sa médication a cessé de faire effet, oui. J'ai jeté un œil aux dates de fabrication des injecteurs et ai tenté d'en utiliser un échantillon antérieur. La molécule réagit, mais est comme… dégradée par celle administrée, et de façon très agressive ! Or nous n'avons aucun moyen d'en débarrasser monsieur Turner. Il lui faudra un mois, un mois et demi pour éliminer cette saleté.

— Croyez-vous… à une contamination de la neuro ?

— Oh, vous savez ! Ce genre de substance est instable. Un rien en modifie la réaction.

— Il a une idée en tête, maugréa Shadow. Il savait comment nous retenir ici.

Pensif, Centurion frotta son menton de métal.

— Va falloir fouiller ses affaires, annonça-t-il, découvrir des indices sur ses objectifs. Shadow, je te fais confiance.

— Je reste ici.

Il se garda de se formaliser de sa désobéissance. Shadow agissait en chien fidèle, mais solitaire et rogue. Son refus d'accorder sa confiance froissa néanmoins Centurion. Conscient de sa sensibilité exacerbée et malvenue en ce moment grave, il s'efforça de maîtriser son chagrin. Il enserra d'une main l'épaule de son frère.

— Seule une ombre est à même de réaliser cette mission, *Brother*. Sois sans crainte, je veillerai sur notre Père.

Shadow se redressa, dévisagea Centurion de son éternel air sévère et austère.

— Tu as intérêt, menaça-t-il.

Sur ces mots, il se retira.

— Oh et ! ajouta Centurion. Emmène Kayla.

Comme son assassin de frère s'éloignait, Clay Turner fila à toute vitesse. Il enjamba trois par trois certaines marches du colimaçon, et faillit cogner Shadow tant il semblait aveugle. Il devança Centurion sans un regard, jeta son sac à dos sur un fauteuil et enserra la main de son père dans la sienne.

— Papa ! gémit-il. Papa ! Réveille-toi !

Centurion observait ce malheureux gamin s'échiner à ranimer son géniteur, accoté au mur non sans un certain flegme. Céder à un sentiment alarmiste était inutile, il en avait conscience, aussi faisait-il montre d'une nonchalance saisissante.

— Relax, gamin, souffla-t-il. Il va s'en remettre.

— C'est vote faute ! cria Clay. Vous ne servez à rien !

— Calmos. T'es en colère, tu nous en veux, j'ai saisi ; mais fais attention, tu as tout sauf envie de me voir vexé.

— C'est une menace ?

Centurion se décolla de son mur pour mieux affronter Clay du regard. Il faisait moitié moins sa taille, mais avait déjà la témérité d'un Intouchable. Étaient-ils tous ainsi, à son âge, à agir comme des enfants gâtés ? Une énigme de sourire fendit sa face.

— Juste un *avertissement*, corrigea-t-il.

— Il y a une différence ?

— Tu devrais demander à Shadow : il la connaît.

Un froissement de tissu ; un mouvement d'Aryan, si faible, suivi d'un gémissement, décontenança Centurion. Son créateur se réveillait. Clay afficha aussitôt un sourire joyeux.

— Père ?

— Centurion, grommela Aryan. Que m'arrive-t-il ? Je n'ai aucune interface visuelle…

— Vos yeux sont déconnectés, Monsieur, annonça prudemment Collins. Vous faites un rejet.

— Qu'attendez-vous pour me donner mes médicaments ?

— Ils sont inefficaces. Sans solution… Il faudra vous retirer vos augmentations.

— Êtes-vous sérieux ? s'énerva Aryan. Retirer mes augmentations ? Avez-vous la moindre idée de la réaction du public s'il me voit, moi, réduit à une humanité diminuée comme ces imbéciles de Retour à la Pureté ?

— Je conçois votre réticence, admit Collins, mais nous sommes obligés…

— Allez-vous-en.

Il s'inclina.

— Bien, Monsieur.

Centurion s'écarta de son chemin non sans un échange de regards. Collins se retira sans un mot, mais resta tout de même à proximité en cas de nécessité. Aryan gardait un sang-froid effarant. Il faisait mine de rien ; serrait la main de son fils et rabâchait des « ça va aller » à ses interrogations. Centurion demeura un moment à observer avant d'entendre, d'un ton sec :

— Où est ton frère ?

Il grinça des dents.

— Il flaire la trace de Reginald Reichardt.

— Ainsi, il vise une nouvelle cible…

« Une fois tué ton fils », devina Centurion. Il détourna le regard, s'efforça de chasser d'affreuses images de sa tête. Un filet de rage s'évada de son cœur enchaîné et remonta dans sa main. Il serra le poing.

— Oui, concéda-t-il.

— Retrouvez-le.

Un ordre. Clair et net, sans concession envisageable.

— Ce sera fait, Père.

Ce soir-là, au Carré des affaires, se dessinait une fracture entre deux mondes. Celui des Intouchables, inatteignable : cimes de gratte-ciel vertigineux, fendoirs des nuages et d'un timide croissant d'argent ; et celui des gens « normaux », rassemblés dans une obscurité terre-à-terre et stagnante, tout juste chassée par des néons criards alliés à des rétro-éclairages d'écrans publicitaires. Ces gens s'agglutinaient pour une fois au nom d'un objectif commun : manifester un agacement, faire entendre au Conglomérat des revendications à grand renfort de slogans scandés.

Au bar, alternant cigarette et whisky, Shadow observait cette situation d'un œil distrait. Thalys Fletcher causait en fond à la télé. Il dirigeait un forum où une dizaine d'invités débattait des récents événements. «… *des émeutes éclatent, oui. Regardez ces images, on y voit fleurir des formules imaginatives : "Votre argent pour notre sang" ou encore, ici : "Payez pour nos larmes !" C'est intelligent. Parmi de nombreuses revendications, certaines farfelues, les familles des augmentés malades demandent un dédommagement au Conglomérat. Une question d'importance attend toujours sa réponse : où est Aryan Turner ?*»

À ce nom, Shadow jeta un regard au poste. Installé dans un fauteuil de velours écarlate accordé à sa tenue, mains jointes, la figure favorite des médias semblait le fixer : «*C'est vrai, ça. Où est-il ? Et s'il était lui-même souffrant ? Personne n'ignore combien d'oiseaux de malheur l'entourent; combien veulent l'évincer et devenir maîtres de son empire, à l'image de feu Victor Winslow. Quid de cet empire, justement ? Pareil scandale le menace-t-il ?*»

Shadow soutint ce regard malicieux comme s'il allait investir directement le plateau télé pour étrangler Fletcher. Il ignora superbement Kayla, installée à sa droite, dont il entendit vaguement la voix, et souffla une volute de fumée.

— Ohé, je te parle ! piailla la jeune femme.

— Malheureusement, maugréa Shadow.

— Qu'attendons-nous ? Tu m'as vraiment emmenée pour te regarder te saouler ?

Il écrasa sa cigarette dans un cendrier et, accoudé au comptoir, jeta un regard aux gratte-ciel, dehors. Alors, ses mots enrubannés de fumée, il déclama :

— Tu vois cette jolie tour, où y'a écrit «Winslow Medical» ? On n'y entrera jamais comme ça. Je t'aurais volontiers utilisée comme joujou pour gardes écervelés, mais franchement… t'as rien de vraiment attrayant. Comment t'as fait pour séduire mon frère, déjà ?

Kayla grimaça et amorça une gifle. Shadow eut tôt fait d'arrêter son geste en plein élan.

— Tu dois te sentir tellement seul, affirma-t-elle, pour oser dire de telles choses.

Son regard affronta celui du cyborg, si tristement vide. Elle ressentait néanmoins une certaine détresse derrière cette froideur et cette rancœur ; cachée, enfermée dans un coffret scellé au fond de lui-même. Sous son toucher glacé, sous ce métal insensible, elle devinait un être abîmé, aux stigmates évidentes. Shadow était-il vraiment ce monstre de chair et de fer, effrayant et attirant à la fois, dont on craignait la lame comme on désirait la caresse ?

— Ferme-la, grommela-t-il.

Son ComLink vibra.

— *Yo !* salua Tyndall. *Alors, cette manif au Carré ? Y'a de l'ambiance ? Écoute, je gère, t'as le droit de le reconnaître : j'ai réussi à vous dégotter une docu récente. Ta mini-carte va se mettre à jour… maintenant.*

Sur son interface visuelle s'afficha une fenêtre agrémentée d'un rond de chargement. Il entrevit une série d'informations, dont une vue en trois dimensions de la tour Winslow. Où Tyndall avait-il déniché une telle « docu » ?

— Oui, en effet, confirma Shadow.

— *Excellent ! J'ai votre signal : je vous suis.*

— Alors, on y va.

Il fit signe à Kayla et, comme elle sortait du café, s'effaça dans son ombre. « *Tu es une des nôtres, maintenant*, avait-il dit. *Reichardt aura sûrement ordonné à ses gars de nous surveiller, alors offre-toi à leur regard. Je me faufilerai derrière toi.* » Talonnée par Shadow, elle se glissa donc dans la foule. Celle-ci se focalisait sur sa manifestation de colère et ignorait royalement son intrusion. Encore novice parmi les Supers, elle n'attirait aucune réelle attention, sinon des regards jetés et une once d'insistance, pour ceux ayant reconnu « la nouvelle égérie » de Pinxit. Kayla se fraya donc son chemin au milieu de cette cohorte mécontente, agressée de tous côtés par son vacarme. Si menue, elle s'échinait par moments à se dégager une voie, aussi Shadow jouait-il des coudes pour elle.

Protégé par une rangée de vigiles, le siège de Winslow Medical se dressait face à eux, monumental. Kayla se dégagea de tout ce monde accolé pour tenter d'atteindre son entrée. Elle fut arrêtée dans sa démarche par un des gardes.

— Où tu vas comme ça, toi ?

— *Fais comme si de rien n'était*, conseilla Shadow par ComLink.

— Je vais où je veux, déclara-t-elle, comme mes frères et sœurs.

— Laisse-la passer, ordonna un autre vigile. C'est une Super, crétin.

Elle devança son obligé, non sans lui adresser un grand sourire arrogant. Shadow exhala son désarroi.

— … *comme si de rien n'était*, j'ai dit.

— Hé ! J'ai fait comme vous, non ?

— Tu exagères.

Un mécha garde se dressa face à eux, examina Kayla de son œil rotatif pour mieux se désintéresser d'elle ensuite. Elle s'avança avec une certaine nonchalance malgré une angoisse tenace, et entra dans la tour. Y résonnait un écho étouffé de la manifestation extérieure, chassé par une voix suave de gynoïde et sa devise rabâchée : « *Winslow Medical : votre santé, notre priorité.* » Une forte odeur de neuf régnait et s'amalgamait aux émanations citronnées des produits de nettoyage d'une femme de ménage.

— Puis-je vous aider ?

Hélée sitôt arrivée, Kayla se sentit obligée de gagner un îlot d'accueil où trois secrétaires aiguillaient des clients vers un des nombreux offices. Gratifiée d'un sourire éclatant de fausseté, elle fit mine d'être chez elle. Pourtant, se sentir ainsi observée par une multitude d'yeux, d'hommes ou de machines, faisait grandir son malaise.

— Je dois voir Reginald Reichardt, annonça-t-elle tout de go.

— Monsieur Reichardt est en voyage, minauda sa vis-à-vis, et Madame la Vice-présidente consulte *uniquement* sur rendez-vous. Voulez-vous un rendez-vous ?

— Vous m'insultez, gronda Kayla.

Sur ces mots, elle désigna l'insigne sur sa combinaison.

— Oh ! Vous êtes Kayla, la Huitième ! Suis-je idiote ! Bien sûr, nous allons vous accueillir immédiatement.

Enjointe à monter d'un signe de la main, Kayla rejoignit un ascenseur où elle se retrouva seule avec son ombre. Shadow s'en détacha, sans jamais abandonner son camouflage, pour s'adosser à une paroi. Soudain avide de sarcasmes, il congratula sa partenaire au ralenti.

— Je n'ai encore tué personne, constata-t-il. Tu es efficace.

— Utiliser sa cervelle a des avantages, tu sais ?

À mi-chemin, une femme en tailleur entra à son tour et frôla Shadow, dont elle força le silence. Une ambiance pesante tomba dans la cage. Kayla jetait des regards, tantôt à cette intruse, tantôt au *vide*, là où était censé se trouver son camarade. Celui-ci demeurait parfaitement immobile et n'émettait aucun son, ni froufrou ni souffle.

— *Continue d'avancer*, commanda-t-il par ComLink, *agis normalement. Il y a des détecteurs infrarouge à cet étage, ça va me ralentir.*

— *Ça circule, ici comme ailleurs*, nota Kayla. *Ces systèmes s'activeraient pour toi, vraiment ?*

— *Obéis. Échouer, surtout maintenant, nous est interdit.*

— Étage 102, annonça une voix. Bureaux de la direction.

Kayla sortit, suivie de Shadow à une distance raisonnable. Ce dernier activa sa vision en fil de fer et se fraya son chemin au milieu des rayons, grâcieux et silencieux tel un félin. Une jungle d'arbustes, yuccas ou ficus variés, décorait ce couloir, et des officiels vagabondaient sans arrêt, rendant sa tâche difficile. Au-delà de cette forêt, une vue vertigineuse. Se distinguait, éclairée telle une étoile dans la nuit, une des voisines de Winslow Medical : Pinxit, dans toute sa démesure. Ces éclats diffus agrémentaient les murs de couleurs chatoyantes et glissaient sur Shadow ; trahissaient, par endroits, sa maraude. Sans traîner, il rejoignit Kayla, absorbée par un vigile doublé d'un admirateur.

Un dernier rire échangé, et enfin elle fut délivrée.

— *J'ai failli attendre*, ronchonna Shadow.

— *Pareil pour moi*, minauda Kayla.

Elle cogna à la porte du « C.E.O. » Reichardt, cabinet où elle fut accueillie par la vice-présidente, Greta Stern. Quarantenaire désabusée, fermée telle une grille de cellule, celle-ci submergea Kayla de sa joie factice. Son sourire tenait du rictus et étirait ses premières rides. Elle semblait déjà si âgée ; sa face si délavée, triste et sévère à la fois.

Kayla sentit un flux d'air derrière elle : Shadow entra et se glissa illico derrière Greta, comme cette dernière se rasseyait à son office. Il amena une main sur son visage ; de celle-ci fuit une fumée odorante, somnifère efficace et suffisant pour mettre cette vieille femme K.O.

— Je m'attendais à un contrôle moins délicat de ta part, railla Kayla.

Shadow se matérialisa enfin.

— Au travail, intima-t-il sans commentaire.

Un endroit joliment meublé, tout en matériaux onéreux, se révéla à eux. Kayla flâna un moment, observa son environnement à la recherche d'éléments. Tout était rangé : documents classés dans leurs chemises, dossiers triés, ornements alignés. Shadow fouilla dans chacun des meubles, des tiroirs et des casiers. Il finit par dénicher un carnet où, parmi une multitude de divagations, il déchiffra une note : *Dr Ravdia Nikoladze 55.246.49*. Il s'interrogea. Reichardt était augmenté, aussi était-il inutile pour lui d'écrire un numéro ComLink sur une feuille volante. Sauf s'il craignait d'être surveillé.

— Neo, souffla Shadow, a-t-on cherché à joindre ce numéro, récemment ?

— *C'est un numéro fantôme, visiblement, mais il semble venir de France.*

— Comment ça, *fantôme* ?

— *Aucun nom, et encore moins d'adresse.*

— Il est écrit *Ravdia Nikoladze*.

— *Ah ça ! Y'aurait écrit « Père Noël », ça reviendrait au même.*

— Reichardt a fait son maximum pour effacer sa trace.

— *Chez moi, ouais, je n'ai aucune info à te donner. Hormis ça : numéro français, déjà utilisé deux fois, dont une il y a une semaine.*

— Ça suffira.

Kayla était affairée à guetter : une tâche ingrate, mais nécessaire. Collée au mur d'entrée, elle jetait sans cesse des regards par une ouverture de la porte. Son cœur s'emballait constamment, au moindre mouvement dans les couloirs. Elle devait déterminer si un de ces moult officiels vagabonds, là-dehors, allait ou non gêner leur mission. C'était comme désamorcer un détonateur, à ses yeux ; rien à voir avec ses frivolités kleptomanes. Comme elle y songeait, et s'efforçait de juguler son stress, elle vit soudain une secrétaire arriver, visiblement déterminée à voir sa directrice.

— Shadow, chuchota-t-elle, grouille !

— J'ai terminé, rassura son camarade.

Il referma son carnet et s'effaça à nouveau.

— Je me tire par RAVEN, toi tu redescends. On se retrouve dehors.

Blême, à deux doigts de faire une crise d'angoisse, Kayla grommela un juron.

— Quoi, tu voulais voler avec moi ? minauda Shadow.

— Connard.

Elle exhala, ferma une seconde les yeux pour se calmer et, par instinct, sortit en criant :

— Au secours ! Madame Stern a fait un malaise !

Une cohorte de vigiles arriva aussitôt. Shadow s'évada par un couloir moins encombré, direction une enclave où se situait une station pour navettes. Il y trouva des ouvriers, dont trois obnubilés par un jet endommagé de Winslow. Un chef affublé d'un gilet fluo donnait des ordres ; un deuxième, tête dans la machine, en examinait circuits et entrailles ; un troisième échangeait des outils.

Un aéronef semblable à un drone se montra. Un des ouvriers titilla son collègue du coude, certain « d'avoir vu un truc ». Conscient de devoir faire montre de célérité, Shadow saisit ce RAVEN en vol et s'en vêtit.

— *Liaison du système de vol aux terminaisons nerveuses*, annonça son intelligence artificielle. *Confirmez.*

Un infime électrochoc arracha une grimace au cyborg.

— Confirmé.

— *Vérification de la mobilité spinale : OK. Confirmez.*

En réaction à ses mouvements, l'aéronef dévoilait ou dissimulait son armature en fibres de métal.

— Confirmé.

— *Calibrage des gouvernes de direction. Confirmez.*

Elles réagirent à l'instant où Shadow songea à voler.

— Confirmé.

Il devait y aller, maintenant.

— La solution doit être discutée, déclara Aryan, mais à en juger votre sérénité, vous m'accordez toute confiance. Autrement, la mère d'un augmenté se ferait un souci monstrueux. Comment va Laurent ?

Madeleine se renfrogna. Si elle réussissait à maintenir ses médias sous muselière, elle demeurait à la merci des informateurs d'Aryan. Ses cachotteries, notamment au sujet de son fils, alimenteraient facilement un recueil sordide. Laurent avait tenté de la tuer — d'où sa cicatrice —, et malgré un mobile flou, cette affaire se révélait infâme. Au-delà d'être maltraité par sa mère, il aurait été enfermé pour éviter de discréditer celle-ci. Il aurait dû être fusillé ou finir comme jouet de Winslow Medical, mais Madeleine s'était démenée pour taire le scandale. Au fond, elle aimait ce jeune fou comme elle le détestait : farouchement.

— Au moins, mon fils est ma chair et mon sang, contrairement à vos choses. Vous dénigrez votre enfant pour vous créer des abominations de foire.

Habitué à une telle rengaine dont il se fichait comme d'une guigne, Shadow fit mine de rien. Il observa Shasta, murée dans son mutisme, d'humeur maussade et focalisée sur ses gestes. Une saillie cinglante stagnait dans sa gorge nouée : elle se retenait.

Aryan joignit ses mains.

— Maréchale Romane, dit-il, m'obligerez-vous à vous remémorer des événements troubles ? Si nous en sommes aux « au moins »... : *au moins*, ni Shadow, ni Mantis, ni aucun de mes agents n'a tenté de m'assassiner.

Silence.

— Ça viendra.

Shadow jeta un œil aux valets surgis des cuisines, cette fois chargés d'assiettes fumantes aux émanations alléchantes. Il reconnut une forte odeur de volaille, sûrement du gibier. Verdure crémeuse et risottos furent amenés ensuite. Toutes ces victuailles auraient fait gargouiller un estomac de gourmet comme de gourmand ; celui de Shadow demeura silencieux, dénué d'envie, conditionné à la famine.

— Quid de la Rébellion, Monsieur Turner ? demanda Lefèvre.

Erika Lawson vivait une contradiction. En gardant — et monnayant — ses chiens de guerre, Aryan s'était attiré son ire d'enfant gâtée, mais en voyant cette fameuse meute réduire ses ennemis en morceaux suffisamment sanguinolents pour demander grâce, elle jouissait d'extase. Car la fraternité enchaînait ses missions de nettoyage. Cela dit, et nonobstant ce joyeux massacre, Stefan McLane résistait. Son intelligence évoluait au fil des engagements et des jours, aussi filait-il allègrement entre les mailles du filet. Lefèvre faisait sans doute allusion à sa dernière extravagance : une émission clandestine où un jeune soldat ralliait sa cause, non sans marcher sur un mercenaire d'Harmattan exécuté en direct. *Mémorable.*

— Un souci mineur, minimisa Aryan. Le Conglomérat s'efforce d'y mettre fin. Ce conflit stérile met nos affaires à mal. Les gens doivent se sentir en sécurité pour faire vivre une économie, *mon* économie. Contrairement à d'autres, je m'enrichis en enrichissant autrui, en sauvant des vies et non en m'assurant de leur destruction. Voyez, Reichardt-Bauer, sa double face lui jouera des tours… un jour.

À la mention de ce grand nom de la guerre, Madeleine Romane se raidit. Une réaction infime, comme un électrochoc, dont Shasta ne rata rien.

— *Étrange*, confia-t-elle à Shadow. *Il a suffi de citer Reichardt pour affaiblir son sang-froid.*

— *Étrange, oui. Renchéris dessus, oriente cette conversation.*

Shasta se concentra sur Lefèvre, dont elle infiltra la tête. Elle y glissa un dérangeant refrain assorti d'une irrésistible envie de s'en délivrer de vive voix, comme si une interrogation embrasait sa langue. Il demanda tout de go :

— Reginald Reichardt viendra-t-il au congrès ?

Aryan se rembrunit.

— Son rachat de Winslow Medical l'a fait entrer dans votre cercle, non ?

— Et je le regrette.

— Vous semblez nourrir une sévère inimitié à son sujet.

— Est-ce vraiment inédit ? Victor Winslow a tenté de m'évincer...

— … *assassiner*, corrigea Romane non sans cynisme.

— *Assassiner.* Son échec lui a coûté la vie : il est mort face à son amant. Celui-ci a décidé de vouer son existence à sa vengeance, c'est évident. Reginald

Reichardt s'efforcera de me faire souffrir comme il a souffert. Quand ? Où ? Comment ? Je n'en sais rien, mais il le fera.

— Vous estimez, Turner, sans aucun élément tangible.

— C'est là toute la subtilité du jeu, Maréchale. Quand viendra un tel *élément*, ce sera déjà terminé.

Madeleine Romane noya ses mots dans son vin. Elle se démenait pour contrôler sa communication non verbale, mais cela était insuffisant pour abuser des yeux aguerris. Sous un de ses ordres tacites, un subalterne changea de sujet. Banalités et termes sans dangers furent ainsi échangés. Quand arriva le moment du dessert, sous forme de sorbets colorés assortis de macarons, Shadow se sentit envahi de fatigue. Une incroyable fatigue mentale. S'annonçaient des intrigues dont il n'avait aucune envie de se mêler. Il aimait cette facilité de tuer sur ordre comme un chien de combat, de glisser un couteau sous une gorge ou d'en enfoncer un dans un organe aléatoire. Ces magouilles d'Intouchables, construites tel un mur de dominos, enflammaient sa gorge d'une forte nausée.

Sitôt sorti du restaurant, il s'enivra d'air frais pour mieux s'allumer une cigarette.

— Ça va ? demanda Shasta.

Shadow souffla un nuage de fumée grise.

— Ouais, grommela-t-il.

— Qu'en dis-tu ?

— Que tout ça, ça sent mauvais.

Une fois Aryan reconduit au *Foucault* et exilé dans sa suite où il s'effondra de fatigue, drogué à grand renfort d'antidouleurs, Shadow s'accorda un moment de détente. Seul dans sa chambre, il commença par une douche très chaude, comme pour se rincer d'une crasse invisible, mais tenace. Ses frères absents, il se délivra de sa chaste timidité et sortit de la salle d'eau entièrement nu. Quand il termina de sécher sa chevelure, il s'entoura de sa serviette et s'affala dans un divan. Il alluma la télé, tomba illico sur une chaîne d'information où étaient retransmises des images de leur sauvetage du *Mistral*. Il exhala son désarroi et changea de chaîne.

Il regarda sans conviction un film d'aventure pour se retrouver attiré, au fil des minutes, par une actrice aux cheveux de feu. Si jolie, avec ses taches de son. La caméra fixait par moments ses grands yeux verts voilés de mèches rebelles. Sans y faire attention, Shadow glissa sa main sous sa serviette et se mit à caresser sa virilité. Celle-ci réagit et durcit. Concentré sur ces images, sur cette femme, il frissonna. Sa main continuait ses allées et venues délicieuses à un rythme régulier. Il imaginait ses doigts effleurer ces formes, redessiner ces contours féminins si délicats et s'aventurer au-delà de toute intimité. Au fil de ses songes, il sentait ses veines se gorger de sang sous ses senseurs, son sexe frémir d'envie. Il finit par atteindre son seuil de tolérance. Ses yeux se fermèrent et il gémit, éjaculant dans sa serviette.

— Je te croyais frigide ?

Shadow cilla, recalibra ses yeux déréglés par la jouissance et dévisagea Kayla. Comment était-elle entrée sans émettre un seul son ? Que faisait-elle là ? Centurion était censé se la coltiner en mission !

— Putain, maugréa Shadow, on ne t'a jamais dit de t'annoncer avant d'entrer ?

Il nettoya ses dégoulinures de semence et couvrit grossièrement son membre de son étoffe souillée. Alors, et non sans un certain flegme, il se servit un scotch.

— Oh, mais fais comme si je n'étais jamais venue, se gaussa Kayla. J'ai déjà de très jolis clichés.

Shadow fit mine d'en avoir rien à faire.

— Comme si mes frères étaient des saints en la matière, grogna-t-il. Surtout ton Blayne chéri.

La jeune femme s'assit sur le lit de ce dernier.

— Qui c'est, Annabelle ? jeta-t-elle à la volée.

La mine déconfite de Shadow se signifiait beaucoup : il avait enfreint un ordre. Pire : une certitude fondamentale ne tolérant aucune discussion. Il essaya de se défendre, mais ses mots agglutinés dans sa gorge dans une totale confusion ne sortirent jamais.

— Tu as donc déjà été amoureux, déduisit Kayla, et vu ta *prestation*, rien n'a changé.

Au-delà de sa gêne, il s'avérait gravement affolé. Une angoisse tangible étreignait son cou comme un collet ou une corde de suicidé. À la fois enfant fautif et adulte torturé dans sa chair et son âme, il semblait à deux doigts de conjurer Kayla au silence.

— Que t'ont-ils fait, Skylar ?

Chapitre 38

— Traque sous la surface —

Bâtie par des débrouillards au fil des rails du métro abandonné, la cité souterraine rognait la Citadelle par en-dessous, créant une véritable zone de rencontre entre le centre-ville et le ghetto. La Sécurité Intérieure s'efforçait de maintenir la «racaille» dans ce dernier, mais la nouvelle Paris ressemblait à un trou de vers dont on ne saurait se débarrasser à moins d'une mobilisation générale. Cela dit, nombre de démunis évitaient de s'aventurer dans cette véritable douane entre les mondes, connue et reconnue comme un territoire de criminels. La Sécurité Intérieure était censée nettoyer, mais n'en faisait rien, elle-même souillée par une organisation d'influence : la famille Vignac.

Un SUV Zenith V7 se fraya son chemin dans cette ville parasite, cahoté par les irrégularités du simulacre de route et la multitude de déchets jetée sur celui-ci. Une foule diversifiée fourmillait autour : des Français, des étrangers, des naturels, des augmentés, des indigents, des misérables, et cetera. Elle se mêlait à une faune détritivore, chats, chiens et rongeurs tantôt maigres, tantôt dodus, engraissés de reliefs d'aliments suspects et encroûtés de saleté. Un matou chassé d'un dépotoir par un tenancier de gargote fila d'ailleurs comme une flèche et se figea d'effroi à moins d'un centimètre du pare-chocs du SUV.

— Putain ! s'écria Tyndall. T'es malade de piler comme ça !

L'animal détala sans demander son reste pour mieux se dérober derrière un amas de sacs poubelles. Assis à côté de Wade, Centurion dévisagea ce dernier en se frottant le menton d'un air songeur et sans se défaire d'un sourire amusé.

— Tiens donc, dit-il, notre Tank serait-il un sentimental ?

— Ça va, ça va, grogna Wade.

Il redémarra.

— Quel endroit moisi, commenta Issam.

— Comment on est censé y trouver du mafieux ? renchérit Tyndall en s'accrochant au siège de Centurion. On va nous reconnaître direct !

— On va déranger une affaire de famille, énonça son chef. Un truc évident. Prends à droite, Tank.

Ils s'engagèrent dans une ruelle restreinte, tout juste assez grande pour accueillir leur véhicule, afin de déboucher dans une gare désaffectée transformée en un genre de cour. Celle-ci était ceinturée de commerces douteux, étroitement guettés du coin d'un œil par des voyous faisant mine de rien. Parmi eux se situait une maison close ; un club dont la devanture chamarrée de couleurs chaudes et de néons rouges ne saurait mentir. Une dizaine de clients potentiels ou déjà rassasiés échangeait des rires gras et fumait sans discontinuer. Centurion demeura un moment à étudier cet établissement du regard. Il finit par ordonner :

— Hypno, vas-y. On n'arrivera jamais à entrer là-dedans discrètement, avec nos dégaines. Toi, t'as la tête du job.

— C'est une insulte ?

Wade eut un rire.

— Vise-moi ces gars, suggéra-t-il. On dirait des fans de *Static Pendulum*.

— Y'a un ou deux mecs différents, ajouta Centurion, et visiblement ivres, mais on fera avec.

— Vous faites chier, grommela Issam.

Il descendit du véhicule à contrecœur, aiguillonné par ses camarades — Tyndall en tête —, dont un des inestimables conseils fut de résister à ces charmes monnayés afin d'éviter de s'attirer la colère d'Allah. Il se dirigea ensuite du côté d'une entrée nimbée d'un rouge éclatant, où un vigile s'adonnait à un tri très arbitraire. Celui-ci arrêta Issam d'un signe de la main pour mieux détailler son visage. Comme il semblait chercher dans son for intérieur où il avait déjà vu cette tête si familière, Issam joua le jeu :

— Hé, s'exclama-t-il, on fait la misère aux habitués, maintenant ?

Cette confusion semée fit son effet : son vis-à-vis se confondit en excuses, certes marmonnées avec un entrain digne d'un gardien de cellule, et se retira du chemin. Issam entra dans ce club des délices avec une nonchalance feinte malgré son malaise, car s'il n'était guère un « saint » au vu de son addiction à une variété étonnante de drogues à fumer, il restait très attaché à son éducation religieuse en matière de femmes. Il se retrouva très vite dans un couloir obscur tout juste éclairé par ces ignobles néons rouges, où des clients face au mur et tête en arrière gémissaient d'extase, leur sexe au chaud dans une cavité indéterminée. Via un des trous de la cloison, Issam entrevit une pute décoiffée en train d'essuyer son visage couvert de semence. Il grimaça de dégoût, mais s'efforça néanmoins de faire taire cette étrange chaleur soudain faufilée dans ses veines.

Cette cohorte de femmes nues mettait son mental à mal. Il se sentait fébrile comme s'il venait de tirer une monstrueuse taffe de Red et nageotait dans ses songes dégénérés. Il y en avait pour toutes sortes de goûts : naturelles, augmentées, velues, glabres, aux chevelures sombres, claires, fluos… Toutes erraient seins nus, en string ou féminité délivrée.

Il atterrit dans une salle ronde où des danseuses se déhanchaient sur des estrades. Son regard s'attacha à une jolie métis aux jambes artificielles et couverte de tatouages. Sa détermination faillait, démolie par ses instincts d'homme faible. Conscient de sombrer dans un vice semblable au Red et ses dérivés, il s'efforça de se remémorer sa mission et exhala franchement pour calmer ses sens.

Alors, il se dirigea du côté du bar, où il s'installa. Une femme vêtue d'un maillot et d'un string à strasses vint à sa rencontre, attendant une commande. Il demanda :

— Qui dirige cet endroit ?

— T'es nouveau, toi, non ? cria la demoiselle, affairée à sécher un verre avec un torchon. Tout le monde connaît Madame Élise, ici.

— J'aimerais lui parler.

— Elle ne te recevra jamais comme ça, il faut…

Sans mot dire ni se mouvoir, son regard ancré dans celui de son interlocutrice, Issam se servit un alcool aléatoire. La femme demeura coite face à cette démonstration de télékinésie, mais se retint de toute effusion de fanatisme ou de terreur. Elle se contenta d'un signe de tête et ordonna à une de ses camarades de se substituer à elle un moment, afin de conduire son «client» à la maîtresse du club.

— Bordel, ronchonna Wade, il s'en est tiré une, c'est obligé !

Bras dehors, Centurion faisait danser ses doigts d'acier griffus sur la carrosserie du SUV. Quand il vit Issam sortir, il remonta la vitre.

— Il arrive, annonça-t-il.

Le Syrien s'installa dans un grand silence et, sitôt à son aise dans son siège, il encaissa tous les regards de ses semblables.

— Alors ? sonda Centurion.

— J'ai eu affaire à une femme affiliée aux Vignac. Elle a eu vite fait de cracher le morceau pour me faire dégager : elle tient à son commerce et à la sécurité de ses filles, et le simple fait de voir l'un de nous traîner dans les parages ne peut que nuire à sa réputation auprès de la famille.

— Et donc ?

Une entrée s'afficha sur son interface visuelle. Un cliché d'un jeune crétin en costume-cravate de moindre valeur, jouant visiblement au mafieux à défaut d'en être réellement un. Il avait néanmoins gagné suffisamment d'argent pour s'offrir une augmentation, à en juger sa main artificielle fuyant de sa manche crasseuse.

— Elle m'a dit d'aller voir ce gars, «Moineau», renchérit Issam. C'est un indic de la famille, mais il a tendance à méchamment fouiner dans ses affaires. Personne ne s'étonnera de le voir nous causer, mais il pourrait finir refroidi dans un caniveau sous peu, alors on a intérêt à se grouiller.

— Allons-y, dans ce cas.

Wade fit demi-tour et abandonna ce goulet dégoûtant pour retourner sur la voie centrale. Il suivit un itinéraire donné par Issam, direction une aire éloignée des tréfonds malfamés, mais non moins dangereuse, eu égard à sa contiguïté avec la Seine. S'entrevoyait, par des interstices du carcan artificiel du fleuve, une eau sombre, sale et malodorante. Celle-ci menaçait de faire fi des calculs millimétrés des ingénieurs et de déborder, mais en cet instant, elle demeurait calme, glougloutant gentiment par endroits et reflétant une ville en constante évolution. Une forte odeur de marée régnait par ici, mêlée aux relents de friture et de fluides humains.

Wade s'arrêta devant un snack où Moineau et ses camarades engloutissaient des « double américain avec frites », en riant à des vannes d'une nullité affligeante. Il descendit sa vitre et cria :

— Hé, tête de piaf !

Moineau fit mine d'être sourd — ou sans doute n'avait-il *vraiment* rien entendu, tant il ricanait fort — et enchaîna sur une nouvelle raillerie. Wade siffla comme il aurait sifflé un chien. Ses amis lui firent alors signe de se retourner en marmottant tels des gamins timides face à une idole. L'indic servit au Super son meilleur sourire éclatant, si on excluait son incisive tachée de ketchup.

— Han ! s'exclama-t-il. Un super-héros vient me rendre visite !

Il rallia le véhicule afin de jeter un œil dedans. Il essuya illico des regards mauvais et un sourire enjôleur — Shana n'était décidément guère difficile en matière de chair à déchirer.

— Que sais-tu d'un accord entre Vignac et les Moissonnés ? interrogea Centurion sans ambages.

— Qu… Quoi ? ânonna Moineau.

Wade se saisit de sa cravate d'une main ferme et tira avant de remonter la vitre, coinçant la tête de Moineau dans une position des moins confortables. Sur ces entrefaites, il démarra et roula à une allure mesurée, mais soutenue.

— Que sais-tu d'un accord entre Vignac et les Moissonnés ? rengaina Centurion.

— Gn'en gné rien !

Quand Wade accéléra, Tyndall étouffa un rire derrière sa main. Voir cet idiot trottiner ainsi, tête de travers, son sandwich à la main, s'avérait assez cocasse.

— J'ai une éternité devant moi, s'il faut, annonça Centurion, mais on va sortir d'ici dans… dans combien, Tank ?

— Trois kilomètres.

— Voilà, et on va déboucher sur un grand axe. Ce serait con pour toi.

— Gnoké, gnoké ! Ouf, ouf ! Gnules Vignac degnait faire sortir un gars du gnentre de recherche de Gninslow. Ouf, ouf ! Un gnec de Vera Scarlet, un Gnoissogné !

— Wow ! s'écria Tyndall. Je nage total, on dirait un débile.

— Il a raison, renchérit Centurion, fais un effort.

— Jules Vignac ! éructa Moineau. Il devait faire sortir un gars de chez Winslow !

— Ah, voilà, tu y arrives. Qui c'est, Vera Scarlet ?

— La cheffe des Moissonnés !

— Comment faire sortir ce « gars » ?

— J'en sais rien, moi ! Va demander à Scarlet !

— Où je la trouve ?

— Sur son territoire, dans la Boucle !

Centurion fit un geste de la main. Il n'y avait rien d'autre à tirer de cet indic. Wade s'en débarrassa aussitôt et accéléra suffisamment pour mettre un maximum de distance entre eux.

— Ce connard refoulait de la gueule, maugréa-t-il.

Wade se fia néanmoins à son indication et conduisit ses camarades dans cette zone reculée de la cité souterraine où, jadis, une rame de métro faisait demi-tour. Plusieurs wagons défraîchis y stagnaient d'ailleurs, certains écrasés par des éboulis, souvenirs d'un effondrement survenu à la fin du XXIe siècle. Les murs dégoulinant de fluides gluants, chargés de moisissure, s'ornaient de graffiti et de synonymes de « *Nique la maréchale !* ». Un éclairage de seconde zone, dérobé aux conduits généraux de la ville, contribuait à alourdir une ambiance déjà fort sordide. Centurion y demeura insensible : d'un signe de la main, il ordonna à Wade de se garer et montra du doigt une dizaine de gardes, visage voilé de foulards, armés et cachés par-ci par-là.

— On fait comment ? demanda Tyndall. Si ça défouraille, y'a moyen de tuer Scarlet par accident.

— Ou alors, elle s'enfuira, et on n'aura rien gagné, ajouta Shana.

— Alors on va discuter, comme des gens civilisés, envisagea Centurion.

— On sait faire ça, nous? railla son cadet.

Centurion sortit en premier du véhicule, dont il fit le tour pour cogner trois fois sur le coffre afin de réveiller IQ450-Zaerus. La machine s'activa et descendit pour se rallier à Tyndall. Alors, et non sans rester concentrés, sens affûtés, sa fratrie se faufila au milieu des wagons entiers ou fracassés, mais toujours utilisables comme abris à défaut de fonctionner, et foula cet endroit interdit comme si de rien n'était. Un sifflement résonna; un signal dont un garde se suffit pour filer et alerter ses camarades. Quand retentit un concert de *clics* et de *clacs* de fusils chargés et armés, Centurion afficha un grand sourire.

— Vous êtes tous là, ça y est? s'égosilla-t-il. Je vais m'abstenir de grands discours, mais, sachez déjà une chose : si nous étions venus pour vous tuer, vous seriez déjà rassemblés en un tas de cadavres fumants. On vient voir Vera Scarlet.

— Vera Scarlet n'a *aucune* envie de causer à un meurtrier dans ton genre! cria une voix fluette.

— Vraiment? Même si, en échange, je me charge pour elle du marché de Jules Vignac?

Une nouvelle tête se montra au faîte d'un wagon : une femme maigrichonne, mais dont la force de caractère se ressentait sans difficulté. La moitié droite de son visage avait été consumée par un acide, d'où une augmentation contrainte, notamment de son œil. Elle cachait cette ulcération derrière une mèche de sa chevelure noir corbeau, à moitié nattée.

— Ce gros con de Moineau a encore fouiné, grommela-t-elle.

— Il a été d'une grande aide, oui. Que dis-tu de mon offre?

— Que tu mens. Vous autres, vous jouez un rôle. Vous êtes des marionnettes du Conglomérat et surtout, de sales connards. Je dirai même, de *Supers* connards. Vous agissez dans votre intérêt, jamais dans celui d'autrui, pour vous enrichir et vous nourrir de votre célébrité.

— Y'a du vrai, admit Tyndall. J'avoue.

— Au-delà de ça… Je m'interroge, avoua Vera. Vous nous tuez pour sauver Aryan Turner et maintenant, vous voulez vous frotter à Winslow? Y'aurait-il un vent de rébellion chez vous?

— Comme tu le dis, enchaîna Centurion, nous agissons dans notre intérêt. Or, notre intérêt est de sauver la bonne image du Conglomérat pour nous enrichir, justement. Qui se chargera de notre marketing, sinon ? Winslow — et Reichardt, désormais — a fait des choses condamnables et continue dans cette voie. On est là pour arrêter ça.

— Reginald Reichardt ? C'est donc cette ordure d'allemand, au gouvernement ?

— Je… Quoi ?

Vera cilla, étonnée par cette ignorance et ce sang-froid soudain évanoui.

— Quoi « Quoi ? » ? Tu ignorais ça, merde alors… C'était une rumeur, mais elle a atteint mes oreilles grâce à Matt Bons-tuyaux. Cameron, mon fi… *ami*, a été sélectionné par un Intouchable pour ses recherches. Jules Vignac était censé m'aider : il a des contacts du côté des Invalides, chez la Maréchale. Ils devaient agir pour moi, pour délivrer Cameron.

Centurion ne dit mot, mais sentit sa mâchoire se contracter. Tout s'éclaircissait dans sa tête. Reichardt s'était comme volatilisé au-delà des frontières fédérantes. Si la Maréchale de France veillait à sa couverture, rien d'étonnant à voir ses ennemis s'échiner à le dénicher. Sans un vulgaire feuillet et un nom dont ils ne savaient rien, ils n'auraient même jamais su où chercher.

— Où il est, ton fiancé ? jeta Centurion à la volée.

Ces pourparlers sans fin infligèrent une intense fatigue mentale au cyborg. Une fois de retour au *Foucault*, il essaya d'éviter Shadow — caché dieu seul savait où —, faute de patience pour entendre ses railleries. Avant de trouver Kayla pour s'offrir un moment avec elle, il dénicha Shasta, son agent titulaire d'une mission secrète. Il glissa un œil timide dans la chambre des filles pour s'assurer de ne déranger personne et entendit :

— Entre, je suis seule.

Il la chercha du regard, non sans s'étonner du désordre — comme si Tyndall avait dormi ici —, et se guida grâce à une rumeur de reflux. Il s'accota à la porte de la salle d'eau où, allongée dans la baignoire, Shasta lisait un roman. Son interface visuelle eut tôt fait d'en traduire le titre russe : *Le gynoïde qui savait pleurer*.

— Alors, tu as trouvé ? demanda-t-il.

Shasta fit un geste oisif de la main.

— Regarde dans la penderie. C'est un petit sac noir.

Il retourna sur ses pas, évita un pan de couverture étendu au sol, une valise éventrée, des vêtements abandonnés, et fouina dans ce fameux meuble. Il y décela, tout au fond, caché des regards indiscrets, un sac en papier. Il fut aussitôt assailli d'images, comme si sa vie se changeait en film, et sentit une sourde angoisse monter dans sa gorge. Il extirpa un écrin où attendait un joli anneau surmonté d'un diamant véritable. Kayla était déjà sa fiancée, mais il ne se remémorait en rien sa demande. Elle avait en sus été contrainte de vendre son ancienne alliance pour survivre. Centurion voulait y remédier, refaire cela correctement, se souvenir de ces émotions et de cet instant jusqu'à son dernier souffle.

— Elle n'a rien vu ?

— Rien du tout, affirma Shasta. À mon retour, elle était avec Shadow. Une sombre affaire de masturbation.

— Qu… Quoi ? se troubla Centurion.

— Il a vaincu sa frigidité, je crois. Seul, comme un ado.

Il éclata de rire.

— Je t'en dois une, ma sœur, tu as exécuté cette mission à merveille. Je tâcherai de remercier Shadow pour sa… *diversion.*

— *Oudatchi*[1], souhaita Shasta.

Sur ces entrefaites, Centurion rejoignit Kayla, installée au bar avec Wade, Tyndall et Shana. Il entendit son colosse de frère se marrer sitôt arrivé au restaurant. Ses semblables avaient décidé d'agrémenter cette fin de soirée d'un jeu d'alcool, à en juger le nombre de verres à shots vides sur le comptoir. Centurion se faufila derrière Kayla et se colla à elle pour mieux embrasser son cou.

— As-tu conscience de jouer une partie pipée ? souffla-t-il. Les Supers tolèrent cent fois mieux l'alcool que les humains.

La jeune femme jeta un regard mortifié à ses traîtres camarades de jeu. Ils se gaussèrent sans retenue, attirant sur eux des œillades outrées du reste de la clientèle. Galvanisé par cette ambiance et à la seule idée de son geste futur,

1 Trad. « Bonne chance. »

Centurion invita Kayla dehors, où attendait une moto *Boralis* S8 généreusement offerte par Zenith. Une machine à noyau, dont on voyait d'ailleurs la radiation par des stries dans la carrosserie, silencieuse et non moins véloce, au design tout en courbes élégantes. Centurion se mit en selle et fit signe à Kayla de faire de même.

— Où on va ? interrogea-t-elle.

— Tu verras.

Kayla monta sans tergiverser, soudain curieuse et comme attirée par cette aura d'exaltation émanée du cyborg d'argent. Centurion démarra et s'élança dans une circulation dense, slaloma entre une kyrielle de véhicules avec une maestria digne du trésor de technologie entre ses doigts. L'éclairage criard de la cité, ses néons, ses réclames et ses enseignes, véritables étoiles colorées dans une nuit tombante, glissait sur eux telle une caresse fluide. L'armure d'astralium miroitait, se confondait avec la *Boralis*, transformant Centurion en mirage futuriste.

Un ralentissement s'annonça de mauvais augure. L'interface visuelle du cyborg avertit d'un accident : un camion de marchandise s'était renversé et avait entraîné un bus au-delà de la glissière de sécurité. Il demeurait désormais en équilibre fragile entre ce tronçon d'autoroute et le vide. S'il tombait, il se fracasserait sur la voie d'en-dessous. Celle-ci, réservée aux véhicules à IA, continuait son trafic sans se formaliser d'une telle situation.

Centurion n'avait absolument aucune envie de s'en mêler, mais il restait un super-héros et avait été vu : il devait agir. Il doubla donc une file interminable pour gagner la zone sinistrée, où il évalua la situation. Il entendait des sirènes, signe d'une arrivée imminente des secours, mais au vu des dangereuses oscillations du véhicule, il aurait déjà chuté d'ici là. Au fait de cette urgence, Centurion descendit de sa moto et trottina dans sa direction. Il estima son état et sa stabilité, tous deux alarmants. Alors, il se saisit de son châssis et commença à tirer. Le premier instant d'effort fut ardu, mais au fil des secondes, Centurion maîtrisa sa force. Le bus commença à reculer, maintenu par sa seule vigueur. Un chahut de cris de joie et d'encouragement s'éleva.

Centurion continua de tirer malgré une douleur croissante dans ses muscles. Une voiture, c'était facile, mais un bus… ! Son souffle mourut soudain dans sa gorge à la rumeur d'un objet glissé de son armure et tombé sur la route. Il entrevit son écrin dégringoler sous sa charge et atteindre Kayla. Le destin était décidément si facétieux.

Consciente du contenu de cet étui au toucher de velours, Kayla sentit son sang se figer et son cœur s'emballer. Elle avait déjà connu cet instant, mais semblait avoir tout oublié pour mieux revivre sa joie. Elle entendait déjà Blayne dire «*Je veux être ton mari*» et sentait ses yeux se gorger d'un sel si doux. Elle revoyait ce jeune crétin facile à voler, à la fois si candide et malmené par la vie, mettre un genou en terre et demander sa main. Elle sanglota et ramassa ce modeste objet si inestimable d'un geste mesuré. Elle l'ouvrit et découvrit un anneau de fiançailles d'une magnificence inégalée. Au même moment, elle entendit un fracas : Centurion venait de poser son bus. Il la regardait d'un air idiot, souffle court et face couverte de sueur.

— Oui, croassa Kayla. Oui, je veux être ta femme. Je l'ai toujours voulu.

Chapitre 39

— Agent du chaos —

« Imaginer notre monstruosité comme un vice glané au fil des ans et de nos douleurs est un mensonge. Elle sommeille en chacun de nous, êtres humains, créatures damnées par un demiurge factice. Il suffit de glisser entre nos mains l'outil idéal, et le monstre se révèle. Cet outil sera ses crocs, ses griffes, un moyen de destruction nécessaire à son ascension. Si tu monnayes cet outil, cette arme, tu deviendras tour à tour meurtrier, égérie du génocide, dieu. » — Hismeria Reichardt.

Reginald serra sa cravate, son regard rivé sur son reflet dans le miroir. Son visage fardé, coloré de joie factice, le dégoûtait. Il y voyait toute sa déchéance, à travers un teint maladif, des joues creusées par la famine d'un estomac intolérant, des yeux cernés par des nuits d'enfer, d'insomnie et de cauchemars ; un sourire absent, ou du moins un rictus aigri figé sur des lèvres exsangues. L'affliction de son âme suintait par ses chairs, dont elle gangrenait la vitalité. Il s'abandonnait à la caresse froide, mais agréable telle une délivrance, d'une ombre mortifère et zélée, dissimulée dans la sienne. Il mourait, flamme réduite à un état de flammèche, étouffée dans sa haine.

Sa main glissa au fil de sa cravate et rejoignit sa semblable pour ajuster sa manchette. Alors, des doigts frêles s'y mêlèrent, attirant sur eux un regard indolent. Roxane, si minuscule à onze ans et néanmoins si courageuse — comme

Reginald ne le serait jamais —, fixait ce dernier de ses grands yeux vairons, à moitié cachée derrière sa chevelure rebelle.

Pâles yeux dans une obscurité étouffante, voilés par la neige et ses flocons virevoltants, les phares du 4x4 Kirmisk *fatiguent à mesure de kilomètres. La route se dessine et s'efface, tantôt sous une lueur diffuse, tantôt sous la rougeur timide des feux arrière. Par moments, de cette nuit d'encre émergent des silhouettes ; des carcasses, ailes de drones dirigées vers un ciel abandonné, membres de méchas figés dans le givre en une triste danse, tous éventrés. La neige dissimule cadavres, miettes de chair et éclats de métal, entremêle Homme et machine dans un ultime tableau sordide.*

À l'intérieur du véhicule, ombres et lumières s'enlacent ou se rejettent, glissent sur des trognes à l'image du territoire : fracturées, cicatrisées, difficilement avenantes, absolument glaçantes. Trois militaires en uniforme, un officier et ses subalternes à la gâchette facile. Parmi eux, un intrus. Le jeu d'ombres s'arrête un moment sur son visage et en révèle ses formes à la délicatesse soignée, des traits tranchés adoucis par un motif d'une étonnante symétrie, celui d'une barbe taillée selon la mode fédérante ; alors il descend, s'efface sur le costume-cravate dissimulé par un manteau à col de fourrure de vison — véritable, évidemment.

Reginald amène une main gantée à la vitre, gomme une once de condensation de sorte à mieux voir l'extérieur. Pensif, il admire cette terre anéantie comme un artiste estimerait le résultat de son geste. L'Euroguerre a été une occasion rêvée pour vendre et tester nombre de créations de sa société. À la fois neutre, amie et ennemie, Reichardt-Bauer est aimée et détestée pour ses actes : oui, ses associés reniflent du billet sanguinolent comme de la cocaïne ; oui, ils vivent dans des villas scandaleuses construites sur des ruines ; non, ils n'en ont rien à faire de la misère du monde. Conventions et traités, droit, vie et mort… tout est monnayable, rien n'est invendable. Ainsi, même des auteurs de crimes contre l'Humanité savent devenir intouchables. Reginald est de ceux-là, de ces rouages du Nouveau Monde, de ces dieux mortels, et il aime ça.

— La vue est à ton goût, Kochtchéï ?

Ce timbre guttural teinté d'un fort accent russe tire Reginald de sa rêverie. Il referme la main comme s'il vient de malmener une toile de maître.

— Je distingue ici un terrain de jeu, dit-il. Oui, celui d'un jeu terminé. Cela n'a aucun intérêt. Vous trouverez ce dernier en amont, au moment où nous autres, dirigeants, abattons

nos cartes sur la table. Vous connaissez ce moment-là, Mayor, du moins votre grade le suggère, mais moi… je vois ça en grand.

Ledit commandant renifle.

— Tu devrais faire très attention, Kochtchéï. Voir en grand, ça devient vite un vice, et ce genre de trucs te consume tôt ou tard.

Reginald cille. Un clic-clic trahit un calibrage de ses iris artificiels. Il est comme en état de choc : on ose le morigéner ! Il finit néanmoins par sourire.

— Chacun d'entre nous évolue dans son domaine. Ce genre de considérations ne vous concernent en rien, Mayor. Vous crouleriez sous un tel fardeau, croyez-moi. Contentez-vous de tuer des gens. Vous faites ça à merveille.

L'air agacé, il saisit sa canne — un accessoire élégant au pommeau à l'effigie d'un chien de chasse, son emblème familial — et cogne trois fois à la vitre.

— Quand arriverons-nous ?

— Patience.

Reginald fronce des sourcils, soudain aveuglé par un éclairage cru. Celui-ci, dirigé du côté du convoi, semble chercher à y déceler une menace. Zèle total : pour entrer au sein du QG, il faut de toute façon se soumettre à une sorte de dissection visuelle, méchas et autres machines veillant à la sécurité.

Sans feindre de ralentir, le blindé de tête s'engage sur une allée. Ses pneus massifs s'enfoncent dans une terre vaguement gelée, rejettent glace et gadoue tout autour, sans se soucier d'encrasser du monde. Il abandonne le Kirmisk *et continue son chemin, suivi de ses semblables.*

Reginald demeure une seconde immobile à évaluer cet endroit. Un gamin sali par cette course folle maugrée des injures. Il n'a rien d'un soldat, tout comme ces femmes affairées à ramener casse-croûte et alcool aux militaires agglutinés autour du feu. Ceux-ci rient, insultent, abusent. Certainement réfugiés, ces gens-là se sont manifestement condamnés à s'offrir aux militaires en échange d'un asile. Triste sort pour ces agneaux.

Il suffirait de leur donner une arme…

Voir la Russie subir une défaite en fin d'Euroguerre a, de toute évidence, donné du courage aux États alentours. Quand certains favorisent une reconstruction docile dans son ombre et son ignorance, d'autres se rebellent. L'Ukraine a fait ce choix. Ainsi marchent les affaires.

Le commandant ouvre la portière de Reginald.

— Tu viens, Kochtchéï ?

Il sort avec une grâce de star de cinéma : une jambe à la suite de l'autre, à distance des étendues fangeuses et des sillons verglacés. Son souffle se condense dans l'instant et, chassé par le vent, environne son visage pour mieux voiler ses yeux. Il se sent aussitôt guetté, tantôt par de franches observations, tantôt par des regards farouches sinon discrets. Une certaine hostilité émane de ceux-ci. On le lorgne tel un indésirable, comme s'il était accablé par tous les maux du monde. Le lot du marchand de mort.

Visage fendu d'un sourire en coin, Reginald emboîte le pas du commandant, suivi à une distance raisonnable par ses sbires. Sur le chemin, le gradé est rejoint par un subalterne et tous deux causent allègrement, non sans marmonner, au sujet de leur invité. Ces crétins arriérés ignorent vraisemblablement l'érudition de Reginald, aussi leur tête, au moment où il salue leur colonel dans leur idiome, tient du collector.

— Zdrastvouïtié, Polkovnik Vassiliev, dit-il donc.

Comme il le rejoint sur son estrade, Reginald est arrêté dans son élan par un cri. Accoté avec nonchalance à une rambarde, cigarette au bec et sourire en coin, son « hôte » regarde une femme se faire châtier dans la cour. Agenouillée dans la neige, dos nu et seins tremblotants, elle encaisse la morsure du fouet.

— Quel accueil, commente Reginald.

— Reginald Reichardt ! s'exclame le colonel. Quelle… joie, de vous voir ici.

Joie, à défaut d'un autre mot. Sans son statut, Reginald ne vaut rien aux yeux de ce gars-là ; et même malgré celui-ci, il se sent d'ores et déjà comme un intrus. Il fait mine de rien et détaille son interlocuteur. Sous son couvre-chef traditionnel orné d'un écusson militaire, son visage taillé grossièrement au couteau commence déjà à se flétrir sous l'effet de l'âge ou du froid, sinon les deux. Son nez crochu a, semble-t-il, été éclaté un nombre incalculable de fois. Un amateur de rixes ? Ou d'alcool. Un verre de scotch traîne d'ailleurs sur la rambarde.

— Votre voyage a-t-il été agréable ?

— Le terme « agréable » est devenu caduc à l'instant où j'ai abandonné mon jet pour votre véhicule affreux. Cela dit, si j'ose user d'une formule de vos soldats — et donc entendable par vous : allons-nous tailler les balustres ou discuter sérieusement ?

Tout juste étonné par cette façon — élégante —, de mettre fin aux mondanités, Vassiliev souffle une volute de fumée et, non sans afficher un sourire d'arracheur de dents, fait signe à Reginald de gagner l'intérieur du QG. Lieu glacé, dedans comme dehors, à l'allure et à l'odeur de casemate. On le guide dans un dédale de couloirs gris sans aucun effort de décoration, aux canalisations visibles et aux murs maculés, où il s'entend marcher et causer. Une énième porte identique aux autres mène finalement à une salle de commandement. Reichardt ordonne aux soldats d'amener son matériel, contenu dans trois mallettes de tailles différentes. Le tout est jeté sur la table, sans considération pour la paperasse oubliée-là.

— Alors, Monsieur Reichardt, fait le colonel en s'installant sur sa chaise. Montrez-moi mes nouveaux jouets, faites-moi rêver.

Reginald choisit une mallette de taille moyenne. Sitôt déverrouillée, il l'ouvre en grand et montre à Vassiliev son invention. À l'intérieur, dans un écrin noir, attend une arme au design très étrange, digne d'une fabrication alien. Il s'agit d'un genre de pistolet, conçu dans un alliage tenu secret. La crosse ressemble à une musculature d'augmentation, mais entièrement en métal. On le charge directement par le côté du canon et grâce à des tubes de fluide.

— Cet engin vous comblera, j'en suis certain.

Vassiliev abandonne son siège pour mieux admirer son fameux jouet. Reginald s'en saisit avec une délicatesse d'amant et, le geste sûr, montre au colonel comment s'en servir.

— Quand vous avez enclenché ce tube, note-t-il, vous refermez l'arme. Une jauge, ici, vous informera de son état de charge et une autre, là, de celui d'une éventuelle surchauffe. La crosse est conçue pour se conformer à votre main et réduire le recul de soixante-dix pourcents.

— Quel genre de munitions est-ce là ?

Reginald se tait, l'air songeur. Il avise ses tubes, rangés un à un dans leur écrin.

— Un artiste ne dévoile jamais ses secrets, mon cher. Je vous invite à essayer. Croyez-moi, votre appétit de destruction sera entièrement satisfait.

Il désigna ses deux autres mallettes, chacune de grande taille.

— J'ai décliné cette technologie en d'autres modèles, dont un pour un véhicule.

L'air indécis, Vassiliev examine l'arme sous tous ses angles. Les Russes se méfient toujours de Reichardt-Bauer : sa manière de traiter sa clientèle, d'abuser un jour de l'ami pour ensuite être accueilli par l'ennemi, n'est clairement pas à leur goût, et leur défaite dans l'Euroguerre devrait aggraver cette défiance. Il serait légitime de le croire, car la société, allemande de surcroît, a allègrement armé ses voisins et contribué à leur victoire. Cela dit, la Russie a eu comme une révélation — et ravalé une once de sa fierté. Cette dernière reste tout de même tenace, et est l'une des raisons de l'absence de Reginald à la table de l'état-major. L'autre est évidente : déterminée à se venger, la Mère Patrie commençait ses tests à l'abri des regards. Qui viendrait fouiner dans ce désert glacé ?

Au terme de son examen, Vassiliev se frotte les mains.

— Bien, déclare-t-il, dans ce cas, essayons.

Ils regagnent la cour. La femme y gît toujours sous le regard d'une enfant ; sa fille, à en juger son intense désir de la rejoindre et ses vociférations mêlées de cris déchirants. Sur l'estrade, le colonel a déjà armé son nouveau flingue, dont la charge miroite comme s'il est affamé. Sans sommation, il tire sur la femme à terre. Une décharge bleue fuit du canon et annihile la victime, réduite en cendre en une fraction de seconde. Ébahi par cette cruauté, Reginald reste figé un moment. Sa mémoire est secouée. Cette scène, cette fille à la mine divisée par cent émotions ; confusion, effarement, chagrin, colère…

Il se revoit, il y a dix ans, au milieu du grand salon de leur résidence à Berlin. Il se revoit devant sa mère, étendue sur le divan, face figée, regard vide, un filet carmin en travers du nez. Sa sœur aînée se débat, étreinte par deux policiers. Elle hurle sa tristesse, accuse et insulte tout le monde. Reginald se contente de fermer les yeux d'Hismeria sans un mot. Quand il a vu Archibald écourter son voyage d'affaire et feindre d'être troublé par le décès de sa femme, il a su. Il a toujours su.

La gamine réussit à se défaire de ses tortionnaires et, atteinte de frénésie, droguée à l'adrénaline, vole le couteau de l'un pour mieux trucider l'autre. Elle est maîtrisée sans grande difficulté, jetée à genoux, destinée à être exécutée immédiatement.

— Arrêtez ! crie Reginald.

Amusé par la situation, Vassiliev lui jette un regard.

— Le grand Kochtchéï aurait-il un cœur ?

Conscient de se trouver entouré de fauves, Reginald fait mine de rien.

— Je sais reconnaître du potentiel quand j'en vois, ment-il à moitié. Cette fillette, ajouta-t-il en désignant l'intéressée d'un geste élégant de la main, a réussi à filer entre les doigts de vos hommes et en a tué un. Ça m'intéresse.

Le colonel renifle.

— Comme vous dites : elle a tué un de mes hommes. Elle doit mourir.

— Vraiment ? minaude Reginald. Si cet homme est mort des mains d'une gamine, il ne méritait aucunement de servir sous vos ordres. Aimez-vous vous entourer de bons à rien ?

Il descend de l'estrade. La gamine guette, méfiante. Reichardt se met à sa hauteur, comme elle est restée à genoux, et demeure un moment silencieux à la fixer. Il demande finalement :

— Quel est ton nom ?

Hésitante, elle murmure :

— Oksana.

Sur le même ton, Reginald enchaîne :

— Tu es désormais intouchable, jeune fille. Tu es affligée, abattue, je le conçois… mais te faire tuer ici n'a aucun intérêt. Cela ne te ramènera jamais ta mère. En revanche, si tu me fais confiance, je saurais faire de toi une créature vengeresse. Oublie ces imbéciles, oublie ce colonel minable… ils ne sont rien. Rien à côté du monde.

Reginald observa la fillette, se demanda : avait-elle conscience de sa fin inexorable ? Son « suicide » serait grandiose, du jamais vu. Car, tôt ou tard, Centurion lui mettrait la main dessus et ferait tomber sur lui la lame de *sa* Justice ; mais il mourrait satisfait, car il aurait jeté ce monde dans un chaos innommable, une ruine semblable à celle de son cœur. Une crainte mêlée à un dégoût de lui-même et de son égoïsme s'immisçait néanmoins dans ce dernier. Il condamnait Roxane au chagrin et à la disgrâce, sinon à la mort. Il avait osé tuer un nourrisson, un acte au-delà de toute ignominie ; alors, rien ne saurait retenir ses ennemis de commettre un infanticide à leur tour.

Regarder cette enfant dans les yeux, se confronter à son innocence et à sa candeur, fit chavirer son cœur. Il fléchit un genou pour se mettre face à elle et susurra :

— *Ich bin in einem Wirbelwind der Gewalt gefangen, aber ich werde mein Bestes tun, um dich davor zu bewahren.*[2]

Roxane n'entendit rien de ce mots raffinés, mais le sourire désolé de Reginald n'avait rien d'anodin. Elle se jeta à son cou et se serra contre lui comme si tout était déjà terminé. L'Intouchable effleura son dos en murmurant une chanson pour enfant dont sa sœur avait raffolé jadis.

Quand il redressa la tête, il vit une femme accotée à l'encadrement de la porte de sa chambre. Son visage fermé ne trahissait aucune émotion, mais à force de la côtoyer, Reginald devinait son angoisse. Elle gardait ses dents serrées à en faire saillir son ossature taillée nette, comme fendue au couteau, et cet

2 Trad. « Je suis prisonnier d'un tourbillon de violence, mais je ferai de mon mieux pour t'en préserver. »

éclat farouche dans ses yeux d'ordinaire vides, glacials et grisâtres tel un ciel de novembre, s'annonçait de mauvais augure.

— Son état est stable, on dirait, énonça-t-il.

— Oui, se contenta d'affirmer Ravdia.

— Qu'y a-t-il de si grave, alors ?

— « Qu'y a-t-il de si grave ? » renchérit une voix. Vous osez demander cela ?

Une projection holographique de Madeleine Romane s'afficha dans la pièce. Tenue droite, mains dans le dos et yeux mi-clos, elle fixait Reginald d'un air courroucé et avec toute la déférence due à son « engeance ». Qu'il s'agisse du résultat d'un entraînement ou d'une posture naturelle, son dédain s'avérait d'une prodigieuse évidence.

— Maréchale, s'inclina Reginald.

— Cessez vos courbettes, Reichardt. Vous avez suffisamment insulté mon obligeance pour en rajouter avec vos mascarades d'amabilité.

— Vous aurais-je froissée ?

— Vous êtes décidément un fat éhonté. J'ai assez à faire en m'efforçant de redresser mon économie et de reconstruire des ruines. Certains milieux sont régis par des règles et des organismes dont je dois me défier et…

— … et suivre les ultimatums, voulez-vous dire ? Allez-vous vraiment faire allusion à la demande de cette « famille » Vignac de me délester d'un de mes sujets ?

— Comment savez-vous…

— Oh, allons. J'ai suffisamment côtoyé de criminels de renom pour en reconnaître facilement. Votre gouvernement est-il décidément si fragile pour être menacé par une vidéo ?

« Écoutez, j'ai juré de vous débarrasser du Conglomérat. Je tiendrai parole et, croyez-moi, aucun étalage d'actes super-héroïques ne saura préserver ni son emprise ni son image sur votre territoire.

— Alors, vous devriez vous dépêcher. *Ils* vous cherchent.

— Soyez rassurée. S'ils viennent à me trouver, je nierai vous avoir connue.

Il mit fin à la transmission et en revint à sa tenue.

— Était-ce cela, de si grave, Docteur Nikoladze ?

***

Cogne, cogne et cogne. Brise-toi os et mental, puis fais mine de croire à ta débilité.

Avachi au milieu de sa cellule, Cameron fixe un sol inégal maculé de fluides. Soutenu par son genou, le moignon d'un de ses membres artificiels reste tendu vers le plafond. Par terre, dans une mare de graisse gît le reste : des morceaux de toutes tailles, assemblés en un puzzle dénué de sens.

Un fracas retentit. Un rais de lumière glisse sur Cameron, créant une sorte de clair-obscur où se révèlent les ombres démesurées de la chercheuse et de ses garde-chiourme. Elle leur fait signe d'attendre à l'entrée et s'immisce dans le monde du détenu. L'étude de son œuvre ne révèle rien de concluant. La chercheuse se contente de le forcer à redresser la tête pour mieux le regarder dans les yeux. La dilatation de ses iris traduit un état d'hébétude absolu. Cameron semble avoir cessé de réfléchir, comme si son cerveau s'est court-circuité. Il fuit d'entre ses lèvres un intarissable filet de salive dont les dégoulinures se figent sur son cou et tachent sa combinaison.

— Emmenez-le au 45.

L'ombre des soldats grandit. Ils se saisissent de Cameron par les aisselles, l'arrachent à son obscurité pour lui infliger la clarté artificielle des couloirs du centre de recherche. Les cellules défilent, tantôt abandonnées ou vidées, tantôt occupées par des morts en sursis. Cameron entend leurs geignements comme un écho. Il ferme les yeux.

Un choc le réveille. Assis de force sur une chaise, il reste un moment à observer le vide droit devant lui. Tout semble se dérouler au ralenti. Il voit la chercheuse renvoyer ses sbires ; et comme elle revient vers lui, adressant à son attention des interrogations dont il n'entend rien, il redresse son regard vers elle.

Tout va très vite. Cameron se retrouve au-dessus d'elle, sa gorge à la merci du tranchant du cubitus de son membre endommagé. Elle le dévisage de ses yeux gris où ne figure aucun effroi — elle est entraînée à subir ce genre de débordements —, et garde sa mâchoire serrée.

— Un seul cri, et vous vous noierez dans votre sang, menace Cameron.

— Alors, nous serons deux.

Une certaine angoisse commence à monter dans le cœur du cobaye. Il jette sans arrêt des regards en arrière, du côté de la sortie, accablé par la rumeur de sentinelles en maraude. Il saisit la doctoresse au col.

— Vous allez m'aider à sortir d'ici.

— Quelle idée idiote ! renifle-t-elle. Tu mourras.

— On verra.

Cameron commence par fouiller son otage, aussitôt délestée de son taser et de son injecteur de sédatif. Toujours en la maintenant fermement, il la traîne en direction d'une civière très certainement dédiée aux évacuations de cadavres. Sans tarder, il s'y installe.

— Le jour où vous avez testé ce truc sur moi, commence-t-il, il y avait des gens derrière la vitre. Je suis tout sauf con, Docteur. Un dirigeant de Winslow Medical m'a choisi comme cobaye. Je l'ai vu, à l'Annexe. J'en ignore la raison, et je m'en fous, mais je sais une chose : il veut me garder en vie, sinon, je serais déjà mort.

La femme incline la tête de côté. Elle le regarde comme un enfant candide.

— Tu es un idiot.

— Sans doute, ajoute Cameron en se couvrant d'un linge. Bon, vous avez une excuse toute trouvée : et si vous ameniez mon « cadavre » à ce gars-là ?

— Comme tu voudras.

Sous la toile, Cameron voit danser des silhouettes déformées. Chacune d'entre elles ravive son angoisse. Il s'efforce de contrôler son souffle et de faire le mort, mais le seul fait de croiser des gardes, même si ceux-ci discutent en l'ignorant royalement, fait tressauter son cœur. Une secousse manque d'ailleurs de faire tomber son étoffe. Le sang figé dans ses veines, il retient celle-ci de son mieux. Ils sortent : un vent frais caresse déjà son dos.

— Où vous allez, comme ça ?

Cameron se fige. Ses doigts étreignent son arme de fortune et dirigent celle-ci sur la cuisse de la chercheuse.

— Quel cobaye vous trimballez ?

La silhouette du mercenaire submerge Cameron.

— Le 802-06, annonce calmement la femme.

— S'il est mort, vous vous gourez de chemin. Les ordres sont clairs : monsieur Reichardt ne veut aucune trace. À l'incinérateur, et vite !

Cameron frémit assez pour faire trembler son tissu. Un mouvement infime, suffisant aux yeux du chien du mercenaire. Il se met aussitôt à aboyer, enjoignant son maître à revenir en arrière. Cameron réagit illico ; enfonce l'aiguille de son injecteur dans la jambe de son otage, et comme elle se tord de douleur, il sort de sa cachette pour mieux la saisir au col et la jeter sur son ennemi. Tout juste sonné, ce dernier se dégage d'elle et dégaine son arme, canardant le fuyard. Cameron court ventre à terre derrière un amas de caisses. Le chien fonce à ses trousses, déterminé au massacre. Quand il saute et mord son moignon, Cameron enfonce son taser dans sa gueule. L'animal s'écroule dans un couinement déchirant.

Animé par son instinct de survie, il se met à courir. Au son entêtant d'une alarme se mêlent vociférations et aboiements. Accablé d'effroi, il semble dans un état second. À moitié aveugle, il cesse de regarder où il marche. Il finit par trébucher, déchirant la chair tendre de ses genoux sur le macadam. Une chance, car un mécha-garde sorti de son sommeil rôde dans le coin. Cameron ferme les yeux une seconde et s'efforce de garder son calme. Comme cette énorme machine arrive, il se glisse sous un véhicule. S'interdisant de rester là une éternité, il roule vers un autre, et un autre, et encore un autre jusqu'à se trouver à une distance raisonnable. Alors, il active la clé volée à la chercheuse. Les feux d'une Zenith *Vanity clignotent. Il se rue dedans et, ignorant son IA dont la voix le rend fou, il fait chauffer la gomme. Le mécha-garde réagit dans la seconde. Ses canons se tournent et mitraillent le véhicule en fuite. Si la carrosserie encaisse les chocs, la vitre arrière éclate très vite. Cameron s'efforce de rester concentré sur ses manœuvres. Il fauche un mécha-chien sorti de l'ombre et est forcé d'écraser l'accélérateur pour en semer un deuxième.*

Un grillage s'élève en face. Les gardiens tirent à vue, visant tantôt le conducteur, tantôt le véhicule. La carrosserie émet d'affolants chuintements ; les vitres, étiolées au fil de l'assaut, grincent comme de la glace. Cameron tente de rester au-delà des viseurs, dirigeant la voiture à grand renfort de zigzags. Il lamine le portail dans un choc frontal. L'airbag manque de se déclencher sitôt son nez entré en contact avec le volant dans une giclée de sang. Sur le fil de l'inconscience, le cobaye se met en tête de reculer. Renversé dans la manœuvre, un garde s'échoue à terre et voit nettement l'arrière de la voiture lui arriver dessus. Cameron joue des vitesses, éjectant à l'arrière un maximum de cervelle et d'os broyés.

Un regard jeté dans le rétroviseur est source d'affolement. Engoncées dans leurs 4x4, des escouades de soldats s'élancent à ses trousses. Engagé sur une route au hasard par un dérapage mal négocié, Cameron file à toute allure. Le bitume scinde en deux une forêt artificielle dont les ombres dansent sur la carrosserie malmenée de la Zenith. *L'obscurité, dangereuse tels les mercenaires eux-mêmes, menace de l'accidenter à tout moment, mais Cameron, le cœur dans la gorge, songe seulement à garder ses distances. L'aiguille du compteur titille sans cesse le rouge, mais c'est comme s'il reste scotché à l'accélérateur. On lui tire dessus. Certains des soldats, là derrière, ont la tête hors de leur véhicule et le canardent sans relâche.*

Son attention ne va à aucune signalisation, ni les interdictions ni les alertes de danger. À l'ultime moment, il voit le rétrécissement de la route, dû à des travaux sur le pont. La seule voie ouverte est mise en évidence par toute une série de flèches surmontées de LED jaunes. Malgré un freinage d'urgence, Cameron fauche toutes les installations, glisse sur les gravillons et culbute dans l'eau.

Les 4x4 s'arrêtent. Tous les regards sont jetés par-delà la rambarde et sans mot dire, les soldats attendent des ordres de leur chef. Celui-ci reste un moment à fixer la rivière, dubitatif.

— Quadrillez-moi cette zone ! vocifère-t-il soudain.

Ses sbires dévalent deux par deux les abords pentus du pont. Leur fusil d'assaut en bandoulière, la lampe torche à la main, ils inspectent minutieusement chaque centimètre d'eau. Les faisceaux lumineux pénètrent à peine au-delà de la surface, ne révèlent rien, pas même une ombre mouvante. Le glougloutement de la Zenith *en perdition semble assourdir tout autre son. Elle finit par totalement couler et un grand silence tombe.*

À deux doigts de se noyer, Cameron cède à son instinct de survie et sort à demi la tête de l'eau. Son cœur tressaute au moment où un éclat de projecteur le frôle. Il replonge aussitôt et s'abandonne au courant. À une distance suffisante, pataugeant dans la gadoue et la vase, il se traîne sur la rive où il s'allonge sur le dos et ferme les yeux. Il doit remettre de l'ordre dans ses idées.

Tout a commencé deux mois auparavant. Avec son frère, ils se sont infiltrés dans une usine Winslow Medical pour y voler des médicaments. Pris en flagrant délit par la sécurité, ils tentèrent de fuir, mais, au moment de retraverser le mur, ils durent faire un choix : un sacrifice ou abandonner ces médocs. Cameron se rendit, conscient d'y être contraint s'il veut aider Vera. Ainsi se retrouva-t-il en détention pour « vol caractérisé avec effraction ». Il se savait tôt ou tard condamné aux centres de recherche. Prêt, il ne l'a jamais été, et encore moins le jour où on vint le chercher. Il s'imaginait tout un tas de choses au sujet de ces endroits sordides, mais ça… jamais. Cette injection avait retourné son cerveau. C'était comme si on avait dissocié sa conscience de son être et réduit celui-ci à un état d'animalité.

Il vaut mieux éviter de traîner ici. Il doit vite retourner à la Citadelle, devancer ces mercenaires, car s'ils savent où chercher, sa famille et tous les Moissonnés sont en danger. Secoué par cette réalité, Cameron sent sa gorge se serrer, étreinte par une angoisse tenace. Comment faire ? Égaré dans cette cambrousse, sans véhicule, il n'y arrivera jamais.

À environ trois kilomètres en aval de la rivière s'étendent des cultures. Cameron y distingue une serre immense et une minuscule maison. Si le cours des événements joue en sa faveur, il trouvera une voiture là-bas. C'est, de toute façon, sa seule chance.

Il se met en route. Pieds nus, il sent nettement les variations du terrain. La tourbière cède face à la terre sèche, dont les cailloux enfouis déchirent ses chairs. Cameron n'y accorde aucune attention, même s'il sent une douleur électrisante remonter dans ses jambes. Bientôt, d'interminables rangées de maïs dissimulent sa silhouette chétive. Leur danse, rythmée par le souffle aléatoire du vent, fait naître en lui un étrange sentiment de sérénité. Bercé par leur frémissement, il avance en se fiant à ses orteils et à la texture du chemin, une tranchée créée par des roues d'autotracteur. Il finit par se retrouver face à un garage où sont alignées trois de ces énormes machines. Sitôt entrevue la maison, Cameron file de son côté. Il jette des regards furtifs à l'intérieur, s'échine à y distinguer un signe de vie.

— Il n'y a rien à voler, gamin, gronde une voix.

Son cœur semble s'arrêter. Cameron fait volte-face, son moignon tranchant en évidence, déterminé à défendre sa vie. Il affronte un fermier en combinaison intégrale, comme sorti d'une zone irradiée. Celui-ci révèle son visage sillonné de rides, mêlant rougeur et traits tirés. Sa chevelure filasse inondée de sueur tombe à moitié sur son front.

— Winslow Medical a égaré un de ses ratons, on dirait.

— Il me faut seulement une voiture, avoue Cameron.

— Il me faut un verre, moi. Plus sérieusement : où tu vas aller, comme ça ? Avec ta dégaine, ils te retrouveront en moins de deux.

Cameron s'examine.

— Il me faudrait aussi des vêtements.

Le fermier lui sourit.

— Avant, tu devrais manger un morceau, convient-il. Regarde-toi, mon maïs est moins maigrichon !

Il a raison. Cameron n'a rien d'une gravure de mode, mais Winslow Medical et sa nourriture minimum n'a guère été d'une grande aide. Il se fie donc au fermier, déjà en marche vers son foyer. L'entrée donne directement sur un salon et sa cuisine. Les émanations inimitables du chou, amalgamées à celles de la tomate et des oignons, montent aux narines du cobaye. Affamé, il sent tout juste une odeur de renfermé exhalée des murs. Il est invité à s'asseoir à une table ronde toute en métal. Ses sens éveillés distinguent le moindre détail de sa toile cirée :

motifs floraux, entailles, traces de verres et taches. Il relève la tête, observe autour de lui. Un canapé verdâtre, miteux et surmonté d'une couverture à carreaux maculée fait face à une table où gisent un cendrier et un tactinote d'ancienne génération. Un meuble accueille des ouvrages d'un autre âge aux couvertures cornées. Tout dégage des flocons grisâtres dont s'entrevoit la danse dans le clair-obscur.

Le fermier glisse un velouté fumant sous le nez de son invité. Cameron demeure une seconde à en admirer les vermicelles tantôt émergés, tantôt submergés par son mouvement de cuillère et, estimant avoir suffisamment attendu, se jette dessus.

— Que t'ont-ils fait, là-bas ?

Il s'arrête un instant.

— Je n'en sais rien, avoue-t-il. Je… Ils m'ont injecté un truc, et c'est tout. Je me souviens avoir eu mal. J'étais terrifié. Comme si tout en moi tombait en morceaux. Je me suis vu devenir fou, cogner des murs, mais je n'étais maître de rien, et soudain, noir total.

— Quelle bande de salauds.

Le fermier se tait un moment et demeure à regarder son invité manger. Il s'absente finalement pour revenir encombré de vêtements.

— Je t'ai dégotté ça. C'est à mon fils. Ça devrait t'aller.

Cameron jette un regard au tee-shirt, assorti d'une image du cyborg d'argent et des mots « For Honor ».

— Il aime les super-héros ?

— Assez, oui. Il cache ça chez moi, comme sa mère trouve ça idiot.

Il défait également un jean troué au genou et se vêt, non sans déchirer la manche du tee-shirt de son moignon. Il est encore animé d'une nette sensation de douleur, comme malmené sans relâche.

— Je dois retourner à la Citadelle, souffle-t-il. Ils vont tuer ma famille…

— Je vais t'y conduire.

Le fermier termine sa vaisselle et sèche ses mains dans un torchon.

— Une autoroute relie la Citadelle aux Boucliers. Y'a majoritairement des véhicules de fret, dessus, mais, si comme tout citadin, tu ne connais rien d'autre, tes amis d'Harmattan doivent s'attendre à t'y cueillir. Si on contourne cette voie par de vieilles routes, on t'évitera un retour en cellule. Je me souviens d'une, désaffectée y'a genre dix ans, vers la Porte de Valmont.

— Vers le ghetto. Ça me va.

Ils échangent un sourire entendu. Sur ces entrefaites, son sauveur se saisit d'une veste et sort de sa maison. Il mène Cameron à son garage où dort une Chevrolet de 2140. Une voiture digne tantôt d'une collection, tantôt de la casse en fonction de son état de conservation. Celle-ci se situe entre deux. Bien entretenue, mais assez abîmée pour mériter d'être désossée. Il s'installe au volant et, avant de démarrer, se tourne vers Cameron.

— Au fait, dit-il, moi c'est Amaury.

— Cameron.

Sitôt sorti de la ferme, celui-ci se sent affreusement mal. Il doit retrouver Vera. Combien de fois a-t-il conjuré cette dernière d'abandonner son combat, pour finalement finir digne de rejoindre ses rangs ? Il a un sourire à cette idée.

Une forêt débridée cernait le centre de recherche de Winslow Medical. Centurion observait la zone sous couvert de ses ombres. En retrait, ses semblables attendaient ses ordres comme IQ450-Zaerus avait été envoyé en éclaireur. Par instinct, Centurion sentit celui-ci arriver dans son dos malgré son mode camouflage. Zaerus sembla se matérialiser à ses côtés. Sans mot dire, il transmit ses données récoltées.

— Alors ? demanda Wade. Y'a du monde ?

— Un comité d'accueil nous attend, oui.

— T'as une idée de comment on va entrer là-dedans ?

— J'ai une idée, ouais.

À moins de deux kilomètres se situait une aire de chargement où une armada d'autotracteurs issus de fermes voisines abandonnait des tonnes de denrées destinées à être emmenées par des camions. Centurion et ses camarades s'y rendirent. Cet endroit grouillait de travailleurs en matinée, mais à l'aube, tout le monde dormait encore. Wade cassa le cadenas de la grille sans grande difficulté. L'enceinte abritait une dizaine de camions vides ou déjà chargés. La fraternité jeta son dévolu sur un véhicule aléatoire, mais suffisamment volumineux pour faire office d'arme de siège. Issam se chargea du déverrouillage par télékinésie et comme ses frères s'installaient derrière, il monta dans la cabine où il fouina dans un fouillis de fils en-deçà du volant pour forcer un démarrage. Quand gronda enfin le moteur, il manœuvra et sitôt sortit d'ici, fila à toute vitesse vers la cible.

Les gardes firent de grands signes, ordonnant au Syrien de ralentir. Il fit tout le contraire. Très vite accueilli par des tirs et visiblement visé, il se mit à couvert même si le pare-brise encaissait sans mal. Le camion scinda le grillage en deux et en traîna une moitié sur son chemin. Trois soldats moururent dans une tentative d'arrêt : un réduit en miettes dont les giclées sanglantes furent nettoyées d'un jeu d'essuie-glace, deux autres sommairement écrabouillés.

Le véhicule finit dans un mur, non sans en détruire un morceau. L'arrière s'ouvrit sur Wade, armé de son fendoir-mitrailleur fétiche dont il se servit allègrement pour canarder ses ennemis. Shana se jeta dans la mêlée avec un entrain de fauve affamé. Issam descendit avec nonchalance et se concentra pour sortir ce camion de là, dégageant ainsi un accès de fortune. Centurion se faufila à l'intérieur, où deux gardes gisaient à moitié en miettes ou écrasés par des décombres. Il entendit des chefs gueuler des ordres et une cohorte de soldats courir du côté des sorties. Wade et les autres allaient s'amuser, tout en attirant un maximum de surveillants vers eux, offrant ainsi à Centurion un moyen d'évoluer dans cet édifice sans être vu malgré une entrée en fanfare. S'il était repéré là-dedans, c'en serait fini des cobayes.

Se fiant aux numérisations de Zaerus, il s'enfonça au cœur du dédale. Les soldats remontaient en masse des entrailles par d'interminables escaliers. Centurion se dirigea du côté d'un ascenseur. Il ouvrit la porte palière de ses mains et jeta un œil dans la cage à la recherche de la cabine. Voyant celle-ci au premier sous-sol, il s'élança vers les câbles et en usa pour descendre. Une fois entré via la trappe de maintenance, il vérifia l'absence d'ennemis à la sortie grâce à sa vision infrarouge. Sûr de lui, il fila dans le couloir.

La sulfateuse crachait dans un raffut du tonnerre de Dieu. Balles d'un côté, s'en allant chercher une chair moelleuse à déchirer ou de la tôle à traverser ; douilles de l'autre dans une indifférence absolue. Personne ne vit Centurion : Wade y veilla, forçant tout ce monde à rester à couvert.

Zaerus fonça au milieu des tirs. Sa structure renforcée en astralium encaissait, chantait au contact de ceux-ci : *clic, clic, clic*. Toutes griffes dehors, il investit cachettes et zones abritées, décimant ses adversaires. Tyndall semblait s'amuser, assis sur une ruine en chantonnant.

Wade finit par arrêter son massacre. Ce fut à Shana et à Issam d'entrer en scène : une cohorte de renforts venait d'arriver. Yeux mi-clos, dressant sa main droite avec un flegme absolu, le Syrien contrôla une voiture pour mieux la jeter sur eux. Lancée comme un jouet, elle effectua une dizaine de tonneaux, détruisant et déchirant tout obstacle. Elle s'arrêta châssis en l'air, vomissant des jets d'essence. Shana, affectée aux issues, se retrouva confrontée à une escouade. Elle eut un sourire, dévoilant ses dents acérées.

— Bonjour mes mignons, susurra-t-elle.

— Tuez-la ! vociféra une voix caverneuse. Butez cette monst… !

Un ordre stérile : elle avait déjà sauté sur deux soldats et arraché vaisseaux, trachée et autres morceaux de muscles de ses griffes. Leurs camarades réagirent au ralenti, s'efforcèrent d'obéir au commandement du chef défunt. Cachée sous les cadavres de ses victimes, Shana attendit d'entendre se finir sa rincée pour sortir. Couverte de sang, égratignée, elle s'élança dans une vraie danse comme on essayait de se saisir d'elle. Elle força deux malheureux à se cogner, tête contre tête, fracassant leur armure. Un couteau tiré en tua un. Le suivant évita de justesse et, fonçant sur la jeune femme, jeta celle-ci au sol. Il tenta de cogner, une fois, deux fois, trois fois, sans jamais réussir à toucher. Elle colla son genou dans ses testicules, élégante façon de le dégager avant de le renverser et de l'embrasser goulûment tout en arrachant sa langue. Il mit moins de trente secondes à convulser et écumer, infecté par son venin. Ses collègues essayèrent de fuir, mais furent arrosés une nouvelle fois par Wade.

— Pas très solides, ces gars-là, commenta-t-il.

Shana le gratifia d'un regard mauvais.

— Hé ! s'écria-t-elle. Je m'amusais, moi !

Au détour d'un couloir, deux soldats veillaient.

— *Ils vont entrer ! Code rouge, code rouge !* entendit Centurion. *On nettoie ce merdier et on se tire !*

— Bien reçu.

Il fronça les sourcils. Il y avait urgence. Il dégaina *Uru* et *Fukuro* et commença par se ruer vers ses ennemis immédiats. Ceux-ci entendirent son arrivée, mais réussirent tout juste à se retourner et voir surgir la mort. Centurion fouilla aussitôt leurs cadavres. Carte d'accès en main, il se dirigea vers un des sous-sols. L'endroit, son allure, ses odeurs, raviva une sourde angoisse dans son cœur et de mauvais souvenirs dans sa tête. S'alignaient-là des cellules dans une obscurité difficilement éloignée par un éclairage tubulaire. Comme conscients du danger, tous les cobayes s'agglutinèrent à la porte de leur cage, cognant comme des forcenés ou conjurant une aide du cyborg. Aveuglé par son objectif, celui-ci gagna la salle de surveillance. Il y massacra un garde et en mutila gravement un deuxième. Grâce à la console, où il fit défiler des dizaines de noms, il trouva un numéro de cellule. Vide. Son sang se figea dans ses veines. Submergé de colère, il saisit le soldat encore en vie par le col et ancra son regard dans le sien.

— Cameron Taylor. Où il est ?

— Cameron Taylor ? gémit-il de douleur. Putain… comme si je connaissais leur nom, à ces connards.

— Le numéro 802-06.

Il éclata de rire.

— Tu t'es vraiment donné du mal pour rien. Il s'est tiré.

— *Ça vient de ton côté*, informa Wade par ComLink.

Le nettoyage avait commencé.

— Quel genre de tests faisiez-vous ici ? sonda Centurion.

— Comme si on en avait la moindre idée.

Il malmena son moignon de jambe.

— Je n'en sais rien, merde ! cria sa victime.

Centurion mesura sa franchise, comme son vis-à-vis attendait de voir arriver son salut ou sa fin. Soudain arraché à sa réflexion par des cris au rez-de-chaussée, il sentit son cœur se serrer et son sang s'y figer.

— Qui est Ravdia Nikoladze ?

— Qui ça ? Bordel, je te l'ai dit ! Je ne connais aucun de ces foutus cobayes !

Il ne savait rien. Centurion s'en débarrassa et, une fois à terre, écrasa sa gorge.

— C'est une de vos chercheuses, cracha-t-il, imbécile. *On s'arrache*, transmit-il par ComLink. *Cameron a filé, y'a rien à faire ici.*

Sur ces mots, il activa d'un geste rageur une des commandes du tableau, délivrant tous ces malheureux sujets. Sans doute allaient-ils mourir malgré tout et Centurion en avait conscience, mais il tenait à ses idéaux : tout Homme méritait de défendre sa vie.

***

— Comment ça, « a filé » ? cria Reginald. Cet endroit est surveillé jour et nuit !

Il ferma les yeux une interminable seconde et exhala son désarroi.

— Où en êtes-vous de la confection du *trinitum* ? renchérit-il d'un ton pondéré.

— Obtenir autant de réactifs sans nous trahir a été une vraie gageure, admit Ravdia, mais j'ai réussi. Si vous me donnez trois jours, je devrais être en mesure de fournir un poison stable et…

— Je suis à court de jours. Le moindre instant, désormais, rallie Centurion à notre fuyard et à mes objectifs. S'il lui met la main dessus, tout est terminé. Alors, faites au mieux et vite.

— Je… mais… si le *trinitum* réagit mal, il va…

— Obéissez.

Ravdia ne dit mot. Reginald avait nettement conscience des effets de sa folie, mais au fond, elle n'en avait cure. Elle-même s'était affranchie de cadre dans son art, aussi ferait-elle montre d'insolence en tentant de le raisonner. Sans doute trouverait-il son salut dans un tel acte. Commettre un génocide, sinon un *simple* cataclysme de souffrance et des dommages collatéraux, était son choix. Ainsi deviendrait-il une figure immémoriale, là où un vulgaire meurtrier, si amoureux fût-il, tomberait dans un oubli général sitôt refermé le journal.

CHAPITRE 40

— AVOCAT DU DIABLE —

— Recommence.

Kayla fonça sur sa cible et renversa celle-ci pour mieux y ficher ses couteaux. Elle se remit debout d'une roulade et enchaîna ; dégaina, fit mouche, dégaina un deuxième projectile, toucha, évita un obstacle, continua en filant tout droit. À la fin du test, elle tourna la tête vers Shadow. Assis nonchalamment sur une pile de serviettes, celui-ci chronométrait sa performance.

— Encore, déclara-t-il.

Kayla vida une bouteille d'eau en un instant et jeta celle-ci sur lui.

— Bouge ton cul, tas de ferraille. Tu vas finir par rouiller.

— Tu as vraiment envie de goûter au sol ? minauda Shadow.

— Va savoir. Vu le nombre de fois où Centurion t'y fait goûter, toi, ça doit être sacrément agréable.

Il se redressa pour se planter face à son élève. La gifle fusa, mais Kayla réussit à la retenir à une distance raisonnable de sa joue. Shadow ne dit mot ni ne grimaça. Il se contenta d'enfoncer son genou dans le ventre de la jeune femme. Son souffle mourut dans sa gorge, arrêté net par une telle force. Pliée en deux de douleur, elle se mit à tousser et cracha un filet de salive acide. L'assassin la toisa une seconde pour mieux s'incliner vers elle, tout sourire.

— J'adore te cogner, confia-t-il. C'est relaxant.

Kayla tenta un crochet du droit, arrêté dans sa course par une main ferme. Shadow étreignit son poignet avec une évidente envie de la faire souffrir. Il ne se défit guère de sa risette intolérable, mais Kayla ne le gratifia d'aucune manifestation de son calvaire.

— T'es vraiment un sale con, cracha-t-elle.

— Tu radotes, ma jolie.

Il finit par se détourner d'elle.

— Allez, t'as gagné. Ça suffit pour le moment.

— Où tu vas, encore ?

— Au congrès.

— C'est aujourd'hui ?

— Oui, et tu viens avec moi. Mais, avant, renchérit-il en reniflant, tu vas te rafraîchir et demander à cette connasse de Sara Ferguson de te faire jolie. Tu ne ressembles à rien.

Sur ces entrefaites, il se retira. Kayla monta dans sa chambre où, à la faveur de son intimité retrouvée, elle se déshabilla. Joie de courte durée, car la porte s'ouvrit soudain. Kayla s'efforça d'aussitôt cacher sa nudité derrière ses vêtements défaits. Jurant et fustigeant son visiteur malvenu, elle se retourna et tomba nez à nez avec Centurion.

— Oh ! s'exclama-t-elle. C'est toi, je…

Il s'avança sans mot dire et, sitôt face à elle, redessina ses formes d'un revers de main. Au fil des exercices, Kayla avait gagné en muscle ; et même si sa force ne suffirait jamais à rivaliser avec celle d'un Super, son agilité alliée à sa vélocité, grandement entraînée par Shadow, faisait d'elle une combattante d'excellence. Ses stigmates témoignaient certes de sa résistance, mais aussi de son évolution au fil des raclées administrées et des humiliations. Elle en essuyait de moins en moins.

Centurion dégagea sa main chargée de vêtements froissés. Kayla s'abandonna à ce geste négligent, ses yeux noyés dans un azur artificiel : celui de son regard, censé demeurer vide d'émotions, mais où elle était certaine de déchiffrer une envie d'elle. Il colla son front au sien et resta ainsi un moment, s'enivrant de sa chaleur et de son odeur. Kayla amena une main sur son torse, sentit son cœur cogner sous ses doigts, par-delà son tee-shirt.

— Je venais voir si tu survivais aux fantaisies de mon frère, confia-t-il.

— C'est un salaud, mais il est efficace, admit Kayla.

Centurion sourit en coin. Il continua ses effleurements, guidé par une silhouette fine aux courbes élancées, animant en Kayla un désir ardent. Ses yeux se fermèrent ; elle s'offrit tout entière à son amant et aux déambulations de ses doigts.

— Il t'attend ? souffla Centurion.

— Il attendra.

Kayla s'accrocha à son cou. Ils s'embrassèrent une première fois, comme pour confirmer une envie commune, mais cela suffit à galvaniser Centurion. Ses sens se déchaînèrent en une fraction de seconde. Il guida Kayla à reculons, direction la douche, sans jamais délier sa langue de la sienne. Elle se démena pour défaire son armure, abandonnée morceau par morceau sans considération aucune. Une fois dans la cabine, Centurion raffermit ses gestes pour masser Kayla et soulager moult douleurs infligées par son frère. Une odeur de violette monta à ses narines comme ses mains faisaient mousser un savon en gel sur ses membres d'abord, son ventre ensuite et, enfin, au-delà de son intimité. Il sentit ses doigts glisser et sourit, remontant ceux-ci à son visage pour mieux goûter cette saveur du désir.

— Sucrée comme une gourmandise, railla-t-il.

— Crétin, susurra Kayla.

Sur ces mots, elle amena une main à sa virilité et entama un doux va-et-vient. Centurion gémit, tétant son sein tel un nouveau-né. Sans troubler son enfantillage, elle finit par guider son sexe vers sa fente et Centurion s'y enfonça avec ravissement. Il combla Kayla d'un mouvement tantôt mesuré, tantôt enflammé, lui arrachant des gémissements et des murmures salaces. Ses doigts s'accrochèrent au carrelage du mur de la douche et, au fur et à mesure de la montée de sa jouissance, il sentit celui-ci céder. Au moment de déverser sa semence, il se retrouva à étreindre des gravats. Kayla éclata de rire.

— T'as traîné.

Ainsi fut accueillie Kayla en entrant dans la voiture, où Shadow faisait s'attarder son créateur. Elle servit au Super un sourire mutin et il demeura une éternité à la fixer, comme s'il cherchait à la sonder. Il finit par secouer la tête. Alors, il démarra et sortit du souterrain pour s'insérer directement sur une autoroute à destination du centre des affaires. Kayla observait au-dehors, ces milliers de voitures s'engageant, abandonnant, changeant de file au gré des six voies. La circulation : un terme d'une grande justesse s'agissant de ces artères interminables, irrigation du cœur de la Citadelle. Bientôt se forma un énième embouteillage. Shadow se retrouva coincé entre un camion et une voiture familiale chargée d'enfants.

— Fait chier, maugréa-t-il.

Accablé d'ennui, Shadow fit descendre sa vitre et s'alluma une cigarette.

— Où sommes-nous ? demanda Kayla.

— On s'en fout, annonça Shadow en soufflant un rond de fumée. On a encore du chemin, c'est tout.

— Cette ville est constamment encombrée. Y'a-t-il une raison ?

Un souffle de vent fit résonner une clameur aux oreilles de Shadow. Il saisit immédiatement : des cohortes étaient sûrement en train de vociférer devant des gratte-ciel du Conglomérat. Il reçut très vite confirmation. Une masse de gens manifestait en sillonnant entre autant de voitures et en scandant des slogans. Shadow referma la fenêtre.

— Nom de Dieu ! s'énerva Aryan. Shadow, n'y a-t-il donc aucun moyen d'éviter cette foule ?!

Il essaya. Il commença par rogner la zone dérasée et s'y engagea par un demi-tour serré. Le routier de derrière eut tôt fait de le gratifier d'un florilège d'injures dont il saisit la moitié. Il n'en avait cure : son objectif restait de se sortir de ce carcan. Il recula et usa de la zone d'arrêt d'urgence comme d'une voie auxiliaire. À l'orée des édifices du Conglomérat, ils rencontrèrent des policiers débordés. Ceux-ci, tantôt en uniformes, tantôt en armure anti-émeute, tentaient de garder la masse agglutinée. Shadow s'immisça dans le cercle dégagé entre les tours Pinxit et Winslow où il se gara derrière une Bugatti *Alto* noire.

La seule vue d'Aryan excita la foule. Tous criaient des mots embrouillés par des récriminations de leurs voisins : des «*Aidez-nous!*» étouffés d'«À mort les faux dieux*!*» Litanie inintelligible dont on entendait encore un écho au sein de la tour. Sitôt entré, Aryan fut immédiatement abordé par un jeune officiel.

— Monsieur Turner! s'exclama-t-il. Je suis ravi de vous accueillir ici.

Sa face fendue d'un grand — et évidemment faux — sourire, il lui serra la main.

— Nicolas Chevalier. Quel honneur d'enfin vous rencontrer.

Sa voix fluette cachait son caractère, un mélange de détermination, d'ambition et d'arrivisme : il fallait cela pour oser choisir la direction d'une succursale maudite. Trois dirigeants s'y étaient déjà suicidés, aussi un mental d'acier était-il devenu une nécessité pour diriger ici. Shadow se méfia d'emblée. Sitôt engoncé dans un ascenseur, il resta un moment à sonder cette graine d'Intouchable, à *numériser* sa silhouette comme s'il cherchait un endroit idéal où enfoncer son couteau. Kayla lui jeta un regard et il se contenta de sourire.

Un carillon annonça leur arrivée. Se dévoila un étage d'allure singulière. Shadow resta d'abord interdit face à la magnificence d'un jardin d'intérieur, majoritairement concentré au centre de la salle. Un couloir également agrémenté d'une végétation strictement entretenue sillonnait tout autour.

— C'est une fantaisie de feue madame Lemaître, informa Nicolas Chevalier. La majorité de ces végétaux sont des G-mod.

Certain d'avoir entendu un oiseau, Shadow considéra un moment ces arbres et arbustes. Il y distingua des couleurs criardes : celles d'un volatile étrange, semblant ondoyer au contact des feuilles.

— Hologrammes, ajouta Chevalier.

Au cœur du «jardin» était installée une grande table ovale. Autour attendaient des Intouchables et moult collaborateurs de renom. Kayla reconnut certains d'entre eux, entrevus à la télé, tel Anselm Wayland, secondé par une énième «mademoiselle» déterminée à élever son rang social; Hermina Scottley et son fidèle caniche; et...

— Aryan Turner...! Je commençais à me languir de vous.

Cette seule voix fit tressaillir Kayla. Elle réagit immédiatement, décidée à en finir tout de suite. Shadow retint ses ardeurs, écrasant sa main et forçant celle-ci à rengainer son couteau.

— *Range ça. Cet enfoiré te ferait abattre comme un animal fou.*

Conscient du danger et de sa retenue fragile, Reginald adressa un sourire enjôleur à Kayla. Shadow mourait d'envie d'effacer cette joie de sa face ou de graver celle-ci *ad vitam* à grand renfort de taillades. Il raffermit son étreinte sur la main de Kayla et cette dernière finit par céder, ramenée à la réalité par un éclair de douleur.

— *Calme-toi, putain de merde.*

— Vous languir ? déclara Aryan. Vous sembliez me fuir.

— Aurais-je une raison ? gloussa Reginald.

— À vous de me le dire, défia Aryan en se glissant dans son siège. Sans doute vous sentiez-vous indigne de moi. Vos actions nous mettent, tous ici, en danger.

Hermina Scottley fit un signe de la main. Un gynoïde en combinaison standard se détacha du décor pour venir servir un thé *Ceylan* d'excellent cru. À voir cette Intouchable s'enivrer ainsi de ces fragrances, Shadow ne sut se retenir d'imaginer une scène semblable, mais avec un rail de cocaïne.

— Ayez l'obligeance de nous justifier, Monsieur Reichardt, votre maladresse, commença-t-elle.

— Vous me vexez, Hermina, gémit Reginald. Comme si j'avais instigué un tel fiasco. Victor était mon ami, je refuse de mettre son œuvre en danger.

— Qu'avez-vous donc fait ? maugréa Anselm Wayland. Il y a forcément une origine à cette calamité, une tête à faire tomber !

— J'ai signé des documents, c'est tout, mentit Reginald avec une mine innocente. J'en ai validé un, déjà initié par Victor : un ordre d'ajout d'additif. Rien de sorcier, une vulgaire molécule, mais, à la clé, une économie de soixante-neuf millions de crédits.

— Économie efficace, effectivement, railla Hermina.

— Si vous souhaitez faire tomber une tête, je vous invite donc à vous rendre à Pennland Hills.

— Ces documents, enchaîna Anselm, non sans égarer sa main sur une cuisse de son assistante, vous les avez ?

Il se saisit d'une chemise verte, désignée d'un regard malicieux par Reginald. Son regard augmenté, généralement utile à déshabiller ces dames, servait pour une fois à autre chose. Il examina la signature de Victor, évidemment falsifiée, et déclara :

— C'est une vraie.

— Attendez, je crains de n'y rien entendre, déclama Hermina. Victor aurait initié une modification d'un élément crucial à notre survie, sans demander notre accord ?

— Il aimait faire cavalier seul, admit Anselm.

— C'est un scandale !

— S'en serait-il soucié ? intervint Aryan. Inutile de vous mettre dans un tel état, Hermina. Victor est mort et son vulgaire substitut, un imbécile. Vous avez validé des documents, certes — en cela, vous êtes idiot —, mais cet additif… Quel autre génie a réussi à foirer une formule que j'imagine inoffensive ?

Reginald ne cessa de sourire malgré ce déluge d'insultes. Il se fichait comme d'une guigne d'être traité de maladroit ou d'« idiot » : Aryan marchait aveuglément dans son collet — tout jeu de mot gardé. Sa neutralisation du *Mermaid*, calculée au début de sa grande mascarade, aidait nettement.

— À vous de me le dire, mon cher Aryan, minauda-t-il. Connaissez-vous une certaine Ravdia Rostov ? Oh, allons… sa sœur, Zeera, est votre nouvelle recrue. Elles font chacune usage d'un faux nom : Kingsley, Nikoladze…

Un geste désinvolte de sa main fit s'afficher un hologramme de Ravdia. Sa ressemblance avec Zeera était formidable. Elle semblait néanmoins moins conservée, par ses traits tirés, taillés grossièrement au couteau. Ses yeux verts, enfoncés dans des orbites caves, demeuraient gracieux malgré la désolation de sa face. Comme s'il se trouvait face à Zeera elle-même, Shadow fut saisi de malaise.

— Oh, suis-je idiot, se gaussa Reginald. Vous n'y voyez à moitié rien, mon cher Aryan. Shadow, confirmes-tu : cette femme ressemble comme deux gouttes d'eau à Zeera Kingsley, non ?

— Ouais, grommela Shadow, elle ressemble.

— Sachez-le, chers amis : elle est introuvable. A-t-elle saboté notre formule ? Sans doute était-elle animée par un désir de vengeance. Sa sœur a été arrachée à la fange d'Harmattan et, au-delà d'y dormir, elle s'est arrogé la couche d'Aryan comme terrain de jeu. Rien d'étonnant à voir naître la jalousie.

Hermina faillit s'étouffer avec son thé. Elle jeta un regard sévère à Aryan.

— Vous folâtrez avec cette *engeance*?

— Ce choix me revient, trancha Aryan. Que Ravdia soit de la famille de Zeera ou non, le résultat est semblable. Une folle vous a abusé, Reginald, et nous devons la retrouver. Sans doute a-t-elle connaissance d'un antidote.

— À vrai dire… souffla Reginald. J'en ai un. Victor avait envisagé une telle erreur, même si elle n'aurait jamais dû influer à une si grande échelle. Je suis en mesure de sauver la situation, mais il va falloir me donner certaines… autorisations. Illimitées.

Grand silence.

— Jamais, assena Aryan. Vous m'entendez? Jamais je ne ferai confiance à *votre* «engeance»!

Cette risette figée dont s'affublait Reginald attisait une envie de meurtre chez Shadow. L'agacement d'Aryan, transformé au fil des interventions de son semblable en colère flamboyante, semblait contaminer ce dernier. Créature exaltée, étrange amalgame d'émotions, celle-ci réagissait comme une flamme au contact du gaz. Un mot, un ordre, et il réduirait son adversaire en miettes sanguinolentes.

— Cette décision revient à notre assemblée, remémora ce dernier, non à vous.

Harcelé de regards insistants, Aryan fit un signe sec de la main.

— Très bien. À notre assemblée, donc, de choisir ou non votre voie. Libre à elle de se salir dans vos magouilles. Allez-y, détruisez le Conglomérat si cela vous chante... Pinxit survivra.

Éminences et autres associés se concertèrent. Aryan resta silencieux, droit dans son siège, digne face à ce foutu «fritz» au sourire d'arracheur de dents. Il avait gagné, et il le savait déjà.

Vint le moment des délibérations. Hermina Scottley se racla la gorge :

— Je choisis de suivre Reginald, annonça-t-elle, faute d'une meilleure solution.

Anselm Wayland hocha la tête.

— Il en va de même pour moi.

Une majorité de collaborateurs fit de même, forçant Aryan à s'avouer vaincu. Si cette défaite avivait sa fureur, un tel abandon suffisait à nouer son estomac et à raviver ses aigreurs. Il venait de jeter tout son travail aux griffes de ce maudit meurtrier et de le — se ? condamner au néant.

— Bien, déclara-t-il. Vous avez fait votre choix. Assumez-le.

Tout était dit. Le sourire de Reichardt annonçait autre chose, sinon une seule victoire. Accoutumé au jeu des faux-semblants et malgré ses maigres talents dans ce dernier, Shadow flairait une embrouille. Il n'osa toutefois en aviser Aryan, sentant émaner de lui une colère noire. Le retour à la voiture se fit donc dans un silence religieux. Shadow glissa la clé dans le contact et resta aux aguets. Reginald mit une dizaine de minutes à venir. Un dossier en main, son assistante semblait monologuer. L'allemand traçait sans mot dire vers une Bugatti *Alto* où il s'effaça derrière des vitres fumées.

Comme s'il s'efforçait de se calmer, Shadow faisait danser ses doigts sur son volant. Son regard analysait alentour. La manifestation s'éternisait. Elle avait commencé à déborder la police, de sorte à la contraindre de ramener ses mécha-gardes dont résonnaient de menaçants refrains. Les manifestants, dociles et surtout effrayés par ces machines, obéissaient. La circulation était toujours soigneusement contrôlée. Satisfait de sa marge de discrétion, Shadow s'engagea derrière Reginald. S'amorça un cran de difficulté sitôt de retour dans un trafic normal. Soucieux de garder ses distances, Shadow s'interdisait au maximum d'être doublé. Il colla à la voiture familiale de devant, évitant toute insertion malhabile. Ainsi atteignit-il un entrelacs de voies, carrefour dangereux à la signalisation confuse, où un feu vira au rouge sitôt y fut-il arrivé. Il l'aurait volontiers grillé si la familiale ne s'y était arrêtée, forçant son suivant à faire de même. Contrarié, Shadow cogna son volant. Au loin, il voyait la Bugatti filer tout droit, direction *Hôtel des Invalides*. Il s'y conforma donc.

À nouveau en visu, Reginald était arrêté au milieu d'un carrefour, attendant son tour pour tourner à gauche. Comme Shadow était englouti dans la masse, Kayla se mit à étudier la carte.

— Il y a des travaux, Boulevard des Invalides, informa-t-elle, et il va droit dessus. Si tu continues par-là, tu devrais réussir à contourner.

— Guide-moi.

Ainsi s'abandonna-t-il au conseil de son élève. Le signal d'une déviation confirma ses dires, telle la rumeur des fameux travaux. Un chantier de taille engloutissait une moitié du tronçon. S'entrevoyaient, derrière des grilles, d'énormes machines jaunes et orange dont le tumulte d'enfer faisant trembler ciel et terre.

Shadow sentait son angoisse monter, dissimulée par une vague de colère. Il s'y refusait, craignait de décevoir Aryan. Sans cesse il jetait des regards dans son rétroviseur intérieur et fixait ce dernier. Cette face figée, ce flegmatisme, cachait de violentes émotions. Il ne tolérerait aucun échec.

— Shadow ! cria soudain Kayla.

Un énorme camion automatisé arrivait à grande vitesse vers eux.

— Attenti… !

Shadow avait déjà réagi. Conscient d'avoir affaire à une collision inévitable, il changea illico de direction, glissant sur la chaussée dans un affreux crissement. Semblable à une arme de siège, le camion s'enfonça de toute sa force à gauche de la Zenith. Charriée tel un obstacle mineur, traînée à même la route, elle finit à moitié encastrée dans un mur de résidence. Alors, un semblant de silence tomba. Sur un fond de circulation, chutes de cailloux et écoulements d'eau se mêlaient au geignement de la tôle fracassée et au grincement ridicule des essieux gondolés. Une femme en robe de chambre, cachée derrière son divan, observait la scène en tremblant.

Assaillie par une migraine d'une rare violence et son regard moucheté de noir, Kayla cilla. Elle gémit et, malgré la douleur d'une ou deux côtes vraisemblablement fêlées, elle jeta un regard autour d'elle. Personne ne sortit du camion pour finir cet attentat. Aryan était sonné, mais entier. Quant à Shadow, un grognement allié à un tintement de glace fragmentée annonça sa survie. Son œil fendu en deux par un éclat de verre, il avait rudement encaissé. Il ne souffrait néanmoins d'aucune déchirure ni même d'une éraflure. *Quasi* indestructible, il ne craignait rien de ces menus débris.

— Quelle journée de merde, grommela-t-il.

CHAPITRE 41

— DIEU ESTROPIÉ N'EST PLUS QU'HUMAIN —

Avant de mourir seul
Avant que mon temps soit passé
Il y a juste une chose que je dois faire
Avant le feu et la pierre
Avant que votre monde ne disparaisse
Ayez un peu de patience
Car j'aurai ma vengeance

Vengeance — Zack Hemsey

ARYAN ET SES ENFANTS dînèrent tard, aussi jouirent-ils seuls du restaurant du *Foucault*. Les cuisines furent remises en action pour eux et une cohorte de valets se conforma à leurs moindres désirs malgré une fatigue manifeste. Une multitude de mets fut servie pour soulager la voracité des Supers, mais aucun d'eux ne fut réellement dégusté avec régal. Une ambiance maussade régnait, tombait sur cette nourriture tel un crachin cendreux, gâtait son goût, âcre comme du charbon. Pas de vannes ni de rires : chacun mangeait sans mot dire. Le *clic-clic* des fourchettes se couvrait, par moments, de raclements de gorge gênés.

— Un catalyseur, énonça tout de go Aryan.

Silence. Ces seuls mots furent source d'attention générale ; tous se figèrent pour mieux tourner leurs regards vers lui.

— Que voulez-vous dire, Père ? demanda Shadow tel un enfant timide.

Aryan abandonna ses couverts dans son assiette et joignit les mains.

— Cet « additif » dont Reginald a fait mention… Il s'agit en réalité d'un catalyseur. Il a accéléré la dégradation de la neurophine et isolé ses molécules, désormais libres de réagir avec *autre chose*. Un poison, par exemple.

— Tout ce merdier, c'étaient des préparatifs, saisit Centurion. La vraie menace arrive maintenant. Sans contrôle post-production, sans garde-fou et comme on lui a donné les pleins pouvoirs, Reichardt agit à sa guise.

— On fait quoi, alors ? interrogea Tyndall.

— Il n'y a rien à faire, affirma Aryan. Seul le Conglomérat a la main sur cette marchandise. La décision de mes confrères va nous mener à une crise d'envergure, sinon à une ruine absolue. Énormément de gens vont souffrir et mourir. Vous ne pourrez sauver personne, mais votre image nous aidera à survivre. Alors, vous allez vous exhiber, agir en héros, assister ces malheureux même s'ils doivent s'éteindre dans vos bras. Vous montrerez que *mon* Conglomérat n'a rien à voir avec les agissements de Reginald Reichardt et par-dessus tout, vous allez me retrouver cet immonde salopard.

— Ce sera fait, déclara Centurion.

Au terme d'une pause, il renchérit :

— Shadow. Qu'en penses-tu ?

L'intéressé abandonna la contemplation renfrognée de son repas et redressa la tête, révélant ses yeux dépareillés. Il grommela et s'adossa à sa chaise un instant, en proie à sa réflexion.

— J'en pense que Reichardt va se tirer dès que ça va partir en sucette. Il a épuisé le potentiel protecteur de Romane. Il ne prendra pas le risque de se cacher derrière cette connerie de principe de non-ingérence — officiellement, on était là pour le congrès. Pas alors que nous sommes déjà dans le pays et que rien ne nous empêchera de le dénicher.

— Tu veux dire qu'il profitera du merdier pour décarrer d'ici ? interrogea Wade.

— Qu'il le veuille ou non, enchaîna Centurion, il doit respecter un plan de vol. Or, nous surveillons Roissy et Orly. Il le sait, et pour cela, va sûrement s'enregistrer au dernier moment. En théorie, cela nous donnerait un créneau d'une demi-heure, plus que suffisant s'il n'allait pas gratter de précieuses minutes grâce à la crise qui se prépare.

Une serveuse munie d'un plateau chargé de desserts se figea dans sa marche et, soudain, s'échoua dans un grand fracas de vaisselle éclatée. Un mélange de crème chantilly, de sauce chocolatée et de glaces colorées coula sur le sol, sinua dans les rainures du carrelage et englua la chevelure de la malheureuse. Celle-ci se mit à convulser et à écumer, comme en pleine crise d'épilepsie. Shasta se rua vers elle et maintint sa tête pendant qu'Issam, venu illico en renfort, déblayait la zone des débris tranchants. Elle semblait encore consciente, car elle amena sa main augmentée sur la joue de la Super dans un geste de peur et de désespoir. Ses yeux finirent par se révulser dans un ultime soubresaut de son corps qui, relâché d'un coup, se plia comme un jouet de chiffon jeté dans une malle.

— Les secours ne répondent pas, informa Tyndall. Ligne surchargée.

— Ça a commencé, déduisit Shadow.

— Alors, on y va, ordonna Centurion. Allons cueillir ce fils de chienne. Shadow, Hypno, avec moi.

— Je viens ! cria Kayla.

Le cyborg d'argent consulta Shadow du regard. Il fit un discret « oui » de la tête dont Kayla ne rata rien. Un sourire victorieux fendit son visage.

— Elle est sous ta responsabilité, précisa son chef.

Shadow se planta face à son élève et lui jeta un coup d'œil certes complice, mais sévère.

— … me déçois pas, O.K. ? murmura-t-il.

Sur ces mots, il lui donna une tape sur l'épaule et se détourna d'elle. Kayla sentit son sourire s'agrandir comme une étrange satisfaction se frayait son chemin en elle. Elle avait tellement souffert entre ses mains, sous ses poings, saignée au fil de ses couteaux et essorée en fin de course telle une serpillière ; et maintenant, enfin, ce monument de froideur lui accordait sa confiance. Kayla prit conscience que cette éternité passée à suer avait un sens, que Shadow n'avait pas choisi de lui venir en aide par simple envie et plaisir de la frapper. Il avait cru en elle. Elle en aurait presque pleuré.

— Tu te ramènes, joli cœur ? railla-t-il.

Elle acquiesça et s'élança à la suite de la petite équipe.

Au sein même du *Foucault*, des cris et des adjurations résonnaient dans divers idiomes. Les naturels, déboussolés, sortaient des chambres, tournaient en rond tels des animaux en cage, incapables de réagir. Le visage ravagé de pleurs, certains s'entre-déchiraient pour arracher un médikit du mur et sauver leur proche augmenté en crise.

Wade et Tyndall constatèrent cette folie en raccompagnant Aryan et sa suite. Bousculée comme une gêne, une femme égarée tomba face à lui. Il demeura une seconde immobile à la toiser, comme si une fraction de lui-même ne la jugeait pas digne d'intérêt. Il finit par lui tendre une main secourable, tandis que ses Supers faisaient tout pour calmer les effusions de violence.

— Vous allez rajouter de la difficulté à cette situation merdique, déclama Wade.

Il se saisit lui-même du kit disputé et le remit à Tyndall.

— Bande d'abrutis, grommela-t-il.

Sur ordre d'Aryan, tous deux vinrent en aide aux victimes par des gestes de premier soins. Wade les regroupa ensuite à la réception pour faciliter l'intervention des secours.

Confiné dans sa chambre, Aryan se dirigea vers la baie vitrée pour contempler la ville. Tyndall revint à ses côtés non sans se préparer au pire — et armer IQ450-Zaerus — au cas où le dénuement des gens d'au-dehors viendrait à se changer en rage. Les mains croisées dans le dos, son créateur semblait profondément songeur. Si songeur qu'il n'entendit même pas Sara Ferguson péter sa durite et agacer Tyndall de questions. Aryan détestait perdre le contrôle ; or, c'était précisément le cas en cet instant. Son empire menaçait de s'effondrer pour une stupide romance entre deux imbéciles. Il avait mésestimé Reginald Reichardt, ce mouton noir de sa caste, et s'en mordait les doigts, désormais. Il se refusait à penser que son Conglomérat allait mourir ce soir : il se relèverait malgré la puissance du coup porté et panserait ses plaies au fur et à mesure. Il lui fallait juste un coupable à sacrifier, un morceau de viande à donner au grand chenil du monde ; et ce coupable, ses Supers étaient déterminés à le lui ramener.

— Sara, entendit-il Tyndall hurler enfin. Fermez votre putain de gueule, d'accord ? Le plan de vol est enregistré à Orly, transmit-il ensuite à ses frères. Vous avez trente minutes.

Un SUV roulait à toute vitesse, sans se soucier du code de la route ou d'une potentielle arrestation. Shadow gardait ses mains crispées sur le volant et se concentrait pour éviter d'écraser des civils en perdition. L'autoroute était envahie de véhicules arrêtés aux feux de détresse allumés. Certains conducteurs géraient vaille que vaille un passager atteint et vice-versa, si tant est que leur auto ne fût pas enfoncée dans une autre ou dans le décor. Shadow esquiva cette série d'accidents en usant de voies dérasées et en empruntant des routes détournées qui finirent par le faire débouler dans le ghetto. Au-delà des autoroutes et des échangeurs s'apercevait déjà Paris-Orly et son aérogare, structure gigantesque parée d'écrans où défilaient des représentations artistiques de la cité.

Un calme dérangeant régnait dans le ghetto. Préservés du poison de Reginald par leur pauvreté, les gens se pressaient au sortir de leurs masures pour écouter le vent charrier les rumeurs du centre-ville. Certains se massaient au seul bar du coin doté d'une télé pour voir en direct ces riches et moins riches, si enviés ou détestés, tomber les uns après les autres.

Sur la piste de Paris-Orly, un jet privé aux couleurs de Reichardt-Bauer se préparait au décollage. Une ambiance tamisée y régnait, propice à la somnolence de la petite Roxane. Pelotonnée contre Reginald, celle-ci étreignait un pan de sa chemise comme un doudou. L'Intouchable la couvait d'un regard tendre, yeux mi-clos, en caressant ses cheveux.

— Où va-t-on, maintenant ? demanda Ravdia, installée en face.

Son valet amena un café à Reginald. Sans un mot, il y ajouta une pincée de sucre et prit son temps pour ouvrir une dosette de crème, comme s'il réfléchissait à quoi répondre.

— Vous êtes drôlement calme pour quelqu'un que le monde entier va vouloir éliminer.

— *Le monde entier*? répéta Reginald. Je ne crois pas. Il y a encore, sur cette planète, des gens qui partagent mes idées.

Ravdia s'accouda à son siège et appuya sa tête sur sa main.

— Faites-vous mention de la Coalition ? interrogea-t-elle en reniflant de dédain. Elle partage sans aucun doute vos idées, mais ne vous fera aucun cadeau.

— Je survivrai.

— Vous m'avez protégée de la chasse aux sorcières des Européens. Vous m'avez offert tant de choses que je ne saurais tout compter… Je crains de ne pouvoir vous rendre la pareille. Je reste une infréquentable pour une partie du globe, et vous, ce soir, me rejoindrez.

— Alors, entrons tous deux dans l'Histoire, pontifia Reginald après une gorgée de café. Celle qui ravagea une partie de la communauté occidentale par un virus et celui qui, par amour, regarda ce monde s'embraser. Je trouve cela savoureux.

— Si nous mourons tous les deux, qu'adviendra-t-il de la petite ?

— Vous avez trop de talent pour mourir, Ravdia.

— N'en va-t-il pas de même pour vous ?

— Cette histoire a pris un tournant trop personnel. Même si Aryan acceptait de me garder en vie, ses Supers me tueraient d'une façon ou d'une autre.

— Ils désobéiraient ?

Reginald ne répondit rien, sa face fendue d'un demi-sourire énigmatique.

— Je crois que nous allons devoir rendre visite à la Coalition un peu plus tôt, informa soudain Ravdia, qui regardait dehors. Ils sont là.

L'Intouchable reposa sa tasse d'un geste roide et repoussa le rideau à son tour. Son visage perdit de sa couleur comme il mesurait le péril. Un véhicule engagé sur une allée déserte, réservée au service, fonçait droit sur eux dans un nuage de poussière. « Ils », les Supers, venaient le cueillir.

— Décollez, maintenant, ordonna-t-il à son valet.

— Mais, Monsieur, on ne nous a pas encore…

— *Maintenant.*

Il s'inclina et s'effaça dans le cockpit.

Le jet entama sa manœuvre.

— Il décolle ! cria Kayla.

Shadow raffermit son étreinte sur le volant, écrasa la pédale d'accélérateur et fonça droit sur l'enceinte de l'aérodrome. Un gardien lui fit signe de s'arrêter à grands gestes, mais il refusa d'obtempérer et défonça la grille. Quatre mécha-chiens de sécurité se déployèrent aussitôt pour se lancer à ses trousses. Par un simple coup d'œil dans un des rétroviseurs, Centurion estima leur distance. Il avisa Kayla, qui opina du chef.

— On gère, informa-t-il Shadow.

Il fit glisser la trappe du toit et s'y faufila cependant que son amante chargeait un fusil-mitrailleur avec maîtrise — à croire qu'elle avait fait ça toute sa vie. Sitôt dehors, Centurion sauta du véhicule en dégainant ses katanas. Un sifflement de sa part attira deux méchas qui freinèrent et firent volte-face pour mieux lui tourner autour tels deux prédateurs : un dans un sens, le deuxième dans l'autre.

Kayla arrosa les derniers de projectiles. Elle visait juste et s'acharnait en hurlant, mise au supplice par les vibrations du flingue, mais néanmoins déterminée à garder son doigt sur la détente, seul espoir de se débarrasser de ces créatures d'enfer. La plus proche encaissa la rafale jusqu'à ce que son armure s'étiole et tombe, morceau par morceau, révélant une musculature puissante, mais fragile. La machine finit par s'écrouler dans l'indifférence totale de sa semblable qui, à la faveur de son sacrifice, se jeta sur le SUV dont elle fit éclater le pare-brise arrière en y enfonçant ses griffes.

— Putain ! Qu'est-ce que tu fous ?! pesta Shadow.

— On gère, on a dit ! insista Kayla en abandonnant son fusil-mitrailleur pour ses couteaux de combat.

Elle sortit à son tour par le toit et entama un duel avec la machine qui cherchait à tout prix à neutraliser ce qu'elle considérait comme une menace. Elle mit en application tous ses enseignements, consciente que cette fois, des contusions seraient un souci moindre si ce maudit chien réussissait à la toucher.

Le robot demeura figé une fraction de seconde pour analyser son ennemie. Kayla fit de même, ce qui lui permit de détecter des failles dans sa garde. Il fouetta l'air de sa queue comme un avertissement, puis tenta à plusieurs reprises d'empaler son adversaire par des frappes rapides. Concentrée sur ses esquives, elle parvint, au prix d'une unique estafilade à la joue, à se saisir dudit câble et tira suffisamment fort dessus pour déséquilibrer le mécha, mais pas totalement, car il sauta sur elle et la força à reculer. Kayla trébucha sur l'antenne du SUV et faillit en tomber.

Son combat ne perturbait en rien Shadow, même si une pointe d'angoisse — qu'il se refusait évidemment à admettre — perçait régulièrement son cœur et sa confiance en son élève. Il filait droit vers le jet, désormais en position sur le tarmac.

— Hypno, à toi de jouer, s'exclama-t-il.

Le Syrien inspira un grand coup et fixa toute son attention sur l'aéronef afin de le maintenir au sol. Il n'avait jamais tenté de contrôler un objet de cette taille, encore moins en mouvement, aussi sentait-il déjà la peur de l'échec s'insinuer dans son esprit et parasiter sa concentration. Il entoura le jet de vrilles psychiques démesurées, prouesse digne d'un magicien, mais particulièrement gourmande en efforts. Il suait à grosses gouttes et serrait les dents pour oublier la douleur de ce poids sur son mental.

— Souviens-toi, mon frère, le rassura Shadow. Vide-toi la tête, va à l'essentiel.

Faire le vide dans de telles circonstances s'avérait difficile. Le mécha-chien continuait de marteler la carrosserie, toujours en pleine action contre Kayla. Celle-ci finit par le faire culbuter du véhicule, lequel lui roula dessus sans perdre de son élan. À la faveur de cette accalmie, Issam ferma les yeux et relâcha la pression dans un souffle. Le jet commença aussitôt à ralentir et à piquer du nez.

Reginald entendit le fuselage grincer, écrasé par une poigne aussi puissante qu'invisible. Le pilote maugréait des jurons en poussant l'appareil à son maximum pour tenter de résister. Celui-ci trembla, déchiré entre deux élans contraires. Une multitude de pensées négatives assaillit immédiatement Reginald, qui exhala un profond soupir dans un vain espoir de se calmer.

— Si vous ne *l'utilisez* pas, insinua Ravdia, nous sommes foutus.

Il lui jeta un regard mauvais, mais opina néanmoins sans mot dire. Il réveilla Roxane d'une caresse de la main et par quelques mots gentils. Elle le dévisagea en frottant ses yeux encore encroûtés de sommeil.

— Roxane, ma chérie, minauda Reginald, j'ai besoin de toi.

Elle hocha vivement la tête.

— J'aimerais que tu fasses comme si tu étais un petit esprit de la forêt et que tu voulais te cacher des méchants, d'accord ?

Sur ces mots, il la serra contre lui en fredonnant cette fameuse chanson dont elle raffolait, telle sa sœur jadis. Roxane s'abandonna à son pouvoir : ses yeux se révulsèrent et dans leur pâleur dérangeante dansèrent des filaments grisâtres.

Issam perdit si soudainement le contact qu'il sentit son souffle s'interrompre et son cœur sursauter dans sa poitrine. Un épais nimbus apparu *ex nihilo* entourait à présent le jet et annihilait ses pouvoirs.

— *Dawa*[3] *!* jura-t-il. Je ne peux rien faire !

Il s'efforça de se reconcentrer, de visualiser sa cible pour s'en emparer une nouvelle fois.

— On va le perdre ! constata Shadow.

Le nuage finit par se détacher du sol malgré tous les efforts du Syrien. Il ne se dissipa qu'à une distance raisonnable, offrant aux Supers la vision d'un clignotement goguenard : celui des feux anticollision du jet.

Shadow arrêta la voiture et resta un moment immobile. Lassé, vidé de ses forces tant physiques que mentales, il s'avachit dans son siège et ferma les yeux. Le son familier des pas de Centurion ne le sortit même pas de ses pensées. Le cyborg d'argent jeta un œil dans le véhicule, où il croisa le regard de Kayla, qui se contenta de hausser les épaules. Il ne demanda à personne si ça allait, conscient qu'ils passeraient tous un sale quart d'heure dès leur retour au *Foucault*.

***

L'éclat des gyrophares se mêla aux premières lueurs de l'aube ; éclaira cet entre chien et loup où le monde semblait s'extirper de son cauchemar. Un simulacre de silence angoissant régnait sur la cité, comme si, tout souffle retenu,

3 Trad. : « bordel. »

le peuple parisien espérait la fin de cette tragédie. Toute l'agitation se concentrait dans les centres de soins, tant publics que privés, réquisitionnés dans l'urgence. Un branle-bas de combat y avait été sonné. Les ambulances s'agglutinaient sur les parkings ou se collaient dans des files. Les soignants couraient en tous sens, accrochés à des brancards où des patients menaçaient de rendre leur dernier souffle à n'importe quel moment. Certains tremblaient sous la pression en préparant des injections pour relancer des cœurs à l'agonie, tandis que leurs collègues intubaient ou réanimaient déjà des hommes et des femmes, jeunes et vieux, à moitié étouffés par leur propre salive. Les proches s'attroupaient dans des salles d'attente trop étroites pour une telle affluence, erraient telles des âmes égarées ou faisaient les cent pas comme autant d'animaux prisonniers. Les pleurs se mêlaient aux murmures anxieux, là où on entendait dans des couloirs des « On dégage ! » suivis d'électrisations ; des « On va le perdre ! » ou, pire encore, des décisions difficiles : celles d'abandonner, d'intervenir pour l'un et non pour l'autre.

Assise sur une chaise de la salle d'admissions du Centre de soins général, Shasta ferma un moment les yeux. Elle sentait le trop-plein d'émotions retomber, prêt à la faire éclater en sanglots. Sa sœur se mit à sa hauteur pour mieux la serrer dans ses bras. Wade restait à l'écart, mine fermée, à regarder le personnel papillonner. Tout cela le dépassait.

Il entrevit un véhicule familier par une des fenêtres. L'équipe de l'aéroport se montra, Centurion en tête. Une armée de journalistes et de *Papbots* se rua aussitôt sur eux, objectifs et micros en évidence, mais le cyborg d'argent n'avait manifestement aucune envie de répondre à quelle que question que ce fût. Il affichait une mine préoccupée, plus par son échec qu'en raison des victimes auxquelles il venait apporter un semblant de soutien. Confrontés à son silence et aux signes agacés de sa main, les reporters se dépêchèrent de changer de cible, certes d'autant plus mauvaise qu'il s'agissait de Shadow. Englouti par eux, ce dernier étouffa et n'eut qu'une envie : se cacher dans un coin et ne plus en sortir. Il regarda son chef s'éloigner, secoué par un afflux de sentiments si contraires qu'il finit par se fermer et s'offrir au vide.

— Sachez, Mesdames et Messieurs, déclara Centurion entre deux flashes, que le Conglomérat tel qu'Augustus premier du nom l'a créé et tel que notre créateur l'a toujours présidé, n'a rien à voir dans ce scandale. Une seule personne est *coupable*, et je vous promets que mon équipe, *vos* super-héros vont tout faire pour l'arrêter.

— Qui est-ce ? demanda une émissaire de TF1 dont le direct défilait déjà sur toutes les télés du pays. Pouvez-vous nous en dire plus ?

— Qu'allez-vous faire pour les victimes ? Le Conglomérat a-t-il songé à une compensation ?

— Je crois que nous avons tous énormément souffert, reprit Centurion, et que rien ne pourra ni ramener ni *racheter* ceux que nous avons perdus. Le moment n'est pas propice à ce genre de considérations. Une chose est néanmoins certaine : nous ne laisserons personne tomber.

Ce discours fut notamment retransmis à l'Hôtel des Invalides dans l'office de la maréchale. Assise dans son grand fauteuil de velours, elle fumait une cigarette, chose qu'elle faisait rarement, mais nécessaire en cet instant de stress. Elle accueillit les mots de Centurion en soufflant un rond de fumée, son genou remuant sans discontinuer sous son bureau. Sa tension se dissimulait sous une épaisse couche de fiel ; celui de la rage d'avoir été trahie et prise pour une imbécile.

— Madame la Maréchale, l'interpella un de ses subalternes.

Elle lui coula un regard presque agacé.

— Aryan Turner est là.

Elle ordonna de le faire entrer d'un signe las de la main. Tyndall n'attendit pas et dégagea même deux militaires fort gradés pour mieux s'affaler dans le siège face à Madeleine. Il regarda autour de lui tel un enfant curieux, pas impressionné pour un sou par tout le faste de la pièce. Il trouva d'ailleurs la déco passée, pour ne pas dire complètement dépassée. Lui qui pouvait s'offrir tout ce qu'il souhaitait aux frais d'Aryan et de ses sponsors, aimait rester dans une certaine simplicité. Un souvenir de sa mère et un précepte salué par son créateur. Celui-ci suivait d'ailleurs, escorté par IQ450-Zaerus.

— Bon ! s'exclama Tyndall. Qu'est-ce que c'était, ce bordel ?

— Je n'aurais pas dit mieux, soutint Aryan en s'asseyant à son tour. Madeleine, ma chère Madeleine… si vous me racontiez *en détails* votre petit arrangement avec Reginald Reichardt ?

— Je ne vois pas de quoi vous parlez, répondit l'intéressée en feignant l'ignorance.

— Je ne crois pas que vous soyez en position de me mentir.

— Vous n'êtes pas non plus en position de me « faire parler », si vous êtes là pour ça.

— J'en doute, gloussa Tyndall.

Il essuya un regard noir de Madeleine.

— Comptez-vous vraiment utiliser votre monstre pour m'intimider ? fulmina-t-elle en redirigeant son attention et son ire sur Aryan.

— Neo et ses frères obéissent à mes ordres, oui, informa ce dernier, mais ils commencent à être à court de patience. Vous feriez mieux de ne pas les froisser plus que de raison. Reginald Reichardt vous a trahie et s'est envolé en vous laissant vous démerder avec les pots qu'il a lui-même cassés… *Comptez-vous* vraiment continuer à le protéger ?

Un silence s'installa entre eux ; silence pesant au point d'entendre le tic-tac d'un pendule.

— Que voulez-vous savoir ? finit par soupirer Madeleine. Je ne m'attendais à rien de tout ce qui est arrivé. Il devait me débarrasser de vous et de votre Conglomérat, c'est tout.

— Putain, oui ! s'exclama Tyndall. Quelle idée ! Tout faire péter, et *après* s'étonner qu'il y ait des victimes : du génie.

— Une idée insensée, admit Aryan, cependant ce qui est fait est fait. Nous pouvons sauver ce qu'il reste à sauver, mais pour cela, j'ai besoin de votre coopération, Madeleine. À commencer par savoir où Reginald compte se retrancher après son méfait.

Madeleine gardait ses dents serrées comme pour accuser un coup violent.

— Je l'ignore. Croyez-vous qu'il me racontait ses plans ? siffla-t-elle. Il mentionnait souvent le dicton « *les ennemis de mes ennemis sont mes amis* ». À part moi, Turner, y'a-t-il encore dans ce monde des puissances qui vous haïssent ?

Tyndall tenta de déchiffrer une expression sur le visage d'Aryan, mais celui-ci ne manifestait ni joie ni peine. Il sentait pourtant émaner de lui une foule d'émotions violentes. Une appréhension dissimulée par une colère tangible. Il perdait le contrôle, une fois de plus.

— Père… ? s'inquiéta-t-il.

— La Coalition de la Grande Asie, annonça Aryan tout de go. Le Japon, si j'en crois certains éléments du plan de vol.

Tyndall cilla plusieurs fois, comme touché de plein fouet par une gifle, médusé par une telle nouvelle. La Coalition de la Grande Asie, au-delà de se moquer de la soumission des États occidentaux au Conglomérat, s'était strictement fermée à celui-ci. Une intervention de ses super-héros risquait évidemment de ne pas être très appréciée.

— Génial ! glapit-il dans un élan de joie factice. Un pays pas franchement amical, aucun appui ou prétexte pour éviter de se faire tuer à vue… mais qu'attendons-nous ?

4. EXPIATION

«Je détruirai jusqu'au moindre fragment de votre cœur, annihilerai tout espoir et toute forme de salut, pour qu'à votre tour vous puissiez connaître l'immensité du Vide.»

Reginald Reichardt

Chapitre 42

— Gaijin —

Un froufrou précéda l'effleurement d'un corps chaud contre son dos. Reginald émergea de son sommeil en sentant la main de Victor s'aventurer au-delà des draps pour tâter sa virilité. La sienne titillait ses fesses, déjà fort éveillée par un mélange de rêve et de réalité : celle d'une soirée torride, un déchaînement de sens prisonniers depuis trop longtemps. Son visage fendu d'un sourire taquin, Reginald se retourna à demi pour embrasser son *Liebe.*

— Bientôt, susurra ce dernier, je régnerai sur le Conglomérat. Personne ne sera en mesure de t'utiliser contre moi pour me causer préjudice, et nous pourrons vivre notre amour à notre guise. Ce monde sera mien…

Sa main remonta sur la gorge de Reginald et serra juste assez pour montrer sa domination.

— … comme toi, ajouta-t-il.

Son amant baissa ses paupières et referma son poing sur les draps pour résister aux caresses sur sa verge. Celles-ci s'arrêtèrent soudain, pile au moment de s'abandonner au plaisir. Reginald rouvrit les yeux en geignant, chatouillé par un égouttement au creux de son cou. Il vit des perles vermeilles se déformer sur son torse et, en relevant avec précaution le nez, contempla toute la déconfiture de la face de Victor. Une toile de vaisseaux noirâtres grandissait sur sa peau pâle, et plus il s'efforçait de respirer, plus ses joues rougissaient, tels ses globes oculaires, prêts à fondre dans leurs orbites. Victor s'efforça de prononcer un mot, d'appeler à l'aide, mais rien ne sortit.

Reginald hurla.

Il rouvrit les yeux d'un coup et cilla pour se raccrocher à la réalité. Une obscurité relative s'était imposée dans le jet. Un puissant éclairage urbain filtrait à travers les nuages en rase-mottes et frappait les rideaux, inondant le visage de l'Intouchable de nuances pourpres. Ravdia le fixait sans mot dire, ses traits figés en une expression morne. Pourtant, ce miroitement dans ses yeux artificiels ne lui échappa pas, et elle sut parfaitement qu'il ne s'agissait guère d'un effet de lumière. Reginald fit mine de rien. Il devait conserver son sang-froid, ne rien montrer de son émoi, pas même à cette femme en qui il avait étrangement — et confusément — confiance. Ravdia demeurait imprévisible — pour ne pas dire «instable»; une vraie prédatrice déterminée à garder sa place au sommet de la chaîne alimentaire. Reginald devait rester fort, simuler une parfaite maîtrise la situation, même si celle-ci se soldait par sa mort. Il ne se faisait aucune illusion : au-delà de ses principes mafieux qui la contraignaient à respecter sa dette, Ravdia était de ces gens prêts à tout pour sauver leur peau. Il lui fallait garder l'œil et l'ire des Supers sur lui, ou elle fuirait sans demander son reste.

Elle observa dehors et tira suffisamment le rideau pour permettre à Reginald de l'imiter. Il cilla derechef comme ses pupilles se rétractaient, agressées par autant d'éclats d'intensité et de teintes différentes. Tokyo s'étendait dans toute son immensité, parfois au-delà même de ses côtes sur une terre factice, comme taillée à la règle. Les gratte-ciel s'agglutinaient dans une course à la grandeur, formant des fortifications de verre et d'acier au cœur même de la cité. Leurs façades illuminées se paraient des couleurs de réclames ou servaient parfois d'écrans pour celles-ci. Y dansaient des projections d'icônes réelles ou de manga au clin d'œil facile et au sourire étincelant, dont les slogans et les rires cristallins résonnaient partout, charriés au gré du vent. Elles marchaient allégrement sur la population prisonnière de cette enceinte de tours démesurées, qui grouillait comme autant d'insectes dans une fourmilière.

— Nous arrivons, annonça Ravdia.

Le jet amorça sa descente vers une île artificielle dont le moindre mètre carré était calculé pour accueillir un aéroport. Orienté vers une piste écartée, il atterrit à distance des énormes avions, *Stellaris* et autres *Skywalkers* soigneusement garés. Cela s'annonça de mauvais augure pour Reginald. Ce dernier sortit à la suite de ses vigiles. L'un d'eux déploya aussitôt un parapluie pour le protéger du crachin. Révélée par l'éclairage de l'aérogare, une cohorte en armure à visière insectoïde et armée jusqu'aux dents se tenait immobile autour d'une Mitsubishi *Chansuki* noire. La portière de celle-ci s'ouvrit telle une aile de papillon dans un glissement et un sifflement soyeux, dévoilant une silhouette montée sur de courts talons. Une femme en tailleur sortit et rajusta sa veste en posant son regard sur Reginald. Alors, elle s'avança à pas comptés, jusqu'à tomber face à lui.

— Monsieur Reichardt, apostropha-t-elle d'une voix calme, mais ferme, et sans même se donner la peine de le saluer. Ce serait vous mentir que de vous dire « bienvenu » sur notre territoire.

Reginald la détailla des pieds à la tête. Elle ne paraissait pas menaçante de prime abord, semblable par sa tenue et ses manières à n'importe quel officiel de grand nom, mais il émanait d'elle une véritable aura de danger. Se devinait, par le pli de ses vêtements, une musculature finement travaillée, propice au combat ; tout comme ces cicatrices, ténues, mais présentes, sur son visage et ses mains calleuses. Rien de très normal pour une « simple » émissaire du gouvernement.

L'Intouchable serra les dents une seconde, son cœur touché par une pointe d'angoisse à l'idée que sa survie allait se jouer sur ses prochaines paroles. Il finit par sourire tel le fat éhonté qu'il avait toujours été.

— Madame… Madame ? commença-t-il.

— Sato Ayame. Je vous conseille de trouver rapidement vos mots pour me convaincre de vous garder ici, plutôt que de vous renvoyer d'où vous venez et de vous jeter en pâture aux « héros » que vous avez contribué à créer.

Elle connaissait manifestement très mal Aryan et son aversion toute particulière pour lui et son commerce. Reginald n'avait que peu servi au projet Black Viper, mais il tenait-là un prétexte pour éviter une mise à mort évidente.

— Je pourrais vous aider à créer les vôtres, proposa-t-il.

— Comment ? Avez-vous, dans votre valise, de ce fameux mutagène ?

— Je sais comment le créer, mentit-il à moitié, et vous ai même amené une savante pour m'aider à cela.

Ayame détailla Ravdia du regard, dubitative. La doctoresse se renfrogna plus encore que d'ordinaire, naturellement repoussée telle une chatte de mauvaise graine face à une chienne de garde. Car c'était de ça dont il s'agissait : une chienne de garde et sa meute, les *Banken.*

— Une autre fugitive, nota Ayame. Les Européens donneraient cher pour sa tête.

— Oh, allons ! s'exclama Reginald en intimant le silence à Ravdia. Vous aimez l'ordre, je comprends, mais nos têtes, comme vous dites, seraient plus utiles sur nos épaules, à réfléchir pour armer et défendre la Grande Asie contre ses ennemis. La Fédération gagne en puissance : ses génies — ceux de ce Conglomérat que vous exécrez tant —, ont réussi à créer des surhommes dont la chair se mêle sans aucun rejet à l'astralium ; des monstres qui ne craignent rien sinon ce même métal pour certains, or, il me semble que vous avez tout juste profité des miettes de M-Astralis. Comment ferez-vous, lorsque la Fédération décidera de multiplier ces « Supers » et de s'en prendre à vous ? Le docteur Nikoladze et moi-même pouvons vous aider. Vous créer votre propre armée en alliant nos intelligences.

Ayame digéra ce monologue sans mot dire. Elle finit par tendre un index vers Roxane, dont elle entrevoyait une partie du faciès, cachée qu'elle était derrière Reginald. Un éclat d'effroi et d'inimitié entremêlée dansait dans ses yeux. Elle ne comprenait pas un mot de ces échanges, mais mesurait sans mal la tension ambiante, qu'elle voyait se manifester dans l'attitude crispée de son tuteur.

— Qui est-ce ? demanda la *Banken.*

Reginald enjoignit la fillette à se montrer. Son regard dépareillé croisa celui d'Ayame, dont le marron sombre ne trahissait aucune émotion, et le soutint malgré une profonde envie de se défiler. En la voyant ainsi sur la défensive, l'Intouchable amena une main dans sa tignasse et coiffa celle-ci d'un geste tendre, protecteur, *propriétaire.* Il s'appuya sur sa canne, dont le pommeau à tête de mâtin se trouvait à côté du minois de Roxane, et se mit à hauteur de celle-ci.

Il ressemblait, en cet instant, à un magnat amateur de chasse qui chuchotait à l'oreille d'un de ses dogues. Sa face se fendit d'un faible sourire.

— Elle, déclara-t-il, c'est un exemple de mes talents.

À sa façon de le toiser, difficile de savoir si Ayame le jaugeait ou le jugeait. Les *Banken* ne se distinguaient pas par leur tendresse, mais respectaient tout de même des règles et des codes d'honneur, là où un Intouchable de la trempe de Reginald faisait ce qu'il voulait, quand il le voulait, simplement en jetant des liasses à qui en exigeait contre service ou silence.

— Vous n'avez donc aucune limite, Monsieur Reichardt.

Il fit sauter sa canne et la rattrapa d'une main ferme.

— Absolument aucune, confirma-t-il.

Ayame n'en parut pas troublée.

— Votre fortune ne suffira jamais à acheter le monde entier, enchaîna-t-elle, d'où votre présence ici. Elle ne suffira pas non plus à apaiser ces héros qui semblent avoir fait de votre cas une affaire personnelle. Vous venez demander notre aide, la queue entre les jambes.

Sur ces mots, elle se détourna de lui.

— Redescendez sur Terre, Intouchable, car en tentant d'atteindre le soleil, vous avez perdu vos ailes.

***

Au fond d'une gargote puante du port de Brisbane, assis autour d'une table maculée de ronds de verres plus anciens qu'eux, les Supers enchaînaient quelques chopes de mauvaise bière en attendant leur carrosse vers Yokohama. Avachi dans sa chaise tel un mauvais élève, jambes à moitié croisées sur la table, Shadow écoutait Haytham Cutlaw parler d'une oreille distraite. Blottie contre Centurion, Kayla le regardait triturer d'un geste tant automatique que songeur les deux plaques attachées à son cou par une chaînette. L'auréole de mystère qui entourait ce collier la perturbait. Elle aurait pu céder à sa curiosité et demander des détails à son amant, qui connaissait énormément de choses sur chacun des membres de son escouade, mais elle était certaine d'à la fois se mêler des affaires intimes de son ombrageux semblable — encore —, et de commettre une immense erreur. Sans même en avoir conscience, Shadow envoyait vers elle des signes de détresse. Elle s'y montrait d'autant plus sensible qu'elle avait entrevu sa face cachée par un ridicule concours de circonstances. Son évitement constant assorti d'une aura négative, conditionné par son dégoût d'autrui et, en retour, son penchant prononcé pour la punition ; ses gestes obsessionnels, cette façade de méchanceté et cette évidente rédemption à travers sa propre souffrance, révélaient une fracture dans son esprit. Kayla en était certaine : ce tueur de sang-froid, aussi crétin fût-il, cachait un être torturé et — pourquoi pas ? — plus fragile qu'il n'y paraissait.

Haytham cogna la table du plat de la main.

— Vous me dites, si je dérange ? tança-t-il.

Shadow leva vers lui un regard paresseux.

— Jusqu'à maintenant, ça allait, plaisanta-t-il.

— Vous vous matez en scred, intervint Tyndall. Gaffe, on va finir par te croire amoureux d'elle.

— Arrête ton char. Y'a assez d'un connard pour ça.

— Toujours aussi élégant, *Brother*, ajouta Centurion en essuyant son menton mousseux d'un revers de main.

— Oh ! s'écria Haytham. Vous avez fini ? Je vous cause job ! Vous n'êtes pas là pour déconner !

— Relax, *Big Boss*, tempéra Wade. On a pigé.

— Shadow n'écoute jamais rien, de toute façon, pontifia Shasta.

À titre de réponse, et non sans un sourire en coin, son frère lui adressa son doigt d'honneur le plus sincère. Haytham Cutlaw exhala tout son désarroi, accablé par cette désinvolture presque infantile, signe d'une nette inconscience du danger.

— Sara a fait des miracles avec vos gueules, renchérit-il. Vous êtes enregistrés dans le journal du *Hamakaze* et vos identités factices sont chargées dans vos crânes, alors consultez-moi ça fissa et jouez le jeu, ou vous êtes morts.

Un silence précéda un reniflement de Shadow.

— Jesse Hayes, mécano, dit-il en analysant ses données. Belle vanne.

— À partir du moment où vous serez sur ce rafiot, dit Cutlaw, toute communication avec nous sera impossible.

— Ce serait con de se faire avoir par un fouineur du net, hein ? nota Wade.

Il essuya un regard dur d'Haytham.

— On se débrouillera, assura Centurion.

Sur ces mots, il glissa de son siège dans un grincement de ressorts, aussitôt imité par ses semblables. À la sortie du bar, il s'enivra de cet air marin relevé d'un remugle d'essence dans un vain espoir de chasser de ses narines un relent de poisson rance. Une agitation certaine régnait dans le port. Les engins d'usine circulaient au milieu des ouvriers, encombrés de caisses sinon de conteneurs énormes à cumuler dans des cargos de la taille d'un immeuble. Amarré derrière un navire de moindre envergure, l'*Hamakaze* chargeait ses dernières marchandises : une cohorte interminable de travailleurs migrants, surveillée par des garde-chiourme au service des sociétés maîtresses de la Coalition. Armés de fusils d'assaut, comme si ces malheureux allaient résister une seule seconde face à de tels molosses augmentés et manifestement en mesure d'en dévorer deux comme eux en une fois, ils veillaient au grain.

Au gré des allées, engoncé au milieu d'une masse d'enguenillés, Centurion s'efforça de s'y fondre sans jamais s'égarer. Il gardait ses semblables en visuel, et eux agissaient de même en faisant mine de rien. Au moment de monter au cœur du navire, dans ses entrailles obscures et nauséabondes, il entrevit une scène désolante : deux gardes collaient une rouste à un ouvrier. Jeté au sol tel un déchet, celui-ci tentait de son mieux de se protéger des assauts en gémissant des fragments de mots sans aucune cohérence. Kayla sentit ses muscles frémir d'une envie d'intervenir, mais une main ferme vint rencontrer son poignet et retenir ses ardeurs. Shadow, ses yeux vides et glacés, conformes à son flegme naturel, s'assurait qu'il n'advienne aucun geste idiot. Il fallait réagir *comme tous* : détourner son regard et prier pour éviter de s'attirer des ennuis à son tour.

— Elle est trop gentille pour ce genre de missions, chuchota-t-il à Centurion.

Atteinte par son venin, Kayla se renfrogna et se dégagea vivement de son étreinte pour mieux se concentrer sur des éléments du sol, telle sa crasse sans fin, seul moyen d'éviter de croiser d'autres regards. Elle avança droit devant, abandonna Shadow à son désaccord et à son combat de regards avec son amant. Aucune chance de reculer, désormais. Bientôt cessèrent les geignements ; y succédèrent des sifflements et des ordres vociférés comme la passerelle du cargo remontait dans un fracas du tonnerre.

— Y'a un coin où se poser, dans ce rafiot à la con ? demanda Wade.

Une foule de travailleurs s'écarta de son chemin dans un concert de chuchotis, troublée par sa taille colossale et sa mine rustaude. Il se mit à son aise sur un amas de caisses enrubannées de film plastique et adressa un signe de tête à Shadow.

— Tsk-tsk. Hé, *hermano*, file-moi une clope.

L'assassin demeura de marbre.

— Allez, sois pas radin.

Il finit par s'installer à côté de Wade et tendre son étui de *Cherry Bomb*. Au moment de ranger ce dernier, il vit une sorte de joint se glisser sous ses yeux, tendu par Issam.

— Un échange ? offrit-il.

Shadow s'en saisit d'un geste défiant, peu séduit à l'idée de se *shooter* en mission, surtout à une des drogues d'Issam. Celui-ci fumait et sniffait des substances fortes sinon absolument étranges. Il n'en ignorait aucune et s'envoyait des doses à en tuer un cheval, immunité de mutant oblige. Shadow se refusait à mesurer sa tolérance, même pour une taffe.

— Wooooh… mec…

Il tourna la tête vers le Syrien. Avachi sur son siège de fortune, il semblait ailleurs, projeté dans une réalité alternative et colorée où rien n'avait ni de sens ni de contraintes. Son joint se consumait entre ses doigts en diffusant une intense odeur d'encens.

— J'suis sur un rivage, révéla-t-il. Violet… ouais… et y'a un crabe qui plane.

— C'est toi qui planes, mec, se marra Tyndall.

— Où t'as encore trouvé cette merde ? maugréa Centurion

— Au bar de Brisbane, frangin, avoua Issam. C'est du « néon », un truc de malade à Tokyo. Vas-y, ajouta-t-il en jetant un regard à Shadow, essaie.

Il essaya. Un goût âcre d'herbe carbonisée se transforma en une stimulation singulière de tout son être. Un frémissement secoua ses membres, dont les extrémités sensibles semblèrent dysfonctionner un infime instant. Son interface visuelle se troubla et au milieu des nombreux affichages, en filigrane par-dessus ses frères et sœurs agglutinés devant lui comme autant de chercheurs face à un cobaye, il entrevit une illusion familière.

— Ah ouais, souffla-t-il en grimaçant derrière un nuage de fumée. Bonne came.

Centurion eut tôt fait de flairer son trouble. Il ne dit rien néanmoins, se contenta de fixer son frère avec insistance. Ses fantasmes se nourrissaient d'une manne interdite : sa mémoire, source même de sa *maladie*. Au-delà de craindre celle-ci, il redoutait d'en révéler des reliefs et de retourner en cellule, aux mains du docteur Stevens. Il avait déjà failli, face à Kayla, et était désormais tiraillé par ses démons ; sa raison — et sa peur — dictait de se débarrasser d'elle, mais ses émotions retenaient son geste. Il se refusait d'infliger une telle souffrance à Centurion, aussi faisait-il son deuil et se disait «*tant pis*» : si Kayla dénonçait ses failles, trahissait son rêve d'Annabelle, il subirait son châtiment avec courage. Au fond, il méritait ce dernier, par son seul attachement à cette fille, cette élève, cette sœur. Il tourna d'ailleurs la tête vers elle, échangea un regard indolent et souffla :

— T'en veux ? T'aimes croire aux illusions, non ?

Kayla se raidit. Elle se souvint de ses mots, de ce : «*Te fais aucune illusion, il n'y a rien à sauver chez moi*» craché cette fameuse fois où elle avait découvert son secret. Un sourire goguenard de Shadow accueillit son mutisme. Alors, il s'allongea et continua de fumer son joint. Bercé d'illusions.

Au cours du voyage, Centurion et ses semblables cédèrent à tour de rôle aux affres d'un sommeil sommaire. Wade abandonna un moment ceux-ci pour trouver un endroit où se soulager. Il s'égara dans des allées où stagnait une obscurité chassée par-ci par-là par un faible éclairage verdâtre et où un ronron de machinerie couvrait tout autre son. Il entendit toutefois des cris étouffés. Il se dirigea dans leur direction en accélérant sa marche et tomba sur un des garde-chiourme très affairé à essayer de maîtriser une ouvrière suffisamment résistante pour lui arracher des jurons. Illico et d'instinct, Wade saisit son col et le dégagea avec force. Il trébucha dans son pantalon et s'échoua au sol, déculotté.

— Putain de merde ! cria-t-il. C'est quoi ton problème, fils de pute ?!

À cet instant, Wade mesura toute son erreur : cet imbécile avait vu son visage. S'il racontait sa mésaventure à ses camarades, toute la garde du rafiot serait là pour ruiner leur infiltration.

— Je te retourne la question, *cabrón*.

Wade s'avança dans sa direction. Il tenta de reculer, toujours en gardant sa *précieuse* virilité cachée sous son vêtement déchiré, et ramasser son arme. Le Super se contenta d'écraser celle-ci pour la détruire, avant d'étrangler ce sinistre individu d'une seule main. Il se débattit et écuma très fort, mais rien de très dérangeant pour Wade. Il en avait vu d'autres.

Sitôt débarrassé du cadavre, jeté sans autre formalité dans un conteneur, il vérifia que la femme tétanisée allait s'en remettre. Elle cacha son visage, engloutie par sa silhouette, craignant d'être cognée à nouveau.

— *Coño*, murmura-t-il à lui-même. Ça va aller ?

— Je... je... merci, déglutit la femme.

Wade chercha par automatisme son cachaça dans son armure et jura, délesté de cette dernière. Alors, il s'alluma une cigarette dérobée à Shadow. Il fila une taffe ou deux à la malheureuse, vaine tentative pour la faire se détendre.

— Quel job mérite d'être traité comme ça ? maugréa-t-il. Sérieux...

— Y'a mieux, c'est vrai, mais... Y'a rien pour nous autres, sans éducation et sans sou. L'Alliance engage tout le monde et donne gros salaire, c'est connu.

— Gros salaire ?

Il se souvenait de cette notion, jadis, où il vivait dans une favela avec Édel ; où il avait tout fait pour sortir celle-ci de son addiction à la drogue et recouvrer un semblant de vie normale. Le catch clandestin aussi, ça donnait « gros salaire », une somme tout juste suffisante aujourd'hui pour financer une seule semaine de nourriture. À ce souvenir, il renifla.

— Vaudrait mieux savoir lire avant de signer un de ces contrats.

— L'Alliance est différente du Conglomérat. Eux, ce sont des menteurs.

— Ouais, souffla Wade dans une gerbe de fumée. Je vois.

Il termina sa cigarette et la jeta dans le conteneur au cadavre.

— Ce garde t'a sûrement menti pour essayer de te violer, non ? demanda-t-il. Il t'a au moins une fois dit « je ne te ferai rien », je me gourre ? Ces mecs sont le visage de cette « Alliance »... Si eux mentent, elle ment aussi. Tout le monde ment. Souviens-t'en.

Sur ces mots, il s'éloigna.

À la tombée d'une nuit indistincte, l'*Hamakaze* atteignit Yokohama. Une foule d'ouvriers s'activa sans attendre à inventorier ses marchandises et à décharger celles-ci, tout regard détourné des clandestins dans sa cale. Les travailleurs éreintés par un tel voyage descendirent sans entrain et grouillèrent, dirigés par des contremaîtres venus à leur rencontre. Au-delà des monticules de conteneurs, des grues et des véhicules énormes, se dessinait une ville interminable chamarrée de moult teintes. Centurion en était certain du fond de ses entrailles : au sein d'un de ces gratte-ciel, dissimulé par une armada d'ennemis, se cachait Reginald Reichardt.

Il afficha un sourire en coin.

— Il nous faut des armes.

***

— ... des armes ? résonna une voix. Quel genre d'armes vaut votre vie, Monsieur Reichardt ?

Seul au milieu d'une salle immense, très en contrebas d'une chaire où une dizaine d'éminences observait ses faits et gestes, Reginald essayait de garder contenance. Il se sentait jugé, traité tel un insecte par ces figures désuètes censées symboliser le renouveau de la « Grande » Asie. Un sourire contrit restait figé sur son visage comme il tentait d'argumenter pour son salut. En face, tous affichaient une mine fermée.

— Le genre d'armes pour asseoir votre domination, évidemment, se défendit-il. J'ai convaincu votre... agente, ajouta-t-il en désignant Ayame dans son dos, sinon ma tête roulerait déjà aux pieds d'une assemblée du G-West et de son maître esclavagiste, à savoir Aryan Turner. Une fois débarrassé de moi, rien ne le retiendra de faire de même avec vous. Qui résistera à ses chiens ? Personne. Je saurais vous aider, mais pour cela… j'exige un échange de *services*.

— Vous exigez ? renifla la porte-parole chinoise. Vous avez abandonné votre statut d'Intouchable pour mettre votre monde à feu et à sang. Vous êtes un criminel, un vulgaire rongeur chassé par une meute féroce. Vous n'avez rien à exiger.

— Un rongeur est un excellent moyen de saboter un engin. Or, vous n'y voyez encore rien, mais vous avez affaire à une immense machine de guerre.

— Il suffirait de contrôler ces créatures, envisagea la conseillère coréenne.

Reginald souffla du nez.

— J'ai vu comment ils ont été créés, déclama-t-il. Ils sont conditionnés à obéir à un créateur, *leur* créateur, et mourront pour lui s'il le faut. Accordez-moi votre confiance, et je vous armerai contre cette folie.

Un silence gênant tomba. Les éminences se concertèrent un instant par des échanges de regards. Sur ordre de la plus auguste d'entre elles, Reginald fut écarté dans une salle annexe. Il s'installa sur une chaise, roide comme si sa fin était déjà signée, et sollicita ses croyances de jeunesse pour s'offrir son chant du cygne. Son genou tremblait au rythme de son angoisse. Il se refusait à mourir maintenant ; il voulait, *devait* voir le Conglomérat tomber pour mieux narguer Centurion, et Aryan derrière, au moment de sentir son katana glisser sur sa gorge.

Arraché à ses songes par un *clac clac* familier, celui des talons d'Ayame Sato sur le sol dallé, il se redressa et croisa son regard sévère.

— Emmenez-le, ordonna-t-elle. Il a encore son utilité.

Sans dévier ses yeux des siens, Reginald sourit. Il mourrait, oui, mais pas aujourd'hui.

***

Les ouvriers demeuraient dans des immeubles à flanc de port aux allures de casemate et au niveau zéro du confort, tout en matériaux à prix cassés et globalement défraîchis. Les Supers entrèrent dans une de ces « cases » aux senteurs de marée. Wade siffla d'admiration.

— Quelle classe, commenta-t-il. On nous a dégotté le meilleur gourbi de la ville sur *TravelTime* ?

Shadow se fraya son chemin au-dedans et étudia son environnement. Une table minuscule pour le nombre de chaises autour — six — trônait au milieu du séjour. Il s'arrêta une seconde en face et se saisit d'un vieux paquet de céréales entamé.

— C'était pas toi qui avais fait une pub pour des *Realoks* ? demanda Issam.

— Pas mon contrat le plus rentable, admit Shadow.

Shasta entra dans une des chambres et grimaça de dégoût. Centurion n'eut guère à se faire prier pour s'affaler sur une des couches miteuses. Le sommier grinça dangereusement sous cette agression.

— Alors, ma sœur, on a peur des *cucarachas* ? asticota-t-il.

— Il y a des cafards ? gémit-elle.

Shadow ricana.

— Si ça fait *crac-crac* sous ton joli cul, va falloir te faire du souci.

— En parlant de ça, j'ai la dalle, releva Tyndall.

— Comment ça : « *en parlant de ça* » ? renchérit Shasta.

— J'ai envie de nouilles, putain, ajouta Wade. Je t'accompagne, gamin !

— Hé, où vous allez comme ça ? s'insurgea Centurion.

— Relax, chef, on va juste se ravitailler. Le gruau de leur cantoche de merde me dit presque autant que de rouler une pelle à *señorita planta verde*.

Cobra grogna.

Ils s'éloignèrent en se marrant.

— Je vous suis, s'écria Centurion. Pour vous surveiller.

— Je fais la nounou, nargua Shadow en jetant un regard à Kayla.

Sur ces entrefaites, ils sortirent de la résidence, destination une des allées adjacentes — et fort malfamées — où rôdaient dealers et putes au doux parfum de friture. Les gargotes de *street food* vendaient de tout, de l'oden aux takoyakis et des yakitoris aux taiyakis[4]. Tyndall se retrouva très vite avec des étoiles au fond des yeux et un estomac grondant. Centurion se figea une seconde face

---

4 L'*oden* est une sorte de pot-au-feu japonais servi notamment en hiver ; les *takoyakis*, des boulettes fourrées au poulpe ; les *yakitoris*, des brochettes et le

à un étal où étaient alignés des sortes de gâteaux ronds fourrés et d'allure fort moelleuse. Wade et Tyndall le fixèrent d'un air amusé comme il en achetait six en une seule fois.

— Pas un mot à Kayla, c'est clair? ordonna-t-il.

— Pas un mot, s'amusa Tyndall.

Ce dernier s'offrit un taiyaki et Wade, une rangée de yakitoris suffisante pour nourrir trois adultes affamés. Ils ramenèrent moult victuailles «chez eux» et tous mangèrent avec joie, non sans railler Shadow, maladroit sans couverts. Quand Centurion envisagea de lui venir en aide, il essuya un doigt d'honneur mérité et tous éclatèrent de rire.

---

taiyaki, une gaufre en forme de carpe généralement fourrée à l'*anko* — haricot rouge sucré.

CHAPITRE 43

— QUE S'AFFRANCHISSE LA MARIONNETTE —

BIEN INSTALLÉ DANS LE siège de sa voiture, Aryan regardait la télé d'un air absent.

— … et voici votre serviteur, Thalys Fletcher ! annonce un gynoïde.

Une caméra file et filme ce grand favori des Fédérants, figure immémoriale de Capernian. Son visage siliconé affiche un sourire plus éclatant que le demi-litre de laque qui imbibe sa chevelure violette. Tout sourire, il quitte son siège pour faire quelques pas, suivi à reculons par le robot-caméra.

— Bonsoir, chers amis ! salue-t-il avec enthousiasme. Ce soir est un grand soir, car nous recevons une célébrité… Que dis-je ! Un monument ! L'égérie du Conglomérat, le père des Black Vipers, j'ai nommé : Aryan Turner !

L'hymne national de la Fédération résonne sur le plateau avec un entrain suffisant pour raviver la flamme du patriotisme dans les cœurs, et ce à grand renfort d'instruments à vent, de tambours et de voix. Les murs se teintent de rais lumineux aux couleurs du pays tandis que des hologrammes des super-héros envahissent la salle. Aryan cille derrière sa prothèse, ébloui par un éclairage soudain dirigé sur sa personne. Cette introduction en grande pompe prend subitement fin au profit d'un grand silence.

— Monsieur Turner, commence Thalys Fletcher, c'est un très grand honneur.

Aryan hoche doucement la tête.

— Honneur partagé.

— Vous n'imaginez pas le nombre de questions que nos téléspectateurs se posent sur vous et votre Conglomérat. VitaTrend a été pris d'assaut à l'annonce de votre venue avec le hashtag «TurnerReveal». Êtes-vous prêt à y répondre ?

— Toujours, déclare-t-il en écartant un instant ses mains jointes.

— Personne n'ignore ce qui vous est arrivé, reprend son interlocuteur en troquant son sourire éclatant pour une mine préoccupée. Quel effet ça fait, de perdre ses augmentations ?

— Un sentiment semblable à celui d'une personne mutilée, handicapée par sa blessure et sans aucune perspective de transformer celle-ci en simple souvenir. Une situation à laquelle Pinxit et mon Conglomérat tentent d'apporter une solution depuis des décennies.

— C'est affreux ! commente Thalys en glissant un coup d'œil effaré à la caméra. Êtes-vous condamné à rester aveugle ?

— Seigneur, non ! Je retrouverai mes augmentations — et ma vue —, une fois éliminée la substance qui m'a ainsi diminué.

— Une substance ? Oseriez-vous parler de poison ?

— J'ose, oui. Le Conglomérat a été victime d'une cabale. Ce que vos médias nomment «Incident des augmentés» n'a rien d'un incident. Il s'agissait d'un empoisonnement volontaire ; un crime commis par un multirécidiviste éhonté. Un homme dénué de morale, qui compte ses grosses coupures un cocktail à la main, tandis que des enfants-soldats armés de ses créations s'entre-tuent sous ses yeux ou que des femmes se font violer, menacées par ces mêmes engins de mort.

Grand silence. Son vis à vis fait mine de n'y rien entendre.

— Reginald Reichardt, insiste-t-il.

— Reginald Reichardt ? s'étonne Thalys, sourcils dressés. Cette terrible nouvelle vient noircir le renom des Intouchables. Par «cabale», suggérez-vous une entente entre lui et feu Victor Winslow ?

Aryan s'enfonce dans son siège en gardant une mine parfaitement neutre.

— Une entente, oui, confirme-t-il.

— La famille Reichardt est des vôtres, si je ne m'abuse ? titilla Thalys.

— Était, oui.

— Il a eu le temps de convaincre votre Conglomérat de valider la diffusion de ce poison. Comment justifiez-vous cela ?

— Je n'accorde aucune confiance aux énergumènes de son espèce. J'ai tout fait pour éveiller la conscience de mes collaborateurs, mais, malheureusement, ils ont été abusés par ses doucereux discours. Sans doute la mémoire de Victor, dans ses meilleurs jours, a-t-elle altéré leur jugement.

— C'est évident. Votre mention de son nom au passé signifie-t-elle sa condamnation ?

— Il s'est condamné tout seul. Hismeria a été assassinée. Alexander s'est volatilisé et Johanna s'est suicidée. Son nom s'éteindra à la seconde où il aura été exécuté et où son principal concurrent aura signé les documents nécessaires au rachat de sa société.

— Exécuté ?! Vous allez lâcher vos héros à ses trousses ? Comme c'est excitant !

— J'ai foi en eux : un seul suffira à amener ce scélérat face à la Justice.

— Qu'en pensez-vous, chers amis ? demande Thalys à la caméra. Réagissez sur VitaTrend avec le hashtag « myhero » et dites-nous lequel des Black Vipers vous aimeriez voir s'illustrer ! Restez connectés : après votre programme, nous retrouverons la présidente Erika Lawson pour une interview exclusive.

Aryan éteignit la télé et demeura un moment à écouter le discret sifflement de sa voiture mêlé à un fond d'agitation citadine. Son ComLink se mit à vibrer sur son oreille.

— Madame Kirkwood, énonça-t-il d'un faux ton enjoué. Vais-je encore entendre de mauvaises nouvelles ?

— Je… non… Monsieur, enfin… à vrai dire, Clay a été noté absent de son cours de science, et il demeure introuvable dans notre établissement.

— Il en va de même pour ses amis Sonny et Connor, ai-je raison ?

— Oui… oui, Monsieur.

Aryan exhala son désarroi.

— Cela doit être la troisième fois. Vos surveillants sont-ils fainéants ?

— Ils ont dû filer au cours du déjeuner. Je suis désolée, Monsieur Turner… nous renforcerons notre vigilance.

— Vous auriez dû le faire il y a un moment.

Il mit fin à la conversation.

***

À dix-huit et dix-neuf ans, Sonny et Connor se considéraient déjà comme majeurs, aussi n'hésitaient-ils jamais à tenter des expériences précisément réservée aux adultes. Pour cela, ils utilisaient moult crédits dérobés à leurs parents. Une fortune de prétendant Intouchable suffisait à ouvrir nombre de portes et à fermer autant d'yeux.

Ce jour-là, les deux adolescents insistèrent donc auprès de Clay pour l'emmener au *Crazy Pumpkin*, un club connu pour son originalité. Bar coincé dans une perpétuelle Halloween, il offrait une ambiance colorée de jaune, d'orange et de rouge, avec une ribambelle de citrouilles réalistes aux faces railleuses, de tableaux animés franchement effrayants et de toiles d'araignées au collant suspect. Sa situation dans une allée animée de Bayview avait contraint les gamins à prendre un Starway, non sans cacher Clay sous la capuche de sa veste. Il marcha en gardant ses yeux rivés au sol, peu rassuré de se trouver dans ce district malfamé. Sonny et Connor, eux, frétillaient d'impatience à l'idée d'atteindre ce fameux endroit dont ils n'avaient de cesse d'entendre parler.

— Allez, ne tire pas cette tête ! s'exclama Sonny en s'accrochant à lui. On va s'amuser !

Le *Crazy Pumpkin* se reconnaissait facilement à sa devanture surmontée d'une énorme citrouille dont les orbites caves crachotaient de la fumée. Clay demeura un moment pantois à la dévisager, pour finalement être traîné à l'intérieur. Il faisait particulièrement sombre, pourtant on y voyait comme en plein jour. Les membres du personnel arboraient des vêtements et peintures fluorescents dont les couleurs chaudes et criardes se mariaient à un éclairage aux néons. Un album de *Static Pendulum* passait en fond sonore, enivrant des danseuses à moitié dévêtues aux déhanchements suggestifs.

Connor trottina prestement vers le bar.

— Tu viens, Junior ? demanda Sonny à Clay.

Ce dernier resta un moment immobile à dévorer des yeux une des seules acrobates naturelles.

— Elles sont sexy, hein ? Ça te changera de tes séances sur *HornyPorn*.

— Je ne…

— Arrête ! Comme si tu ne te touchais jamais. T'as dû au moins une fois imaginer Mantis te faire des trucs… Si ça se trouve, elle va me corriger pour être venu ici. J'en serais ravi.

Au bar, une augmentée à la face peinturée d'une tête de mort dévisagea les trois garçons sans cesser de sécher un godet.

— Vous êtes sacrément jeunes, pour venir ici, se méfia-t-elle. Vous êtes majeurs ? Ou ce gros crétin de Teddy vous a fait rentrer moyennant finances ?

— Que dirais-tu d'un extra de « finances »… et on oublie la jeunesse ? tenta Connor.

Comme ses amis négociaient un accès « *backstage* », Clay embrassait la salle du regard. Ces danseuses faisaient naître une forme de désir en lui, et celle-ci se confondait avec une angoisse tenace. Cet endroit animait un malaise immense dans ses entrailles. Son entrejambes se manifestait déjà, cédant au contraire de sa conscience aux tentations ambiantes. Il avait envie d'essayer, comme cette fois où il avait cherché des sex-toys sur internet sans oser en commander. Si son père avait vent d'une telle chose, il…

— Hé, Junior ! cria Sonny. Oh, reveille-toi, mon pote !

L'intéressé cilla pour recouvrer contenance, suffisamment vite pour voir dame tête de mort glisser un rouleau de crédits dans son soutien-gorge.

— On y va ? gloussa Connor.

Ils furent conduits dans les tréfonds du club. Le *beat* devint entêtant, assourdissant, cachant des gémissements de plaisir et des cris de douleur. Clay entrevit des salles dénuées d'intimité où des putes malmenaient des clients avec force fouets et autres engins de torture. Il en vit même une très affairée à sodomiser un homme dont il jura reconnaître la silhouette.

— Je devrais rentrer, articula-t-il.

— Quoi ? cria Sonny. Oh, mais non, reste ! Clay !

Il avait déjà fait demi-tour, suivi par des rires gras. Ceux-là même de ses amis, fiers d'un tel collet. Au-delà de succomber à sa gêne, Clay avait nettement conscience d'être grillé. Se cacher était inutile. Qu'il déambule à Highstar ou s'aventure dans Bayview, il y avait toujours ici ou là des yeux au service de son père. Il fallait être idiot pour rechigner à se vendre à Aryan Turner ; un acte valant tantôt monnaie, tantôt estime — et souvent rien du tout.

Comme il regagnait la station de Starway, ses mains enfoncées dans ses poches et la mine maussade, il distingua un véhicule familier garé à distance des voies. Le regard fuyant, il monta.

— Ces crétins t'ont fait une très mauvaise plaisanterie, commença Aryan.

Il ordonna d'un signe à son chauffeur de démarrer.

— Une passe dans un club sadomasochiste… Quelle folle idée.

— Comment tu sais ? interrogea Clay.

— Les super-héros ont parfois d'étranges conversations.

Le visage du garçon se fendit d'un faible sourire comme il imaginait ces célébrités, ces défenseurs des faibles et des démunis, discuter de sujets vulgaires ou s'adonner à ces plaisirs très particuliers. La rage germa néanmoins dans son cœur à une douloureuse évidence : son géniteur s'intéressait plus aux racontars de ses enfants factices qu'aux déboires de son propre fils. Jadis, il en aurait pleuré ; désormais, il ne ressentait plus que de la colère.

— C'est ma faute, admit Aryan. Je veux dire… si tu fugues et te raccroches à des amis si peu recommandables. Je devrais t'accorder plus de temps.

— Quel temps ? renifla Clay. Tout ce que tu as, tu le donnes à tes super-héros.

— C'est différent, affirma Aryan en éludant délibérément. Ils sont mes créations ; des objets marketing jetés dans la fosse aux fauves. Ils sont mon image : je dois la soigner, et cela me demande de l'investissement.

— Mais on ne fait jamais rien ensemble ! Connor a monté un croiseur de *Galactea* miniature avec son père. Tous les week-ends, Sonny regarde des matches de *droneball* avec le sien. Je n'ai rien à leur raconter, moi, sauf des trucs sur tes monstres. Je vais finir par croire maman…

— Clay… souffla Aryan en amenant une main sur sa cuisse. Il est inutile de te mesurer à mes « enfants ». Tu es mon fils, ma chair et mon sang. Je suis fier de toi à tout instant.

Sur ces mots, il gratifia Clay d'un semblant de sourire. Ce dernier s'effaça à la seconde où vibra son ComLink.

— Tu te décides enfin à décrocher, minauda une voix féminine.

Aryan jeta un regard à son fils.

— Zeera... dit-il à mi-voix, par automatisme, gêné d'infliger cela à Clay. Une urgence me contraint-elle à t'entendre ?

— Hum... à vrai dire, oui. Je commence à m'ennuyer.

— Tu dois sûrement avoir un « rat » à faire couiner sous tes instruments, non ?

Elle éclata de rire.

— Je te veux toi, Aryan.

— Je ne suis ni un rat ni un mignon à ton service.

— Ah, vraiment ? J'en avais un, et il a décidé de devenir ton jouet. Où est-il donc, mon Centurion adoré ?

— Cela ne te regarde en rien.

Zeera demeura silencieuse un moment. Aryan devinait aisément sa fulmination solitaire : elle tenait à « son » Centurion, sa figurine virile, son jouet sexuel, fantôme de nuits dont elle ressortait mouillée. Au-delà d'être ignorée et maltraitée par lui ; au-delà d'être rejetée pour une gamine geignarde, son « amant » décidait maintenant de calmer son attitude voyeuriste. Aryan s'émouvait pour cette malheureuse, utilisée par les puissants comme un vidoir, délaissée des hommes justes et abusée par des crevures de caniveau.

— As-tu dit la même chose à Erika Lawson ? assena-t-elle. Elle semble vouloir t'évincer et distribuer elle-même ton antidote au *trinitum*.

— Quoi ?

— Oh... Tu ne suis pas son interview ? Tu devrais, c'est si... enrichissant.

Aryan ralluma la télé illico. Il tomba à nouveau sur Thalys Fletcher et son talk-show. Assise dans le siège où il avait été reçu, la dirigeante de la Fédération arborait une mine confiante, mais grave, en total désaccord avec son allure de figurine pour fillette.

— *... commercer cet antidote ? demande Thalys.*

— *Commercer ? répète Erika. Je ne suis pas Aryan Turner, plaisante-t-elle alors à moitié. L'Autorité se chargera de le distribuer gracieusement. Mon gouvernement prendra les dispositions pour cela.*

Aryan se figea dans son siège tel son sang dans ses veines. Comment cette marionnette à son service osait-elle ? Sauver ces gens revenait à son Conglomérat, non à elle ! Son envie de se faire mousser allait ruiner ses efforts pour son salut. Une fois encore, il voyait son contrôle filer entre ses doigts. Son agacement se changea en rage, néanmoins il n'en montra rien, même s'il serra le poing.

— Sale… maugréa-t-il.

— Attention, gloussa Zeera. Tu t'oublies.

Il raccrocha aussitôt et joignit son secrétariat.

— Ellen ? Je dois m'entretenir avec notre Présidente, *rapidement.*

CHAPITRE 44

— LE SOMBRE MESSIE —

COMMENT DÉNICHER UN TRAFIC d'armes sans tuyaux ? Cette interrogation obsédait Centurion. Assis sur un monticule de caisses de poissons en conserve, il observait Shadow et Hayato, un des mécaniciens du port, en train de tergiverser au sujet de la panne d'un camion. Wade déchargeait celui-ci desdits conteneurs, surveillé par Shasta, affairée à noter ses déambulations. Contraints de garder leur couverture, les super-héros agissaient en conformité avec cette dernière. Quatre jours durant, ils effectuèrent des tâches ingrates, mais surtout, améliorèrent par ces efforts leurs relations avec de vieux ouvriers, conscients de leur utilité pour filer d'ici.

Comme les deux « mécanos » causaient dans un jargon connu d'eux seuls — et maîtrisé de Shadow avec une étrange aisance —, Centurion menait sa réflexion en manipulant une vieille balle de base-ball offerte par un gamin en échange d'un service.

— Bon, alors, il est réparé ce vieux machin ? cria-t-il soudain.

Au même instant, il démarra. Shadow s'arracha d'en-dessous du châssis et maugréa en torchant ses mains enduites de cambouis.

— L'Américain est mécontent, car j'avais raison, se vanta Hayato. C'était le delco.

— Pour moi, c'était l'injection, se défendit Shadow. T'as eu de la chance, c'est tout.

— Quand même… tu t'es gouré, insista Centurion.

— Ça va, ça va.

Un silence tomba. Centurion étudia Hayato des yeux sans mot dire. Son regard s'arrêta soudain sur un manche couleur carbone émergé fortuitement de son pantalon au cours de sa tâche.

— Joli couteau, commenta-t-il.

L'ouvrier y jeta un œil et, aussitôt, le dissimula sous son tee-shirt.

— Tu voulais te tailler une tranche avec ? Où t'as trouvé ça ?

Hayato se renfrogna, mais son angoisse devint tangible en un instant.

— Ça ne te regarde pas, grommela-t-il.

— Ah oui ? Eux, ça les intéressera sûrement… menaça Centurion en guignant un des surveillants.

— O.K., O.K… céda son vis-à-vis. T'es vraiment un connard d'anglais, toi aussi.

— *Écossais*, corrigea Centurion.

— Si tu veux tout savoir, je l'ai acheté à Belette. Tanaka Saori. Elle fait affaire au marché noir.

— Tu sais au moins t'en servir ?

Shadow ricana.

— Je sais, oui ! assura Hayato.

— J'en suis certain, mentit Centurion. Où on trouve cette nana ?

Sur indication du mécano, il se dirigea du côté des cargos, où des dockers aidés de *fishbones* — des robots de manutention — trimballaient des marchandises. Une femme au crâne rasé et tatouée, d'une stature semblable à celle de Wade, emmenait des cartons et d'énormes caisses sans manifester de fatigue. Centurion siffla.

— Hé, on cherche Belette, tu saurais où la trouver ?

L'ouvrière jeta sa charge à terre et renifla.

— Ouais, c'est moi. Qui la demande ?

Centurion cilla, étonné de voir un si gros gabarit pour un surnom si ridicule. Subjugué, Wade ne disait mot.

— Un gros acheteur, informa Centurion.

Elle souffla du nez et, sans cesser son travail, demanda :

— Que faut-il donc à un *gaidjin* comme toi ? Un extra en nourriture ? En daube ? En…

— … armes, ouais.

Sans se formaliser, elle renchérit :

— T'as du fric ?

— Évidemment.

— On cause de vrai argent, là, non de chiffres intangibles.

— *Intangible* ? Raffiné, pour une marchande des tréfonds.

— J'ai des contacts raffinés, ouais. Bon, t'as du fric, alors ?

Centurion afficha un sourire goguenard.

— Largement assez pour t'offrir ta commission.

Il suffit d'un échange de main en main pour obtenir un itinéraire clair et des règles tout aussi précises. Suivi de près par ses semblables, Centurion se dirigea vers une allée contiguë à un chantier naval où, environnées de détritus voletant sous l'impulsion de l'air marin, stationnaient deux camionnettes censées vendre des nouilles et de la friture. L'une était vide et sa voisine d'en face, occupée par une gamine négligée qui, au-delà de jouer avec un yo-yo, faisait de toute évidence le guet. Elle avisa Centurion d'un regard critique, comme si elle attendait quelque chose. Le Viper s'appuya sur le semblant de comptoir maculé de graisse et marmonna un mot de passe. La fillette hocha la tête et disparut illico dans «l'arrière-boutique» pour avertir deux types tatoués qui sortirent avec nonchalance. Un sifflement réveilla leurs congénères en vis-à-vis. Ils firent glisser un panneau sécurisé, sorte de double fond où était caché un stock d'armes assez humble, mais suffisant.

— Allez, faites vos courses, les gars ! s'enjoua Wade.

Shadow commença par s'intéresser à une masse de flingues en vrac. Il en mania un ou deux, mesura confort de saisie, facilité de rechargement, visa, fit mine de rengainer, et confirma son souhait d'acheter par un signe de tête.

— Tu te décides enfin à utiliser des jouets pour adulte, danseuse ? s'amusa Wade en testant un des seuls fusils d'assaut.

— *Pour homme*, tu voulais dire ?

— *Es igual, cabrón.*

Shadow resta un instant interdit. Wade touchait son AK-712 comme s'il se masturbait, non sans le gratifier de regards à la fois suggestifs et rieurs. Il grimaça et en revint à son vis-à-vis dont la mine indéchiffrable se froissa dans un reniflement désabusé.

Centurion discutait avec un de ses camarade.

— Il nous faut une planque, révéla-t-il.

L'autre le fixa comme s'il le sondait.

— Y'a des tas d'endroits où se cacher dans cette ville, déclara-t-il, mais la majorité sont contrôlés par des gangs et ils n'aiment ni les étrangers ni les gars comme vous. Les augs, j'veux dire. Si vous êtes allumés et vous foutez de tomber dans un asile de cinglés, il vous reste toujours la secte du Dieu Machine.

Centurion dressa un sourcil interrogatif.

— Ces grands malades vouent un culte à Aryan Turner et ses créations.

— Où on la trouve ?

Une main tendue doublée d'un sourire en coin mendia de nouveaux crédits.

— Gros calibre, cervelle de moineau, grommela Shadow en coulant un regard à Wade.

Les jumelles s'intéressèrent à ses trouvailles. Shasta se faufila dans son dos et effleura son ventre d'une main pour mieux s'aventurer au-delà, murmurant dans son oreille :

— *Gros calibre, cervelle de moineau.* Qu'en est-il des « calibres » rabougris ?

Shadow se tourna à demi, effleura son nez du sien, et grinça des dents.

— Arrête ça, sœurette.

— Sinon ?

— Je teste un de ces *calibres rabougris* sur ta jolie gueule.

Sa face fendue d'un sourire, Shasta continua ses caresses, mais Shadow y demeura insensible.

— Il y a assez d'armes pour nous trois, se défendit-t-il. Inutile de me voler la mienne.

— *Inutile*, oui.

Shana déroba malgré tout celles déjà cachées et se retira en riant. Son frère exhala d'ennui et s'intéressa à son cadet, égaré parmi tous cette variété d'engins de mort tel un gamin dans un magasin de jouets. Il dodelina du chef et, amenant sa main sur la sienne, lui fit reposer celui qu'il essayait pour lui en fourrer un autre entre les doigts.

— *Bauer* 416, énonça-t-il. Petit et fiable. Qualité allemande. Parfait pour un débutant.

Tyndall examina sa nouvelle arme sous tous ses angles en écoutant Shadow. Il en jugea à son tour la saisie, la visée, et finit par s'exclamer :

— J'suis chaud ! Qui on tue ?

Centurion, satisfait d'avoir mis la main sur un katana, déclara en rengainant :

— On commence par effacer nos traces.

Un ordre tacite et tant attendu.

— Il y a une enfant ! chuchota Kayla en étreignant sa main.

— Il ne doit rester aucun témoin, Kayla. On a eu nos armes et des informations. Il suffira d'une somme de crédits ou de violence pour leur arracher des aveux et nous trahir.

— Blayne…

Il fit un signe à ses frères. Tyndall, manifestement décidé à essayer son arme, se retourna d'une volte et colla une balle dans la tête de la gamine.

— Wouhouuu ! s'exclama-t-il. *Headshot*, putain ! Ça c'est bon !

Une clameur résonna. Les adultes dégainèrent et tentèrent de résister. Shadow essuya deux tirs sans ciller et fit sauter autant de cervelles. Shasta força un troisième voyou à se suicider. Le dernier, conscient de n'avoir aucune chance, tenta une fuite. Shadow, affairé à s'allumer une cigarette, arma son flingue, visa vaguement, tira. Sa cible s'écroula en avant, fauchée dans son évasion, mais toujours en vie comme en témoignaient ses gémissements de douleur.

— Tu l'as raté ? s'étonna Shana.

— Je ne rate jamais, se défendit Shadow en soufflant un rond de fumée.

Centurion s'avança, retourna l'homme du pied et le regarda de haut.

— Les ennemis de mes ennemis sont mes amis, annonça-t-il. *Kikai-shin no shūha,* dont tu m'as si gentiment fait mention, saura nous aider à nous en cacher. Vas-tu me dire, maintenant, où elle est ?

***

Le stylet dansait sur la tablette ; des tracés francs et sûrs, assortis de numéros et de mesures. Assis — *enchaîné* — à sa table de travail, Reginald dessinait sa future invention. L'air ailleurs, il était coincé dans un élan d'artiste et concentré dans sa tâche pour oublier sa condition. Installée dans un sofa de sa suite, cellule dorée d'où il n'avait aucun droit de sortir, Roxane faisait de même, mais avec innocence. Ses dessins demeuraient une énigme. Souvent sordides et tristes, ils semblaient raconter une réalité existentielle, un fragment de vie passée… ou à venir. Guidée par son instinct de chercheuse, Ravdia s'efforçait d'élucider ce mystère, mais il n'y avait rien à faire : Roxane demeurait fermée, comme muette.

— Que dessines-tu ? demanda-t-elle à nouveau.

Roxane s'arrêta pour changer de couleur. Ses traits s'avéraient déjà fort avancés et mettaient en scène une silhouette masculine divisée : d'un côté, une tête sans visage, tout en gribouillis de noir ; en face, un minois étrangement familier, où elle rajouta, de son crayon mauve, des yeux grands ouverts.

— C'est vous, commenta Ravdia. Elle vous dessine vous.

Reginald se figea une fraction de seconde dans son geste.

— Les enfants font souvent cela, relativisa-t-il.

— Avec une maison, un chien et un soleil, oui. Pas comme cela.

— Montrez-moi.

Ravdia déroba la feuille et la glissa sous le nez du magnat. Celui-ci resta sans mot dire à la recherche d'un sens à ces motifs. Il jeta un regard à Roxane, immobile, ses yeux vairons fixés dans les siens. Qu'essayait-elle de dire ?

— Vous devriez vous concentrer sur notre mutagène, morigéna Reginald en abandonnant son dessin d'un geste indolent.

— Vous nous avez mis dans une sacré merde, grommela Ravdia. Il va devenir de plus en plus difficile de flouer ces idiots. Je n'arriverai jamais à imiter une telle formule !

— Vous y arriverez, ou nous mourrons tous les deux. Voulez-vous surpasser votre sœur, oui ou non ?

À cet instant entra Sato Ayame. Reginald fit mine de rien.

— Sato-san, salua-t-il. Vous venez vérifier si j'honore mes engagements ?

Elle tira une chaise et s'installa face à lui.

— Voulez-vous du thé ?

Un ordre tacite suffit à son valet. Il ramena une deuxième tasse et y versa une variété de *sencha*.

— Parlez-moi des Vipers, assena Ayame.

Reginald retint un moment sa main, son stylet au-dessus de sa feuille intangible, et se remit à dessiner.

— Hum… commença-t-il. Ils ont tous un don et une utilité essentielle au sein de leur équipe, mais ils ne sont rien sans meneur. Leur *alpha*, Centurion, a su vaincre chacun d'entre eux… même Shadow, cette ombre redoutable dévouée comme aucun autre à Aryan.

Ayame demeura silencieuse et garda une mine neutre, mais sentit déjà naître en elle un attrait singulier pour ce fameux « cyborg d'argent ». Elle était une meneuse également, aussi se sentait-elle en devoir de se charger de cet ennemi elle-même. Il voulait vivre en samouraï, il mourrait en samouraï.

— Sans son armure, il est vulnérable, se remémora-t-elle.

— Certes, admit Reginald, et nombreux y ont songé avant vous. Contrairement à Shadow ou même à Cobra, il n'a aucune défense naturelle, mais il est vif, agile et fort comme jamais une augmentation ne vous le permettra. Son instinct fait de lui un combattant émérite et surtout, un tueur inégalable.

— Vous racontez tout cela comme si, à son inverse, vous étiez d'une faiblesse affligeante.

— Je serais idiot de croire au contraire, Sato-san.

— … mais vous avez tout de même tué son fils.

Reginald se figea à nouveau.

— Il y a, en ce monde, certaines choses difficiles à arrêter, admit-il. L'alcool. La drogue. Le goût fielleux de la vengeance.

— Sachez une chose, renchérit Ayame. Quand il viendra réclamer votre tête, je serai la seule à me dresser face à lui… et la seule en mesure de le renvoyer chez son maître comme un vulgaire caniche.

Son vis-à-vis s'inclina vers elle et articula :

— Je suis curieux de voir cela.

Elle engloutit son thé d'une traite.

— Continuez votre travail. Contrairement à d'autres, ajouta-t-elle en guignant Roxane, vous avez votre utilité.

— Vous doutez de ma fille ?

— Elle n'est en rien votre fille. Votre marionnette, c'est tout.

Reginald se tourna vers Roxane, affairée à colorer une énième feuille.

— Roxane, *meine Schätzele*, viens ici.

Il glissa sa main dans la sienne et chuchota :

— *Zeigt unserem Gastgeber deine Gabe*[5].

La fillette observa alors Ayame, dont la mine sévère aurait effrayé tout enfant *ordinaire*. Ses jolis yeux clairs se révulsèrent. La *Banken* se sentit soudain moins seule dans sa tête, comme guettée par un intrus. Elle cilla et, à cet instant, distingua une silhouette familière face à elle, derrière Reginald. Sa mère se tenait debout sans mot dire, son visage de cadavre dénué d'émotion. Un trou sanguinolant ornait son front. À côté d'Ayame fumait un flingue. Elle ne fit geste, ne dit rien malgré son émoi.

Cette sale gamine avait sondé son âme pour y déceler son grand traumatisme.

Son regard glissa vers Reginald.

— Intéressant, déclara-t-elle. Une égide illusoire a suffi à égarer vos ennemis, j'imagine ?

Un sourire fier, comme celui d'un chasseur satisfait de ses chiens, fendait sa face.

— Cela vous servira à nouveau… Bientôt.

Sa joie se fana aussitôt.

5 Trad. « Montre ton don à notre hôte. »

— Ils sont déjà là ? Comment le savez-vous ?

— Vous pensez vraiment qu'ils auraient pu entrer et vadrouiller sur notre territoire sans que quiconque s'en aperçoive ? La façon dont l'assurance occidentale confine à la naïveté est presque touchante.

Elle se leva.

— Contentez-vous de continuer à travailler.

Sur ces mots, elle s'en alla.

***

La fraternité évoluait au fond d'un égout étroit et nauséabond. Tyndall maugréait, maudissant cette fétidité. Il s'arrêta une seconde pour vomir.

— J'vais crever, geignit-il.

— Où nous emmènes-tu ? demanda Shasta à Centurion.

Ce dernier se soutint à un mur et jeta un œil dans un souterrain où les eaux usées commençaient à s'assécher.

— La secte du Dieu Machine se cache par ici, informa-t-il. Elle nous aidera.

— Tu sembles sûr de toi, se défia Shana.

— Vous verrez.

— On va crécher dans la merde ? chicana Shadow.

— Je te croyais moins frileux à te salir, *Brother*. Combien de tes victimes se sont chiées dessus ? Tu devrais connaître cette odeur et cesser de t'en formaliser.

— Crétin… Je me fiche de me salir, mais si nous sortons comme ça dans Tokyo, on va nous renifler à cent mètres. Comment infiltrer des districts de riches, fringués comme des ouvriers et crades comme des clochards ?

— On se débrouillera.

Wade traîna Tyndall à leur suite. Shadow jeta un regard à Kayla, retranchée derrière et manifestement ébranlée.

— Tu fais une de ces gueules, commenta-t-il.

— C'est cette odeur, elle…

— Arrête tes conneries. Tu crèves de trouille. C'est normal, tu mesures enfin combien de morts te coûtera ta vengeance. C'est le jeu.

— Vous vous amusiez. Tuer, c'est un *jeu* aussi, pour vous ?

— Putain, ouais ! Sinon, comment dormir la nuit ?

Il la devança.

— Allez, joli cœur, tu t'y feras.

Kayla resta ahurie. Cet homme sinistre n'avait donc aucune conscience ? Était-elle contrainte de devenir comme lui ? Car pour abattre Reginald Reichardt, il lui faudrait non seulement de la fermeté dans le bras, mais aussi dans l'esprit. Un esprit que n'habitait pas encore ce goût de donner la mort présent chez chacun des Vipers. Elle se voyait cent fois dans autant de rêves, trancher gorge, tête, membres et virilité à cette enflure d'allemand, mais doutait d'en avoir *les tripes*, comme disait Shadow. Cette incertitude la rongeait, la torturait. À la fois, elle refusait toute absolution au meurtrier de son fils et augurait sa maladresse au moment crucial : celui où, enfin, il serait à genoux à sa merci.

— Shadow est un assassin, dit doucement Shasta, mais il n'a rien d'un monstre sans cœur. Sa souffrance y a seulement créé un vide, où la colère et le dégoût se sont installés. Il déteste tout le monde, sauf nous.

— Y'a-t-il une raison ? murmura Kayla.

Shasta dodelina du chef, ignorante.

— Tu sais, une fois, Tank a mis une pute dans son lit pour le *décoincer*. Shadow a abîmé cette malheureuse de sorte à faire ravaler à notre frère son envie de lui offrir ce genre de cadeaux. Elle n'a jamais rien voulu nous raconter, mais au vu de ses cicatrices, il…

Elle s'arrêta et arbora une mine morne.

— Il s'est déchaîné sur elle ? envisagea Kayla.

— Pas vraiment, non. C'était subtil, il a juste fait couler assez de sang pour donner un avertissement.

— Ah…

— Vous vous ramenez, les filles ? cria Wade.

Cette marche semblait interminable. Centurion suivait une sorte de trace, comme s'il flairait des choses — au-delà d'une intense odeur de merde —, et avançait sans discontinuer, certain de là où il se rendait.

— Ils nous surveillent, annonça-t-il.

— Oh, et nous vivons encore, se réjouit Shadow. Vont-ils nous accueillir avec des fleurs ?

Au détour d'un nouvel égout, ils furent mis en joue par une dizaine de flingues — et trois katanas.

— Tu disais, *Brother*? railla Centurion.

Ils avaient affaire à d'étranges énergumènes. Tous arboraient des augmentations assez disgracieuses à un niveau qui dépassait la seule substitution d'organes. Leurs visages semblaient se résumer à un entrelacs de cicatrices planté d'yeux surnuméraires. Centurion jura même distinguer une femme au dos affublé d'un troisième membre. Tous étaient vêtus d'une sorte de coule de tissu rouge et jaune comme affichage de leur *croyance*. Quand un de ces gars-là chuchota un mot dont Centurion entendit deux syllabes, à savoir «–Hiro», s'attirant des regards méfiants, il sourit d'un air confiant. Les sectateurs demeurèrent dubitatifs, mais reculèrent par réticence. Alors, ils entrevirent Shadow et, dans un frémissement de chuchotements et une volée de «oh!», ils se prosternèrent. Centurion jeta un regard amusé à son semblable médusé et railla :

— On a trouvé leur messie, je crois.

Shadow

CHAPITRE 45

— ATTEINDRE SES LIMITES —

En guise d'ultime effronterie à son égard, Erika Lawson manda Aryan dans sa roseraie, là où elle avait pour coutume de folâtrer avec son magnat de mari. Reginald adorait cet endroit, non par réel goût de l'horticulture, mais par sa propre ressemblance avec ces roses mutantes créées de la main de son amant. Attirant comme une fleur, dangereux tel ses aiguillons, venimeusement mortel. À en croire Erika, intarissable à son sujet, il aimait s'arrêter un moment dans ses schémas d'ingénierie mortifère pour lire ou somnoler. Reginald avait un don pour le romantisme, était charmant, délicat et subtil. Parfait. À force d'entendre de telles sottises au gré de ses déambulations dans les allées du jardin, Aryan dut se faire violence pour contenir son envie de crier une abjection. Comment une cocue d'une telle naïveté pouvait-elle diriger la Fédération ?

— Quel dommage… se désola-t-elle soudain. Il en aimait un autre. J'ai très vite saisi, au gré de nos nuits d'amour, combien les femmes le dégoûtaient. Puis il y a eu cette fois où il a soufflé son nom.

Aryan cilla.

— Vous dites… ?

— Victor, évidemment. Bêtement tué par Centurion, vous souvenez-vous ? La raison même de nos contrariétés.

— *Bêtement tué* de sa seule main, corrigea Aryan. Il a essayé de m'assassiner. Centurion a fait son devoir.

— Certes, renchérit Erika en cueillant une rose mauve. Il aurait été sage de le garder en vie. Le déchoir de son statut vous en aurait débarrassé et vous auriez tenu Reginald dans ses chaînes. Sans elles, sans Victor pour le dominer, il est en roue libre.

— Le secret de leur relation était jalousement gardé.

— Vous auriez dû vous renseigner.

Aryan se rembrunit, vexé d'être sermonné à la manière d'un enfant un peu simplet. En réalité, Erika Lawson se montrait d'une intelligence redoutable, totalement à rebours de son allure de gamine sans cervelle animée par de futiles obsessions. C'était, d'ailleurs, la raison de sa venue : Erika avait en tête des objectifs certes avantageux pour elle, désireuse de maintenir sa mainmise sur le gouvernement, mais en désaccord avec ses intérêts. Une situation intolérable.

— Soit, mais la crise est là et il faut réagir, recentra Aryan d'un ton grinçant.

— Tout à fait, minauda Erika en effeuillant sa fleur, mais au vu de son origine, à savoir votre Conglomérat — n'a-t-il guère entériné la décision de Reginald ? —, celle-ci doit être réglée par des gens dégourdis. Les « gens », justement, doivent retrouver confiance dans la Fédération.

Aryan contracta sa mâchoire à s'en abîmer des dents. Il assistait en cet instant à la flétrissure de son joug sur Erika. Contrairement à son géniteur, marionnette malléable et soumise au Conglomérat, elle décidait de s'en affranchir. Sans doute y avait-il des retourneurs de veste parmi son conseil, une engeance dont il fallait se débarrasser immédiatement dans une chasse aux sorcières digne de ce nom. Aryan en avait conscience : ses précieuses ficelles se cassaient une par une ; il fallait en tirer de nouvelles. Il demeura néanmoins d'un calme marmoréen.

— Vous vous engagez sur un chemin dangereux, menaça-t-il avec un reniflement goguenard.

— Au contraire. Je trace celui-ci avec mes règles, sans votre Conglomérat et ses intrigues, sans vous — ceux comme vous — et votre volonté de tout contrôler.

— Vous oubliez une chose : *je contrôle* votre sécurité et celle de vos citoyens. *Je contrôle* vos meilleures armes contre la Rébellion.

— Allons, Aryan… arrêtez de vous voiler la face. Vous croyez tenir vos super-héros avec des chaînes indestructibles, mais ils agissent à leur guise comme des enfants gâtés. Sans votre argent, ils iront voir ailleurs.

Cette tirade fit naître un sourire sur la face d'Aryan. Elle n'avait décidément aucune idée de la réalité. Il songea à Shadow, sa réussite, gage vivant de son influence illimitée et de son droit de vie ou de mort sur autrui. Ce minable de rebelle crasseux, transformé avec le concours de génies en machine à tuer aux nerfs d'acier, fidèle tel un chien et déterminé à se sacrifier pour son maître s'il le fallait.

— Vous ne savez rien, assena-t-il. Vous devriez vous contenter de vos roses factices et en revenir aux chiffons. Vous n'êtes en rien assez *cruelle* pour gouverner. Laissez faire *ceux comme moi*, ou ce monde vous dévorera.

Sur ces mots, agacé par cette mascarade idiote, il fit demi-tour et se retira.

Sitôt de retour à la tour Pinxit, Aryan ordonna à son assistante d'arranger une réunion « séance tenante » de ses collaborateurs. Organisée en fin de soirée, celle-ci accueillit une majorité d'hologrammes, mais chacun se retrouva dans cette fameuse salle où, un jour, fut décidé de créer des surhommes. Assis dans son siège à une extrémité de la table, Aryan joignit ses mains.

— L'antidote au *trinitum* menace de nous filer entre les doigts, commença-t-il. Erika Lawson essaie de nous doubler.

— C'est inadmissible ! s'indigna Hermina Scottley. Comment ose-t-elle ?

— Elle souhaite faire renaître la confiance de la populace envers elle, se glisser au-devant de la scène et ainsi, s'affranchir de nous.

— C'est idiot, intervint Anselm Wayland. Comment fera-t-elle sans nos augmentations pour réhabiliter ses soldats, sans nos méchas, nos fournitures, nos médicaments et...

— … nos super-héros ? ajouta Aryan. Selon elle, leur fidélité est une affaire d'argent.

— Prouvez-lui le contraire, envisagea Hermina.

— Je me fiche de ses considérations : mes héros ont fort à faire avec Reginald Reichardt. Sitôt cet imbécile entre mes mains, nous aurons cent occasions de leur demander de faire des tours tels des chiens savants. En attendant, il nous revient de nous débrouiller.

— Contrer cette offensive est aisé, annonça Anselm. Bien sûr, nous lui donnerons nos doses, mais… si notre convoi n'arrive jamais ?

Aryan dressa un sourcil.

— Organisez une razzia factice ! Accusez les rebelles ! Éliminez tout témoin et faites s'envoler tout ça dans la nature. L'Autorité sera vue comme un ramassis de guignols et, une fois encore, les citoyens se tourneront vers nous pour les sauver.

— Vous oubliez nos héros, renchérit Hermina. Ils agiront d'eux-mêmes et seront fâchés d'une telle manigance. Centurion ne cautionnera jamais votre idée.

— Centurion m'obéit, trancha Aryan. Contre la tête de Reginald, il gobera tout volontiers : mensonges comme *manigances*.

Son regard fut alors attiré par du mouvement du côté du couloir, visible par des vitres de la salle. Pressé à en croire sa démarche, Haytham Cutlaw arrivait. Quand il entra, Aryan le fixa sans un mot ; une façon suffisante de demander une raison à sa venue.

— On a un contact, annonça-t-il sans ambages.

***

L'asile de la *Kikai-shin no shūha* était une retraite efficace : difficile pour les ennemis de la fraternité de la trouver ici, et même si cela arrivait, ils se verraient confrontés à une cohorte de sectateurs aveuglés par leur dévotion. Celle-ci allait au Dieu Machine, dont Aryan Turner était une incarnation et Shadow, son fils, sa création absolue, une sorte de messie. Ce dernier s'abandonna aux regards, aux touchers et aux oraisons, exhorté par son frère à éviter tout geste malvenu.

— Ça te changera des adolescentes folles d'amour pour ta dégaine de mauvais garçon, railla-t-il.

— Très marrant, maugréa Shadow.

Une voix s'éleva, un ordre fut donné, et la foule se figea en une nouvelle génuflexion. Un homme — ou une femme, difficile de le savoir — se montra, différent des autres par ses innombrables augmentations. Quasi déchu de sa chair, il en affichait seulement au niveau du visage et par-ci par-là sur son abdomen. Il évoluait entièrement nu, sans attribut ni sexe identifiable, fier de montrer à tous son chrome et ses cicatrices. Sa disgrâce égalait certainement ses facultés, car tant d'améliorations devaient cacher une réelle — et dangereuse — utilité.

— *Yōkoso*, enfants du Dieu Machine, s'exclama-t-il en écartant ses mains. Kato Hanzo est ravi de vous accueillir dans son modeste sanctuaire.

— *Arigatô gozaimasu*, dit Centurion. Nous espérions que vous pourriez nous aider dans notre mission.

— Vous cherchez le Grand Démon. Kato Hanzo et ses fidèles seront fiers de vous apporter leur soutien.

— Le Grand Démon, chuchota Tyndall. Sérieux ?

— Il s'est réfugié ici, continua Centurion.

— Un tel ennemi du monde a sans doute été accueilli par nos *Banken*, informa Hanzo. Il a dû montrer son utilité pour rester en vie.

— Créer des armes, avança Wade.

— *Créer des armes*, oui, souffla Centurion. Son génie est sa seule chance de salut. Reste à trouver une usine suffisamment sécurisée où il aurait du matos à volonté.

— Kato Hanzo peut savoir cela. En attendant, reposez-vous. Nous allions justement communier, souhaitez-vous participer ?

— Ça ira, merci, refusa-t-il poliment en s'inclinant. Nous sommes fourbus.

Hanzo s'inclina et se retira pour rejoindre ses fidèles. Ceux-ci étaient regroupés autour d'un assemblage d'augmentations disparates qui semblait représenter une silhouette humaine. Ils se prosternaient devant et priaient pour leur salut en tant qu'Enfants de la Machine. Les Vipers observaient ce spectacle avec incrédulité.

— C'est une « statue » de Père, vous croyez ? se marra Tyndall.

— J'en ai bien peur, soupira Centurion.

Au milieu de cette foule, Kato Hanzo fit venir une adolescente munie d'une caisse aux couleurs de Winslow Medical. À l'intérieur étaient soigneusement rangés des injecteurs de neurophine. Il dirigea ses mains vers le plafond en baragouinant un remerciement à son Dieu, notamment pour lui avoir envoyé ses champions, tandis que chacun piochait une seringue dans la boîte. Puis, une fois que tous furent pourvus d'une dose, Hanzo ramena ses bras à lui en chantonnant des sortes de paroles saintes. Ses fidèles se piquèrent à tour de rôle dans une allégresse absolue. Cette scène démentielle médusa les Vipers.

— J'aurais vraiment tout vu dans ma vie, commenta Wade en s'installant dans un vieux divan.

***

Le dédale d'égouts n'avait aucun secret pour ces exclus « d'en-haut ». Certains d'entre eux guidèrent Shadow et Kayla au gré des conduits et du flux d'eaux usées en direction de la zone industrielle de Tokyo. Les autres firent de même avec Centurion et ses semblables restants, destination Shibuya et ses gratte-ciel.

— Tu tires une de ces têtes, gloussa Kayla. Ça te dérange d'être un messie ?

— Tu devrais fermer ta gueule, grommela Shadow.

— Ça te dérange, ouais. Être aimé, c'est inconfortable pour toi.

Il se mura dans son mutisme, occasion pour Kayla de renchérir :

— Tu détestes tout le monde. Pire, tu te détestes toi-même et crois ne mériter aucune considération. Voilà d'où vient ton sale caractère : tu cherches à donner une énième raison de te cracher dessus. Qui t'oblige à t'infliger une telle souffrance ?

Toujours aucune réaction.

— Tu étais à Harmattan avec Blayne. On t'a torturé pour te transformer.

Cette fois, Shadow s'arrêta dans sa marche. Il n'accorda à Kayla aucun regard, aussi sut-elle : elle venait de toucher juste.

— … mon gros con de frère a tout cafté ?

— Ton *gros con de frère* ment très mal.

Quitte à se manger une droite, elle glissa sa main dans celle, glacée et moirée, du cyborg. Il y eut alors un instant de doute où il demeura immobile, comme satisfait d'une telle sollicitude. Ses yeux se fermèrent une fraction de seconde, signe de soulagement ; mais il se déroba malgré tout. Il fallait garder un air de dur à cuire.

— J'ai été soigné, corrigea-t-il.

— Arrête ton char ! s'exclama Kayla. Regarde-toi ! T'as la face maigrelette d'un mort de faim, avec une tronche si désabusée et triste derrière ta dégaine de sale con. J'ai vu tes cicatrices : des flagellations, des traces de fractures, de passages à tabac ! On t'a formaté ! Blayne t'a connu dans ta détresse. Voilà d'où vient son silence : il s'efforce d'oublier. Oublier cette ombre de toi pour mieux se souvenir d'un frère agressif et combatif… si tu devais tomber.

— Tais-toi ! cria Shadow.

Elle obéit, mais se fit une joie de croiser son regard et de le défier.

— « *Que faire ?* » imita-t-elle comme si elle était dans sa tête. « *La tuer, car elle connaît mon secret ? Un accident est si vite arrivé… mais si mon gros con de frère venait à apprendre un truc pareil, il me réduirait en morceaux. Puis je la trouve sympa, en fait, cette petite conne.* »

Shadow la saisit au col.

— Arrête de causer, gronda-t-il. Tu ne sais rien de moi.

— Au contraire, et ça t'effraie. Je ne dirai rien, rassure-toi.

Une éternité durant, ils se dévisagèrent. Coincé une fois encore, Shadow ignorait comment réagir. Il était si difficile pour lui d'accorder une fraction de sa confiance ; de mettre sa vie entre les mains de cette femme censée le détester. Accablé par cette situation et son dilemme, il se remit en marche, non sans relâcher Kayla d'un geste rageur.

Ils finirent par atteindre une sortie ; une grille d'où filtrait un semblant d'éclairage urbain. Sitôt celle-ci démontée par leur guide, ils se faufilèrent dehors. L'air « frais », mais nauséabond, saturé de relents de gaseline et d'émanations d'usines, fit froncer du nez Shadow. La zone industrielle s'étendait autour d'eux dans son immensité. Au son des véhicules en maraude sur des autoroutes démesurées se mêlait celui des chantiers, encore en activité malgré une nuit tombée tôt.

Shadow et son élève évitèrent ces axes grouillants de monde. Ils errèrent au gré d'allées en travaux, sous des ponts et des accotements abandonnés, au milieu des gravats et des détritus. Un néon rougeâtre glissa alors sur eux et attira leur attention. Là, une enseigne à forme de navire de guerre annonça une des usines d'armement Yamato. Écartée des autres, entourée par un grillage et surveillée par des méchas, elle ne donnait aucune envie de s'y aventurer.

Shadow se cacha derrière un amas d'ordures encombrantes et étudia la zone du regard.

— Il est forcément là.

— Comment en être sûr ? interrogea Kayla.

Il lui fit signe de le rejoindre et d'utiliser un de ses gadgets augmentatifs.

— Tu vois cette caisse, au fond ? demanda-t-il. La noire.

— Oui.

— Blindée. Y'a un gars en train de discuter à côté. C'est un chauffeur.

— Si ça se trouve, il conduit un autre gros riche.

— Aucun « gros riche » ne se montre dans une usine comme ça à une heure aussi tardive. Ils ont autre chose à foutre.

— Que faisons-nous, alors ?

Un sourire matois illumina le visage de Shadow.

— Tu te souviens de notre incursion dans la tour Winslow ?

— Je vais encore devoir faire diversion ?

— À vrai dire… naaah, je te fais marcher.

— Abruti, maugréa Kayla.

Sur ces entrefaites, Shadow sinua au milieu des détritus et des carcasses automobiles pour atteindre un côté dérobé du grillage. Il dégaina une des lames intégrées à ses avant-bras et se créa une ouverture avec une aisance égale à la taille d'un tendre morceau. Alors, et non sans se montrer théâtral, il invita Kayla à ouvrir la marche. Accoutumée à sa malice, la jeune femme imagina tout de suite une mauvaise intrigue ; un moyen de tâter le terrain sans se mouiller. Shadow renifla.

— Tu devrais arrêter d'écouter Centurion, conseilla-t-il. Je ne suis pas un lâche.

— Ah, vraiment ?

Il se contenta d'un sourire contrit.

— Grouille, le mécha va revenir, maugréa-t-il en désignant la zone restreinte d'un signe de tête.

Ils entrèrent et restèrent à couvert, dissimulés par un manteau d'obscurité dont Shadow semblait se satisfaire. Ils rasèrent les murs, trottinèrent de mare d'ombre en mare d'ombre pour atteindre cette fameuse voiture. Kayla s'étonnait encore de voir Shadow évoluer dans un silence idéal, comme s'il maîtrisait une sorte d'allure réservée aux seuls assassins. Jeté dans son élément, il devinait certaines réactions des gardes, comme si, par cette fonction, ils étaient animés d'automatismes, et guidait son élève sans mal par des gestes sûrs. Kayla s'y fiait aveuglément, fébrile et submergée par son stress.

Shadow avait suffisamment de sang-froid pour deux. Là où la jeune femme entendait son cœur tambouriner comme s'il avait migré dans ses oreilles, il demeurait de marbre. Pire encore, il la guignait souvent du regard en souriant d'un air goguenard. Étaient-ils contraints de fureter par ici, ou Shadow usait-il délibérément de chemins détournés pour s'amuser de son désarroi ? Elle mourait d'envie de le gifler.

Elle faillit manifester sa colère de vive voix, mais il la fit taire d'une étreinte glacée sur sa mâchoire : un mécha-garde arrivait. Kayla se figea et sentit son souffle s'éteindre dans sa gorge. L'énorme machine avança droit devant elle, s'arrêta un court instant — une éternité — pour analyser alentour, et se remit en route.

— Comment… ? chuchota Kayla. Il aurait dû nous voir !

— C'est un modèle de guerre. Assez effrayant, mortel, mais vraiment très con. Oh et, il fonctionne avec un détecteur de mouvements. Bon, tu te ramènes, ou tu te chies dessus encore un moment ?

Elle accéléra à sa suite. C'était comme marcher sur du verre, pour elle ; comme si elle émettait un tintamarre innommable. Shadow ne fit néanmoins aucun commentaire : une véritable satisfaction. Il finit par s'arrêter à un angle du mur, à une distance raisonnable des voitures garées, et observa ce chauffeur en train de discuter.

— T'as une idée ? demanda Kayla.

— On va coller un mouchard, informa Shadow, mais il va falloir faire diversion.

— Je m'en charge, j'imagine ?

— … du mouchard ? Oui.

— Attends… s'étonna Kayla. Tu me demandes, à moi, de faire ça ?

— Quoi, c'est d'une difficulté extrême, pour toi ?

— Tu sais te rendre invisible !

— Justement, et ils le savent.

Elle grommela et arracha le gadget de sa main. Shadow fila aussitôt, invisible.

Écrasée contre le mur à s'y fusionner, Kayla attendit. Il avait confiance en elle, cette fois ! C'en était grisant ! Elle s'interdit de rater sa mission, même si son angoisse atteignait son summum. Une alarme finit par retentir. Abandonné illico, le véhicule s'offrit tout entier à elle. Kayla courut dans sa direction et mit un genou en terre pour glisser son gadget derrière une des jantes. Un regard jeté sous le châssis justifia la décision de Shadow : un senseur relié à une amorce clignotait. S'il avait touché à cette voiture, il aurait essuyé une charmante surprise, trahi par son traceur.

— Alors, j'avais raison ? railla-t-il d'ailleurs à son retour.

— Ouais. Si tu y étais allé, ça m'aurait peut-être débarrassé de toi.

— Oh, tu me vois ravi de te savoir si attachée à moi.

Cachés dans la casse et son monceau d'ordures, ils guettèrent Reginald. Patience ne fut jamais autant mère de vertu. Ils attendirent sans geste faire durant une éternité, à se cailler dans un froid de canard et agressés par des odeurs tenaces. Blottie à demi contre Shadow, Kayla finit par somnoler.

— Il arrive, annonça-t-il soudain.

Entouré de garde-chiourme, Reginald se dirigea vers sa voiture d'un air de forçat fatigué. Sa seule vue ranima une intense animosité en Kayla, doublée d'une volonté de sentir ses mains étreindre sa gorge. Ses doigts durent manifester son envie, car Shadow susurra à son oreille :

— Alors, tu vois ? Tuer est si jouissif.

À un croisement souterrain de Shibuya, Centurion et ses camarades attendaient le feu vert de Shadow. Assis sur un rebord, Issam fumait une cigarette pour noyer ses narines dans une odeur différente de celle des égouts. Shasta s'en saisit pour tirer une taffe.

— On s'emmerde grave, constata Wade.

— Patience, modéra Centurion.

Son interface visuelle afficha soudain une notification. Sa mini-carte s'agrandit, mettant en évidence où se trouvait Reginald en cet instant exact. Un sourire féroce se dessina sur sa face.

— Alors, il a flairé sa trace ? tenta Shasta.

— Ouais, confirma Centurion. Il se dirige vers nous.

« Le Grand Démon est un inestimable invité, avait informé Hanzo. *Sans doute sera-t-il retenu au* Hōseki Grand Palace. » Cette information vérifiée grâce au mouchard, Centurion mit son plan à exécution.

Ils commencèrent par sortir de leur cachette, émergeant dans une allée reculée à distance des grands axes, entre deux restaurants, où une cohorte indolente s'arrêta de ci de là dans ses affaires pour s'interroger à leur sujet. Il se retirèrent très vite, comme si de rien n'était, certains d'en finir ici, maintenant, et de devancer l'autorité ennemie grâce à la fenêtre d'action offerte par Shadow.

Près du *Hōseki Grand Palace*, Tyndall se connecta au réseau pour neutraliser certains services de sécurité et intellicams, notamment celles du parking souterrain où ils entrèrent sans éveiller d'attention.

— O.K., commença Centurion, mes sœurs, allez-y. Vous êtes moins… voyantes, ce sera facile pour vous de vous infiltrer là-dedans et de trouver où se cache Reichardt. Il y aura sûrement du grabuge à ce moment-là, alors, on interviendra.

Shasta et sa sœur, dont la mue avait commencé, mais dont la carnation était — par chance — encore rosée, se glissèrent dans un couloir adjacent au parking à la recherche d'un moyen d'accès aux étages. Elles en montèrent dans un ascenseur sans encombre ni dérangement. À l'accueil, une femme en tailleur entra et se dressa entre elles. Elle ne dit mot et se contenta de rajuster ses manchettes par automatisme. Un tatouage discret ornait son cou derrière des mèches de ses cheveux noirs : le chiffre « 4 », symbole de malheur et de mort dans cette culture.

Shasta jeta un regard à sa sœur. Absolument rien ne collait avec cette intruse, semblable à une yakuza en tenue d'officiel. Elles ne firent geste, tout souffle retenu, étreintes par un malaise tangible. Son ComLink sonna soudain.

— Hum, je vois, dit-elle. Trouvez-les. L'allemand est là ? Bien. Surveillez-le.

Elle raccrocha. Son regard coula alors du côté des jumelles. Elles se fixèrent tour à tour, et si Ayame ne décela d'abord rien derrière ces yeux augmentés, elle entrevit cet infime fendillement de la peau de Shana au niveau de la clavicule. L'air s'immobilisa, durcit dans les gorges, devint étouffant.

Ayame dégaina à une vitesse éclair. Shasta évita son couteau, Shana fit de même, non sans se délester d'une fraction de mue. La mante tenta de se concentrer pour contrôler son ennemie, mais celle-ci réagit aussitôt et faillit fendre sa tête en deux d'un seul jet de son arme. Shana fonça sur elle en sifflant de sa langue fourchue. Elle réussit à la coller à la cage d'ascenseur, mais c'était sans mesurer la vivacité de la *Banken*. Celle-ci évita un crachat dont le contenu acide fit fondre le métal et renchérit par un coup de tête dans le nez, forçant Shana à reculer en gémissant comme une chienne maltraitée. Shasta dégaina à son tour. S'engagea un duel où malgré sa force et sa célérité, elle ne réussit jamais à toucher sa rivale. Quand Shana revint à la charge en sautant sur son dos, un *ding !* annonça leur arrivée. Les jumelles arrêtèrent tout, se figèrent et s'enfuirent.

— C'est déjà la merde, annonça Centurion en écoutant Shasta vociférer par ComLink.

— Alors, on y va ? demanda Wade.

Son chef fit un signe de tête avant de s'élancer au secours de ses sœurs.

— Cette connasse a tout désactivé, se désola Tyndall face à un ascenseur inerte.

— Courir ne me fera aucun mal, hein ? railla Centurion en se ruant dans les escaliers. Gérez la sécurité ici, je me charge du reste.

Inconscient du danger, Reginald Reichardt sirotait un whisky en regardant au-dehors. Bientôt retentirent des sirènes de police, dont le son strident se resserra autour de sa prison, signe évident d'une situation alarmante. Il ferma les yeux et sourit faiblement : ça y était, *ils* arrivaient. Au fond de son cœur germait une once de peur, mais il s'efforçait de n'en rien montrer, même si ses doigts frémissaient déjà. Comme confirmation de ses craintes, trois *Banken* armés investirent sa suite et accoururent vers lui.

— On doit vous exfiltrer, se contenta-t-on d'informer.

Il s'inclina, termina son verre cul sec — il fallait au moins ça, à défaut de drogue, pour endiguer son stress — et suivit sans tergiverser.

Au sortir de sa chambre, il entendit immédiatement des cris dans les couloirs. Shasta et Shana commettaient un carnage, certes, mais les *Banken* étaient déterminés à faire front. Reginald en vit trois reculer en gueulant et mitraillant comme des forcenés, avant de se faire éviscérer à grand renfort de griffes par Cobra. À couvert, conscientes d'êtres nues sans leur combinaison armurée, elles crièrent aux derniers, mais non moins nombreux, survivants :

— Livrez-nous Reichardt !

Ayame se faufila parmi son armada.

— Venez le chercher, déclama-t-elle.

— J'ai une autre idée… avisa une voix.

Sans se troubler face à cette égide humaine surentraînée et armée de fusils d'assaut, Centurion se montra. Il avait confiance en son don et à sa vivacité pour dévier tout tir et massacrer ce monde ensuite. Katanas dégainés, il croisa ceux-ci derrière son cou.

— On règle ça, nous deux, en duel. Je vous tue et vos gars abandonnent cet enculé d'allemand.

Son regard trouva celui de Reginald et y insinua toute son animosité, tout son dégoût, tout son désir de le réduire en morceaux.

— Lui et moi, on a une affaire à régler.

— Une *affaire* d'enfant, si je ne m'abuse, minauda Reginald.

— Sans commentaire.

Ayame ne fit geste, mais cette immobilité sembla suffire à un de ses subalternes pour lui amener une arme « décorative » de la suite.

— Vous avez donc choisi la fosse commune, se désola-t-elle.

Sur ces mots, elle se mit en garde. Ils commencèrent par se tourner autour et se jauger. Centurion chargea soudain, enchaîna deux tailles, mais Ayame… évita sans aucune difficulté. Il renchérit, deux fois, trois fois, réussit tout juste à entailler sa joue — ce dont elle se ficha comme d'une guigne. Cela le décontenança. Cette femme égalait la célérité de Shadow !

— Étonné, cyborg d'argent ?

— Agréablement.

Il arrêta de se montrer agressif et réfléchit, étudia les mouvements de son adversaire pour mieux anéantir sa défense. Ayame tenta à son tour un assaut, mais se garda de s'aventurer dans un duel de force. Ses gestes étaient sûrs et rigoureux, dignes de ceux de Shadow, mais différents. Elle finit par toucher Centurion à la cuisse. Une estafilade suffisante pour lui remémorer sa mortalité. Il chancela et recula, abasourdi.

Aucune rémission. Ayame fila telle une rafale et fonça sur lui à la faveur de son ahurissement pour mieux s'adonner à sa danse mortelle : taille, estoc et taille encore. Son katana déchira la chair artificielle de la joue du cyborg dans un raclement sinistre. Excédé d'être ainsi mis à mal, Centurion la refoula en grognant et enchaîna derechef. Il réussit à grand renfort de moulinets à la contraindre de finalement se retrancher derrière sa lame. Il poussa dessus pour faire fléchir et trembler ses membres, mais Ayame demeurait concentrée, son visage paré d'un masque minéral. Elle lui enfonça soudain son genou dans l'entrejambes, attaque suffisamment inattendue et déloyale pour le faire reculer. Remise en position d'un entrechat en arrière, elle fondit sur lui. Il esquiva pour mieux lui coller un puissant coup de coude dans le dos et rompre son équilibre. Ayame cria, mais n'attendit pas de sentir la douleur s'estomper de sa colonne vertébrale pour se remettre d'aplomb. Elle contourna Centurion, évita de nouvelles frappes par des impulsions souples et véloces.

Elle fut soudain effrayée par un mouvement inattendu. Au-dehors, un drone de police déboussolé se dirigea vers eux dans sa chute. Il s'échoua au milieu du couloir et dans un amas de débris de verre. Un tourbillon de vent se faufila par la vitre fracassée, arracha des tableaux et engloutit certains soldats. Il déconcerta également son adversaire, entraîné par un vaisselier éjecté dans sa direction. Le meuble vomit son contenu au gré de sa course avant d'écraser Centurion contre un mur. À moitié désorienté, il se redressa en vitesse pour éviter une taille d'Ayame par une étonnante flexion d'échine. Il chargea dans un cri, se heurta à nouveau à une défense obstinée. Autour d'eux, des méchas continuaient à défoncer les vitres. Un drone-mère aux canons démesurés finit par se mettre en travers de leur chemin en rejetant Ayame d'un revers d'aile.

— On décroche ! s'exclama Tyndall par ladite machine. On est encerclés !

Centurion se redressa et jeta un regard à Ayame, encore groggy. Reginald s'était volatilisé.

— … fait chier, grommela-t-il.

Sur ces mots, il fit signe à ses sœurs et sauta sur un des drones.

***

Allongé sur un divan élimé, Shadow somnolait en suçotant sa cigarette à moitié consumée. Il se retenait de charrier Centurion sur sa plaie, conscient de son irritation. Il s'était muré dans son mutisme, mais pour rater Reichardt, sans doute avait-il eu affaire à un adversaire de taille. Plus fort. Shadow refusait d'y croire.

Grâce au matériel des sectateurs, Centurion réussit à contacter Pinxit pour débriefer cet échec. Une angoisse tenace étreignit son estomac dans une attente interminable de connexion. Quand il tomba sur Cutlaw, il fit mine de rien. Il raconta tout, du voyage à cette débâcle.

— Qui c'était, cette nana ? demanda Wade en affichant un visuel 3D d'Ayame.

— Sato Ayame, informa Haytham. Cheffe des « *Banken* », chiens fidèles du gouvernement de la Grande Asie. Elle a travaillé pour le Conglomérat il y a une décennie… Ça s'est mal fini.

— On n'aurait jamais deviné, minauda Shadow.

— Sa mère gérait des affaires pour Adelheid Stein, ex dirigeante de Pinxit en Allemagne. Cette femme était une fouineuse, et elle a touché une grosse somme de la Coalition pour nous voler des secrets. Ça lui a joué des tours… et sa fille, une des rares femmes d'Harmattan, une vedette et une vraie saleté, a eu pour ordre de la descendre. Elle l'a fait. La semaine suivante, Stein s'étouffait avec son crumble.

— Vous la connaissiez ? demanda Centurion.

— Oui. Elle manie son katana comme jamais tu n'y arriveras.

Shadow gloussa. Son frère lui jeta un regard mauvais.

Aryan, de son côté, fit un signe nonchalant de la main.

— Vous avez réussi à vous cacher de nos ennemis, dit-il. Comment ?

— Je… commença Centurion. On a été accueillis par un genre de secte, ennemie de nos ennemis ; des augmentés exclus et illuminés. Ces gens vouent un culte au Dieu Machine et… à vous, Père.

— Ils voient Shadow comme un messie, ricana Wade.

Aryan cilla. S'il fut médusé, il n'en montra rien, se contenta de se renfoncer dans son siège en joignant et déjoignant ses doigts.

— Savent-ils se battre ?

— Y'a moyen, affirma Wade.

— Sinon, ils feront une excellente chair à canon, roucoula Tyndall.

— Alors, servez-vous-en, ordonna Aryan. Ramenez-moi cette ordure d'imbécile, nom de dieu !

La transmission terminée, Haytham Cutlaw se racla la gorge d'un air gêné.

— Je me demande si c'est vraiment sage, Monsieur, mesura-t-il. Je veux dire… S'allier à des terroristes sur un territoire où nous sommes malvenus, cela va au-delà d'une ingérence : c'est clairement de la provocation.

— Abriter un criminel de cet acabit en est une également, si je ne m'abuse. Vous craignez un conflit, c'est évident et rationnel, mais cessons de nous voiler la face. La Fédération et la Coalition se défient déjà dans une guerre froide. Ils attendent une faute d'en face pour s'entre-déchirer, une étincelle pour tout faire sauter. Utiliser un missile nucléaire serait une énormité. Cet affrontement se fera avec des machines dirigées par des militaires dans des offices.

— … et des armes Reichardt ?

— Parfaitement… mais s'il a réussi à rester en vie, il a dû leur offrir autre chose. Quelle autre « arme » contrôlons-nous, Haytham ?

— Je…

— La fraternité, évidemment. Elle incarne un début, un test. Bientôt, nous grossirons ses rangs et cela effraie nos ennemis. Créer des surhommes est une solution alléchante, car au-delà d'une arme de guerre, ils sont une manne financière intarissable, et nous le savons tous : certains conflits sont affaire d'économie davantage que de ressources purement militaires. Parfois, il faut combattre le mal par le mal.

Chapitre 46

— Réminiscences —

Tu m'as laissé ici comme un contour à la craie
Sur le trottoir, en attendant la pluie pour tout laver
Tu reviens toujours sur la scène du crime
Mais les morts ne parlent pas et il n'y a rien à dire, de toute façon
Tout ce que tu laisses derrière, c'est un contour à la craie

Chalk outline — Three days grace

Ayame traversa un couloir aux murs gris, d'ambiance glacée et où régnait une odeur de détergent citronné. Avant même d'arriver à destination, elle entendit des cris de douleur filtrer à travers une porte de métal. Celle-ci coulissa face à elle, aussi entra-t-elle dans la salle d'interrogatoire numérotée « 4 » d'une démarche assurée. Un aug était attaché à une chaise fixée au sol et geignait au rythme des décharges envoyées dans ses chairs, artificielles ou naturelles. Le regard d'Ayame s'attarda sur ses mains, des augmentations Itashi en sale état, dont les senseurs affolés faisaient frissonner sa musculature sous une armature fissurée.

— Se contente-t-il de gémir comme un animal écorché, ou a-t-il des choses à nous dire ? demanda-t-elle.

Ses sbires dodelinèrent du chef.

— Va te faire foutre, chienne! maugréa le prisonnier en crachant par terre. Le Dieu Machine est avec moi! Je ne dirai rien!

Un énième choc calma ses ardeurs et joua avec sa résistance. Il faillit s'évanouir — et sans doute aurait-il aimé —, mais ses tortionnaires étaient des professionnels et savaient comment gérer leur machine. Il demeura donc un moment tête vacillante, son menton englué dans un filet de morve et de salive.

— Il ne dira rien, Sato-sama.

— Je sais, se désola Ayame. C'est déjà un excellent indicateur. Quel intérêt de souffrir si on n'a rien à cacher?

— La secte couvrirait nos ennemis?

— Ses membres vénèrent Aryan Turner et son œuvre. Qui d'autre donnerait sa vie pour des étrangers?

— Il est notre seule chance de les dénicher. S'il résiste ou meurt avant d'avoir parlé…

Ayame fixa son vis-à-vis d'un air fermé. C'était évident : aucune méthode traditionnelle ne saurait arracher des informations à un tel forcené. Sa foi en ce «Dieu Machine» était certes dénuée de sens, mais tenace. Cette séance de sévices était une ixième parmi une interminable série : tous avaient préféré la mort à la délation. Pas un seul n'avait dénoncé ni ses «frères» ni un semblant de cachette. Un constant échec pour Ayame, aliment acide de sa manie du contrôle et de son désir de réussite.

Une idée avait germé parmi ses réflexions, mais sa fierté et son dégoût de Reginald Reichardt freinaient ses actes. Elle mesura néanmoins cette animosité à celle ressentie envers ces monstres infantiles et meurtriers, jouets d'un maître esclavagiste, pour se faire une raison : elle les détestait au-delà de tout.

Elle activa son ComLink et ordonna :

— Amenez-moi la fille.

Assis sur un énième lit d'hôtel, Reginald caressait la chevelure de Roxane, endormie dans son giron. Quand trois *Banken* entrèrent sans sommation, il tressaillit. La fillette se réveilla et se redressa, non sans un certain flegme, et étudia ces intrus du regard. L'un d'eux vociféra un ordre dans son idiome, dont aucun des deux n'entendit rien. Ses semblables s'avancèrent aussitôt vers eux, écartèrent Reginald de Roxane et se saisirent d'elle sans délicatesse. Elle se défendit et cria, griffa et mordit même, mais fut traînée sans réelle difficulté.

— Vraiment, grogna Reginald, n'avez-vous aucune vergogne à violenter une enfant ?

— Vous osez dire ça, Intouchable ?

— J'ose, oui. J'ai armé des enfants, certains sont morts ; j'en ai fait tuer d'autres, mais je n'en ai jamais violenté. J'ai certaines *limites*, voyez-vous.

— Bien sûr.

— Qu'allez-vous faire d'elle ?

— Vos créatures se sont entourées de nouveaux alliés : une secte dévouée à un Dieu Machine, incarné selon elle en Aryan Turner. Une organisation aveuglée par son idéal, dont nous avons du mal à nous débarrasser. Ses membres refuseront de se trahir et de les trahir, même sous la souffrance, alors… le « don » de votre enfant-jouet va nous être d'une très grande utilité contre eux.

— Ils n'ont jamais été mes créatures.

— Soit.

Le *Banken* tourna les talons et ajouta :

— Vous allez être transféré.

Encore, geignit Reginald dans sa tête. Être ainsi trimballé d'un endroit à un autre, cette conscience de vivre une course contre la montre et la mort commençait à rudement miner son moral, déjà fort mal en point. Ses yeux se fermèrent, comme écrasés par cette masse d'ennuis.

Il fut jeté dans une navette en fin de journée, direction Okushiri. Bastion du gouvernement, cette île d'Hokkaido ultra surveillée abritait, au milieu d'une forêt, des villas destinées à des détenus de choix. Au moment d'atterrir, Reginald regarda sa nouvelle cage se dessiner : une maison de rêve, certes, mais où il était certain de vivre un cauchemar. Tout autour, des gardes armés, mais également des chiens de chair et d'os, patrouillaient sans relâche. Les intellicams tournaient de gauche à droite, observant, analysant la moindre miette de terrain. Cette surdose de sécurité fit frissonner Reginald : au-delà de se sentir ouvertement prisonnier, il savait une chose dont aucun de ces agents n'avait conscience : rien de tout cela ne saurait arrêter Centurion et son escouade.

Un chemin caillouteux ponctué d'arbustes et ombragé par un grand cerisier menait à une entrée. Sitôt traversée celle-ci, Reginald se retrouva enfermé, mis sous clé. Une servante — selon lui, un agent gouvernemental entraîné et déguisé — vint aussitôt à sa rencontre d'un air enjoué, criaillant des formules de courtoisie. Il refusa son aide, confiant en son seul valet, son fidèle Louis.

Sur ces entrefaites, il s'exila dans sa chambre comme un adolescent malaimé, et commença par se délasser dans son onsen. Il s'alluma une cigarette dont la fumée se mêla aux émanations des eaux chaudes et arrêta de réfléchir.

Reginald était fatigué. Éreinté par cette chasse interminable, écrasé d'angoisse, dévoré par une telle tristesse... Il aurait tout donné pour une — sur ? — dose de sky-high, mais devait se contenter de ses maigres alcools et de tabac. Ce soir-là, il eut envie d'autre chose ; d'une autre *drogue*. Son être tout entier réclamait des attentions, affamé de chaleur et de caresses, d'étreintes folles. Affamé de Victor, tout naturellement. Il fit donc mander Louis pour un service somme toute inhabituel. Le valet accourut aussitôt et s'inclina, demandant avec déférence comment il pourrait satisfaire son maître.

Reginald termina sa cigarette — tout juste entamée, en fait — et se dirigea vers le garçon. Il ressemblait tant à son amant. Plus jeune et candide dans sa forme du visage, certes, mais... Il avait cet air canaille, cet éclat malicieux dans ses grands yeux verts. Louis était toujours soigné, menton glabre et coiffure sans accroc ; mais au vu des événements, cela avait changé. Un début de poil dru ornait sa mâchoire et il était décoiffé. Juste assez pour remémorer à Reginald le côté sauvage de feu son amour.

— Qu'attendez-vous de moi ? demanda Louis. Souhaitez-vous une tisane pour calmer votre sommeil, ou...

— Si nous discutions ?

Une telle demande le décontenança. Comment un valet saurait-il engager une conversation sérieuse avec un Intouchable ? Il obéit néanmoins et s'assit à sa droite sur le lit, comme Reginald l'y invitait.

— Comment vous sentez-vous ? interrogea ce dernier.

— À vrai dire, Monsieur… je me fais du souci pour vous.

— … pour moi ? rit doucement Reginald. Vous vous affolez pour un dieu déchu, cher ami, mais… si ma santé vous chagrine, il y aurait, à vrai dire, une solution… un moyen de soulager ma douleur.

Sa main, encore porteuse de son alliance, se fraya son chemin sur sa cuisse. Son souffle se mêla au sien et il commença à remonter ses doigts, dangereusement, tout en enjoignant à son jouet du moment de s'allonger sur la couverture. Louis amena une main fébrile sur son torse dans une vaine tentative de le refouler. Reginald résista et susurra à son oreille :

— Ce serait dommage de vous retrouver sans travail, hum ? Bouche inutile, éliminée en un instant…

Il mordilla son oreille en se dandinant sur son entrejambes, avide d'y goûter et de se sentir à nouveau comblé. Il défit sa ceinture et fit glisser suffisamment ses vêtements pour révéler son sexe, tout mollasson et retranché dans sa forêt pubienne. Reginald y fit glisser ses doigts dans un rythme régulier, titilla son gland d'un air amusé et, sentant finalement ce membre se dresser, retira son peignoir pour mieux s'y frotter. Il en avait tellement, *tellement* envie !

— Monsieur Reichardt, je…

— Chuuut… souffla Reginald.

Sourd aux geignements du valet, il enduisit son membre de crème parfumée et, yeux fermés, s'installa dessus avec délectation. Un frisson de plaisir remonta son échine. C'était… différent. Victor était moins fluet, moins délicat, mais cela tenait du détail. Reginald entama des allées et venues, ondula sur Louis. Son ventre frémissait d'envie et sa chair, de joie.

— Oh, Victor, *mein Liebe*… !

Sans jamais rouvrir ses yeux, comme en transe dans un rêve agréable, il colla son front à celui du valet. Ce dernier était tétanisé, victime de cet abus sans vergogne. Reginald amena alors ses mains sur ses joues, remonta comme un aveugle examinerait un visage, s'arrêta sur ses yeux et, dans un reniflement, comme s'il s'enivrait d'une odeur familière, il gémit :

— C'est faux ! *Tu n'es pas lui !*

Ses doigts se contractèrent soudain et se fichèrent dans ces orbites offertes comme des serres dans un pot de marmelade. Louis s'égosilla, se débattit, mais Reginald semblait avoir gagné en force malgré sa stature malingre. Il s'enfonça encore et encore, pour finir par faire taire son valet et jouir sur son ventre.

Alors, il demeura immobile un moment, telle une marionnette désarticulée. Il se sentit pleurer ; sentit cette eau salée sillonner au gré de ses traits tirés, mais n'avait aucune force pour sangloter. Qu'avait-il fait ? Sa conscience se remit en fonction ; alors, il mesura son acte et cria comme un dément. Alertée, Ravdia entra en trombe dans sa chambre. Elle trouva Reginald en état de choc, retranché tel un fœtus contre un mur, ses mains et son seul vêtement maculés de sang. En voyant son valet dénudé et énucléé gire dans sa flanelle défaite, elle réalisa tout de suite : il avait fait une crise. Elle s'avança doucement vers lui, dérobant en chemin son étui à fumette, et se mit à sa hauteur.

— Vous étiez encore un enfant… murmura-t-elle. Vous n'aviez conscience de rien, d'aucune réalité.

Elle roula une cigarette fraîche où elle glissa un cachet de T-kil écrasé. Reginald s'en saisit d'une main fébrile et tira une taffe à s'en incendier la gorge. Il se calma au fil des effets de la drogue sur son cerveau.

— Vous créez et vendez des armes, continua Ravdia. Vous faites commerce de la guerre. Vous ordonnez des mises à mort au sommet de votre tour de verre… mais vous n'avez jamais tué vous-même. C'est effrayant, du moins la première fois.

— Je suis fatigué, souffla Reginald. Si fatigué, oui, de voir son visage dans mon sommeil et de me réveiller seul… si j'ai la chance d'éviter un cauchemar sordide. Si fatigué d'être abandonné, comme je l'ai toujours été avant et sans lui. Si fatigué par ma propre vengeance. Je la sens me ronger, Ravdia, petit à petit. Elle finira par me tuer.

— La vengeance vous apporte une satisfaction fugace : celle d'avoir fait souffrir vos ennemis, mais ne saurait effacer votre douleur ni ramener les morts. C'est cela qui vous *ronge*, Reginald. Votre faiblesse face à la réalité, celle-là même où vous avez été jeté de force, au terme de tant d'années à vivre dans votre monde de chimères et de richesses.

— Que dois-je faire ?

— Il n'y a rien à faire, *tovarich*, se familiarisa Ravdia en allumant une cigarette à son tour. Rien, hormis affronter la fatalité. À la fin, nous crèverons tous. Libre à vous de faire cela dignement.

Elle souffla une gerbe de fumée et se redressa.

— Vous vous êtes illustré comme une des pires ordures de notre Histoire. Bravo à vous.

Sur ces mots, elle se retira.

Surveillée par deux *Banken* à sa gauche et à sa droite, Roxane avançait sans résistance dans un des couloirs aux relents d'agrume factice. Une sueur froide ruisselait dans son dos et ses muscles, malmenés par ces gens odieux, la faisaient souffrir. Elle était terrifiée. Une fois encore, elle était arrachée aux siens par des inconnus et emmenée dans un endroit sordide. Bientôt, elle se retrouva face à « la dame au tatouage », à savoir Ayame, dans une salle où un augmenté attaché nageait entre conscience et coma. Son regard glissa vers elle avec paresse, pour mieux la toiser. Alors, elle déclama :

— Tu veux revoir ton… commença-t-elle avant d'activer la fonction « traduction » de son ComLink. *Papa* ?

Silence.

— Je prends cela pour un « oui », continua-t-elle en allemand avant de désigner son détenu. Il se dresse entre vous. Je ne te demande rien d'insurmontable. Juste de me montrer une nouvelle fois ton don en faisant renaître d'horribles cauchemars dans son esprit. Peux-tu faire cela ?

Silence.

— Un « non » me chagrinerait.

Roxane finit par s'avouer vaincue et hocha la tête. Elle se hissa sur une chaise de métal grise et froide — comme tout le reste ici —, enjointe par Ayame à s'installer face au sectateur. Bien assise, elle se concentra, s'efforça de visualiser cet esprit si tenace. Ses yeux roulèrent dans ses orbites au moment où elle tint un des filaments de sa grande toile mentale. Elle tira, glissa dessus comme une onde et se faufila dans ce jardin si secret où elle commença à fouiller sans vergogne. Elle y décela des angoisses et des terreurs enfouies, aussitôt titillées comme si elle tisonnait de la chair à vif. Vinrent des douleurs jamais envolées, ressuscitées en souffrance actuelles. Sa victime criait de toute son âme, mais refusait toujours d'avouer. Roxane joua alors une nouvelle carte : celle de ses souvenirs, de ses moments de joie et d'allégresse, menacés d'être réduits à néant à grand renfort de visions monstrueuses.

— Arrêtez ! finit-il par conjurer.

— Les *Kuromamushi*, assena Ayame. Où sont-ils ?

— Bordel, sortez-la de ma tête !

Elle étreignit ses joues d'une main ferme.

— Où. Sont. Ils ?

***

Avachi dans un fauteuil, sa tête soutenue par sa main, Centurion égratignait négligemment la table face à lui avec une pointe de couteau. Une vue 3D du Japon flottait au milieu. Il la regardait d'un air vide, comme si toute son énergie s'était volatilisée dans sa défaite. Celle-ci tournait sans cesse dans sa tête. Jamais il n'aurait imaginé être mis en difficulté dans un duel, encore moins face à une femme normale. Un instant, un doute l'assaillit: son statut de chef, qu'il croyait fermement avoir mérité, n'avait-il pas plutôt été usurpé à la faveur d'un simple coup de chance lors du tournoi ?

— … nous, chef? entendit-il Wade demander.

Il se redressa.

— Quoi ?

— Que faisons-nous ? renchérit Shadow.

— Je n'en sais rien, souffla Centurion. On est découverts. C'était déjà difficile de sortir d'ici sans alarmer tout le monde, mais maintenant… fait chier. Et Reichardt nous a filé entre les doigts. Vu le merdier du *Hōseki*, ils ont dû le transférer. Allez savoir où.

— Cacher un tel «invité» a déjà été fait, commença Hanzo. Quand Kagami Saya a volé des documents au siège de Yamato pour révéler ses obscures alliances, nos *Banken* ont tout fait pour sa survie. Plus tard, elle a été retrouvée noyée sur un rivage au sud d'Hokkaido, à environ soixante kilomètres d'Okushiri. Sans doute en avaient-ils fini avec elle. C'est une rumeur, mais Kato Hanzo connaît la vérité : ils défendent jalousement cette île.

— Ça a du sens, admit Shasta. Exiler Reichardt sur une île où nous n'avons aucun moyen de nous rendre.

— Il y a un moyen, assena Centurion, mais toute erreur nous sera fatale.

— Raconte, enjoignit Wade.

— Il nous faut une navette, pour commencer. Ça va être tendu : elle sera détectée, c'est inévitable, mais si nous faisons diversion et obligeons Sato à regarder ailleurs, ça nous donnera un semblant d'avance. Une fois sur Okushiri, on aura une fenêtre d'action minuscule, mais suffisante, pour cueillir Reichardt.

— Audacieux, commenta Shadow.

— C'est notre seule chance, dit Centurion.

Soudain, un sectateur en sale état arriva en criant des mots inintelligibles. Sa tête vola en éclats, émiettée par un tir venu de derrière. Une cohorte de *Banken* déboula dans la redoute et nettoya alentour à grand renfort de mitraille, sans distinction ni rémission. Kato Hanzo vociféra un ordre — ou un cri de guerre — et se jeta sur eux en dégainant son katana. Il trancha dans le vif avec des gestes nets et calculés. Ses semblables, galvanisés par sa folie, firent montre d'une rare férocité.

Centurion en resta coi. Il mesura combien cette secte était déterminée à se sacrifier pour sa fratrie et pour Aryan. Se servir d'elle et de sa dévotion idiote, tel avait été son ordre, et même si Centurion craignait de concurrencer Reginald en matière d'absence de morale, il commençait à se faire une raison : il fallait en arriver là.

Avant toute chose, il fallait survivre à cet assaut et filer d'ici. Il s'engagea donc dans la mêlée, exalté par cette odeur si familière de combat, mêlant sang, sueur et métal oxydé. Comme il maintenait affairé ce flot d'ennemis infini, d'autres sectateurs d'Hanzo firent signe à Shadow de suivre. Tyndall se joignit à lui et, ensemble, ils œuvrèrent à dégager une sortie.

Au détour d'une galerie, ils tombèrent face à une fillette seule et immobile. Une rencontre suffisamment étrange pour méduser Shadow. Il fit signe à Tyndall et aux autres de ne faire geste, comme s'il s'agissait d'un véritable danger. Elle finit par redresser sa tête échevelée et croiser son regard. Un voile occulta ses yeux vairons et, aussitôt, Shadow sentit comme une aiguille se faufiler dans son cerveau. Une voix murmura dans son dos :

— Qu'y'a-t-il, Kenway ?

Une goutte de sueur glacée ruissela sur son échine. Un frisson d'effroi y remonta et engourdit ses membres. Il se retourna et distingua, derrière, là où était censé attendre Tyndall, le docteur Stevens. Quant au reste de ses alliés, tous étaient affublés d'armures d'Harmattan. Il y avait même IQ280-Garm, cet ignoble mécha-chien dont il avait maintes fois tâté des dents d'acier. Stevens semblait attendre une réaction, sans jamais dévier son regard du cyborg. Celui-ci se sentit acculé, semblable à un animal maltraité et fuyard, retombé entre de mauvaises mains.

— Vous… Vous n'êtes pas réel, souffla-t-il.

— Vos sens sont altérés, je croyais avoir été clair. Votre maladie vous oblige à vous créer une existence, mais la réalité est ailleurs.

Stevens fit un geste de la main, ordre tacite à ses sbires de se saisir de lui.

— Il va falloir tout recommencer.

— Je… non ! Jamais !

Shadow dégaina une série de couteaux et fit mouche en un instant, tuant six soldats en une seule fois. Il cilla, étonné par cette résistance dérisoire, mais ressentit à nouveau cette étrange sensation dans sa tête, comme une aiguille enfoncée dans sa manne de souvenirs.

Voir son aîné céder à la folie angoissa Tyndall. Les sectateurs voulurent éliminer la fillette, source de cette influence, mais se virent arrêtés par un bouclier mental pour finalement être massacrés par des volées tranchantes. Tyndall recula et réfléchit à toute vitesse. Shadow était rudement augmenté. Son côté machine était contrôlable, encore fallait-il réussir à s'y faufiler sans s'attirer sa colère. Sa connexion ComLink semblait inaccessible, comme éteinte, mise sous silence.

Tyndall jura. Il ferma une seconde les yeux, se détacha des clameurs et du carnage, décida d'aborder son frère autrement. Il commença par envoyer son mécha. La vieille machine rouillée se jeta sur Shadow, attira son attention, encaissa ses assauts d'une rare violence. Tyndall usa alors de toute sa force de Super pour charger son flanc. Il entraîna Shadow dans une chute en contre-bas d'un tuyau et tous deux roulèrent dans la gadoue. Tyndall amena alors ses mains autour du crâne du cyborg, d'où fuyaient des « filaments » de flux matriciel, et tenta de le calmer.

Soudain, il tressaillit et déglutit, rongé par un goût amer. Une vive douleur cisailla son ventre. Il y jeta un regard et distingua, sous une auréole de sang, une des lames intégrées de Shadow. Une envie de s'écrouler de souffrance menaça sa ténacité, mais il s'évertua à ramener son semblable à la raison. Quand ce fer acéré s'enfonça encore d'un cran, sa résistance signa sa reddition. Il finit par s'échouer, non sans demander pardon à son frère, déjà évanoui dans un manteau de ténèbres.

Il entendit des petits pas dans sa direction. La fillette traça sa route parmi les cadavres et s'arrêta à ses côtés pour mieux le fixer sans mot dire. Tyndall se noya dans ses yeux, sentit les siens se voiler et sombra dans une douce inconscience.

Chapitre 47

— Pour un rail de misère —

Personne ne sait à quoi ça ressemble
D'être l'homme mauvais
D'être l'homme triste
Derrière des yeux bleus

Et personne ne sait à quoi ça ressemble
D'être détesté
D'être destiné
À ne dire que des mensonges

Mais mes rêves ne sont pas aussi vides
Que ma conscience semble l'être

Behind blue eyes — Limp Bizkit

Centurion cogna un mur de toute sa force, s'y enfonçant dans une gerbe de débris. Il se calma aussitôt, s'efforça de maîtriser son souffle. Shadow avait fui, Tyndall s'était volatilisé, et le lien de cause à effet demeurait nébuleux. Qu'était-il arrivé pour forcer cette ombre si tenace à s'exiler dans un district malfamé — du moins, à en croire son traceur ?

— Kayla… viens avec moi. On va retrouver mon frère.

— Tu restes ici, corrigea la jeune femme. Tu es assez voyant et surtout, tes autres semblables réclament ta présence.

— Tu n'iras jamais là-haut seule. S'il t'arrivait malheur, je…

Un signe d'index l'exhorta au silence.

— Il m'a entraînée. Je saurais me débrouiller.

Centurion resta silencieux un moment, songeur. Kayla avait raison. Elle avait été modelée entre les mains du meilleur enseignant du monde en matière de discrétion, de furtivité et d'assassinat. Au surplus, il devait admettre une réalité : il ne saurait éternellement couver sa fiancée. Elle s'était débrouillée sans son aide durant des années, elle y arriverait encore. Ainsi, il consentit à sa mission, mais refusa de la voir s'en aller sans échanger une dernière étreinte.

Shadow marchait sans réel objectif. Il ignorait même où il avait atterri, mais à en juger cette ambiance générale de maison close, ce coin-là attirait une faune désireuse de satisfaire des obsessions bien particulières. Les enseignes rouges et roses des clubs X se mêlaient aux réclames pour des sex-toys et des extensions de virilité. Les hologrammes suggestifs s'effacèrent très vite face à des androïdes et des gynoïdes fardés comme des voitures volées, dont une des accroches fétiches se résumait à *« Tu t'es déjà enfilé un robot, chéri ? »* Au milieu de toute cette décadence se distinguaient par-ci par-là des animations de mangas auréolés de slogans en kanji dont Shadow n'entendait rien. Il se contentait d'avancer, d'errer.

Au détour d'une ruelle, il tomba sur une transsexuelle *punk à chien* munie d'un sac à dos Hello Kitty où étaient rangées une kyrielle de drogues. Son air égaré dut intéresser cette fille-là, car il fut immédiatement accosté. Baragouinant dans son idiome, elle assomma son client, mais celui-ci resta malgré tout. Il tendit un rouleau de crédits et désigna son sac du menton. L'instant suivant, il s'en allait, un sac rose et ridicule à la main.

Il entra dans un club aléatoire, inconsciemment attiré par ses néons d'un écarlate chaleureux, sans se soucier de finir parmi des gigolos ou dans une salle aux joujoux douteux. Il jeta une somme rondelette à un gynoïde censé se montrer accueillant et, sourd à sa courtoisie simulée, monta dans sa chambre. Il s'y enferma. Balancé sur son lit comme un déchet, son sac de fillette dégorgea une mine d'or de drogues de toutes sortes, tantôt douces, tantôt dures. Shadow jeta un regard dehors, observa la ville en toile de fond d'une mascarade publicitaire, ses teintes criardes en glacis, par-ci par-là, sur un nuancier sombre. Alors, il s'envoya trois cachets de Red et se roula un joint de néon. Bientôt, au fil de ses taffes, il jura entendre chanter les couleurs et chuchoter le mobilier. Ces substances entremêlées, au-delà de cramer ses neurones et d'en chasser des songes dérangeants, calmaient ses angoisses et le faisaient nager dans une énième réalité. Largué au milieu d'un océan de doutes, il mourait d'envie d'abandonner, de couler.

Allongé sur le lit, somnolent, il cessa de réfléchir. Une silhouette se glissa avec sensualité contre son flanc. Une jolie femme rousse, fluette, mais à la musculature soignée, entièrement nue. Elle commença à dessiner des formes dénuées de sens sur son torse.

— Tu devrais tout envoyer chier, murmura-t-elle.

Shadow souffla un nuage de fumée, tira une nouvelle taffe.

— Je serais mort avant même de commencer, avoua-t-il.

— Pas si tu te réveilles. Pas si tu reviens parmi nous, dans la vraie vie.

Il ferma les yeux.

— Es-tu réelle, Annabelle ? demanda-t-il.

— Bien sûr…

— … Que non.

Se fiant aux données du traceur GPS de Shadow, Kayla se retrouva face au *Shinkudoku*, maison close dont elle examina l'enseigne d'un air dubitatif. Elle connaissait assez son mentor pour le savoir réfractaire aux égarements de ce genre. Vraiment, il devait être en réelle détresse pour en arriver là. Kayla se sentit telle une tutrice à la recherche d'un adolescent turbulent. C'en était ridicule.

Sitôt entrée, elle fut guignée par trois filles seins nus assises dans des fauteuils. Sans un seul regard pour ces objets de désir, elle se dirigea vers un gynoïde affairé à trier des crédits derrière son comptoir. Une si grosse somme venait forcément de Shadow et signifiait clairement son souhait de rester seul. Kayla demanda :

— Je cherche un de tes clients. Beau gosse, étranger, augmenté et au sale caractère.

— Jamais vu, mentit son vis-à-vis.

Kayla grinça des dents, s'efforça de refréner ses pulsions violentes, mais assaillie par un étrange sentiment d'urgence, elle y succomba. Elle saisit cette damnée machine au col et articula :

— Je vais fouiller cette foutue ville à sa recherche, et si sa trace me mène encore une fois ici, si je le trouve en sale état, je jure de te réduire en morceaux encore assez distincts pour te recycler en chiottes intelligentes. Où il est ?!

— Au deuxième étage… Chambre dix-neuf…

Kayla relâcha prise — non sans désosser ce robot du regard — et fila dans un escalier en colimaçon dont elle enjamba les marches trois par trois. Si elle découvrait Shadow en train de culbuter une — ou *plusieurs* — catin, elle se figurait déjà devenir folle de rage, mais c'était suffisamment étrange pour être insensé, telle son angoisse viscérale.

Chambre dix-neuf, annonçait un vieux numéro en métal collé sur la porte. Kayla tenta d'ouvrir, mais se retrouva coincée dehors. Elle tambourina dessus.

— Skylar ! cria-t-elle. Ouvre, putain !

Silence.

Elle maugréa un juron. Son regard embrassa la porte dans son ensemble : un machin coulissant sur un chambranle usé. Elle retint son souffle, recula pour gagner un minimum d'élan et se créa son entrée à sa manière. Les putes du coin crièrent d'effroi ; certaines osèrent s'avancer pour mieux observer.

Allongé sur le ventre, un rail à moitié reniflé sur un guéridon et une main étalée au sol, Shadow nageotait dans un rêve agréable — et dans une mare de vomi crayeux. Kayla en fut abasourdie. Assaillie par une multitude de réflexions, elle se demanda surtout comment un tel homme, si fort et dur, en arrivait à être réduit à une telle déchéance. Elle se félicita d'être venue sans Centurion : voir son frère ainsi aurait été un crève-cœur. Cette goutte d'eau aurait fait déborder son vase déjà comblé de merde et d'emmerdes.

— Quel con, se désola Kayla.

Sitôt à son chevet, elle vérifia s'il vivait encore. En voyant un sac à dos Hello Kitty sale et débordant de drogues, certaines consommées sans modération, elle se réjouit pour une fois de la résistance des Supers. Il fallait néanmoins une sacrée dose d'adrénaline pour le réveiller.

— Venez m'aider, merde ! cria-t-elle.

Un effroi tangible — et un certain goût du voyeurisme — retenait des curieuses. Kayla en était sûre : toute cette drogue en circulation obligeait forcément ce genre d'endroits à avoir des médikits.

— *Adorenarin* ! s'égosilla-t-elle.

Sa demande fut enfin entendue. Une des femmes s'élança dans le couloir, s'enfuit pour mieux revenir munie d'une trousse de soins d'où elle exhuma une énorme seringue surchargée de consignes de sécurité, dont un gros « EMERGENCY ONLY ». Kayla s'échina à allonger Shadow, dont elle déchira le tee-shirt pour accéder au torse. Injecteur en main, scrutée et jaugée de tous côtés, elle retint son souffle. Une seul aiguille ; un seul essai. Elle mit toute son angoisse, toute sa frustration et toute sa rage dans son élan… et s'abattit.

Shadow se réveilla d'une traite, arraché à son rêve et, certainement, à une mort insidieuse à défaut de violente, ses yeux dilatés tels ceux d'un animal stupéfié par des phares. Il toussa comme un noyé, cracha et toussa encore. Il avait une sale mine.

Bras croisés, Kayla le fixait, le jugeait.

— Putain, grommela-t-il, on dirait ton abruti de fiancé.

Elle le gifla.

— Et tu as de la chance, admit-elle, je ne lui dirai rien de ce que j'ai vu et vois encore en ce moment même.

Elle s'attendit à un sourire goguenard, à une insulte ou à une énième raillerie vaseuse, mais il n'en fit rien. Il détourna le regard à la manière d'un enfant fautif, étrange réaction dont Kayla fut ébahie. Elle lui accorda un instant de silence, mais au-delà de mesurer sa sottise, Shadow semblait rudement ébranlé.

— Que vois-tu ? demanda-t-il, gorge serrée.

Il se retenait de sangloter, comme si céder à sa tristesse était un crime ou, tout du moins, une faute. Émue par sa fragilité enfin dévoilée, Kayla amena sa main sur sa joue et dirigea sa tête d'un geste doux, croisant ainsi son regard.

— Je vois un soldat, dit-elle. Brisé, aux souvenirs fragmentés et égaré, mais toujours vivant.

— Il était si réel, comme… comme elle. Comme Annabelle. Qui des deux ment ?

Kayla fronça les sourcils.

— Qui ça « il » ?

— Stevens. Il… il était là, dans ce tunnel.

— Il n'a jamais été là, Shadow. Tu étais avec Neo.

Il se remémora, morceau par morceau : la descente des *Banken*, la diversion de Centurion et des autres, sa mission avec Tyndall, la fillette.

La fillette.

— Ils ont une Super, découvrit-il. Elle m'a contrôlé pour que je…

Il réalisa enfin.

— … où est Neo ?

Bercé par un ronronnement, Tyndall refusait de se réveiller. Il n'avait pourtant aucun contrôle sur son sommeil, retenu dans ses méandres dénués de sens. Il se voyait face à une ombre enrubannée de fumée et à la main augmentée munie d'une cigarette.

— *Tu devrais arrêter cette merde*, encourageait-il.

Shadow haussa les épaules.

— *Y'a des gens qui en meurent ! Et toi, t'en as rien à foutre !*

— *Précisément. Calmos, gamin. C'est quoi ton problème, putain ?*

Il n'en savait rien.

Bribe suivante. Il marchait dans des couloirs dont la blancheur des murs agressait ses yeux, telle cette odeur persistante et corrosive qui piquait son nez. L'odeur inimitable de l'hôpital. Il jurait l'avoir oubliée, ou du moins n'avoir jamais ressenti d'angoisse à sa sensation. Parfois, son rêve s'entrecoupait de moments d'errance dans le noir, comme si la bande de ses souvenirs était corrompue. Alors, il distinguait des sons, des *bip* de machinerie et des murmures vaguement compréhensibles. Il perçut soudain le mot « cancer », comme un cri qui résonna dans ses oreilles, et vit tomber un bracelet d'identité devant ses yeux sans pouvoir en déchiffrer le nom.

Cette vision, ce choc, l'arracha à ces réminiscences. Il remonta à la surface de son esprit tel un plongeur des profondeurs et nagea à la frontière de l'éveil. Il entendait des gens discuter, mais aucun en anglais ; des conversations noyées dans ses oreilles, à demi assourdies. Une douleur intense émanait de son flanc et semblait même avoir gagné ses entrailles. Avec cette sensation de tisonnier enfoncé dans celles-ci, il voulait juste mourir.

— Son état s'aggrave, traduisit son ComLink. Regarde ça, c'est tout nécrosé, là. C'est dégueulasse.

— Bien sûr. Le poison de Shadow est censé te tuer en moins de trois minutes.

— Il doit en chier sévère. On devrait abréger ses souffrances, c'est juste un ado…

— C'est un *Super*, Kaïto. Un monstre, comme tous les autres.

— Que vont-ils faire de lui ?

— Sato-sama veut le donner à la Russe, sans doute pour ses tests.

— Pauvre gosse. C'est moche de finir comme ça.

Comme ils s'éloignèrent, Tyndall s'efforça de se mouvoir et se fit vite une raison. Solidement attaché, il arrivait tout juste à fléchir ses doigts. Une secousse confirma : ils voyageaient dans une navette. Il essaya alors de se connecter à la Matrice, de contrôler cette machine pour la dévier de sa trajectoire, mais se vit confronté au vide et à un silence absolu, comme si son don s'était volatilisé. Il se fit aussitôt électriser par un collier fixé autour de son cou et cria, cisaillé par une souffrance inouïe. Quand il ouvrit les yeux, il tomba face à Sato Ayame, droite et rigide, son regard mi-clos rivé sur lui. Elle ne dit rien, n'ironisa ni ne sourit guère. Tyndall jurait d'avoir affaire à une statue.

— Putain… gémit-il. On dirait Shadow, mais en encore plus coincé.

— Plaisanter te rassure, j'imagine, déclama Ayame.

Tyndall rit jaune.

— Je n'ai pas peur de vous.

— Tu *as* peur de moi. Sans ton intervention, j'aurais vaincu ton chef et renvoyé sa tête à Aryan Turner. Privé de tes pouvoirs, déconnecté de tes machines, tu es un adolescent turbulent parmi tant d'autres.

Il grimaça, tiraillé par son flanc déchiré. Il avisa ce dernier, noirâtre sous sa multitude de pansements, et sourit.

— Ouais, cool, dit-il. Je vais crever, de toute façon.

Ayame demeura silencieuse un instant.

— Oui, admit-elle enfin. Étrangement, ce poison semble prendre son temps pour te tuer. Au-delà d'intéresser cette folle de chercheuse qui, certainement, va t'ouvrir tel un rat pour admirer sa progression, il nous donne une chance inespérée de t'étudier pour améliorer notre mutagène.

— Vous faites une immense connerie.

— Votre ingérence sur notre territoire en est une. Vous auriez dû vous en rendre compte avant que je ne commence à vous décimer.

Elle se retira sans en rajouter.

La navette atterrit sur une île — sans doute Okushiri, devina Tyndall — et sans tarder, un *Banken* vint aider à descendre sa civière. Il regarda alentour, environné d'arbres aux frondaisons dansantes, floues et secouées par un vent marin dont il sentait la caresse tantôt douce, tantôt mordante. Les secousses du chemin gravillonné renforçaient son martyr. Ils finirent par atteindre une zone goudronnée derrière une sublime villa, où un vieil infirmier à mauvaise mine chargeait un fourgon de cadavres. Parmi eux, il reconnut Louis — ou du moins ses restes —, valet de Reginald. Il déglutit, se demandant comment ce malheureux avait fini ainsi, mais se ressaisit illico. Jamais Reichardt ne se serait défait de son valet, preuve de sa venue ici. Centurion songerait à sauver sa vie avant de se mesurer à sa némésis, Tyndall en était certain — et Sato aussi, il s'en doutait —, mais malgré ce danger évident, cette menace de mener sa fraternité au massacre, il essaya d'envoyer un signal de détresse.

Centurion aiguisait son katana d'un geste négligent, obnubilé par des réflexions négatives. Si sa mission s'était révélée corsée, jamais il n'aurait imaginé subir de telles déconvenues. Sa défaite, Tyndall volatilisé, Shadow enfui. Son doigt glissa et il s'entailla. Longuement, immobile, il regarda une goutte de sang couler au gré de la courbe de son arme.

— Toujours aucune nouvelle du gamin, se désola Wade.

Il s'assit sur une caisse d'armes face à Centurion et fixa ce dernier d'un air grave. Ils avaient retrouvé son mouchard ensanglanté au fond des égouts, sans Tyndall ni Shadow d'ailleurs. Cela annonçait une sale affaire.

Centurion ne dit mot et continua son aiguisage. Quand Wade abandonna son siège, il s'arrêta et se retourna. Kayla était de retour, suivie de Shadow dont la mine renfrognée n'annonçait rien de glorieux. Il se dressa en face et étudia sa dégaine, dégingandée et sale.

— Tu t'es drogué ? demanda-t-il.

Silence. Honteux, Shadow regarda ailleurs, tête inclinée comme un chien fautif. Il essuya une droite de son frère, suffisamment forte pour faire sortir d'ultimes illusions de son crâne.

— Je la méritais, admit Shadow.

— Oui, tu la méritais. Où est Neo ?

À cette mention, Shadow sentit ses genoux se dérober, sa mascarade de self-control toucher à sa fin. Ses nerfs d'acier cédèrent telle une digue face à un océan agité. Il tomba dans un fracas de métal et éclata en sanglots.

— C'est ma faute, geignit-il. Elle m'a fait voir des mensonges ! Elle a utilisé mes cauchemars !

Voir son rival aussi touché, aussi *minable*, fit un choc à Centurion. Ce souvenir ignoble d'Harmattan, de Skylar détenu, avachi dans ses déjections et sa misère, assaillit sa mémoire. Il frissonna de terreur et de dégoût, écœuré par ces monstres dont il avait tâté du sadisme. Abasourdi, il finit par mettre à son tour un genou en terre et étreindre Shadow. Il souffla :

— Qu'est-il arrivé ?

Il raconta, du début à sa fuite, sans oublier sa tentative de meurtre de Tyndall. Au cours de son récit, Centurion reçut un signal sur son interface visuelle. Sur sa carte, une icône rouge clignota trois fois, fugace, avant de s'éteindre.

— Il est *en vie*, corrigea-t-il.

Shadow dodelina du chef.

— Je ne me maîtrisais plus. Si je l'ai empoisonné, il…

— *Il est en vie*, insista Wade.

— … mais détenu par nos ennemis, ajouta Centurion.

— Ils nous attendent sûrement.

— Alors on va tester leur accueil. Quel chef serais-je, si j'abandonnais un des nôtres à la souffrance et à la mort ?

Il fit un signe de la main.

— Allez dormir, retrouver des forces. Tout cela va se finir, et ça va arriver dès demain.

Ses frères s'éloignèrent, telle Kayla. Centurion l'arrêta dans son élan et lui jeta un regard gêné.

— Je… commença-t-il. Je me demandais si… enfin, comment tu allais.

Elle sourit faiblement.

— Ça va.

Son fiancé caressa sa joue d'un revers de la main.

— Tu as toujours cette fossette… Quand tu mens.

Kayla se dandina de malaise.

— *Tout va se finir dès demain*, tu as dit. On va enfin arrêter cette ordure de meurtrier, mais… Combien cela va-t-il nous coûter ?

— Je sacrifierai tout pour venger notre fils, même ma vie s'il le faut. Il méritait… *Vous* méritez au moins cela.

Blottie contre son torse, elle chuchota :

— Je refuse de te perdre… *toi aussi.*

Centurion effleura son cou de sorte à la fixer yeux dans les yeux.

— Promets-moi d'être forte quoi qu'il arrive, souffla-t-il à son tour, et je te jure… que tu seras heureuse. Que je ferai planter pour toi la graine d'une vie meilleure dans les cendres de cette vengeance. En souvenir de Iowan.

— *Pour nous*, Blayne. Pas *pour toi*. Pour nous.

Elle ferma les yeux et, se dressant sur la pointe des pieds, l'embrassa. Centurion la maintint contre lui, s'accrocha à elle comme un naufragé perdu dans une tourmente de cauchemars le ferait de son frêle canot. Il voulait lui dire « je t'aime » ; il voulait lui promettre de faire frémir des montagnes comme autant de feuilles et de faire se coucher le soleil à l'est, mais son engagement allait déjà au-delà de tout cela.

Chapitre 48

— Effondrement —

Escorté par des engins de combat et étroitement surveillé par une armada de soldats, un convoi de fourgons sorti des usines Winslow Medical filait à toute vitesse vers son centre de distribution. À l'avant, six mécha-chiens sondaient autour d'eux pour découvrir une éventuelle embuscade. Tous s'engouffrèrent dans une pinède entretenue, sur une route dégagée où ils accélèrent pour sortir sans tarder. Tout se déroulait sans encombre, et tout dégénéra très vite.

Le véhicule de tête sursauta soudain dans une gerbe de flammes et une déflagration si déchaînée qu'elle souffla une partie des arbres alentour. Un accord de cris de guerre résonna ; des hommes et des femmes armés sortirent des fourrés, arborant avec fierté un foulard immaculé à l'aigle et aux étoiles rouges. L'Autorité mit une demi-seconde à réagir, fenêtre d'action suffisante aux rebelles pour se jeter sur eux et commencer un carnage. La réaction arriva néanmoins très vite, à grand renfort de mitraille. Certains moururent, émiettés face aux canons des G4-Gatling — Reichardt-Bauer aimait se souvenir de ses inventeurs — galvanisant ceux derrière, déterminés à enjamber autant de cadavres pour en découdre. La meute de chiens fit demi-tour pour mieux se ruer sur ses cibles. Un filet de chaînes se déclencha, se referma sur eux et les traîna au milieu des frondaisons dans un concert de couinements. Une nouvelle clameur retentit, exalta ceux affairés en mêlée. Sitôt contrôlées les mitrailleuses, les militaires furent abattus sans distinction et le personnel de Winslow au sein des fourgons, arrêté. Un des fidèles sbires de Stefan McLane descendit d'un 4x4 en nettoyant grossièrement son couteau ensanglanté. Il observa alentour et gueula :

— Le convoi est à nous !

Ovation.

Affairé dans son cabinet, Aryan reçut soudain une notification « urgente » sur son ComLink. Le Cléocube intégré à son office émit un clignotement rouge, signe d'une communication en attente. Il écrasa son index sur une commande et, aussitôt, un hologramme de la Présidente se matérialisa au milieu de la salle.

— Comment osez-vous ?! s'écria-t-elle.

Visiblement très en colère, elle affichait la mine contrariée d'une enfant gâtée dont on aurait cassé un des jouets. Aryan resta calme.

— Madame la Présidente, salua-t-il. Vous aurais-je froissée ?

— *Froissée* ? Quel culot ! Vous avez massacré mes soldats, *nos* soldats ! Tout ça pour garder votre mainmise sur *mon* gouvernement… et votre tête. Soyez sûr d'une chose : cette affaire se réglera, avec ou sans vous. Ce crime odieux sera votre dernier !

Aryan rangea soigneusement son stylet sur son socle, comme une manière de conserver son sang-froid — même si tout était calculé —, et renchérit :

— Vous vous flouez, je le crains. Jamais je n'aurais commis une telle abomination.

— Oh, gardez-vous de nier, j'aurais fait la même chose.

— Heureux de vous savoir une femme de confiance. Seulement, voilà, je n'ai rien à voir là-dedans.

— Je ferai analyser chacun des débris, de chair ou de métal, et vous confondrai.

Cutlaw entra en silence, sa mine ravagée par un air soucieux. Soudain animé par un sentiment de mauvais augure, Aryan écourta sa conversation et, avec elle, l'élan de rage de la Présidente.

— Soit, faites comme cela, encouragea-t-il avant de mettre fin à son esclandre. Qu'y a-t-il, Haytham ?

— Monsieur… nos mercenaires… je veux dire, ceux envoyés pour dérober notre marchandise. Ils ont été massacrés.

Aryan cilla d'étonnement.

— L'antidote ? demanda-t-il tout de go.

— Volé, Monsieur.

Une nouvelle notification ComLink s'afficha. Agacé, Aryan la consulta :

— *Monsieur Turner !* vociféra Sara Ferguson. *Capernian… nos accès aux médias… nous avons tout perdu ! C'est… je… regardez… !*

Il alluma illico sa télé. Stefan McLane se tenait assis à une table, un étendard des anciens États-Unis derrière lui et des monticules d'emballages « Winslow Medical » en face. Son visage se tordait dans un air grave.

— … *ils veulent vous contrôler*, déclamait-il, *vous aliéner. Ils ont commencé à vous arracher vos droits, un par un : circuler où vous le voulez, vivre en sécurité sans en payer le prix, exister sans se faire implanter. Vous êtes des vaches à lait pour eux. Vous ne respirez que pour remplir leurs poches, mais elles réclament toujours plus. Quand ils auront fini de vous tirer votre argent ; fini de vous engraisser avec des produits ridicules ou toxiques, vendus par des publicités écœurantes où se pavanent de soi-disant « héros », ils vous regarderont crever sans rien faire. Voilà où nous en sommes. Voilà comment un prétendu antidote, au-delà de vous soigner d'un mal dispersé par un de ces Intouchables, va vous rendre plus attractifs encore… car il augmentera votre dépendance à la neurophine. Est-ce vraiment ce que vous voulez ? Voir vos parents estropiés par ce conflit idiot, au service d'une présidente corrompue ; vos enfants mutilés ou malformés, tous augmentés, se droguer sans cesse et quémander leur dose, faute de moyens pour se la payer une énième fois ? Voir dans leurs yeux la détresse de leur condition et assister à leur suicide à petit feu ? Ce n'est pas…*

— Sale enfoiré ! cria Aryan en se redressant d'une traite.

— … *nos chercheurs travaillent à l'élaboration d'un véritable antidote*, continuait McLane. *Il sera distribué au peuple sans contrepartie. Cessez de vous laisser contrôler, de vous faire abuser… rejoignez-nous ! Rejoignez la Rébellion !*

Aryan éteignit la télé d'un geste rageur et se rassit dans son siège. Il soupira et, yeux fermés, serra son nez entre deux doigts.

— Quand mes enfants vont-ils ramener Reichardt ? assena-t-il soudain.

Haytham demeura silencieux un instant.

— Quoi ? Quoi *encore* ?

— Ils savent où il est, rassura-t-il.

— … mais ?

— Il leur faut un soutien aérien.

— Alors, envoyez-en un !

— … et médical. Centurion a demandé Zeera Kingsley.

— Centurion *exècre* Zeera Kingsley, remémora Aryan. Qu'est-il arrivé ? Il n'a donc rien dit ?

— Rien d'autre, Monsieur.

— Seigneur…

Il se ressaisit et, comme s'il confirmait ses songes, fit « oui » de la tête.

— Bien, donnez suite aux sollicitations de Centurion. *Absolument toutes.* Il faut en finir.

***

Au milieu d'une immense carrière, Centurion, son escouade et une dizaine d'illuminés attendaient. Bourdonnements et rafales, tourbillons de sable et de cailloux, révélèrent une navette en manœuvre. Voilée par son camouflage, elle avait évité d'être vue, en cet instant tout du moins. Elle se matérialisa suffisamment pour s'ouvrir, sans jamais atterrir.

— Ça va être à nous de jouer, annonça Centurion. Hanzo, es-tu avec nous ?

Le grand sectateur afficha un rictus en coin.

— Toujours.

Ils s'élancèrent sans traîner. À l'intérieur, au-delà de trouver du matériel et des armes, ils furent accueillis par Zeera Kingsley, souriante, savourant sa victoire. Centurion lui jeta tout juste un regard de dégoût avant de s'arrêter sur une mallette familière. Il fléchit un genou et ouvrit ses verrous à gestes calculés, découvrant *Uru* et *Fukuro* dans leur écrin.

— Tu me dédaignes pour tes vulgaires jouets ? se renfrogna Zeera.

Il se garda de tout commentaire.

— Sale ingrat ! J'aurais dû refuser ta « demande » à ce cher Aryan…

— Tu n'en aurais rien fait. Tu aimes te sentir essentielle. Où est mon armure ?

Elle tira un grand tissu d'un geste rageur et dévoila la tenue dont Centurion tirait son surnom, soigneusement rangée dans une caisse.

— On s'habille, mes frères, ordonna-t-il. C'est notre dernière chance.

Il s'y attela, retira et déchira ses guenilles maculées de crasse et de sang pour se mêler à nouveau à sa cuirasse. Le contact de celle-ci, de sa structure de synthèse et de de ses micro-senseurs satisfit ses sens comme jamais. À ses côtés, Wade vêtait également son armure pour redevenir un colosse de chair et de métal. Ils se jetèrent un regard : Shadow restait seul dans son coin, devant eux, dos tourné. Il semblait trouver du réconfort en maniant ses couteaux fétiches et en rechargeant ses flingues. Au-delà de cette évidente fragilité trahie par cette allure avachie, Centurion était certain d'une chose : en cet instant déjà, Shadow se fermait à ses émotions pour être dans un simulacre de sérénité, de concentration, et mieux se venger. Personne ne fouillait dans ses souvenirs — ou ses secrets — pour s'en servir contre lui. *Personne.* Cette mission, il en faisait désormais une affaire justement *personnelle.*

Kayla observait ses gestes obsessionnels sans mot dire. Il n'y avait rien à ajouter, de toute façon. Une fois encore, du sang allait s'étendre dans le foyer de la vengeance pour ranimer ses flammes et continuer un cycle sans fin.

— *On arrive dans vingt minutes*, annonça la pilote.

Centurion jeta un regard à Hanzo. Ce dernier confirma d'un signe de tête et joignit ses sbires, des orateurs confirmés, frères et alliés, déterminés à sacrifier leurs fidèles pour le Dieu Machine.

Sur son ordre, des actes terroristes foisonnèrent au sein des districts tokyoïtes, de la fusillade de rue aux destructions de grande envergure, tel un sabotage de la centrale d'Oï. La peur se faufila dans la ville et s'y installa. La réaction des autorités se fit attendre. Une telle coordination n'avait jamais été constatée, aussi étaient-ils démunis. Ils firent de leur mieux pour venir en aide aux civils, renforçant des zones déjà fort défendues, envoyant des drones, des méchas et des divisions surentraînées, mais cela suffisait tout juste à contenir la vague de violence. Alors, ils demandèrent une intervention des *Banken*.

Via une intellicam, Sato Ayame observait Ravdia, joyeuse telle une gamine dans une confiserie, en train de trier ses instruments d'un air amusé. Sur sa table de travail, sanglé suffisamment fort pour ralentir sa circulation sanguine, Tyndall, nu comme un ver et nettoyé à grand renfort d'eau glacée, grelottait de froid — et d'effroi ? Il se concentrait pour rester calme et, au moment venu, éviter de crier. Il se refusait à accorder cette victoire à ces grands malades.

— Vous êtes toutes cinglées, dans la famille ? grommela-t-il entre ses dents.

— Cinglées ? minauda Ravdia en choisissant un scalpel.

Elle tira un tabouret et s'installa à sa droite.

— J'ai toujours eu un faible pour la dégénérescence des chairs, révéla-t-elle. Cela me fascine. Quand j'ai été engagée par la Russie pour créer un virus incapacitant mais non létal, j'ai eu accès à des souches très intéressantes. Ah, par chance, j'avais droit à des cobayes illimités. — Elle titilla son estafilade, noirâtre, gorgée d'ichor et nauséabonde. — Aucun n'était aussi résistant.

— Va te faire foutre, croassa Tyndall.

Ayame fut dérangée dans son observation par un de ses agents. Elle s'écarta de cette scène sordide et demanda des détails.

— La *Kikai-shin no shūha*, Sato-sama. Elle met Tokyo à feu et à sang.

Elle demeura un instant immobile, déchirée entre son envie de rester là, à observer cette folle de chercheuse arracher ses secrets au mutant — dont elle entendit un cri résonner — et son devoir. Elle devait diriger ses *Banken* contre cette menace terroriste. Elle se remit en marche.

— Elle se dirige vers l'hélistation, chuchota Issam.

Cachés dans la forêt à une distance raisonnable des grillages de la villa, Centurion et ses semblables attendaient une occasion idéale. Il glissa un regard au Syrien.

— … descends-la.

Un hélico décolla. Issam se concentra dessus ; visualisa son fuselage, son moteur ; entendit ses instruments grésiller dans sa tête. Quand il le tint « dans sa main », il le figea au milieu du ciel comme un jouet d'enfant tenu par une main divine. Alors, il le jeta dans la forêt où il s'écrasa, non sans ravager des arbres et creuser un sillon dans la terre.

— On y va ! ordonna Centurion.

Il dégaina ses katanas et s'élança droit devant, déterminé à en découdre. Un geste franc éventra la grille d'enceinte et y dessina une entrée royale où tous se faufilèrent pour foncer sur une cohorte d'ennemis encore médusée par le crash. La maison déversa une armada de *Banken* armés et en armure. Ils tirèrent à vue, nets et directs : ils ne feraient aucun prisonnier. Shadow vit deux sectateurs tomber sous ses yeux, criblés comme des cibles de fête foraine, mais n'en eut cure. Il enjamba ces cadavres frais pour mieux s'effacer et se rematérialiser derrière ses assaillants. Il trancha une fémorale par-ci, une carotide par-là, évita des tirs, jeta trois couteaux et fit mouche autant de fois.

À couvert derrière une corniche, Kayla essayait de trouver Reginald tout en gardant son fiancé en visuel. Quand elle vit deux *Banken* arriver dans son dos, elle se jeta sur eux comme une furie et, ses jambes en collier, elle en envoya un à terre. Centurion se retourna pour trucider son camarade et aida son amante à se redresser.

Autour d'eux voletaient des feuilles et des fleurs émiettées. Gravier gorgé de sang, dallage maculé, murs troués. Ce combat transformait cette villa de rêve en zone de guerre.

Issam finit par forcer celle-ci en jetant un 4x4 à travers un mur. Il termina dans le salon. Wade, entré de manière conventionnelle, y pénétra et jeta un regard interdit au Syrien. Il fit mine de rien.

Un raffut innommable déconcentra Ravdia, affairée à retirer des morceaux de chair nécrosée à Tyndall. Celui-ci, nageant entre éveil et inconscience, à deux doigts de s'évanouir, eut un rire nerveux.

— *Game over*, dit-il d'une voix enrouée. Ça y est, mes frères viennent me chercher… et toi, t'es entre eux et moi. Considère-toi comme déjà morte.

Il disait vrai : ses frères avaient investi la villa et, à en juger clameurs et invectives, ces soi-disant « chiens de garde » ne sauraient jamais les refouler. *Game over*, fin du jeu, fin de son accord avec Reginald et tous ces imbéciles.

— *Blyat*, grommela-t-elle. Je refuse de crever ici !

Elle détacha Tyndall avec célérité, mais surestima sa faiblesse. Usant de ses dernières forces, il se redressa comme un diable de sa boîte à farces et lui colla un coup de tête. Ravdia chancela en arrière et s'échoua sur le carrelage. Tyndall retira alors son collier dont il se débarrassa avec un certain flegme. Aussitôt, toutes les machines alentour, robots chirurgicaux, mécha-chiens en faction et autres tourelles se rallièrent à lui, voyants rouges allumés en signe d'hostilité envers sa tortionnaire.

— Attends… attends… gémit Ravdia en reniflant morve et sang. Je sais où est Reichardt ! Je te le dirai !

Avec une certaine satisfaction, Tyndall regarda ses robots se diriger vers elle et annihiler toute retraite.

— Pitié… tenta-t-elle en dernier recours.

Son ex-cobaye éclata de rire, mais ne dit rien. Un sourire étrange flotta sur son visage au son des scies à os et des chuintements de tenailles. Trancher, tronçonner, déchirer, énuméra-t-il telle une liste de courses en admirant Ravdia se faire débiter. Ses cris finirent par s'éteindre. Tyndall cilla, une giclure de sang envoyée dans son œil.

Au milieu de la forêt, l'hélico gisait à moitié éventré, traversé par un arbre. Ayame s'arracha aux débris en se traînant et, une seconde, demeura allongée pour recouvrer son souffle. Elle toussa, se retourna pour cracher une gerbe de sang et s'examina. Le choc avait fracturé sa clavicule et des fragments de verre constellaient son ventre, mais rien de grave pour une *Banken* comme elle. Un froissement de feuillage attira soudain son attention : on venait. Elle se retrancha illico derrière un morceau de fuselage et guigna ces intrus du regard. Le cyborg d'argent avait envoyé ses marionnettes vérifier sa mort. Elle chercha une arme à tâtons, ne trouva rien ni sur elle ni alentour. Rien hormis son stylo. Son sang gelé dans ses veines, sa concentration au maximum, elle se faufila en silence derrière un des illuminés. Là, elle étreignit sa gorge et y enfonça son stylo d'où jaillit une fontaine de sang au rythme de son cœur. Ses semblables firent volte-face en vociférant. Ayame se cacha derrière sa victime pour éviter leurs tirs. Quand ils furent à sec, elle s'en débarrassa, jeta ses restes sur eux et, à la faveur de cette diversion, se rua en mêlée. Elle en saisit un par sa tignasse et éclata sa tête contre celle de son camarade. Il tomba ; Ayame se mit à califourchon sur lui et fourra son stylo dans son œil. Elle se retourna, évita une taille de katana, roula pour mieux se redresser. Son « arme » toujours en main, elle tourna autour du dernier assaillant. Celui-ci tenta de la réduire en morceaux, sans jamais réussir à la toucher. Ayame se glissa dans son dos, ceintura son torse et tomba en arrière. Il abandonna son arme. La *Banken* le maintint au sol et, une dernière fois, se servit de son stylo.

Un silence gênant, tout juste dérangé par de rares oiseaux, submergea la forêt. Ayame demeura un moment immobile, comme victime d'une chute d'adrénaline. Elle entendit alors une radio grésiller au fond de son aéronef. Elle s'en saisit et la connecta à son oreillette.

— Sato-sama, êtes-vous là ?

— Je suis là.

— Il y a d'autres survivants ? Je vous envoie tout de suite des secours !

— Aucun. Inutile de me chercher, je vais me débrouiller. Que nos renforts se rejoignent à la villa numéro 4.

Elle avisa le katana abandonné au milieu des cadavres. Tuer Centurion avec un stylo serait assez difficile, même pour elle, aussi s'en saisit-elle.

— Qu'allez-vous faire ?

— Retenir ces gêneurs, annonça-t-elle avant de s'élancer vers la villa.

Centurion trancha en deux un énième — et dernier — *Banken*, puis jeta un regard dehors. L'alarme aurait tôt fait d'en rameuter d'autres.

— Putain, ils sont illimités, ces connards? demanda Wade.

— On se magne, ordonna son chef. Shadow, Kayla, Hanzo… trouvez Neo. On se charge de Reichardt.

Chacun de son côté. Shadow rechargea son flingue et ouvrit la marche au rez-de-chaussée, couvrit Kayla, affairée à tâter du mur pour trouver une entrée secrète.

— *Pssst*, souffla Hanzo, par ici!

Au niveau du garage, un ascenseur d'accès restreint menait au sous-sol. Hanzo tenta un piratage. Shadow arriva alors, muni d'une main sanguinolente dérobée à un cadavre. Il écrasa celle-ci sur le tableau de commande. Un jingle d'authentification retentit; leur descente commença.

— Tu me dégoûtes, commenta Kayla.

— Génial, mais j'en ai rien à foutre.

Shadow se faufila en premier dans un couloir grisâtre aux fortes odeurs de détergent. Il sécurisa un angle, un deuxième et, au troisième, entrevit une mare de sang où se noyait une jambe de femme. À deux mètres de là gisait son jeune frère. Il se rua à ses côtés.

— Je suis désolé, tellement désolé…

— C'est rien, chuchota Tyndall. Genre… t'as raté… ta cible.

Il s'évanouit. Shadow écarta un renfort de sa manchette droite; en-dessous étaient rangés six tubes d'antidotes différents. Il en retira un, aussitôt enclenché dans un injecteur. Il administra sa dose à Tyndall et sourit faiblement.

— Tu vas t'en sortir, sale gosse.

Un katana émergea soudain du torse d'Hanzo et remonta d'un franc geste vertical pour tenter de fendre sa tête. Sato Ayame se trouvait derrière, en sale état, mais en vie. Coincée, elle maudit cette chair surchargée d'augmentations. Shadow réagit immédiatement et dirigea son flingue vers elle. Accrochée à son arme, elle usa d'Hanzo comme d'un bouclier pour l'empêcher de trouver un angle de tir.

— Combien te reste-t-il de balles, *Koei*? demanda-t-elle.

— Suffisamment, annonça Shadow.

— C'est ennuyeux.

Elle rejeta Hanzo vers lui. Le Viper recula et tira une salve malgré son déséquilibre. Ayame l'évita en se jetant à couvert d'un robot chirurgical désactivé. Elle entendit un *clic* familier — fin de munitions — suivi du son d'un objet tombé sur le carrelage : il rechargeait et, à en juger le mouvement de son ombre, trahie par l'éclairage cru des scialytiques, il marchait déjà sur elle. Elle estima ses chances. À droite arrivait Shadow ; à gauche, Kayla. Hanzo commençait déjà à se remettre d'aplomb, malgré son katana fiché dans son torse. Il fallait désarmer la menace la plus évidente.

Quand Kayla fut à une distance idéale, Ayame faucha ses jambes d'un croche-pied et fondit sur elle. Sa cible n'attendit pas de se faire écraser au sol pour rouler d'un côté et se redresser. La *Banken* se remit debout à son tour et enchaîna des assauts à la fois vifs et nets, de telle sorte à toujours la maintenir entre elle et Shadow. Kayla évitait avec agilité, mais sa défense n'égalerait jamais celle de son mentor.

Lasse de se défendre, elle dégaina un couteau et tenta une offensive. Ayame se garda se ses estocs et de ses tailles par des entrechats et une retraite. Elle glissa sur une mare de sang à moitié séché et faillit tomber, mais recouvra suffisamment vite sa stabilité pour éviter un fauchage au niveau du ventre. Cette glissade sauva sa vie : Shadow venait d'armer et son tir déchira son oreille dans un sifflement doublé d'une douleur détonante. Ayame sentit celle-ci résonner au fond de son crâne et se diffuser à travers elle. Elle ne s'accorda pas une seconde de rémission ou de réelle hébétude. Percutée et envoyée au sol, Kayla sur elle, elle s'efforça de rendre sa netteté à sa vision pour éviter ses droites et revers enragés. Son genou remonta violemment dans son ventre. Kayla, goûtant à un rejet acide de son estomac malmené, gémit de douleur. La *Banken* usa de sa fragilité pour la renverser et essayer de la désarmer. Elle encaissa un coup de tête dans le nez et des gouttes de vomi sur la joue, mais réussit à lui arracher son couteau. Elle se redressa en forçant son ennemie à faire de même et glissa ce dernier sous sa gorge.

— Lâche ton arme, ordonna-t-elle à Shadow.

Il demeura immobile une seconde, déterminé à tirer, mais dans un mauvais angle pour faire mouche sans gravement atteindre son élève. Il finit par jeter son flingue d'un geste excédé.

— Quoi ? demanda-t-il. Tu veux un duel à mort ?

— Inutile, annonça froidement Ayame.

Sur ces mots, elle fit glisser son couteau sur la gorge offerte avec une aisance obscène.

— … non… souffla Shadow, figé.

Kayla s'effondra. Il oublia Sato, se rua vers elle et s'accrocha à ses vêtements, comme un moyen — certes vain — de la retenir dans cette vie. Elle lui jeta un regard de noyé, s'efforçant d'articuler un mot. Ses efforts faisaient jaillir des vagues écarlates de sa gorge.

Cette « diversion » était une occasion inouïe pour Ayame. Elle se stabilisa pour tenter d'enfoncer son katana dans la tête de Shadow, mais celui-ci arrêta son fil d'une main ferme, à moins d'un centimètre de son œil, et lui jeta un regard menaçant. Il envoya sa carcasse transie de souffrance valser tel un jouet de chiffon.

— Reste avec moi… adjura-t-il à Kayla.

Il retira son manteau et, une fois enroulé à la va-vite, s'en servit pour contenir ce flot d'allure sans fin. Un sentiment fautif gagna son cœur et embruma sa tête. Il aurait dû encaisser pour elle. Il aurait dû la protéger. Il aurait dû…

Tout en effectuant ces gestes, il activa son ComLink.

— Zeera, fais venir la navette.

— Vous avez Reichardt ? Si on vient vers vous, c'en sera fini de notre cache-cache avec nos amis des défenses antiaériennes…

— J'ai dit : fais venir la navette.

— À tes ordres, fit-elle d'un ton matois.

Ayame gémit de douleur et s'évertua à se relever. Sitôt debout, elle courba l'échine pour éviter une taille. Hanzo se dressait face à elle, souffle court et regard fou.

— Kato Hanzo te fera payer pour ton insolence ! *Ikyouto*[6] !

Il la chargea à une vitesse inhumaine. Percutée avec une violence digne d'un accident automobile, Ayame s'échoua rudement contre un mur. Son dos encaissa le choc, même si chacune de ses vertèbres sembla se démantibuler. Hanzo enfonça son katana à un demi-centimètre d'elle, sectionnant une de ses mèches et étiolant le revêtement derrière elle. Elle lui colla par instinct son genou dans l'entrejambes, mais n'obtint aucune réaction. Hanzo lui adressa un regard amusé et fit aussitôt racler sa lame sur toute la longueur du mur. Elle évita *in extremis*.

Il rajusta sa prise sur son arme et fila comme une rafale vers elle. Ayame se défendit, sentit le fil de son katana grincer sous cette offensive, mais refusa de se voir débordée. Elle enchaîna des assauts à la faveur d'une ouverture et força son adversaire à reculer. Il finit par marcher à son tour dans les restes de Ravdia. Ayame trancha illico un des câbles d'alimentation d'un électrocardiogramme qui, en touchant ce fluide puis les pieds du cyborg, lui envoyèrent une décharge. Totalement aveugle, à moitié paralysé et déboussolé, il erra, moulina dans le vide avec le fol espoir de toucher son adversaire. Ayame évita sans grande difficulté et finit par lui enfoncer son katana en travers de la tête comme s'il s'était agi d'un vulgaire melon. Satisfaite d'avoir éliminé cette vermine, elle le regarda s'écrouler puis avisa Shadow, affairé à maintenir Kayla en vie. Consciente d'avoir raté sa chance de le tuer et qu'il ne représentait plus de réel danger pour le moment, elle fila.

Assis sur son lit, Reginald effleurait un Cléocube de ses doigts. Un hologramme se jouait sous ses yeux : un souvenir, enfoui et inconnu de tous.

— Arrête de me filmer, ronchonne Victor, face à une étendue d'eau calme, dos tourné à lui.

— J'aimerais immortaliser ce moment, se défend Reginald.

— Quel genre de moment ? Une rémission dans nos vies mouvementées ?

Blotti contre lui, Reginald souffle :

— Précisément. Puis ce coucher de soleil donne un éclat doré à tes cheveux. C'est joli.

6 Trad. « Hérétique. »

Victor retire une mèche rebelle de son front. Un sourire amusé, comme celui d'un chat confronté à une souris docile, égaye son visage.

— Le romantisme a toujours été ta faiblesse, Reginald…

L'image frémit, dérangée par des vibrations. Une clameur montait de son côté, menaçait d'éclater à tout moment dans sa chambre, son dernier refuge. Il ferma les yeux un instant. Une gouttelette salée roula sur sa joue.

— … *mais je t'aime ainsi.*

— Je t'aime aussi, Victor.

L'enregistrement s'acheva sur un dernier sourire de son amant. Silencieux, son cœur écrasé par un crescendo de mélancolie, Reginald fit négligemment tomber son cube. L'éclat azur devint rouge, signe d'une remise à zéro. Il ne resterait rien.

La porte de sa chambre s'ouvrit à la volée. Bordé par ses semblables, Centurion entra, entièrement ensanglanté. Il ne manifesta aucune joie à sa victoire, ne sourit guère, ne dit rien. Il se contenta d'observer son ennemi d'un air froid, dénué même d'un simulacre de colère ou d'inimitié.

Reginald se dressa en face, avisa ses katanas dégoulinants et souffla :

— *Auge um Auge, Zahn um Zahn*[7]…

Centurion demeura silencieux. Wade entra alors et étreignit Reginald au cou tel un gamin à corriger. Sans convenances ni douceur aucune, il traîna sa carcasse sans âme dehors. Une navette aux couleurs de Pinxit manœuvrait au milieu de la cour dans un cyclone de feuilles mortes. Les *Banken* arrivés en renfort tiraient dessus sans relâche, y creusant des trous par-ci par-là, mais sa puissance de feu eût tôt fait de les tenir en respect.

Shadow sortit à son tour de la villa, suivi d'Issam venu à son aide. Ce dernier portait Tyndall, enrubanné dans un linge ; Shadow se chargeait de Kayla, maintenue contre son torse.

— Centurion, dit-il dans son dos.

Il se retourna comme au ralenti. À la vue de sa fiancée agonisante, sa face se fana, son cœur vola en éclats. Il s'élança vers eux et, d'un revers de main, effleura son visage. Un cri de détresse se coinça dans sa gorge.

7 Trad. « Œil pour œil, dent pour dent. »

— Sato Ayame… commença Shadow.

— Où est-elle ? interrogea Centurion d'un ton dur.

Son frère observa un point par-delà son épaule. La *Banken* se trouvait au premier étage de la villa dans l'encadrement d'une fenêtre réduite à néant. Elle les observait sans un geste, son katana ensanglanté comme une continuation de son bras. Centurion voulut se ruer vers elle pour venger sa fiancée sans délai, mais Shadow retint son élan.

— On a plus le temps, se désola-t-il.

— Les gars ! intervint Wade. On est verrouillés, magnez-vous !

Aiguillonnés par cette urgence, ils montèrent illico, non sans un dernier regard à la *Banken*. La navette en rase-mottes redécolla dans un vrombissement de rotors. Une fois au-dessus des frondaisons, trois missiles à tête chercheuse fondirent sur elle. Issam s'en chargea, dévia sans mal leur trajectoire pour les faire sauter au milieu des nuages. Un ultime feu d'artifice.

Chacun s'installa, fourbu et abattu. Shadow allongea Kayla sur une civière, mille excuses dans la tête, mille morceaux de son cœur, une fois encore réduit en miettes, flottant dans sa gorge nouée. Centurion avisa Zeera.

— Il… y a une chance ?

Silence. Une sourde satisfaction miroitait dans ses yeux jaunes. Elle aurait volontiers dit « non » et abandonné cette idiote à son sort, mais face à elle se dressaient deux tueurs aguerris transis d'« amour » pour elle. Elle s'affaira donc à un diagnostic.

— Grâce à ton cher frère, son cerveau est encore globalement intact. Quant au reste, c'est terminé — à mon grand regret — et…

— Il y a une solution, oui ou non ? grogna Centurion.

— Oui, avoua Zeera, mais il va falloir y mettre du tien, ajouta-t-elle en guignant Shadow du regard, et du *cœur*.

Shadow observa Centurion, et inversement. Il ne dit rien, se contenta d'ouvrir sa combinaison armurée pour dévoiler son torse, où une cicatrice parmi moult flagellations révélait des travaux sur son cœur.

— Je te le donne, s'il le faut, annonça-t-il.

Zeera roula des yeux.

— Abruti. Votre *chérie* est à court de sang et son cœur va s'arrêter d'un instant à l'autre. Je n'ai aucune machine pour simuler une circulation sanguine ni sang à transfuser, sauf…

Elle écrasa son index sur sa cicatrice.

— … ici. Sois content, ton cœur de fer servira, pour une fois.

— On t'a greffé un cœur artificiel… ? s'étonna Centurion, attaché au symbole.

— Question de… *performances*, argumenta Shadow.

Il s'installa sur une civière à droite de Kayla. Zeera revint aussitôt avec du matériel d'anesthésie.

— Skylar… ? fit Centurion.

Ils se fixèrent.

— … merci.

Avec nonchalance, Shadow se saisit lui-même du masque à gaz et observa le plafond.

— … de rien, *Brother*.

FEAR NONE * PROTECT THE WEAK
NEVER SURRENDER

Chapitre 49

— Désacralisation —

J'aimerais pouvoir pleurer, mettre fin à tout le bruit dans ma tête
[...]
Je ne peux pas revenir en arrière maintenant, il est trop tard
Échec et mat, il n'y a pas de défense
C'est le début de la fin

The ending — Papa Roach

Enchaîné à une chaise à la manière d'un vulgaire — mais dangereux — détenu, vêtu d'ailleurs comme tel d'une combinaison orange numérotée, Reginald attendait. Seul dans une salle glacée, face à une table. Il triturait ses doigts, vague moyen de calmer son angoisse. Il en ignorait la raison. Craignait-il de mourir, de souffrir ? À vrai dire, non. Il avait atteint un tel niveau de violence, un tel degré de cruauté, semé tant de cadavres à travers son chemin de croix ; il estimait devoir régler son addition au monde et mériter son châtiment. Il y finirait, dans sa demeure d'ossements. Quant au trône de cendres...

Il sourit faiblement en y songeant. Il avait envie de rire, de cracher au visage du monde, justement, tout son dégoût, toute sa rage, toute sa haine.

La seule ouverture de la salle, à savoir la porte, coulissa dans un sifflement soyeux. L'ombre d'Aryan se détacha et glissa sur Reginald avec une grâce accusatrice. Il s'avança en silence, tira une chaise et s'installa face à lui. Longuement, ils s'observèrent : aucun ne détourna le regard.

— Je vous offrirais volontiers un verre, minauda Reginald, mais je suis… — Il fit tinter ses chaînes — *indisposé.*

— Avez-vous vraiment fait tout cela pour Victor ?

Il évita de dire « pour une amourette ridicule », signe de considération envers son œuvre — et non envers Victor ou lui. *Étonnant.* Reginald s'inclina sur la table et articula, théâtral :

— Oui.

Il se rencogna dans sa chaise. Aryan dressa un sourcil.

— Il a essayé de m'assassiner. Il a joué, il a échoué, il a succombé. Ainsi vont nos règles ; celles de notre monde.

— Votre monde, renchérit Reginald, celui dont vous m'avez exclu, moi, mouton noir de votre royaume de faste, de séduction et de fumisteries ; moi, meurtrier et marchand de vérité. Les armes ne vous flouent jamais, Aryan.

— Certes. Je vous dédaignais, car vous étiez contre mon idéal, contre mon souhait de mettre fin aux afflictions — guerre incluse — et à la mort. Cela dit vous restiez un Intouchable, une fortune au sein des fortunes, un dominant, un dieu. Quel intérêt de tout abandonner, de tout jeter au feu… pour un seul homme ?

— J'aimais cet homme, siffla Reginald entre ses dents.

— Centurion aimait son fils. Aimait sa femme.

— Oh. Votre nouvelle recrue s'est donc éteinte ?

Aryan se tut et rajusta sa mine minérale.

— Il me devait une vie, insista Reginald. J'ai arraché celle de son fils. Il me devait un cœur, un amour inconditionnel, j'ai…

— Vous n'avez rien fait. Vous avez ordonné à vos sbires de faire ces tâches ingrates.

— Attendez, vous osez me morigéner ? Vous, si grand marionnettiste ?

Aryan joignit ses mains sous son nez.

— Je fais agir mes « marionnettes » pour des raisons charitables, contrairement à vous.

Reginald éclata de rire.

— Seigneur… et vous croyez à ce mensonge. Tuer n'est jamais charitable. Torturer n'est jamais charitable. Créer des esclaves en volant leurs souvenirs n'est jamais charitable. — Il s'inclina derechef. — Voulez-vous discuter de Shadow, mon cher Aryan ? Ce si malheureux cyborg, mutilé par vous dans sa chair et *surtout* dans son âme. Cette ombre tueuse, mais si fragile, réduite à se droguer pour voir des fragments de sa vie dérobée. Allons-nous en discuter ? Comment Centurion réagira en ayant vent d'un tel récit ? Hum ?

— Si vous savez tout cela… Qu'attendez-vous pour tout raconter ?

— Ce serait d'une facilité ridicule, voyons, Aryan. J'ai réussi à semer le doute dans leurs cervelles malades. J'ai affaibli votre *monde*. Celui-ci tombera, tôt ou tard, et vos créatures si chères à vos yeux en fouleront les ruines… car elles auront contribué à sa destruction. Comme moi. Je n'en verrai rien, mais je saurai, et je trouverai enfin la paix.

Ils demeurèrent un moment à se fixer. Aryan finit par abandonner son siège, rangé dans un raclement sinistre.

— Vous fûtes un adversaire redoutable, *lieber Freund*[8].

— *Ich werde so sterben*[9].

Kayla se sentit arrachée au giron de la mort, si étonnamment chaleureux, et ramenée de force à la réalité. Ses yeux s'ouvrirent sur un tourbillon de flou, succédé par un plafond immaculé serti d'un néon aux émissions diffuses. Elle se sentait étrange, comme détachée d'elle-même. Elle essaya de se mouvoir, de se redresser, d'au moins agiter un doigt… en vain. Était-elle juste engourdie par un anesthésiant ? Paralysée ? Un vent d'effroi souffla aussitôt dans sa gorge,

8 Trad. « Cher ami. »

9 Trad. « Je mourrai comme tel. »

éteignit son souffle. Elle sentait chacun de ses organes fonctionner, son sang circuler dans ses veines. Tout semblait différent. Plus *puissant.*

Centurion, somnolant sur une chaise, fut réveillé par un *bipbip* affolé. Il sursauta et se jeta vers Kayla.

— Hey ! Hey… s'écria-t-il en effleurant son front. Ça va aller.

Shadow suivit, tiré de son sommeil à son tour. Kayla essaya de regarder autour d'elle. Elle distingua de grosses machines de tous côtés, dont une multitude de câbles colorés se faufilant sous sa couverture, mais ne voyait rien de où ceux-ci finissaient. Elle ne sentait aucune caresse, aucun frisson.

Elle s'efforça de se raccrocher au sourire de Centurion. Elle fit de son mieux, mais ne songeait à rien d'autre : elle voulait *se* voir.

— Je… montre-moi…

Son sourire se fana.

— Une autre fois, encouragea-t-il. Tu devrais te…

— Je t'en conjure… Blayne…

Soudain maussade, il obéit et retira ses draps d'un geste mesuré. Kayla déglutit. Sa tête encore de chair, de sang et d'os était montée sur une armature artificielle. Celle-ci, taillée pour une femme, était sublime de difformité. Une musculature miroitante, au design soigné, sillonnait sous des renforts en astralium rutilants comme une carrosserie automobile. Une sorte de cristal azur était enchâssé au niveau de son sternum et chatoyait au rythme de son cœur. Elle se trouvait immonde.

Ses yeux se gorgèrent de larmes. Elle renifla et glissa un regard à Centurion.

— Tue-moi.

— Q… Quoi ? ânonna-t-il.

— Je refuse de vivre comme ça. Je suis un monstre !

Shadow sentit son cœur se serrer. Il jeta un regard instinctif à ses mains, devenues « siennes » à force de concessions et de confiance en soi, mais cela ne changeait rien à sa nature. Kayla avait raison. Il était un monstre.

— Je n'ai jamais demandé ça, confia-t-il, mais j'ai réussi à m'y faire. Tu y arriveras aussi. Tu es forte.

Elle entendit ses mots, mais n'écouta rien. Obstinée et obsédée par sa vision, elle se fermait à tout argument. Rien ni personne ne lui ferait accepter d'être un *robot*. Pas même…

— Je ne suis pas comme toi, souffla-t-elle à Shadow. Je ne suis pas comme vous.

Elle se tut un instant pour calmer un peu son chagrin. Celui-ci la consumait tant physiquement que mentalement. Sa gorge était engluée dans un concentré de sécrétions acides et son cœur battait avec irrégularité. Son seul tambourinement dans ses oreilles faisait tendre son esprit vers la folie. Elle avait atteint son point de rupture : elle pleura, plus fort, sans possibilité d'apaisement.

— Je ne l'ai jamais été… avoua-t-elle.

— Je t'ai entraînée à le devenir, objecta Shadow. Vois cela comme ta dernière épreuve.

— Même si je pouvais surmonter cette *épreuve*, même si je m'acceptais, je passerais ma vie esclave. Esclave de mon « corps », esclave de la neurophine, esclave de Pinxit qui se servira de moi pour passer la crise. Esclave d'Aryan Turner.

— Notre père t'a sauvée…

Kayla renifla.

— Tu n'y crois même plus toi-même.

Observé avec intensité par son chef qui semblait n'y rien entendre, il détourna le regard.

— Si… commença-t-elle. Si vous m'aimez… faites-le.

Centurion se retenait d'éclater en sanglots. Il amena son front contre le sien et murmura :

— Je n'y arriverai pas, Kayla… Jamais…

Accroché à sa chevelure, enivré des vestiges de son odeur au milieu de celles des détergents, il pleura à son tour. Il était prêt à tout pour elle. Prêt à tuer, prêt à mourir, prêt à décrocher des astres du ciel. Il avait perdu son fils, un morceau de son cœur et de son être ; il se refusait à la perdre elle, dernière étoile dans son existence si sombre, si fade. S'il faisait ce choix si difficile, si la mort la lui arrachait, il finirait en carcasse vide, rien de plus qu'une lame vivante. Mais peut-être devait-il lâcher prise, pour une fois. Peut-être était-il plus respectueux pour cette guerrière, cette sœur, cette femme, de la laisser partir.

— Je t'ai *promis*, poursuivit-il. Promis une nouvelle vie, une vie meilleure, un avenir !

— Je te libère de ce serment, susurra Kayla. Je…

Biiiiiiiiiiiiiip… résonna soudain un électrocardiogramme. Une sourde angoisse détonna dans la poitrine de Centurion à ce seul son et se transforma en panique dès lors qu'il entendit le souffle de son amante perdre en intensité.

— … te retrouverai… toujours…

— Kayla… Kayla !

Avant même qu'il ne puisse réagir ou appeler du secours, elle rendit son dernier soupir. Sa gemme s'éteignit comme un petit soleil en fin de vie, devint totalement inerte.

— Que…

Shadow tenait un des câbles d'alimentation vitale dans sa main. Il ferma les yeux comme pour dire « je suis désolé » et demeura immobile, attendit la réaction de son chef, naturellement violente. Sitôt chassée la confusion, Centurion vint de son côté, demandant :

— Qu'as-tu fait, mon frère… ?

— Tu n'en aurais jamais eu le courage.

Soudain, il usa de toute sa force, transcendée par sa tristesse et son désespoir, pour le coller au mur. Il y cogna son torse sans réelle conviction, vida son sac en vociférant toute sa rage, pour finir par chanceler et tomber à genoux.

— Qu'as-tu fait… murmura-t-il enfin.

Shadow fit de même, étreignit son frère sans relâche, si affligé de le voir dans un tel état de dévastation. Qu'il meure ne changerait rien : Reginald Reichardt avait gagné, absolument tout raflé. Une mise immense, un magot dédoublé. Il avait obtenu vengeance et même au-delà. Voir mourir son nourrisson et sa fiancée, était-ce un prix raisonnable pour avoir sauvé un Intouchable ? Leur créateur et maître méritait-il vraiment tant de sacrifices ?

Shadow chassa ces idées ; se voila la face, encore une fois, juste un instant.

***

Le Haut Tribunal était construit d'une manière singulière. Semblable à un théâtre sans scène, sa salle d'audience circulaire était montée sur six étages de niches. Excessivement confortables, toutes de velours rouge et de dorures, elles offraient une vue dégagée sur la grande chaire du juge et, en face, un semblant de fosse où, minuscule et affligé, était jeté l'accusé.

Ce jour-là, une cohorte d'Intouchables venus du monde entier entra par files dans un silence absolu. Bien entendu, Aryan et sa suite d'associés, telle Hermina Scottley ou Anselm Wayland, eurent droit aux meilleurs sièges. Les nouveaux directeurs de Winslow Medical et de Reichardt-Bauer, à savoir Valentina Giordano — une énième marionnette d'Aryan — et un outsider singulier du nom d'Ethan Cray, dirigeant d'une société de défense anglaise ayant racheté celle de Reginald, furent installés en contrebas de sorte à graver dans leur tête leur statut au sein de cette grande chaîne alimentaire. Avant de s'installer, Cray rinça cent fois ses doigts avec du gel odorant et désinfectant, comme si serrer des mains avait sali les siennes. Puis il tâtonna avec dextérité et sans un regard un Rubik's Cube déjà fort abîmé.

— Que faites-vous donc avec cela ? demanda Valentina d'un air contrarié.

— J'aime les symboles. Reginald Reichardt est comme cette couleur, là, difficile à enclencher. Vous voyez ? — Il actionna un carré rouge d'un index et termina un alignement de jaune. — Tôt ou tard, il rentre dans le rang. Oh, regardez, ça commence !

Se montra enfin la juge, intimidante dans sa robe noire. Elle s'assit à sa tribune et ordonna de faire entrer Reginald. Celui-ci, dirigé par Wade et englouti dans son ombre, apparut dans un tintement de chaînes. Il faisait face au mur de ses anciens « semblables », tous observant sa déchéance d'une mine estimative.

— Reginald Reichardt, commença la juge. Vous êtes accusé de haute trahison, de crime contre l'Humanité, de conspiration dans le cadre d'une entreprise terroriste, d'assassinat, d'*infanticide*, souligna-t-elle comme si on avait ajouté ce terme à son texte, d'association de malfaiteurs, de trouble à l'ordre public et de falsification...

— Quel *curriculum*, commenta Ethan Cray dans un murmure.

— Silence ! maugréa Valentina.

— Qu'avez-vous à dire pour votre défense ?

— Absolument rien, votre Honneur, annonça Reginald. Cela dit, si vous m'accordez cette demande, j'aimerais dire un mot à mes… camarades.

— Vous souhaitez vous confesser ?

— … me *confesser*, exactement. J'ai commis tous ces crimes, oui, et si je n'en tire aucune fierté, j'admets en être satisfait. Satisfait d'avoir affaibli votre monde, de voir ses fissures se gangrener, gorgées de la colère et du dégoût de tous ces gens soi-disant sauvés par vos soins. Satisfait de voir vos trônes d'or et de sang s'ébranler et menacer de tomber. Bientôt, vous me rejoindrez à terre, dans la réalité, la fange et la violence, aiguillonnés par une foule avide de vous remémorer votre fragilité et votre mortalité. Vous me jugez différent, mais nous sommes *pareils*. Vous êtes des ordures comme moi, et vous méritez tous de crever !

Une vague d'indignation s'abattit dans la salle. Les jurés émirent des cris de contestation et d'offuscation dans une dizaine de langues différentes, mais Reginald continuait.

— Oui, oui j'avoue ! Comme j'aurais aimé voir ce maudit cyborg d'argent sangloter, dévasté par la mort de son rejeton et de sa femme chérie ! Si c'était à refaire, je le referais avec *grand plaisir* !

— Il suffit ! cria sa magistrale vis-à-vis, faisant retomber un grand silence, avant d'enchaîner d'un ton solennel : Reginald Reichardt, je vous déclare *coupable* de ces crimes, et vous condamne à mort. Emmenez-le !

Reginald afficha un grand sourire ravi : il avait fait son effet.

Sur le chemin du retour à sa cellule, guidé par deux gardiens, il tomba sur une silhouette familière. Une femme élancée et sublime, vêtue d'une jupe rouge échancrée et d'un chemisier dénué du moindre pli superflu, attendait adossée au mur. Il la reconnut à sa chevelure mi-noire mi-blanche avant même de la voir de près. Un petit sourire mesquin flottait sur son visage.

— Docteur Kingsley, salua-t-il. Que me vaut ce déplaisir ?

— Je devrais vous féliciter, admit-elle.

— En quel honneur ?

— Vous êtes une véritable ordure, et ça, ça mérite d'être souligné.

— Parce que j'ai commis un crime contre l'Humanité ?

— Je ne vous parle pas de ça. Plutôt de vos meurtres plus… personnels.

— Oh. Je n'ai fait *que* tuer une femme et un enfant.

Il s'attendit à la voir rire, mais Zecra resta parfaitement sérieuse.

— Ce n'est pas tant ce que vous avez fait qui m'impressionne… mais à *qui* vous l'avez fait.

— Sous ses airs de grand mâle alpha, Centurion n'est qu'un pantin ridicule. Un moins que rien.

Elle lui fit face.

— Centurion…

À mentionner ainsi son nom d'un ton mesuré, elle voyait sa silhouette debout face à la tombe de Victor, une masse à la main.

— … est un homme rancunier…

(Premier coup.)

— … d'une extraordinaire ténacité…

(Deuxième.)

— … et très imaginatif.

(Troisième.)

— Il m'a été offert par Aryan, entièrement carbonisé.

(Quatrième.)

— Entièrement…

(Encore un.)

— … putain…

(Encore !)

— … de carbonisé.

(Centurion pousse un cri de rage, redouble de violence dans ses frappes jusqu'à ce que le marbre explose en petits morceaux. Il s'agenouille et dégage ceux-ci de ses deux mains, telles les photos de famille renversées et les couronnes de fleurs émiettées, pour mieux observer le cercueil de bois poli juste en-dessous.)

— Que croyez-vous qu'un homme comme lui, que vous avez tout fait pour briser, puisse accomplir ?

Elle le fixa d'un air presque désolé et le dépassa en lui donnant une petite tape sur l'épaule, comme pour lui souhaiter bon courage — et bon vent. Reginald la regarda s'éloigner puis, d'une bourrade dans le dos, fut enjoint à continuer d'avancer. À l'intérieur de sa cellule, il trouva dans un coin un sac poubelle maculé de terre. Son sang se figea dans ses veines. Il s'approcha à pas comptés, comme si un monstre allait en sortir. Sur un morceau de papier sale était inscrit :

Vous vouliez revoir votre amour.
Je vous offre une dernière entrevue dans ce monde.

Une seconde, son esprit se ferma comme s'il refusait de comprendre ce que contenait ce sac. Celui-ci embaumait la pièce d'une ignoble odeur de putréfaction. Reginald retint un haut le cœur. Il ne voulait pas voir, il s'y refusait catégoriquement, mais succomba tout de même à la tentation. Il dérangea un peu le plastique du bout des doigts. Une main surmontée d'une manchette de costume mortuaire, déjà fort abîmée par la mort et le temps, glissa et tomba mollement sur le sol. Il cria d'horreur et recula si vite qu'il tomba sur son séant. Il se colla au mur à l'exact opposé et n'en bougea plus de toute la nuit.

Une plèbe tantôt curieuse, tantôt en colère, s'agglutinait sur la *Sky Stairway*. Quand Reginald sortit du fourgon, il encaissa une invective — *Salaud !* —, suivie d'une deuxième — *Ordure !* —, et une troisième — *Pourriture d'allemand !* —, pour finalement entendre enfler un grondement de foule et essuyer des tomates gâtées. Il glissa sur une et tomba, désorienté et emmaillotté dans ses chaînes. Il fut redressé sans ménagement par ses garde-chiourme et mené, degré par degré, au sommet. Une nuée de drones tournait en rond, admirait son visage en sale état, cherchait un angle idéal pour en admirer toute la déconfiture. Thalys Fletcher animait une émission en direct regardée par des millions d'américains et même au-delà de toute frontière. On n'avait jamais connu telle effervescence pour une exécution.

Au juste milieu du socle de la statue commémorative de son escouade, Centurion attendait, sublime dans son armure rutilante, sa chevelure d'argent violentée par des trombes de vent. Reginald vit nettement son contour d'yeux rougi malgré une couche de fards. Cela ranima sa joie, tout juste étiolée par tout ce dégoût ambiant. Le reste de la fraternité demeurait retranché derrière, tous arborant une mine grave.

— Ainsi, ils t'ont choisi toi, pour mettre fin à ma vie.

— Il n'y a aucune gloire à cela, annonça Centurion. Absolument aucune.

Reginald renifla de dédain.

— Tu oses parler de «gloire», toi qui tortures et tues sans distinction au nom d'un prétendu idéal. Toi qui as profané la tombe d'un homme, d'un père, d'un…

— Tu as tué ma femme et mon fils.

Sans un mot de plus, il fit signe aux gardiens. Reginald fut aussitôt forcé de s'agenouiller.

— Tu étais un homme sans honneur...

Centurion dégaina un de ses katanas et ajouta :

— … tu mourras comme tel.

— L'honneur est une fable pour notre monde, susurra Reginald, et pour votre créateur. — Il avisa Shadow. — Tu devrais demander à ton frère.

Centurion dévia son regard une fraction de seconde, mais revint sur son condamné et recouvra son air figé. Il mut sa main, arma son geste…

Reginald inspira une dernière fois. Ses yeux se fermèrent. Il revit cet étang et son petit ponton. Victor et ses cheveux gorgés de soleil. Son regard pétillant de malice, son souri…

***

Un fine couche de neige grandissait à son rythme, alimentée par de gros flocons. Au gré des rues d'Highstar et d'ailleurs, des familles animaient déjà salon et jardin de décorations de Noël. Aux Pères Noël dodus, aux rennes au nez rouge et aux elfes minuscules se substituait, au sein du cimetière de Pennland Hills, une multitude de drapeaux. Aux enfants rieurs, des soldats et une escouade de super-héros attristés.

Quatre hommes détachèrent un cercueil d'excellente facture d'un corbillard. Il y était inscrit :

KAYLA WESTON

July 2139 – December 2171

May her courage inspire you

Un officiel confia un carré de tissu à Aryan. Un nouvel étendard, déplié et glissé à gestes mesurés sur cette dernière demeure. Il recula et déclama avec gravité :

— Elle était un de nos soldats. Honorez-la.

Centurion, aidé de Shadow, Wade et Issam, soulevèrent et charrièrent son cercueil vers une tombe fraîchement creusée. Sans un mot, ils observèrent sa descente, ordonnée par des cordes. Ceux qui le souhaitaient purent y jeter quelques fleurs. Centurion participa avec une gerbe sauvage. Ensuite, il demeura immobile, tête inclinée, comme écrasée par toute cette neige… et tant de sentiments contraires. Il s'y ferma, se vida. Brisé.

Le cortège se dispersa petit à petit, chassé par un froid de canard. Il resta seul un moment.

— Elle essayait de te sauver, révéla-t-il en sentant une odeur familière de *Cherry Bomb*.

Shadow arriva dans son dos, fumant pour chasser sa morosité.

— Je sais, annonça-t-il en soufflant une volute du nez.

— Tu ne m'as jamais tout dit sur… enfin… tu sais. Sur ta souffrance à Harmattan.

Il se mit au niveau du tas de terre dérangée et y dégagea un maigre trou pour y enterrer un objet. Centurion se démancha le col pour voir : il s'agissait de son collier à matricule, symbole de son chemin de croix et de toute sa douleur. Symbole et identité de « Shadow ».

— J'ignore encore où j'en suis, révéla ce dernier. Quelle différence entre réel et irréel. Tout ça est très flou, mais grâce à elle… je commence à… à *comprendre*. Oui, je te dirai tout… mais pas aujourd'hui.

Il admira son œuvre, puis son regard dévia vers un soleil couchant derrière une valse de flocons, et il finit par sourire.

— … pas aujourd'hui.

Remerciements

J'aimerais remercier tant de gens, aussi en viens-je à ignorer par où commencer. Commençons par le début, par ceux dont les encouragements et les retours constructifs m'ont aidée à m'améliorer et à dégager tout le potentiel de ce texte. Tous ces lecteur·ice·s qui m'ont accompagné au long de mon parcours d'autoédition, mais aussi ces professionnels qui m'ont conseillée, ces salons et librairies qui m'ont acceptée et m'ont permis de me faire un peu connaître. Merci à mes bêta lecteur·ice·s, telles Manon, Alicia et ses idées toujours plus déjantées — être dans la tête des Vipers ne nous rend pas sains d'esprit ! Tels Manuel aussi — alias Nillac du forum des Jeunes Écrivains — et Frédéric-Arnaud SLASH Alexandre-Fritz Karol, qui m'ont tapé sur les doigts plusieurs fois, quand je commençais à partir en sucette. Enfin, merci à vous, mes nouveaux lecteurs, d'avoir acquis cet ouvrage. J'espère que vous passerez un super moment héroïque !

Vous avez apprécié votre lecture ?
N'hésitez pas à laisser votre avis sur les réseaux !
Rejoignez-nous également sur Facebook, Twitter et Instagram
@Crindechimere